W0300918

Nagib Machfus

Das Lied der Bettler

Nagib Machfus

Das Lied der Bettler

Aus dem Arabischen von
Doris Kilias

Unionsverlag

Die arabische Originalausgabe erschien 1977
unter dem Titel *Malhamat al-Harafish.*

© by Nagib Machfus 1977
© by Unionsverlag Zürich 1995
Rieterstrasse 18, CH-8059 Zürich, Telefon 01-281 14 00
Die vorliegende Ausgabe erscheint mit Genehmigung der
American University in Cairo Press
Alle Rechte vorbehalten
Umschlaggestaltung: Heinz Unternährer, Zürich
Umschlagfoto: Dorothy Bohm
Foto des Autors: Hassouna Misbahi
Druck und Bindung: Ebner Ulm
ISBN 3-293-00219-6

Aschur an-Nagi

Die erste Geschichte

1 Im brünstigen Zwielicht der Dämmerung, auf der schmalen Furt zwischen Leben und Tod, unter dem letzten Funkeln wachender Sterne, über dem Klang erhabener, dunkler Gesänge, hob an die Zwiesprache gewohnter Plagen und ersehnter Freuden.

2 Er schritt voran, und der grobe Stock, einziger Führer in ewiger Dunkelheit, ertastete den Weg. Nicht nur die Gerüche und die Anzahl der Schritte, sondern auch die mehr oder weniger deutlichen Gesänge und die innere Eingebung ließen ihn wissen, wo er sich befand. Er, der am Rand der Totenstadt wohnte, fühlte sehr wohl, daß er hier, in der engsten und für ihn schwierigsten Gasse, die beglückendste Etappe hinter sich brachte, stieß sie doch unmittelbar auf die Moschee von al-Hussain. Plötzlich vernahm sein geschärftes Gehör einen ungewöhnlichen Laut – das Wimmern eines Kindes. Möglich, daß sich das Stimmchen in der stillen Stunde der Morgendämmerung stärker als üblich ausnahm und ihn deshalb aus süßem Träumen und seligem Lauschen riß. Sollte zu so früher Stunde schon eine Mutter mit ihrem Kind unterwegs sein? Aber da – das Stimmchen wurde lauter, rückte näher, und gleich würde es unmittelbar vor ihm ertönen. Er räusperte sich laut und vernehmlich, um nicht durch einen läppischen Zusammenstoß den würdigen Ernst des Tagesanbruchs zu zerstören. Wann endlich würde das Kind auf-

hören zu weinen, damit sein Herz wieder zur Ruhe käme und er sich in Demut faßte? Ein Wimmern zur Linken schreckte ihn auf, so daß er mit einem Ruck nach rechts auswich und mit der Schulter die Mauer des Derwischklosters streifte. Er hielt inne und sprach: »Gute Frau, so stillen Sie doch Ihr Kind!«

Niemand antwortete, das Weinen hielt an. Da rief er: »Gute Frau! Liebe Leute!« Nichts regte sich, außer Wimmern und Schluchzen. Mißtrauen überfiel ihn, so daß die fromme Unschuld, noch rein von der Waschung des frühen Morgens, ihn floh. Mit äußerster Vorsicht trat er vor, preßte den Stock an den Körper. Er beugte sich, streckte die Hand mitleidig aus. Die Finger ertasteten ein Stoffbündel. Nein, das konnte er nicht glauben. Er strich weiter über die Falten, bis er plötzlich ein kleines Gesicht spürte, vom Weinen naß und verkrampft. Aufgeregt stieß er hervor: »O weh, wie tief sind menschliche Herzen in die Finsternis des Bösen gestürzt!« Wut packte ihn, und er rief: »Möge Gottes Fluch alle Frevler treffen!«

Er überlegte einen Moment, doch dann beschloß er, nicht einfach weiterzugehen, selbst wenn er das Morgengebet in der Hussain-Moschee verpassen würde. Zu dieser frühen Stunde wehte, obwohl es Sommer war, ein frischer Wind, und Ungeziefer gab es zur Genüge. Gott prüft seinen Diener, wenn er nicht damit rechnet. Er hob das Bündel vorsichtig auf und faßte den Beschluß, nach Hause zurückzukehren und seine Frau zu Rate zu ziehen. Stimmen drangen an sein Ohr. Offensichtlich waren noch andere Leute auf dem Weg zum Morgengebet. Er hüstelte, um auf sich aufmerksam zu machen. Jemand sagte: »Gottes Frieden ruhe auf allen Gläubigen«, und er erwiderte: »Gottes Frieden sei mit euch.«

Der Mann mußte seine Stimme erkannt haben, denn

gleich darauf fragte er: »Scheich Afra Zaidan? Warum bist du so spät dran?«

»Ich kehre zurück nach Hause, bei Gott ist man überall.«

»Geh in Frieden ...«

Er zögerte, bevor er sich entschloß zu sagen: »Ich habe ein Kind gefunden, hier an der alten Mauer.« Gemurmel breitete sich aus, und schließlich meinte einer der Männer: »Verflucht seien alle ruchlosen Sünder!« Ein anderer schlug vor: »Geh zur Polizei!« Und ein dritter fragte: »Was willst du mit dem Kind machen?«

Mit einer Ruhe, die in der allgemeinen Aufregung befremdlich wirkte, erklärte er: »Gott wird mir den rechten Weg weisen.«

3 Sakina hielt mit der linken Hand die Lampe in die Höhe, und als sie im Lichtschein ihren Gatten erblickte, fragte sie verstört: »Warum kommst du zurück? Möge Gott alles Übel fern von uns halten.« Im nächsten Moment erblickte sie das Bündel. »Was ist das, Scheich Afra?«

»Ich hab's in dem engen Gäßchen gefunden.«

»Barmherziger Gott!« -Behutsam nahm sie ihm das Kind ab. Mit dem Seufzer »Da ist kein Gott außer Gott« ließ sich der Scheich auf die Bank zwischen dem zugedeckten Brunnen und dem Ofen nieder.

Sakina wiegte das Kind in den Armen und sagte liebevoll: »Es ist ein Junge, Scheich Afra.« Wortlos nickte er. »Man muß ihm zu essen geben«, erklärte sie besorgt.

»Was verstehst du schon davon? Weder hast du einen Jungen noch ein Mädchen zur Welt gebracht.«

»Ich weiß genug. Wer Rat sucht, findet auch welchen. Was willst du mit dem Kind machen?«

»Ein paar Männer haben mir geraten, es zur Polizei zu bringen.«

»Wird die Polizei es füttern? Laß uns warten, bis jemand kommt und nach dem Kind sucht.«

»Es wird keiner kommen.« Schweigen setzte ein, die Stimmung war gereizt. Schließlich murmelte Scheich Afra Zaidan: »Machen wir nicht einen Fehler, wenn wir das Kind länger als nötig hierbehalten?«

»Einen Fehler hat der gemacht, der das Kind dort hingelegt hat«, stieß sie hitzig und aufgebracht hervor. In banger Erwartung und auf Einverständnis hoffend, fuhr sie fort: »Für mich ist längst alle Hoffnung dahin, ein Kind zur Welt zu bringen.«

Er setzte den Turban ab, und die riesige Stirn kam hervor, die wie der Griff eines Waschtrogs gewölbt war. »Was geht dir durch den Kopf, Sakina?«

Berauscht von ihrer Hoffnung, erklärte sie: »O Scheich, Gott hat mir ein Geschenk gemacht, wie sollte ich es ablehnen?« Da ihr Mann sich mit einem Tuch über die geschlossenen Augen wischte und keinen Laut von sich gab, fügte sie triumphierend hinzu: »Du willst es doch auch!«

Er überhörte ihre Worte und klagte statt dessen: »Ich habe das Morgengebet bei al-Hussain versäumt.«

Lächelnd und die Augen fest auf das gerötete Gesicht des Gatten gerichtet, sagte sie: »Das Licht bricht gerade erst an, Gott ist großzügig im Verzeihen.«

Scheich Afra Zaidan erhob sich, um das Gebet zu verrichten, da polterten auf der Treppe die Schritte von Darwisch Zaidan. Mit schlaftrunkenen Augen rief er: »Ich habe Hunger, Schwägerin!« Sein Blick fiel auf das Bündel, und völlig verblüfft, wie es bei einem Jungen von zehn Jahren zu erwarten war, fragte er: »Was ist das?«

»Ein Geschenk Gottes, des Allmächtigen«, erwiderte Sakina. Der Junge starrte den Winzling an. »Wie heißt er?«

Sakina zögerte, doch dann stammelte sie: »Geben wir ihm den Namen meines Vaters – Aschur Abdallah. Möge Gott ihm Wohlgefallen und Segen bescheren.«

Durch die Stille drang Scheich Afras Gebet.

4 Die Zeit floß dahin, eingehüllt in die Harmonie prächtiger, dunkler Gesänge. Eines Tages stellte Scheich Afra Zaidan seinem Bruder Darwisch die Frage: »Du bist jetzt zwanzig, wann wirst du heiraten?«

»Gott wird es richten …«, erwiderte Darwisch gleichgültig.

»Du bist kräftig und kannst von deiner Arbeit als Träger gut leben.«

»So Gott will …«

»Hast du nicht Angst vor sündhafter Verführung?«

»Gottes Schutz ruht auf den Gläubigen.«

Scheich Afra Zaidan, der blinde Koranrezitator, wiegte den Kopf und meinte bekümmert: »In der Koranschule hast du nichts gelernt, keine einzige Sure hast du aus Gottes Buch behalten.«

»Was zählt, ist die Arbeit«, stieß Darwisch unwillig hervor. »Ich kann mir meinen Lebensunterhalt durchaus allein im Schweiße meines Angesichts verdienen.«

Der Scheich zögerte für einen Moment nachdenklich, doch dann fragte er: »Was hat es mit den Flecken und Schnitten in deinem Gesicht auf sich?«

Darwisch begriff, daß seine Schwägerin ihn verraten hatte. Finster blickte er zu ihr hinüber. Sakina hantierte weiter am Ofen, wobei ihr Aschur half, und meinte nur lächelnd: »Hast du erwartet, daß ich es deinem Bruder verheimliche, wenn du verletzt wirst?«

»Eiferst du jetzt den Schlägern und Schurken nach?« schalt ihn Scheich Afra.

»Wenn sie Streit mit mir suchen, muß ich mich verteidigen.«

»Hör mal, Darwisch, du bist in einem Haus groß geworden, das sich mit dem Dienst am Heiligen Buch Ehre und Ansehen verschafft hat. Warum nimmst du dir nicht am guten Benehmen deines Bruders Aschur ein Beispiel?«

»Das ist nicht mein Bruder«, erklärte Darwisch mit schneidender Stimme, worauf sich der Scheich verletzt in Schweigen hüllte.

Aschur, der das Gespräch aufmerksam verfolgt hatte, fuhr erschrocken zusammen. Zu unerwartet war der Schlag gekommen. Er tat alles, was in seinen Kräften stand, und forderte nie mehr für sich, als ihm zustand. Er machte das Haus sauber, kaufte auf dem Markt ein, führte jeden Morgen seinen blinden Wohltäter zur Hussain-Moschee, füllte die Eimer am Brunnen, zündete das Feuer im Ofen an, und am späten Nachmittag saß er zu Füßen des Scheichs, um ihm vorzutragen, was er vom Koran behalten hatte, und sich in guten Sitten und Lebenserfahrung unterweisen zu lassen.

O ja, der Scheich liebte Aschur und hatte sein Wohlgefallen an ihm, und wenn Sakina bewundernd auf den Jungen schaute und sagte: »Das wird ein guter und starker Mann«, dann fügte der Scheich nur hinzu: »Möge seine Kraft immer den Menschen und nie dem Satan dienen.«

5

Mit reichlichem Segen bedachte der Himmel Aschur, so daß sich Scheich Afras Herz im gleichen Maß an ihm erfreute, wie es sich über den Bruder, den er an Vaterstelle aufzog, erzürnte. Bei Gott, wie konnte das sein, da doch beide unter dem gleichen Dach heranwuchsen? Darwisch flüchtete sich vor Scheich Afra in die Arbeit, widersetzte sich hartnäckig aller Herzensbildung. Es trieb ihn hinaus in die Welt, und noch bevor er zum Mann herangereift und seine Seele standhaft und lauter werden konnte, ließ er sich willentlich in Bitternis und Härte treiben. Aschur hingegen öffnete von Beginn an sein Herz aller Herrlichkeit, allem Glanz, aller Pracht der Gesänge, und dennoch war sein Körper stark wie das Tor des Derwischklosters. Groß war er und breit; die Arme hart wie die Steine der alten Mauer; die Beine kräftig wie der Stamm eines Maulbeerbaums; der Kopf gewaltig, doch wohlgeformt; Gesichtszüge, energisch, getränkt vom Wasser des Lebens und dennoch fein geschnitten. Aschurs Stärke zeigte sich bei der Arbeit; geschickt war er, ertrug alle Strapazen, kannte weder Müdigkeit noch Langeweile, war immer zufrieden und voller Schwung. Mehr als einmal mahnte ihn der Scheich: »Möge deine Kraft immer den Menschen und nie dem Satan dienen.«

Es kam der Tag, da der Scheich seinen Wunsch verkündete, aus Aschur einen Koranrezitator, wie er selbst es war, zu machen. Darwisch lachte höhnisch, als er das hörte. »Meinst du nicht, daß seine riesige Gestalt die Herzen der Zuhörer einzig mit Furcht und Schrecken erfüllt?«

Der Scheich ließ sich auf keinen Streit mit ihm ein, aber er mußte seine Absicht dennoch aufgeben. Es war ihm bewußt geworden, daß Aschurs Kehle nichts hergab. Er war unfähig, eine Melodie einzuhalten, und seiner Stimme fehlte jegliche Anmut und Geschmeidigkeit. Rauh, wie sie war, schien sie aus der Tiefe eines dunklen Gewölbes zu kommen. Zudem war Aschur unfähig, die langen Suren auswendig zu beherrschen.

Aschur, an harte Arbeit gewöhnt, war mit seinem Leben zufrieden. Er glaubte, daß dieses Paradies ihm ewig erhalten bliebe. Der Scheich, so wurde ihm erzählt, hätte ihn nach dem frühzeitigen Tod seiner lieben Eltern in Obhut genommen. Für solch weisen Beschluß und solche Güte konnte man Gott nicht genug danken, denn der Scheich zog ihn mit einer Barmherzigkeit auf, die ihresgleichen im Viertel suchte. Doch schließlich kam der Tag, da Scheich Afra einsah, daß er lange genug für Aschurs Bildung und Erziehung gesorgt hatte. Es war Zeit für ihn, einen Beruf zu erlernen. Doch das Schicksal eilte seinem Beschluß voraus, denn der Scheich wurde von einem Fieber dahingerafft, gegen das alle im Volk gebräuchlichen Mittel nichts halfen. So berief ihn also der Herrgott zu sich. Sakina sah sich ohne Ernährer, und da sie nicht mehr kräftig genug war, um zu arbeiten, machte sie sich auf den Weg in ihr Heimatdorf in der Provinz Kaljubija. Der Abschied von Aschur war herzergreifend und tränenreich. Schließlich küßte sie ihn, beschwor ein letztes Mal alle guten Geister, ihm beizustehen, und dann zog sie von dannen.

Da stand er nun und war allein, verlassen von aller Welt. Nur der halsstarrige Darwisch Zaidan, sein neuer Herr, war ihm geblieben. Er schloß die schweren Lider und geriet ins Grübeln. Vor ihm tat sich eine Einöde auf, die alles verschlang. Oh, könnte er sich auf die Strahlen der Sonne schwingen, könnte er sich hineinschmiegen in einen Tropfen Tau, könnte er den Wind besteigen, der im Gewölbe vor dem Kloster tobte. Doch eine Stimme im Innern sagte ihm: Jede Einöde kann zu fruchtbarem Boden gewandelt und mit dem Atem des Barmherzigen, des Erhabenen, erfüllt werden.

6 Darwisch hockte neben dem morschen Ofen und starrte auf Aschur. Was für ein Riese! Kinnladen hat er wie ein reißendes Tier, einen Schnurrbart wie Bockshörner. Brachliegende, nutzlose Kraft. Nicht einmal einen Beruf hatte er gelernt. Aber er durfte Aschur nicht unterschätzen.

Warum bloß konnte er ihn nicht leiden? Aschur sah aus, als wäre er in die Erde eingerammt – wie ein massiger, hoher Stein, der den Weg versperrte, wie ein sandgewordener Stoß des heißen Chamsinwinds, wie ein drohendes Grab, das den Festtag trübt. Wie auch immer, er mußte diesen Verfluchten für sich einspannen. Er lenkte den Blick in eine andere Richtung und fragte: »Wie gedenkst du fortan dein täglich Brot zu verdienen?«

Aschur riß die großen, honigfarbenen Augen auf und erwiderte ergeben: »Stehe zu Diensten, Meister Darwisch.«

»Ich brauche keinen Diener«, kam kalt die Antwort.

»Ich soll doch nicht etwa gehen?« Und flehentlich fügte Aschur hinzu: »Kannst du mich nicht hierbleiben lassen? Ich weiß nicht, wo ich sonst leben soll.«

»Das ist ein Haus, kein Hotel.« Dunkel gähnte das Loch des Ofens. Auf dem Gestell raschelte es; eine Ratte war wohl an einen Zopf trockenen Knoblauchs gestoßen. Darwisch hüstelte. »Also, wohin wirst du gehen?«

»Gottes Welt ist groß und weit.«

»Nur weißt du nichts von ihr. Es geht härter zu, als du denkst«, höhnte Darwisch.

»Gewiß werde ich eine Arbeit finden, die mich ernährt.«

»So riesig, wie du bist, wirst du Schwierigkeiten haben. Keiner wird dich aufnehmen, keiner wird dich ausbilden. Außerdem bist du fast zwanzig.«

»Ich habe noch nie jemandem mit meiner Kraft Schaden zugefügt.«

Darwisch lachte laut los. »Bloß wird dir niemand vertrauen. Die Schutzbanden werden dich als bedrohlichen Rivalen empfinden und die Händler als Straßenräuber.« Als er weitersprach, klang seine Stimme sanft und einschmeichelnd. »Du wirst Hungers sterben, wenn du nicht deine Kraft nutzt.«

»Nichts wäre mir lieber, als sie in den Dienst der Menschen zu stellen, Gott ist mein Zeuge!« rief Aschur begeistert.

»Was nützt dir deine ganze Kraft, wenn du zu blöd bist.«

Verwirrt sah Aschur ihn an. »Beschäftige mich doch als Träger bei dir.«

Darwisch grinste. »Ich habe noch nie, noch keine einzige Stunde, als Träger gearbeitet.«

»Aber …«

»Was ich gesagt habe, kannst du vergessen. Was hätte ich sonst meinem Bruder erzählen sollen?«

»Was tust du dann, Meister?«

»Gedulde dich, ich könnte dir das Tor zu einem guten Leben öffnen. Aber du verschwindest erst einmal.« Vom Friedhof drangen Stimmen herüber, einem Toten wurde das letzte Geleit gegeben. Darwisch murmelte: »Alles ist vergänglich …«, doch Aschur war am Ende seiner Geduld angelangt. »Ich habe Hunger, Meister Darwisch.«

Darwisch reichte ihm eine kleine Nickelmünze hinüber. »Da, nimm, mein letztes Geschenk für dich.«

Aschur verließ das Haus; die Abenddämmerung fiel auf die Gräber und die Einöde. Es war einer jener Sommerabende, an denen ein laues Lüftchen wehte und sich in den Staubgeruch der Duft von wohlriechenden Pflanzen mischte. Er schritt durch das enge Gäßchen und kam auf den Platz vor dem Derwischkloster. Das Tor lag im Finstern, und über den Mauern zeichneten sich schemenhaft die Zweige des Maulbeerbaums ab. Gesänge von dunkler Geheimnishaftigkeit stiegen gen Himmel. Da beschloß er, alle Sorgen von sich zu schieben, und leise tröstete er sich mit den Worten: »Sei nicht traurig, Aschur, du wirst noch unzählige Brüder auf dieser Welt finden.« Als er weiter seines Weges zog, hallten ihm die Verse nach:

Ej forughe ma'e hosn *as ruje rochschane schoma*
abruje chubi as tschahe *senachdane schoma*

7 Tief atmete Aschur den Hauch der Nacht ein. Der glänzende Schein der Sterne erleuchtete sein Herz, und seine Seele drängte empor, hinauf zum klaren Himmel. Was könnte einer solchen Nacht würdiger sein, als Gott zu ehren. Du wirfst dich auf den Stufen nieder, beschwichtigst die zornige Seele und rufst die geliebten Wesen an, die sich hinter der Schranke des Unbekannten verbergen. Doch da, was war das? Zwei Handspannen vor ihm stand plötzlich eine Gestalt. Kaum hatte er Darwisch erkannt, war im Nu die frisch gewonnene Gemütsruhe dahin, zog es ihn wieder hinab in den Abgrund quälender Besorgnis. »Was tust du hier?«

Darwisch versetzte ihm einen Schlag vor die Brust und zischte wütend: »Sprich leise, du Esel!« Beide drängten sich hinter die Umzäunung am äußersten Ende der Totenstadt, am Rande der Wüste. Rechts ragte in der Ferne der Berg auf, links erstreckten sich die Gräber. Kein Geräusch war zu vernehmen, keine menschliche Seele zeigte sich. Selbst die Geister der Toten schienen sich zu dieser späten Stunde an einen unbekannten Ort verzogen zu haben. In der Finsternis überfiel Aschur eine böse Vorahnung und ließ sein gutmütiges Herz heftig klopfen. »Erleuchte mich mit Gottes Licht«, flüsterte er.

»Wart's ab! Kannst du dich nicht gedulden?« schalt ihn Darwisch leise. Er beugte sich zu ihm vor. »Du mußt nichts tun, ich mache alles. Du sollst mir nur Rückendekkung geben, wenn es notwendig ist.«

»Aber was hast du vor?«

»Sei still! Du wirst schon sehen.«

Vom Rand der Wüste kam ein Geräusch, der leichte

Nachtwind trug den Geruch von Lebendem heran. Schon wenig später war eine Stimme zu vernehmen. Ein alter Mann brummelte: »Vertrau auf Gott …« Er kam näher, und die beiden erkannten, daß der Alte auf einem Esel ritt. Als er unmittelbar vor ihnen war, stürzte sich Darwisch auf ihn. Erschrocken fuhr Aschur zusammen – seine schlimmsten Befürchtungen hatten sich bewahrheitet. Was da vor sich ging, konnte er kaum erkennen, aber er hörte, wie Darwisch drohend rief: »Geld oder …!«

Eine vor Alter und Schrecken zittrige Stimme stammelte: »Erbarmen! Drück nicht so zu!« Da stürzte Aschur vor, ohne sich dessen bewußt zu werden, und schrie: »Laß los, Meister!«

»Halt's Maul!« brüllte Darwisch.

»Ich habe gesagt, daß du ihn loslassen sollst!« Aschur umklammerte Darwisch mit den Armen und hob ihn ohne große Mühe vom Boden. Darwisch versuchte, ihn mit den Ellbogen zu stoßen. »Wehe dir, paß auf!« rief er. Aber außer der Zunge konnte er nichts mehr bewegen.

»Zieh in Frieden dahin«, sagte Aschur zu dem alten Mann. Als er sich vergewissert hatte, daß der Alte außer Reichweite war, ließ er Darwisch frei. »Entschuldige, daß ich so grob war«, brummelte er.

»Du aufgelesener Heidendreck! Du Findelkind, du!«

»Ich wollte dich nur vor dir selbst schützen.«

»Blöder Esel! Fürs Betteln taugst du vielleicht.«

»Vergebe dir Gott …«

»Dreckiges Findelkind!« Da Aschur bedrückt schwieg, fuhr Darwisch fort: »Du bist ein Findelkind, verstehst du? So sieht es in Wahrheit mit dir aus.«

»Sei nicht so wütend. Der selige Scheich Afra hat mir erklärt, daß …«

»Es stimmt, was ich gesagt habe. Er hat dich in dem

engen Gäßchen gefunden, ausgesetzt von einer verhurten Mutter!«

»Gott bewahre!«

»Bei meiner Ehre und der Barmherzigkeit meines Bruders, du bist die Frucht der Sünde! Warum hätte man dich sonst inmitten der Nacht aussetzen sollen?«

Aschur fühlte sich tief gekränkt. Er schwieg.

»Ich wollte dir eine Chance geben, du hast sie vertan. Du bist zwar stark, aber ein Feigling. Willst du einen Beweis dafür?« Er holte aus, schlug ihm mit voller Kraft ins Gesicht. Aschur zuckte überrascht zusammen. Zum erstenmal in seinem Leben wurde er geschlagen.

»Du kleiner, mieser Feigling!« schrie Darwisch und tobte weiter.

Da bäumte Aschur sich vor Wut auf, und es packte ihn ein Zorn, der wie ein Sturm die Mauern des Tempels der Nacht hinwegzufegen drohte. Er hob die schwere Pranke und schlug zu. Darwisch fiel bewußtlos zu Boden. Nur mühsam gelang es Aschur, seinen Wutanfall zu bezwingen und wieder ruhig zu werden. Allmählich wurde ihm bewußt, wie schwerwiegend seine Tat war. »Vergib mir, Scheich Afra«, murmelte er. Er beugte sich zu Darwisch hinunter und hob ihn auf. Mit der Last auf den Armen suchte er sich einen Weg durch die Reihen der Gräber, bis er schließlich zu Hause ankam. Er legte Darwisch auf den Diwan und zündete die Lampe an. Besorgt und von tiefem Mitleid erfüllt, betrachtete er Darwisch. Lange, quälende Minuten vergingen, bis dieser die Augen öffnete und den Kopf bewegte. Der böse funkelnde Blick sagte Aschur, daß sich sein Meister an alles erinnerte. Die beiden starrten sich schweigend an. Aschur glaubte zu spüren, daß Scheich Afra und Frau Sakina bei ihnen weilten und das Geschehen betrübt verfolgten.

»Ich vertraue auf Gott, den Herrn der Himmel und der Erde«, murmelte er und verließ das Haus.

8 Ziellos streifte Aschur umher. Sein Heim war überall und nirgends. Wer keine Mutter und keinen Vater hat, dem bleibt nichts anderes übrig. Er aß, was er zufällig fand. In den warmen Sommernächten legte er sich an der Mauer des Klosters schlafen, im kalten Winter suchte er Schutz im dunklen Gewölbe davor. Was Darwisch über seine Herkunft gesagt hatte, glaubte er. Die bittere Wahrheit verfolgte ihn, ließ ihn nicht mehr los. In einer Nacht hatte ihm Darwisch mehr über die Welt beigebracht als der gütige Scheich Afra Zaidan in zwanzig Jahren. Schlechte Menschen sind harte, aber glaubwürdige Lehrmeister. Ein Fehltritt hatte ihm also das Leben geschenkt, eine verborgen gehaltene Sünde, und das bedeutete, daß er allein auf sich gestellt war und das Leben ohne die Hilfe anderer Menschen meistern mußte. Vielleicht lebte zumindest die Erinnerung an ihn in einem Herzen, das seit zwanzig Jahren nicht zur Ruhe kam.

Vor lauter Traurigkeit lauschte er hingebungsvoll den Gesängen, die aus dem Kloster drangen. Ihr Sinn verbarg sich hinter den persischen Wörtern, wie sich seine Eltern hinter fremden Gesichtern versteckten. Würde er eines Tages einer Frau oder einem Mann oder der Bedeutung eines dieser persischen Verse auf die Spur kommen? Vielleicht löste er dann eins der vielen Rätsel, vielleicht weinte er dann eine Träne des Glücks, vielleicht sah er dann seine geheimsten Wünsche in Gestalt eines liebevollen Geschöpfs wahr werden.

Sein Blick ruhte auf dem Garten mit den schlanken, biegsamen Bäumen. Im dichten Blätterwerk nisteten zwitschernde Vögel. Er beobachtete die Derwische, die mit wallender Abaja und hoher Filzkappe leichtfüßig einherschritten. Warum, fragte er sich, arbeiten sie wie die armen Leute? Warum fegen, gießen und sprengen sie selbst? Vielleicht brauchen sie einen zuverlässigen Diener? Das Tor rief nach ihm. Klopfe an, flüsterte es, bitte um Einlaß, tritt ein. Laß Sanftmut, Frieden und Freude um dich sein. Werde zu einer reifen Maulbeerfrucht, strotze vor süßem Nektar, diene dem Seidenspinner, laß keusche Hände entzückt und freudig nach dir greifen.

Das zarte Flüstern hielt ihn gefangen. Er schritt auf das geschlossene Tor zu und rief unterwürfig und sittsam: »Ihr Männer Gottes!«

Wieder und wieder rief er. Die Derwische hielten sich verborgen, gaben keine Antwort. Sie kannten nicht seine Sprache und er nicht ihre. Der Bach hörte auf zu plätschern, die Blätter hielten inne im Tanz. Niemand und nichts brauchte ihn.

Sein Eifer schwand. Die Hoffnung erlosch. Scham befiel ihn. Er schalt sich selbst, tadelte seine Hitzigkeit. Er riß sich zusammen, packte die trotzig hochragenden Schnurrbartenden und sprach vor sich hin: »Mach dich nicht zum Gespött von allem, was da kreucht und fleucht.« Er trat weg vom Tor. »Halt dich fern von allen, die deine Hand nicht ergreifen und dich nicht brauchen. Such dir jemanden, der deine Hilfe nötig hat.«

Von nun an zog er umher auf der Suche nach dem täglichen Brot. Wo es eine Hochzeit gab, bot er seine Dienste an, und wo ein Begräbnis stattfand, verdiente er sich etwas dazu. Brauchte jemand einen Träger, mußte ein Brief überbracht werden, stellte er sich zur Verfügung. Er begnügte sich mit einem Millim, einem Brotfladen oder auch nur mit einem freundlichen Wort.

Eines Tages kreuzte er den Weg eines mittelgrossen

Mannes, dessen Gesicht so häßlich war, als stamme er von einer Ratte. Der Mann rief: »He du, Bursche!«

Höflich und dienstbereit trat Aschur auf ihn zu. »Kennst du mich nicht?« fragte der Mann.

»Entschuldige«, antwortete Aschur etwas verwirrt, »nicht, daß ich wüßte ...«

»Kommst du nicht aus unserem Viertel?«

»Ich bin erst seit kurzem hier.«

»Mein Name ist Kulaib as-Sammani, und ich gehöre zur Truppe unseres Führers Kanswah.«

»Habe die Ehre, Meister.«

Ein prüfender Blick, dann fragte der Mann: »Willst du dich uns anschließen?«

Die Antwort kam ohne Zögern. »Dafür habe ich nicht das richtige Gemüt.«

Kulaib lachte spöttisch. Schon im Weitergehen rief er: »Ein Körper wie ein Stier, aber ein Herz wie ein Spatz.«

In der letzten Zeit hatte sich Aschur um den Esel von Meister Zain an-Naturi gekümmert, wenn dieser nach dem langen Arbeitstag im Pferch festgebunden wurde. Freiwillig übernahm er es, ihn zu säubern, zu füttern und mit Wasser zu besprengen. War die Arbeit getan, ging Aschur weg, ohne um ein Entgelt zu bitten. Eines Tages rief Meister Zain ihn zu sich. »Bist du der Junge vom seligen Scheich Afra Zaidan?« fragte er.

Unterwürfig erwiderte Aschur: »O ja, möge Gott ihn mit seiner unendlichen Barmherzigkeit beschenken.«

»Ich habe gehört, daß du den Dienst bei Kanswahs Truppe abgelehnt hast?«

»Damit will ich nichts zu schaffen haben.«

Der Meister lächelte, und als er ihn fragte, ob er nicht bei ihm als Eseltreiber arbeiten wolle, stimmte Aschur sofort freudigen Herzens zu.

Begeistert nahm sich Aschur der neuen Aufgabe an und gab all seine Kraft daran. Meister Zain konnte sich jeden Tag aufs neue von Aschurs gutem Benehmen, seinem Fleiß und seiner Ausdauer überzeugen. Das einmal in ihn gesetzte Vertrauen enttäuschte er nicht. Wann immer er auf dem Hof arbeitete, sah er niemals in die Richtung, wo Zains Ehefrau sich vermutlich aufhielt. Aber dann, als dessen Tochter Zainab unweit von ihm vorbeikam, ließen ihn seine Augen im Stich, und er warf ihr einen zwar flüchtigen, aber doch bereuenswerten Blick hinterher. Ja, die Reue wuchs noch an, als eine Flamme in Brust und Eingeweide aufloderte und das unbändige Verlangen zum glutroten Edelstein werden ließ. Trunken von unersättlicher Begierde, murmelte er: »Bewahre uns Gott ...« Zum erstenmal nahm er den Namen des Herrn in den Mund und dachte doch an ganz anderes. In einem Schauer von Verwirrtheit, Besorgnis, Befremdung beobachtete er an sich Regungen einer bisher wenig wahrgenommenen Geschlechtlichkeit.

Eines Tages fragte ihn Meister Zain, der immer stärker von Aschurs Fähigkeiten als Eselshüter überzeugt war: »Wo schläfst du eigentlich?«

»Entweder an der Klostermauer oder im Gewölbe«, lautete die schlichte Antwort.

»Würde es dir vielleicht gefallen, wenn du im Pferch schlafen könntest?«

»Für eine solche Wohltat wäre ich unendlich dankbar, Meister.«

9 Zu frühster Morgenstunde stand er auf. Ihm gefiel die Dunkelheit, die das Lächeln des Zwielichts in sich barg. Gottesfürchtige wie Lasterhafte begannen sich zu regen, aber noch schmückte sich der reine Atem des Alls mit

Träumen. Bemüht, Zainabs aufdringliches Bild aus dem Herzen zurückzudrängen, widmete er sich dem Gebet. Er schlang einen Brotfladen, ein paar in Essig eingelegte Oliven und grüne Zwiebeln hinunter, gab dem Esel einen Klaps auf den Rücken und führte ihn hin zum Platz, um seinem Broterwerb nachzugehen. Vor lauter Lebenskraft schien er schier zu bersten, und mit nahezu grenzenlosem Vertrauen baute er auf seine Stärke, seine Geduld und die Fähigkeit, sich alles Unbekannte zu erobern. Ein Strudel hielt ihn gepackt, der ihn zu entwurzeln drohte. Wo immer er auch ging – Zainab lief ihm voraus, rief ihm etwas zu, das er nicht enträtseln konnte. Ihr Gesicht war blaß, mit kräftiger Nase und wulstigen Lippen, der Körper klein und gedrungen, und dennoch ging von ihr ein Zauber aus, den er sich nicht erklären konnte. Unablässig lohte ein Feuer in seinem Innern, und es kam schon vor, daß er vor lauter Hitze weder den Esel noch die Kunden wahrnahm.

Wenn es Zeit für eine Pause gab, trat er vors Haus und beobachtete den Strom der Menschen – all die Händler in den Läden, die Karrenschieber, die Gemüsehändler, die Obstverkäufer. War einer von ihnen sein Vater? Welche der Frauen war seine Mutter? Hatten die Eltern die irdische Welt schon verlassen, oder lebten sie noch? Wußten sie, daß es ihn gab? Wer hatte ihm diesen riesigen Körper vererbt, der dank Scheich Afras Güte noch stärker geworden war? Was soll's! Weg mit den nutzlosen, aufreibenden Gedanken. Dafür drängte sich ihm sofort wieder Zainabs Bild auf, und er meinte, ihr dunkles Rufen zu vernehmen. Nun ja, sagte er sich, nichts bleibt, wie es ist, und etwas wird geschehen. Und er sagte sich auch, daß das Gute, als Dank für all seine reinen Vorsätze, gewiß sein Verbündeter bliebe.

Eines Tages war schon von weitem Zain an-Naturis

zornige Stimme zu hören. Er stand mit einem Kunden auf dem Hof und brüllte wütend: »Du bist ein Dieb, nicht mehr und nicht weniger!«

»Hüte deine schmutzige Zunge!« schrie der andere. Da versetzte ihm an-Naturi eine Ohrfeige und packte ihn am Kragen. Aschur stürzte zu den beiden hin und rief: »Bekennt euch zu Gott!« Er warf sich zwischen die Streithähne, worauf ihn der Kunde mit Fußtritten traktierte und mit Flüchen überschüttete. Aschur griff sich ihn, preßte ihn an die Brust, bis er schrie. Erst da ließ er los. »Zieh in Frieden, das ist besser für dich.«

Im Nu war auf dem Hof nichts mehr vom Dieb zu sehen. An den Fenstern drängten sich die Frauen. Zainabs Mutter rief: »Fehlt bloß noch, daß der Kerl uns noch im Haus beschimpft!«

Zain an-Naturi sah Aschur dankbar an. Um nicht zu zeigen, wie verlegen er war, sagte er mit fester Stimme: »Möge dir Gott immer Gutes tun.« Er ging ins Haus, aber Zainab blieb am Fenster stehen.

Aschur kehrte zurück zum Toreingang. Nur Blicke können wir wechseln, dachte er betrübt und lehnte sich an die Mauer. Unweit von ihm duckte sich eine Katze, bereit, sich auf einen schwarzen Hund zu stürzen. Eingeschüchtert schlich der Hund davon. Hab acht, Aschur, sagte er sich, das ist ein Zeichen, eine Mahnung deiner Eltern. Er sank in die Arme zarter Träume, bis ihn die heißen Sommerstrahlen zu verbrennen drohten.

10 »Bist du überzeugt, daß man ihm vertrauen kann?« fragte Adlat ihren Mann Zain.

»Aber ja, er ist mir wie ein Sohn geworden.«

»Großartig«, stieß sie ungeduldig hervor. »Verheirate ihn mit Zainab.«

Zain an-Naturi runzelte nachdenklich die Stirn. »Ich hatte auf jemand Besseres gehofft.«

»Wir haben lang genug gewartet. Wegen ihr, der Ältesten, lehnst du jeden ab, der um eine ihrer Schwestern anhält.«

»Wäre Zainab dein Fleisch und Blut, würdest du nicht so reden«, erwiderte er verärgert.

»Sie steht ihren Schwestern im Weg. Außerdem ist sie schon fünfundzwanzig und nicht sonderlich hübsch. Von Tag zu Tag wird es schwieriger mit ihr.«

»Wäre sie dein Fleisch und Blut, würdest du anders reden«, wiederholte Zain.

»Reicht es nicht, daß du ihm vertraust? In deinem Alter brauchst du einen zuverlässigen Menschen.«

»Und Zainab?«

»Sie wird froh sein. Bewahre sie vor einem Leben in Unglück!«

11 Aschur hörte, daß Meister Zain ihn rief. Er wartete im Empfangsraum auf ihn. Er solle, so Meister Zain, doch neben ihm Platz nehmen. Aschur zögerte, sich auf die mit einem Schafsfell gepolsterte Holzbank zu setzen. Als er es schließlich doch tat, fragte der Meister freundlich: »Meinst du nicht, Aschur, daß es Zeit wäre, Gottes Gebot zu folgen und dich zu verehelichen?«

12 Freude und Licht. Wird der Traum zur Gnade, klingt Jubel im Ohr und im Herzen. Sind Gottes Diener von des Herrn Großmut erleuchtet, wagt es selbst Ungeziefer nicht, Schaden anzurichten.

Aschur ging ins Sultansbad, rasierte und wusch sich. Er striegelte das Haar, stutzte den Schnurrbart. Er besprengte sich mit Rosenwasser, reinigte sich die Zähne mit Zahnstochern, schlüpfte in die weiße Galabija und stolzierte in den eigens für seine gewaltigen Füße angefertigten Schuhen umher.

Es war eine Hochzeit, die dem Haus von an-Naturi ziemte. Danach richtete sich das neu vermählte Paar in einer Kellerwohnung gegenüber von an-Naturis Haus ein, die aus einem Zimmer und einem Vorraum bestand. Aschur überließ sich mit Haut und Haaren seiner leidenschaftlichen Liebe, und es gab etliche lüsterne Männer, die sich im Dunkel der Nacht dicht vor das Fenster hockten und hingebungsvoll lauschten.

Im Lauf der Jahre wurden Aschur drei Söhne geboren: Hasballah, Rizkallah, Hibatallah. Längst waren Meister Zain und seine Frau verstorben und alle Schwestern von Zainab verheiratet.

Aschur genoß das Eheleben. Er arbeitete noch immer als Eselstreiber, konnte den Esel sogar sein Eigentum nennen, da Meister Zain ihm das Tier zur Hochzeit geschenkt hatte. Zainab kümmerte sich um die Hühner und verdiente mit dem Verkauf von Eiern noch Geld hinzu. Die beiden hatten also ein gutes Auskommen, und oft genug duftete die Kellerwohnung nach einem köstlichen Braten.

Die Jungen waren herangewachsen und gingen verschiedenen Berufen nach. Hasballah arbeitete bei einem Tischler, Rizkallah bei einem Verzinner und Hibatallah in einer Bügelstube. Hatte auch keiner der Söhne Aschurs riesige Figur geerbt, so waren doch alle drei stattliche, kräftige Burschen und genossen im Viertel großen Respekt.

Trotz Aschurs allgemein bekannter Sanftmut wagte es keiner der Kanswah-Männer, mit ihm Händel zu suchen. Zainab hingegen war aus ganz anderem Holz geschnitzt – sie regte sich leicht auf, dachte nur Schlechtes über andere, klatschte gern herum. Aber was Fleiß und Treue betraf, ließ sich kaum eine bessere Frau finden. Aschur hatte seine Jugendlichkeit und Vitalität bewahrt, während Zainab, obwohl sie nur fünf Jahre älter war, vorzeitig an Frische und Lebendigkeit verlor. Trotzdem wandte er kein Auge von ihr ab und ließ in seiner Liebe zu ihr nicht nach.

Im Verlauf der Zeit konnte er mit seinem und ihrem Geld einen Karren kaufen, und so wurde aus dem Eselstreiber ein Fuhrmann. Zainab veranlaßte diese Veränderung zu der bissigen Bemerkung: »Bisher waren deine Kunden Männer, jetzt wirst du es ja wohl vor allem mit Frauen zu tun haben.« Da lachte er und fragte: »Meinst du vielleicht, daß ich jetzt nur zum Friedhof, zu Gräbern und Heiligenstätten, unterwegs bin?«

»Da sei der Herrgott vor!« empörte sie sich.

Was Aschur wirklich bekümmerte, war, daß er bis auf die kurzen Suren, die er beim Gebet sprach, alles andere vom Koran vergessen hatte. Aber das tat seinem Glauben an das Gute keinen Abbruch, auch wenn er erfahren mußte, daß Darwisch nicht der einzige Böse war, der auf der Welt herumlief. Er wußte, daß das Leben voller List und Tücken und unzähliger Laster war. Gerade deshalb ließ er in seiner Aufrichtigkeit nicht nach und ging hart mit sich ins Gericht, wenn er einen Fehler begangen hatte. Nie vergaß er, daß er seinen Söhnen manchen Wutanfall zugemutet hatte, weil sie sich bei ihren Ausgaben nicht hatten einschränken wollen. Dabei mußte er doch, abgesehen von Zainabs Ersparnissen, einige ihrer Monatslöhne für den Kauf des Karrens einsetzen. Es blieb ihm nicht verborgen, daß etliche Nachbarn durch die Männer der Schutzbande drangsaliert wurden. Aber er unterdrückte seine Wut und versuchte, die Leidtragenden mit – für sie wahrscheinlich – überflüssigen Reden zu beschwichtigen. Immer wieder ermahnte er alle, auf den rechten Weg zurückzufinden.

Einer der Nachbarn hatte ihn eines Tages mit der Frage aufgeschreckt, wozu all seine Kraft eigentlich nütze sei. Was sollte das? Warum schmähte ihn der Mann? Wollte er ihn aufhetzen? Reichte es nicht, daß er sich geweigert hatte, an der Tyrannei der Schutzbande teilzuhaben? Genügte es denn nicht, daß er seine Kraft in den Dienst der Menschen stellte? Trotzdem nagte der Zweifel an seinem Gewissen, lästig wie Fliegen an einem stickig heißen Tag. Doch zumeist kam er zum Schluß, daß die Leute ihn einfach nicht richtig einschätzten, und bekümmert endete sein inneres Zwiegespräch mit der Frage: Ach ja, wo findet sich noch heiteres, ungetrübtes Glück?«

13 Die Beine gekreuzt, saß er auf dem Platz vor dem Kloster und sah zu, wie die Sonne unterging und der Abend dämmerte. Er wartete auf das sanfte Fließen der Gesänge. Ein leichter, schon etwas kühler Herbstwind und ein Hauch von Wehmut drangen über die alte Mauer – Vorboten nächtlicher Traumbilder. Schweigen hüllte ihn ein, und auch nicht das kleinste Härchen regte sich. Vierzig Lebensjahre lasteten auf seinen Schultern, doch es schien, als hätten sie einzig bewirkt, ihm den jugendlichen Schwung der ewig Lebenden zu bewahren.

Eine innere Stimme schien ihm etwas zuzuraunen, und so schaute er auf. Auf dem schmalen Pfad, der vom Friedhof herführte, schlenderte ein Mann heran. Wie gebannt blieb sein Blick auf der Gestalt ruhen, denn trotz des Zwielichts, mit dem sich der Tag verabschiedete, hatte er ihn erkannt. Sein Herz klopfte, die heitere Gelassenheit erstarrte. Immer näher kam der Mann, bis er schließlich grinsend und den Blick aufs Kloster verwehrend vor ihm stand.

»Darwisch Zaidan!« stammelte Aschur.

»Willst du mich nicht begrüßen? Einen recht schönen, guten Abend, Aschur!« tönte Darwisch vorwurfsvoll.

Aschur erhob sich. Als er ihm die Hand reichte, sagte er, bemüht um Gelassenheit: »Sei willkommen, Darwisch.«

»Na bitte, ich scheine mich nicht groß verändert zu haben.«

Es war bedrückend, daß er dem seligen Scheich Afra so sehr ähnelte. Nur die schon immer gröberen Gesichtszüge wirkten nun wie versteinert. »Aber nein, überhaupt nicht«, murmelte Aschur.

»Erstaunlich, da sich doch alles verändert«, sagte Darwisch und sah ihn bedeutungsvoll an.

Ohne auf die Anspielung einzugehen, fragte Aschur: »Wo hast du die ganze Zeit gesteckt?«

Darwisch kicherte. »Im Gefängnis.«

Obwohl ihn die Antwort nicht völlig unerwartet traf, rief er entsetzt: »Im Gefängnis?!«

»Alle haben Dreck am Stecken, aber mich hat's eben erwischt.«

»Gott verzeiht und vergibt gern ...«

»Wie ich höre, lebst du bestens?«

»Man hat sein Auskommen, mehr auch nicht.«

»Ich brauche Geld.«

Aschur fühlte Wut aufsteigen, trotzdem steckte er die Hand in die Brusttasche und holte einen Rijal heraus. »Es ist nicht viel, aber gemessen daran, wie es mir zur Zeit geht, ist es eine Menge.« Mit finsterem Gesicht nahm Darwisch das Geld, bevor er hochtrabend erklärte: »Laß uns für meinen Bruder Afra die Fatiha beten.«

Nachdem sie das Gebet beendet hatten, sagte Aschur: »Ich besuche regelmäßig sein Grab.« Darwisch kümmerte das nicht, vielmehr fragte er dreist: »Kann ich bei dir wohnen, bis ich auf eigenen Füßen stehe?«

Ehe er sich versah, erwiderte Aschur: »Ich habe keinen Platz für einen Fremden.«

»Einen Fremden?!«

Entschlossenen Muts fuhr Aschur fort: »Wenn es nicht das Gedenken an meinen seligen Meister gäbe, hätte ich dir nicht einmal die Hand gereicht.«

Unbeirrt in seiner Frechheit, forderte Darwisch: »Gib mir noch einen Rijal. Wenn es mir bessergeht, zahle ich meine Schulden zurück.« Aufs äußerste verärgert, gab ihm Aschur das Geld.

Als Darwisch, ohne ein Wort zu sagen, sich auf den Weg in Richtung des Friedhofs machte, erscholl vom Kloster her eine klare, reine Stimme.

Segerije mardome tschaschm neschaste dar chun ast

14 Aschur war gerade mit seinem Karren unterwegs, als er bei einer Ruine gleich zu Beginn des Viertels eine Menge Leute herumstehen sah. Beim Näherkommen entdeckte er, daß es sich um Bauarbeiter handelte. Blechplatten, Holzbohlen und Palmzweige lagen vor ihnen. Mitten unter den Männern befand sich Darwisch Zaidan. Beim Gedanken, daß sich Darwisch hier niederlassen wollte, wurde Aschur beklommen zumute. Schon wollte er weiterziehen, da rief Darwisch: »Wie du siehst, tue ich alles, um dir nicht zur Last zu fallen!«

»Gut, wenn der Mensch ein Heim hat«, lautete Aschurs frostige Antwort.

»Ein Heim?« Darwisch brüllte vor Lachen los. »Genau, und zwar für alle, die keins haben.«

15 »Die Sache ist klar, der Kerl baut eine Schenke«, erklärte Hasballah seinem Vater.

»Eine Kneipe?« fragte Aschur ungläubig.

»Alle sagen das«, bestätigte Rizkallah.

»Großer Gott, und ich habe ihm auch noch Geld gegeben!« stöhnte Aschur.

»Wo ein Wille ist, ist auch ein Weg«, meinte Hibatallah.

»Und was sagen die Behörden dazu?«

»Offensichtlich hat er die Konzession bekommen.«

»Wie kann es sein, daß im Viertel, wo es weder einen Brunnen noch einen Betraum gibt, eine Schenke gebaut wird?« fragte Aschur bekümmert.

Bald wurde das Lokal von Kanswah und den Männern seiner Schutzbande eröffnet. Aschur wurde es noch schwerer ums Herz, und niedergeschlagen murmelte er: »Schutz hat er also auch schon gefunden.«

16 Durch das Fenster scholl Lärm herein. Was ging da vor sich? Konnte das Viertel nie aufhören zu streiten? Aschur saß auf dem einzigen Diwan, der im Zimmer stand, und schlürfte seinen Kaffee. Das Licht war noch nicht angezündet. Es war Winter, und der kalte Wind zerrte an den Fensterläden. Zainab, die eifrig mit Bügeln beschäftigt war, lauschte hinaus auf die Straße. »Das ist Rizkallahs Stimme«, meinte sie beunruhigt.

»Du glaubst, daß die Jungen sich streiten?!«

Zainab lief hinaus, und gleich darauf hörte Aschur sie schreien: »Ihr verrückten Kerle, ihr solltet euch schämen!«

Aschur sprang auf, und schon im nächsten Moment stand er bei den Söhnen. Kein Wort kam mehr über ihre Lippen, aber noch stand die Wut in ihren Gesichtern geschrieben. »Was, um Gottes willen, geht hier vor?« rief er. Als sein Blick zufällig auf die Erde fiel, sah er ein Damespiel aufgezeichnet. Steine lagen herum. »Spielt ihr nur so oder gegen Geld?« fragte er scharf. Niemand antwortete.

Er kochte vor Wut. »Wann werdet ihr endlich Männer?« brüllte er und griff sich Hasballah. »Du bist der Älteste, ist es nicht so?« Ein eigenartiger Geruch schlug ihm entgegen. Besorgt holte er sich die beiden anderen heran und schnüffelte. Ah, sollte doch die Erde alles verschlingen! »Ihr seid betrunken, ihr Hunde!« Er riß sie an den Ohren. Vor lauter Wut schwollen ihm die Adern, und er lief rot an. Eine Menge junger Burschen hatte sich angesammelt, die das Schauspiel genossen. Flehentlich rief Hasballah: »Laß uns wenigstens hineingehen!«

»Ach so!« fuhr er ihn barsch an. »Vor den Menschen schämt ihr euch, aber nicht vor Gott!«

Verzweifelt zerrte Zainab an seinem Arm. »Mach uns nicht zum Gespött des Pöbels«, rief sie.

»Die hier, die sind der Pöbel!« Trotzdem ließ er von den Söhnen ab.

»So kannst du nicht mit ihnen umspringen, sie sind keine kleinen Kinder mehr«, zischte Zainab ihn an.

»Ihr habt alle keinen Anstand, die Jungen nicht und du auch nicht.«

»Aber das Lokal ist voll von Leuten!«

Drinnen ließ er sich auf den Diwan fallen und seufzte: »Was für ein Jammer! Nicht einmal von dir kann man sich Unterstützung erhoffen.« Zainab zündete das Licht an und stellte die Lampe auf das Fensterbrett. Bemüht freundlich erwiderte sie: »Ich arbeite mehr als du. Und ohne mich hättest du keinen Karren, und niemand würde dir den Ofen heizen.«

»Das einzige, was dir geblieben ist, ist deine Zunge, scharf wie eine Peitsche«, brummte er griesgrämig.

»Weil ich mich für dich und die Jungen aufgeopfert habe.«

»Sie verdienen Strafe«, überlegte er laut.

»Das sind doch keine Kinder mehr! Nicht lange, und sie gehen aus dem Haus.« Aus Erfahrung wußte Zainab, daß sein Ärger nicht lange anhalten würde. Harte Worte und zartes Geflüster verschmelzen leicht in einer Glut.

Doch Aschur blieb besorgt, was die Söhne betraf. Keiner von ihnen hatte die Koranschule erfolgreich beendet. Aber mangelte es ihnen nicht auch an der notwendigen Fürsorge, weil er und Zainab unentwegt arbeiteten? Die Söhne waren nicht so glücklich dran wie er damals, als sich Scheich Afra liebevoll um ihn kümmerte. Die Gewalt und den Aberglauben des Viertels hatten die Söhne in sich aufgesogen, nicht aber dessen Tugenden. Keiner von ihnen war auch nur annähernd so kräftig wie er. An Vater und Mutter hingen sie nicht, ihre Liebe war oberflächlich und wankelmütig. Im Herzen waren sie von jeher widerspenstig, auch wenn sie sich meistens in Schweigen hüllten. Ohne alles Talent, ohne sonderliche Fähigkeiten würden sie immer dumme Jungen bleiben. Keiner von ihnen würde es je schaffen, sich Meister zu nennen. Wie auch? Ein Wink, und sie rannten in die Kneipe. Was das betraf, kannten sie keine Grenze. »Ach ja«, seufzte er, »alles, was sie können, ist, einem das Herz schwermachen.«

»Sie sind erwachsen, Meister«, erwiderte Zainab nachsichtig.

17 Eines Tages, als er an der Schenke vorbeikam, stellte sich ihm Darwisch in den Weg. »Herzlich willkommen …«, rief er. Diesmal wollte Aschur ihm nicht ausweichen. Nein, trotz allem Haß würde er keinen Rückzieher machen. Er zog die Zügel stramm, so daß der Esel stehenblieb, und sprang vom Karren. Entschlossen baute er sich vor Darwisch auf. »Deine neue Beschäftigung schmäht das Andenken an deinen Bruder«, erklärte er vorwurfsvoll.

Darwisch grinste spöttisch. »Immer noch besser, als Leute zu überfallen, oder nicht?«

»Das ist genauso widerlich.«

»Tut mir leid, aber ich liebe nun mal das Abenteuer.«

»Es gibt schon mehr als genug Sünde in unserem Viertel.«

»Der Rausch macht nicht nur den Bösen böser, er macht auch den Guten gütiger. Komm doch mal vorbei!«

»Verflucht soll deine Spelunke sein!« Er sah sich um, und plötzlich entdeckte er im Lokal eine Gestalt, die flink mal hier-, mal dorthin eilte. Völlig verwirrt fragte er: »Was denn, Frauen gibt's da auch?«

»Wahrscheinlich hast du Fulla gesehen.«

Da Aschur nichts Genaues hatte ausmachen können, fragte er nochmals: »Kommen auch Frauen zu dir?«

»Aber nein. Fulla ist eine Waise, die ich adoptiert habe.« Darwisch lächelte ironisch. »Du kannst dir wohl nicht vorstellen, daß ich einer guten Tat fähig bin. Ist es nicht besser, ein Findelkind aufzunehmen, als eine Moschee zu bauen?«

Aschur hielt der Anspielung geduldig stand. »Und was hat sie in der Kneipe zu suchen?«

»Sie verdient sich ihren Lebensunterhalt.«

»Was soll's,« murmelte er traurig. »Es nützt nichts, mit dir zu reden.« Mit diesen Worten schwang er sich auf den Kutschbock, und kaum hatte er »Hü!« gerufen, setzte sich der Esel in Bewegung. Noch lange war das gleichmäßige Klappern der Hufe zu hören.

18 Den Tag erlebte Aschur nur noch in Grau, die Nacht in Schwarz. Wann immer er an eine Biegung kam, stieß er unverhofft auf ein Hindernis. Die Lider flatterten ihm, und er bat Gott inständig, alles zum Guten zu wenden.

Warum sollte es nicht möglich sein, daß das verruchte Lokal einen Schaden nahm, der es ein für allemal vernichtete?

Es war kurz nach Mitternacht. Er hatte sich gerade hingelegt. Plötzlich rief draußen jemand: »Meister Aschur! Meister Aschur!« Er stürzte ans Fenster, öffnete es. Seine Gedanken kreisten nur um eins – die Jungen. Vor dem Fenster beugte sich eine Gestalt zu ihm hinunter. »Was ist los?« fragte er. »Hol dir deine Jungen! Sie bringen sich gegenseitig wegen dieser Fulla um!«

Hinter ihm rief Zainab: »Du bleibst! Ich gehe hin!« Er schob sie beiseite, schlüpfte in die Schuhe und stürzte davon.

19 Wie ein Riese stand er in der Tür und füllte sie voll aus. Alle Augen richteten sich auf ihn. Der Raum war voll von Betrunkenen, die sich an den Wänden herumdrückten. Darwisch stürzte zu ihm und schrie: »Deine Bengel werden alles kaputtschlagen!«

Hibatallah lag regungslos auf dem Boden. Die beiden anderen waren mit haßerfüllten Gesichtern ineinander verknäult. Keiner der Betrunkenen machte den Eindruck, daß ihn das etwas anginge.

»Schluß! Benehmt euch!« brüllte er mit donnernder Stimme. Auf einen Schlag lösten sich Rizkallah und Hasballah voneinander. Entsetzt starrten sie zur Tür. Aschur holte aus und schlug mit dem Handrücken erst den einen, dann den anderen. Beide gingen zu Boden. Drohend sah er sich um, aber niemand wagte etwas zu sagen. Mit einem Blick, der Darwisch hätte versteinern können, schrie er: »Verflucht sollst du sein, du und deine Pesthöhle!«

Plötzlich, als hätte sie der Boden ausgespuckt, stand Fulla vor ihm. »Ich bin unschuldig«, stammelte sie.

»Sie hat hier nur zu bedienen«, warf Darwisch ein. »Aber deine Burschen können es nicht lassen, ihr nachzustellen.«

»Halt's Maul, du dreckiger Zuhälter!« brüllte Aschur.

Darwisch wich zurück. »Möge dir Gott vergeben«, lallte er.

Aschur griff nach einem Schemel. »Wenn ich wollte, könnte ich damit jedem den Schädel zertrümmern ...«

Bei dieser Drohung trat Fulla noch einen Schritt vor, so daß sie unmittelbar vor ihm stand. Wieder stammelte sie: »Ich kann nichts dafür.« Er wandte den Blick ab. »Geh mir aus den Augen!« fuhr er sie grob an. Dann griff er sich die Jungen und beförderte einen nach dem andern, sosehr sie auch wankten, mit einem kräftigen Stoß ins Freie. Doch erneut trat Fulla an ihn heran. »Glaubst du mir nicht, daß ich unschuldig bin?«

Ohne sie anzusehen, schleuderte er ihr entgegen: »Eine Teufelsbrut bist du, ein böser Geist!« Ohne sie des geringsten Blicks zu würdigen, trat er hinaus.

Als er durchs dunkle Viertel schritt, atmete er kräftig durch. Er fühlte sich befreit, als sei er den Fängen des Bösen entwischt. Es war so finster, daß man die Hand nicht vor den Augen sehen konnte. Sosehr er sich auch mühte, die Jungen zu entdecken, er konnte sie nicht finden. »Hasballah!«

Nichts, nur Stille und Finsternis. Ein schwaches Licht drang aus dem Kaffeehaus, aber dann kam nur noch Dunkel. Sein Herz sagte ihm, daß die Jungen nicht heimkehren würden. Sie waren vor ihm geflohen, vor seinem Bemühen, seiner Macht. Künftig würden sie Fremde sein. In diesem Viertel fühlte sich kein Kind den Wurzeln verpflichtet, so etwas kam nur bei den Reichen vor.

Mühsam tappte er durchs Dunkel. Er spürte, daß Sorglosigkeit und Vertrauen verloren waren. Eine reißende

Strömung hielt ihn gefangen, ließ ihn nicht los. Angst überfiel ihn. Gewiss hatte das Mädchen die Jungen mit seiner Schönheit geblendet. Eine verführerische Schönheit. Warum haben diese Idioten nicht geheiratet? War nicht die Ehe sowohl Gottes Gebot als auch Schutz?

20 Zainab war vor die Tür geeilt, um auf ihn zu warten. Die Lampe hatte sie auf die Schwelle gestellt, so daß er im Lichtschein eintreten konnte. »Wo sind die Jungen?« fragte sie besorgt.

Niedergeschlagen fragte er zurück: »Sie sind also nicht heimgekehrt?« Ein schwerer Seufzer entrang sich seiner Brust. »Gottes Wille geschehe« murmelte er und setzte sich auf den Diwan.

»Du hättest mich gehen lassen sollen«, fuhr Zainab ihn heftig an.

»In eine Spelunke? Mit lauter Betrunkenen?«

»Du hast sie geschlagen. Obwohl sie keine Kinder mehr sind. Sie werden nicht zurückkommen.«

»Ach was. Einen Tag lungern sie irgendwo herum, und dann sind sie wieder da.«

»Ich kenne sie besser als du.« Da er schwieg, fuhr sie fort: »Was hat es mit dieser Fulla auf sich, von der Darwisch immer redet?«

Er wich ihren Blicken aus und erklärte verächtlich: »Was fragst du? Ein dummes Ding, das sich in einer Kneipe herumtreibt.«

»Ist sie hübsch?«

»Eine schamlose Person ist sie.«

»Eine hübsche?«

Er zögerte. »Ich habe sie mir nicht angeschaut.«

»Aschur, sie werden nicht zurückkommen«, klagte Zainab.

»Gottes Wille geschehe ...«

»Was weißt du schon von Jugendlichen!« Da er nicht widersprach, fügte sie hinzu: »Man muß großzügig sein und Fehler verzeihen können.«

Überrascht sah er auf. »Meinst du das wirklich?« Er betrachtete sie. Blaß und ausgedörrt sah sie aus, frühzeitig gealtert, bejahrt wie die alte Mauer des Klosters. »Ach, Zainab, du tust mir leid.«

»Künftig wird's reichlich Gelegenheit geben, uns gemeinsam auszuklagen«, zischte sie ihn an.

»Wie auch immer, die Jungen brauchen uns nicht mehr.«

»Ohne sie wird die Wohnung wie ausgestorben sein.«

»Arme Zainab, wie leid du mir tust.«

Sie legte den Kopf zwischen die Hände. »Es ist so viel zu tun am frühen Morgen«, seufzte sie.

»Versuch noch zu schlafen.«

»In einer solchen Nacht?«

Verärgert fuhr er sie an: »Es ist eine Nacht wie jede andere.«

»Und du? Kannst du schlafen?«

»Ehrlich gesagt, brauche ich frische Luft.«

21 Finsternis. Im dunklen Gewölbe mit Händen greifbar, Hülle von Bettlern und Strolchen. Stille. Eindringliche Sprache, Umarmung für Engel und Teufel. Zuflucht für den Bedrängten vor sich selbst, versinken ins Ich. Dringt Furcht durch die Mauerritzen, ist Hoffnung auf Rettung vergebens.

22 Er trat aus dem Gewölbe. Da stand er, allein mit den Gesängen der Derwische, der alten Mauer, dem sternenbesetzten Himmel. Er hockte sich auf den Boden, verbarg das Gesicht zwischen den Knien. Ein Fehltritt, vor mehr als vierzig Jahren vertuscht im engen Gäßchen, verfolgte ihn bis heute. Wie hatte es dazu kommen können? Wo war es geschehen? Unter welchen Umständen? War er das einzige Opfer dieser Frau? Versuch, so du kannst, dir alles vorzustellen. Die Mutter mit verliebtem Gesicht, der Vater vor Gier rot angelaufen. Lausch, so du kannst, den gefährlich einschmeichelnden, zuckersüßen Worten. Ruf dir, so du kannst, den Augenblick ins Gedächtnis zurück, in dem dein Schicksal entschieden wurde. Ein Mann und eine Frau, und an ihrer Seite standen Engel und Teufel. Doch die Begierde besiegte die Engel. Stell dir die Mutter vor. Vielleicht hat sie ausgesehen wie ... Um die Schlacht zu entfachen, muß sie schön gewesen sein – helle Haut, kuhlgeschminkte schwarze Augen, knospenzarte Gesichtszüge. Eine geschmeidige, betörende, sanfte Stimme. Aber zuallererst müssen verborgene Kräfte im Spiel gewesen sein, überschwenglich und verströmend, aber auch treulos und gewalttätig und ohne jede Spur von Gewissen. Ein leckerer Köder, den das Leben in die Falle legt, und dann wartet es. Fünfzehn Jahre lang. Deshalb hat sich das Tor der Gesänge nicht geöffnet, als du geklopft hast. Stark, wie du bist, hättest du es mit Gewalt aufstoßen können. Aber das hast du nicht gewollt. Wer mit dem Leben den Bund schließt, muß auch dessen Sprößlinge, verpestet vom Gestank der Geilheit, in die Arme schließen. Nur eines ist sicher – die Wahrheit wirst du nicht finden, obwohl du, auf ewig leidend, ihr hinterherjagen mußt. Dem einen ist Lächeln vorherbestimmt, des anderen Los sind Tränen. Ein neues Geschöpf kam in die Welt, geschlagen mit blindem Eifer, Besessenheit, Reue. Nun, da es Hilfe bei Gott dem Barmherzigen sucht, ertrinkt es schier im Rausch der Versuchung.

Da war er – Scheich Afra Zaidan, vor seinem Grab. Er

packte ihn, so daß er ängstlich fragte: »Wohin, mein Gebieter? Ins Grab?« Doch der Scheich schritt mit ihm aus, durchs enge Gäßchen und dunkle Gewölbe, bis hin zum Platz vor dem Kloster …

Er schreckte auf, rieb sich die Augen. Zainab stand vor ihm und schimpfte: »Ha, das habe ich vermutet. Willst du hier bis in den Morgen schlafen?« Verstört sprang er auf. Er nahm sie an die Hand, und schweigend kehrten sie heim.

23 Was war das? Die Männer verstummten ratlos: Aschurs riesige Gestalt stand in der Tür. Die trunkenen Lider zuckten, die benebelten Augen starrten ihn an. Was hatte er vor? Suchte er nach seinen Jungen? Warnend sah man sich an, es war nichts Gutes zu erwarten.

Aschur ließ den Blick schweifen. Auf der linken Seite entdeckte er einen freien Platz. Er ging hin, setzte sich. Mit der zur Schau getragenen Ruhe überspielte er die eigene Verlegenheit. Darwisch eilte zu ihm. »Eine gute Idee.« Er lächelte. »Kaum zu glauben.«

Aschur sah durch ihn hindurch. Da kam Fulla angelaufen, mit Bier in einer Kürbisflasche und einer spitzen Tüte mit zerstoßenen Pfefferlupinen. Er schloß die Augen. Die Geschichte der Sintflut fiel ihm ein. Er schob die Flasche beiseite, zahlte wortlos. Darwisch beobachtete ihn verwirrt, und als er merkte, daß Aschur wieder hinausgehen wollte, murmelte er: »Wir stehen zu Diensten, was immer du auch willst.«

Die anderen Männer kümmerten sich nicht mehr um ihn. Fulla wunderte sich, warum er nichts trinken wollte. Sie trat noch einmal an ihn heran, zeigte auf die Flasche und sagte: »Das Bier ist wirklich gut.« Er senkte den Kopf, was aussah, als wollte er ihr danken. Einer der Betrunkenen rief Fulla zu: »Komm ihm nicht zu nahe, Mädchen!« Lachend drehte sich Fulla um, seufzte laut und sagte: »Findest du nicht, daß er wie ein Löwe aussieht?«

Ihm war, als überströme ihn der Himmel mit geradezu kindlicher Freude, und er mußte sich Mühe geben, eine harte Miene aufzusetzen. Seine Seele schien bloßzuliegen. Das ganze Leben beschränkte sich plötzlich auf die kurze Spanne zwischen dem Klostergäßchen und dieser Spelunke. Alles, was es sonst noch gegeben hatte, floß ein und zerschmolz in einer überwältigenden, neuen Melodie. Sie riß ihn fort, und willentlich überließ er sich der Niederlage, frohlockend wie bei einem Sieg.

Fulla, die wieder bei den Krügen und Flaschen stand, beobachtete ihn gespannt. Aber plötzlich wurde die Tür aufgerissen, und herein stürmten Hasballah, Rizkallah und Hibatallah. Die berauschte Trägheit der Männer schlug um in furchtsames Schweigen, und die Hälse wurden vor Spannung immer länger.

»Guten Abend, ihr Leute!« rief Hasballah ausgelassen. Erst da bemerkte er seinen Vater. Er würgte und schluckte, und dann erstarrte er. Im Nu war auch Rizkallah und Hibatallah die Freude auf einen lustigen Abend vergangen. Für einen Moment standen die drei reglos da, dann drehten sie sich um und waren, als hätte es sie nie gegeben, verschwunden.

Der Raum bebte vor brüllendem Gelächter. Fulla blickte zu Darwisch hinüber. Doch der schwieg, und nur seiner Miene war anzusehen, wie peinlich ihm die Geschichte war.

24 »Soll das so weitergehen?« Empört sah Zainab ihren Mann an.

»Was soll ich machen?« erwiderte Aschur gequält.

»Wunderbar, daß du die Jungen daran hinderst, in die Schenke zu gehen, aber um diesen Preis?«

Verlegen wiegte er den gewaltigen Schädel und verharrte schweigend. Doch Zainab schrie dafür um so lauter los. »Und was kommt dabei heraus? Du bist Darwischs bester Kunde geworden!«

25 Aschur war mit seinem Karren unterwegs. Als er an Darwischs Lokal vorbeikam, stürzte Fulla aus der Tür heraus und stellte sich ihm in den Weg. Er zog die Zügel an und bat inständig im Innern, daß der Himmel sich seiner erbarmen möge. Mit einem Satz sprang sie flink in den Karren, hockte sich auf den Boden und hüllte sich sorgsam in die Milaja ein. Das Gesicht war unverschleiert.

Aschur sah sie fragend an. »Bring mich nach Margusch«, sagte sie zart. Mit einem breiten Grinsen im Gesicht erschien Darwisch an der Tür. »Paß gut auf sie auf! Das Geld bekommst du von mir«, erklärte er.

Das Spinnennetz war gesponnen, aber Aschur kümmerte es nicht. Das Frohlocken war so groß, daß es einem Rausch gleichkam. Unter den Hufen des Esels ging Aschur alles an überkommenen Werten verloren, aber er trieb das Tier voran.

»Wenn du vernünftig wärst, könntest du bei der Schutztruppe sein«, meinte Fulla plötzlich.

Ein Lächeln huschte über sein Gesicht. »Hältst du mich für so schlecht?«

Sie lachte hell und fragte zurück: »Was nützt es, zu Leuten gut zu sein, an denen nichts Gutes ist?«

»Ach, du bist noch jung.«

»Bisher hat mich keiner als Kind behandelt«, schmollte Fulla.

Sein Gesicht verdüsterte sich. Er konnte nicht die aufdringlichen Blicke vergessen, die seine kostbare Last Abend für Abend in der Kneipe bedrängten. »Was willst du in Margusch?« fragte er. Als sie nicht antwortete, bereute er seine Neugier.

Sie bat ihn, am Anfang des Viertels zu halten. »Schade, daß die Spazierfahrt nur so kurz war«, meinte sie und fügte hinzu: »Aber es wird bald dunkel.« Als sie abgestiegen war, streichelte sie den Esel und flüsterte ihm ins Ohr: »Um deinen Herrn ist es geschehen.«

26 Mit dem ersten Sonnenstrahl stürzte er ins Lokal. Laut fluchend wachte Darwisch auf. Als er sah, daß Aschur der frühe Besucher war, fragte er völlig überrascht: »Was willst du hier?« Aschur packte ihn an der Hand, zog ihn hoch und stammelte aufgeregt: »Was sein muß, muß sein.«

»Was willst du, Aschur?«

»Du bist hinterhältig und gemein«, fuhr er ihn grob an, »und du weißt genau, worum es geht.«

Darwisch kraulte sich verlegen am Kopf und starrte Aschur eindringlich an. »Was soll das jetzt?«

Doch Aschur, offensichtlich entschlossen, alles Unglück auf sich zu ziehen, erklärte: »Ich habe entschieden, sie zu mir zu nehmen ...«

»Alles zu seiner Zeit«, wehrte Darwisch grinsend ab.

»... und sie nach Gottes und des Propheten Brauch zu ehelichen.« Darwisch sah mit großen Augen Aschur an. Erst nach einer Weile stammelte er: »Was soll das heißen?«

»Ich bin nicht der, für den du mich hältst.«

»Bist du verrückt geworden?«

»Schon möglich.«

Darwisch sank in sich zusammen. »Ich kann sie nicht entbehren.«

»Du wirst es können müssen.«

»Hast du dir die Folgen überlegt?«

»Es gibt nichts zu überlegen.«

Darwisch bäumte sich auf. »Weißt du nicht, wie viele Männer …?« An dieser Stelle machte sich Fulla bemerkbar, Zeichen dafür, daß sie, obwohl sie noch auf ihrer Matte lag, dem Gespräch gelauscht hatte.

Aschur hielt unbeirrt an seinem Plan fest. »Was willst du damit sagen? Wenn ich dich als Zeugen brauchte, hätte ich dich schon gefragt.«

»Du machst dich zum Gespött von groß und klein!« schrie Darwisch aufgebracht.

Jetzt mischte sich Fulla ein. »Er ist durchaus imstande, sich und die Seinen zu schützen!« rief sie. Darwisch stürzte zu ihr und schlug auf sie ein. Sie schrie los. Aschur warf sich auf Darwisch, umklammerte ihn mit beiden Armen. Er drückte so heftig zu, daß Darwisch ächzte und stöhnte. »Erbarmen, Prophet!« rief er.

Vor Wut schnaubend, ließ Aschur von ihm ab. Mit dem Fluch »Hol dich der Teufel!« ging Darwisch zu Boden.

27

Unbeirrbar und mit hemmungsloser Dreistigkeit begann Aschur, den einmal gefaßten Entschluß in die Tat umzusetzen. Auch der Gedanke, daß er Zainab traurige Zeiten bescheren würde, konnte ihn nicht mehr zurückhalten. Mit gesenktem Kopf baute er sich vor ihr auf und tönte mit fester Stimme: »Wenn Gott etwas beschließt, stehen wir machtlos da.«

Neugierig, aber ohne allen Argwohn sah sie ihn an.

»Ich werde wieder heiraten, Zainab.«

Wie vom Blitz getroffen erstarrte sie, rührte sich vor Entsetzen nicht von der Stelle. Im Kopf schwirrte es ihr, als wäre er ein Wespennest. Plötzlich entrang sich ihr ein Schrei: »Du, der gütige, anständige Mann!«

»Gottes weiser Ratschluß ...«, entgegnete er leise.

»Warum vergreifst du dich an Gott? Warum gibst du nicht zu, daß es der Teufel ist!« schrie sie. »Tust, als wäre ich nur noch eine alte Schale, die man wegwerfen kann!«

»O nein, du behältst alle deine Rechte«, versicherte er geflissentlich.

Tränen glänzten in ihren Augen, trotzdem schleuderte sie ihm entgegen: »Mir bleibt Gott! Du treuloser Schurke, Verräter an Heim und Herd!«

28 Aschur heiratete Fulla in aller Stille. Er mietete eine Wohnung am anderen Ende des Viertels und war ein so glücklicher Ehemann, daß jeder, der ihn sah, glaubte, einen jungen Burschen vor sich zu haben.

29 Die Nachricht von Aschurs Heirat verbreitete sich im Viertel wie eine Feuersbrunst. Warum konnte er sich nicht benehmen wie die anderen Männer? »Na bitte«, erklärte Hasballah hämisch, »er hat uns nur von ihr ferngehalten, weil er sie besteigen wollte.«

Der gute Ruf, den sich Aschur mit seiner Güte und Redlichkeit erworben hatte, schwand schnell dahin. Benahm sich so ein rechtschaffener Mann? Wo war die Treue zu Zainab, wo die Dankbarkeit gegenüber ihrem Vater geblieben? Wer hatte aus dem Eselstreiber einen Fuhrmann gemacht? Wer hatte ihn aus seinem armseligen Leben herausgeholt?

Aschur rechtfertigte sich vor sich selbst damit, daß ein anderer Mann es nie auf sich genommen hätte, Fulla zu heiraten. Jeder Tag brachte ihm neues Glück, so daß er sich seiner jungen Frau immer verbundener fühlte. Um das Gerede der Leute scherte er sich nicht. Fullas Liebe war von einer Zärtlichkeit, die er sich nie hätte erträumen lassen. Obendrein bemühte sie sich eifrig, eine gute Hausfrau zu sein, Gehorsam zu zeigen und ihm nicht den geringsten Anlaß zur Eifersucht zu geben. Was ihn aber am stärksten an sie band, war die Tatsache, daß sie – wie er – weder Vater noch Mutter kannte. Und weil sie ihn von Herzen liebte, sah er ihr nicht nur ihre Unwissenheit nach, sondern auch ihre schlechten Manieren. Gleich zu Beginn war ihm klargeworden, daß sie von der Religion außer dem Wort selbst nichts wußte und keinerlei Sittsamkeit kannte. Sich ganz ihren Instinkten überlassend, lebte sie in den Tag hinein. Irgendwann, sagte er sich, mußte er sich die Zeit nehmen und ihr die Flausen austreiben. Noch bewahrte sie die Liebe vor einem Rückfall in schlechte Manieren, aber wie lange würde das anhalten?

Die Beziehung zu Zainab hatte Aschur nicht abgebrochen, keines ihrer Rechte geschmälert. Im Lauf der Zeit gewöhnte sie sich an das neue Leben und ertrug ihren Schmerz in Demut. Kam er zu Besuch, machte sie immer gute Miene.

Darwisch sah dem Geschehen von fern zu. Haßerfüllt sagte er sich: »Noch ist der Skorpion verliebt, noch betet sie ihn an. Aber warten wir ab, bald wird sie zustechen.«

Nicht lange, und Fulla war schwanger. Die Zeit kam, und sie gebar einen Sohn, den der Vater Schamseddin nannte. Er konnte sich nicht genug freuen, gerade so, als wäre es sein Erstgeborener. Die Tage vergingen, und kein Wölkchen trübte Glück und Heiterkeit. Nie zuvor war es Aschur so gut ergangen.

30 Was geschah mit dem Viertel? Das Heute glich nicht dem Gestern und das Gestern nicht dem Tag davor. Das Unheil nahm seinen Lauf. Hatte der Himmel es geschickt? Spuckte es der Höllenbauch der Erde hervor? Konnte alles wirklich nur Zufall sein? Dennoch – die Sonne strahlte, nahm ihren täglichen Lauf. Die Nacht folgte dem Tag, die Leute kamen und gingen, aus den Kehlen flossen die dunklen Gesänge. Was geschah mit dem Viertel?

Aschur betrachtete Schamseddin, der völlig hingegeben an Fullas Brust lag und trank. Er lächelte, ja – trotz allem konnte er noch lächeln. »Wieder ein Toter«, seufzte er plötzlich. »Hörst du die Klage?«

»Bei wem könnte es sein?«

Angestrengt lugte er durch die Ritzen des Fensterladens, horchte. »Wahrscheinlich hat es die Familie von Zaidan ad-Dachachani getroffen.«

»So viele Tote in einer Woche«, klagte Fulla.

»Mehr als sonst in einem Jahr.«

»In manchem Jahr stirbt überhaupt keiner.«

Das neue Unheil wollte nicht enden.

Eines Tages, als Aschur wieder mit seinem Karren unterwegs war, hielt Darwisch ihn an. »Es wird soviel geredet, weißt du vielleicht etwas Genaueres?«

»Was meinst du?«

»Die Leute erzählen sich, daß manche unter solchem Brechreiz und Durchfall leiden, daß sie fast in ihrem eigenen Dreck ersticken. Vor lauter Schwäche brechen sie zusammen, und wenig später hat sie der Tod geholt.«

»Ach was, es wird soviel in unserem Viertel geredet«, brummte Aschur unwillig.

»Aber gestern hat's bei mir einen Gast getroffen, und er hat alles total verdreckt.« Da Aschur ihn nur mit einem spöttischen Blick bedachte, fuhr er fort: »Selbst die Häuser der Reichen bleiben nicht verschont. Heute früh ist die Frau vom Kaffeehändler gestorben.«

»Dann wird's wohl Gottes Zorn sein«, meinte Aschur und zog weiter.

31 Die Situation verschärfte sich, die Lage wurde ernst. Der breite Weg auf dem Friedhof belebte sich. Bahre folgte auf Bahre, und der Zug der Trauernden nahm kein Ende. Wahre Kolonnen marschierten auf. Kein Haus blieb ohne Totenklage, und von einer Stunde zur nächsten wurde ein neuer Name ausgerufen. Der Tod tanzte den Kehraus und nahm sich reich und arm, stark und schwach, Mann und Frau, Greis und Kind. Er schwang die Keule und schlug zu, wo immer er jemand verfolgte. Da auch aus den benachbarten Vierteln ähnliches vernommen wurde, riegelte man sich ab, und wie aus einer Kehle stiegen Gebete und Koransuren gen Himmel, riefen die Menschen die Heiligen um Hilfe an.

Kaum daß Amm Hamidu, der Scheich des Viertels, sich vor seinem Laden hingestellt hatte und auf die Trommel schlug, eilten aus allen Richtungen die Menschen herbei. Mit düsterem Gesicht verkündete er: »Es ist die Cholera! Sie fällt über einen her, ohne daß man weiß, woher sie kommt, und mäht jeden nieder, den Gott nicht mit Wohlergehen bedacht hat.« Bedrücktes Schweigen setzte ein, erfüllt von Angst. Der Scheich zögerte einen Moment, dann fuhr er fort: »Hört, was euch die Regierung zu sagen hat ...« Die Menge sah ihn gespannt an. Ob die Regierung imstande war, das Unheil abzuwenden?

»Vermeidet jegliche Menschenansammlung!« Bestürzte Blicke wurden gewechselt. Ihr Leben fand in diesem Viertel statt, und die Habenichtse rückten des Nachts in Toreingängen und Ruinen zusammen. Wie sollte man da Gedränge vermeiden?

»Geht nicht in Kaffeehäuser, Bierstuben und Haschischlokale!« fügte der Scheich hinzu, um die Anweisung klarer zu machen. Flucht vor dem Tod in den Tod? Was für düstere Aussichten.

»Und sauber müßt ihr euch halten. Sauberkeit geht über alles!«

Da stand das gemeine Volk mit vor Schmutz starrenden Gesichtern, die wie Masken aussahen, und in die glanzlosen Augen kam plötzlich ein spöttisches Funkeln.

»Kocht das Wasser ab, das ihr aus dem Brunnen oder dem Wassersack nehmt! Trinkt Orangen- und Zwiebelsaft!«

Der Tod blieb dabei – er ließ die Keule über den Köpfen kreisen.

»Ist das alles?« fragte jemand.

»Gedenkt eures Herrn, Gott des Allmächtigen, und schickt euch in sein Gebot«, schloß Scheich Hamidu seine Worte.

Wer in sein Haus oder seinen Laden zurückkehrte, schlich niedergeschlagen von dannen, aber die Menge des Pöbels, die in Winkeln und Ruinen Unterschlupf suchte, rief sich spöttische Witze zu. Und die Prozession der Bahren nahm ihren Lauf, Stunde um Stunde.

32 Die Unruhe ließ ihn nicht los, trieb ihn zum Platz vor dem Kloster. Der Winter zog den letzten Vorhang auf, ließ von zarter Hand ein frisches Windchen wehen. Die Sterne versteckten sich hinter den Wolken, und durch die nächtliche Finsternis wogten die Gesänge in ewiger Reinheit, ungetrübt von jeglichem Ton der Klage. Habt ihr, ihr Herren, nichts vernommen? Kennt ihr kein Mittel, das uns Heilung bringt? Dringt nicht das Klagen der Mütter an eure Ohren? Erspäht ihr nicht den Zug der Bahren, der dicht an eurer Mauer vorüberzieht?

Aschur starrte auf das riesige Tor. Kein Auge ließ er von ihm ab, auch wenn der Kopf ihm schwindelte. Es wuchs und wuchs, ragte wie ein Riese empor, stieß an den Himmel, so daß es in den Wolken verschwand. O Gott, was war das? Das Ungeheuer von Tor begann langsam zu schwanken, ohne von der Stelle zu weichen. Es wiegte sich hin und her, auf und ab, drohte von einem Moment zum anderen auseinanderzubrechen. Ein seltsamer Duft kam auf, in den sich der Geruch von Staub und Erde mischte. Die Sterne gaben gestrenge Befehle. Zum erstenmal in seinem Leben verspürte Aschur Furcht und Entsetzen. Am ganzen Leib zitternd, erhob er sich, ging auf das dunkle Gewölbe zu. Das ist der Tod, sagte er sich. Er machte kehrt. Auf dem Heimweg fragte er sich ein ums andere Mal bedrückt, warum er nur solche Angst vor dem Tod habe.

33 Er zündete das Licht an. Fulla schlief, und von Schamseddin war in seinem Bettchen nur der Haarschopf zu sehen. Fullas Schönheit hielt der Schlaf gepackt. Der Mund stand leicht geöffnet, doch ohne zu lächeln. Das Tuch war hinuntergerutscht, so daß die volle Lockenpracht den Kopf umsäumte. Die gerade noch verspürte Furcht machte das schlummernde Begehren lebendig. Der Trieb loderte auf wie eine Flamme. Vor Gier verrückt, war er nicht mehr zu halten. Eindringlich flüsterte er ihren Namen, so lange, bis sie die Augen aufschlug. Schläfrig sah sie ihn an, kam allmählich zu sich. Schließlich verstand sie, warum er vor ihr stand und sie anstarrte. Sie reckte und streckte sich unter der Decke, lächelte und fragte: »Jetzt? Mitten in der Nacht?«

Vor lauter Erregung konnte er nicht sprechen. Er war ebenso entschlossen wie traurig, und beides schnürte ihm gleichermaßen die Brust ab.

34 Zwei Stunden Schlaf. Mitten im Viertel sah er Scheich Afra Zaidan stehen. Er eilte zu ihm, getrieben von Sehnsucht. Kam er einen Schritt voran, wich der Scheich zwei Schritte zurück. Auf diese Weise durcheilten sie das enge Gäßchen und den Friedhof und kamen dem Berg und der Einöde näher. Aschur versuchte, so laut er konnte, den Scheich zu rufen, doch die Stimme blieb ihm im Hals stecken.

Von quälender Ohnmacht gepeinigt, wachte er auf. Der Traum mußte seinen Grund haben. Er lag da und überlegte. Lange grübelte er vor sich hin, und als schließlich die Morgendämmerung ins Fenster fiel, stand sein Entschluß fest. Froh, sich entschieden zu haben, sprang er aus dem Bett und weckte Fulla. Schamseddin begann zu weinen. Sie wickelte ihn neu und nahm ihn an die pralle Brust. Vorwurfsvoll sah sie Aschur an. Doch er strich ihr nur zärtlich übers Haar und sagte: »Ein Traum ließ mich nicht mehr schlafen.«

»Aber ich bin noch müde«, protestierte Fulla.

Auf einmal sah sein Gesicht sehr ernst aus. »Wir müssen das Viertel unverzüglich verlassen.« Da sie ihn nur ungläubig anstarrte, wiederholte er: »Unverzüglich!«

Fulla runzelte die Stirn. »Was war das für ein Traum?«

»Mein Ziehvater, Scheich Afra Zaidan, wies mir den Weg.«

»Wohin?«

»Zur Einöde und weiter zum Berg.«

»Ach was, du redest dummes Zeug.«

»Aber gestern sah ich den Tod! Ich konnte ihn riechen.«

»Ja und? Kann man dem Tod entfliehen, Aschur?«

Verlegen senkte er den Kopf. »Der Tod hat sein Recht, aber der Widerstand auch.«

»Doch du willst fliehen!«

»Flucht ist manchmal auch Widerstand.«

Besorgt fragte Fulla: »Wie sollen wir in der Einöde leben?«

»Fürs tägliche Brot sind starke Arme wichtig, nicht der Ort, an dem man lebt.«

Sie seufzte. »Über soviel Dummheit werden die Leute lachen.«

»Das Lachen ist den Menschen längst vergangen.«

Sie brach in Tränen aus. Erschrocken fragte er: »Du willst mich doch nicht etwa allein ziehen lassen, Fulla?«

Unter Schluchzen stammelte sie: »Wie sollte ich? Ich habe niemanden außer dir, also muß ich mit dir gehen.«

35 Aschur hatte seine erste Familie um sich versammelt – Zainab und die Söhne Hasballah, Rizkallah und Hibatallah. Er erzählte seinen Traum und tat seinen Entschluß kund. Dann sagte er: »Zögert nicht lange, jede Minute ist kostbar.« Verblüfft starrten die vier ihn an, ihren Gesichtern war deutlich Unwille anzusehen. Schließlich erklärte Zainab spöttisch: »Gegen den Tod ist kein Kraut gewachsen.« Und Hasballah warnte: »Hier haben wir unser Auskommen. Woanders können wir nicht leben.«

Wütend fuhr Aschur ihn an: »Wir haben starke Arme, wir haben den Karren und den Esel!«

»Aber Vater, gibt's in der Einöde keinen Tod?« fragte Hibatallah.

»Wir müssen alles nur Denkbare tun, um dem Heiligen zu beweisen, daß wir ihm und seiner Gnade vertrauen!« rief Aschur aufgebracht.

»Dieses junge Ding hat dir den Verstand geraubt!« schrie Zainab.

Aschur sah einen nach dem anderen an. »Nun? Was werdet ihr tun?«

»Verzeih uns, Vater, aber wir bleiben. Gottes Wille geschehe.« Von tiefer Verzweiflung gepackt, ging Aschur aus dem Haus.

36 Ein riesiger Schatten verstellte Scheich Hamidu das Licht. Unwillig sah er auf. »Was willst du?« fragte er mit schneidender Stimme. Noch bevor Aschur antworten konnte, fuhr der Scheich fort: »Dein Sohn Hasballah hat mir schon von deinem Entschluß erzählt. Bei Gott, was es nicht alles gibt!«

Als Aschur zu sprechen begann, klang seine Stimme erstaunlich ruhig. »Bitte fordere die Leute auf, mir zu folgen. Auf dich werden sie hören.«

»Bist du verrückt geworden? Weißt du etwa besser Bescheid als die Regierung?«

»Aber ...«

»Nichts aber«, schnitt ihm der Scheich das Wort ab. »Hüte dich, das Geschäftsleben lahmzulegen und Anarchie zu säen!«

»Aber ich habe im Traum den Tod gesehen!«

»Na bitte, da haben wir ja den Beweis, daß du verrückt bist. Den Tod sieht man nicht, und die Hälfte aller Träume gibt uns der Teufel ein.«

»Scheich Hamidu, ich bin ein gottesfürchtiger Mensch!«

»Ah, und bist du nicht in die Kneipe gegangen, um deine Söhne vor einer Frau zu retten, nur um ihr dann selbst zu verfallen und sie ganz für dich allein zu haben?«

Aschur bäumte sich zornig auf. »Ich habe sie vor dem Bösen gerettet! Ich behaupte auch keineswegs, frei von aller Sünde zu sein!«

»Mach, was du willst!« schrie der Scheich. »Aber wage ja nicht, andere mit deiner Idiotie anzustecken. Sonst sehe ich mich gezwungen, dich der Polizei zu übergeben.«

37 In aller Frühe brach Aschur auf. Er zog den Karren in Richtung des dunklen Gewölbes, so wie sonst, wenn auf dem Friedhof das Gedenken an einen Heiligen gefeiert

wurde. Auf dem schaukelnden Karren saß Fulla mit Schamseddin im Arm. Vor ihr lag ein dickes Bündel, hinter ihr stapelten sich Säcke mit Erdnüssen und getrocknetem Brot und Krüge mit Zitronen und eingelegten Oliven. Als die kleine Familie mit dem Karren auf dem Platz vor dem Kloster ankam, empfingen sie die letzten nächtlichen Gesänge.

Dschos astane to am dar dschahan bana'i nist
sare mara bedschos in dar hawale gahi nist

Aschur wurde traurig zumute. Aus tiefstem Herzen wünschte er seinem Viertel ein gnädiges Geschick. Er durchquerte das enge Gäßchen, erreichte den Friedhof. Mühsam suchte er einen Weg zwischen den vielen Gräbern, die, kaum zugeschüttet, ein zweites Mal wieder aufgegraben worden waren. Als er den Friedhof hinter sich gebracht hatte, breitete sich die Einöde vor ihm aus. Ein kalter Wind wehte, doch war er schwach genug, um ihn noch als angenehm erfrischend zu empfinden. Trotzdem mahnte er Fulla, sich mit dem Kleinen in eine Decke zu hüllen.

»Kein Mensch weit und breit«, klagte sie.

»Gott ist da.«

»Wo werden wir haltmachen?«

»Am Fuße des Berges.«

»Werden wir die Kälte aushalten?«

»Unser Glaube schützt uns. Außerdem gibt es Höhlen.«

»Und die Räuber?«

»Sollen sie nur kommen, sie werden dann schon sehen«, spaßte Aschur.

Immer weiter trieb er den Esel voran. Allmählich lichtete sich die Finsternis, löste sich auf in durchscheinend rosafarbenem Nebel, der den Blick auf Himmel und Erde wieder freigab. Das Licht fiel ein mit wundersamen Farben, die ineinander übergingen, sich vermischten, und auf einmal war der Horizont in ein klares, prächtiges Rot getaucht, während die Ränder schon vom reinen Blau der Himmelskuppel besiegt worden waren. Von dort kam auch der Glanz des ersten Strahls, blank vom Tau. Und nun ragte der Berg vor ihnen auf, majestätisch in seiner Ruhe, trotzig, gelassen. Da konnte Aschur nicht anders, und er rief: »Gott ist groß!« Aufmunternd sah er Fulla an. »Die Reise ist zu Ende.« Er lachte. »Oder anders gesagt, jetzt fängt das Abenteuer erst richtig an.«

38 Ungefähr sechs Monate lebte Aschur mit Frau und Kind schon in der Einöde. Er verließ die Höhle nur, um Wasser in ad-Darrasa zu holen oder, wenn es die geringen Ersparnisse erlaubten, dem Esel etwas Futter und der Familie lebenswichtige Dinge zu kaufen. Fulla hatte angeboten, ihre goldenen Ohrringe zu Geld zu machen, aber da war sie bei Aschur auf strikte Ablehnung gestoßen. Den Grund dafür hatte er verschwiegen: Als er sie kennenlernte, besaß sie die Ohrringe bereits, also mußten sie von sündigem Geld bezahlt worden sein.

Die ersten Tage des ungewohnten Lebens waren für beide wie ein Ausflug, eine neue körperliche und geistige Erfahrung, ein Abenteuer. Unter dem Schutz ihres starken Mannes verspürte Fulla nicht die geringste Angst. Aber nicht lange, und das Leben erschien ihr dermaßen eintönig und fad, daß es schier unerträglich wurde. Was sollte das alles? Waren sie etwa hergekommen, um zuzusehen, wie der Zahn der Zeit an ihnen nagte? Um die Sandkörner zu zählen? Um Nacht für Nacht die Sterne zu beobachten? »Selbst das Paradies wäre ohne Menschen und ohne eine Beschäftigung nicht auszuhalten«, stöhnte sie mißmutig.

»Geduld, nur Geduld«, lautete Aschurs knappe Antwort.

Die meiste Zeit verbrachte er damit, sich der inneren Andacht hinzugeben oder der anderen Familie und der Leute im Viertel zu gedenken. Das ging so weit, daß er eines Tages sogar erklärte: »Nie zuvor habe ich die Menschen so stark geliebt.« Tagsüber schlief er, nachts wachte er. Er gab sich seinen Betrachtungen hin, und bisweilen übermannte ihn das seltsame Gefühl, Stimmen zu hören und Visionen zu sehen. Die Sterne und das dämmernde Licht der Frühe waren ihm die liebsten Freunde geworden. O ja, Gott war ihm nah, kein Hindernis trennte ihn von ihm. Warum überließen sich die Menschen so leichtfertig dem Tod? Warum hielten sie sich für ohnmächtig? Versündigten sie sich nicht mit dieser Selbstaufgabe an ihrem Schöpfer? Das stumme Zwiegespräch mit den Menschen aus früherer Zeit wollte nicht enden – mit Scheich Afra, Frau Sakina, an-Naturi, Zainab, aber am traurigsten wurde ihm zumute, wenn er auf seine Söhne einredete. Was für ein Jammer, daß Hasballah, der ihm der liebste war, seine freundschaftlichen Gefühle nicht erwiderte. An Rizkallah war zwar nichts Gutes, aber dafür war er schlau. Was Hibatallah betraf, so hing der in einer Weise an seiner Mutter, daß es schon nicht mehr normal war. Wie auch immer, er hielt seine drei Söhne für besser als viele ihrer Altersgenossen, und so betete er inbrünstig für sie und ihre Mutter. Sann er über sein Viertel nach, so kam es ihm wie ein Juwel vor, das in Schlamm versank. Oh, wie er es trotz aller Schlechtigkeiten liebte! Bisweilen beschlich ihn der Gedanke, daß sich der Mensch das Leid selbst zuzuschreiben hatte. Die Reichen, die Bettler, die Derwischmönche – ihr Leben drehte sich um eine schiefe Achse, und ein jeder versuchte, hinter das schwer zu lüftende Geheimnis zu kommen. Aber da war Gott vor, und wahrlich – er strafte sie alle mit seinem Zorn. Dennoch, der Rausch der Dämmerung blieb, machte trunken vor rosigem Glück und ließ in immerwährender Freude die glänzenden Strahlen tanzen. O ja, nicht lange, und er würde Stimmen hören und Visionen sehen, würde neu geboren werden.

39 Aschur ließ keine Gelegenheit verstreichen, um Fullas Seele mit Glauben zu erfüllen. Sie, die hübsche, kleine Frau, besaß keinerlei Religion. Sie wußte nichts von Gott und Prophet, sie kümmerte sich nicht um Gottes Lob oder Tadel. In dieser erschreckenden Welt schützte sie Liebe und Mütterlichkeit. Aschur scheute keine Mühe, sie zu erziehen, und dabei half ihm einzig, daß sie ihm vertraute. Wäre das nicht gewesen, hätte sie ihm kein einziges Wort geglaubt. Die Suren für das Gebet konnte sie sich nur mit äußerster Kraftanstrengung merken, und sollte sie beten, überkam sie ein Lachanfall, und mit der inneren Sammlung war es vorbei. Wahrscheinlich fügte sie sich nur, weil sie ihn zufriedenstellen und nicht seinen Zorn heraufbeschwören wollte.

»Warum läßt Gott es zu«, fragte sie in aller Unschuld, »daß der Tod unter den Menschen nach Belieben wütet?«

»Wer weiß, bestimmt haben sie Strafe verdient.«

»Nun sei nicht gleich wütend wie Gott«, spaßte sie. »Kannst du nicht deine Worte sorgfältiger wählen?«

»Aber klar. Nur – warum hat er uns erst mit soviel Schlechtem erschaffen?«

Wütend schlug er mit der Hand auf den Boden. »Wer bin ich, gemessen an seiner Pracht und Herrlichkeit, um stellvertretend für ihn zu antworten?« Sich zur Geduld mahnend, fügte er inständig bittend hinzu: »Wir müssen einfach nur an ihn glauben. Wir müssen all unsere Kraft in seinen Dienst stellen.«

An diesem Punkt angelangt, hielt es Fulla für besser, das Thema zu wechseln. »Ein Tag ist hier wie der andere«, beschwerte sie sich. »Diese fürchterliche Einsamkeit ist schlimmer als der Tod.«

Schweigend wandte er den Blick ab. Sie schien aufsässig zu sein. Ob sie mit Schamseddin fliehen, ihn verlassen wollte? Was blieb ihm dann noch vom Leben?

Schamseddin war glücklich und zufrieden. Er krabbelte im Sand herum und spielte mit den Steinchen. Langeweile kannte er nicht, und wenn er schlief, dann schlief er. Luft und Sonne gab's genug, die Milch sprudelte im Überfluß, und so gedieh er prächtig. Der Esel war auch glücklich. Futter war da, Arbeit gab's kaum. Außer daß er mit dem Schwanz die Fliegen wegscheuchen mußte, konnte er, geduldig, wie er war, nicht genug davon bekommen, durch sein Reich zu stromern. Liebevoll und dankbar sah Aschur ihm zu – seinem Freund, Gefährten und Lebensunterhalt. Auch wenn es nur ein Tier war, fühlte er tiefe Zuneigung.

40 Die Tage vergingen. Immer näher rückten Aschur und Fulla dem Abgrund, der ihr gemeinsames Leben zu zerstören drohte. Doch dann, als er von ad-Darrasa wieder einmal zurückkehrte, verkündete er: »Es heißt, daß das Unheil allmählich abflaut.«

Vor Freude klatschte Fulla in die Hände. »Kehren wir auf der Stelle zurück!« rief sie ausgelassen.

Aschur blieb hart: »Wir warten, bis sich die Nachricht bestätigt hat.«

41 Zu später Nachtzeit bahnte sich der Karren den Weg durch das Gräberfeld. Unter dem Licht der Sterne quollen die Herzen von Aschur und Fulla vor Glück schier über, erbebten sie beim Gefühl, gerettet zu sein. Als sie das enge

Gäßchen durchquerten und die Gesänge ihnen entgegentönten, glänzten Tränen in ihren Augen. Ja, alles würde wie früher sein.

Endlich war es soweit – sie standen in ihrem Viertel. Noch schlummerte alles, Mensch und Tier, Häuser und Gassen. Immer wieder empfand Aschur dieses Viertel als Wunder, ob es nun schlief oder wachte. Als sie das Haus von Zainab erreichten, setzte für eine Sekunde sein Herz aus. O nein, er wollte sie jetzt nicht stören. Auch er würde die Aufregung in zwei Stunden besser überstehen. Das freudige Herz raste vor Entzücken, ließ seine Augen jede Mauer liebkosen. Gab man sich nicht selbst den Gnadenstoß, konnte der Tod das Leben nicht besiegen. Und dennoch – ins Glücksgefühl mischten sich Gewissensbisse und auch Scham.

Die Tür ihres Zimmers schloß sich hinter ihnen. Der Geruch von Staub und Fäulnis schlug ihnen entgegen. Fulla stürzte zum Fenster und riß es auf. »Wie werden die Leute dich empfangen?« fragte sie bang.

Aschur wehrte scheinbar gelassen ab. »Der eine so, der andere anders. Ein jeder tut das, was ihm beliebt.«

42 Er hockte am Fenster, wartete geduldig, daß die letzten Streifen Finsternis sich verzogen. Ah, der erste Strahl Licht brach sich an der Mauer gegenüber. Stück für Stück traten die vertrauten Umrisse hervor, fügten sich wie zum Antlitz eines alten Freundes zusammen. Wer würde wohl als erster vorbeikommen? Vielleicht der Milchmann, vielleicht der Diener einer reichen Familie. Mit dröhnender Stimme würde er grüßen, auch wenn er gewiß sein konnte, seinen Teil an Hohn und Spott abzubekommen. Schon erstrahlte das Viertel allerorts im Sonnenglanz, doch kein Laden öffnete sich, nicht einmal der vom Bohnenverkäufer.

Von Unruhe erfüllt, stand er auf. »Das muß an den Vorschriften der Regierung liegen«, brummelte er. »Die haben hier alles verändert.« Er schlüpfte in die Schuhe. »Ich gehe die Jungen besuchen.«

43 Er zog durch die öden Gassen, vorbei an geschlossenen Türen und Fenstern, kam bei Zainab an. Er stieß die Tür auf, trat ein. Es war niemand da. Im Zimmer hing ein Geruch von Trauer. Das Bett war mit einer dicken Staubschicht bedeckt, und auf dem einzigen Diwan lagen Sachen herum, die wie alte Lappen aussahen. Die Holzbank war umgestoßen, und unter dem Bett häuften sich Kupferschüsseln, Teller, dazu der Ofen und ein Korb, zur Hälfte mit Kohle gefüllt. In der Truhe waren Milaja, Gilbab, Kamm, Spiegel und Handtuch durcheinandergeworfen. Waren sie geflüchtet? Aber warum hatten sie dann die Kleidung dagelassen? Vergeblich kämpfte er gegen die böse Vorahnung an, wollte er die aufsteigende Verzweiflung nicht wahrhaben. Er schlug die Hände vors Gesicht, stöhnte, war dem Weinen nahe. Hör dir erst an, was die anderen sagen, redete er auf sich ein, noch ist nicht alle Hoffnung verloren. Schwankend trat er hinaus.

44 Er stürzte durchs Viertel bis weit nach vorn zum Platz. Wie bedrückend still es war, wie leer lag alles da! Keine Tür stand offen, kein Fenster ließ den Morgen herein. Sein Schritt wurde langsamer, er ging wie betäubt. Die Schenke, das Kaffeehaus, die Haschischhöhle – alles geschlossen, alles ruhig. Kein Hund strich herum, keine Katze. Kein Hauch von Leben. Staub lag auf den Simsen, und die Häuser versanken im Nichts. Sinnlos schickte die Sonne ihre Strahlen hernieder, ziellos und schlapp streifte der Herbstwind vorbei.

Mit weinerlicher, rauher Stimme schrie er: »He, ihr! Leute Gottes!«

Keine Antwort. Kein Fenster, das sich öffnete. Kein Kopf, der aus einem der vielen Elendslöcher hervorlugte. Nichts als das Schweigen hartnäckiger Verzweiflung, triumphierenden Entsetzens, bleiernen Schmerzes.

Er stürzte durchs Gewölbe, hin zum Platz vor dem Kloster. Da stand es, erhaben und unversehrt. Die Blätter des Maulbeerbaums starrten ihn an; der Saft rann herunter wie Blut. Die Gesänge waren verstummt, schlummerten hinter dem Schleier gleichgültigen Schweigens. Lange hing sein Blick am Kloster. Trauer riß an jeder Faser seines Herzens, und die Tränen strömten. Ein Schrei wie ein Donner entrang sich ihm. »He, ihr Derwische!«

Die Zweige der Bäume schienen zu erzittern, aber eine Antwort gab es nicht. Er schrie noch einmal – wieder und wieder. Alles war sinnlos. Da brüllte er vor Lachen los, unbändig wie ein Verrückter. »Wer sollte jetzt noch eure Gesänge hören? Wer wohl, wer? Wißt ihr es etwa?«

45 Aschur wischte sich die Tränen ab. »Da ist niemand mehr, der lebt«, sagte er. Als er Fullas gerötete Augen sah, wußte er, daß sie das Ausmaß des Unheils schon begriffen hatte.

»Von einer Ödnis in die nächste«, schluchzte sie. Von Aschur war nur Stöhnen zu hören. »Laß uns woandershin ziehen … wo es Menschen gibt.«

Er sah sie verwundert an.

»Sollen wir etwa auf diesem Friedhof bleiben?« fuhr sie ihn an.

Mit matter Stimme entgegnete er: »Wir werden mit dem Karren herumziehen, du mußt nicht allein zu Hause bleiben. Aber unser Heim ist hier, wir haben kein anderes.«

»Ein Heim? Wo das ganze Viertel leer ist?« rief sie.

Wütend schrie er sie an: »Na und? Das wird nicht immer so bleiben!«

46 Wie Freude währt auch Trauer nicht ewig. Aschur nahm wieder die Arbeit als Fuhrmann auf. Fulla und Schamseddin begleiteten ihn, auch wenn er bis in die Nacht beschäftigt war. Kehrten sie heim, fühlten sich die beiden in Aschurs starken Armen sicher und geborgen.

Aschur war klar, daß sein Viertel angesichts der Fülle von Maßnahmen, die die massenhafte Verbreitung der Cholera notwendig machte, bei den Behörden in Vergessenheit geraten war. Niemand kümmerte sich um diesen verlassenen Winkel. Aber das würde nicht immer so bleiben, irgendwann würden Menschen von hier und von dort kommen, dem Viertel neues Leben einhauchen und es bis in den letzten Winkel mit geschäftigem Treiben erfüllen.

Wann immer Aschur des Morgens hinaustrat, um den Esel einzuspannen, fiel sein Blick auf das Haus vom Kaffeehändler. Hoch ragten die purpurnen Mauern auf, und der gewaltige Bau, der viele Geheimnisse in sich zu bergen schien, flößte Furcht und Respekt ein. Was mochte von den Schätzen drinnen noch übriggeblieben sein? Ob es vielleicht keinen Erben mehr gab, der einen Anspruch erheben konnte?

Die Versuchung setzte sich fest, spie verführerische Träume aus. Schon einmal hatte er einen solch starken Trieb verspürt, damals, als er hinter die Geheimnisse des Klosters kommen wollte. Das Haus vom Kaffeehändler stand jedoch in greifbarer Nähe, und im Viertel gab es keine einzige lebende Seele. Um seinen Traum zu verwirklichen, bedurfte es einzig, daß er sich in Gang setzte. Er mußte sich nur bewegen, und das in völliger Sicherheit.

47 Verächtlich zuckte er mit den Schultern, stieß mit dem breiten Kreuz die Tür auf und trat ein. Staub bedeckte den Mosaikboden der Eingangshalle, Staub lag auf dem Marmor im Empfangsraum – Staub, überall nur Staub. Erschrocken blieb er stehen, er hatte den Salon betreten. Das war ja ein richtiger Platz, mit Decken so hoch, daß kein Dämon mit dem Kopf heranreichte. In der Mitte hing ein Kronleuchter, funkelnd wie die Kuppeln der Grabstätte von al-Ghuri, und in den Ecken prangten Lüster. Brokatteppiche lagen auf den Diwanen, die die Seiten des Saals säumten, und an den Wänden hingen kostbare Stoffe und goldumrahmte Koranverse.

Plötzlich hörte er draußen Fulla rufen. Er lief hinaus. Sie starrte ihn an und fragte bestürzt: »Was tust du hier?«

»Ich habe mir einen Wunsch erfüllt«, brummelte er verlegen.

»Hast du nicht Angst, daß die Eigentümer von deinem Eindringen erfahren?«

»Es gibt keinen Eigentümer.«

Fulla, vom Hauch der Versuchung gestreift, zögerte, doch gleich darauf wies sie auf den Karren und erklärte: »Gehen wir, wir sind spät dran.«

Verschämter als zuvor, stammelte Aschur: »Komm, komm herein, laß es uns ansehen.« Die beiden verbrachten den Tag damit, von Raum zu Raum zu wandeln. Im Bad und in der Küche verweilten sie eine Weile, und wann immer es ihnen gefiel, probierten sie aus, wie es sich auf den Diwanen, Kanapees und Sesseln saß.

Fullas schöne Augen glänzten, als hätte sie der rasende Wahn gepackt. »Laß uns für eine Nacht hierbleiben«, bettelte sie, und da Aschur, immer schwächer werdend, nichts entgegenhielt, fügte sie schnell hinzu: »Wir könnten baden, neue Sachen anziehen, auf diesem Bett dort schlafen … nur eine einzige Nacht, und dann ziehen wir wieder mit dem Karren herum.«

48 Es blieb nicht bei der einen Nacht. In aller Frühe schlichen sie hinaus, bei Einbruch der Nacht kehrten sie zurück. Am Tag zogen sie mit dem Karren von Viertel zu Viertel und aßen wie alle anderen Linsen, Bohnen und Tamija. Aber des Nachts spazierten sie stolz in baumwollenen und seidenen Gewändern herum, ruhten ein wenig im Empfangsraum, lagerten sich auf den Diwanen, bevor sie schließlich auf der kurzen Leiter aus Ebenholz in das hohe, weiche Bett stiegen. Fulla konnte nicht genug davon bekommen, die kostbaren Vorhänge, Kissen und Teppiche zu befühlen, was ihr jedesmal den Seufzer entlockte: »Ach, unser bisheriges Leben war nichts als ein einziger Alptraum.«

Saßen sie im Holzerker und spähten hinaus in die Finsternis, glaubten sie die Umrisse elender Gestalten zu erkennen. Da stöhnte dann Aschur traurig: »Gottes Weisheit ist wahrlich schwer zu begreifen.«

»Aber wem er Gutes tun will, dem schenkt er sein Auskommen«, lautete Fullas fröhliche Antwort, und während Aschur bei der bangen Frage, wie lange dieser Traum dauern würde, nur still lächelte, war Fulla in Gedanken schon bei ganz anderen Dingen. »Sieh dir diesen Luxus an«, erklärte sie schließlich. »Das hat doch bestimmt eine Menge gekostet. Warum verkaufen wir nicht ein paar Sachen? Dann könnten wir genausogut essen, wie wir leben.«

»Aber es ist das Geld anderer Leute …«

»Wie du siehst, ist außer uns niemand da. Gott will uns Gutes tun.«

Während Aschur überlegte, kroch ihn die Versuchung

an wie der Schlaf den Erschöpften. Dennoch entschloß er sich, für ihre Notlage eine andere Lösung zu finden. »Heimliche Pfründe sind offene Sünde«, lautete seine Antwort, und er fand, daß das fast wie ein Sprichwort klang. Fulla, bereit zu streiten, erwiderte: »Es geht nur um unseren Unterhalt, Aschur. Wir wollen nichts anderes als essen.«

Verwirrt schritt Aschur auf und ab. Schließlich murmelte er: »... aber offene Pfründe sind keine Sünde.«

49 Im Verlauf von nur wenigen Tagen schwanden die Skrupel gänzlich, und Aschurs kleine Familie richtete sich im Haus des Kaffeehändlers auf Dauer ein. Der Esel lief im hinteren Hof herum, und der Karren verschwand im Keller.

Gekleidet wie ein nobler Herr schritt Aschur gravitätisch durchs Haus – mit fein gewickeltem Turban, wallender Abaja und einem Stock mit Goldknauf. Und Fulla, von Wohlstand und Behaglichkeit umgeben, erblühte zu einer Schönheit, wie es das Viertel noch nicht erlebt hatte. Der kleine Schamseddin aber pinkelte vergnügt auf die Schiras-Teppiche, deren Wert in die Hunderte ging. In der Küche glühte der Ofen; es duftete nach den vielfältigsten Fleischgerichten.

Die Zeit verging, nach und nach kehrte ins Viertel wieder Leben ein. Hungerleider und Habenichtse verkrochen sich in verfallenen Hütten, neue Familien richteten sich in den Häusern ein. Die Läden öffneten wieder, das Leben pulsierte, in den Straßen ging es heiß zu und her, das Stimmengeschwirr schwoll an, Hunde und Katzen streiften träge herum, Hähne schrien wieder im Morgengrauen. Nur die Häuser der Reichen standen leer und verlassen.

Aschur galt allgemein als der noble Wohlhabende des

Viertels. Voller Bewunderung machte man sich gegenseitig auf ihn aufmerksam, und von aufrichtiger Ergebenheit erfüllt, nannte man ihn »Herrn des Viertels«. Als sich die Kunde verbreitete, daß er und seine Familie sich als einzige vor der Cholera hatten retten können, schmückte man seinen Namen mit »an-Nagi« – »der Auserwählte«. Einer suchte dem anderen darin zuvorzukommen, »Aschur an-Nagi« wegen seiner Güte, Huld und Wärme mit Lob zu überschütten. Wie auch nicht, da er doch der Wohltäter aller Armen war. Er spendete nicht nur reichlich Almosen, sondern er kaufte auch denen, die keine Arbeit hatten, Esel. Wer wollte, konnte sich auch mit Körben und einem Handkarren nützlich machen. So geschah es, daß es im Viertel schon bald keinen einzigen Arbeitslosen mehr gab, ausgenommen natürlich die Alten und Verrückten.

In der Tat – einen Reichen wie Aschur an-Nagi hatten die Menschen noch nicht kennengelernt. So erhoben sie ihn in den Stand eines Heiligen, denn schließlich hatte Gott ihn als einzigen gerettet.

Aschur war zur Ruhe gekommen; die mahnende Stimme im Innern war verstummt. Er machte sich daran, Träume von einst wahr werden zu lassen. Er ließ Arbeiter kommen, die den Platz und das enge Gäßchen von Müll und Schmutz säuberten, eine Tränke und einen öffentlichen Brunnen bauten und eine Moschee errichteten – Wahrzeichen, die schon bald ebenso zum Leben des Viertels gehörten wie das Kloster, die alte Mauer, das dunkle Gewölbe, der Friedhof. Dank dieser Bauten – und dank Aschur an-Nagi – wurde das Viertel zum Schmuckstück des ganzen Distrikts.

50 Aschur, gerade auf dem Weg zur Hussain-Moschee, hielt inne. Aus der Richtung, wo früher die Schenke gewesen war, erscholl seltsamer Lärm. Er schaute aus und entdeckte Arbeiter, die das Haus in Ordnung brachten und es für neues Leben herrichteten. Aschur ging zum Eingang hinüber. »Für wen arbeitet ihr?« rief er.

»Für mich, Herr des Viertels!« tönte eine Stimme aus einer dunklen Ecke. Eine Gestalt trat hervor – es war Darwisch.

Ein Schauder überlief Aschur, nicht nur vor Überraschung, sondern auch in einem Anfall von Wut. »Darwisch! Du lebst!«

Als wollte er ihm danken, neigte Darwisch den Kopf. »Mit deiner Hilfe, Herr des Viertels.« Da Aschur ihn verblüfft anstarrte, fühlte er sich bemüßigt – wenn auch nicht ohne spöttischen Unterton –, hinzuzufügen: »Ich bin deinem Ratschlag gefolgt und in die Einöde geflohen. Die ganze Zeit über war ich nicht sehr weit weg von dir.«

Aschur war entschlossen, die Lage ein für allemal mit der notwendigen Härte zu klären. »Ich werde es nicht zulassen, daß die Schenke wieder öffnet.«

»Du bist der Herr des Viertels und der einzige Wohlhabende. Aber weder bist du das Gesetz noch die Schutzmacht, um zu befehlen.«

»Warum bist du nicht in ein anderes Viertel gegangen?« blaffte ihn Aschur wütend an.

»Weil hier meine Heimat ist, Ehrwürden.« Ein langer Blick, dann fuhr Darwisch fort: »Obendrein erwarte ich sogar, daß du mich in deine öffentliche Fürsorge einschließt.«

Ah, er wollte ihn erpressen, wollte teilhaben an seinem Reichtum. Vor Zorn bebend, packte er ihn am Arm, stieß ihn hinaus und schrie: »Vielleicht kann ich dein Lokal nicht schließen, aber ich werde es bestimmt nicht zulassen, daß mir irgend jemand droht.«

»Wieso? Du zeigst dich doch gegenüber jedem anderen Bedürftigen großzügig.«

»Sicher, aber nur, wenn meine Hilfe Gutes bewirkt.«

»Natürlich können Ehrwürden mit Eurem Geld machen, was beliebt«, säuselte Darwisch anzüglich, wobei die besondere Betonung auf »Euer Geld« lag.

Aschur zuckte verächtlich mit den Schultern. »Wenn dir danach ist, verleumde mich, und natürlich kannst du auch allen Leuten mein Geheimnis erzählen. Aber weißt du, was dann passiert?«

»Du drohst mir, Aschur?«

»Ich mach dich platt, beim Kopf von al-Hussain! Man wird nicht wissen, wo vorn und hinten bei dir ist!«

»Du drohst, mich zu töten?«

»Und du weißt, daß ich dazu fähig bin.«

»Nur, weil du Geld, das dir nicht einmal gehört, für dich allein haben willst?«

»Solange ich es für gute Zwecke ausgebe, gehört es mir auch.«

Wieder sahen sich die beiden an, bis schließlich Darwischs Blick sich lockerte und er versöhnlich sagte: »Ich will ja nur, daß du mir gegenüber genauso freigebig wie zu den anderen bist.«

»Für Leute wie dich gibt's keinen Millim.«

Schweigen.

»Sonst noch was?« stieß Aschur nach.

Bedrückt murmelte Darwisch: »Sei's drum! Auch wenn wir Brüder sind, werden wir fortan wie Fremde leben.«

51 Verstört hörte Fulla zu, als Aschur ihr von der Begegnung mit Darwisch erzählte, und ihr hübsches Gesicht sah zunehmend unglücklicher aus. Kaum daß er zu Ende gesprochen hatte, bat sie eindringlich: »Ändere dein Verhalten ihm gegenüber, gib ihm, was er will. Tu alles, damit wir nicht verraten werden!«

Aschur blickte sie finster an. »Schwach wie eh und je. Die frische Luft da draußen hat dir nichts genützt.«

Fulla spielte mit ihrem Tuch aus Damaszener Seide. »Ich habe Angst ...« Da Aschur nur mit einem Kopfschütteln reagierte, fuhr sie fort: »Jedenfalls können wir uns nicht mehr so sicher wie vorher fühlen, Aschur.«

»Ach was«, wehrte er verächtlich ab. »Darwisch ist zwar gemein, aber auch feige.«

52 Die Nacht war kalt und stürmisch gewesen, doch nun strahlte wieder die Sonne, und die Türen des Ladens vom Scheich des Viertels öffneten sich. Der neue Scheich hieß Machmud Kataif. Die Regierung schien sich von der Katastrophe erholt zu haben, denn nach und nach ersetzte sie nun die verstorbenen Amtsleute.

Für die meisten Menschen kehrte damit der Alltag zurück, und sie freuten sich. Für Aschur war das anders. Sein Herz hielt ein Krampf gefangen, und Fulla drückte Schamseddin an die Brust und murmelte entsetzt: »Das Glück lacht uns nicht mehr zu.«

»Was gewesen ist, zählt doch wohl nicht, oder?« fragte Aschur.

»Aber du machst dir Sorgen wie ich.«

»Was haben wir schon verbrochen? Wir fanden Geld, das niemandem gehörte, und haben es zum Nutzen der Menschen ausgegeben.«

»Trotzdem, läßt die Ankunft des Scheichs nicht Böses ahnen?«

Aufgebracht rief Aschur: »Vertrauen wir auf den, dem das Geld eigentlich gehört – Gott, den Erhabenen!«

Zärtlich blickte Fulla auf den kleinen Schamseddin, den

sie in den Armen wiegte. »Ich wünsche mir nur, daß der Segensfluß so lange reicht, bis auch er daran teilhaben kann.«

53 Aschur beschloß, nicht länger zu zögern und sich der Herausforderung zu stellen. Wollte er den neuen Scheich begrüßen, mußte er sich auf den Weg in dessen Laden machen.

Der Empfang war warmherzig. »Ein herzliches Willkommen dem Herrn und Hüter unseres Viertels«, tönte der Scheich.

Aschurs Herz quoll vor Freude über. »Und ein ebenso herzliches Willkommen dem Scheich unseres Viertels!«

»Weißt du, lieber Freund, daß ich gerade im Begriff war, dich aufzusuchen?«

Nun klopfte Aschurs Herz wieder verängstigt. »Aber bitte, komm, wann immer du willst.«

»Ich brauche den Rat des Aschur an-Nagi, denn wer wäre würdiger, über das Unheil dieses Viertels zu berichten.«

54 Machmud Kataif machte also seinen Antrittsbesuch. Während die Männer im Salon auf einem Diwan Platz nahmen, blieb Fulla hinter der angelehnten Tür stehen. Man schlürfte Kaffee, tauschte ein paar Höflichkeitsfloskeln aus, aber dann erklärte der Scheich schließlich: »Wie gesagt, ich möchte gern die Einschätzung des Mannes hören, der bei allen als Wohltäter gilt.«

»Stehe zu Diensten«, entgegnete Aschur matt.

Der Scheich zögerte ein wenig. »Vor kurzem wurde eine Kommission eingerichtet, die eine Bestandsaufnahme in den Häusern der Reichen vornimmt, also auch in deinem.«

»Möge sich Gott aller Verstorbenen erbarmen.«

»Es hat sich herausgestellt, daß etliche Häuser ausgeraubt wurden.«

»Aber hier im Viertel hat niemand überlebt!«

»Dennoch, du unser Heilsbringer, hat die Kommission Plünderungen festgestellt.«

»Seltsam«, und empört fuhr Aschur fort: »Da kann man nur Gott bitten, daß das Geld in Hände gefallen ist, die es verdienen.«

»Die es verdienen?«

»Ich meine die Armen unter den Söhnen unseres Viertels.«

Machmud Kataif schmunzelte. »So könnte man es sehen, aber die Regierung ist da anderer Meinung.«

»Welcher Meinung ist sie denn?«

»Diese Häuser gehören dem Fiskus und sollen versteigert werden.«

Aschur sah ihn scharf an. »Und was geschieht mit den Plünderern?«

Der Scheich zuckte mit den Schultern und sagte: »Die Kommission will großzügig verfahren, um niemand zu Unrecht zu beschuldigen.« Allmählich begriff Aschur, daß die Kommission die Häuser bereits in Beschlag genommen hatte. Auch wenn ihm der Gedanke widerwärtig war, empfand er doch eine gewisse Erleichterung. Spaßhaft meinte er: »Vielleicht schließt sich die Kommission meiner Meinung an, Scheich Machmud.«

Der Scheich ging darauf nicht ein, er sah besorgt aus. »Da wäre noch ein Problem.«

Fragend sah Aschur ihn an, glaubte er sich doch längst auf sicherem Boden.

»Nun ja, die Kommission will die Dokumente einsehen, die dich als Besitzer ausweisen. Damit hätte sich die Sache erledigt.«

Auf einen Schlag war alles Gefühl von Sicherheit verflogen. Er sah zur Tür und tauschte mit Fulla einen besorgten Blick. »Gibt es irgendeinen Zweifel daran, daß ich der Besitzer bin?«

»Gott bewahre, aber so lauten die Anweisungen!«

»Was genau besagen die bitte?« fuhr Aschur den Scheich grob an.

»Nun ja, in den benachbarten Vierteln kam es vor, daß sich einige Leute die Häuser der Verstorbenen unberechtigt angeeignet haben.« Es trat bedrücktes Schweigen ein, das von Argwohn und Angst gleichermaßen belastet war. Aschur ergriff als erster wieder das Wort. »Und wenn ich die Dokumente in dem Durcheinander von Tod und Flucht nun verloren habe?«

»Nun ja, das wäre eine äußerst heikle Situation«, murmelte der Scheich besorgt.

»Wieso heikel?« rief Aschur empört. »Kann sich die Kommission nicht mit dem begnügen, was sie dem Fiskus schon verschafft hat?«

Der Scheich, auf diese Lautstärke nicht gefaßt, schreckte zusammen. »Ich bin nur ein Diener des Gesetzes«, stammelte er, als wollte er sich entschuldigen.

»Du hast bestimmt noch mehr Informationen, also heraus damit!«

»Das Problem ist, daß ein Mitglied der Kommission laut und deutlich ein paar Mutmaßungen angestellt hat ...«

»Der Teufel soll ihn holen!«

»Die Dokumente könnten allen Verdacht ausräumen.«

»Sie sind verlorengegangen!«

»Das gibt Ärger, Meister Aschur«, meinte der Scheich verängstigt.

In diesem Augenblick stürzte Fulla herein und rief aufgebracht: »Schluß mit der Feilscherei!« Verwirrt sprang der

Scheich auf, doch Fulla erklärte, und ein Keulenschlag hätte nicht mehr Klarheit schaffen können: »Dir passiert ganz gewiss nichts, Scheich, klären wir die Sache also lieber unter uns.«

»Wenn nur ich damit zu tun hätte, wäre es nicht weiter schlimm«, entgegnete der Scheich bedrückt.

Aschur stand auf, erhob sich trotzig in voller Größe. »Nun denn, möge Gottes Wille geschehen ...«

55 Die Dinge nahmen ihren Lauf, manche im geheimen, manche öffentlich. Das Viertel, das unermüdlich mit sich selbst beschäftigt war, machte sich kaum Gedanken darüber, was vorging. Nur wenige Menschen vermögen, aus Geschehnissen Zusammenhänge abzuleiten, die von Bedeutung sind. Hier waren alle Herzen von Hoffnung berauscht, vertrauten gläubig dem Licht.

Eines Morgens trat Aschur an-Nagi mit gesenktem Kopf vor die Leute. O ja, noch immer war er von riesiger Gestalt, aber nun hielt er den Kopf gesenkt und – seine Hände steckten in Handschellen. Aschur an-Nagi, er und kein anderer, umzingelt von Soldaten. Vorneweg schritt ein Offizier, und den Schluß der Prozession bildete Machmud Kataif.

Eine Woge von Wut und Entsetzen ergriff die Menge, und die Menschen stürzten heraus aus den Läden, drängten sich vor den Häusern und an den Fenstern.

»Was sehen unsere Augen!«

»Die Welt ist aus den Fugen!«

»Dieser gütige Mann in Eisen gelegt!«

»Macht den Weg frei!« schrie der Offizier, doch die Menschen schlossen sich der Eskorte an, folgten ihr wie ein Schatten. »Wehe, es nähert sich einer dem Revier!« brüllte der Offizier.

Der Schankwirt Darwisch fragte sich, was das alles zu bedeuten hatte; er weigerte sich, seinen Augen zu trauen. Laut genug, damit er von Aschur gehört werden konnte, rief er: »Bei der Gnade meines Bruders, aus meinem Mund ist kein einziges Wort gekommen!«

Da stand nun Fulla – ein Wunder an Schönheit und ein Bild der Trauer. Schamseddin trug sie auf der Hüfte, ein Kleiderbündel in der Hand. Und die Augen waren vom vielen Weinen gerötet.

56 Der Prozeß gegen Aschur sollte zu einem unvergeßlichen Ereignis werden. Die Menschen drängten mit klopfendem Herzen herbei, denn zum erstenmal brachten sie einem Mann aus ihrem Viertel Liebe und Verehrung entgegen. Aschur stand aufrecht in dem Käfig aus Eisen, und der Stolz auf die Zuneigung, die ihm entgegenschlug, war ihm deutlich anzusehen. Selbst die Richter schienen ihn zu bewundern, denn selten stand vor ihnen ein solcher Riese, stark und stolz wie ein Löwe. Die dröhnende Stimme, mit der Aschur anhob zu sprechen, sollte sich allen tief ins Gedächtnis prägen.

»Ich bin kein Dieb, und nie habe ich jemandem Gewalt angetan. Das müßt ihr mir glauben. Der Tod hatte im Viertel schrecklich gewütet. Als ich aus der Einöde zurückkehrte, fand ich die Gassen einsam und verlassen vor. Ich sah dieses Haus, und es gab keinen Besitzer. Sollte es nicht zu Recht dem geschenkt werden, der als einziger überlebte? All den Besitz habe ich nie für mich behalten, er galt mir als Vermögen Gottes. Mich sah ich einzig als Diener, der den Reichtum des Herrn an die Menschen weitergibt. Von da an gab es keinen Hungrigen mehr und keinen Arbeitslosen. Es fehlt uns an nichts, wir haben sogar eine Tränke, einen Brunnen und eine kleine Moschee. Warum habt ihr mich also verhaftet, warum behandelt ihr mich wie einen Dieb? Warum verfolgt ihr mich?«

»Amen«, tönte die Menge, und selbst die Richter mußten im Innern beifällig lächeln. Das Urteil wurde gesprochen: ein Jahr Gefängnis.

57 Völlig mittellos kehrte Fulla in die alte Wohnung zurück. Sie stieß auf liebevolle Fürsorge: Man brachte ihr Essen, holte Wasser, sorgte für Brennholz. Immer gab es ein Wort des Zuspruchs. Daß Aschurs Geheimnis gelüftet worden war, tat der Liebe und der Achtung, die die Menschen für ihn fühlten, keinen Abbruch. Ja, vielleicht trug gerade diese Enthüllung dazu bei, eine Legende zu erschaffen, deren Held gütiger und tapferer war als je einer zuvor.

Trotz aller Wohltaten beschloß Fulla, für sich und ihr Kind selbst zu sorgen. Sie wollte fernab, auf dem Markt von ad-Darrasa, arbeiten.

Eines Tages stellte sich Darwisch ihr in den Weg. »Ich fühle größtes Mitleid mit dir, Umm Schamseddin«, meinte er zurückhaltend.

»Ach was, tob deine Schadenfreude nur aus, Darwisch«, entgegnete Fulla trotzig.

»Aber nein, ich hatte mit der Sache nichts zu tun«, beteuerte er. »Machmud Kataif kann es bezeugen.«

»Es hat dir doch gut in den Kram gepaßt.«

»Gott verzeihe dir! Was sollte es mir nützen, daß Aschur im Gefängnis sitzt?«

»Du brauchst deine Freude nicht zu verstecken.«

»Vergebe dir Gott.« Freundlich fügte er hinzu: »Hören wir auf zu streiten, und nimm lieber meinen Rat an ...«

»Deinen Rat?!«

»Es ziemt sich nicht, daß du allein nach ad-Darrasa gehst und dort arbeitest.«

»Hast du etwas Besseres für mich?« spottete sie.

»Unter meiner Obhut zu arbeiten wäre auf jeden Fall besser, als allein auf dem Markt zu stehen.«

»In der Schenke?«

»Behütet und beschützt.«

»Verflucht sollst du sein, in dieser und der anderen Welt!« rief Fulla und ließ ihn ohne jeden Gruß stehen.

Noch am gleichen Abend drang die Nachricht zu ihr, daß Darwisch Männer für eine Schutztruppe um sich scharte, deren Chef er werden wollte.

58 Es war Besuchstag im Gefängnis. Als Fulla ihren Mann in der Häftlingskleidung sah, brach sie in Tränen aus. Schamseddin hingegen hüpfte vor Freude, und sein Vater, der hinter der Absperrung stand, küßte und herzte ihn. Auf seine Frage, wie es ihnen ginge, antwortete Fulla, daß sie auf dem Markt in ad-Darrasa arbeite und alles in Ordnung sei.

Mißgestimmt und trotzig erklärte Aschur: »Nicht das Gefängnis ist das Schlimme, sondern die Ungerechtigkeit.« Immer wieder murmelte er: »Weshalb bin ich hier? Ich habe keine Strafe verdient«, und auf dem Höhepunkt seiner Empörung angelangt, sagte er: »Unter allen Gefangenen gibt es keinen, der so boshaft wie Darwisch ist.«

Fulla lachte höhnisch. »Weißt du, daß er mich gefragt hat, ob ich bei ihm arbeiten will?«

»Dieser Schurke! Und was ist mit dem Scheich?«

»Oh, der benimmt sich sehr respektvoll.«

»Auch so ein Schuft! Und ein Dieb obendrein!«

»Ich soll dir unendlich viele Grüße ausrichten.«

»Welch ein Segen. Am meisten sehne ich mich danach, den Gesängen der Derwische zu lauschen.«

»Du wirst sie wieder hören. Die Moschee, der Brunnen

und die Tränke – all das ist unweigerlich mit deinem Namen verbunden.«

»Nicht mit meinem, sondern mit dem des wahren Stifters, des Herrn über alle Dinge.«

Fulla seufzte, und mit einem matten Lächeln sagte sie: »Zu den schlimmen Nachrichten gehört, daß Darwisch Chef der Schutzbande geworden ist.«

Aschurs Gesicht verzog sich grimmig. »Das wird ihm auch nichts nützen.« Verwundert sah Fulla ihn an. Es schien, als hätte Aschur neue Kraft geschöpft.

59 Ein Jahr Gefängnis, und doch vergaß niemand im Viertel Aschur an-Nagi. Die Hungerleider und Habenichtse erwarteten sehnsüchtig den Tag seiner Entlassung, während andere keine ruhige Nacht mehr hatten. Darwisch verschanzte sich hinter seinen Gefolgsleuten und überhäufte sie mit dem Geld, das er als Zwangsabgabe von den Schutzbefohlenen erpreßte. Machmud Kataif hatte ihm geraten, großzügig zu seinen Männern zu sein. »Gemeinsam besiegt man jeden, so stark er auch sein mag.«

Von den Reichen bekam Darwisch jede Unterstützung, fürchteten sie sich doch vor der Liebe, die die Leute im Viertel dem Abwesenden entgegenbrachten. Man hatte sich sogar darauf geeinigt, Aschur an-Nagi umzubringen, falls er sich ihnen nicht unterwerfen würde.

So verging eine Jahreszeit nach der anderen, immer begleitet von den dunklen Gesängen des Klosters, bis schließlich der lang erwartete und gefürchtete Tag kam.

»Nun denn, möge Gottes Wille geschehen«, murmelte wütend der Scheich des Viertels. Wohin er auch sah, wehten Fahnen und Flaggen auf Dächern und über den Läden, leuchteten bunte Lämpchen, war der Boden mit frischem Sand bestreut. Das Gewirr der Stimmen riß nicht ab, denn ein jeder wollte seiner Freude Ausdruck verleihen. »Alles nur wegen eines Diebs, der aus dem Gefängnis kommt«, empörte sich leise der Scheich.

Er sah Darwisch kommen. »Sind deine Männer für den Empfang des Königs gerüstet?«

Darwisch sah ihn aufgeregt an. »Weißt du nicht, was geschehen ist?« flüsterte er und erzählte ihm, was mit der Truppe geschehen war. Einer nach dem andern hatte ihn stehenlassen und war zum Platz gerannt, um den Heimkehrer zu begrüßen. Kein einziger seiner Männer war bei ihm geblieben.

Der Scheich wurde blaß. »Verfluchte Schurken!« murmelte er. »Wir müssen uns also etwas anderes überlegen, um dem Sturm zu begegnen.«

»Ohne auch nur die Hand zu rühren, ist er der Chef im Viertel geworden«, schimpfte Darwisch.

Vom Platz drang der Lärm von Schalmeien und Trompeten heran, und schon im nächsten Augenblick stürmten Frauen, Männer, Kinder zuhauf. Umgeben von einem Geleitzug, stand auf einem Fuhrwerk Aschur, eskortiert von den Männern, die zuvor Darwisch gedient hatten. Die Menschen jubelten, klatschten und tanzten. Vor lauter Gedränge kam der Wagen nur langsam voran, so daß er für die kurze Strecke vom Beginn des Viertels bis zur kleinen Moschee ungefähr eine Stunde brauchte. Der Jubel nahm kein Ende, bis zum nächsten Morgen wurde gesungen und getanzt.

Ohne im geringsten darum gekämpft zu haben, wurde Aschur an-Nagi der Anführer der Schutztruppe. Wie das gemeine Volk es erwartet hatte, übte er mit seinen Männern die Macht auf völlig neue Weise aus. Er lebte nicht auf Kosten anderer Menschen, sondern ging seiner früheren

Arbeit wieder nach und lebte in der alten Wohnung weiter. Auch seine Gefolgsleute mußten sich ihren Unterhalt selbst verdienen. Auf diese Weise war jegliches Schmarotzertum abgeschafft. Nur die Notabeln und Vermögenden mußten Abgaben zahlen, die wiederum denen, die nichts hatten, zugute kamen. Da Aschur mit seiner Truppe die Schutzbanden in den benachbarten Vierteln besiegte, erhielt das Viertel ein nie zuvor gekanntes Ansehen. Allerorts sprach man nur mit Ehrerbietung von diesem Teil der Stadt, und seine Bewohner erfreuten sich eines gerechten, würdigen, friedlichen Zusammenlebens.

Die Nächte verbrachte Aschur vor dem Kloster. Verzückt lauschte er den Gesängen, und immer wieder hob er flehentlich die Hände und betete: »Du unser Gott und Herr, bewahre mir meine Kraft und mehre sie, damit ich sie immerfort in den Dienst deiner treuen Diener stellen kann.«

Schamseddin

Die zweite Geschichte

1 Wo die sanften Flügel der Gerechtigkeit herrschen, müssen sich Leid und Schmerz ins Vergessen flüchten. In den Herzen erblüht das Vertrauen und erfüllt sie mit dem Nektar der Maulbeerfrüchte. Prächtige Gesänge stiften Glück, auch wenn der Sinn dunkel bleibt. Könnten Licht und strahlender Himmel sich je wieder verbergen?

2 Fulla erwachte und fand Aschur nicht an ihrer Seite. Die vom Schlaf noch schweren Lider flatterten, und in der Brust fühlte sie einen Krampf. Sie flehte zu Gott, ihr liebendes Herz vor den Einflüsterungen unsichtbarer Mächte zu schützen. Ihr heimisches Glück sollte nicht von Alleinsein getrübt werden. Wo mochte Aschur, der wunderbare junge Held von sechzig Jahren, stecken? Er, der Starke, Tüchtige, der Mann mit dem pechschwarzen Haar? Hatte ihn bei seiner nächtlichen Wache vor dem Kloster der Schlaf übermannt?

Sie rief Schamseddin, der murrend die Augen öffnete. Sein hübsches Gesicht wendete sich ihr fragend zu. »Ist dein Vater heute nacht nicht zurückgekommen?« Als er die Schwere ihrer Frage begriff, warf er die Decke ab und richtete mit einem Ruck den schlanken, großen Körper auf. Beunruhigt fragte er: »Ob etwas passiert ist?«

Als wollte sie ihren Befürchtungen trotzen, erwiderte sie: »Vielleicht ist er dort einfach nur eingeschlafen.« Schamseddin sprang aus dem Bett, um sich den Gilbab überzuziehen. Nun war noch besser zu sehen, wie schlank er war. Er bewegte sich mit einer Anmut, die von der Unschuld der frühen Jugend gekrönt wurde. Beim Hinausgehen murmelte er: »Die Kühle des Herbstmorgens müsste er doch spüren!«

3 Es wehte ein feuchter, frischer Wind. Nebelschwaden verzogen sich ins Ungewisse. Schon regte sich in den Gäßchen menschliches Leben. Noch ein paar Schritte, und er würde beim Vater sein. Bestimmt lag er auf dem kalten Boden, ohne sich zugedeckt zu haben. Er würde mit ihm schimpfen müssen.

Schamseddin durchquerte das dunkle Gewölbe und kam auf den Platz. Seine Augen durchbohrten das Zwielicht, immer darauf gefaßt, gleich auf den Vater zu stoßen. Aber da war niemand. Schweigend sah er sich um. Auf dem Platz, an der alten Mauer, vor dem Kloster war niemand zu sehen. Normalerweise saß hier der Riese von Mann. Wo konnte er hingegangen sein?

Wütend glitt sein Blick zum Kloster hinüber, dem stummen Zeugen, der nicht sprechen wollte. Wieder fragte er sich besorgt, wohin der Vater entschwunden war.

4 Vielleicht konnten Ghassan und Dahschan, die beiden tüchtigsten Männer des Vaters, ihm helfen? Erstaunt hörten sie ihm zu. Der Vater sei gegen Mitternacht zum Platz gegangen und wollte wie immer ein gutes Stündchen dort bleiben.

»Vielleicht hat ihn eine Verabredung aufgehalten?« fragte Schamseddin. Aber die Männer wußten nur das, was sie bereits gesagt hatten. Nach kurzem Zögern entschloß sich Schamseddin, Scheich Machmud Kataif aufzusuchen. Auch der reagierte verwundert und überlegte hin und her.

Schließlich versuchte er, Schamseddin zu beruhigen: »Sei unbesorgt, der Löwe weiß, was er tut. Am Vormittag ist er bestimmt zurück.«

5 Hilflos und gebrochen, wie sie war, vermochte Fulla nur noch den Himmel anzurufen. »O du, mein Gott und Herr«, rief sie, »nimm mir meine Ängste und Qualen!«

Schamseddin saß im Kaffeehaus und diskutierte mit den Männern des Vaters, die sich auch nur in banges Warten flüchten konnten. Mal gingen die Blicke in Richtung des dunklen Gewölbes, mal glitten sie zum Viertel. Herbstwolken stürmten am Himmel, ließen nur hier und da einen trüben Lichtstrahl hindurch. Dann rückte die Mittagsstunde heran, doch von Aschur fehlte noch immer jede Spur. Da hielten es die Männer nicht länger aus; sie schwärmten in alle Richtungen aus, hoffend auf ein Zeichen oder eine Nachricht. Kaum hatte sich das Geschehen im Viertel herumgesprochen, gerieten die Gemüter in hitzige Erregung. Kein einziger wollte oder konnte sich jetzt noch um Lohn und Brot kümmern.

6 Schließlich drang die Nachricht vom Verschwinden Aschurs auch an die Ohren der Notabeln und reichen Kaufleute. Verblüfft zuckten sie zusammen, als fühlten sie sich von einem Zauber, einem wahren Wunder getroffen. O ja, schlägt das Schicksal zu und gibt es keinerlei Hoffnung mehr, glauben verzagte Herzen nur allzugern an Wunder. Doch was die reichen Herren betraf, hätten sie, ohne die Furcht, eine Enttäuschung zu erleben, sehr schnell die Masken fallenlassen und ihre Häme und Schadenfreude offen zur Schau getragen. Was, wenn nicht ein Wunder, hätte sie von der übermächtigen Autorität dieses Kolosses, seiner sich ständig erneuernden Jugend, seinem eisernen

Willen retten können? War er für immer verschwunden, mochte die Legende begraben werden, konnte die Situation ein für allemal bereinigt werden!

Darwisch rannte zum Scheich des Viertels, zu Machmud Kataif. Aufgeregt fragte er: »Wo ist der Kerl bloß hin?«

»Bin ich allwissend?« fragte der Scheich spöttisch zurück.

Darwisch schüttelte das ergraute Haupt. »Es gibt nur einen Grund, daß er sich aus dem Staub macht – seine Schwäche für Frauen, die ihn unverhofft überfällt.« Da Machmud Kataif nur verächtlich grinste, fuhr er fort: »Ich habe fest damit gerechnet, daß er hundert Jahre lebt.«

»Es gibt so manches, das niemand weiß«, murmelte der Scheich.

7

Der Abend senkte sich hernieder, und die Nacht kündigte sich mit unerwarteter Kälte an. Von Aschur an-Nagi war noch immer nichts zu entdecken. Im Kaffeehaus, in der Schenke und in der Haschischhöhle lähmte Schwermut die Zungen. Keiner von Aschurs Familie und niemand von seinen Männern machten in dieser Nacht ein Auge zu.

»So viele haben nach ihm gesucht, und doch hat sich nichts ergeben«, seufzte Fulla.

»Haben wir uns vielleicht nicht genug um Vater gekümmert? Haben wir versagt?« fragte Schamseddin verzweifelt. Da brach Fulla in herzzerreißendes Weinen aus. Und schluchzend stieß sie hervor: »Von Anfang an habe ich das Schlimmste geahnt.«

»Was soll diese Schwarzseherei!« rief Schamseddin wütend. »Mir ist das zuwider! Mein Vater ist weder ein dummes Ding, das sich entführen läßt, noch ein grüner Junge, der aus Versehen in eine Falle stolpert. Das einzige, was mir Sorgen macht, ist, daß es keinerlei Hinweis gibt und wir nicht wissen, wo wir noch suchen können.«

8 Am nächsten Vormittag versammelten sich Aschurs Männer im Kaffeehaus, und auch Schamseddin und Fulla saßen bei ihnen. Machmud Kataif war als Scheich des Viertels gekommen und Hussain Kuffa als Imam der Moschee. Ratlosigkeit und düstere Vorahnungen erfüllten die Herzen. Ein jeglicher hegte große Ängste, doch keiner wagte es, sie laut auszusprechen.

Dahschan ergriff das Wort. »In zwanzig Jahren ist unser Meister nie von seinen Gewohnheiten abgegangen.«

»Es muß ein Geheimnis geben«, murmelte Imam Kuffa.

»Aber das hätten wir gemerkt!« erklärte Ghassan.

»Vor allem ich!« rief Fulla.

»Ob er ins Kloster gegangen ist?« überlegte der Imam laut, worauf mehr als eine Stimme sich voller Protest erhob. »Unsinn!« ... »Ein völlig irriger Gedanke!«

»Mein Herz sagt mir«, tönte der Scheich, »daß Aschur genauso plötzlich wiederauftaucht, wie er verschwunden ist.«

»O nein, es gibt keine Hoffnung mehr«, flüsterte Fulla mit erstickender Stimme.

»Und wenn er einem Verrat zum Opfer gefallen ist?« schrie plötzlich Dahschan. Die Herzen erbebten, und die Augen stoben Funken. »Selbst ein Löwe kann in eine Fallgrube stürzen«, unterstrich Dahschan seine Vermutung.

»Langsam, langsam, Männer!« rief Scheich Kataif. »Im ganzen Viertel gibt's keinen, der den besten Menschen auf Erden haßt.«

»Überall lauern Feinde und Verräter!«

»Hütet euch, Zwietracht zu säen, und habt Geduld! Gott sieht alles«, mahnte der Scheich.

9 Darwisch reichte einem seiner betrunkenen Gäste den Krug hinüber, als der ihn am Arm packte und ihm ins Ohr zischte: »Ich habe gehört, wie die Männer sagten, daß nur du Aschur auf dem Gewissen haben kannst.«

Darwisch rannte los, hin zu Scheich Kataif. Am ganzen Leib zitternd, erzählte er ihm von dem Gerücht. Der Scheich, angewidert von diesem Anblick, fuhr ihn scharf an: »Benimm dich nicht wie ein Weib!«

»Wie kann man mich verdächtigen, wenn ich doch Tag und Nacht nur in meinem Lokal stecke?«

Scheich Kataif überlegte ein Weilchen. »Du mußt fliehen! Dir bleibt nur die Flucht.«

Tatsächlich war Darwisch Zaidan auf einmal verschwunden. Niemand brachte heraus, ob er geflohen oder einem Mordanschlag zum Opfer gefallen war. Es kümmerte auch keinen, und selbst Scheich Kataif wollte nichts mehr von ihm wissen. Es dauerte nicht lange, da führte der Drogenhändler Alju Abu Rasin die Schenke, und es war, als hätte es Darwisch nie gegeben.

10 Die Zeit verstrich, ohne daß sich der geringste Hoffnungsschimmer zeigte. Träge flossen die Tage dahin, belastet von drückender Schwermut. Kein Herz ergab sich noch länger dem Trugbild, den Riesen Aschur an-Nagi wiederzusehen. Nie mehr würde er die hohen Herren in die Knie zwingen und die arbeitsamen Menschen beschützen, nie wieder würde er den Menschen Gottesfurcht einflößen und Frieden bescheren.

Fulla trug das Trauergewand, Schamseddin weinte in einem fort. Die Getreuen Aschurs versanken in Trauer und fruchtlosem Grübeln. Etliche waren überzeugt, daß Darwisch über Aschur hergefallen war, als dieser den frommen Gesängen lauschte, und den Leichnam auf den Friedhof geschleppt und irgendwo verscharrt hatte. Andere wiederum waren trotz aller Verzweiflung nicht davon abzubringen, daß Aschur eines Tages zurückkehren würde und sich über alle dummen Gedanken lustig machte. Noch andere glaubten aber daran, daß sein Verschwinden von Erhabenheit zeugte und einem Heiligen durchaus entsprach.

Schließlich nahm aber der Kreislauf des harten Alltags seinen Lauf und verwandelte das Unglück wie jedes andere Geschick – man lebt damit, gewöhnt sich daran, nimmt es nicht mehr wichtig. Das Unheil wurde vom unendlichen Strom alltäglicher Ereignisse mitgerissen und löste sich in dessen Fluten auf.

Aschur an-Nagi war und blieb verschwunden.

Die Zeit läßt sich nicht anhalten, so ist es doch.

11 Ohne allen Zweifel mußte im Viertel ein neuer Führer der Schutztruppe bestimmt werden, und zwar bevor sich die noch funktionierende Ordnung zersetzte oder die anderen Viertel, die schon auf der Lauer lagen, sie mit Füßen traten. Ghassan und Dahschan, die beiden kräftigsten und engsten Kameraden von Aschur, kamen dafür am ehesten in Frage. An Schamseddin dachte niemand, hielten ihn doch alle für viel zu jung und zu weich. Je nach Neigung entschieden sich also die Männer entweder für Ghassan oder Dahschan, und man beschloß, so zu verfahren, wie es in ähnlichen Situationen immer der Fall war: Die beiden Rivalen sollten in der Mamelukenwüste gegeneinander kämpfen. Wer gewann, wurde als neuer Schutzherr gefeiert.

Als Fulla vom bevorstehenden Kampf hörte und mit ansehen mußte, wie Schamseddin den Gilbab anzog, um als Zuschauer dabeizusein, brach sie in Tränen aus und beklagte ihr unseliges Schicksal. Verärgert erklärte Schamseddin: »Was willst du? Das Viertel kann ohne Führer nicht leben.«

»Na sicher«, zischte sie ihn scharf an. »Aber sollen räudige Kater dem Löwen folgen?«

»Vor Gottes Ratschluß ist der Mensch hilflos.«

»Mit der standhaften Hochherzigkeit wird es aussein, und das Viertel fällt zurück in die Zeit von Schmarotzertum und Tyrannei.«

»O nein, mit dem Erbe Aschur an-Nagis kann keiner leicht brechen«, widersprach Schamseddin leidenschaftlich.

Fulla seufzte, und als würde sie mit sich selbst sprechen, klagte sie leise: »Gestern war ich trotz aller Armut die Herrin, morgen werde ich nur noch die trauernde Witwe sein, um die sich keiner mehr schert. Soviel ich auch flehe, es gibt keine Hoffnung, und so träume ich vom verlorenen Paradies. Bei allen Feiern werde ich allein sitzen, ich werde mich im Dunkeln fürchten, vor den Männern muß ich auf der Hut sein, die Frauen meiden. Man wird mich vergessen und übersehen, das ist auf alle Zeiten mein Schicksal.«

»Aber Mutter«, schalt Schamseddin, »du hast doch mich, noch bin ich nicht tot!«

»Möge dir Gott ein hohes Alter schenken, doch auch du wirst das Leben verfluchen. Was bist du schon? Ein junger Mann, ein Kutscher ohne Geld, ohne Ansehen und ohne alle körperliche Stärke, die dir die Körperkraft sichern könnte.«

Niedergeschlagen murmelte Schamseddin: »Es ist Zeit, ich muß gehen. Möge dich der ewig Lebende, der nie Sterbende, in seinen Schutz nehmen.« Er schob den Knotenstock des Vaters unter den Arm und machte sich auf den Weg.

12 Aufgewachsen in einer armseligen Umgebung, hatte das Leben Schamseddin Mühsal und Bescheidenheit gelehrt. Vom prächtigen Haus des Kaffeehändlers war in seinem

Gedächtnis kein einziges Bild haftengeblieben. Wann immer Aschurs Blick freudig auf dem Gesicht des Kleinen, anmutig wie das seiner Mutter, geruht hatte, pflegte er lächelnd zu sagen: »Aus diesem Jungen wird nie ein Führer.«

Er hatte ihn zur Koranschule geschickt, mit den schönsten Gesängen vertraut gemacht, aber auch nicht die körperliche Stärkung vernachlässigt. Er unterrichtete Schamseddin im Reiten, Stockspiel und Ringkampf, obwohl er nie daran dachte, daß aus Schamseddin ein Mann der Schutztruppe werden würde. Als der Junge sich seiner selbst bewußt wurde und seine Umgebung einzuschätzen lernte, begriff er, über welch grenzenlose Autorität der Vater verfügte. Doch damit tat sich ihm sofort der krasse Widerspruch zwischen dessen »Erhabenheit« und dem mühseligen, armen Leben auf, das er führte. Eines Tages, als ein großes Fest bevorstand, hatte er den Vater darum gebeten, eine Abaja und einen Turban zu bekommen. Die entschiedene Antwort des Vaters lautete: »Du siehst doch wohl, daß dein Vater auch nur einen Gilbab trägt.«

Fulla war wie ihr Sohn über dieses armselige Leben nicht sonderlich glücklich. Oft genug machte sie laut genug, um von Schamseddin gehört zu werden, Aschur Vorwürfe. »Würdest du ein wenig vom Schutzgeld nehmen, damit wir würdig leben können, hätte niemand etwas dagegen.«

»Du kannst Hühner halten, dann tust du ganz legal etwas für unseren Wohlstand.« An Schamseddin gewandt, fügte er hinzu: »Kein noch so prächtiger Glanz wiegt in diesem Leben ein reines Gewissen, die Liebe zu den Menschen und das Lauschen auf fromme Gesänge auf.«

So lehrte Aschur den Jungen, mit dem Karren umzugehen. Schon bald lösten sie sich bei der Arbeit ab. Als

Aschur auf die Sechzig zuging, überließ er ihm den Karren fast gänzlich. Schamseddin bewunderte und verehrte den Vater, aber er fand auch Gefallen an den angenehmen Seiten des Lebens. Bisweilen unterstützte er durchaus die Begehrlichkeiten, die seine hübsche Mutter hegte. Da er viele geheime Wünsche hatte, nahm er eines Tages anläßlich eines Festes und in bester Absicht von einem Geschäftsinhaber ein kleines Geschenk an und kaufte sich im Handumdrehen eine Abaja, einen Turban und Schuhe. Das Fest kam, und er spazierte stolz in den neuen Sachen herum. Kaum daß der Vater ihn sah, packte er ihn am Kragen, schleppte ihn in die Wohnung und ohrfeigte ihn so heftig, daß sich ihm der Kopf drehte. »Sie nutzen deine Schwäche aus«, brüllte der Vater, »weil sie meinen eisernen Willen nicht brechen können!«

Er zwang Schamseddin, nicht nur die Kleidung, sondern auch das Geld zurückzubringen. Da hatte er verstanden, daß er angesichts des Zorns des Vaters nichts ausrichten konnte. Er war beschämt. Auch Fulla fügte sich demütig in ihr Schicksal und wagte es nie mehr, den Sohn zu verteidigen oder sich auf seine Seite zu stellen. Dennoch war es Liebe, die Schamseddin an den Vater band, und nicht Furcht. Er war nicht nur sein Schüler, er war auch sein Vertrauter und Freund. Er dürstete nach seinem Rat, seinem Vorbild, seiner Gottesfurcht, seiner Liebe zu den Gesängen und Sternen. Stolz zog er mit dem Karren herum und unterdrückte jeglichen Anfall von Schwäche, die ihn von Zeit zu Zeit befiel.

Trotz aller ärmlichen Verhältnisse umgaben Aschurs Familie, wo immer einer von ihnen erschien, Liebe und Achtung. Würde das so bleiben? Schaute Schamseddin die Mutter an, fand er Besorgnis in ihrem Blick.

13 In der Weite der Mamelukenwüste nahmen sich die Grüppchen der Männer wie kleine Sandhaufen aus. In dieser Einöde waren Geflohene und Wegelagerer zu Hause, hier suchten Dämonen und allerlei Kriechtiere Geborgenheit, hier lagen tief unter der Erde die Großen der Geschichte begraben.

Ghassan, umringt von seinen Männern, schritt voran, bis er Dahschan und dessen Trupp gegenüberstand. Die sengenden Strahlen der Sonne ließen nur ein Blinzeln zu, machten die lodernde Hitze des Sands zur Hölle. Doch die Ödnis empfing die Menschen mit kaltem, höhnischem, grausamem Blick, der dem Besiegten ewige Schmach ankündigte.

Schamseddin kam gelassen näher und baute sich zwischen den Parteien auf. Auf diese Weise machte er deutlich, daß er sich neutral verhalten und sich auf die Seite des Siegers schlagen würde. Er hob die Hand, und seine kräftige Stimme dröhnte wie die des Vaters, als er rief: »Gottes Segen sei mit den Männern unseres Viertels!«

Wie aus einem Mund entrang sich den spröden Lippen, gezeichnet von Anspannung und Entschlossenheit, der Ruf: »Und Gottes Segen dem Sohn des großen Wohltäters!«

Schamseddin fiel auf, daß keine Seite ihn aufforderte, sich ihr anzuschließen, wie auch niemand die Gunst der Mutter für sich in Anspruch nahm. Nun ja, auf dem Feld heißer Schlachten sind Frauen und Jünglinge nicht gefragt.

Der blinde Schaalan stellte sich an Schamseddins Seite, denn da er aus Altersgründen aus der Schutztruppe ausgeschieden war, übernahm er die Rolle des Schiedsrichters. Er war es auch, der den Kampf mit den Worten eröffnete: »Ghassan und Dahschan, ihr könnt beginnen. Jeder denke daran, die Regeln einzuhalten.« Mahnend hob er die Hand. »Jeder bleibt auf seinem Platz und schickt sich in den Ausgang des Kampfes, denn wenn nur einer das Abkommen bricht, sind alle dem Untergang geweiht.«

Es fiel kein Wort. Kalt, grausam und höhnisch verharrte die Wüste. Ein Rabe krächzte am wolkenlosen Firmament. Der blinde Schaalan rief: »Wer siegt, ist im Recht. Ein jeglicher Mann stellt sich in seinen Dienst, allen voran der Besiegte.« Die schweißgetränkten Gesichter neigten sich schicksalsergeben, und niemand widersprach. An Ghassan gewandt, fragte der blinde Schaalan: »Versprichst du Gehorsam, wenn dein Gegner siegt?«

»Ich verspreche es, Gott ist mein Zeuge.«

»Und du, Dahschan?«

»Ich verspreche es, Gott ist mein Zeuge.«

»Gesiegt hat, wer den anderen berührt«, verkündete der blinde Schaalan. »Hütet euch vor roher Gewalt, weil sie nur Haß gebiert.«

Die Männer rückten auseinander, bildeten um Ghassan und Dahschan einen großen Kreis. Wie zwei Beschwörer hoben sie die Stöcke, ein jeder hielt sich zum Angriff bereit. Ghassan sprang vor, doch Dahschan stürzte ihm entgegen. Die Knotenstöcke schlugen aneinander, führten gewandt einen listenreichen und ausgeklügelten Tanz auf. Schien ein Berühren möglich zu sein, wich der andere aus, wehrte sich, leistete Widerstand. Die Angriffe wurden hitziger, doch Vorsicht und Hartnäckigkeit hielten sich die Waage. Und mit ihrer Höllenglut gab die Sonne ihren Segen dazu.

Doch was war das? Mit einer plötzlichen, überraschenden Bewegung täuschte Ghassan Dahschan und streifte ihn am Schlüsselbein. »Ghassan! Ghassan!« schrien die Männer seiner Truppe, tobend vor Begeisterung. »Gott hat Ghassan erwählt!«

Dahschan sackte keuchend zusammen und würgte

schwer an der Niederlage. Da reichte Ghassan ihm die Hand aus und sagte: »Sei mein Bruder!«

»Sei du unser Führer«, stammelte Dahschan. Es klang wie ein großer Gesang, als die Stimmen sich erhoben: »Gott hat ihn erwählt! Gott hat ihn erwählt!«

Ghassan drehte sich vor Glück im Kreis herum und rief übermütig: »Will es noch jemand wagen?« Ein Sturm von Huldigungsrufen war die Antwort, der kaum verebben wollte. Doch dann, als unverhofft Stille eintrat, erhob sich eine Stimme: »Ich will es wagen, Ghassan!«

14

Verblüfft starrten alle auf Schamseddin. Da stand er – schmal und hochgewachsen, mit anmutigem Gesicht. Stolz reckte er den Kopf in die Höhe, hielt ihn den sengenden Strahlen entgegen.

»Du, Schamseddin?« stammelte Ghassan.

»Ja, ich«, entgegnete er standhaft.

»Strebst du ernsthaft danach, der Führer zu werden?«

»Es ist meine Pflicht und mein Schicksal.«

Der blinde Schaalan griff besorgt ein. »Nicht einmal dein Vater hielt dich für geeignet.«

»Ich habe vieles gelernt und kann in vielem nützlicher sein als mancher Mann aus der Truppe.«

»Gutes wollen allein reicht nicht.«

Mit der Geschicklichkeit eines Zauberers wirbelte Schamseddin den Stock seines Vaters durch die Luft, doch Ghassan rief: »Ich will dir kein Leid tun!«

»Lassen wir doch die Stöcke sprechen!«

»Du bist zu jung, Schamseddin!«

»Ich bin, wie ein Mann sein muß!«

Da richtete Ghassan das Gesicht der sengenden Glut des Himmels entgegen und schrie: »Vergib mir, Aschur, verzeih mir!«

Keiner der Männer war glücklich über das, was hier geschah. Vor Groll blieben die Lippen verschlossen. Auf einmal wirkte die Wüste noch kälter, grausamer und höhnischer als zuvor.

Schamseddin trat zum Angriff vor. Die neuen Rivalen stürzten sich in den Kampf, doch kaum hatte er begonnen, da geschah ein Wunder. Schamseddin vermochte es, Ghassan am Schenkel zu treffen. Der Schlag saß. Ghassan richtete sich verstört auf. Er hatte den Gegner unterschätzt, das war sein Fehler. Wie sonst hätte der Kampf, kaum begonnen, jetzt schon enden können? Unfähig zu reagieren, verharrte Ghassan auf der Stelle. Niemand, der da jubelte. Doch Schamseddin streckte die Hand aus. »Sei mein Bruder!« erklärte er. Ghassan übersah die Hand. Zorn zeichnete sich auf seinem Gesicht ab.

»Ghassan, reich ihm die Hand!« mahnte der blinde Schaalan besorgt.

»Der Schlag traf nur versehentlich!« rief Ghassan.

»Gott wollte, daß er siegt.«

»Die Stöcke entscheiden nur bei gleich starken Kämpfern! Schamseddin ist ein grüner Junge, ein Ästchen, das man leicht brechen kann. Wollt ihr etwa für die anderen Viertel ein schmackhafter Happen werden? Ein Spielzeug für jeden tüchtigen Mann einer Truppe?«

In diesem Moment warf Schamseddin den Stock weg und zog sich aus. Der schlanke Körper, nur noch an der Schamstelle bedeckt, glänzte in der Sonne. Ghassan lächelte zuversichtlich und erklärte beim Ausziehen: »Ich werde dich vor dem Unheil schützen, das du dir selbst einbrocken willst.«

Schritt für Schritt gingen sie aufeinander zu, bis ihre Körper sich berührten. Sie umfaßten sich mit den Armen, und jeder versuchte besessen und mit aller Kraft, den anderen niederzuzwingen. Die Muskeln schwollen an, die Adern traten hervor, die Füße bohrten sich in den Sand. Immer zäher wurde der Kampf, und mit eisernem Willen mühte sich jeder, den anderen zu zermalmen und ihm bis auf den letzten Atemzug die Luft zu nehmen. Voller Entsetzen schauten die anderen zu, darauf gefaßt, gleich Blut fließen zu sehen. Träge schlichen die Sekunden dahin, als hielte sie die glühende Hitze gefangen. Den Männern stockte der Atem, nicht das kleinste Geräusch war zu hören.

Ghassans Gesicht verkrampfte sich haßerfüllt. Die zusammengepreßten Augenbrauen sprachen davon, daß er fest entschlossen war, sich entweder dem todbringenden Schicksal zu fügen oder als Sieger den Kampf zu beenden. Es galt, sich mit aller Kraft dem Unbekannten zu widersetzen, selbst um den Preis, dem Wahnsinn zu verfallen. Mit blindem Haß wehrte er sich gegen die Verzweiflung, die ihn zusehends überfiel. Doch trotz aller Wut, allen Stolzes, aller Besessenheit ließen ihn seine Kräfte im Stich. Er geriet ins Stolpern und schwankte. Ächzend wich er zurück, doch Schamseddin hielt ihn erbarmungslos umklammert, bis sich schließlich Ghassans Arme von ihm lösten, die Beine den Dienst versagten und er zusammenbrach. Schamseddin keuchte, war schweißgebadet – doch er stand aufrecht da.

Die Männer trauten ihren Augen nicht, trotzdem blieb es still. Schließlich trat der blinde Schaalan an Schamseddin heran, gab ihm seine Kleider und erklärte: »Was für ein tüchtiger junger Mann, was für ein Kämpfer!« Dutzendfach erhob sich der Ruf: »Gott hat ihn erwählt! Gott hat ihn erwählt!« Dahschans Stimme übertönte alle anderen. »Aschur an-Nagi ist wieder auferstanden!«

Da verkündete der blinde Schaalan: »Von heute an soll er Schamseddin an-Nagi heißen.« Und die unendliche

Weite der Wüste verharrte stolz und erhaben in ihrem Schweigen.

15 Ungeduldig wartete das Viertel auf den feierlichen Einzug des neuen Führers der Schutztruppe. Viele hatten auf Ghassan gesetzt, viele andere auch auf Dahschan. Niemand wäre je auf den Gedanken gekommen, daß sich der junge, hübsche Schamseddin die Führerschaft erkämpfen könnte. Als die ersten Nachrichten eintrafen, schüttelten alle verwundert den Kopf. Doch im Handumdrehen schlug das ungläubige Staunen in allgemeine Freude um. Vor allem die Hungerleider und Habenichtse jauchzten und tanzten, waren sie doch davon überzeugt, daß Aschur an-Nagi wieder zum Leben erwacht war.

Machmud Kataif jedoch fragte sich verärgert, ob das Rad der Geschichte zurückgedreht worden sei und die Zeit der Wunder wieder anbreche.

Als Schamseddin im Viertel erschien, wurde er mit Jubel empfangen. Selbst Fulla stieß Freudentriller aus, obwohl sie noch Trauerkleidung trug.

Scheich Kataif ließ sich das Geschehene vom blinden Schaalan erzählen. Er verbarg seinen Groll, doch die Frage, ob der Alltag weiterhin grau, bescheiden und ärmlich bliebe, ließ ihn nicht los.

16 Fulla strahlte vor Glück. »Ich hatte mich darauf vorbereitet«, erklärte Schamseddin stolz.

»Selbst dein Vater hat es nie für möglich gehalten.«

Mit großem Ernst erwiderte Schamseddin: »Es wird schwer sein, mich meines Vaters würdig zu erweisen.«

»Vergiß nicht, daß du dir Ghassan zum Feind gemacht hast. Es liegt in deiner Hand, die Herzen der Männer zu erobern.«

Ein Schatten huschte über sein hübsches Gesicht. »Auf mir ruht alle Hoffnung, ich darf sie nicht enttäuschen.«

»Aufrichtigkeit ist der König der Tugend.«

»Ich bin die Hoffnung, möge ich die Menschen nie enttäuschen«, wiederholte er beharrlich.

17 Es brach eine fröhliche Zeit an, und jedermann glaubte, Aschur an-Nagi wäre nie gestorben. Ghassan verbrachte ganze Nächte in der Schenke und betrank sich. Lallend sang er:

> »Was nützt dir dein Geschick,
> hält sich zurück das Glück.«

Eines Abends reichte es dem blinden Schaalan. »Hast du nicht endlich genug von diesem Lied? Du solltest dein Herz von allem Groll reinigen.«

»Er hat's dem Teufel geöffnet«, meinte Dahschan.

»Ach was«, fuhr Ghassan ihn grob an. »Du kannst mir bloß nicht verzeihen, daß ich dich besiegt habe.«

»Verflucht sollst du sein. Ich habe mich jedenfalls an die Regeln gehalten.«

»Du hast doch bloß aus Haß zu mir diesen grünen Jungen bejubelt.«

»Wieso? Hat er etwa nicht einen glatten Sieg errungen?«

Nun mischte sich der Wirt Alju Abu Rasin ein. »Mein Herz sagt mir, daß unser neuer Führer einer meiner besten Kunden sein wird.«

Ghassan wieherte vor Lachen. »Wenn das stimmt, rasiere ich mir den Schnurrbart ab. Glaubt das ja nicht, von dem haben wir nur Armut und Elend zu erwarten.«

Besorgt rief der blinde Schaalan: »Diese Nacht wird noch ein Unglück geschehen!«

»Aber nein, nimm es als Geschwätz von Betrunkenen,

Schaalan. Es wird eine Nacht wie jede andere, nicht anders als damals in glücklichen Zeiten, als hier noch die große Dame ihre verführerische Schönheit den Besoffenen anbot.«

Dahschan griff nach dem Krug und warf ihn nach Ghassan. »Du widerlicher Lump!« schrie er, vor Wut außer sich. Angriffslustig sprang Ghassan auf, aber schon baute sich der blinde Schaalan vor ihm auf und erklärte in aller Entschiedenheit: »Für dich gibt's in diesem Viertel keinen Platz mehr, Ghassan.« So betrunken Ghassan auch war, er verstand, daß er zu weit gegangen war. Schwankend zog er von dannen.

18 Niemand kam auf den Gedanken, Schamseddin die schmählichen Bemerkungen Ghassans über seine Mutter zu hinterbringen. Um ganz sicherzugehen, hatte der blinde Schaalan Dahschan gewarnt: »Der junge Mann darf nichts von der alten Geschichte erfahren.«

»Aber es ist unsere Pflicht, daß wir ihm von Ghassans Meuterei berichten.«

Kaum hatte Schamseddin von dem Vorfall erfahren, entschloß er sich, die Sache unverzüglich zu regeln. Schnurstracks ging er zum Kaffeehaus, weil er wußte, daß er Ghassan dort finden würde. Er blieb vor ihm stehen und fragte aufgebracht: »Ghassan, bist du bereit, mir die gleiche Treue zu zeigen wie meinem Vater?«

»Dazu habe ich mich verpflichtet ...«

»Aber es scheint nicht ehrlich gewesen zu sein.«

»Reine Verleumdung, du solltest es nicht glauben.«

Schamseddin beugte sich vor und erklärte scharf und deutlich: »In meiner Truppe hast du nichts mehr zu suchen.« Von diesem Tag an war von Ghassan im Viertel nichts mehr zu sehen.

19 Nichts hatte sich verändert. Wie zu Aschur an-Nagis Zeiten beschützte Schamseddin die Armen und wies die reichen Herren in ihre Schranken. Auch als Führer der Schutztruppe arbeitete er als Fuhrmann weiter, wie auch seine Männer ihren Beschäftigungen nachgingen. Er überhörte die leisen Hinweise der Mutter und wohnte noch immer in der kleinen Wohnung. Sein ganzes Wesen war von wirklicher Größe erfüllt, und sein Herz labte sich an der Liebe und der Bewunderung der Menschen, die ihm entgegenschlug. Als eifriger Besucher der kleinen Moschee gehörte er zu den Freunden des Imams Hussain Kuffa. Vom eingenommenen Schutzgeld erneuerte er das Mobiliar der Moschee, und als Hussain Kuffa vorschlug, eine neue Koranschule beim Brunnen zu errichten, setzte er diese Idee freudig in die Tat um. Schamseddin war sich der hohen Verantwortung bewußt, die er gegenüber den Menschen des Viertels zu tragen hatte. Er wußte aber auch, daß er seine Aufgabe nur wahrnehmen konnte, wenn er sich auf die Treue seiner Männer verlassen konnte. Die Schutztruppen in den Nachbarvierteln hatten nach dem Verschwinden des übermächtigen Riesen Aschur natürlich Morgenluft gewittert und machten sich schon bald daran, einige fliegende Händler, die aus dem Viertel stammten, aufzustacheln. Um seine Macht zu bekräftigen, um alle Zweifel an seinen männlichen Tugenden, die seine Anmut und Liebenswürdigkeit vielleicht aufkommen ließen, auszuräumen, beschloß Schamseddin, den stärksten aller Führer der anderen Schutztruppen herauszufordern: den von al-Atuf. Die Gelegenheit dafür bot sich, als im Atuf-Viertel ein Hochzeitszug stattfand. Als er an der Zitadelle ankam, stellte sich Schamseddin mit seiner Truppe dem anderen Führer in den Weg. Ein hitziger Kampf brach zwischen den beiden Parteien aus, doch schließlich trug Schamseddin

einen solch überwältigenden Sieg davon, daß sich die Nachricht im Nu in allen anderen Vierteln verbreitete. Wer immer auch mit dem Gedanken gespielt haben mochte, Schamseddin eines Tages herauszufordern, war nun zu der Überzeugung gelangt, daß er seinem Vater in Stärke und Mut nicht nachstand.

Fortan konnte sich das Viertel im Innern seiner vorbildlichen Ordnung und nach außen hin seines guten Rufs erfreuen.

20 Trotz aller Freude über den Sieg in al-Atuf kehrte Schamseddin verstört vom Kampf zurück. Der Siegestaumel wurde von schmutzigen Widerwärtigkeiten gedämpft. Als der Chef von al-Atuf auf ihn zusprang, um ihn in den Klammergriff zu nehmen, hatte er gebrüllt: »Na los, Hurensohn! Komm schon, du Sohn einer Kneipendirne!«

Alle hatten die Beleidigung gehört. Die Männer aus al-Atuf hatten gejubelt, die aus Schamseddins Viertel hatten vor Empörung getobt. War das lediglich eine der üblichen Schmähungen, mit denen ein Kampf eröffnet wurde? Oder steckte eine Geschichte dahinter, die außer ihm, weil er so jung war, alle kannten?

Schamseddin suchte den blinden Schaalan auf. Was der Mann gemeint habe, wollte er wissen. »Ach was, nichts als das Kläffen eines verletzten Hundes«, entgegnete der blinde Schaalan entschieden. »Eine Frau, die sich Aschur an-Nagi zum Weib und zur Mutter seiner Nachkommen erwählte, ist über allen Zweifel erhaben.«

Die Antwort beruhigte Schamseddin. Aber schon kurze Zeit später trübte der Argwohn wieder die Lauterkeit seines Glücks. In seiner Brust ballten sich die Zweifel wie Wolken an einem regnerischen Tag. Machte er Feierabend, beobachtete er verstohlen Fulla. Sie war jetzt vierzig Jahre alt, vielleicht etwas jünger, aber immer noch sehr schön. Ein kleiner, anmutiger, reizvoller Körper, bezaubernde Augen, dennoch ein gottesfürchtiges, respektgebietendes Wesen, eine beeindruckende Persönlichkeit. Nein, er konnte sich nicht vorstellen, daß ihr irgendein Makel anhaftete. Wehe dem, der es wagte, ihre Ehre anzutasten.

Seine fast schon närrische Anhänglichkeit an die Mutter war dem Vater einst nicht entgangen. Damals hatte er sich die Mahnung gefallen lassen müssen: »Ein richtiger Mann hängt nicht so wie du an der Mutter.« Er war noch ganz klein gewesen, trotzdem hatte ihn der Vater überallhin mitgenommen, und er mußte auf dem Karren essen und schlafen. Um ihn stärker an sich zu binden, hatte ihn der Vater der warmen, weichen Umarmung der Mutter entzogen.

Was mochte sich in Darwischs Kneipe damals abgespielt haben? Gab es Männer, die über seine Mutter mehr als er wußten? »Wehe dem, der es wagt, ihre Ehre anzutasten«, flüsterte er.

21

Eines Tages erlebte Schamseddin auf der Straße einen Vorfall, der ihn in die Zeit seiner Kindheit zurückversetzte. Er war gerade mit dem Karren zum Platz unterwegs, als ihn ein heftiges Handgemenge am Weiterfahren hinderte. Es war ein seltsames Schauspiel, das sich ihm bot: eine Prügelei zwischen einem Mädchen und einem Jungen. Wie ein Tiger sprang die Kleine den Jungen an, ohrfeigte ihn, spuckte ihm ins Gesicht und beschimpfte ihn mit den unflätigsten Ausdrücken. Der Junge wich den Angriffen aus, überschüttete aber das Mädchen mit einer Flut noch häßlicherer Schimpfwörter. Eine Menge Leute stand herum, ergötzte sich an dem Anblick und lachte. Als die Menschen Schamseddin sahen, grüßten sie ihn ehrfurchtsvoll, und die beiden Raufbolde hielten inne. Der Junge machte sich aus dem Staub, das Mädchen hob ihre Milaja vom Boden auf, hüllte sich darin ein und warf einen beschämten Blick auf Schamseddin.

Wie lebhaft sie war, wie frisch ihr Gesicht, wie geschmeidig ihr Körper!

Sie merkte, daß er sie anstarrte, und murmelte entschuldigend: »Er hat kein Benehmen, Meister, da mußte ich ihn erziehen.«

Lächelnd erwiderte Schamseddin: »Recht so. Wie heißt du?«

»Agamija.« Sie wurde noch verlegener. »Erinnerst du dich nicht mehr an mich, Meister?« O ja, plötzlich wußte er, wer sie war. Verwirrt sagte er: »Aber sicher, wir haben zusammen gespielt.«

»Trotzdem hast du mich nicht erkannt.«

»Du siehst ganz anders aus. Da bist du also die Tochter von Dahschan?«

Sie nickte und ging weiter.

Die Tochter seines Gefährten Dahschan! Unglaublich, wie sie sich verändert hatte. Seine Sinne waren entflammt, sein junger Körper brannte heiß wie die Mittagssonne.

22 Unweit vom Ghurija-Viertel sah er Ajuscha, die alte Kupplerin. Sie gab ihm ein Zeichen, und er hielt an. Sie war nicht allein, eine elegante Frau begleitete sie. Eingehüllt in eine Milaja aus feiner Seide, die von einer goldenen Spange zusammengehalten wurde, zog sie den Blick auf sich. Kuhlschminke unterstrich den Glanz der großen Augen, der Körper war üppig und fest. Behende sprangen die beiden Frauen auf den Karren, und krächzend wies die alte Ajuscha an: »Zur Darb al-Achmar, Meister.«

Schamseddin sprang auf den Kutschbock. Insgeheim

hoffte er, noch einen Blick auf die geheimnisvolle Dame werfen zu können.

»Schön, daß du noch immer mit dem Karren herumziehst, obwohl du doch der Chef unserer Schutztruppe bist«, begann Ajuscha zu plaudern. »Dabei könntest du, wenn du nur wolltest, wie ein nobler Herr leben.«

Er freute sich über ihre Worte, blieb aber stumm. Wann immer ihm warme Zuneigung entgegenschlug, erfüllte ihn ein Gefühl von wahrer Größe, wurde er widerstandsfähiger gegen alle Versuchungen und Verlockungen. Er wartete darauf, daß die Schöne etwas sagte, aber sie blieb die ganze Fahrt über stumm. Als sie in der Darb al-Achmar ausstieg, umfaßte sein Blick noch einmal ihre Gestalt. Sie ging in Richtung der Scheich-Halle los, und er sah ihr lange nach.

Ajuscha blieb auf dem Karren hocken. Fragend schaute er sie an. »Zur Zitadelle«, erklärte sie. Der Karren setzte sich in Bewegung.

So gern er auch mit der Alten geredet hätte, seine Verlegenheit hielt ihn zurück. »Hast du Frau Kamar schon einmal gesehen?« fragte plötzlich Ajuscha.

Dankbar dafür, daß sie das Gespräch eröffnete, antwortete er bereitwillig: »Nein, bisher nicht.«

»Ja, so ist es mit züchtigen Frauen.«

»Kommt sie aus unserem Viertel?«

»Aber ja. Sie ist eine sehr reiche und schöne Witwe.«

»Warum nimmt sie sich dann keine Kutsche?«

»Sie wollte von unserem Führer gefahren werden.«

Schamseddin drehte sich um. Die Augen der Alten blitzten ihn verschmitzt und listig an. Wieder einmal wurde ihm heiß, denn auf einmal sah er auch Agamija vor sich, und beide Frauen vereinigten sich zu einer Gestalt, die sich lockend wiegte, seine Leidenschaft entfachte und ihn trunken machte.

»Bestimmt hat sie dir gefallen, oder?«

Betont grob fuhr er sie an: »Was geht dich das an?«

Die Alte kicherte. »Ich verkaufe nicht nur Kleider, ich stifte auch Glück.« Vorsichtig geworden, hielt er sich zurück. Als sie an der Zitadelle ausstieg, rief sie ihm zu: »Wir reden noch einmal, also vergiß mich nicht!«

23

Mehr als einmal hatte er nun die alte Ajuscha auf seinem Karren. Die Attacke, hart geführt, zerrte an den Nerven, doch sein wahrer Schwachpunkt war das Herz, sein feuriges Gemüt. Frau Kamar betörte ihn mit ihrer Pracht, Agamija mit ihrer Jugendlichkeit. War er, noch jung an Jahren, nicht damit überfordert, eine Entscheidung zwischen einer Frau mit Ansehen wie Kamar und einem Mädchen wie Agamija zu fällen? War er fähig, die Folgen dieser oder jener Heirat abzusehen? Ein Unwetter braute sich zusammen. Nun denn, vielleicht war es das beste, auf das erste Grollen zu warten und sich dem Sturm entgegenzustellen, um wieder Ruhe und Sicherheit zu finden.

Eines Abends, als er mit der Mutter wie immer nach dem Essen noch ein wenig zusammensaß, benahm sie sich merkwürdig. Ihr listiger Blick schien den Aufruhr zu ahnen, der in ihm tobte. Nicht lange, und sie fragte: »Was geht hinter meinem Rücken vor?«

Also gut, sollte das reinigende Gewitter kommen. Nichts wünschte er sich mehr, als die Geheimnisse des rebellischen Herzens zu enthüllen. »Was meinst du?«

Sie hob den Kopf, und in dieser Bewegung drückte sich ein Stolz aus, der über jeglichen Täuschungsversuch erhaben war. »Was für ein Spiel treibt die alte Ajuscha?«

Dieses zahnlose Weib kann doch nichts für sich behalten, dachte er, aber nach außen hin lächelte er und stammelte: »Sie betreibt ihr Geschäft.«

»Diese Kamar könnte deine Mutter sein«, zischte Fulla ihn an. »Und sie ist unfruchtbar!«

Nur um sie noch mehr aufzubringen, entgegnete er: »Dafür ist sie schön und reich.«

»Mit der Schönheit wird es bald aussein, und wenn es dir wirklich um Geld geht, kannst du es dir nehmen.«

»Soll ich mich an der Tradition von Aschur an-Nagi vergehen?« fragte er gereizt und verzog vor Abscheu das Gesicht.

»Sich am Geld einer Frau zu bereichern ist keine geringere Schande.«

»Finde ich nicht«, meinte er. Es machte ihm sichtlich Spaß, sie zu ärgern.

»Ach nein? Dann laß mich unter den Töchtern der Reichen eine passende Braut für dich aussuchen.«

»Was auch nichts anderes ist, als mittels einer Frau zu Geld zu kommen.«

»Das wäre ein völlig normaler Vorgang, nicht so pervers, wie eine Alte zu heiraten. Ich sage dir offen heraus, daß es ein Herzenswunsch von mir ist, dich mit einer jungen reichen Frau verheiratet zu sehen.«

Sein Blick wurde bekümmert. »Du schickst dich nur zwangsweise in unser Leben, das im Dienst anderer Menschen steht. Glaubst du wirklich, daß ich die Liebe der anderen und die wahre Größe auf die leichte Schulter nehme?«

»Dann wolltest du mich mit diesem Gespräch nur täuschen?«

»Ich habe Spaß gemacht.«

Sie schien verärgert zu sein. »Ich bin nicht so eigensüchtig, wie du denkst. Erst gestern habe ich den Antrag eines reichen Herrn aus dem Viertel abgelehnt.«

Als sie sah, daß er ungehalten die Stirn runzelte und rot

anlief, beeilte sie sich zu sagen: »Das hatte Ajuscha vermittelt.«

»Verfluchte Alte.«

»Ich habe ihr sofort entgegnet, daß die Witwe von Aschur an-Nagi es niemals zulassen wird, ihn durch einen anderen Mann zu ersetzen.«

»Das ist wohl das mindeste, was gesagt werden mußte«, stieß er voller Abscheu hervor.

»Ich habe das Ansinnen aus Achtung vor deinem Vater abgelehnt, nicht aus Angst vor dir«, entgegnete sie trotzig.

»Wer ist der Schuft?«

»Er ist kein Schuft, und seine Anfrage ist durchaus rechtmäßig.«

»Wer ist es?«

»Der Holzhändler Antar.«

»Er ist verheiratet und so alt wie ich«, meinte er verächtlich.

»Vergiß es, die Sache ist erledigt. Nur – was uns betrifft, so sorgen wir zwar für Gerechtigkeit bei den anderen, aber uns selbst unterwerfen wir ungerechten Zwängen.«

»Vater hat es so gewollt, also darf ich daran nichts ändern«, beharrte er, doch im Innern wußte er, daß er damit weder ihren Ehrgeiz noch ihre Widerspenstigkeit beeinflussen konnte. Welche Geschichte mochte sie, die er von allen Menschen am meisten liebte, wohl vor ihm verbergen?

24

Schamseddin mußte sich eingestehen, daß seine Mutter eine starke und eigensinnige Persönlichkeit war. Es war ihm auch bewußt, daß er sie nicht so sehr als Mutter liebte und achtete, sondern vor allem als Witwe von Aschur an-Nagi, jenem Mann, der für ihn wiederum weit mehr als der Vater war – ein Symbol, wichtiger als alle Vaterschaft. Aschur an-Nagi war die Achse seines Lebens, der Hort aller

Hoffnung geworden. Mit ihm verband sich der geheimnisvolle, unwiderstehliche Reiz, wahre Größe zu erlangen.

Da die Mutter also versuchen würde, ihren Kopf durchzusetzen, beschloß er, sich auf keine weiteren fruchtlosen Gespräche einzulassen, sondern allein auf sein Ziel hinzuarbeiten.

An einem der vielen schönen Sommerabende schlug er seinem Freund Dahschan vor, einen Spaziergang zu machen. Als sie auf den Platz vor dem Kloster kamen, ertönten die herrlichsten Gesänge, und die Sterne funkelten friedlich und vergnügt.

»Wie schön es hier ist. Hier weilte Aschur an-Nagi, wenn er für sich allein die erhabensten Betrachtungen über das Leben anstellen wollte.« Da Dahschan daraufhin ein Gebet für seinen alten Meister sprach und den Herrn der Himmel um Gnade für ihn bat, wartete Schamseddin einen kurzen Moment ab, bevor er weiterredete. »Ich habe diesen Platz gewählt, um seinen Segen für eine Bitte, die ich an dich richte, zu erlangen.«

»Sein Segen ist dir gewiß und meine Hilfe auch.«

»Nach Gottes und des Propheten Brauch bitte ich um die Hand deiner Tochter Agamija.«

Der Antrag traf Dahschan völlig unvorbereitet. Er war wie gelähmt, und die Zunge versagte ihm den Dienst.

Freundlich und sanft fragte Schamseddin: »Was sagst du dazu, Dahschan?«

»Was für eine Ehre! Niemals hätte ich mir erlaubt, davon auch nur zu träumen, Meister.«

Schamseddin reichte ihm die Hand. »Nun dann, sprechen wir die Fatiha.«

25 Auf dem Heimweg bedrückte Schamseddin das schmerzliche Gefühl, mit seiner Eigenständigkeit die Autorität der Mutter verletzt zu haben. So sanft sich diese Frau auch gab, sie übte ihre Macht kraftvoll aus. Als er sich zu ihr setzte, sagte er mit einer Ruhe, die ihm selbst unerklärlich war: »Liebe Mutter, ich habe soeben mit Dahschan wegen seiner Tochter Agamija die Fatiha gesprochen.«

Im ersten Augenblick schien Fulla ihn nicht verstanden zu haben. Sie starrte ihn verblüfft an. »Was hast du gesagt?«

Sosehr es ihm auch widerstrebte, den Satz zu wiederholen, kam er nicht umhin, es zu tun. »Ich habe wegen Agamija die Fatiha gesprochen.«

»Wohl wieder eins deiner Späßchen?«

»Es ist die Wahrheit, Mutter.«

Empört bäumte sie sich auf: »Hättest du mich nicht vorher zu Rate ziehen müssen?«

»Agamija ist ein anständiges Mädchen und ihr Vater ein aufrechter Mann.«

»Na sicher ist er das, aber hättest du mich nicht vorher fragen müssen?«

Schamseddin blieb ruhig. »Ich wußte von vornherein, daß ich dir bei dem, was du sagen würdest, unmöglich folgen kann.«

»Schade, sehr schade«, murmelte Fulla.

Er lächelte. »Bekomme ich keinen Glückwunsch?«

Sie zögerte ein wenig, bevor sie an ihn herantrat und auf die Stirn küßte. »Möge Gott deinen Schritt segnen«, flüsterte sie.

26

Scheich Machmud Kataif hatte Schamseddin um eine Unterredung gebeten. Fulla, die sich noch gut an ähnliche Bitten in früherer Zeit erinnern konnte, begleitete den Wunsch mit einem »Verflucht soll er sein!«.

Schamseddin begrüßte den Scheich und bat ihn, neben ihm auf dem Diwan Platz zu nehmen. Obwohl der Scheich die Sechzig schon überschritten hatte, erfreute er sich bester Gesundheit. Schlank und behende schien er entschlossen zu sein, ewig zu leben. Als Fulla, den Kopf mit einem schwarzen Schleier verhüllt, mit dem Kaffee kam und sich höflich nach der werten Gesundheit des Scheichs erkundigte, antwortete er mit den besten Wünschen für ihr Wohlergehen. »Könntest du uns nicht die Ehre geben, bei uns zu bleiben und uns mit deiner Meinung zu helfen?« fragte er.

Fulla und Schamseddin tauschten kurz einen Blick, bevor sie sich auf die Bettkante setzte. Gespannt richtete sich Schamseddin auf; er erwartete nichts Gutes. Machmud Kataif gehörte zu den Männern, die ihn insgeheim haßten. Zu ihnen zählten nicht nur die Notabeln, sondern auch diejenigen, die durch seine Führerschaft an Ansehen und Macht verloren hatten.

»Großmut, die beste aller Tugenden, und Vollkommenheit sind die Gaben der Mächtigen …«, säuselte der Scheich, und da Schamseddin nur mit dem Kopf nickte, fuhr er fort: »Um ehrlich zu sein, ich soll im Auftrag der Notabeln mit dir reden.«

»Was wollen sie?«

»Sie haben den aufrichtigen Wunsch, deine Hochzeit würdig zu begehen.«

Schamseddins Antwort fiel kurz und knapp aus. »Ich bin Fuhrmann, und so werde ich auch feiern.«

»Aber bist du nicht auch der Schutzherr des Viertels?«

»Wie du weißt, hat das an meiner Lebensart nichts geändert.«

»Du bist der Führer, du bist Herr über die Notabeln wie über das gemeine Volk. Jede Schicht hat das Recht, dich auf ihre Art und im Rahmen ihrer Möglichkeiten zu feiern.«

Scheich Machmud Kataif drehte sich zu Fulla um. »Was meinst du, Umm Schamseddin?«

»Ehre, wem Ehre gebührt, aber Schamseddin hat eben seine Meinung«, erwiderte sie geschickt. »Immer findest du das richtige Wort«, dankte ihr der Scheich erleichtert.

Schamseddins Gesicht verdüsterte sich. »Wie kann ich mich von Leuten feiern lassen, von denen ich weiß, daß sie mich hassen?«

»Aber nein, niemand hat etwas gegen Gerechtigkeit. Nur wünschen sich manche eben, daß die Atmosphäre verbessert wird.«

»Tricks werden da nicht helfen, und du kennst gewiß eine Menge davon. Dann leg mal los!«

Der Scheich druckste ein wenig herum, bevor er erklärte: »Es heißt, daß alle deine Großzügigkeit und Achtung genießen, nur nicht die Notabeln und tüchtigen Geschäftsleute. Soll das gerecht sein?«

Ah, die Macht der Finsternis streckt ihre Fühler aus. In den Straßen und Gassen des Viertels soll das Licht ausgehen. Sie bilden sich ein, daß dieser Schamseddin ein dummer Junge ist, der sich wie seine schöne Mutter von Tand und Putz verführen läßt. Da hilft nur eins – mit Aschurs Knotenstock auf alles und jedes einschlagen, das Verführung, Verblendung, Täuschung bedeutet. »Was wollen diese Leute? Leben sie nicht sorglos und in Frieden?« fuhr er den Scheich grob an.

»Geduld, Meister. Warum zum Beispiel nimmst du nur von ihnen Schutzgeld?«

»Weil sie es aufbringen können.«

»Für alles findet sich eine passende Erklärung, aber im Grunde läuft es darauf hinaus, daß diese Menschen verkannt werden.«

Wut packte Schamseddin. »Sie haben nichts anderes im

Kopf, als sich selbst über alles zu stellen und andere zu demütigen.«

Für einen Moment schwieg der Scheich. »Es steht ihnen zu, für ihre Werke mit Hochachtung behandelt zu werden.«

»Worauf willst du hinaus?«

»Nun ja, was wäre unser Viertel ohne sie? Ihre Häuser sind eine Zier, ihre Namen schenken Glanz wie Sterne, ihre Geschäfte spenden Nahrung und Kleidung, von ihrem Vermögen wurde die Moschee, die Tränke, der Brunnen und die neue Koranschule gebaut. Reicht das nicht?«

»Ohne meinen Vater«, brauste Schamseddin wütend auf, »hätte niemand etwas von ihrem Geld gehabt. Sieh dir doch an, wie sich ihresgleichen in den anderen Vierteln aufführt!«

Wieder verfiel der Scheich in Schweigen. Er schien unschlüssig zu sein.

»Sag, was du zu sagen hast«, griff Fulla ein. »Als Übermittler hast du doch nur eine Erklärung weiterzugeben.«

Scheich Machmud schöpfte Mut. »Die hohen Herren finden, daß sie ungerecht behandelt werden, und nicht nur sie, sondern auch du und deine Männer. Sie sagen, daß vom Rang her die Schutztruppe zu den Notabeln gehören muß. Gott hat sie etliche Stufen über das gemeine Volk gestellt, was aber nicht heißen soll, daß den Armen nicht Gerechtigkeit zuteil werden soll.«

»Ha«, rief Schamseddin, »nun wird die Sache schon klarer! Sie wollen mich dazu bringen, Aschurs Erbe aufzugeben und mich in die Arme von Schmarotzern zu werfen.«

»Gott behüte!«

»So und nicht anders ist es, und du weißt es genau.«

»Da sei Gott vor, Meister!«

»Nun hör mir mal gut zu ...« Doch der Scheich unterbrach ihn und flehte ihn an: »Überleg in Ruhe! Ich bitte dich, nach reiflichem Nachdenken deine Entscheidung zu fällen.« Kaum hatte er den Satz zu Ende gesprochen, stürmte er hinaus, als müßte er fliehen.

27 Der Geruch von Tabak und Schweiß hing in der Luft. Schamseddin und Fulla hüllten sich in Schweigen, bedachten einander heimlich mit mißfälligen Blicken. Mutter und Sohn lagen ebenso im Widerstreit miteinander wie Schamseddin mit seiner naturgegebenen Veranlagung. Schön könnte das Leben sein, prächtig wie eine Blüte mit durchdringendem Duft, der die Bienen anzieht. Doch da saß er, in diesem armseligen Zimmer, bedrängt von unterdrückten Lüsten. Träume von Wohlstand, Glück, genüßlichem Schlummer. Waren das die geheimen Sehnsüchte, die das Gesicht der Mutter vor Scham erröten ließen? Die Blicke dieser schönen, rebellischen Frau waren verstohlen, aber sie übten eine magische Wirkung aus. Ihr unerklärlicher Zauber machte ihm die eigene verhaßte Schwäche körperlich spürbar.

Als Schamseddin zu sprechen begann, klang seine Stimme trotzig. »Ein Führer der Schutztruppe, das weißt du genau, ist der Beschützer und Hüter des Viertels. Er hat dafür zu sorgen, daß alle die, die Unheil stiften wollen, daran gehindert werden.«

»Und deshalb muß er wie der letzte Bettler aussehen«, erklärte Fulla bissig.

»Mutter, du darfst dich nicht gegen mich stellen!«

»Ich werde immer zu dir halten, Gott ist mein Zeuge.«

»Ich will mich des Namens und des Erbes von Aschur an-Nagi würdig zeigen!« rief er, und dieser Aufschrei hörte sich an, als wehrte er sich nicht nur gegen die Mutter, sondern auch gegen sich selbst.

Kaum war der Name gefallen, trumpfte Fulla auf: »Aschur hat nicht gezögert, sich das Haus des reichen Kaffeehändlers anzueignen.«

»Er hat seine Lektion dafür bekommen«, stieß er wütend hervor.

»O nein, er hat uns in jeder Situation als Vorbild gedient.«

Verächtlich verzog er das Gesicht. »Es wird noch so weit kommen, daß wir bei jeder Versuchung unser Gewissen mit dem großen Aschur beschwichtigen.«

28 Auch wenn die Wunde schmerzte, schritt Schamseddin zuversichtlich neben dem Esel her. Wie oft hatte er es schon erlebt, daß die dunklen Regenwolken aufrissen und sich strahlender Sonnenschein ergoß. Seiner Schwächen muß sich keiner schämen, solange er sie siegreich bekämpft. Was bedeutet schon Stärke, wenn die Seele nie ins Schwanken gerät? O ja, er wollte vom Nektar des Lebens trinken, der aus der Quelle hehrer Ziele floß.

Vor dem Laden von Machmud Kataif zog er die Zügel an, und kaum daß der Karren stoppte, kam der Scheich herausgestürzt und starrte Schamseddin neugierig an. Der maß ihn mit kaltem Blick und sagte mit fester Stimme: »Aschur an-Nagi ist nicht tot!«

29 Eines Nachts, als Schamseddin sich auf dem Heimweg befand, stellte sich ihm plötzlich eine Frau in den Weg. Hastig flüsterte sie: »Guten Abend.«

»Ajuscha? Was willst du?«

»Könntest du mit mir kommen?«

Sein Herz klopfte. Einerseits machte ihm die Einladung angst, andererseits war er neugierig. Ihm wurde heiß. Kleinlaut schlich er ihr hinterher.

30 Die Alte führte ihn in den Flur ihrer kleinen Wohnung. »Seltsam, sehr seltsam«, murmelte sie.

»Was ist seltsam?«

»Muß man sich nicht wundern, wenn einer den Vollmond nicht mag?« Sie öffnete die Zimmertür, und ein Lichtkegel zeichnete sich auf dem Boden ab. Die Alte trat zurück, stieß ihn ins Zimmer. Frau Kamar saß auf der Bettkante, der einzigen Sitzgelegenheit. Das Gesicht bis auf die Augen verschleiert, den Körper von der Milaja verhüllt, hielt sie verschämt den Blick gesenkt. Aufs äußerste erregt, starrte er sie an.

Die alte Ajuscha verharrte an der Türschwelle. »Hat man schlecht über uns gesprochen?« fragte sie.

»Aber nein«, beeilte er sich trotz aller Verwirrung zu sagen.

»Weist unsere Schönheit einen Makel auf?«

»Gott bewahre!« Die Sinne drohten ihm zu schwinden.

»War es nicht richtig, dir unser Geheimnis anzuvertrauen?«

Sein Mund war trocken, er konnte nur ein paar unverständliche Wörter stammeln. Die Alte stieß ihn nach vorn, schloß die Tür.

Leise, so daß sie kaum zu hören war, wisperte Frau Kamar: »Ich bin beschämt. Wie konnte ich das nur tun?«

»Schon gut«, murmelte er einfältig.

»Du darfst nicht schlecht von mir denken.«

Eine Sintflut brach über ihn herein. Das Universum versank, einzig die Gier blieb übrig. Eine unwiderstehliche Macht, strotzend vor Leichtsinn, Stolz und Blindheit, zwang ihn in die Knie.

Bemüht, wenigstens einen Rest von Anstand vorzutäuschen, flüsterte Frau Kamar: »Aber denk nicht schlecht von mir ...«

31 Die Tür fiel ins Schloß, er stand im Flur. Dunkelheit hüllte ihn ein, drang bis in den letzten Winkel seiner Seele. Das Feuer war verloschen, zurück blieb Asche, die ihn zu ersticken drohte. Das Leben, von Mattheit und Trauer gezeichnet, schien ein einziger großer Seufzer zu sein.

Am Ende des Flurs zeichnete sich im schwachen Schein der Sterne Ajuschas Gestalt ab. Als er an ihr vorbeiging, zischte sie ihm zu: »Auf die Klugheit der Männer ist noch immer Verlaß.« Angewidert verzog er das Gesicht. Er trat hinaus und machte sich schwermütig auf den Weg.

32 Sicher, er hatte einen Fehler gemacht, doch andere taten Schlimmeres. Er war verwirrt gewesen, und Kamar, diese schlaue Frau, hatte es zu nutzen gewußt. Nein, auch wenn er leiden mußte, er würde nicht wie ein Narr in die Falle gehen und sein kostbares Erbe aufs Spiel setzen. Die Macht der Finsternis hatte sich gegen ihn verschworen wie seine Mutter und die Anfechtungen der eigenen Schwäche. Doch was machte das schon – er war fähig, die Schlacht zu schlagen.

33 Es kam der Tag, an dem Agamija Dahschan mit Schamseddin an-Nagi verheiratet werden sollte. »In einer Nacht wie dieser ist alles erlaubt«, erklärte der blinde Schaalan am Vorabend und ging mit Schamseddin erst in die Haschischhöhle von Chalil Sukkar, dann in die Schenke von Alju Abu Rasin.

Der Hochzeitszug führte durch alle Gassen des Viertels, und vorneweg spielten Trommeln und Schalmeien. Männer mit Stöcken eskortierten den Zug, was auf die Würde des bedeutendsten Führers hinwies. Niemand sollte es wagen, sich ihm in den Weg zu stellen.

Schamseddin fühlte sich, als könne er fliegen. Wo immer

vor lauter Gedränge der Zug ins Stocken kam, überfiel ihn eine Woge von Freude und Begeisterung. Auf einem Fohlen, mit Tüchern in der grünen Farbe des Glaubens geschmückt, ritt Aschur an-Nagi und spendete seinen Segen. Auf kleinen Wölkchen frohlockten jubilierend die Engel. Das Tor des Klosters stand offen, und heraus drangen die herrlichsten Gesänge und der Duft des Maulbeernektars.

In einer Sänfte, die brokatene Stoffe bedeckten, wurde Agamija getragen. Fulla stand zu ihrem Empfang bereit – strahlend das Gesicht, doch düster das Herz.

34 Am nächsten Morgen, Wolken verdeckten die Sonne, ließ sich Schamseddin auf einer Bank am Eingang des Kaffeehauses nieder. Es war sein Lieblingsplatz. Nicht lange, und er bemerkte, daß Ajuscha heranschlich und sich links von ihm hinhockte. Aus fast zahnlosem Mund wisperte sie: »Einen recht schönen guten Morgen.« Kaum hatte er den Gruß erwidert, fuhr sie fort: »Leider habe ich die Hochzeit nicht erleben dürfen.«

»Warum nicht? Dir stehen doch ohnehin alle Hochzeiten offen«, erwiderte er träge.

»Nun ja, jedenfalls finden wir, daß der Gerechtigkeitssinn unseres Führers auch uns einschließen könnte.«

»Worüber beklagst du dich?«

»Oh, ich will nur die Ehre einer schwachen Frau verteidigen.«

Ärger stieg in ihm auf. »Du selbst hast doch wohl die Falle gestellt.«

»Kann man einem starken, rechtschaffenen Mann eine Falle stellen?«

»Geh zum Teufel«, murmelte er beleidigt. Die alte Ajuscha stand auf. Im Weggehen meinte sie boshaft: »Keine Sorge, wir warten, bis uns Gerechtigkeit widerfährt.«

35 Die Tage vergingen. Auf das Toben der Februarstürme folgte der Chamsinwind. Hatten sich gerade noch Wolken übereinandergetürmt, riß im nächsten Moment der Himmel auf und erstrahlte in klarem Blau.

Von Anfang an tobte zwischen Fulla und Agamija ein unerbittlicher Kampf, und im Verlauf der Monate und Jahre sollte sich zeigen, daß er noch zäher, noch heftiger geführt werden konnte und jede Hoffnung auf Frieden vergebens war. Schamseddin tat, als gäbe es keinen Zank und Streit. Er hielt sich heraus, wenn es darum ging, für eine der beiden Seiten Partei zu ergreifen. Weder unterstützte er die, der Unrecht geschah, noch schalt er jene, die die Schuldige war. Ein Kampf zwischen Männern war einfacher zu führen, als sich bei zwei Frauen, die als Feinde gegenüberstanden, einzumischen. Legte Fulla eine geradezu erbarmungslose, heimtückische Bösartigkeit an den Tag, so war Agamija kräftiger gebaut und legte ungehemmt mit ihrem Schandmaul los. Packte sie der Zorn, führte sie sich wie ein wildes Tier auf. Dabei verfügte sie über viele gute Eigenschaften, arbeitete sie doch rührig und fleißig und war dem Gatten und den Kindern, die sie Jahr um Jahr gebar, treu ergeben.

Eines Tages wurde Schamseddin zufällig Zeuge eines Auftritts zwischen den beiden Frauen. Fulla beschuldigte in vollem Ernst Agamija des Diebstahls, worauf diese wiederum – er traute kaum seinen Ohren – Fulla als »Kneipenflittchen« beschimpfte. Das war zuviel. Als habe er den Verstand verloren, holte er aus und versetzte seiner Frau eine Ohrfeige, die ihr fast das Genick brach. Er aber suchte das Weite, machte sich auf den Weg zum Kloster. Kein Gesang zog ihn in seinen Bann, kein Stern fand seine Bewunderung. In seinem Innern loderte ein Feuer, das ihn zu verbrennen drohte. Also war doch alles wahr, und

Freund wie Feind wußten Bescheid. Wäre er nicht so mächtig, würden die Karrentreiber Spottlieder singen. Hinter verschlossenen Türen saßen sie und erzählten sich die Geschichte der Mutter. Er war dem Wahnsinn nahe, drohte verrückt zu werden, und dennoch brachte er es nicht fertig, die Mutter zu verachten. Aschur an-Nagi hätte sie nicht geheiratet, wenn sie im Grunde ihres Herzens nicht rein und tugendhaft wäre. Die Ehe mit Aschur legte für alle Zeiten Zeugnis davon ab, daß er sie für würdig befunden hatte, einen neuen Menschen aus ihr zu machen. Wehe dem, der ihm einzuflüstern versuchte, ihr etwas anzuhaben. Doch es blieb das blutende Geschwür – die Wahrheit. Die Cholera hatte damals jeden Mann, der sich mit ihr amüsierte, dahingerafft, das Geschwür eiterte weiter. Der Kelch des Lebens barg noch in glücklichsten Zeiten einen trüben, giftigen Rest. Oh, wie schmerzte die Wunde. Eine Trauer, schwer wie die Last der alten Mauer, drückte ihn zu Boden.

36 Mehr und mehr verstärkte sich für Fulla das Gefühl, daß ihr Sohn ihre Rechte nicht ernst nahm. Als ihre Wut nicht mehr zu bändigen war, entschloß sie sich, einen überraschenden Angriff zu wagen. Die Gelegenheit kam, als Agamija gerade außer Haus war. Trotzig baute sie sich vor ihm auf und erklärte offen heraus: »Ich habe mich entschieden, wieder zu heiraten.«

Verblüfft starrte Schamseddin sie an. Sein Blick loderte. »Wie bitte?«

»Ich werde heiraten.«

»Du machst Spaß ...«

»Es ist mein voller Ernst.«

»Voller Ernst? Voller Wahnsinn!«

»Was Gott erlaubt, ist kein Wahnsinn.«

Wütend schrie er los: »Solange ich lebe, wird das nicht passieren!«

Von diesem Tag an wurde Antar al-Chaschab sein ärgster Widersacher. Wo immer er konnte, demütigte und bedrohte er ihn. Schließlich kam es so weit, daß der Mann sich nicht mehr aus dem Haus wagte. »Schaut euch an«, pflegte er zu seinen Freunden zu sagen, »was dieser sogenannte gerechte Führer macht.« Oder er erklärte: »Er wagt es tatsächlich, sich dem Gesetz des allmächtigen Gottes zu widersetzen.«

Schamseddins Wut wuchs und wuchs, und im gleichen Maß verstärkte sich auch seine Trauer. Er hatte das Gefühl, daß der Boden unter seinen Füßen schwankte und er immer stärker vom rechten Weg abkam.

Da geschah es, daß Fulla heftig erkrankte. Das hohe Fieber schwächte sie sehr, und selbst die Pillen und Pülverchen des Drogisten halfen ihr nicht. Wortlos starrte sie Schamseddin an, nicht einmal weinen konnte sie. Mitten in der Nacht tat sie den letzten Atemzug.

37

Mit einem Schlag kam sich Schamseddin vor, als hätte er alle Wurzeln verloren. Nie mehr würde die Sonne scheinen. In den Vierteln, die ihm feindlich gesinnt waren, ging das Gerücht um, daß er seiner Mutter Gift verabreicht hätte, um ihre Heirat zu verhindern. Man ging sogar so weit zu behaupten, daß seine Mutter ein Verhältnis mit Antar al-Chaschab gehabt hätte, und er, Schamseddin, wäre dahintergekommen.

Schamseddin geriet in hellen Zorn, schlug blindlings um sich, ohne zu wissen, woher der Angriff kam. Bald war er im Viertel als gnadenloser Despot gefürchtet.

Schwermut überfiel ihn, anhaltend wie eine chronische Krankheit. Seine Verirrungen entsetzten ihn, und immer wieder ging er in Gedanken sein bedauerliches Verhalten gegenüber Kamar, Fulla und Antar al-Chaschab durch, rechnete er mit seiner unerbittlichen, vom Wahnsinn gezeichneten Härte gegenüber vermeintlichen Gegnern ab. Verzweifelt gestand er sich ein, daß er zwar den Namen an-Nagis trug, aber nicht dessen Güte besaß.

Eines Nachts hatte das zermürbende Grübeln seine Nerven so zerrüttet, daß er wie im Trancezustand zum Haus der alten Ajuscha schlich. Ohne sie auch nur eines Blicks zu würdigen, setzte er sich aufs Bett. Verblüfft starrte sie ihn an. In die Stille hinein sprach er mit tonloser Stimme: »Bring Kamar her.«

38 Die Tage vergingen. Die Kinder wuchsen heran, bereiteten sich auf die verschiedensten Gewerbe vor. Der Scheich des Viertels, Machmud Kataif, starb, und an seine Stelle trat Said al-Fakki. Auch der blinde Schaalan war tot, und Dahschan hatte sich ganz zurückgezogen. Als der Scheich der Moschee starb, nahm seinen Platz Scheich Tulba al-Kadi ein, und nach Abu Rasins Tod kaufte Othman ad-Darazi die Schenke.

Als letzte Traube des Rebstocks hatte Agamija Sulaiman geboren. Er schoß so unglaublich schnell in die Höhe, daß sein Vater an die riesige Gestalt Aschurs erinnert wurde. So beschloß er denn auch, ihn für die Schutztruppe auszubilden und ihm die Ideale und Traditionen der Epoche an-Nagis nahezubringen.

Trotz aller früheren Verirrungen hatte sich Schamseddin sein Ansehen als Führer der Schutztruppe bewahrt. Dazu trug vor allem bei, daß er trotz seiner Stellung und seines hohen Alters noch immer als Fuhrmann arbeitete und sich wie eh und je gegenüber den Armen gerecht und gütig verhielt. Für seinen aufrichtigen Glauben und seine Gottesfurcht war er weithin bekannt. Die Fehler waren vergessen, nun pries man seine löblichen Eigenschaften. Der Name an-Nagi bedeutete gleich viel wie Güte, Heil und Segen.

39 Da rollt und rollt der Wagen der Zeit, und sein einziger Schmuck sind Schande und Eitelkeit. Die Räder kreischen, doch niemand merkt auf. Das Ohr hört nur das, was es hören will. Einmal an die Macht gekommen, glaubt jeder Herrscher, auf ewig die Welt zu besitzen. Doch der Wagen rollt, und die Welt ist ein treuloser Gatte.

40 Immer öfter war Agamija damit beschäftigt, das Haar mit Henna zu färben. Seit sie die Fünfzig erreicht hatte, war sie ergraut, und nun, da sie fast sechzig wurde, zeigte sich kein einziges schwarzes Haar mehr. Das Henna tränkte die Haut mit dem Schwarz der Nacht und machte das Haar flauschig und voll. Noch immer war Agamija voller Lebenskraft. Dämmerte der Morgen, begann sie ihr Tagwerk, und oftmals schien schon der Mond, wenn sie zur Ruhe kam. Sie hatte ihre Frische bewahrt, und ihr beleibter Körper zeigte prächtige Rundungen. Nichts deutete darauf hin, daß das Alter ihr zu schaffen machte und zu Vorsicht mahnte.

Wenn Schamseddin den Hennabrei sah, machte es ihm Spaß, sie ein wenig zu necken. »Wozu schummeln, Verehrteste? Was nützt es denn?« Ihr spöttisches Mundwerk ließ nicht lang auf sich warten. »Nur weil dein Haar noch schwarz ist, glaubst du wohl, jung zu sein?«

O ja, diesen Mann mit dem pechschwarzen Haar, der kräftigen Figur, ihn, der noch immer voller Stärke, Anmut, Pracht war, liebte und bewunderte sie grenzenlos, auch wenn sie nicht frei von Eifersucht und Angst war. Immerhin hatte er keine zweite Frau geheiratet, und der flüchtige

Seitensprung mit dem Weib, das seine Mutter hätte sein können, hatte sich nicht wiederholt. Doch wer konnte wissen, was die Zukunft bereithielt?

41 Eines Morgens stand Agamija dicht neben Schamseddin, als er sich das Haar kämmte. Plötzlich rief sie mit deutlichem Frohlocken: »Da, ein weißes Haar!« Mit einem Ruck drehte er sich um; ein Signal zum Kampf hätte ihn nicht mehr aufschrecken können. Voller Mißfallen ruhte sein Blick auf ihr, was sie aber keinesfalls davon abhielt, nochmals zu schreien: »Bei Gott dem Allmächtigen, ein weißes Haar!«

Er schaute in den kleinen Handspiegel. »Du lügst.«

Den Blick starr aufs Ziel gerichtet, schob sie sich, wie eine Katze, die gleich über die Maus herfällt, an ihn heran. Sie griff zu, zupfte ein Haar heraus und erklärte stolz: »Da! Da ist es, Meister.«

Er nahm es in die Hand, prüfte es eingehend. Da half nichts, es gab kein Wenn und Aber. Das Gefühl, ertappt worden zu sein, verunsicherte ihn. Ihm war nicht wohl in seiner Haut; er kam sich vor wie damals, als er zur Kupplerin Ajuscha geschlichen war. Er ärgerte sich und war zugleich verlegen. Peinlich bemüht, Agamija nicht anzusehen, murmelte er verächtlich: »Na und?« Gleich darauf sagte er abfällig: »Was bist du gehässig!«

42 Hatte Agamija erwartet, daß er die Sache nicht so schwer nehmen würde, sah sie sich gründlich getäuscht. Jeden Morgen stellte er sich vor den Spiegel und untersuchte Haar für Haar. Fast tat es ihr leid, daß sie so unbedacht gewesen war. Um ihm ein wenig zu schmeicheln, meinte sie: »Graues Haar hat mit Kraft und Wohlbefinden nichts zu tun.«

Doch Schamseddin bedrängten unendlich viele Fragen. Wie alt würde er werden? Ab wann war man »alt«? Wie würde er die letzte, lange Etappe überstehen? Hatte er nicht erst gestern Ghassan besiegt? Wie konnte es sein, daß Dahschan schon ein Greis war und wie ein kleines Kind beim Gehen schwankte? Was war ein Führer wert, der keine Kraft mehr hatte?

»Einzig Gesundheit brauchen wir. Darum müssen wir Gott bitten«, tönte Agamija.

»Was soll das leere Gerede?« fuhr er sie wütend an.

Sie lachte los, offensichtlich bemüht, dem Gespräch auf diese Weise die Schärfe zu nehmen. »Auch Männer können sich die Haare färben, das ist keine Schande.«

»Ich bin kein Narr!« schrie er. Zum erstenmal stellte er sich die Frage nach Vergangenheit und Zukunft. Er erinnerte sich der Toten, gedachte der tausendjährigen Heiligen. Selbst der stärkste Mann war dem Verfall preisgegeben; das Leben trieb nicht nur mit den Schwachen sein falsches Spiel. Eine bewaffnete Horde niederzuknüppeln war tausendmal leichter, als sich gegen das Unaussprechliche zu wehren. Ein Haus war zu reparieren, jede Ruine konnte neu aufgebaut werden – der Mensch nicht. Angesichts des großen Gesangs vom Abschied währt die Freude am Leben nur kurz.

Er legte sich den Turban an. »Weißt du, worum ich bete?« Da Agamija nichts sagte, gab er die Antwort selbst. »Daß die Männer sterben, bevor sie kraftlos sind.«

43 Was dem Menschen bleibt, ist der Glaube, sagte sich Agamija. Doch als ihr die Nachricht vom Tod des Vaters überbracht wurde, da schrie sie, daß die Fenstergitter zitterten.

44 Lange beweinte Agamija ihren Vater. Je länger ein Mensch lebt, desto mehr wird er zu einer lieben Gewohnheit, ohne die die Welt nicht mehr vorstellbar ist, schluchzte sie immer wieder. Auch Schamseddin trauerte aufrichtig um diesen Mann, der nicht nur sein Freund war, sondern zuvor schon der seines Vaters. Dennoch wühlte ihn dieser Tod nicht so stark auf wie der von Antar al-Chaschab. Er hatte sein Alter gehabt, gehörte zu seiner Generation. Trotzdem war es mit ihm nach einem plötzlichen Schlaganfall bergab gegangen. Dabei war es nicht einmal der Gedanke ans Sterben, der ihn beunruhigte. Es war vielmehr die Vorstellung, allmählich schwach und greisenhaft zu werden.

Er weigerte sich zu glauben, daß er die anderen Schutzbanden zwar hatte besiegen können, aber einem unbekannten Leid, bar aller Verteidigungsmöglichkeiten, machtlos gegenüberstehen sollte. Und zum erstenmal stellte er sich die verblüffende Frage, ob Aschur an-Nagis plötzliches Verschwinden, zu einer Zeit, da er sich auf dem Höhepunkt von Stärke und Ansehen befand, nicht ein Segen gewesen war.

45 Schamseddin saß im Kaffeehaus und sah amüsiert einem freundschaftlichen Ringkampf zwischen seinem Sohn Sulaiman und einem jungen Mann namens Atris zu. Einige Minuten lang schienen sie an Kraft und Geschicklichkeit gleichwertig zu sein, doch dann vermochte Sulaiman seinen Freund zu besiegen.

Schamseddin kochte dennoch vor Wut. Er fand es unerträglich, daß Atris seinem Sohn auch nur länger als eine Minute hatte standhalten können. Daß er letztendlich gesiegt hatte, stimmte ihn keineswegs freudiger. An Kraft mangelte es Sulaiman nicht, denn schließlich war er aus dem gleichen Holz wie der Riese Aschur geschnitten. Aber ohne jeden Zweifel fehlte ihm die notwendige Gewandtheit.

46 Er stieg mit Sulaiman auf die Dachterrasse. Stück für Stück legte er die Kleidung ab. Die goldenen Strahlen der Abendsonne ließen seine Haut glänzen. »Zieh dich aus«, forderte er Sulaiman auf.

Der wich zurück. »Warum, Vater?«

»Weil ich es dir befehle.«

Sie standen sich unmittelbar gegenüber – der kräftige, aber schlanke Schamseddin und der riesige Sulaiman, massig wie Aschur.

»Los, setz deine ganze Kraft ein, kämpf mit allem, was du hast.«

»Erspar mir die Schande, Vater.«

»Kämpfe! Du mußt lernen, daß Kraft nicht alles ist.« Er stürzte sich auf ihn, packte entschlossen und hartnäckig zu. Ineinander verknäult, traten bei beiden die Muskeln vor Anspannung hervor.

»Mehr! Zeig deine Kraft!« schrie Schamseddin.

»Ich habe Atris aus Freundschaft geschont, nicht, weil ich so schwach bin«, rief Sulaiman.

»Stärker, Sulaiman, stärker!«

Schamseddin hatte das Gefühl, gegen die alte Mauer anzukämpfen. Die Steine, getränkt von Geschichte, dröhnten ihm in den Ohren wie die Schläge der Zeit. Der Kampf wurde immer erbitterter, und schließlich kam es ihm vor, als könnte er den Fels zurückdrängen. Es war lange her, daß er sich auf einen Kampf eingelassen hatte. Im Schatten großen Ruhms ließ es sich gut ruhen. Jetzt aber vergaß er, daß er das eigene Fleisch und Blut nur trainierte. Nein, lieber sterben als zurückweichen. Blind vor

Eifer, aber auch vor Stolz, spannte er die Muskeln an, hob den massigen Körper Sulaimans empor und warf ihn zu Boden. Da stand er – keuchend, mit schmerzenden Gliedern, aber zufrieden.

Mühsam erhob sich Sulaiman. Lachend rief er: »Du bist der einzige, der Aschur gewachsen ist.«

Schamseddin zog sich wieder an. Widersprüchliche Gefühle bemächtigten sich seiner, weder spürte er Glück, noch war ihm traurig zumute. Die Sonne war untergegangen; mit beiden Händen verschenkte der Abend allumfassende Stille.

47 Wieder in der Wohnung angekommen, wich Sulaiman dem Vater nicht von der Seite. Warum ließ er ihn nicht in Ruhe? Quälte ihn etwas? »Nun geh schon, geh mit Gott.«

»Ich schäme mich für das, was oben geschah«, stammelte Sulaiman.

»Ach was, geh in Frieden …« Statt einen strikten Befehl auszusprechen, verfiel er in Schweigen. Die Zunge verweigerte ihm den Dienst. Die Nacht senkte sich hernieder, bevor ihre Zeit gekommen war.

48 Schamseddin war in Ohnmacht gefallen. Er öffnete die Augen. Kleine rote Hügel erhoben sich vor ihm, und vom Himmel wehte Staub herab. Ein Stück Erinnerung schwebte heran, löste sich gleich wieder in Nebel auf. In einer Höhle, von Gleichgültigkeit heimgesucht, fiel das Atmen schwer. Da, die Wolken rissen auf, und plötzlich entdeckte er die Gesichter von Agamija und Sulaiman. Das Bewußtsein kam unerwartet, bemächtigte sich seiner brutal, mit einem Lachen, das nach Irrsinn klang. Er roch Rosenwasser, Kopf und Hals waren damit besprengt.

Agamija sah blaß aus. »Vor Schreck ist uns das Blut stehengeblieben«, flüsterte sie, und Sulaiman fragte aufgeregt: »Geht's wieder, Vater?«

»Gott sei Dank, ja«, murmelte er, und als müßte er sich entschuldigen, fügte er hinzu: »Selbst ein Schamseddin wird mal krank.«

»Aber du hast doch nie geklagt?« fragte Agamija verstört.

»Wie sollte ich? Ich hasse nichts mehr als jammern.« Sein Blick wurde unruhig. »Ist die Geschichte nach draußen gedrungen?«

»Aber nein, es hat ja nur einen Moment gedauert.«

»Sehr gut, niemand darf das erfahren, auch nicht die Kinder.« Er sah Sulaiman. »Sobald du aus der Tür trittst, vergißt du alles.«

Fügsam nickte er. »Geht's dir auch wirklich wieder gut?« fragte Agamija besorgt.

»Es ist alles in Ordnung.«

»Der Drogist kennt bestimmt ein Mittel ...«

»Er gehört zu unseren Feinden«, schnitt ihr Schamseddin das Wort ab.

»Vielleicht kann der Barbier helfen, mit dem bist du doch befreundet.«

»Sagte ich nicht bereits, daß nichts nach draußen dringen darf? Mir fehlt nichts.«

Doch Sulaiman sah bekümmert aus. »Wie konnte das nur passieren?«

»Ich habe mich beim Essen übernommen.« Mit der Klarheit des Bewußtseins stellte sich auch das Vertrauen in die eigene Kraft wieder ein. Also erhob er sich und lief im Zimmer auf und ab. Sollte er vielleicht zum Kloster gehen und im Gedenken an Aschur auf dem Platz ein paar nächtliche Stunden verbringen? Doch mit unwiderstehlichem Locken rief ihn der Schlaf.

49 Nachmittags, am nächsten Tag, machte er sich zum Kloster auf. Die Sonne holte von Dächern und Minaretten die letzten Strahlen ein. Atris stand mit seinem Esel an der Tränke und grüßte mit dem scheuen Respekt, der dem gefürchteten Führer gebührte.

Schamseddin ging weiter. Unweit des Brunnens traf er den neuen Scheich des Viertels, Said al-Fakki. Er wechselte ein paar Worte mit ihm. Da er verdeckt, hinter einer Platte des Brunnens, stand, konnte er hören, wie Atris zu jemandem sagte: »Unser Meister Schamseddin ist anders als sonst.«

»Vielleicht ist er krank«, meinte der andere besorgt.

»Oder alt geworden«, meinte Atris nicht weniger bekümmert.

Wut packte ihn. Er stürzte hervor, ging auf Atris zu und rief: »Gefühlloser Klotz, du!« Er hob ihn mit beiden Armen auf und warf ihn in das Becken. Etliche Leute flüchteten erschrocken und ließen den Esel, der beim Schwappen des Wassers zitternd zusammengefahren war, allein zurück.

Schamseddin war nicht mehr in der Stimmung, zum Kloster zu gehen. Er stürzte blindlings auf die Schenke zu, stürmte wie ein Windstoß zur Tür hinein. Auf einen Schlag schwiegen die Männer, starrten ihn überrascht an. Einen nach dem anderen faßte er scharf ins Auge. Obwohl sich niemand erklären konnte, woher Schamseddins Angriffslust kam, erhoben sie sich schwankend und mit unterwürfigem Blick von den Plätzen. Dem Wahnsinn nahe, jagten ihm teuflische Gedanken durch den Kopf.

Othman ad-Darazi lief herbei, und erst da kam Schamseddin wieder zu sich. Nein, er durfte nicht leichtsinnig handeln, er konnte sich nicht wie ein Narr benehmen. Wozu ins Leere stoßen, warum Dummheiten machen? Wenn die Chance kommt, wird er sie nutzen. Wer ihm in die Quere kommt, den räumt er weg. Wortlos ging er hinaus und ließ eine Front verblüffter Gesichter zurück.

50 Ein Tag folgt dem anderen. Winkt das Schicksal erst nur von weitem, kriecht es stetig näher, rückt es beständig heran. Nichts weist darauf hin, wann der entscheidende Schritt getan werden muß.

Da sitzt du, läßt die Muskeln spielen, redest dir gut zu, wartest. Warum ist dir plötzlich Kraft so wichtig, obwohl du nie darauf allein gesetzt hast? Grauer wird das Haar, faltiger die Haut um Mund und Augen, Blick und Gedächtnis verlieren an Schärfe.

Erstaunlich, mit welcher Hast das Alter Agamija überfällt. Der Appetit läßt nach, die Verdauung macht Schwierigkeiten. Rücken und Beine schmerzen, ohne daß sich eine Ursache findet. Mager und schwach ist sie geworden, und nun liegt sie darnieder. Was für ein Unheil hat diese starke Frau getroffen? Pillen, Tropfen, Säfte hat sie bekommen, doch das Übel muß tief drinnen stecken.

Seit Schamseddin Sulaiman den Karren überlassen hatte, saß er immer öfter im Kaffeehaus. Er versammelte seine Männer um sich, hörte zu, was sie erzählten, beobachtete, wie es um seine Autorität stand, prüfte, ob er noch Eindruck und Ehrfurcht verbreitete.

Eines Tages sprach einer seiner Gefolgsleute davon, daß sich in al-Atuf ein neuer Bandenchef durchgesetzt hatte. »Sollte ihn das Schicksal mit Blindheit geschlagen haben, was seine Macht angeht, so werden wir ihm schon die Augen öffnen«, hörte sich Schamseddin wie in alten Zeiten tönen.

Kam der Abend, zog er sich in sich zurück. Für ein Stündchen lauschte er vor dem Kloster den Gesängen, doch dann eilte er heim, um an Agamijas Bett zu sitzen. Auf den ersten Blick war zu erkennen, daß es ihr schlechter und schlechter ging. Konnte es sein, daß er das Ende seiner Tage in Einsamkeit verbringen würde? Alle Medikamente hatte sie probiert, und doch wurde sie immer elender.

51 Eines Nachmittags befand er sich auf dem Heimweg. Unversehens stieß er mit dem Fuß an ein Spielzeug. Im gleichen Moment schrie ein Junge wütend: »Alter, blinder Trottel!«

Er drehte sich um. Der Knirps blickte ihn frech an. Am liebsten hätte Schamseddin ihn mit dem Fuß zertreten, aber er unterdrückte seinen Zorn und ging weiter. Eine Generation wuchs heran, die mit ihm nichts mehr zu schaffen hatte. Sie lebte zwar von ihm, aber ignorierte ihn dennoch. Sie schrie laut heraus, was die Großen nur heimlich dachten. Wäre es da nicht besser, auf der Stelle tot zu sein?

52 Am nächsten Tag, als es gerade dämmerte, wurde er von einem Geräusch wach. Er machte Licht. Agamija saß im Bett. Alle Apathie schien von ihr abgefallen zu sein, das Gesicht leuchtete. Er schöpfte neue Hoffnung. »Es geht dir wieder gut, nicht wahr?«

Sie antwortete nicht, sondern starrte an die Wand und flüsterte vor sich hin: »Vater!«

Verzweiflung überfiel ihn. Flehentlich rief er: »Agamija!« Sie schien zu entgleiten, hinüber ins Unbekannte. Sie schwand dahin. »Laß mich nicht allein!« Er zog sie an sich, lehnte sie an seine Brust. Die Gefährtin seines Lebens ließ ihn zurück. Schluchzen preßte ihm den Atem ab, doch es fiel keine Träne.

53 Im Haus war ein Kommen und Gehen, eine der Schwiegertöchter kümmerte sich ständig um ihn. Er aber stöhnte innerlich, daß nichts grausamer war, als einsam und allein zu sein. Er spürte, daß er nur noch wenige Schritte von Agamija entfernt war. In seinem Alter bedeutete Trauer nicht mehr viel. Nicht den Tod fürchtete er, sondern das Siechtum. So lange hatte er gelebt, doch der Tag würde kommen, da von seiner Glanzzeit nur noch der Name und eine schwache Erinnerung bleiben würden.

Als seine Männer ihn aufsuchten, riet ihm Samaha Bakri, der auch schon über fünfzig war: »Du solltest dich zur Ruhe setzen.« Andere beteuerten, ihm zu helfen, wann immer er sie brauchte. Drohend sah er sie an und brüllte: »Was wollt ihr?«

Keiner wagte, etwas zu sagen.

»Wenn ich mich auf meine Kraft nicht mehr verlassen könnte, wäre ich schon längst zurückgetreten.«

Samaha schlug vor, Sulaiman die Verantwortung zu übergeben. Kaum hatte er das ausgesprochen, wies ihn Sulaiman mit den Worten zurecht: »Mein Vater ist immer noch der Stärkste.«

Dankbar sah er ihn an, und mit einem Blick auf seine Männer seufzte er: »Was wißt ihr schon vom Alter ...«

Samahas Antwort ließ nicht lange auf sich warten. »Es kann ein Segen sein, wenn man sich ausruht.«

»... und die anderen ihren Ehrgeiz austoben läßt. Nichts ist hassenswerter als die Schattenseite des Lebens.«

Alle schwiegen. Schließlich forderte er sie verdrossen auf: »Habt Dank, aber geht nun.«

54 *Salahe kar kodscha o mane charab kodscha*
bebin tafawot rah as kodschast ta be kodscha

Andächtig lauschte er den Gesängen. Wie von Zauberhand ließ der Vollmond das Pflaster zu Silber werden.

Kurz vor Mitternacht machte er sich auf den Heimweg. Als er am Laden des Scheichs Said al-Fakki vorbeikam, winkte der ihm zu und rief: »Hast du schon gehört, Meister? Deine Männer sind gerade dabei, den Hochzeitszug des neuen Chefs von al-Atuf zu überfallen.«

»Du lügst!«

»Aber nein, und mit Gottes Hilfe werden sie auch gewinnen.«

»Wo ist das?«

»Am Mitwalli-Tor. Sie wollen dem neuen Chef das Maul stopfen.«

»Hinter meinem Rücken!« Wütend schlug er den Knotenstock auf den Boden und stürzte davon. Scheich Said al-Fakki sah ihm grinsend nach, und spöttisch murmelte er vor sich hin: »Der alte Schwachkopf, pißt sich schon in die Hosen.«

55 Der Kampf hatte bereits begonnen. Als seine Männer ihn kommen sahen, jubelten sie: »Da – Schamseddin an-Nagi!«

Es ging hoch her, brutal knüppelten die Stöcke aufeinander ein. Sulaiman schlug sich wunderbar, aber auch der Chef von al-Atuf erschütterte mit seinen Schlägen die Reihen der Männer.

Schamseddin stürzte sich mitten ins Kampfgetümmel. Mit einem Satz kam er vor Sulaiman zu stehen, unmittelbar vor dem Gegner. Behende wich er einem kräftigen Schlag aus, um gleich darauf geschickt und klug zuzustoßen. Auf wundersame Weise wuchs ihm eine Kraft zu, die ihn selbst überraschte, und ließ ihn besser als je zuvor kämpfen. Er stürmte voran, war überall zugleich, sprühte vor Feuer, zuckte nie zurück. Seine Männer fühlten sich noch stärker angespornt, so daß die Stöcke nur so tanzten.

Der Kampfesrausch machte ihn trunken, ließ ihn Wunder vollbringen. Hier und da traf ihn ein schmerzlicher Hieb, aber auch das konnte ihm nichts anhaben, ließ ihn nicht innehalten. Dann kam der entscheidende Schlag, der seinen unmittelbaren Gegner ausschaltete. Im Nu machten die feindlichen Reihen einen geschwächten Eindruck, und bald zogen sie sich zurück.

In kaum einer Stunde war aus dem Hochzeitszug ein Trauergeleit geworden. Die Laternen wurden zerschlagen, die Blumen zertrampelt, Schalmeien und Trommeln gingen zu Bruch, und in einem heillosen Durcheinander traten die Männer aus al-Atuf die Flucht an.

Schamseddin hielt sich aufrecht, auch wenn er keuchte und seine Stirn blutbedeckt war. Seine Männer umringten ihn. Sulaiman kam und küßte ihm die Hand.

»Mit dir habe ich noch eine Rechnung offen«, sagte er grimmig.

»Es ging um Treue, nicht um Verrat«, entschuldigte sich Sulaiman.

Hochrufe ertönten, und die Männer schrien: »Ehre dem Propheten, unser Gebet wurde erhört!«

56 Die Männer kehrten zurück, allen voran schritt Schamseddin an-Nagi. Kerzen wiesen ihnen den Weg durch die Nacht. Die kräftigen Stimmen vereinigten sich beim Gesang, der laut genug war, um alle Schlafenden zu wecken. »Gottes Gnade ruht auf ihm! Gott hat ihn erwählt!«

Eine besonders schöne Stimme stimmte das Lied an: »Berauschend im Gärtchen der Nelkenduft ...«

Doch Schamseddins Freude über den Sieg währte nicht lange. Die Gesichter entschwanden, er war allein. Erhabene, grausame Einsamkeit. Hieß es nicht, daß alles vergeht, auch der Sieg? Und sagte man nicht: Wo viele jubeln, spitzen noch mehr die Ohren? … Aschur an-Nagi kam auf ihn zu. In seinen Armen ruhte die Mutter, schön wie immer, ins kümmelfarbene Leichentuch gehüllt. Wie freute er sich, Aschur nach so langer Zeit wiederzusehen. Ja, sagte er, er war sich immer gewiß, daß der große Aschur eines Tages zurückkehrte. Doch was war mit der Mutter? Hatte man sie nicht längst begraben? Wo eitel Freude herrscht, laden Wolken den Glücklichen ein, zur Himmelskuppel zu schweben. Was scherten ihn die Wogen, die aus dem Unbekannten drangen und ihn zurückzuwerfen drohten? Was kümmerte es ihn, ob die Füße ihn trugen oder nicht? Allein war er, umgeben von Einsamkeit, die schmerzte. Was ließ ihn so matt werden? Ein schwacher Lichtschein, doch auch der erlosch. Kam er dem Viertel näher? Rückte es in Wirklichkeit weiter weg? Zog es sich zurück ins nie Erreichbare? Nach nichts sehnte er sich mehr als nach seinem Bett.

»Gottes Gnade ruht auf ihm! Gott hat ihn erwählt!«

Einsam und verlassen kämpfte Schamseddin gegen das Unbekannte an. Es wollte ihn aufhalten, warf die Erdkruste zu Wällen auf, stahl ihm grinsend den Sieg, ballte die Faust, schnürte ihm mit einem Schlag von ungeahnter Härte die Brust ab. Ein Stöhnen entrang sich ihm, er brach zusammen. Zahlreiche Arme fingen ihn auf.

Liebe und Knüttel

Die dritte Geschichte

1 Der Tod Schamseddins wühlte die Herzen der Menschen auf. Das ganze Viertel war dabei, als es galt, ihm ein Grabmal zu errichten, das seiner Größe entsprach. Kein Mann, keine Frau ließ es sich nehmen, Schamseddin auf seinem letzten Gang zu begleiten. Er, der tapfere Held, stieg auf in den Rang der wundertätigen Heiligen. Zur Legende geworden, zierte man ihn mit dem Titel »Sieger über Alter und Krankheit«. Wie das Gedenken an seinen großen Vater blieb auch die Erinnerung an ihn den Menschen ewig ins Gedächtnis geprägt. Die kleinen Fehler, eher störrische Launen, waren bald vergessen. Was galt, war, daß er sich bis zum letzten Tag von seiner Hände Arbeit ernährt hatte, daß er wie Aschur arm im Leben und arm im Tod war.

Vater und Sohn, die beiden Wohltäter, wurden zu Vorbildern, die in allen Herzen verankert waren.

2 Die Führerschaft der Schutztruppe fiel dem Sohn zu – Sulaiman Schamseddin an-Nagi. Ein Riese wie sein Großvater Aschur, doch nicht so anmutig und schön wie sein Vater, zog er die Menschen dennoch mit seiner Schlichtheit in den Bann. Keiner machte ihm den neuen Rang streitig, auch Atris schloß sich ihm begeistert an. Das Leben verlief wie gewohnt, und hatten die hohen Herren für ein paar Tage neue Hoffnung geschöpft, so war die schnell erloschen. Sulaiman, der gerade erst zwanzig war,

folgte, ohne zu zaudern, dem Weg des Vaters. Die Armen beschützte er, die Reichen hielt er kurz, gegen Schurken ging er mit Gewalt vor. Ansonsten arbeitete er wie sein Vater zufrieden und glücklich als Fuhrmann.

Wie zu erwarten, waren die Schutzbanden in den benachbarten Vierteln darauf aus, ihren Einfluß auf seine Kosten zu verstärken. Sulaiman zauderte nicht und stürzte sich in Schlacht um Schlacht. Aus jedem Kampf ging er als Sieger hervor, und schnitt er auch nicht wie Vater und Großvater als strahlender Held ab, sicherte er doch dem Viertel Frieden und Ansehen. Er selbst trug von den Kämpfen bleibende Spuren davon, vor allem an Stirn und Hals. Doch im Viertel galten die Narben als wunderbares Zeugnis seines Wagemuts.

Sicher, bisweilen empfand er gar stark die Verlockungen des Wohllebens. Doch der prüfende Blick auf Mitstreiter und Brüder zeigte ihm ähnliche Neigungen, und er hielt stand, bezwang alle Schwäche und öffnete bereitwillig sein junges Herz dem Zauber wahrer Größe.

3 Atris' Schwester Fathija hatte mit Sulaiman die Koranschule besucht. Danach war er ihr erst wieder beim Begräbnis des Vaters begegnet. So groß die Trauer auch war, keimte in seinem Herzen Sehnsucht auf. Sie hatte ungefähr sein Alter, und war ihre Nase auch ein klein wenig platt und die Haut ein bißchen zu dunkel, so versprachen die schönen Augen um so mehr Lebensfreude. Eine Heirat würde ihn von Dummheiten abhalten, die seinem Ansehen als Führer nur schaden konnten.

Er hielt bei Atris um ihre Hand an, und wenig später brachte der Hochzeitszug sie ins Haus. Das Viertel begrüßte die Heirat, galt sie doch als Zeichen seiner Verbundenheit mit den Armen und der Lauterkeit seiner Gesinnung.

4 Zehn ruhige Jahre gingen über Land. Sulaiman lebte in dem Gefühl, daß seine Verantwortung schwer und das Glück unbeständig war. Fathija mühte sich im Haushalt ab wie zuvor schon Fulla und Agamija und gebar ein Mädchen nach dem anderen.

Eines Tages, im letzten der zehn ruhigen Jahre, fiel sein Blick auf Sanija as-Samri. Wie immer saß er in der Pause im Kaffeehaus, als sie gerade in eine Kutsche stieg. Ihr Vater war der reiche Mehlhändler. Sie war eine strahlende Erscheinung. Der weiße Schleier unterstrich die Schönheit der bezaubernden Augen, die schwarz wie Teakholz waren. Er hatte sie nur für einen kurzen Moment gesehen, doch ein warmer Schauder überlief ihn.

Die Kutsche hatte es ihm auch angetan. Sein Blick schweifte hinüber zum großen Haus von as-Samri.

Er geriet ins Träumen, stellte sich vor, wie es wäre, wenn die Glocke der Kutsche nach einem Sieg zum Tanz seiner Männer den Rhythmus schlug. Kein bescheidener Karren mehr, und niemand würde es wagen, sitzen zu bleiben, wenn er sich erhob. Welche Tür, außer der des Klosters, bliebe ihm dann noch verschlossen? Nun ja, solche Charakterschwäche war häßlich, aber hatte sich Aschur nicht auch in Fulla verliebt? Stellte as-Samris Haus nicht etwas Besseres dar als die Schenke von Darwisch? Hätte Aschur Fulla sitzenlassen, wenn sie die Tochter vom reichen Kaffeehändler gewesen wäre? Hatte sich an Aschurs Gerechtigkeitssinn und Güte etwas geändert, nachdem er sich in dem prächtigen Haus eingenistet hatte?

Nein, trotz aller Siege, trotz allen Widerstands gegen Verlockungen – die Liebe blieb eine göttliche Macht. Schamseddin war Kamar in die Falle gegangen. Sein Entschluß würde die Armen betrüben und die Reichen erfreuen, aber sein Wesen würde sich dadurch nicht ändern.

Was konnte man tun, wenn die Liebe einem vorherbestimmt war? Gewiß, Fathija war nicht nur eine ergebene Ehefrau und gute Mutter, sondern auch die Schwester seines treusten Freundes Atris. Seine frisch entflammte Liebe zu einer anderen Frau würde wie eine reißende Flut über sie hereinbrechen, aber entwurzeln könnte sie sie nicht. Ach, welch süßer, quälender Schmerz ist die Leidenschaft.

5 Nach dem Freitagsgebet verließ Sulaiman gemeinsam mit Scheich Said al-Fakki die Moschee. Kurz vor dem Kaffeehaus sagte der Scheich plötzlich: »Ich hatte einen seltsamen Traum.«

Sulaiman sah ihn neugierig an.

»Mir träumte, daß edle Menschen auf die Gunst hoffen, dir zu begegnen.«

Ihm klopfte das Herz; es war, als stände er plötzlich nackt und bloß da. Um seine Verlegenheit zu überspielen, brummelte er spöttisch: »Wird dir wohl der Satan eingeflüstert haben.«

Der Scheich blieb ernst. »Allerdings erwartet man, daß du den ersten Schritt machst.«

»Einen Karrenkutscher wollen sie sehen? Wieso?« fragte er boshaft.

»Um mit dem unangefochtenen Herrn des Viertels in Verbindung zu kommen«, tönte der Scheich großspurig.

6 Die Versuchung war groß, wie ein riesiger Berg türmte sie sich vor Sulaiman auf. Als erstes bat er Atris, sich im Kaffeehaus neben ihn zu setzen. »Ich muß dir ein Geheimnis anvertrauen.« Atris willigte sofort ein.

»Was würdest du, als mein Freund, sagen, wenn ich eine zweite Frau heiraten würde?«

Prompt stellte Atris die Gegenfrage: »Willst du Fathija loswerden?«

»Aber nein, sie behält den Vorrang.«

Atris lachte befreit. »Du weißt sicher, daß ich vorhabe, das drittemal zu heiraten.«

»Nun ja, normalerweise streiten sich Männer ja nicht wegen Frauen, nur in meinem Fall gibt es ein Problem ...«

»Die Neue kommt aus einem reichen Haus«, erklärte Atris schmunzelnd.

Erschrocken stammelte Sulaiman: »Hat sich das schon herumgesprochen?«

»Liebe riecht man.«

»Was sagen die Leute?«

»Interessiert uns das?«

»Was meinen die Armen dazu?«

»Soll sich der Pöbel zum Teufel scheren! Deine wirklichen Freunde werden Freudensprünge machen.«

Sulaimans Gesicht wurde düster. Hastig hielt er Atris entgegen: »Du irrst dich, wenn du meinst, daß ich mich wegen dieser Heirat ändern werde.«

Atris' Begeisterung schwand. »Soll die feine Gattin etwa zusammen mit Fathija in dieser miserablen Wohnung leben?«

»Egal, welche Lösung sich findet, ich bleibe der gleiche. Offensichtlich magst du Gerechtigkeit genausowenig wie die feinen Herren.«

»Dann laß dich fragen, Meister, welche andere Schutztruppe sich mit so wenig begnügt wie wir.«

Sulaiman blieb hart. »Ich werde mich jedenfalls nicht ändern, Atris.«

7

Scheich Said al-Fakki überbrachte Sulaimans Antrag, und as-Samri stimmte ohne Umschweife zu. Sosehr er auch den Karrenkutscher und dessen niedere Herkunft haßte, kam es ihm doch darauf an, sich und seine Familie mit dem allgewaltigen Chef der Schutztruppe, dem Herrn des Viertels und Unterdrücker der Reichen, versippt zu sehen. Bei dem Gespräch mit dem Scheich stellte er eine Bedingung: Seine Tochter solle so lange in einem Flügel seines Hauses wohnen, bis dem jungen Paar ein neues Heim errichtet sei. Dagegen hatte Sulaiman nichts einzuwenden. Fathija schrie und heulte, aber sie fügte sich in ihr Schicksal. Bei den hohen Herren war die Freude groß, die Armen grämten sich. Sulaiman aber beteuerte, daß er sich niemals ändern werde.

Eine solche Hochzeit hatte das Viertel noch nicht erlebt.

8 Der Bund zwischen dem Schutzherrn Sulaiman und dem reichen Händler as-Samri war geschlossen. Scheich Said al-Fakkis Meinung stand fest: »Welch eine segensreiche Verbindung von Macht und Adel.« Auf jeden Fall hatten ihm seine Bemühungen volle Taschen eingebracht.

Auch wenn Sulaiman nichts ändern wollte, lockte das Leben mit neuen Genüssen. Die Wolken waren getränkt mit süßer Milch; Frauen gab's, die waren wie Butter und Sahne, mit einem Duft von Frische, der einen berauschte. Nein, das war nicht mehr der Geruch von Sauerkäse, den er bisher von den Frauen kannte. Wie weich konnte Haut sein, wie sanft eine Stimme, wie tändelnd und leicht war das Leben. Die wenigen Tage, die er jede Woche im Haus von as-Samri verbrachte, reichten aus, um so viel Neues schätzen zu lernen: die Weichheit von Sesseln, die Wärme eines Betts, die Geschmeidigkeit von Gewändern, das Sprudeln von warmem Wasser im geräumigen Bad, Vorhänge, Polster und Kissen, Raritäten und Nippes, Teppiche und Läufer, Schmuck und Edelsteine. Und erst die prächtigen Speisen. Wie viele verschiedene Fleischgerichte es gab, welch zauberhafte Süßigkeiten! Der Führer der Schutztruppe war außer sich vor Verblüffung, daß es in seinem elenden Viertel ein solch verführerisches Paradies gab. Nun ja, ging er nach draußen, war sein Äußeres wie immer, und er bestand auch darauf, seiner bescheidenen Tätigkeit weiter nachzugehen. Bemüht, vor den Augen der Menschen schlichte Größe zu zeigen, fühlte er doch, daß etwas in der Luft lag und ein kleiner Funke reichte, um die Pfeiler des Viertels in Brand zu setzen. Durchdringende Blicke schienen erkunden zu wollen, was sein Bauch an köstlichen Happen und Tropfen barg. Gewisper und Geflüster umkreisten das geheimgehaltene Paradies, und seine Männer standen dabei in vorderster Front. Er sah sich gezwungen – zum erstenmal in der Geschichte des Viertels –, seinen Gefolgsleuten an Feiertagen und Festen, natürlich höchst geheim, einen Teil der Schutzgelder auszuzahlen, ohne die Armen allzusehr zu benachteiligen. An diesem Punkt spürte er, den ersten Schritt auf einem Weg getan zu haben, der gräßlich war und – fernab vom Pfad der an-Nagis – in den Abgrund führte. Der Gedanke, daß er sich im Haus as-Samris aller nur denkbarer Annehmlichkeiten erfreute, während Fathija und ihre Töchter ihr karges Leben fristeten, erfüllte ihn mit Entsetzen. So langte er in den Steuersack und bedachte sie mit einer bescheidenen Gabe. Wieder eine Stufe auf dem Weg in die Tiefe. »Ach was«, beschwichtigte er sich, »den Armen und Habenichtsen schadet's nur wenig.«

Das Zwiegespräch riß nicht mehr ab, der Strom des Lebens floß trübe dahin. Sanija bedrängte ihn, mit der Arbeit aufzuhören und den Karren zu vermieten. Er reagierte empört, versuchte noch immer, den starken Herrn und Meister herauszukehren. Sie fügte sich ihm scheinbar, wußte sie doch um den Einfluß, den ihre stetige, trotzige Liebe ausübte. Wann immer Sulaiman das Gefühl beschlich, nach und nach ein anderer zu werden, wollte er es nicht wahrhaben. »Nein«, sagte er sich, »weder habe ich mich verändert, noch werde ich es je tun.«

9 Eines Abends speiste Sulaiman gemeinsam mit den Notabeln im Haus von as-Samri. Waren sie ihm bisher aus Angst oder um des lieben Friedens willen aus dem Weg gegangen, konnten sie sich ihn nun in aller Ruhe betrachten – Besucher, die sich den Löwen im Zoo anschauten.

Man brachte Trinksprüche aus, die Gäste faßten Mut, sahen immer selbstsicherer und hoffnungsvoller aus. Schließlich wandte sich der Besitzer der Holzhandlung unmittelbar an Sulaiman. »Wahrscheinlich hast du geglaubt, Meister, daß wir uns dir nur gezwungenermaßen fügen. Aber eins hast du dabei übersehen – Gerechtigkeit ist auch denen nützlich, die angeblich davon ausgeschlossen sind.«

»Wieso?«

»Es ist dein Verdienst, unsere Reihen von Haß, Neid und Diebereien freigehalten zu haben.«

»Bei all deinem Gerechtigkeitswahn«, sagte der Kaffeehändler, »begehst du trotzdem ein Unrecht.«

Sulaiman runzelte die Stirn. »Ach ja?«

»Das Unrecht an dir und deinen Gefolgsleuten.«

»Was sollte daran Schlimmes sein«, ergänzte der Drogist, »wenn du dir deinen vollen Anteil und ihnen einen Teil vom Schutzgeld zahlst?«

»Vergießt ihr nicht euer Blut, um unsere Ehre zu verteidigen?« bekräftigte sein Schwiegervater as-Samri, und der Getreidehändler fügte hinzu: »Immerhin gehört der Führer mit seiner Schutztruppe zur Oberschicht, zumindest sollte es so sein.«

Empört richtete sich Sulaiman auf. »Auf keinen Fall! Weder mein Vater noch mein Großvater haben das so gesehen.«

»Wäre dein großartiger Großvater nicht ins Haus vom Kaffeehändler eingezogen, hätte das Viertel keinen Wohlstand kennengelernt«, wies ihn der Holzhändler zurecht.

»Ihm galt die Führerschaft mehr, als zur Oberschicht zu gehören«, beharrte Sulaiman.

»Aber der Sinn einer solchen Position liegt doch darin, zu den Notabeln zu gehören, und Gott soll mich strafen, wenn ich lüge oder zu parteiisch bin«, unterstrich der Holzhändler nochmals. Sulaiman begnügte sich mit einem höhnischen Lachen. Warum sollte er streiten, wenn ihm vom Wein wohlig warm zumute war.

10 Als Sanija ihm zwei Söhne schenkte, Bikr und Chidr, war Sulaiman sehr glücklich. Erst jetzt war er ein richtiger Vater. Inzwischen war das neue Haus fertiggebaut worden, und im gleichen Maß, wie er die Tage dort genoß, litt er, wenn er pflichtgemäß in der armseligen Wohnung Fathijas antreten mußte. Sanija hielt sein Herz gefangen, und das Haus war ganz nach seinem Wunsch. Er lebte wie im Rausch. Längst hatte er aufgehört zu arbeiten, der Karren war an einen seiner Männer gegangen. Immer häufiger machte er sich und seinen Gefolgsleuten großzügige Geschenke, so daß sich die Truppe mehr und mehr der Lebensweise der feinen Herrschaften anpaßte. Schließlich ging kaum einer der Männer mehr seiner schlichten Tätigkeit nach, zumindest aber vernachlässigten sie sie. Die Summe, die vom Schutzgeld auf die Armen und Bettler verteilt wurde, nahm beständig ab, auch wenn man hier und da ein paar Geschenke an sie verteilte. Das Viertel verlor seinen Glanz. Die Menschen begannen sich zu fragen, wohin die Zeit Aschurs entschwunden, wo die Lauterkeit eines Schamseddin geblieben sei. Wer fragte, dem rückten die Männer des Schutztrupps auf den Leib, und wer es wagte, seinen Unmut laut zu äußern, dem setzten sie mit blankem Terror zu.

Sulaimans Söhne Bikr und Chidr wuchsen in Sanijas Obhut heiter und verzärtelt auf. Nach der Koranschule ließ sie die beiden auf den Kaufmannsberuf vorbereiten, denn der Gedanke, eines Tages den Posten des Vaters einzunehmen, machte die Jungen nicht glücklich. Als sie schließlich das passende Alter erreicht hatten, kaufte Sanija ihnen eine Getreidehandlung, was ihrem Stand entsprach.

Wann immer es nur irgend ging, ließ Sulaiman Kampf Kampf sein. Es kam so weit, daß er Bündnisse mit anderen Schutzbanden einging, damit er nicht mehr auf Provokationen reagieren mußte. Damit verlor das Viertel die Vorherrschaft, die es seit Aschur an-Nagi innegehabt hatte.

Aus dem Riesen Sulaiman war ein feiner Herr geworden. Er trug eine Abaja und einen Turban und benutzte, wann immer er ausging, eine Kalesche. Alle Grundsätze waren vergessen, er trank bis zum Erbrechen. Er wurde so fett, daß sein Gesicht wie die Kuppel der Moschee aussah und sein Doppelkinn wie der Sack eines Schlangenbeschwörers hinunterhing.

Als Said al-Fakki ihm anläßlich eines Feiertages gratulierte, tat er es mit den Worten: »Für dich ist nun jeder Tag ein Fest, Meister Sulaiman.«

11 Die Söhne Bikr und Chidr hatten wenig Ähnlichkeit miteinander. Bikr war schön und zart wie seine Mutter. Bei aller Überheblichkeit machte er immer einen heiteren und fröhlichen Eindruck. Chidr hingegen hatte von seinem Vater die hervorstehenden Backenknochen geerbt und war groß wie er, ohne massig zu sein. Reichte seine Arroganz auch nicht an die seines Bruders heran, konnte man ihn dennoch nicht bescheiden nennen. Beide waren vom Elternhaus her einen gehobenen Lebensstil gewöhnt, hatten gute Manieren und legten Wert auf Eleganz. Das Viertel kannten sie nur vom Blick von einem der zahlreichen Balkons; ihre Füße hatten niemals einen Pflasterstein in einer der Gassen berührt. In prächtigen Geschäftsräumen empfingen sie reiche Händler und überließen den täglichen Kleinkram, den Umgang mit den Kunden dem Geschäftsführer. Den Vater konnten sie nicht verstehen.

Sicher, sie verehrten ihn, aber was er mit der Schutzbande zu tun hatte, der sie nur geringe Achtung entgegenbrachten, verstanden sie nicht. Und daß der Erfolg ihres Geschäfts auch mit der Machtposition des Vaters zusammenhing, war ihnen nicht klar. Sie ahnten nicht, daß ohne ihn und seine Stellung die Händler ihre geschäftliche Unerfahrenheit ausgenutzt hätten und sie nur von dieser gesicherten Warte aus ihre geschäftlichen Erfahrungen machen konnten.

12 Es war Januar. Vom eisigen Thron aus schickte er seit dem frühen Morgen kalten Sprühregen. Eines Abends, als die Familie sich um den versilberten Ofen scharte, betrachtete Sulaiman in Ruhe die Söhne. Wie elegant sie in den samtigen Hausmänteln aussahen. Er lächelte. »Könnte Aschur an-Nagi euch sehen, würde er auf der Stelle nichts von euch wissen wollen und sich von euch lossagen.«

Sanija sah ihn entrüstet an. Mit einem liebevollen und bewundernden Blick auf die Söhne erwiderte sie: »Selbst Könige würden sie beneiden.«

»Es ist, als wären sie nur deine Söhne. Keiner von beiden will mein Nachfolger sein«, hielt er ihr vor.

»Hast du im Ernst geglaubt, daß ich auch nur einen meiner Söhne als Chef dieser Horde sehen will?«

»Soll das heißen, daß du meine Stellung verachtest?« fuhr er sie grob an.

Bemüht, sich geschickt aus der Klemme zu ziehen, entgegnete sie: »O nein, natürlich achte ich deine Stellung, auch die Männer, die in der Truppe dienen. Aber ich will nicht, daß sich meine Söhne in solche Gefahren begeben.«

Wozu streiten? Was war von der glorreichen Epoche übriggeblieben? Die Töchter hatten Hungerleider geheiratet, nur die jüngste, die bereits während seiner vornehmen Zeit aufgewachsen war, hatte einen »achtbaren« Mann bekommen. Sie würde ihm Enkel bescheren, die ihm genauso fremd wären wie seine Söhne. Das Gewissen hatte sich zur Ruhe gesetzt, der gierige Körper unterwarf sich Verführung und Gleichgültigkeit. Der Widerstand beschränkte sich auf eine spöttische Bemerkung.

»Unser Großvater Aschur hat doch auch ein gutes Leben zu schätzen gewußt«, hörte er Bikr sagen.

Wütend blaffte er ihn an: »Maßt du dir an, den großen Meister Aschur zu verstehen?«

»Ich wiederhole nur, was ich gehört habe, Vater.«

»Den großen Aschur kann nur der verstehen, dessen Herz vom heiligen Feuer glüht.«

»Aber hat er sich nicht das Haus vom Kaffeehändler genommen?«

»Wunder hat er vollbracht, und niemand besaß mehr Weisheit und Lauterkeit.«

»Um vor der Cholera zu fliehen, bedurfte es keiner besonderen Klugheit«, meinte Bikr reichlich frech.

Vor Zorn schoß Sulaiman das Blut ins Gesicht. »So redest du von an-Nagi?« brüllte er. Der vornehme Mann wurde zum reißenden Tier, der legendäre Aschur war auferstanden. Zu Tode erschrocken fuhr Sanija Bikr an: »Dein Großvater war ein Heiliger, mein Sohn.«

»Du wirst nie einer edlen Tat fähig sein!« schrie Sulaiman und ging erregt hinaus.

Sanija sah Bikr streng an. »Vergiß nie, daß du Bikr Sulaiman Schamseddin Aschur an-Nagi bist.«

»Genau«, murmelte Chidr. Verwirrt, weil er den Zorn des Vaters auf sich geladen hatte, stammelte Bikr: »Immerhin bin ich auch ein as-Samri und ein Geschäftsmann.«

13 Frau Sanija hatte beschlossen, Bikr zu verheiraten. Sie fand Gefallen an Ridwana, und so hielt sie bei ihrem Vater, dem Drogisten Hagg Ridwan asch-Schubakschi, um deren Hand an. Bikr hatte zwar das Mädchen noch nie gesehen, aber er vertraute der Aussage seiner Mutter voll und ganz.

Hagg Ridwan war sehr reich, mit zahlreichen Nachkommen gesegnet und versessen auf jedwedes Vergnügen.

Die Hochzeit fand statt, und das junge Paar bezog einen Flügel im Haus der Samris.

14 Beglückt über soviel Schönheit, war Bikr in seine Frau von der ersten Nacht an verliebt. Sie hatte blaue Augen und blondes Haar, war gut gewachsen und anmutig. Etwas störte ihn, aber das nahm er bald nicht mehr wahr – Ridwana war so groß wie er, und wenn sie Absatzschuhe trug, schien sie ihn sogar zu überragen. Seine Mutter glaubte ihn mit dem Argument trösten zu können, daß die junge Frau eines Tages dafür um so dicker sein würde. »So Gott will, wird sie schon bald das Gewicht ihrer Mutter haben.«

Ridwana war zunächst äußerst verschämt; sie wagte es kaum, jemanden anzusehen. Mit der Zeit verlor sie aber ihre Scheu und begann ihre Umgebung zu entdecken. Eindringlich musterte sie Schwiegervater und Schwager, was letzteren zu der Bemerkung veranlaßte: »Sie scheint hier nicht heimisch zu werden.«

Sanija lächelte versonnen. »Laß sie erst mal Kinder haben, ich kenne mich bei diesen scheuen Mädchen aus. Willst du nicht auch eine Frau haben?«

»Erst wenn ich zwanzig bin.« Im Gefühl, von durchdringenden Blicken heimlich beobachtet zu werden, zögerte Chidr kurz, bevor er deutlich vernehmbar hinzufügte: »Und wenn, dann will ich eine mit blauen Augen und golden schimmerndem Haar.«

Lachend hielt ihm Sanija ihren dicken Zopf vor die Nase. »Ach, schwarzes Haar ist wohl außer Mode?«

15 Ridwana und Chidr verband eine freundschaftliche, geschwisterliche Beziehung. Wann immer Bikr auf Geschäftsreise ging, stand er ihr zu Diensten. Mittlerweile hatte er auch ihre Schwester Wafa kennengelernt. Sie war klein und hinreißend schön, aber sie hatte kastanienbraunes Haar und honigfarbene Augen. Wenn Ridwana darauf anspielte, daß Wafa für ihn als Braut in Frage käme, fürchtete er, daß seine ablehnende Haltung sie verärgern könnte.

Eines Tages fragte ihn die Mutter, ob ihm Wafa gefiele. Sehr entschieden erklärte er: »Sie ist wunderbar, aber nichts für mich.«

»Schade«, meinte die Mutter bedauernd, »sie ist wirklich ein außergewöhnliches Mädchen.«

»Ich fürchte, daß Ridwana ungehalten wäre, wenn sie erfahren müßte …«

»Dazu ist sie viel zu stolz, außerdem bietet sie ihre Schwester ja nicht zum Kauf an. Nur eins laß dir sagen, heiraten muß jeder.«

16 Wieder einmal mußte Bikr für einige Tage geschäftlich verreisen. Als Chidr abends heimkehrte, stand Ridwana an der Tür. Er grüßte und wollte weitergehen, doch sie bat, ihn für einen Moment sprechen zu dürfen. Er folgte ihr in den Salon, setzte sich auf den Diwan. Sie nahm auf einem Polster vor ihm Platz und sah ihn schweigend an, als wüßte sie nicht, wie sie das Gespräch beginnen sollte. Die Luft war von schwerem Weihrauchduft erfüllt. Chidr wartete und lauschte in die Stille. Um sie zu ermutigen, sagte er schließlich: »Wenn du einen Rat brauchst, helfe ich dir gern.«

Sie schwieg. Erst als es allzu peinlich wurde, ihn noch länger warten zu lassen, stammelte sie: »Nun ja, ich weiß nicht, wie ich es sagen soll. Bist du verstimmt, weil ich dich sprechen wollte?«

»Aber nein. Hauptsache, ich kann dir helfen.«

»Um mehr geht's auch nicht.«

Da er nicht verstand, worauf sie hinauswollte, wartete er ab, auch wenn ihn das Strahlen ihrer Augen zusehends beunruhigte. Er verlor sich in Vermutungen. Hatte er irgend etwas übersehen? Wollte sie ihm etwas vorschlagen, das ihm peinlich sein könnte? »Ich bin ganz Ohr, bitte ...«

Ihre Stimme klang seltsam, als sie sagte: »Du weißt nicht, wie schlecht es mir geht. Nur deshalb bin ich bereit, dir deine Hast zu verzeihen.«

»Laß mich dir helfen.«

»Meinst du, du kannst es?«

»Warum nicht? Ich denke schon.«

Sie wich seinem Blick aus. »Hast du schon einmal eine Niederlage erlebt?«

»Ich glaube nicht. Wie kommst du darauf? Hast du einen Feind?«

»Einen Feind habe ich nicht, es ist mehr eine innere

Niederlage.« Da er nur verwundert den Kopf schüttelte, nahm sie all ihren Mut zusammen und fuhr fort: »Es ist die Niederlage vor sich selbst. Wenn man es hinnimmt, sich selbst zu zerstören ...«

»Gott bewahre!« rief er erschrocken. »Sprich offen mit mir, wie mit einem Bruder.«

Mit schneidender Stimme fiel sie ihm ins Wort. »Auf keinen Fall, meine Geschwister sind in meinem Elternhaus!«

»Bin ich nicht auch ein Bruder?«

»Nein, aber vielleicht solltest du die Geschichte von Anfang an hören.«

»Bitte, erzähl mir alles«, drängte er sie.

»Angefangen hat es«, begann sie verunsichert, »als ich noch bei meinem Vater lebte. Ich hatte dich ab und zu mal gesehen und gehört, daß du der Sohn vom Chef der Schutztruppe bist.«

Er nickte, ohne etwas zu sagen. Unruhe überfiel ihn, doch er konnte sich dieses Gefühl nicht erklären.

»Bikr hatte ich hingegen nie zu Gesicht bekommen, ich wußte nicht einmal, daß du einen Bruder hast. So geschah also, was geschehen ist, ohne daß jemandem ein Vorwurf zu machen ist.«

Die Warnung aus dem Ungewissen tönte lauter, machte mit Angst und Schrecken die weihrauchgeschwängerte Luft noch beklemmender. Er sah Bikr vor sich, die Mutter, den Vater. Die ganze Familie saß da, um diese seltsame Geschichte zu hören.

»Warum sagst du nichts?«

»Ich will dir zuhören.«

Ridwana lachte verlegen. »Das ist alles, die Geschichte ist aus.«

»Verstehe ich nicht.«

»Du willst nicht verstehen.«

»Das stimmt nicht«, wehrte er forsch ab, auch wenn er im Innern verzweifelt war.

Sie sah ihn an – ein bißchen verschmitzt, ein wenig frech. »Ich helfe dir ein Stück weiter, aber nicht viel. Eines Tages teilte mir meine Mutter mit, daß Frau Sanija as-Samri für ihren Sohn um meine Hand angehalten hat ...« Angestrengt sah sie zur Decke auf. Sie streckte den Hals, ein silberner Schimmer lag auf der Haut. Etwas im Innern schrie ihm zu, daß Schönheit für Mord geschaffen ist, daß Leid schwerer wiegt als der Erdball, allumfassender ist als die Luft. Flucht ist die einzige Möglichkeit, um frei zu atmen.

Zart und süß klang ihre Stimme, als sie zugab: »Nur mit größter Mühe konnte ich meine Freude verbergen.« Sie hielt inne. »Keine Sekunde zweifelte ich, daß du es wärst.«

Fing so nicht ein Lied an? Der Schreck war ihm in die Glieder gefahren, kein Wort brachte er heraus.

Ohne alle Scheu sah sie ihm ins Gesicht. »Das ist die Geschichte, verstehst du jetzt?«

Hastig stieß er hervor: »Das Glück hat dir den besseren der Brüder zugeführt.«

Sanft, aber vorwurfsvoll mahnte sie: »Du mußt keine Angst haben.«

»Aber nein, ich bin erleichtert.«

»Du hast mich immer deine Zuneigung spüren lassen.«

»Warum nicht? Du bist die Frau meines geliebten Bruders.«

Sie stand auf, kam anmutig näher und beugte sich ein wenig vor. Ein betörender Duft nahm ihn gefangen. »Erzähl mir, was dein Herz verbirgt.«

Verstört sprang er auf, rückte von ihr weg. »Du weißt alles von mir.«

»Du hast Angst.«

»Nein!«

»Du hast Angst vor deinem Bruder, deinem Vater, vor dir selbst.«

»Hör auf, mich zu quälen.«

»Wände haben keine Ohren und keine Augen.«

Er wich aus, erreichte die Tür. »Guten Abend.« Das Auge blind, Herz und Verstand taub, trat er ins Freie.

17 Von nun an war Chidr bemüht, ihr aus dem Weg zu gehen. Das Mittagessen nahm er im Geschäft ein, für das Abendessen erfand er irgendwelche Einladungen. Frau Sanija fiel nichts auf, friedlich plätscherte die Zeit dahin.

Nur Chidr wühlten Kummer und Sorge auf. Was konnte, mußte er tun? Er stand allein mit einem Problem da, über das er mit niemandem reden konnte. Am liebsten hätte er das Viertel verlassen, nur – wo sollte er hin? Und unter welchem Vorwand? Er war ein Mann mit klaren Grundsätzen. Wie oft hatte der Vater erklärt, daß er, Chidr, noch am ehesten etwas von Aschurs geistiger Haltung zeigte, auch wenn ihm dessen Kraft und Durchsetzungsvermögen fehlten. Bikr hingegen war der Mann fürs Geschäft, mit Sinn für Risiken und Gespür für den Gewinn.

Chidr litt still vor sich hin, unternahm nichts. Er überließ sich den Schicksalsmächten, wenn auch ohne viel Vertrauen und Zuversicht.

18 Bei seiner Rückkehr suchte Bikr zuerst das Geschäft auf. Chidr begrüßte ihn freudig, und Bikr frohlockte und rief: »Ein glänzender Abschluß ist mir gelungen, Gott sei's gedankt.«

Chidr lächelte anerkennend.

»Und wie sieht es hier aus?«

»Gut.«

Plötzlich überraschte ihn Bikr mit der Frage: »Was ist mit dir? Du bist anders als sonst.«

Ihn überlief ein Schauder. Er sei ein wenig unpäßlich, entschuldigte er sich. Wie sollte es weitergehen? Würde er es schaffen, das harmonische Verhältnis zum Bruder aufrechtzuerhalten? Während er die Details des Abschlusses ins Register eintrug, schwindelte ihm der Kopf vor fieberhaften Überlegungen. Bikr das Geheimnis zu enthüllen käme einem Verbrechen gleich; es ihm zu verschweigen wäre das gleiche. Auf welche Weise könnte er sich auf und davon machen?

»Ich bin müde. Vielleicht ist es besser, nach Hause zu gehen«, hörte er Bikr sagen.

19 Jetzt – in diesem Moment begrüßt Bikr seine Frau. Nein, es wäre ein Fehler, im Viertel zu bleiben. Wie wird ihn die waghalsige Schöne empfangen? Schafft sie es, die sehnsüchtig wartende Ehefrau zu spielen? Wird sie auch ihn mit feurigem Blick, lüstern vor Verlangen, ansehen? Wird je über die Launen der Vergangenheit der Vorhang fallen? Kann das Leben je wieder in gewohnten Bahnen verlaufen? Vielleicht machen die geheimgehaltenen Gefühle Ridwana müde und lustlos, und sie muß sich ständig als krank ausgeben? Hat die Fäulnis das frische Eheleben schon vergiftet? Gibt es jetzt schon Probleme?

Ein Schauder überlief ihn. Leicht möglich, daß sie sich rächen will. Bikr fragt, was ihr fehlt, und sie heult los und erklärt, daß sein Bruder Chidr ihn hintergehen wollte. In welches Lügengespinst geriete er dann, was für ein Unheil käme auf ihn zu.

Aber halt, warum ist sie nicht zum Vater gelaufen?

Warum hat sie zumindest nicht die Mutter eingeweiht? Wie auch immer, einer aus der Familie glaubt ihr bestimmt, ihm würde niemand vertrauen.

O nein, durchtrieben und dreist, wie sie ist, wird sie ihm eine Falle stellen. Sie setzt eine traurige Miene auf, seufzt ab und zu: »Ach, könnten wir doch allein für uns wohnen!« Wenn Bikr fragt, was sie bedrückt, blickt sie finster drein und schweigt. »Gab's Streit mit der Mutter?« Nein. »Mit dem Vater?« Nein. Bleibt nur noch Chidr. »War Chidr nicht freundlich zu dir?« Schweigen, doch schon der Name scheint ihr unerträglich zu sein. »Was hat er dir angetan?« Und die schmutzige Wahrheit kommt heraus, schwarz wie die Nacht, wenn der Himmel bewölkt ist. Die schlaue Schönheit deutet dieses und jenes an, und ob Bikr ihr nun glaubt oder nicht, es bleibt etwas hängen. Selbst wenn sie nur erklärt, daß seine Blicke sie unangenehm berühren, kann sie glaubhaft begründen, warum sie ausziehen möchte.

Wie kann er sich verteidigen? Soll er das Glück des Bruders, den Ruf der Familie gefährden? Oder fliehen und damit die Schande auf sich nehmen? War alles nur eine fixe Idee? Ein Hirngespinst? Vielleicht lagen die beiden im Bett und erfreuten sich ihrer Liebe?

Der Lärm eiliger Schritte war zu hören. Im nächsten Moment riß Bikr, zitternd am ganzen Leib, die Tür auf.

20 »Erbärmlicher, nichtswürdiger Schurke!« Mit einem Satz fiel Bikr über ihn her, schlug wie ein Wilder auf ihn ihn ein, ohne daß Chidr sich wehrte. Die Lippen rissen auf, die Nase blutete, doch er stand regungslos da. »Es ist die Schande, die dich lähmt!«

Er wich zurück. »Was hast du? Was ist mit dir los?«

»Ach, du weißt nichts?«

»Ich verstehe überhaupt nichts.«

»Du gierst nach der Frau deines Bruders!«

»Das ist der helle Wahnsinn!«

Erbittert schlug Bikr zu. Aus dem Vorraum kamen die Angestellten gelaufen, und vor dem Eingang sammelten sich Schaulustige an. Aus der Ferne drang Schreien und Toben heran – Sulaiman an-Nagi kam näher.

21 Die Menschenmenge löste sich auf, die Angestellten stürzten an ihre Plätze zurück.

»Hebst du noch eine Hand«, schrie Sulaiman, »hacke ich sie dir ab!«

Bikr ließ von ihm ab. Chidr holte ein Tuch heraus und wischte sich das Blut ab.

»Ein Schurke wie er verdient Strafe!« wütete Bikr.

»Hier will ich nichts hören, kein einziges Wort.« Zornig blickte er von einem zum anderen. »Kommt mit!« Mit mächtigem Schritt stürmte der Vater nach Hause – ein Löwe, von Wunden geschwächt.

22 Bikr, Chidr, Ridwana, Sanija, sie alle mußten sich vor ihm aufstellen. »Heraus mit der Wahrheit!« befahl er barsch.

Keiner gab einen Laut von sich. »Wehe dem, der mir das Geringste verschweigt!« brüllte er. Mit einem strengen Blick auf Ridwana befahl er: »Sprich!«

Sie brach in Tränen aus.

»Hör auf zu heulen! Ich mag keine Tränen!«

Schluchzend stammelte sie: »Ich habe nur gesagt, daß ich woanders leben möchte ...«

»Das will nichts heißen!«

»Soviel ich verstanden habe«, griff Bikr ein, »ist es ihr unangenehm, mit Chidr unter einem Dach zu wohnen.«

»Warum? Ich will Fakten hören!«

»Für mich ist auch ohne Erklärung alles klar«, widersprach Bikr.

»Ich will die Wahrheit und nichts als die Wahrheit! Erst dann kann ich das Notwendige tun.« Wieder sah er Ridwana an. »Heraus mit der Sprache!«

Erneut brach sie in Tränen aus. Unwillig hob der Vater die Hand, gebot Einhalt. Er drehte sich zu Chidr um. »Was hast du gemacht?«

»Nichts, und Gott ist mein Zeuge.«

»Ich will alles wissen. Solcher Wirbel muß seinen Grund haben.«

»Bestimmt gibt es nur ein Mißverständnis«, versuchte Sanija einzulenken.

»Halt den Mund«, herrschte er sie an.

»Das ist das Werk Satans, er will einen Keil zwischen uns treiben«, stieß sie verzweifelt hervor.

»Unsinn. Wenn wir es nicht wollen, kann Satan nichts machen.«

Doch Sanija klagte weiter: »Ein Fluch hat uns getroffen!«

»Verflucht soll der sein, der es verdient!« brüllte der Vater.

In diesem Moment stürzte Chidr hinaus. »Komm zurück, Junge!« rief Sulaiman, doch Chidr blieb verschwunden.

»Merkst du nicht, daß er geflohen ist?« rief Bikr.

»Ha, da haben wir den Verbrecher!« schrie Sulaiman und sprang erregt auf. Niemand schickte sich an, Chidr zu verfolgen, und er kehrte auch nicht zurück.

23 Der Skandal im Haus der Nagis ging von Mund zu Mund. Die Habenichtse und Hungerleider erinnerten sich voller Wehmut der guten, alten Zeit und hielten das Ungemach, das Sulaiman und seine Söhne getroffen hatte, für die gerechte Strafe, die er wegen seines Verrats an den hehren Prinzipien verdient hatte. Aschur, sagten sie, sei ein Heiliger gewesen, und deshalb habe ihn Gott gerettet und mit Weisheit beschenkt und ihm im Leben wie im Tod Ehre erwiesen. Diejenigen aber, die die Nagis schon immer gehaßt hatten, erklärten, nun zeige sich, daß diese unmoralische Sippschaft von einem Dieb und Liederjan abstammte.

Sulaiman legte angesichts der Verleumdungen eine Grausamkeit an den Tag, die seine Persönlichkeit zum zweitenmal wesentlich veränderte. Der immer fetter werdende Koloß stürmte durch die Gassen und lauerte nur darauf, daß einer etwas Falsches tat oder sagte. Selbst seine engsten Gefährten begannen ihn zu fürchten. Schon von der Erscheinung her hatte er nichts mehr von einem respektierten Führer. Das Fett machte ihn schlaff und die Trunksucht träge. Der Wanst war aufgebläht, der Hintern hing herab. Die Gefräßigkeit machte ihn müde, so daß er selbst im Kaffeehaus einschlief.

24

Eines Morgens stand Sulaiman an-Nagi mit Scheich Said al-Fakki mitten auf der Straße und unterhielt sich mit ihm. In der Nacht hatte es lange und heftig geregnet, und in den Gassen häufte sich schlammiger Morast.

»Gott prüft seine getreuen Diener, stellt sie auf die Probe«, seufzte der Scheich.

Gerade wollte Sulaiman etwas erwidern, da sprang ihm jemand – woher war er so plötzlich gekommen? – ins Gesicht und fiel über ihn her. Sulaiman an-Nagi sackte zusammen, schlug lang hin wie ein Minarett. Er versuchte aufzustehen – vergebens. Schließlich ergab er sich in sein Schicksal, blieb ausgestreckt liegen, als ob er schliefe. Said al-Fakki und andere Passanten stürzten zu ihm. Er konnte nicht sprechen, murmelte unverständliches Zeug vor sich hin. Wie ein kleines Kind, das nicht laufen konnte, brachte man den großen Sulaiman an-Nagi Frau Sanija ins Haus.

25 Halb gelähmt lag er im Bett. Jeder, der ihn sah, begriff, daß Sulaiman an-Nagi zu einem Nichts geworden war. Fathija und ihre Töchter behandelten ihn wie einen Fremden. Sanija, der sein Anblick das Herz zerriß, pflegte und versorgte ihn mit unendlicher Geduld. Immer wieder stammelte sie vor sich hin: »Ein Fluch hat uns getroffen.«

Jahre vergingen, ehe er sich wieder bewegen konnte. Er schaffte es sogar zu laufen, wobei er allerdings ein Bein nachzog und sich auf Krücken stützen mußte. Sein einziges Vergnügen bestand darin, entweder vor dem Haus oder vor dem Kaffeehaus zu sitzen. Er sprach kaum, schaute sich nur mit abwesendem Blick um. Die Dinge hatten ihre Bedeutung verloren.

26 Sulaimans alter Freund Atris vertrat ihn als Führer. In der ersten Zeit besuchte er ihn regelmäßig und übergab ihm den vollen Anteil vom Schutzgeld. Obwohl in seinen Händen jetzt die Macht ruhte, pflegte er ein ums andere Mal zu wiederholen: »Du bist und bleibst unser Herr und Meister.« Nicht lange, und die Pflichten in der Schutztruppe, so seine Worte, hielten ihn mehr und mehr davon ab, den »Meister« zu besuchen. Schließlich erschien er nur noch, wenn Zahltag war.

Es kam der Tag, da er den Anspruch auf die Führerschaft erhob und sich Sulaimans Anteil aneignete. Auf Widerspruch stieß er nicht. Manch einer hoffte darauf, daß er die Truppe von den – wenigen – Pflichten gegenüber dem Bettelpack befreite, auf die Sulaiman noch bestanden hatte.

Innerhalb kürzester Zeit war die Schutztruppe wieder

das, was sie vor der Epoche Aschur an-Nagis gewesen war: eine Bande, die als Last auf dem Viertel lag. Das einzige, was sie noch leistete, war die Verteidigung gegen Überfälle anderer Viertel. Doch selbst da sah sich Atris gezwungen, mit einigen Feinden Waffenstillstand zu schließen und sich mit anderen sogar zu verbünden. Es kam so weit, daß er dem Trupp aus al-Hussainija Schutzgeld zahlte, um einen Kampf, der nicht zu gewinnen war, zu vermeiden. Je tiefer sein Ansehen außerhalb des Viertels sank, desto mehr unterdrückte er als großmäuliger Tyrann die eigenen Leute. Seine Schwester Fathija vergaß er, war statt dessen ständig mit Scheidung und Heirat beschäftigt. Das Schutzgeld gehörte ihm und seiner Truppe, die Habenichtse wurden geschmäht und gezüchtigt. Blieben noch die feinen Familien: Ihr Ansehen blieb das, das Gott, der Allmächtige – so die Worte von Scheich Said al-Fakki – ihnen zugedacht hatte.

27 Nicht nur, daß Sulaiman an-Nagi die Führerschaft verloren hatte, er war auch nur noch der Schatten seiner selbst. Er war zu allem unfähig, aller Lebenssinn schwand dahin. Dennoch klammerte er sich an die Hoffnung auf Heilung. Selbst Bikrs Schwiegervater, den Drogisten, fragte er, ob er nicht ein Heilmittel wisse. Der bedauerte zwar lautstark, nicht helfen zu können, doch kostete es ihn Mühe, seine Verachtung nicht zu zeigen. »Der denkt wohl, er wird wieder groß und stark«, lautete sein Kommentar. »Verflucht soll er und sein Stammbaum sein.«

Sulaiman begann, Wundertäter und Heilige aufzusuchen. Keinen ließ er aus, nicht die Lebenden und nicht die Toten. Die Hoffnung war alles, was ihm geblieben war. Mühsam schleppte er sich an den Krücken dahin, und hockte er reglos auf dem Diwan, bot er das Bild eines erstarrten

Leichnams. Eine neue, bis dahin unbekannte Weisheit überkam ihn. War nicht der Mensch ein albernes Spielzeug, das Leben nur ein Traum? Einsam war es um ihn geworden. Kein Atris kümmerte sich um ihn, keiner seiner Männer wollte etwas von ihm wissen, und gnadenlos verurteilten ihn die Habenichtse zum einzig Schuldigen an ihrem Leid.

Das Unglück nahm seinen Lauf. Sanija wurde der ewigen Pflege überdrüssig und überließ sie einer Dienerin. Je düsterer das Leben war, desto griesgrämiger litt sie vor sich hin. Keinen einzigen Moment konnte sie Chidr vergessen, den geliebten, geflüchteten Sohn, weshalb auch die Beziehung zu Ridwana stark abgekühlt war. Sie suchte immer öfter das Weite, fand ihr Vergnügen in den Häusern der Nachbarn. Sulaiman, dem das nicht entging, litt Höllenqualen. Die Sonne wurde von Wolken verdunkelt, der kranke Mensch ehrlos behandelt.

O ja, er hatte ihr unschickliches Benehmen getadelt, und was war ihre Antwort gewesen? »Es hält mich nichts mehr in diesem Haus.«

Öfters war er versucht gewesen, sie zu verstoßen. Doch er fürchtete, bei Fathija nicht die notwendige Ruhe zu finden. Was also blieb ihm übrig, als alle Demütigung und Schande zu schlucken und in Geduld auszuharren.

28 Eines Tages saß Sulaiman an-Nagi mit Scheich Said al-Fakki im Kaffeehaus. Der Scheich sah ihn freundlich an, doch im Herzen schlummerte der alte Haß. »Dein Zustand, Meister Sulaiman, macht uns alle sehr betroffen«, tönte er mit warmer Stimme, und da sein Gegenüber nur einen gelangweilten Blick für ihn übrighatte, fuhr er fort: »Trotzdem kannst du von uns erwarten, daß wir ehrlich zu dir sind und treu zu dir halten.«

Worauf wollte er hinaus?

»Ich persönlich bin der Meinung, verehrter Meister, daß du Frau Sanija verstoßen solltest.«

Die Lider zuckten, die Hand zitterte.

»Das ist der Rat eines guten alten Freunds.«

»Und warum?« brummte Sulaiman.

»Mehr werde ich dir nicht sagen.«

29 Ihm lag nichts daran, etwas zu unternehmen. Leid und Schmerz waren zu leeren Wörtern geworden. Weder konnte er vor Freude lachen noch vor Traurigkeit weinen. Zweifelsohne mußte er sie verstoßen. Er kam nicht umhin, den bitteren Kelch bis zur Neige zu trinken.

Vom Kaffeehaus ging er zu Fathija. Er ließ den Scheich der Moschee holen und verstieß Frau Sanija.

Bikr war bestürzt. »Das wäre nicht nötig gewesen.«

»Jetzt mußt du sie beschützen.«

Da schrie Bikr: »Vor allem vor den bösen Zungen, die meine Mutter verleumden!« Sie gingen im Streit auseinander.

Von nun an lebte Sulaiman von seinen Ersparnissen. Ein Gedanke ließ ihn nicht los. »Ich bete zu Gott, daß ich sterbe, bevor ich Bikr anbetteln muß.«

30 Bikr ging es geschäftlich und finanziell immer besser. Ridwana schenkte ihm die Söhne Ridwan und Samaha und brachte ein Mädchen zur Welt – Safija. Daß seine Mutter verstoßen worden war, hatte ihn erschüttert. Doch die peinlichen Gerüchte zwangen schließlich auch ihn, ihr Vorhaltungen über ihr Benehmen zu machen. Sanija packte die Wut. Sie verfluchte das Viertel und wünschte seinen Bewohnern alles nur denkbar Schlechte an den Hals. Ansonsten dachte sie nicht daran, etwas zu ändern. Sie nahm sich weiterhin alle Freiheiten heraus und fühlte sich an nichts gebunden.

Was Bikr Sorge machte, war sein Eheleben. Er hatte nie wirklich das Gefühl, daß Ridwana ihm gehörte. Obwohl er ihr immer wieder zeigte, daß er sich nach ihrer Liebe verzehrte, verhielt sie sich weder willig noch verständnisvoll, noch zugänglich. Es war ihm unerklärlich, warum sie ihm gegenüber mit einer Heftigkeit reagierte, die von Tag zu Tag schlimmer wurde. Alles, was sie sich wünschte, bekam sie. Doch weder hörte er je ein Wort des Dankes, noch schien sie sonderlich beglückt zu sein. Ihre Härte, ihre Streitsucht machten ihm das Leben unerträglich. Der Gedanke, daß sie ihn vielleicht nicht so liebte, wie es sich für eine Frau gehörte, machte ihn rasend. Was fehlte ihr zu ihrem Glück? Was wollte sie? War er nicht ein vorbildlicher Gatte? Er vermied alles, was sie hätte ärgern können, aber es genügte eine Kleinigkeit, um sie in Harnisch zu versetzen. Weder das eheliche Zusammenleben noch die Mutterschaft schien ihre Wesensart zu verändern. Ihm war, als trüge er eine Eiterbeule mit sich herum, die ihm den Geschmack am häuslichen Leben verdarb.

»Wenn du nur wolltest, Ridwana, könntest du unser Heim glücklich machen.«

»Ist es das nicht?«

»Du bist nachlässig in deiner Liebe zu mir.«

»Ach du! Denkst doch nur an dein Vergnügen«, erwiderte sie bissig. »Daß ich drei Kinder zur Welt gebracht habe, vergißt du völlig.«

Traurig sah er sie an. »Du weißt, wie sehr ich dich liebe, und da wäre es schön, wenn ich nur ein klein wenig Wärme spüren könnte.«

Sie lachte gezwungen und murmelte: »Du bist zu lüstern. Was mich betrifft, tue ich mein möglichstes.«

Zu allem Unglück kam noch hinzu, daß die zunächst gute Beziehung seiner Mutter zu Ridwana in die Brüche gegangen war. Seit Chidr verschwunden war, hatte sich die Mutter verändert. Von da an war auch Ridwana wie ausgewechselt. Als es wieder einmal zu heftigem Streit zwischen den beiden gekommen war, hatte Sanija der Schwiegertochter entgegengeschleudert: »Mein Herz sagt mir, daß Chidr unschuldig an allem war!«

»Kümmere du dich lieber um deinen Ruf!« trumpfte Ridwana auf.

Wütend griff Sanija nach einem Leuchter und warf ihn, ohne zu treffen, in Ridwanas Richtung. Als Bikr abends nach Hause kam, war Ridwana außer sich vor Haß und Wut. Schnurstracks nahm er sich die Mutter vor, aber das einzige, was sie zu sagen wußte, war: »Ich kann dir nur raten, sie zu verstoßen.«

Vor lauter Verblüffung stand Bikr wie gelähmt da. Unbeeindruckt fuhr sie fort: »Mit ihr hat das Unheil angefangen, das über uns alle hereingebrochen ist.« Ihre Stimme überschlug sich fast, als sie in scharfem Ton weitersprach: »Nicht mal der Teufel schafft es, so viel Unglück auf einmal zu stiften. Du, der Enkel des großen Aschur, zahlst an einen Strolch Schutzgeld, der bei deinem Vater und Großvater gedient hat!«

»Uns muß wirklich ein Fluch getroffen haben«, murmelte Bikr vor sich hin.

31 Das Rad der Zeit drehte sich ohne Unterlass. Sanijas Vater starb und hinterließ ihr ein beträchtliches Vermögen. Einen Teil vom Geld gab sie Bikr, der sein Kapital aufstocken wollte. Weiter und weiter ging er den Weg zu grenzenlosem Reichtum. Um die häuslichen Probleme zu verdrängen, stürzte er sich in die Arbeit. Er ließ sich auf erfolgversprechende Risiken ein, wagte gefährliche Spekulationen. Seine Gier reichte an Wahnsinn. Er hortete Geld, als wollte er ein Bollwerk errichten, das ihn vor dem Tod schützen, ihm die Trauer über das verlorene Paradies nehmen konnte. Von schwankendem Boden aus, besät mit Kummer und Leid, stürzte er in den Kampf – dem Schmerz zu trotzen, das Unbekannte herauszufordern. Bikr war weder großzügig noch geizig. In der Welt draußen gab er keinen Millim aus, ohne daß ihm daraus Nutzen entsprungen wäre; drinnen, in seinem Heim, kannte seine Freude am Schenken keine Grenzen. Er überschüttete Ridwana mit Juwelen, schaffte neue Möbel, modernen Hausrat, kostbare Raritäten heran. Das Haus war zum Museum geworden. Doch Wehmut zerfraß ihm das Herz, und leiderfüllt seufzte er: »Ach, wäre doch nur das Glück zu kaufen.«

32 Es kam der Tag, da Ridwanas Vater sich gezwungen sah, den Bankrott zu erklären. Er führte das Leben eines Verschwenders, war versessen auf Wein, Weib und Gesang. Die geschäftlichen Dinge rutschten ihm aus der Hand, und schließlich brach alles zusammen. Bikr sah den Ruin des Schwiegervaters als willkommene Gelegenheit an, seiner widerspenstigen Frau einen Beweis seiner Liebe und Großzügigkeit zu liefern. Als das Haus von asch-Schubakschi versteigert wurde, erwarb er es zu einem unverschämt hohen Preis. Er wollte dem alten Herrn helfen, seine Schulden leichter bezahlen zu können. Ridwanas jüngeren Bruder Ibrahim stellte er als Geschäftsführer und Sekretär ein. Doch der alte Schubakschi erholte sich nicht von dem Schock. Er erlitt einen Herzanfall und starb. Bikr sorgte für ein Begräbnis, das dem Ansehen des Schwiegervaters entsprach – drei Tage dauerten die Feierlichkeiten an. Nach soviel Mühe und Aufwand erwartete er, daß Ridwana sich ihm gegenüber freundlicher benahm und ihr Wesen friedfertiger wurde. Er sah sich getäuscht, sie blieb die gleiche, hart wie Stahl. Der Kummer über den Tod des Vaters machte sie höchstens noch kühler und unwilliger. Da war dann Bikr fest überzeugt, daß selbst der Tag des Jüngsten Gerichts nichts an ihr ändern würde.

33 In finstrer Nacht war plötzlich Sanija – die Mutter – aus Haus und Viertel verschwunden. Die Katastrophe war geschehen, Bikr hatte es nicht verhindern können. Gleich nach der Entdeckung war klar, daß sie ihr Geld mitgenommen hatte. Sie war mit einem jungen Mann, einem Wasserträger, geflohen, den sie heiratete. Was für ein Skandal! Nie mehr würde er sich mit erhobenem Kopf zeigen können. Nein, er wollte mit ihr nichts mehr zu tun haben, es interessierte ihn auch nicht, wo sie sich neu eingerichtet hatte. Er zog sich zurück, versteckte sich hinter seinen Registern, verschwand auf Geschäftsreisen.

Atris kam angelaufen. »Wenn du Hilfe brauchst, ich stehe dir bei.«

Er haßte diesen Mann, verbarg aber sein Gefühl hinter einem geflissentlichen Lächeln. »Danke, Meister. Soll Gott mit ihr machen, was er will.«

Die Welt sah grau in grau aus, mit einem Stich ins Rötliche. Warum, fragte er sich, lieben wir dieses Leben, warum sind wir so erpicht darauf? Warum beugen wir uns seinem unerbittlichen, grausamen Willen? Hatte das Leben nicht recht, uns nach allem, was es mit uns trieb, von Würmern zerfressen zu lassen? Verflucht sei Aschur an-Nagi, diese verlogene Legende. Verflucht die verblödeten Derwische und ihre ewige Singerei. »Etwas ist falsch gelaufen, aber was?«

34 Eines Abends schickte Sulaiman an-Nagi nach ihm. Erst jetzt fiel Bikr ein, daß er den Vater seit Monaten nicht besucht hatte. Er schämte sich. Zehn Jahre lang war er nun schon gelähmt, und seit einem Jahr hütete er das Bett und wurde sorgsam von Fathija gepflegt. Er ging zu ihm, küßte ihm die Hand. Er setzte sich auf das Bett, entschuldigte sein langes Fortbleiben mit zuviel Arbeit und Problemen.

»Mein Ende kommt näher, Bikr.« Sulaiman an-Nagi wartete, bis der Sohn mit seinen Wünschen für ein langes Leben zu Ende war. »Ich habe in drei aufeinanderfolgenden Nächten von deinem Großvater Schamseddin geträumt.«

»Das will nichts heißen, Vater.«

»Das heißt alles. Er hat mir gesagt, daß aus der Welt nichts werden kann, wenn der Mensch sie nicht mit seinem Atem beseelt.«

»Gott sei uns gnädig ...«

»Was geschehen ist, ist geschehen. Nur eins will ich wissen – wer von deinen Söhnen kann die Nachfolge antreten?«

Bikr verstand, daß der Vater die Führung der Schutztruppe meinte. Er unterdrückte ein Lächeln. »Sie sind noch zu jung, und ich glaube auch nicht, daß einer später dafür taugt.«

»Und was ist mit den Söhnen deiner Halbschwestern?«

Er zögerte. »Ich weiß nicht, Vater.«

»Weil du sie nicht kennst.« Sulaiman seufzte. »Ich verlasse diese Welt als Gefangener ... Lebe wohl, möge Gott dich schützen.«

35 In jener Nacht tat Sulaiman Schamseddin Aschur an-Nagi den letzten Atemzug. Obwohl er die letzten Jahre völlig zurückgezogen gelebt hatte, reihten sich alle Bewohner des Viertels in den Begräbniszug ein, selbst Atris und

seine Männer. Er wurde an der Seite Schamseddins beigesetzt.

Trauer wühlte die Herzen der Nagi-Familie auf, und die Habenichtse und Hungerleider hingen bedrückt den Erinnerungen nach.

36 Ein Rumoren ging durchs Haus. Gleich einem Meteor, der einen fahlen Himmel zerreißt, durchbrach hektische Bewegung das monotone Verstreichen der Zeit, die unterschiedslos vergehenden Stunden.

Ridwana war verblüfft. Bikr tat etwas, das ihn noch nie interessiert hatte. Er packte sie an der Hand und zog mit ihr, Stockwerk um Stockwerk, durch alle Flügel des großen Hauses. Niemals hätte sie geglaubt, daß er sich mit solchem Ernst, solcher Pedanterie um sein Zuhause kümmern würde. Er machte den Eindruck, als rüstete er sich für eine lange Reise oder berechnete den Verlust, den ihm eine riskante Spekulation einbringen könnte.

»Was tust du?«

Er antwortete nicht, lächelte nicht, durchmaß Zimmer für Zimmer, Salon für Salon, Saal für Saal, musterte die kostbaren Möbel, Nippes, Teppiche, Läufer, Vorhänge, Lüster, Leuchter, Kerzenständer, kontrollierte die Schlafzimmer von Ridwan, Safija, Samaha.

»Ich kann nicht mehr«, murrte Ridwana.

Bikr zeigte auf einen Spiegel, der die gesamte Wand einnahm und von einem Rahmen aus purem Gold eingefaßt war. »Den gibt's im ganzen Land kein zweites Mal.« Er wies auf einen Kronleuchter von riesigem Ausmaß, mit eingelegtem Sterndekor. »Den findet man in der großen Stadt nur noch zweimal.« Er schaute hinauf zur gläsernen Kuppel, die das Licht in verschiedenen Farben brach. »Ein Jahr lang wurde an der gearbeitet. Von dem Geld hätte sich eine Armee ernähren können.« Er schritt, die Hände ausgebreitet, über den Teppich, der den Boden der weitläufigen Halle bedeckte. »Der wurde eigens für mich in Persien gemacht.« Keinen Schrank ließ er aus, kein Edelstein entging ihm, alles mußte gelobt und gewürdigt werden.

Es reichte. Nicht länger bereit, es zu ertragen, entzog sie sich ihm und fragte wütend: »Was soll das?«

Er verschränkte die Arme auf der Brust, sah sie mit unergründlichem Blick an. »Ich bin der auserwählte Liebling des Schicksals.«

»Was meinst du damit?«

»Das Schicksal hat sich in mich verliebt, es läßt mich nicht aus den Augen, schenkt mir keine Ruhe.«

»Du kommst mir wirklich sehr seltsam vor.«

»Sieh mich genau an. Schau hin, solange du kannst. Ich bin die Welt, nicht mehr und nicht weniger.«

»Ich ertrage das nicht.«

Zum erstenmal lächelte er. »Hiermit erkläre ich dir, meine teure, geliebte, verwöhnte, widerspenstige Ridwana, daß Bikr Sulaiman Schamseddin Aschur an-Nagi bankrott ist.«

37 Sie verstand kein Wort, konnte das Unmögliche nicht glauben. Sie stieß mit dem Kopf an einen Schrank. Die Welt schien eine Frau zu sein, die ihr listig zuzwinkerte. Mach dich auf und davon, bring dich in Sicherheit. Plötzlich kam es ihr vor, als hätte Bikr noch nie so schön und noch nie so verzweifelt ausgesehen. Ein Ächzen entrang sich ihren Lippen, huschte als Skorpion davon.

»Es ist die Wahrheit, die reine Wahrheit, Ridwana«, murmelte Bikr. Er sah, wie sie allmählich erstarrte, bis sie schließlich das Bild reinsten Entsetzens bot. Verzweifelt und voller Haß schleuderte er ihr entgegen: »Nichts mehr von allem! Keine Macht, kein Geld, kein Glück!«

Sie schluckte und würgte. »Wie ... wie konnte das geschehen?«

»Wie alles geschieht – Krankheit, Schande, Tod. Was staunst du da groß? Ein Abenteuer, das mißlungen ist.«

»Man hat dich so oft gewarnt ...«, greinte sie.

»Wer nichts wagt, hat gut reden. Sitzt da, meckert, predigt und ist neidisch. Zum Teufel damit.« Für einen Moment herrschte Schweigen. Das Gespenst der Angst ging um. Alpträume entstiegen dem Reich des Unmöglichen, prallten auf die düstere, rauhe Wirklichkeit.

»Und jetzt?« winselte sie.

»Das Geschäft wird aufgelöst, die Sachen werden versteigert, und dann ...«

»Und dann?«

»... reihen wir uns in die Kolonnen der Bettler ein.«

»Willst du mir etwa Angst einjagen?«

»Ich versuche nur, dich wachzurütteln.«

Da schrie sie los: »Der Wahnsinn hat dich gepackt!«

»Nicht der Wahnsinn, nur das geschäftliche Risiko. Beim Handel ist das Schicksal immer der heimliche Partner.«

»Schicksal, Schicksal! Du hast zu hoch gespielt!«

»Und du hast dich aus allem herausgehalten!«

Ridwana brach in Tränen aus. »Jetzt weiß ich, warum mein Vater gestorben ist.«

»Da hatte er noch Glück«, gab er trocken zurück.

»Was soll aus den Kindern werden?« schluchzte sie.

Unwillig winkte er ab. »Lassen wir sie in Ruhe schlafen.«

38 Keine Hand regte sich, niemand im Viertel ging seiner Arbeit nach. Alle wollten bei der Auktion dabeisein, alle wollten sehen, wie der Reichste der Reichen in den Abgrund stürzte. Wolken türmten sich auf, schoben sich an diesem letzten Februartag vor die Sonne. Bikr Sulaiman an-Nagi stand umringt von Geschäftspartnern, die nun seine Gläubiger waren. Verloschen war das freundliche Lächeln, und statt der üblichen Spannkraft zeichnete sich auf dem bleichen Gesicht Besorgnis ab. Doch die zusammengepreßten Kinnladen sprachen vom eisernen Willen, sich dem Schicksal zu stellen.

Scheich Said al-Fakki beugte sich zum Wirt Othman ad-Darazi hinüber. Hämisch flüsterte er ihm zu: »Wieso hat er nicht wie sein Urahn im Traum die Rettung gesehen?«

Ad-Darazi kicherte. »Fresser mit Verdauungsbeschwerden haben nur Alpträume.«

Eine Minute vor Beginn des Schauspiels ertönte das heftige Geläut einer Glocke. Alle Blicke richteten sich zum Eingang des Viertels. Eine Kalesche preschte heran. Kam jemand von außerhalb zur Auktion? Der Wagen hielt, ein junger Mann in schwarzer Abaja stieg aus. Rank und schlank war er, und sein Gesicht kam manchem vertraut vor. Kein Wunder, daß plötzlich mehrere Stimmen auf einmal riefen: »Gütiger Gott! Chidr Sulaiman an-Nagi!«

39 Durch die Reihen ging ein Gewisper und Getuschel – so mancher ahnte und vermutete etwas. Andere drückten ihr Staunen nur mit beifälligem Gemurmel aus, so daß ein Summen und Brummen in der Luft lag. Scheich Said al-Fakki unterdrückte schnell sein hämisches Grinsen, und Bikr wurde blaß und begann zu schlottern.

Chidr hingegen hob in aller Ruhe die Hand zum Gruß und freute sich über den herzlichen, zuversichtlich stimmenden Empfang.

»Bist genau zum richtigen Zeitpunkt gekommen«, erklärte der Scheich, und Othman ad-Darazi fragte hastig: »Willst du dich an der Auktion beteiligen?«

»O nein, ich will retten, was zu retten ist«, erwiderte Chidr. Seine Sprechweise verriet, daß dieser Mann selbstsicher und stark war. Der junge Mann von damals mußte auswärts Erfolg gehabt haben und reich geworden sein. Die Gläubiger atmeten auf, und einer rief: »Möge Gott dein Vorhaben segnen!«

»Dann laßt uns«, schlug Chidr vor, »die Versteigerung verschieben. Vielleicht kommen wir zu einer Übereinkunft.«

»Niemals!« rief Bikr. Überrascht starrten ihn alle an. Mit einem Ruck drehte er sich zu seinem Bruder um und schrie: »Denk nicht, daß die Zeit dein Verbrechen abgewaschen hat! Scher dich weg, du bist und bleibst verflucht!« Hier und da kam Widerspruch auf. Dichte Wolken verwandelten den Himmel in ein dunkles Zelt.

»Es ist meine Pflicht, dir zu helfen, laß es mich tun«, bat Chidr.

Aber Bikr gebärdete sich wie rasend. »Lieber bin ich ruiniert, als von dir gerettet zu werden!«

»Die Gnade des Himmels sollte niemand zurückweisen«, mahnte der Imam Tulba al-Kadi.

»Gnade? Er ist doch nur schadenfroh und will sich rächen!« schrie Bikr. Die Gläubiger liefen zu ihm, versuchten ihn zu beruhigen und zu überreden.

»Nun denn«, erklärte Tulba al-Kadi, »wir verschieben die Auktion, bis wir einen Beschluß gefaßt haben, der uns nicht reut.«

40 Bikr schloß seinen Bericht mit den Worten: »Nun weißt du alles.« Gespannt sah er Ridwana an. So begierig er war, ihre Antwort zu hören, sie blieb aus. Ridwana war zu verwirrt, um etwas zu sagen. Sie fühlte sich von seinen bohrenden Blicken bedrängt, eingesperrt in einen Käfig.

»Warum sagst du nichts?« fragte Bikr. Sie versank in noch tieferes Schweigen, zog sich völlig in sich zurück. »Könnte ich vielleicht deine Meinung hören?« drang Bikr, nun schon etwas bissig, auf sie ein. Ihr Blick glitt hastig, wie auf der Flucht, zu der goldgerahmten Formel hinüber, die an der Wand hing – »Im Namen Gottes, des barmherzigen Erbarmers« –, und getrieben vom Mut des Verzweifelnden, stammelte sie: »Was soll ich schon sagen, wenn den Kindern droht, Bettler zu werden.«

»Ich will deine Meinung hören, und zwar offen heraus und ohne Umschweife.«

Sie riß sich zusammen. »Ich glaube, daß er den guten Ruf der Nagis retten will.«

»Ach was«, entgegnete er verbittert, »würde er Wert auf den Ruf der Familie legen, hätte er nicht nach der Frau des Bruders gegiert.«

»Vielleicht will er Buße tun«, murmelte sie.

»Wer kein Gewissen hat, kann nicht büßen.«

»Aber warum sollte er sonst sein Geld opfern wollen?«

Wütend schleuderte er ihr entgegen: »Vielleicht will er dich retten!«

»Bestimmt nicht!« zischte sie ihn an.

»Das sagt noch gar nichts.«

»Ich bin überzeugt, daß es ihm um den Ruf der Familie geht.«

Er kochte vor Wut. »Du lügst!«

»Mach nicht alles noch schlimmer.«

»Allmählich zweifle ich an allem, auch an dir.«

Ridwana konnte sich nicht länger beherrschen. »Du weißt nicht mehr, was du sprichst!« schrie sie.

»Oh, ich bin durchaus bei Verstand. Geht's einem zu

gut, dreht er durch, aber wenn man pleite ist, wird man sehr scharfsichtig. Du bist nur darauf aus, deinen früheren Liebhaber zurückzubekommen. Treuloses Weib.«

»Du hast den Verstand verloren!«

»Ein Wunder, daß ich ihn in der langen Zeit unserer Ehe beisammenhalten konnte. Bin ich nicht immer nur auf Ablehnung, Widerwillen, Müdigkeit gestoßen? Hast du mich im Innern nicht immer schon betrogen und verraten? Ich habe dir alles gegeben und nichts außer Luft zurückbekommen. Du bist der Fluch, der mich zu blindem Eifer und in den Ruin getrieben hat. Verflucht und in Schande sollst du leben!«

»Dir werde ich das dreckige Maul schon stopfen!« Blindwütiger Zorn packte ihn. Er fiel über sie her, schlug auf sie ein, trat sie mit Füßen. Sie verlor das Bewußtsein, brach zusammen. Aus blutunterlaufenen Augen schaute er auf sie herab. Entweder war sie schon tot oder würde gleich sterben.

Auf einmal war alle Sorge des Lebens vergessen, alles quälende Suchen nach einem Ausweg überstanden. Die Mauern waren überwunden, nichts hinderte ihn, hinauszustürzen und alles zu zerstören und niederzureißen.

41 Chidr hatte sich gerade mit den Gläubigern im Laden vom Scheich zusammengesetzt, da stürmte Bikr herein. In der Hand umklammerte er ein Messer, blutroter Wahnsinn stand ihm ins Gesicht geschrieben. »Ridwana habe ich schon erledigt, nun bist du an der Reihe, du Hurenbock!« Er sprang auf Chidr zu, versetzte ihm einen Stich, aber da die anderen Männer dazwischengingen, verfehlte er den Kopf und traf nur den Turban. Die Männer warfen sich auf ihn, nahmen ihm das Messer ab und drückten ihn auf den Boden.

»Er ist verrückt geworden.«

»Ein Verbrecher ist das.«

Bikr versuchte, den Kopf zu heben. »Ihr seid alle bloß hinter dem Geld her«, schrie er, »selbst wenn's aus einem stinkenden Loch kommt!«

»Übergeben wir ihn der Polizei«, schlug der Scheich vor.

Chidr war außer sich vor Verzweiflung. »Er hat seine Frau getötet!«

»Gehen wir.«

Bikrs Schrei übertönte alles. »Hundsfott, Verräter!«

42 Was wirklich passiert war, stellte sich schnell heraus. Bikr hatte Ridwana nicht umgebracht. Er wurde freigelassen. Doch niemand bekam ihn zu Gesicht, er verschwand aus dem Viertel. Chidr kam gegenüber den Gläubigern den Verpflichtungen nach. Das Geschäft wurde aufgelöst, nur die Häuser der Samris und Schubakschis blieben in Ridwanas Besitz.

Fathija bot Chidr an, sich fürs erste in der kleinen, alten Wohnung von früher einzurichten. Offensichtlich hatte er vor, im Viertel zu bleiben. Ohne langes Zögern machte er sich daran, ein neues Geschäft zu kaufen und wieder in den Getreidehandel einzusteigen. Er dachte auch daran, Ridwana eins der Häuser abzukaufen. Einerseits besäße er dann ein passendes Domizil, andererseits könnten Ridwana und die Kinder das Geld gut gebrauchen, um anständig zu leben.

»Dein Herz ist wohl nur zur Großmut fähig«, staunte Fathija.

»Ich konnte die Familie nie vergessen, auch im Exil habe ich immer geglaubt, sie um mich zu haben.«

So war es ihm auch mit dem Viertel ergangen. Er hatte gelernt, daß der Name an-Nagi lebte, die Samri-Familie hingegen so gut wie bedeutungslos war. Er hatte erfahren müssen, daß tapferer Kampfeswillen glücklich macht, wie Moschusduft berauscht und man sich danach sehnt, seinen Mut unter Beweis zu stellen, auch wenn man nicht genug Kraft zum Kämpfen hat. Ob seine Rückkehr ins Viertel mit altem Heldentum zu tun hatt?

»Warum hast du nicht geheiratet?« wollte Fathija wissen.

»Weil mir eine Ehe in der Fremde abscheulich vorkam«, erwiderte er hastig.

43 Sein Gefühl sagte ihm, daß es gut wäre, mit Atris zu sprechen. Er suchte den Führer der Schutztruppe in seinem prächtigen Haus auf und wurde auf das herzlichste mit den Worten begrüßt: »Welche Ehre, den Sproß wahrer Helden in meinem Haus empfangen zu dürfen.«

Bescheiden erwiderte Chidr: »Wer in der Nähe des Führers zu leben wünscht, hat die Pflicht, bei ihm vorzusprechen.«

Mit einem Schlag wirkte Atris sichtlich entspannter. »Heil und Segen lag auf eurer Familie.« Ein kurzer Besuch, doch alle argwöhnischen Vermutungen über Chidrs Bestrebungen waren im Keim erstickt.

44 Worauf wartete er? Er ging seinen Geschäften nach, doch die Arbeit füllte ihn nicht aus. Widersprüchliche Gemütswallungen suchten ihn heim. Der Chamsinwind peitschte an die Mauern, wirbelte Wolken von Staub auf, machte die Luft wärmer, den Himmel trübe. Bald würde sich der Sommer mit wiegendem Schritt nähern, in seiner segensreichen Pracht, mit enthemmter Glut und klebrigem Atem Einzug halten. Worauf wartete er? Ridwana hatte über einen Boten Dank ausrichten lassen, und er war höflich darauf eingegangen. Aber er hatte ihr sagen lassen, daß nur Fremde mittels Boten verkehren würden. Schließlich schickte er Fathija zu ihr und bat sie um ein Treffen. Um nicht gesehen zu werden und alte Geschichten nicht wieder ins Gerede zu bringen, suchte er sie in der Dunkelheit auf. Der Strudel von Aufregung drohte ihn hinabzuziehen, aber die einmal getroffene Entscheidung ließ ihn erhobenen Hauptes gehen.

Ridwana begrüßte ihn im Empfangssalon. Ihre Kleidung wirkte bescheiden, und um den Kopf trug sie einen schwarzen Schleier, als wäre sie in Trauer. Sie gaben sich die Hand. Sie sahen sich an. Zwei Steine schlugen aneinander, und im Bruchteil einer Sekunde stieben die Funken. Schweigend nahmen sie Platz. Jeder wünschte sich, die Situation möglichst schnell weniger peinlich zu machen.

»Nun habe ich endlich die Gelegenheit, dir selbst zu danken«, sagte Ridwana.

Schon war ihm etwas wohler zumute. »Und ich kann dir endlich meine Hilfe anbieten.«

»Hast du etwas von Bikr gehört?«

»Ich bemühe mich herauszubekommen, wo er steckt, aber es findet sich keine Spur.«

»Was glaubst du, wann er zurückkommen wird?«

»Soviel ich weiß, ist er ziemlich stolz. Ich fürchte, er bleibt länger weg. Wie geht es den Kindern?«

»Bestens.«

Für einen Moment zögerte Chidr, bevor er sagte: »Wenn es dir recht wäre, würde ich gern Schubakschis Haus kaufen.«

Sie runzelte die Stirn. »Du willst einer verarmten Frau Geld zukommen lassen.«

»Ich brauche dringend ein Haus«, meinte er zurückhaltend und fügte hinzu: »Außerdem bleibt es dann deinen Kindern erhalten.«

»Danke für die gute Absicht.« Sie schwieg, sah ihn nachdenklich an. »Hast du vergessen, was ich dir angetan habe?«

»Wer die Vergangenheit mit sich herumschleppt, kommt ins Stolpern.«

»Aber kann man die Vergangenheit vergessen?«

»Gewiß, es ist besser so.«

»Das glaube ich nicht.«

»Es ist so, sonst wäre ich nicht zurückgekommen, und es gäbe nicht diese Begegnung.«

Ein mißtrauischer Blick, dann fragte sie: »Bist du wirklich nur wegen des Hauses gekommen?«

Für einen Moment geriet er außer Fassung. »Aber ja.«

»Du weißt, daß das Haus immer noch Bikr gehört.«

Er wurde rot. »Dafür findet sich eine Lösung.« Da sie zweifelnd den Kopf schüttelte, bat er: »Dann laß mich wenigstens auf andere Weise helfen.«

Stolz wehrte sie ab: »In den zwei Häusern gibt es genügend Kostbarkeiten, um angenehm leben zu können.«

»Aber ich fühle mich verantwortlich ...«

»Ich brauche keine Hilfe. Vielen Dank.«

Er senkte den Kopf, als schicke er sich in ihre Entscheidung. Dann richtete er sich auf, bereit zu gehen.

»Oder bist du noch wegen etwas anderem gekommen?« fragte sie hastig. Er schien überrascht zu sein. »Vielleicht wolltest du mir Vorwürfe machen, mich strafen?«

»Gott bewahre, daß ich je auf solche Ideen verfalle!«

Sie schwieg. »Das ist die volle Wahrheit.«

Auf einmal sah sie viel gelöster aus, die Lippen waren nicht mehr verkniffen, sondern weich und voll. Mit den Worten »Schön, daß du auswärts Erfolg gehabt hast«, wechselte sie das Thema.

»O ja, ich habe meine Ersparnisse gut genutzt.«

»Dein Glück ist unser Glück.«

Die Antwort ließ auf sich warten. »Erfolg bedeutet nicht unbedingt Glück.«

»Das habe ich auch erfahren müssen. Aber warum war es bei dir so?«

Er antwortete nicht. Sein Schweigen schien mehr auszudrücken, als es Worte hätten tun können.

Es machte sie verwirrt. »Wir haben auch kein Glück gehabt.«

»Was für ein Fluch!«

»Frau Sanija hat immer behauptet, daß auf uns ein Fluch liegt.« Noch im gleichen Moment tat ihr leid, daß sie den Namen hatte fallenlassen. Da er sich nicht nach der Mutter erkundigt hatte, wußte er offensichtlich, was aus ihr geworden war.

»Vielleicht hat sie damit recht gehabt«, murmelte er.

»Für sie war ich der Fluch.«

»Wir übertreiben alle, wenn wir Kummer haben«, sagte er leise.

»Ich gebe zu, daß ich bösartig war und dir alles Unrecht dieser Welt, Hassans und Hussains zusammengenommen, angetan habe.«

»Lassen wir die Vergangenheit ruhen«, murmelte er.

Doch einmal mutig geworden, fuhr sie fort: »Keiner erkennt hier an, daß Gefühle ihr Recht haben.« Er wußte nicht, was er darauf sagen sollte. »Selbst wenn sie aufrichtig sind«, fügte sie leise hinzu.

Das war es, wonach er sich all die Zeit über gesehnt, worauf er nicht mehr gehofft hatte. Vielleicht war er nur gekommen, um diese Worte zu hören. Vielleicht war er nur deshalb ins Viertel zurückgekehrt. Vielleicht hatte er aus diesem Grund auswärts kein Glück gefunden. Die Versuchung, in den süßen Rausch hinabzusinken, war übermächtig. »Und wer Gefühle hat, verweigert sich ihnen.«

Ihre Augen glänzten, das leuchtende Blau blitzte vor Neugier. »Was meinst du?«

Sein Frevel verschlug ihm die Sprache, er schwieg.

»Was meinst du damit?«

Verwirrt fragte er zurück: »Was hatte ich denn gesagt?«

»Daß der, der Gefühle hat, sich ihnen verweigert. Versuch nicht, mir auszuweichen.«

In die Enge getrieben, schwieg er. Von einem plötzlichen Freudenrausch erfaßt, rutschte ihr heraus: »Ich ... ich habe mich nie gegen mein Gefühl gewehrt.« Er blieb still. Aufgeregt fuhr sie ihn an: »Rede! Warum bist du sonst gekommen?«

»Das sagte ich doch bereits ...«

»Aber ich will, daß du den letzten Satz noch mal erklärst.«

»Ich habe schon mehr, als erlaubt ist, gesagt«, und es hörte sich wie ein Geständnis an.

Wie von Sinnen rief sie: »Erlaubt oder nicht erlaubt! Warum bist du dann gekommen? Doch wohl nicht, um mir das zu sagen?«

Das Gefühl ließ ihn nicht los, tiefer und tiefer zu stürzen. »Zuerst gab es den Fluch, nun kommt noch Wahnsinn hinzu.«

Jetzt, da die Trauer von ihrem Gesicht wie weggespült war, sah sie noch viel, viel schöner aus. »Könntest du nur ein einziges Mal klar und offen reden?«

»Du hast bereits verstanden.«

»Das heißt nichts, ich will dich, deine Stimme hören.«

Lächelnd blickte er sie an, ein deutlicheres Geständnis konnte es nicht geben. Im gleichen Augenblick sang und jubilierte es in ihr, und das Frohlocken über den Sieg ließ den Reiz ihrer Schönheit in neuem Glanz erstrahlen. »Aber warst du es nicht, der damals nein gesagt hat?«

»Das war ein Teil von mir.«

»Und was sagt dieser Teil jetzt?«

»Ich liebe dich, ich habe nie aufgehört, dich zu lieben. Aber wir müssen alles gründlich durchdenken.«

Schweigen. Harmonie, die die würdige Stille der Nacht verschönte. Kein störender Laut, nur das Klopfen der Herzen.

45 Wenn nichts sich bewegt, warum gibt es den Wechsel der Jahreszeiten?

46 Heimsuchung – Warten. Ein Leidensweg, der den Menschen in Stücke reißt. Die Zeit stirbt, und der eigene Tod wird bewußt. Soviel Gewißheit mag für die Zukunft gesetzt sein – die Menge der Ungewißheiten obsiegt. Nun denn, trinke vom Kelch der Angst, soviel du willst.

Verheiratet, nicht verheiratet, aber zweifellos verliebt. Sich den Heiligen anvertrauen, Rechtsanwälte befragen, verrückt werden vor Grübeln über den nächsten Schritt.

Kühles Handeln im Geschäft. Leidenschaftliches Zwiegespräch der Gefühle, schmerzliches Verstecken der Sehnsucht, aufreibender Kampf der Begierde, flehentliche Gebete zum Himmel.

Und die Menschen beobachten und erinnern sich, zählen Blicke und Hintergedanken, ersetzen einen Wahn durch den anderen, kommen vorschnell zu Schlüssen, und alles, versteht sich, in voller Unschuld und Gottesfurcht.

»Klugheit ist die Maske des Sünders, jeder Frevler übertrifft Satan an Geschicklichkeit«, tönt Scheich Said al-Fakki.

»Warum bloß bist du nicht verheiratet?« fragt der Wirt Othman ad-Darazi lauernd.

47 Der Brand drohte auf andere überzugreifen. Ibrahim asch-Schubakschi, der Bruder von Ridwana und Sekretär von Chidr, blieb nicht verschont. Wie Funken sprangen die Gerüchte auf ihn über. Die Würde war der Familie bereits genommen, nun kündigte sich der Verlust der Ehre an. Floß das Leben auch gemächlich dahin, war die Warnung vor der Katastrophe nicht zu übersehen.

Eines Tages verwickelte er Chidr in ein Gespräch. »Wäre es nicht dein Recht, für die Begleichung der Schulden die Häuser der Samris und Schubakschis zu fordern?«

»An so etwas habe ich nie gedacht«, wehrte Chidr ab.

»Wie anständig von dir, Bikrs Vermögen zu schützen, obwohl es ihm nicht mehr gehört«, sagte Ibrahim listig.

»Die Kinder meines Bruders sind auch meine, und um sie geht es«, erwiderte er in aller Unschuld. Schön gesagt, aber was steckte dahinter?

48 Ibrahim asch-Schubakschi wußte, daß er geradewegs in die Hölle schritt. Dabei lächelte ihm das Leben verheißungsvoll zu, geebnete Wege versprachen leichtes Vorankommen. Aber eine Kraft, die er sich nicht erklären konnte, drängte ihn dazu, einen zerklüfteten, beschwerlichen Pfad einzuschlagen. Mit wachen Augen setzte er sich in Gang, mit einem Scharfsinn, schneidend wie eine Klinge. Er wußte, daß er an die Tür des Schreckens klopfte.

Eines Abends machte er sich also auf und besuchte seine Schwester Ridwana. Trotz aller geschwisterlichen Liebe, bei aller Fürsorge füreinander mußte er ihr jetzt ohne Umschweife erzählen, was die Leute so redeten. Gesagt, getan. Ridwana war offensichtlich tief verletzt, aber sie tat die Vorwürfe scharf mit dem Satz ab: »So sind eben die Menschen, und sie werden sich auch nicht ändern.«

»Wir müssen das Gerede stoppen.«

»Am liebsten würde ich ihnen die Zunge herausreißen.«

»Daß dein Mann, dieser elende Schuft, verschwunden ist, hat uns immerhin sehr genützt«, hielt er ihr entgegen.

»Und da er ein Schuft ist, muß ich auch nicht zu allem schweigen«, rutschte ihr heraus.

Sein Argwohn bekam neue Nahrung. »Wie meinst du das?«

»Es ist mein Recht, die Scheidung zu verlangen.«

»Die Scheidung?« rief Ibrahim empört.

»Aber ja, was findest du daran so schlimm?«

»Ehrbare Frauen tun das nicht.«

»Gerade die tun es.«

»Und wie willst du den Antrag begründen?«

»Er hat mich mittellos sitzenlassen.«

»Du meinst, daß die Scheidung deine Lage verbessert?« fragte er lauernd. Sie begriff, daß sie zuviel gesagt hatte. Verwirrt stammelte sie: »Zumindest würde ich eine Beziehung abbrechen, die sinnlos geworden ist.«

»Bitte warte damit. Die Sache ist schwierig, und wir wissen nicht, wie man so etwas anfängt.«

»Der Anwalt ist anderer Meinung.«

»Du hast schon einen Anwalt aufgesucht?« fragte er bestürzt, und da sie sich in die Enge getrieben fühlte und schwieg, rief er empört: »So eine Schande! Und alles hinter meinem Rücken?«

»Ich habe mich lediglich beraten lassen, das schadet keinem.«

»Dann haben die Leute also recht, wenn sie sagen, daß du dich scheiden lassen willst, um Chidr zu heiraten?«

»Zum Teufel mit ihnen.«

»Aber du setzt unseren guten Ruf aufs Spiel!«

»Mein Verhalten ist einwandfrei, es gibt nichts daran auszusetzen.«

Ibrahim starrte sie drohend an. »Die Leute werden – zu Recht – daraus schließen, daß du damals an Chidrs Vergehen nicht ganz unschuldig warst ...«

»Sie finden immer etwas zum Reden.«

»Aber damit geht unser guter Ruf völlig vor die Hunde!«

»Mein lieber Ibrahim«, zischte sie ihn an, »ich bin nicht mehr minderjährig.«

»Eine Frau ist erst mündig, wenn sie im Grab liegt.«

Sein Zorn machte ihr angst. »Reden wir später noch einmal darüber.«

»Nein«, beharrte er, »solch eine Sache kann man nicht aufschieben.«

»Verschwinde, laß mich in Ruhe!« rief sie aufgebracht.

»Ah, jetzt ist mir alles klar!« schrie er. »Du hast unter einer Decke mit ihm gesteckt!«

»Hast du vergessen, was damals geschehen ist?«

»Ich weiß, wozu Frauen fähig sind.« Wütend brüllte sie los: »Mir reicht, wenn ich mir selbst vertrauen kann!«

Er wurde blaß, sprang auf. »Antworte mir ehrlich und offen. Hast du die Absicht, Chidr zu heiraten?«

»Ich lehne es ab, beschuldigt und verhört zu werden.«

»Die Katastrophen nehmen kein Ende!«

Ridwana stand auf. »Ist die Ehe etwa keine rechtmäßige Beziehung?«

»In manchen Fällen sind Ehe und Hurerei das gleiche.«

»Das ist ja ganz was Neues!«

»Dann stimmt es also«, und seine Stimme klang auf einmal völlig ruhig, »daß du Chidr heiraten willst?«

Sie hüllte sich in Schweigen, zitterte.

»Also stimmt es! Die Leute haben wirklich einen untrüglichen Instinkt.«

»Sprich dich frei von mir, wenn du willst. Trennen wir uns«, erklärte sie bedrückt.

Völlig ruhig erwiderte er: »So ist es, Ridwana, unsere Wege werden sich trennen.«

Wie im Wahnsinn warf er sich plötzlich auf sie, preßte beide Hände um ihren Hals und drückte mit aller Gewalt zu. Seine Brutalität versetzte ihn in einen Rausch, machte ihn lüstern auf Mord. Ridwana rang um ihr Leben, versuchte vergeblich seine Hände herunterzureißen, schlug blindlings um sich, schrie, ohne einen Ton herauszubekommen, flehte um Hilfe, ohne gehört zu werden, bettelte, ohne Laut zu geben, stürzte in eine Verzweiflung, die das Licht und die Dinge auflöste. Sie wurde schlaff, hinfällig, ermattete, erlosch, glitt ins Nichts.

Der Verbannte

Die vierte Geschichte

1 Die Sonne ging auf, die Sonne ging unter, das Licht kam, die Finsternis folgte, die dunklen Gesänge erhoben sich inmitten der Nacht. Ridwana war in die Erde entschwunden, Ibrahim ins Gefängnis, Bikr ins Unbekannte.

Die Tote wurde nicht beklagt, der Täter erfuhr Mitgefühl und Wertschätzung, und Chidr verkroch sich in seine Trauer, die niemand teilte. Immer öfter war von der Verdorbenheit der Frau die Rede, immer mehr Beispiele für den Verrat des Bruders am Bruder wurden zitiert, immer häufiger verkündeten Prediger den Fluch, der auf den Nachfahren der Nagi-Familie lag. Die Würde der Führerschaft sprach man ihnen ab.

In prächtigen Gewändern stolzierte Atris umher, und als er schließlich starb, nahm seinen Platz al-Filali ein, der kräftigste unter den Gefolgsleuten. Aschur, Schamseddin und selbst Sulaiman gehörten für immer der Legende an.

Und Chidr Sulaiman an-Nagi, der Letzte aus der Familie der Großen, hockte in seinem Getreidegeschäft, mehrte Tag um Tag sein Vermögen und zahlte pünktlich das Schutzgeld an al-Filali. Das Band zur alten Herrlichkeit der Helden war endgültig zertrennt. Er ließ ein neues Haus erbauen, kümmerte sich hingebungsvoll um die Erziehung von Ridwan, Safija und Samaha, trug Fathija, die erste Frau des Vaters, zu Grabe, erlebte den Tod von Scheich Tulba al-Kadi, dem der Scheich des Viertels Said al-Fakki und der Wirt Othman ad-Darazi folgten.

Erst als er fast vierzig war, heiratete er Dija asch-Schubakschi, die jüngste Schwester Ridwanas. Da sie ihr ähnelte, trug ihre Schönheit vertraute Züge für ihn. Schon bald erkannte er, daß sie ungewöhnlich gutherzig war. Ihre Einfalt und Arglosigkeit grenzten schon fast an Blödheit. Sie spielte keine besondere Rolle im Haus, gebar ihm auch keine Kinder, und ihre Schönheit überließ sie dem freien Spiel der Natur, schminkte sich nicht und war bei Kleidung nicht wählerisch. Chidr war's zufrieden, und eine zweite zu heiraten fiel ihm nicht ein. Gottesfurcht und Frömmigkeit bemächtigten sich seiner, und immer öfter verbrachte er, wie sein Großvater Aschur, die Nacht vor dem Kloster.

Safija heiratete den Holzhändler Bakri. Ridwan übernahm im Getreidegeschäft des Onkels die Stelle des Geschäftsführers, die seit Ibrahims Gefängnisstrafe unbesetzt war. Beim Arbeiten zeigte er Ernst, Zuverlässigkeit, Talent fürs Handeln, was auf eine glänzende Zukunft hoffen ließ.

Einzig Samaha schien Schwierigkeiten zu bereiten.

2 Samaha war mittelgroß, von überschwenglicher Lebenskraft, muskulös, mit derben Gesichtszügen wie sein Großvater Sulaiman. Der edel geformte Kopf und die zarte Haut erinnerten an seine Mutter Ridwana.

Er ging zur Koranschule, übernahm aus der Welt der Tugenden Scharfsinn, Großmut, auch eine gewisse Gottesfurcht. Doch er neigte zu Abenteuerlust, war dreist und verehrte jegliches Heldentum. Die Arbeit im Geschäft fiel ihm lästig, er zeigte sich wenig geschickt. Er freundete sich mit einigen Männern aus Filalis Schutzbande an, saß nächtelang mit ihnen in der Haschischhöhle, und selbst die Bierschenke suchte er öfter auf.

Chidr sah seinem Treiben beunruhigt zu, und eines

Tages ermahnte er ihn mit großem Ernst: »Du solltest beständiger und zielstrebiger sein.« Samaha warf einen abschätzigen Blick auf den fleißigen Bruder seines Vaters und antwortete: »Ich tauge nicht fürs Geschäft, Onkel.«

»Wofür taugst du dann?« Verlegen wich Samaha seinem Blick aus, und Chidr blieb nur der Rat: »Sich mit der Bande herumzutreiben ist für einen wie dich keine sinnvolle Tätigkeit.«

»Und was haben unsere Vorfahren gemacht?«

»Sie waren Beschützer, keine Schläger. Heute ruht unsere Hoffnung nur auf dem Geschäft und unserem Rang.«

Wie sehr drängte es ihn, den Jungen zu rechtem Tun anzuhalten, nicht nur um der Liebe zu seiner Mutter willen, sondern auch, weil er gegenüber den drei Kindern das Gefühl gewaltsam verhinderter Vaterschaft empfand. Gewiß, Ridwana lebte nur im Gedächtnis, doch die Erinnerung an sie wollte nicht sterben.

3 Es blieb Chidr nicht erspart zu erfahren, daß sich Samaha der Bande angeschlossen hatte. Al-Filali freute es, einen Nachfahren der Nagis unter seinen Gefolgsleuten zu sehen. Mehr noch, es war sein größter Sieg. Die Habenichtse und Hungerleider empfanden Samahas Komplizenschaft als ein neues Rad in dem Getriebe, das sie zu zermalmen drohte. Immer öfter hieß es, daß Gott sehr wohl dazu fähig war, aus den Lenden von Helden Schurken hervorkommen zu lassen. Aschur, der Weise, Gerechte und Retter, sollte wohl ein Wunder bleiben, das nie wieder geschah.

Trauer drückte Chidr das Herz ab, er litt unter dem bitteren Geschmack von Enttäuschung und Schande. »Du ziehst«, warf er Samaha vor, »das Andenken der Nagis, Samris und Schubakschis in den Dreck.«

»Aber ich bin voll der schönsten Hoffnungen, Onkel«, erwiderte der junge Mann.

»Was meinst du damit?«

»Aschurs Glorie wird wiederauferstehen.«

Der Kummer nahm kein Ende. »Willst du etwa der Chef der Bande werden?«

»Warum nicht?«

»Dafür mangelt es dir an Kraft.«

»Das hat man von Schamseddin auch gedacht.«

»Du bist nicht Schamseddin.«

»Wenn die Zeit zum Kämpfen gekommen ist …«

»Hüte dich vor al-Filali, er ist ein verschlagener Teufel. Paß auf, daß du uns nicht mit hineinziehst und Schande über uns bringst.«

Ridwan mischte sich ein. »Laß ab von deinen ehrgeizigen Träumen. Al-Filali hat seine Augen überall, und da er dich unter seine Fittiche genommen hat, entgeht ihm keine Bewegung von dir.«

Aber Samahas Augen funkelten vor Eifer, und feurig wie die Glut der untergehenden Sonne loderten seine Träume.

4 Wieder hatte sich Chidr vor dem Kloster niedergelassen und vertraute dem segensreichen Dunkel der Nacht Sorgen und Ängste an. Bewundernd schaute er auf zu den Sternen, betrachtete ehrerbietig die alte Mauer, ließ den Blick hinüber zum stolzen Tor des Klosters gleiten, sah traurig das enge Gäßchen entlang, grüßte hinüber zu den Maulbeerbäumen.

Inbrünstig gedachte er all jener, die in den Gräbern ruhten oder in unbekannter Ferne umherirrten. Wieviel heißes Empfinden hatte den Nektar des Lebens nicht auskosten dürfen, wieviel Hoffnung verlor sich in der Ewigkeit, wie viele Träume waren in den Niederungen des

Schweigens wie Sternschnuppen verglüht. Soviel Bemühen, ob gut oder böse, beherrscht von Leidenschaft und Liebe. »Was verbirgt das Morgen? Warum hat einzig Aschur das Heil gekannt?«

Gesänge schwangen sich auf, sanft wie ein Wiegenlied.

Anan ke chakra benasar kimija konand
aj bowad ke gusche tschaschmi be ma konand

5 Chidr kam in den Sinn, Samaha mit einem Mädchen aus gutem Haus zu verheiraten. Er war überzeugt, daß der Junge nur eine stürmische Phase durchlebte. Die Verbindung mit einer geachteten Familie würde ihn wieder zur Vernunft bringen. Gehörte er erst mal zu den Notabeln und lebte als stolzer Vater in einem prächtigen Haus, sähe die Welt ganz anders aus, und er würde sich mit Haut und Haaren verändern. Unsija, die Tochter des Drogisten Mohammed al-Basjuni, schien Chidr genau die Richtige zu sein. Behutsam fühlte er der Familie auf den Puls, und schon sein erster Vorstoß brachte ihm größeren Zuspruch als erwartet. Also rief er im Beisein seiner Frau Dija die Söhne zu sich und eröffnete Samaha, daß er ein Mädchen aus gutem Haus für ihn gefunden habe.

»Wieso? Ist nicht zuerst Ridwan als der Ältere an der Reihe?«

»Vielleicht muß zuerst der feurige Hengst gebändigt werden.«

Trotz aller Betroffenheit wagte Samaha zu sagen: »Um ehrlich zu sein, lieber Onkel, ich bin schneller gewesen.«

»Ach ja?« Da keine Antwort kam, stieß Chidr nach: »Und wer ist die Glückliche?«

Samaha lächelte trotzig. »Es ist Mahalabija!«

Dija kicherte laut los. Ihrem einfältigen Gesicht war

nicht anzusehen, ob sie mit Samahas Wahl glücklich oder unzufrieden war. Ridwan stammelte verblüfft: »Mahalabija!«

»Genau, die Tochter von Sabah, die die Austreibung der Dämonen leitet«, bestätigte Samaha gelassen. Chidrs Gesicht rötete sich, er runzelte die Stirn. Dija brach in lautes Lachen aus und tat, als würde sie mit beiden Händen auf einer Trommel den Rhythmus der Beschwörungsformeln schlagen.

»Warum quälst du uns so? Was bezweckst du damit?«

Doch Samaha ließ sich nicht aus der Ruhe bringen. »Ich liebe dich, Onkel, aber ich liebe auch Mahalabija.«

6 Zum erstenmal hatte er sie gesehen, als sie mit ihrer Mutter am Festtag der Toten auf einem Karren hockte. Er stand vor Schamseddins Grabstätte, da hüpfte sie hinunter. Dunkelbraune Haut, fast schwarz, schlank und rank, klare Gesichtszüge, zartgliedrig, heiter lächelnd, vor Lebendigkeit sprühend, vor Weiblichkeit strotzend. Die Begierde entflammte. Zwei neugierige Augenpaare. Stille Übereinstimmung, verheißungsvoll wie fruchtbare Erde. Mit dem Gemisch von sengender Hitze, warmem Atem, Klagen und Seufzen, duftenden Palmenzweigen, Basilikum und Ölgebäck verschmolz ihr Geheimnis. Er sah ihr nach, drehte den Kopf wie eine Sonnenblume. Der Tod, der an diesem Platz allgegenwärtig war, trieb ihn an, sich zu beeilen und nicht zu zögern.

Überrascht war er nicht. Schon immer hatte er gewußt, daß er für Schwarze etwas übrighatte. Seine ersten Abenteuer hatte er in den Armen schwarzer Frauen erlebt, in Gewölben, Ruinen oder hinter der Bierschenke.

7 Er hatte auf eigene Faust zu handeln begonnen. Um möglichst viel über Mahalabija und ihre Mutter heraus-

zubekommen, hatte er beim übelsten Kerl, den er kannte, angefangen – Sadik Abu Takija.

»Ich sitze zwar immer nur in der Kneipe herum, aber trotzdem flattern mir allerlei Neuigkeiten zu.« Er überlegte kurz. »Das Mädchen hat eine Menge Bewunderer, aber keiner hat bisher schlecht über sie geredet.«

Samaha atmete auf. Wenn dieser miese Kerl das sagte, mußte es stimmen. Trotzdem wollte er sich weiter erkundigen. Er ging zum Scheich der Moschee, Ismail al-Kaljubi. »Ihre Mutter geht einem verfluchten Gewerbe nach«, tönte der prompt.

»Ich habe nach dem Mädchen gefragt.«

»Willst du dir etwa wirklich deine Braut aus einem Haus holen, wo es von Dämonen nur so wimmelt?« fragte der Scheich und schien sichtlich verärgert zu sein. Die Auskunft des Scheichs des Viertels, Mohammed Tawakkul, fiel klarer aus. »Der Ruf des Mädchens ist makellos.«

Na also, sagte er sich, da steht sie besser da als meine Großmutter Sanija.

8

Als nächstes machte er sich daran, die Mutter aufzusuchen. Sie wohnte unweit der Tiertränke. Sabah, die Dämonenbeschwörerin, glaubte, daß er wegen der einfältigen Dija, der Frau seines Onkels, käme, und begrüßte ihn, den neuen Kunden, überschwenglich. »Ein herzliches Willkommen dem Sproß ruhmreicher Ahnen.«

Er ließ sich Zeit, sah sie sich in Ruhe an. Der betäubende Duft von sudanesischem Weihrauch stieg ihm in die Nase. Sein Blick schweifte hinüber zu den Trommeln unterschiedlicher Größe, den Peitschen, Säbeln, bunten Perlengewändern – ein wirres Durcheinander auf dem Sofa und in den Regalen. Er schaute wieder die Frau an, die dick wie ein Kohlensack war.

»Bitte, mein Herr, stehe zu Diensten.«

»O nein, nein, es handelt sich um etwas anderes ...«, stammelte er.

»Wie auch immer, ich helfe gern.«

Die Augen starr auf eine brokatene Matte geheftet, faßte er Mut und sagte: »Ich will um die Hand deiner Tochter Mahalabija anhalten.«

Überrascht zuckte die Frau zusammen, doch schon im nächsten Moment huschte ein freudiges Lächeln über ihr Gesicht. Die gleichmäßig stehenden weißen Zähne blitzten. »Gut!« murmelte sie.

Er hob den Kopf. »Ich hoffe, daß du zustimmst.«

Nachdenklich sah sie ihn an. »Von der Familie hat dich niemand begleitet?«

»Ich fand es besser, erst mal selbst herzukommen«, lautete seine etwas dunkle Antwort.

»Ach, wirklich? Wunderbar, wenn sich der Mann frei entscheidet.« Sein Lächeln ermutigte sie. »Nun denn, soll es so sein.« Die beiden reichten sich die Hand und sprachen die Fatiha.

9 Chidr, nicht müßig, verheiratete Ridwan mit Unsija. Die Verbindung von zwei noblen Familien hatte damit eine feste Grundlage bekommen.

»Wirst du auch bei meiner Hochzeit dabeisein?« fragte Samaha den Onkel besorgt. Die Antwort kam ohne jedes Zögern: »Wir sind eine Familie. Der Nagel gehört zum Finger und der Finger zur Hand.«

Samaha war erleichtert. Als nächsten fragte er Ridwan. »Du wirst mich immer an deiner Seite finden«, sagte er. Was er in Wahrheit dachte, wagte er nicht zu sagen, und so verbarg er seine Besorgnis tief im Herzen.

10 »Willkommen sei uns an-Nagi, der große Herr!« Samaha war es gewöhnt, von al-Filali, kaum daß sich die verriegelte Tür der Hashischhöhle geöffnet hatte, mit diesen Worten begrüßt zu werden. So freundlich al-Filali auch tat, Samaha fiel darauf nicht herein. Eine Stimme im Innern riet ihm, vorsichtig zu sein. Er wurde das Gefühl nicht los, daß wachsamen Augen keine seiner Bewegungen, keiner seiner Blicke, keine seiner Gesten entging. Es kam ihm vor, als wäre er, wo immer er sich befand, von Spionen umgeben. Doch er mußte seine die Rolle spielen – die Rolle des Arglosen. Auch jetzt stürzte er unterwürfig auf den großen Chef zu und küßte ihn flüchtig auf die Schulter. Dann nahm er bescheiden inmitten der Kumpane auf der Bank Platz. Er lächelte. »Ich bin gekommen, um den Meister und die Kameraden zu meiner Hochzeit einzuladen.«

Al-Filali brüllte vor Lachen los. »Na, du frecher Hund«, forderte er seinen Busenfreund Hamuda auf, »da mußt du vor Freude trillern!«

Hamuda legte los, und seine Triller kamen besser als bei jeder geübten Frau.

»Herzlichen Glückwunsch!« grölte al-Filali. »Wann ist es soweit?«

»So Gott will, am nächsten Donnerstag.«

»Und wer ist die Glückliche?«

»Die Tochter von Sabah, der Dämonenbeschwörerin.«

Mit einem Schlag herrschte Sprachlosigkeit. Die Männer starrten erschrocken den Chef an. Im Schein des kümmerlichen Lichts sahen die Gesichter auf gespenstische Art häßlich verzerrt aus.

»Soviel ich weiß, hat Sabah nur eine Tochter.«

»O ja, Meister, und um die geht es.«

Wieder herrschte Schweigen. Nur das Gluckern der

Wasserpfeifen und ein gelegentliches Hüsteln waren zu hören. Dunkle Geheimnisse schienen sich im Dunst des Rauchs zu wiegen und zu wenden.

»O du heiliger Hussain, o du größter aller Märtyrer!« rief plötzlich al-Filali. Er sah seine Männer an. »Was meint ihr? Ist es nicht merkwürdig, wie das Leben so spielt?« Als wären sie froh, eine drohende Gefahr von sich abwenden zu können, schrien sie wie aus einer Kehle: »Was es nicht alles gibt!«

»Das ist ein Ding!«

»Ach, du Schreck!«

Al-Filali gab Hamuda einen freundschaftlichen Klaps. »Na los, klär den hochverehrten und ruhmreichen Sproß auf!«

Hamuda räusperte sich. »Stell dir vor, vor höchstens einer Stunde, einem kleinen Stündlein, hat unser großer Meister beschlossen, dich als Gesandten zu Sabah zu schikken und für ihn um die Hand ihrer Tochter anzuhalten.«

Samaha erstarrte. Die Erde drohte ihn zu verschlingen. Das Grab war geschaufelt, wartete auf ihn. Er brachte kein Wort heraus.

»Tja, das ist Schicksal. Erst gestern bin ich auf den Gedanken gekommen, und vor einer Stunde habe ich beschlossen, dich hinzuschicken.«

Ah, nun hatte al-Filali die Katze aus dem Sack gelassen. Er hatte ihn, Samaha, ohne Prüfung in die Truppe aufgenommen. Statt dessen hatte er gelauert und abgewartet, bis sich eine Gelegenheit ergab. Jetzt war es soweit; jetzt steckte er in einer Klemme, wie sie nicht grausamer hätte sein können. Er stand am Kreuzweg, konnte sich zwischen Leben und Tod entscheiden. Entweder ging er zugrunde, oder er verlor alles.

Al-Filali sah sich um. »Was nun?«

Die Männer schrien los: »Wer könnte der Sonne den Platz abstreiten?«

»Sitzt etwa das Auge über der Braue?«

»Der Glückliche! Ihn hat der Meister auserwählt!«

Hamuda starrte ihn an. »Könntest du auch mal was sagen?«

Er mußte sprechen. Die Atmosphäre knisterte. Er mußte sich beugen, sich kleinmachen, im Boden verschwinden. Er mußte sich mit dem Nichts begnügen. Er mußte das tödliche Gift schlucken.

Samaha Sulaiman an-Nagi holte Luft. »Ich höre und gehorche, Meister.«

11 Es war kurz vor Mitternacht, und die Familie saß noch beisammen. Als Samaha eintrat, erzählte ihm Chidr, daß Dija gerade von einem Traum sprach, der mit ihm zu tun hatte. Samaha überhörte es. Aber seine Schwägerin Unsija ließ nicht locker. »Sie hat dich auf einem Maultier sitzen sehen, und obwohl du es mit der Peitsche angetrieben hast, rührte es sich nicht von der Stelle.«

»Du weißt ja, daß es sich lohnt, über die Träume der Frau unseres Onkels nachzudenken«, warf Ridwan ein.

»Hört auf, laßt den jungen Bräutigam in Ruhe«, verteidigte ihn Dija.

Samaha seufzte laut. Ridwan musterte ihn besorgt. »Du kommst mir verändert vor, Samaha.«

»Genau, aber ich habe es zuerst nicht wahrhaben wollen«, warf Chidr ein. Samaha richtete sich auf und begann zu erzählen. Schweigend und wie von einem Klumpen Blei getroffen, hörten die anderen zu. Selbst auf Dijas hübschem Gesicht zeichnete sich Erschrecken ab.

»Wie oft habe ich dich vor ihm gewarnt«, murmelte Chidr.

»Es ist doch klar, daß deine Mitgliedschaft in der Bande Ängste hervorruft«, warf Ridwan ihm vor. »Selbst wenn al-Filali von dir nichts befürchtet, gibt es genügend andere, die ehrgeizig sind und dich für die Zukunft ausschalten wollen. Zweifellos stecken sie hinter allem.«

Chidr nickte. »Und nun treibt er dich in eine Ecke, aus der du entweder nur mit dem Verlust deiner Ehre oder als Toter herauskommst.«

»Du mußt ungeheuer vorsichtig sein, der Mann hat Augen, die selbst die kleinste Ritze durchdringen«, mahnte Ridwan.

»Der Maulesel, er hat sich nicht von der Stelle gerührt«, flüsterte Dija bedrückt.

»Was willst du jetzt tun?« fragte Unsija.

Samaha, von Verzweiflung übermannt, flüchtete sich in Schweigen. Mit Nachdruck in der Stimme sagte Chidr: »Hüte dich, in irgendeiner Weise Widerstand leisten zu wollen.«

12

Früh am Morgen machte sich Samaha zum Haus der Dämonenbeschwörerin auf. Er hatte das Gefühl, daß die Blicke von Dutzenden Augen ihm die Haut versengten.

Sabah küßte ihn auf die Stirn und frohlockte: »Nur noch zwei Tage bis zum glücklichen Ereignis.«

Er lächelte mühsam. »Es ist etwas dazwischengekommen.« Da sie ihn besorgt anschaute, hielt er es für das beste, ihr klipp und klar die Wahrheit zu sagen. »Al-Filali hat mich geschickt, um um die Hand deiner Tochter anzuhalten.« Er sah ihr an, daß sie die Worte zwar gehört, aber nichts verstanden hatte. Also wiederholte er den Auftrag und bat, Mahalabija kommen zu lassen.

Während er die ganze Geschichte erzählte, hörten beide niedergeschlagen zu. Dann trat lähmendes Schweigen ein.

Samaha faßte sich als erster. »Mich trifft das Unglück am meisten«, murmelte er.

Sabah stieß einige kräftige Flüche aus.

»Wir müssen uns die Sache gründlich überlegen«, meinte Samaha. »Er ist der Schrecken in Person!« wehrte Sabah ab.

Zum erstenmal wandte sich Mahalabija an ihn. »Was hast du vor?«

Trotz aller Verzweiflung versetzte ihn ihre Stimme in heftige Erregung. »Ich möchte zuerst eure Meinung hören.«

»Aber mein Junge, wer könnte es wagen, al-Filali Widerstand entgegenzusetzen?« rief Sabah erschrocken.

»Sollen wir uns einfach fügen?«

»Aber ja, das ist das einzig Vernünftige.«

Er schaute zu Mahalabija hinüber. »Sag du erst, was du meinst«, stammelte sie.

»Ich kann dich unmöglich ihm überlassen.«

»Das ist unser Untergang!« rief Sabah entsetzt. Aber Mahalabija blickte ihn fest an und erklärte: »Ich stehe zu dir.«

Sein Herz klopfte vor Freude, und ein Schauer prickelnder Wärme überlief ihn.

»Der helle Wahnsinn ist das«, wehrte Sabah ab.

»Wir fliehen«, schlug Mahalabija vor. Samaha nickte, aber Sabah rief ängstlich: »Und ich?«

»Du hast mit der Sache nichts zu tun.«

»Denkst du, daß einer, der auf Rache aus ist, seinen Verstand gebraucht?«

»Dann komm mit uns mit!«

»Aber hier habe ich meinen Lebensunterhalt ...«

»Den findest du überall.«

»Wir haben genug Geld, um neu anzufangen«, meinte Mahalabija. Da rief Sabah: »Nichts ist schlimmer, als wenn man am Wahnsinn festhält!« Samaha legte in Gedanken schon die ersten Schritte fest.

13 Auf der Stelle suchte er al-Filali im Kaffeehaus auf. Er küßte ihn und erklärte freudig: »Herzlichen Glückwunsch, Meister.« Al-Filali sah ihn eine Weile an, dann sagte er: »Gut gemacht, scheinst dich an die Regeln zu halten.«

14 In dunkler Nacht schmiegte sich Samaha in den Winkel zwischen Kloster und alter Mauer. Generationen war es her, daß hier ein kleines, unförmiges Bündel gefunden worden war; hier hatten sich die Gesänge über das Kind ergossen; hier streckte sich dem winzigen Wesen eine barmherzige Hand entgegen und rettete es vor dem Tod. Da – wieder schwangen sich die Gesänge auf, hallten durchs Dunkel.

Dar in samane rafighi ke chali as khalalast
sorahi mej-nab wa safineje ghasalast

Gleich würde Mahalabija, umhüllt von Finsternis, kommen. Doch leuchten wird ihr Herz, vor lauter inbrünstigem Flehen um Liebe und Leben. Hand in Hand werden sie den schmalen Pfad gehen, den unendlichen Weg heißen Sehnens und immer neuer Hoffnung.

Er war aufgeregt. Mehr als einmal hatte er die Galabija angehoben und uriniert. Er lauschte ins Dunkel, träumte von Rettung, kämpfte gegen Zweifel und Ängste an, gelobte, wenn alles überstanden war, der Familie einen Hammel zu opfern, dachte an den Onkel, der als verlorener Sohn geflohen und als angesehener Mann heimgekehrt war. Vielleicht würde auch er eines Tages ins Viertel zurückkommen, um den Ruhm und die Macht der Nagis wieder in den Thron zu heben …

Bestimmt schlief al-Filali jetzt tief und fest, träumte von der morgigen Hochzeit. Die Freudentriller, Versprechungen und frohen Gesichter hatten ihn eingelullt. Doch Mahalabija war schon unterwegs, schlich entlang der Mauer in Richtung des dunklen Gewölbes, hatte vielleicht sogar schon den Platz erreicht und lauschte bereits den Gesängen. Die Sehnsucht trieb sie voran, das bebende Herz ließ sie den rechten Weg finden. Und die Gesänge segneten sie, machten sie stark, verscheuchten die Angst vor dem Dunkel.

15 Irgendwo, in diesem Reich der Finsternis, gellte ein Schrei – ein Schrei, zerrissen von verzweifeltem Entsetzen; ein Schrei, in dem noch erhoffte Freude schwang. Die Beute war erlegt, der Blick richtete sich auf zum einzigen leuchtenden Stern, glitt ab ins Schwingen der Gesänge, überließ sich schließlich den höhnischen, grausamen Fängen ewigen Schweigens.

16 Samaha stürzte aus seinem Versteck. Mahalabija, sie und niemand anders, war das gewesen. Er rannte zum Platz, scherte sich nicht um die eigene Sicherheit. Der Lärm von Schritten kam näher, signalisierte Mordlust. Das Geheimnis war gelüftet, der Plan entdeckt. Er konnte sie sehen, doch zwischen ihr und ihm stand ein Heer von Knüppeln und Dolchen. Sinnlos weiterzulaufen. Er bleibt stehen. Weicht zurück. Die Schritte nähern sich. Auf halbem Weg in der engen Gasse dreht er sich um – aus der Richtung des Friedhofs dröhnen Schritte. Er ist umzingelt. Das ist der Tod. Die alte Mauer ist zu hoch, die Klostermauer bestückt mit spitzen Scherben. Er springt, klammert sich mit aller Kraft an den Rand, zieht sich hinauf, liegt endlich oben, doch Brust und Bauch, Arme und Beine brennen wie Feuer. Ein glühender Schmerz, zu stark, um ihn zu ertragen …

Stimmengewirr, Gerufe.

»Wo steckt die Schlange?«
»Vielleicht auf dem Platz.«
»Da ist er nicht.«
»In der Gasse auch nicht.«

Der Schmerz zerreißt den Körper, dringt in die Seele ein. Die Hoffnung erlischt, sanft schleicht der Tod heran.

17 Die Wolken fallen herab. Schieben sich ineinander wie Nebelschwaden. Wo Ritze sind, funkeln Sterne. Seelen tanzen gespenstisch. Der Mundschenk trägt einen Wassersack, gefüllt mit Tränen. Aschur an-Nagi sucht prüfend das leere Viertel ab. Der Anblick der Toten schneidet ihm ins Herz. Er droht dem Tod, packt ihn am Kragen. Und dann – dann tanzt er im Siegesrausch. Da, unser Herr, der Heilige al-Chidr, kommt über den Platz geschritten, geht auf ihn zu. »Ich führe dich in den siebenten Himmel.« Arm in Arm wandeln sie auf dem Strahl eines funkelnden Sterns. Schamseddin weigert sich, ein Greis zu werden. Er läßt das Alter am Tor sitzen und betteln. Er nimmt den Brunnen auf die Schulter und trägt ihn zum dunklen Gewölbe. Das bettelnde Alter rührt sich nicht von der Stelle. Und dann – tanzt er im Siegesrausch. Aber wo ist unser Herr al-Chidr? Das Bettelalter hockt noch immer da. Wie hartnäckig es ist! Es erbarmt sich nicht des gelähmten Sulaiman, nicht seiner Tränen, läßt ihn Stück für Stück fallen. Wo sind die Wunder geblieben? Wo die Träume? Blut steht in der Tränke, füllt die Zisternen des Brunnens, trocknet in den Adern aus. Das Bettelalter hebt die Hand, macht eine Geste des Vergebens.

18 Als erstes spürt er ein Zucken der Augenlider. Das bloße Sein. Ein Hauch von Bewußtsein. Er sieht Nebelschwaden. Sie entsteigen den endlosen Mustern der Zimmerdecke. Gütiger Gott! Wo hast du solches Flüstern gehört? Wo diese Farben gesehen? Sollte die Welt noch am Leben sein? War das nicht eine Frau? Dija, die Frau von Onkel Chidr. Sie beugt sich in aller Unschuld über ihn, murmelt: »Nichts als Träume ...«

Das Haus von Onkel Chidr. Seine wohltönende Stimme. »Gott sei Lob und Preis ...«

Die Erinnerung fällt über ihn her, stürzt ihn in einen Strudel. Blutüberströmt kroch er nach Hause. Die Glasscherben auf der Klostermauer. Wie grausam die Männer mit den goldenen Kehlen sind! Der Schrei. Mahalabija schreit mitten in der Nacht. Die Hoffnung auf Leben zerstört, der Rest abgelegt hinter der alten Mauer. Nur der Name, mit Blut und Qual bedeckt, war geblieben.

Er stöhnte, laut und aus tiefster Seele. Der Onkel flüsterte ihm ins Ohr: »Niemand weiß, daß du hier bist. Wir haben dich versteckt.«

»Wenn es jemand erfährt, ist keiner von uns mehr sicher«, zischte Ridwan. Das also ist die Wahrheit, befleckt mit Scham und Schande. Wie konnte es sein, daß das Geheimnis der Flucht entdeckt wurde?

19 Seine Genesung schritt voran. Nach und nach konnte er sich an das schreckliche Geschehen immer genauer erinnern. Mahalabija war getötet worden. Dutzende falscher Zungen behaupteten, daß er, Samaha, sie unter einem Vorwand zum Platz gelockt und umgebracht hätte, weil al Filali sie haben wollte. Auch ihre Mutter bestätigte das. Die Frau zog das Leben dem Tod vor, stellte sich auf die Seite der Mörder.

»Die arme Sabah sah sich gezwungen, uns zu verraten.«

Was tun? Er mußte fliehen. Wie sein Vater Bikr und seine Großmutter Sanija. Wie Aschur, der einfach verschwunden war. Es galt, Lebewohl zu sagen, Abschied zu nehmen von Kloster, dunklem Gewölbe, Moschee, Brunnen, Tränke, von all den lieben Gesichtern, obwohl er schon das Glück hatte aufgeben müssen.

»Wie behandeln euch die Leute?« fragte er den Onkel.

»Grob und verächtlich.«

Er seufzte.

»Dieses Mal muß deine Flucht gelingen, niemand darf davon erfahren«, warnte Chidr.

20 Es kam, wie es kommen mußte – er war in Abwesenheit zum Tode verurteilt worden. »Jetzt bleibt dir nur noch die Flucht«, erklärte Chidr düster. Überall nur Unrecht und Haß. Er glaubte, ersticken zu müssen. »Fünfzehn Jahre«, sprach Chidr weiter, »bevor du dich zeigen kannst.«

»Der Staat wird dich verfolgen, deine Feinde auch«, gab Ridwan zu bedenken. »Hüte dich vor allem vor Hamuda, Dagla, Antar und Farid, denn sie haben dich als Zeugen am stärksten belastet.«

Ach, wann würde er endlich aufstehen können? Wann würden die Schmerzen nachlassen? Wann konnte er vergessen, daß er Mahalabija nicht gerettet hatte? Wann würde er Rache nehmen? Wie sollte er sich vor dem Strick retten?

Die Familie der Nagis erlebte eine schwere Zeit. Selbst die Hungerleider und Habenichtse kränkten und schmähten sie, wo sie nur konnten. Kleine Jungen schmissen Lehmklumpen nach Chidr. Eine Ladung Getreide wurde geplündert. Senkte sich die Nacht herab, verbarrikadierte sich die Familie im Haus. Aber Chidr blieb zuversichtlich. »Letztendlich werden sie nachgeben, allein um des Zaubers des Geldes willen.«

21 Kaum fühlte er sich gesund, pochte sein Herz mit frischem Blut. Er begann, über die Zukunft nachzudenken und Pläne zu schmieden. Gewiß, der Weg würde nicht mit Freuden gespickt sein, aber besiegen ließ er sich nicht. Die Liebe zum Leben war erwacht, der brennende Wunsch, es auszukosten, hielt ihn gefangen, ermutigte ihn, sich zu widersetzen, beharrlich zu sein und vor allem – zu überleben.

22 Als er den Nil überquert hatte, glaubte er, in ein neues Land gekommen zu sein. Ein langer Bart verdeckte das Gesicht, über den Augenbrauen saß der Turban. Er nannte sich Badr as-Saidi, was auf eine Herkunft aus Oberägypten schließen ließ, und gab sich als Händler für Datteln, Fenchel und Linsen aus. Er hatte in Bulak eine kleine Kellerwohnung gemietet und war in der Umgebung als angenehmer Nachbar bekannt.

Der Gedanke an den Galgen war allgegenwärtig. Er wußte, daß der Tod auf der Lauer lag und eine Menge schurkischer Teufel seiner Spur folgte. Zwei Hefte hatte er angelegt, eins diente ihm als Tagebuch, das andere als Register der Geschäftsumsätze. Die alte Welt, mit Familie und Viertel, erfüllt von Ehrgeiz, Liebe, Hoffnung, gab es nicht mehr. Geblieben war das Exil, mit Arbeit und Gottesfurcht.

Zuerst fühlte er sich fremd in Bulak. Gewiß, es sah hier ähnlich wie zu Hause aus, mit Brunnen, Tränke, Koranschule, Moschee und Scheich. Aber was fing er hier mit dem Ehrgeiz an, Führer der Schutztruppe zu werden? Wo war Platz für Liebe und Hoffnung? Sollte für ihn vom ruhmreichen Nagi nur das Exil bleiben? Die Menschen kümmerten sich nicht sonderlich um ihn. Bulak lag am Fluß, und im Hafen trafen täglich viele Segelschiffe ein.

Fremde kamen und gingen. Es war nicht schwer, sich hier vor dem Gesetz zu verstecken. Im Unterschied zu seinem kleinen, abgeschlossenen Viertel dehnte sich Bulak weit aus. Im wirren Netz von Straßen, Gassen und Gäßchen fühlte er sich verloren und fremd, aber auf jeden Fall sicherer. Er hatte unbeschränkt Zeit, über sein Leben nachzudenken, Pläne zu schmieden, den beständigen Wunsch nach Rache zu pflegen und eine gerechte Welt herbeizusehnen. Da hockte nun der große Träumer in seinem kleinen Laden, ging freundlich mit den Kunden um, genoß die Sicherheit, begnügte sich mit dem, was auf erlaubte Weise zu verdienen war, und trotzte der ungewissen Zukunft.

Vom Scheich des Viertels hörte er: »Gütige Menschen wie du sind kaum noch zu finden.«

»Hier gibt es etliche davon«, erwiderte er höflich.

»Was könnte einen so guten Menschen dazu zwingen, seine oberägyptische Heimat zu verlassen?«

Klopfenden Herzens mühte er sich, eine geschickte Antwort zu finden. »Kennst du einen Oberägypter, der auf seine Heimat nicht pfeift?«

Der Scheich lachte schallend los.

»Im übrigen stammen meine Urahnen aus Bulak«, fügte er schnell hinzu.

»Schön zu erleben, daß es einen Menschen nach seinem Ursprung verlangt«, erwiderte der Scheich und griff nach seinem Einkaufsbündel.

23 Auf der anderen Seite der kleinen Gasse wohnte ein Mädchen, das, nach dem Gesicht zu urteilen, von hier stammte. Sie hieß Mahasin und verkaufte Leber, die sie auf einer kleinen, nicht schwer zu tragenden Lade anbot. Auf einer runden Säule lag eine Platte aus Palmzweigen, deren

Ritzen mit einem Geflecht aus Blättern ausgefüllt waren. Obendrauf stand eine Waage, daneben lag ein Küchenmesser, und rundherum stapelten sich Häufchen von Kalbs- und Hammelleber. Das Mädchen war groß und stämmig, hatte lustig funkelnde Augen und war ebenso hübsch wie temperamentvoll und scharfzüngig.

Da er fremd und allein war, freute es ihn, wenn eine Abwechslung die Einsamkeit unterbrach und ihn von Trostlosigkeit und Besorgnis ablenkte. Er beobachtete gern, wie sich Mahasin bewegte, bewunderte ihre entschiedene Art. Die jungen Burschen stellten ihr nach, aber sie war für ihr giftiges Mundwerk und ihre scharfen Krallen berüchtigt. Besser sich wehren, als den guten Ruf zu riskieren. Aber warum hatte bisher keiner um ihre Hand angehalten?

Sein Appetit auf Leber war geweckt, auch wenn er wußte, daß er sich auf etwas einließ, dessen Folgen er nicht absehen konnte. Eine innere Kraft trieb ihn voran, ließ ihn hinterherlaufen. Er wollte sie unbedingt einholen, bevor sie am anderen Ende des Viertels angelangt war. Er hatte Glück. Mahasin wog ein Pfund Leber aus, packte es ein und reichte es ihm mit der schnoddrigen Bemerkung hinüber: »Hier hast du's, mein Alter.«

Er freute sich über den Spaß, nahm ihn als Gruß. Ihre flinke Art und dunkle Haut erinnerten ihn an seinen leidvollen Verlust – Mahalabija, und gleich fiel ihm auch wieder ein, wie schändlich er bei ihrer Rettung versagt hatte und welch schmerzliche Vergangenheit hinter ihm lag. Aber so hart die Schläge auch sein mochten, die das Leben austeilte, er würde ihnen trotzen. Sollte der Tod seinen Schatten über ihn ausbreiten, wollte er sich um so heftiger an das Leben klammern.

Mahasin kam gelegentlich in seinen Laden, um einzukaufen. »Nimm davon, Alter ... Gib das, Alter«.

»Hier, bitte, Frau Mahasin ... Davon noch, werte Dame«. Niemals verletzte er je die Grenze des Anstands, aber vielleicht verstand sie in seinen Augen zu lesen, vielleicht erstaunte sie sein ungewöhnlich höfliches Benehmen. Wie auch immer, von einer Gassenseite zur anderen herrschte eine starke Anziehungskraft, auch wenn beide über jeden Verdacht erhaben waren.

24 Eines Tages beschloß er, gleich nach dem Nachmittagsgebet den Imam der Moschee nach ihrem Lebenswandel zu befragen.

»Lebt sie allein?«

»O nein, sie hat ihre alte, blinde Mutter bei sich.«

»Sonst hat sie niemanden?«

»Ihr Vater wurde bei einem Streit getötet, und ihr Bruder sitzt im Zuchthaus.«

»Sie muß doch schon an die Zwanzig sein, warum ist sie nicht verheiratet?«

Der Imam brummelte ein »Gott vergib mir«, bevor er sagte: »Ihre Mutter hat einen schlechten Leumund.«

»Ist die Tochter etwa ...«

Erschrocken wehrte der Imam ab: »Aber nein, sie verhält sich weiß Gott einwandfrei!«

Mahasins gescheite Art, ihr Witz, all das, was ihn gerade anzog, schreckte vielleicht die anderen ab. Einer wie er, der unfreiwillig in der Fremde lebte, hätte bei großer Konkurrenz sicher keine Chance gehabt. Eine Heirat könnte ihm durchaus helfen, Fuß zu fassen und sich Vertrauen zu erwerben. Mahasin bot den Vorteil, keine Familie zu haben, die nach dem Woher und Wohin fragte. Was aber das Wichtigste war, und warum sollte er es sich nicht eingestehen, er begehrte sie leidenschaftlich?

25 Die Gelegenheit, ihr die entscheidende Frage zu stellen, kam, als sie wieder einmal in seinem Laden stand. Sie war heiter und witzig wie immer, und das ermutigte ihn. Kurz entschlossen fragte er: »Was würdest du sagen, wenn dir ein Mann, Gottes Geboten folgend, die Ehe antrüge?«

Sie sah ihn aufmerksam, aber auch ein wenig spöttisch an. »Gibt's so einen Verrückten?«

»O ja, einen Menschen aus Fleisch und Blut, der in Gottes Obhut steht.« Sie schauten sich an, verhalten und friedlich. Doch schon im nächsten Moment hatte sie wieder Lust zu spaßen. »Hat er vielleicht einen Bart, der aussieht wie ein Schafspelz?«

»Genau.«

»Was fange ich mit so einem Bart an?«

»Ach, der ist weich und zahm, er richtet keinen Schaden an.«

Ihr Gesicht verriet Einverständnis, trotzdem ging sie, ohne ein Wort zu sagen, hinaus. Er mußte an Mahalabija denken, und die Erinnerung war schmerzlich.

26 Die Verlobung wurde bekanntgegeben, und wenige Monate später fand die Hochzeit statt.

Auch wenn das junge Paar keine Verwandten hatte, feierten die Nachbarn und Kunden um so fröhlicher den neuen Bund. Badr as-Saidi – Samaha – hatte das Fest großzügig vorbereitet. Der Umzug durchs Viertel, der von der Schutztruppe begleitet wurde, verlief friedlich.

Das Paar bezog eine Wohnung, die aus Schlafzimmer und Wohnzimmer bestand. Mahasin und ihre Mutter hatten beträchtlich zur Ausstattung beigetragen. Samaha war glücklich mit dem neuen Leben, nur daß seine Schwiegermutter bei ihnen wohnte und Tag und Nacht das Wohnzimmer besetzt hielt, vergällte ihm die Freude. Sie war alt und blind, dennoch sah man ihr an, daß sie einst schön gewesen sein mußte. Ausgestattet mit einem plumpen Wortschatz, ließ sie ihrem frechen, zügellosen Mundwerk freien Lauf. Nicht einmal für die Dauer der Flitterwochen schaffte sie es, höflich zu sein. Aber die frisch erblühte Liebe setzte sich über alles hinweg.

27 Mahasin blieb zu Hause. Sie liebte ihren Mann. Wie sie feststellen konnte, war er vermögender, als es nach außen hin den Anschein hatte, und wenn er mit ihr allein war, konnte er sehr liebenswert sein. Nur der Bart störte sie, und so schlug sie ihm eines Tages vor: »Rasier dir den Bart ab, ohne ihn siehst du bestimmt besser aus.«

»Aber der Bart ist das Geheimnis meines Erfolgs«, antwortete er ausweichend.

»Kannst ihn ja als Besen nehmen«, mischte sich die Mutter ein und wollte sich vor Lachen schier ausschütten.

Nicht nur, daß er der Alten ihre Vergangenheit nicht verzeihen konnte, er fand sie unerträglich. Wut packte ihn, und er fuhr sie scharf an: »Einverstanden, aber nur, wenn wir dich damit hinausjagen.«

Empört schrie sie: »Mein armes Kind, hüte dich vor ihm! Er hat eine rabenschwarze Seele.« Haßerfüllt sah er sie an. Weiß Gott, diese Frau gehörte zu all dem Unglück, das ihn verfolgte.

28 Nicht einmal Mahasin war vor den giftigen Pfeilen der Mutter sicher. Bösartig, wie die Alte war, dachte sie immer nur das Schlechteste von den Menschen. Eines Morgens jammerte sie wieder einmal: »Die guten Bissen behaltet ihr für euch, ich kriege immer nur den Abfall.«

Mahasin blieb ruhig. »Du ißt genau das gleiche wie wir.«

»Mir kannst du nichts vormachen. Du lügst schon wie dein Mann.«

»Was habe ich damit zu tun?« blaffte Samaha sie wütend an.

»Du? Du bist doch das größte Übel!«

»Geduld, nur Geduld«, mahnte er, »dann klärt sich alles auf.«

»Ach ja?« kreischte sie. »Du liegst jedenfalls noch vor mir im Grab!«

»Selbst dann gehen wir verschiedene Wege.«

»Ich wette«, grölte sie, »daß du in Oberägypten jemanden umgebracht hast, deinen Vater zum Beispiel, und jetzt hast du dich hier verkrochen, um nicht aufgehängt zu werden.«

Ein Schauder von Haß und Zorn überlief ihn, am liebsten hätte er ihr den Schädel eingeschlagen.

29 Mit Mahasin war er durch und durch glücklich. Wollte er alle Sorgen vergessen, flüchtete er in ihre Arme. Für sie war es nicht anders. Natürlich wußte er vom ersten Monat der Ehe an, daß sie nicht zu den Frauen gehörte, die sich in alles schickten und fügten. Mahasin war frech, selbstbewußt und geriet leicht in Wut. Ihre derben Scherze konnten bisweilen durchaus verletzend sein. Sie verbrachte viel Zeit damit, sich herauszuputzen. Allzuoft badete sie, parfümierte sich mit reichlich Nelkenduft und schmückte sich mit viel Tand und Flitter. Er hatte nichts dagegen, aber er haßte es, wenn ein Außenstehender sie zu Gesicht bekam und sie aufdringlich anstarrte. Anläßlich eines solchen Vorfalls kam es zum ersten ernsthaften Streit. Er hatte sie gebeten, sich in diesem Aufzug nicht am Fenster zu zeigen, worauf sie schnippisch erwiderte: »Ich habe draußen sogar mal gearbeitet.«

»Aber da hast du dich nicht geschminkt und herausgeputzt.«

»Na und? Du konntest dich doch davon überzeugen, daß ich das Gesindel im Griff behalten habe.«

»Habe ich dir nicht gesagt, daß er eine rabenschwarze Seele hat?« krähte die Alte dazwischen.

»Halt's Maul!« schrie er.

»Beschütze Gott mein armes Kind vor diesem Vatermörder!« jammerte sie los.

Vor Zorn bebend, drehte er sich mit einem Ruck zu Mahasin um. »Sie ist es, die dich verdirbt.«

»Mich kann man nicht verderben«, schleuderte sie ihm verärgert entgegen.

»Was dein Benehmen betrifft, verlange ich vollen Gehorsam!«

»Weder bin ich ein Kind noch deine Dienerin.«

Er geriet außer sich, schrie: »Ich werf dich aus dem Fenster!«

Wie wahnsinnig brüllte Mahasin: »Und ich schmeiß dich ins Klo!«

»Bravo!« kreischte die Alte.

»Wehe, du tust nicht, was ich sage«, drohte Samaha.

Damit war die Sache erledigt. Am nächsten Morgen war der Streit vergessen, und noch am gleichen Abend verkündete ihm Mahasin, daß sie schwanger war.

30 Die Schwiegermutter starb einen seltsamen Tod. Sie fiel aus dem Fenster, das auf den Innenhof ging. Ihr Schädel war zertrümmert. Glücklicherweise befand sich Badr as-Saidi zu diesem Zeitpunkt im Laden. Die notwendigen Schritte waren schnell und ohne Schwierigkeiten getan, so daß die Alte wenig später beerdigt werden konnte. Um Mahasins Ruf und seiner Stellung willen richtete Badr as-

Saidi anläßlich des Begräbnisses eine würdige Feier aus, auch wenn ihm das feindselige Gefühl gegenüber der Verstorbenen zu schaffen machte.

Mahasin weinte bitterlich. »Hör auf«, mahnte er, »immerhin bist du schwanger.«

»Dich kümmert es wohl nicht, daß sie tot ist?« Da sie keine Antwort bekam, warf sie ihm schluchzend vor: »Zeig ruhig deine Freude, du brauchst sie nicht zu verstecken.«

»Angesichts des Todes hat man Respekt zu bewahren.«

Unter Tränen begann Mahasin, alle guten Eigenschaften ihrer Mutter, die sie nie vergessen könnte, aufzuzählen. Ja, die Mutter hätte sie, trotz all ihrer nach außen zur Schau getragenen Grobheit, geliebt. Und den Vater hätte sie geradezu angehimmelt. Sein früher Tod wäre ihr Ruin gewesen, und als dann noch der Sohn zu lebenslangem Zuchthaus verurteilt worden war, da wäre sie völlig zusammengebrochen. Sie hätte sich mit Opium betäubt und die Sucht hätte sie völlig verändert, sie rundum mißtrauisch gemacht. Der Verlust des Augenlichts hätte ihr Unglück noch größer gemacht, sie wäre aus der Verzweiflung nicht mehr herausgekommen. Da wäre es doch kein Wunder, daß sie einen Mann, der sie im Haus nicht haben wollte, nicht mit offenen Armen empfing. In ihrer Jugend wäre die Mutter eins der hübschesten Mädchen in Bulak gewesen. Sie hätte einen reichen Fleischer heiraten können, aber da sie einen guten Geschmack hatte, wäre ihr die Ehe mit dem Vater lieber gewesen.

Während er zuhörte, fiel ihm seine Großmutter Sanija ein. Sie war mit einem Wasserträger, der ihr Sohn hätte sein können, geflohen. Wo mochte sie jetzt wohl sein? Was war aus ihr geworden? Und was hatte die Zeit aus seinem Vater gemacht? Wieviel Schmach und Schande die Vergangenheit barg.

31 Es kam der Sommer mit seinem heißen Atem. Samaha liebte die strahlende Sonne, und die Hitze machte ihm nicht viel aus. Er genoß die Abende, labte sich an Muluchija, Bamia, Wasser- und Zuckermelone. Er freute sich auf das Bad am frühen Morgen.

Mahasin entband einen Jungen, was Samaha mit stolzem Glück erfüllte. Gern hätte er ihn Schamseddin genannt, doch gleichzeitig fürchtete er den Namen, als könnte der ihm die Sicherheit rauben. So willigte er also ein, den Jungen Rummana zu nennen, in Gedenken an Mahasins Vater.

Der Laden florierte, das Vermögen mehrte sich. An Mahasins Armen klimperten immer mehr Goldreifen. Das Leben lächelte ihnen zu. Tag für Tag hielt er in seinem geheimen Tagebuch fest, was der gemächliche Lauf der Zeit so brachte. Das Bild des Galgens stand ihm noch immer vor Augen, und bänglich fragte er sich, ob die Rettung wirklich gelungen sei. Er dachte an seine Familie, an die Leute im Viertel – was hatte ihnen die Zeit wohl gebracht? Was war aus seinen Feinden al-Filali, Dagla, Antar, Farid, Hamuda geworden? Würde der Tag kommen, da er als Sieger vor ihnen stand? Könnte er einst dem Viertel wieder die ruhmreiche Zeit an-Nagis zurückbringen? Würde er je wieder die dunklen Gesänge hören?

32 Mahasin brachte zwei weitere Jungen zur Welt, Kurra und Wahid. Samaha hatte es geschafft, zu den Notabeln und Wohltätern des Viertels zu zählen, bei den Nachbarn war er beliebt.

Mahasin war noch immer auf ihre Schönheit bedacht, konnte von Schminke und Putz nicht lassen. Die Mutterschaft hatte weder ihrer weiblichen Anziehungskraft geschadet noch ihre kokette Art gedämpft. Neu war nur, daß sie sich nach und nach ans Haschisch gewöhnt hatte und schließlich ohne es nicht mehr auskam. Zuerst hatte sie nur aus Spaß Samaha Gesellschaft geleistet, der jeden Abend zu Hause etwas davon rauchte. Dann aber griff sie mit gierigen Fingern danach, war geradezu süchtig.

Die Tage verflossen, die Jahre gingen ins Land. Und Samaha vertraute seinem gütigen Schicksal und verlor alle – fast alle – Angst.

33 Eine merkwürdige Nachricht drang nach Bulak: Der Führer des Viertels und ein gewisser al-Filali hätten einen Freundschaftspakt geschlossen.

Samaha war wie vom Blitz getroffen. Ein Abgrund tat sich auf, drohte ihn zu verschlingen. Seine kleine Welt geriet aus den Fugen. Als er den Scheich fragte, was er davon hielt, bekam er zu hören: »Wunderbar, das macht die beiden Schutztruppen stärker.« Samaha tat, als stimmte er ihm zu.

»Wir werden herrliche Feste und lustige Nächte haben«, schwärmte der Scheich.

»Hoffentlich stimmt das.«

»Du kannst es mir glauben. Man wird sich gegenseitig besuchen, was heißt, daß gesungen, getanzt und getrunken wird.«

Samahas Kehle war trocken. »Schön, wirklich sehr schön«, murmelte er. Eine Schlange bedrohte sein friedliches Heim. Daß ihm eine solche Gefahr drohen könnte, hätte er nie gedacht, schien doch der Nil eine sichere Schranke zu sein. Nun würden also al-Filali mit seiner Bande herkommen. Hier würden sie sich amüsieren, zu Festen einladen. Doch ihm drohte noch immer das Gesetz, mehr noch – der Strick. Den wachsamen Augen würde nichts entgehen, er mußte etwas unternehmen.

Wenige Tage vor dem Besuch des befreundeten Schutzherrn stellte er sich krank. Selbst Mahasin glaubte ihm und war sofort bereit, ihn im Geschäft zu vertreten.

34 Nun war es soweit, in dieser Nacht sollte der Pakt feierlich begangen werden.

Samaha hockte hinterm Fensterladen, lugte durch die Ritzen. Die Welt war verändert, alles erschien kalt und fremd. Im Licht der Gaslaternen wiegte sich die höhnische Fratze einer Hexe. Der schäbige Rest von Sicherheit war auf dem Müll gelandet. Das Viertel war vom Tanzrausch gepackt, der köstliche Duft von gebratenem Fisch erfüllte die Luft. Es war Winter, warum regnete es nicht? Wo blieben Blitz und Donner? Wo die kalten Stürme? Statt dessen frohlockten Schalmeien, dröhnten Trommeln, betäubten Hochrufe und Freudentriller die Ohren. Der Zug der neuen Freunde näherte sich; Pferde, geschmückt mit rasselnden Silbermonden, trabten voraus. Ha, und da kam er – al-Filali, das widerwärtigste Geschöpf auf Gottes weiter Welt, der häßlichste, gemeinste Tyrann aller Tyrannen. Da schritt er, Arm in Arm mit dem Führer von Bulak, und zeigte grinsend die goldenen Zähne. Nun kamen auch Dagla, Antar, Farid … wo blieb Hamuda? War er getötet worden? Eingesperrt? Gestorben? Das Schurkenpack war versammelt. Wo gab's noch Recht und Ordnung? Was nützt dein Haß? Nun ziehen sie weiter, aber der Lärm hält an. Nächtliches Toben, trunkener Rausch, ungewisse Qualen, Verheißung alles Bösen, segnender Izrail, Engel des Todes, Strick um den Hals, erstickte Träume, geliebte Wesen, gespenstisch erstarrt – Mahasin, Rummana, Kurra, Wahid, im nächsten Moment für immer entschwunden. Finsternis, tödliche Verzweiflung, allumfassende Leere.

35 Er kehrte zurück ins Geschäft, nahm die Glückwünsche zur Genesung entgegen. Das Herumsitzen im Haus machte gemütskrank, ängstlich, schwermütig. Sich bewegen bedeutet Segen. Der Umgang mit Menschen ließ neues Blut durch die Adern fließen und den Mut wiederauferstehen. Der Feind war verschwunden, Izrail gewichen. Der Nektar des Lebens versüßte den Speichel, das Vertrauen auf Gott erfrischte den Geist, Hoffnung kam stolz geschritten, neuer Schwung riß ihn mit. Beruhige dich, und fürchte nichts. Versteck dich hinterm Bart und bau auf Gott, den Gerechten.

Das Leben hatte ihn wieder. Er liebte Mahasin und die Söhne, er fand Gefallen an Essen, Trinken und Beten. Selbst in den Winter mit seinen Wolken war er verliebt. Alles entzückte ihn, hingebungsvoll lauschte er sogar Schimpfwörtern und Flüchen. Wie sehr bedauerte er es, den Söhnen nicht von Aschur und Schamseddin erzählen zu können; wie tat es ihm leid, daß sie heranwuchsen, ohne ihre segensreiche Herkunft zu kennen und von der Gnade großer Visionen und der Obhut des Heiligen al-Chidr zu erfahren. Wann würde Rummana je erfahren, daß sein wahrer Name Rummana Samaha an-Nagi war?

Ach was, sagte er sich, freu dich, daß die Sonne aufgeht, und sei nicht traurig, wenn der Abend dämmert.

36 Er saß über sein Tagebuch gebeugt, als ihm eine innere Stimme gebot, den Kopf zu heben. Er sah auf. Mohammed Tawakkul, der Scheich seines alten Viertels, stand vor dem Geschäft. Ein flüchtiger Blick, dann ging er weiter. Samaha fuhr vor Schreck zusammen, ein Hieb mit der Axt hätte nicht entsetzlicher sein können. Ihm schwanden die Sinne. Hatte der Mann ihn gesehen? Konnte er sich noch erinnern?

Er lugte hinaus. Da saß er – im Laden des hiesigen Scheichs. Die beiden plauderten, lachten, aber Scheich Tawakkul ließ unauffällig den Blick nach draußen schweifen. Das war der Tod. Nichts machte diesen Schurken glücklicher, als den Sicherheitskräften einen Dienst zu erweisen; auf nichts wäre er stolzer, als wenn man ihn zu der Verhaftung eines gefährlichen Verbrechers beglückwünschte. Selbst wenn der blind wäre, könnte er sich hier keine Stunde mehr sicher fühlen. Bulak war zum Tummelplatz seiner Feinde geworden.

Nicht lange, und die Leute erzählten sich, daß Scheich Tawakkul in die Familie des Eisenhändlers einheiraten wollte. Vielleicht hatte al-Filali ihn beim ersten Vorsprechen begleitet und die Gelegenheit genutzt, nach einer neuen Frau Ausschau zu halten? Wenn das geschähe, würde er genauso viele Abende hier verbringen wie im Hussain-Viertel. Nein, Bulak war kein sicherer Zufluchtsort mehr. Auf keinen Fall.

37

Mahasin, die ihn schon eine ganze Weile beobachtet hatte, sagte plötzlich: »Du verbirgst etwas.« Die Kinder schliefen bereits. Da hatte sie sich für ihn hübsch gemacht, und nun wurde nichts daraus.

»Stimmt, ich habe ein Problem.«

Enttäuscht sah sie sich in ihrer Vermutung bestätigt. »Das Geschäft?«

»O nein, das läuft gut. Aber ich werde eine lange Reise machen müssen.«

»Nach Oberägypten?«

»Vielleicht.«

»Und warum?«

Er tat, als hätte er die Frage nicht gehört. »Wahrscheinlich werde ich für ein paar Jahre wegbleiben ...«

»Jahre? Dann kommen wir mit.«

»Das wäre schön, aber es geht nicht.« Als er sah, daß sie ihn mißtrauisch musterte, fügte er hinzu: »Ich gehe nicht auf Geschäftsreise, ich muß fliehen.«

»Fliehen?«

Er seufzte bedrückt. »Ich werde dir eine Geschichte erzählen, die Geschichte eines Mannes, der zu Unrecht verfolgt wird und auf der Flucht ist.«

38 Im Morgengrauen verabschiedete er sich von Frau und Kindern und machte sich in aller Stille auf den Weg.

In aller Frühe stand Mahasin im Laden – ein neues Leben begann. Das Geheimnis lastete auf ihrer Seele, machte sie bedrückt und traurig. Sie schwankte, ob sie ihrem Mann glauben oder mißtrauen sollte. Jahrelang hatte er sie getäuscht, und selbst wenn es dafür Gründe gab, war das ein Vertrauensbruch. Konnte sie ihm jetzt also glauben?

Der Scheich von Bulak kam vorbei, fragte nach dem werten Gatten. Was ihn denn zu Hause unabkömmlich mache, wollte er wissen.

»Er ist auf der Reise, nach Oberägypten«, erwiderte sie niedergeschlagen.

»Gestern habe ich ihn doch getroffen, da hat er nichts gesagt«, wunderte sich der Scheich.

»Trotzdem, er ist verreist.«

»Nun ja, er nimmt sich ja immer viel vor. Aber du, liebe Mahasin, scheinst mir nicht wie sonst zu sein.«

»Es ist alles in Ordnung, Scheich.«

»Wann kommt er denn zurück?« Da Mahasin bedrückt schwieg, fragte er vorsichtig: »Geht's um eine andere Frau?«

»Ach was!« fuhr sie ihn scharf an.

»Wird er länger wegbleiben?«

»Ein paar Jahre.«

»Ach, du Schreck!«

»Ist eben Schicksal.«

»Du verschweigst mir etwas.«

»Aber nein«, entgegnete sie mit matter Stimme.

Der Scheich schickte sich an hinauszugehen. »Auf Oberägypter ist kein Verlaß«, murmelte er.

39 Der Scheich sorgte dafür, daß sich die Nachricht herumsprach. Er wunderte sich, daß Scheich Tawakkul, der doch nur zu Gast war, sich für die Geschichte interessierte. »Ist das der Oberägypter mit dem Bart?« erkundigte er sich.

Der Scheich von Bulak nickte. Scheich Tawakkul schloß die Augen und blieb nachdenklich sitzen.

40 Kaum eine Stunde später wurde das Viertel von Militär heimgesucht. Ein Trupp, angeführt von einem Offizier, stürmte die Wohnung von Badr as-Saidi, ein anderer, unter Leitung eines Kommissars namens Hilmi Abd al-Basit, durchsuchte das Geschäft. Die Leute strömten in Scharen herbei, um das Schauspiel mitzuerleben.

Abd al-Basit fuhr Mahasin grob an: »Wo hält sich Samaha Sulaiman an-Nagi auf?«

Mit fester Stimme erwiderte sie: »Ich kenne keinen, der so heißt.«

»Ach nein? Wo ist dann Badr as-Saidi?«

»Das weiß ich nicht.«

»Lügnerin!«

»Bitte keine Beschimpfungen, Kommissar! Was wollen Sie von einem Mann, der Achtung genießt?«

»Achtung? Du weißt genau, daß er den Strick verdient und deshalb geflohen ist.«

»Da sei Gott vor! Das ganze Viertel kennt und achtet ihn.«

»Los! Ab mit dir zur Polizeistation!« schrie der Kommissar. Entsetzt wich Mahasin zurück. »Ich habe drei Kinder! Was wollen Sie von mir?«

41 Nachdem Wohnung und Geschäft gründlich durchsucht worden waren und man Mahasin aufs genaueste befragt hatte, wurde sie entlassen. Wie ein Lauffeuer hatte sich die Nachricht verbreitet, und die Leute konnten das Geschehene nicht fassen.

»Badr as-Saidi!«

»Der mit dem Bart!«

»Dieser wohltätige Mann!«

»Ein Mörder, der an den Galgen gehört!«

»Nur die Schwiegermutter hat etwas geahnt, auch wenn sie nicht viel besser als er war!«

42 Der Alltag nahm seinen Lauf, paßte das Unerhörte dem Gewöhnlichen wieder an. Die drei Jungen gingen zur Koranschule, und nach dem Unterricht kamen sie ins Geschäft oder spielten draußen, wo Mahasin sie im Blickfeld hatte. Wie groß war die Trauer darüber, daß der Gatte nicht bei ihr war; wie sehr bedauerte sie sich selbst in ihrem Unglück. Aber bei allem Groll vergaß sie nicht, daß er sie nicht nur als anständige, sondern auch als reiche Ehefrau zurückgelassen hatte.

Seit der überraschenden Durchsuchung von Wohnung und Geschäft suchte der Kommissar Abd al-Basit regelmäßig das Viertel auf. Wenn er nicht herumspazierte, saß er beim Scheich. Stand sie noch immer unter Beobachtung? Es störte sie, daß er ständig kam und ging und sie mit Blicken verfolgte, aber sie tat, als ginge sie das nichts an. Ein grobschlächtiger, flegelhafter Kerl war er. Groß, breites Gesicht, schmale Augen, klobige Nase, dazu ein Schnurrbart, geschwungen wie die Walze zum Durchdrehen von Juteblättern – was für ein häßlicher Vogel! Und welches Unheil verband sich für sie mit seinem Anblick! Kein Zweifel, er beobachtete sie, aber warum? Wenn er am Laden vorbeiging, bedachte er sie mit merkwürdigen, beunruhigenden Blicken. Saß er beim Scheich, starrte er unentwegt herüber. Was ging in ihm vor? Was wollte er? Sie strengte den Kopf an, horchte in sich hinein. Sie war bereit zu kämpfen, und neugierig war sie auch.

Eines Tages blieb er vor dem Laden stehen. Als er hereintrat, geriet Mahasin in Verwirrung. Er lächelte. »Glaubst du wirklich, daß dein Mann unschuldig ist?«

Ohne aufzuschauen, erwiderte sie: »Ich habe volles Vertrauen zu ihm.«

Beim Hinausgehen sagte er: »Selbst wenn ein Mörder den Strick um den Hals hat, behauptet er noch, unschuldig zu sein.«

43 Eines Morgens, als Mahasin dem fremden Scheich Mohammed Tawakkul auf der Straße begegnete, bat sie ihn, ins Geschäft mitzukommen. Höflich tauschte sie mit ihm einige Floskeln zur Begrüßung aus, bevor sie erklärte: »Verehrter Scheich, wahrscheinlich weißt du, wie schwierig meine Lage ist.«

»Möge Gott dir beistehen«, salbaderte der Scheich.

»Du bist der einzige Mann, der die Wahrheit kennt.«

»Was für eine Wahrheit?«

»Wessen er beschuldigt wird ...«

»Ich weiß nur, was die Untersuchung ergeben hat«, wich der Scheich aus.

»Aber er hat mir geschworen, daß er unschuldig ist!«

»Es ist bewiesen, daß er das Mädchen umgebracht hat und geflohen ist.«

Mahasin seufzte vor Verzweiflung, dann bat sie: »Erzähl mir etwas über seine Familie.«

Der Scheich grinste. »Nun ja, angeblich stammen seine Leute von Schutzherren ab, die, glaubt man den Leuten, wahre Wunder vollbracht haben. Allerdings habe ich zu den Phantastereien meiner Mitmenschen wenig Vertrauen. Sie glauben tatsächlich, daß in irgendwelchen finsteren Zeiten das Gute, das Gemeinwohl, herrschte, und irgendwann war es dann damit vorbei. Die Menschen sind unfähig, zwischen Realität und Traum zu unterscheiden. Sie denken mit ihren Gefühlen, urteilen über die Dinge aus der Sicht ihres Elends und glauben wahrhaftig, daß die Engel einst herabgestiegen waren, um diesen oder jenen ihrer Vorfahren zu beschützen.«

»Gehört dieser Filali zur Familie meines Mannes?«

»Aber nein. Die Zeit, da sie Schutzherren gestellt hat, ist längst vorbei. Keiner von ihnen käme auf diesen Gedanken, die meisten sind arm, oder sie arbeiten in einfachen Gewerben. Allerdings gibt es noch einen reichen Zweig, und zu dem gehört dein Mann. Nicht nur sein Onkel Chidr, sondern auch sein Bruder Ridwan zählen zu den großen Händlern. Hast du die Absicht, deine Kinder bei ihnen aufwachsen zu lassen?«

»Auf keinen Fall«, antwortete sie hastig. »Ich trenne mich nicht von ihnen und brauche auch niemanden. Mir ging es nur darum, etwas mehr über die Familie zu erfahren.«

»Und wenn die Verwandten die Kinder eines Tages zu sich nehmen wollen?«

»Ich werde sie so lange bei mir behalten, wie es nur irgend geht«, erwiderte sie hitzig.

Der Scheich stand auf. »Möge Gott dir beistehen.«

44 Mit der Zeit hatte sich Hilmi Abd al-Basit angewöhnt, bei Mahasin einzukaufen. Meinte er, sie als Kunde besser beobachten zu können?

Hör auf, dich selbst zu betrügen. Siehst du nicht, wie gierig er dich ansieht? Was hat das noch mit Aushorchen zu tun? Außerdem gibt es nichts, was er berichten könnte. Der schwärmt mit verliebten Augen herum, versucht sich mit einem Lächeln einzuschmeicheln. Wenn er nicht insgeheim Absichten hegte, brauchte er nicht so verlegen zu sein.

Instinktiv wußte sie Bescheid, aber sie tat, als merke sie nichts. Sie empfand Widerwillen, vermied es aber, etwas zu unternehmen. Sie ließ den Dingen ihren Lauf, auch wenn die Angst vor der Zukunft tagtäglich wuchs.

Eines Morgens seufzte er und erklärte: »Möge Gott ihm verzeihen.« Sie wußte sofort, wen er meinte, schaute ihn aber dennoch befremdet an. »Läßt dich mit drei Kindern sitzen …« Da sie noch immer nichts sagte, fuhr er fort: »Selbst wenn er Glück hätte, müßtest du acht Jahre auf ihn warten.« Sie setzte eine finstere Miene auf. »Aber er wird kein Glück haben«, frohlockte er.

Zum erstenmal machte sie den Mund auf. »Gott steht den Verfolgten bei.«

»Mein Leben lang«, beharrte er, »habe ich nicht gehört, daß ein Mörder je dem Strick entkam.«

45 Zähflüssig verstrichen die Tage. Das unentwegte Arbeiten, das freudlose Dasein setzten Mahasin zu. Der Mann, der ihr Leben ausgefüllt hatte, fehlte ihr. Hinzu kam, daß sie Schwierigkeiten hatte, genügend Waren heranzuschaffen. Der Verdienst wurde geringer, auch wenn das Geld zum Leben noch reichte. Immer stärker schob sie Samaha die Schuld für ihre finanziellen Probleme zu, im-

mer öfter machte sie ihn dafür verantwortlich, daß sie so einsam leben mußte. Rummana, Kurra und Wahid verbrachten die meiste Zeit ohne Aufsicht auf der Straße, so daß der Imam der Moschee sie vor den schlechten Einflüssen warnte, denen die Kinder ausgesetzt waren.

»Was soll ich tun?« erwiderte sie bedrückt. »Sie sind noch nicht alt genug, um im Geschäft zu arbeiten.«

»Wäre es nicht besser, sie würden einen Beruf erlernen, um sie von der Straße zu holen?«

»Ich überlasse sie nicht Leuten, denen ich nicht vertraue«, entgegnete sie störrisch, aber die Sorge blieb und setzte ihr zu.

46 Hilmi Abd al-Basit hörte nicht auf, sie zu belagern. Eines Tages erklärte er: »Du tust mir wirklich leid, Mahasin.«

»Ich bin stark und habe Erfolg«, wehrte sie schroff ab.

»Aber du bist nicht frei.«

»Was soll das heißen?«

»Du hast noch immer mit dem Galgenstrick zu tun.«

Sie runzelte die Stirn. »Ich bin's zufrieden.«

»Aber siehst du nicht ein, daß du dich um deinetwillen und um der Kinder willen frei machen mußt?«

Worauf wollte er hinaus?

»In einem solchen Fall beantragt die Frau die Scheidung.«

Sie lachte spöttisch.

»Bestimmt würde dann ein rechtschaffener Mann um dich anhalten, denn du bist wahrhaftig ein Schatz.« Sprach's und ging hinaus, um nicht eine Antwort zu hören, die ihm nicht paßte.

47 Wenige Minuten später hörte sie einen Schrei, der ihr das Herz zerriß. Wie wahnsinnig stürzte sie auf die Straße und sah Wahid mit blutüberströmtem Gesicht im Dreck liegen. Ein paar junge Burschen machten sich erschrocken aus dem Staub, aber sie kümmerte sich nicht um sie, sondern nahm Wahid in die Arme, hob ihn hoch und schrie los. Sie starrte auf sein Gesicht, und plötzlich erschütterte ein Aufschrei die Straße: »Er hat ein Auge verloren!«

48 Die Sorgen türmten sich zu dunklen Wolken auf, es regnete Angst und Kummer. Schwermut hockte lauernd in den Winkeln, flüsterte verführerisch von den bunten Farben des Regenbogens.

49 Eine Kutsche hielt vor dem Laden. Neugierig stand Mahasin auf. Ein Greis stieg aus, gefolgt von einem jüngeren Mann. Gewichtig schritten die beiden in ihren Abajas aus Kamelfell auf die Tür zu. Als der Alte sie sah, fragte er: »Bist du Mahasin?«

Sie nickte.

»Ich bin Chidr Sulaiman an-Nagi, der Onkel deines Mannes, und das ist sein Bruder Ridwan.«

Ihr Herz pochte. Sie wies auf zwei Stühle und stammelte: »Herzlich willkommen, es ist mir eine Ehre.«

»Es wäre gut gewesen, wenn wir uns eher begegnet wären«, erklärte Chidr, »aber leider haben wir erst gestern von dir erfahren.«

»O ja, ich verstehe.« Fast wollte sie hinzufügen, daß sie schon viel über die Familie gehört hatte, ließ es dann aber doch sein.

»Es ist uns, der Familie deines Gatten und deiner Söhne, eine Ehre, dich kennenzulernen, und wir sind froh, dir helfen zu können.«

»Danke, vielen Dank, Meister Chidr.«

Ridwan griff ein. »Wir setzen großes Vertrauen auf Gott. Er hilft den zu Unrecht Leidenden.«

»Samaha hat mir alles erzählt, aber könnt ihr nicht seine Unschuld beweisen?«

Chidr zuckte bekümmert mit den Schultern. »Die Sache ist aussichtslos, wir würden unser Leben riskieren.«

»Wo sind die Jungen?« fragte Ridwan.

»In der Koranschule.« Sie wurde blaß. »Der Jüngste hat bei einer Schlägerei ein Auge verloren.«

Die beiden Männer schauten sie mitleidig an. »Du hast schwer zu tragen, Mahasin«, sagte Chidr leise.

Vorsichtig geworden, antwortete sie: »Ich bin nicht gerade schwach, aber es gibt ein paar Mißlichkeiten ...«

Chidr konnte ihr ansehen, was in ihr vorging. »Wie stellst du dir die Zukunft der Jungen vor?«

»Sie werden im Geschäft arbeiten.«

Nachdenklich sah sich Chidr im Laden um.

»Es wirft genug ab, Gott sei's gedankt.«

»Vielleicht könnten wir ihnen etwas Besseres bieten?« fragte Chidr behutsam.

»Ich trenne mich nicht von ihnen!« stieß sie erregt hervor.

»Wir wollen dir nichts zumuten, was du nicht willst. Aber ist es nicht ungerecht, sie daran zu hindern, besser zu leben?« Ohne sich dessen bewußt zu werden, knabberte sie aufgeregt an den Fingernägeln. »Wie gesagt, wir wollen dich zu nichts zwingen.«

»Nimm unseren Besuch als Zeichen dafür, daß wir dich kennenlernen wollten und dir freundlich gesinnt sind«, warf Ridwan ein.

»Du sollst wissen, daß du nicht allein bist. Wir sind deine Familie. Denk in Ruhe über mein Angebot nach.

Du kannst sie uns bringen und sie so oft, wie du willst, besuchen, oder du behältst sie hier, unter deinen Fittichen. Die Entscheidung liegt auf jeden Fall bei dir.«

50 Kaum war die Kutsche verschwunden, stand Hilmi Abd al-Basit im Laden. »Was wollten die Herrschaften?« fragte er besorgt.

Seit einiger Zeit fand sie nichts Schlimmes mehr daran, offen mit ihm zu reden. Sie hatte es sich abgewöhnt, widerspenstig und trotzig zu reagieren. Seine Besuche waren zu einer täglichen Gewohnheit geworden, was so weit ging, daß nicht einmal sein häßliches Aussehen sie störte. Mit wenigen Worten erzählte sie ihm, was die Besucher ihr vorgeschlagen hatten.

»Sehr vernünftig!«

»Ich soll meine Kinder in die Fremde schicken?«

»Nein, in ihr Glück.«

»Was weißt du schon über das Herz einer Mutter!«

»Wahre Mutterliebe bedeutet, Opfer zu bringen.«

Sie lächelte verschmitzt. »Vielleicht wäre es am vernünftigsten, wenn ich mit ihnen ginge?«

»Gott behüte!« kam prompt die Antwort.

»Nun ja, diese Leute sind auch meine Familie.«

»Aber du bist fremd dort. Du gehörst hierher, nach Bulak, und sie sind vom Hussain-Viertel. Hier stellst du etwas dar, hier wirst du geachtet ...« Die kleinen Augen blitzten sie begehrlich an. »Und hier gibt es jemanden, der dich mehr als sein Leben liebt.«

51 Nichts ist beständig, nur die Bewegung. Schmerz und Freude gehören dazu. Beim ersten Grün der Blätter, beim ersten Erblühen der Blume, beim ersten Fallen der reifen Frucht sind eisiger Wind und klirrende Kälte vergessen.

52 Alles, was geschieht, wird zur Gewohnheit, und weder Tradition noch Religion können sich darüber hinwegsetzen. Wie die Milch in der Kokosschale verborgen ist, umschließt eine harte Kruste das gnädige Erbarmen. Rummana, Kurra und Wahid siedelten ins Haus von Chidr an-Nagi über. Die Jungen verstanden nicht, was mit ihnen geschah. Sie heulten und schluchzten, und Mahasin war in Tränen aufgelöst. Sie rechtfertigte sich mit der Behauptung, daß die Nagi-Familie ihr anderenfalls mit einem Gerichtsbeschluß drohen würde. So überzeugend die Begründung auch schien, weinte und trauerte sie aus tiefster Seele. Ihr Herz war zerrissen, die widersprüchlichsten Gefühle beherrschten sie. Hat nicht auch die Aprikose süßes Fleisch und einen bitteren Kern?

Sie wollte, daß die Söhne es gut hatten, aber sie mochte sie nicht missen. Sie wollte Samaha treu bleiben, aber gleichzeitig konnte sie nicht vergessen, daß er sie verraten und im Stich gelassen hatte. Was ihr aber am stärksten zusetzte, war, daß sie glaubte, sich in Geduld fassen und zurückgezogen leben zu müssen, aber gleichzeitig große Lust verspürte, am prallen Leben teilzuhaben. Sie wußte nicht, ob sie nur der Verführung unterlag, mittels einer legalen Verbindung ihre lüsterne Begierde befriedigt zu bekommen. Letztendlich beruhigte sie sich damit, nichts als eine schwache Frau zu sein und sich den Regeln des Anstandes anzupassen. In dieser Meinung unterstützten sie viele, nicht nur der Imam der Moschee und der Scheich des Viertels, sondern auch die Nachbarn.

»Einem Verbrecher braucht man nicht die Treue zu halten.«

»Es schickt sich nicht für eine hübsche junge Frau, ohne Ehemann zu leben.«

Nun ja, sollte sie vergessen haben, wie schlecht man

über ihre selige Mutter gesprochen hatte? Außerdem galt in den Augen der meisten Leute die Ehe mit einem Polizeibeamten als äußerst erstrebenswert.

Nicht nur übergab Mahasin ihre Söhne der Familie Samahas, sie erhielt auch die Scheidung vom flüchtigen Verbrecher.

53 Mahasins Hochzeit mit Hilmi Abd al-Basit fand allgemeinen Beifall und wurde fröhlich gefeiert. Sie blieb in der alten Wohnung, erneuerte aber etliches Mobiliar. Den Laden führte sie weiter, weil sie sich, als dritte Frau des Polizeibeamten, Unabhängigkeit und Ansehen bewahren wollte.

Es fiel ihr nicht leicht, sich an das Zusammenleben mit dem neuen Mann zu gewöhnen, aber wie so oft ließ das Neue das Alte in Vergessenheit geraten. Allmählich wurde ihr seine Anwesenheit so vertraut, daß sie ihn sogar liebte und ihm Kinder gebar. Beharrlich hielt sie daran fest, ihre Söhne zu besuchen. Wann immer sie im Haus von Chidr erschien, wurde sie mit Achtung und freundlich begrüßt. Die Kinder stürmten voller Liebe auf sie ein. Mahasin stellte fest, daß sie sich schnell eingewöhnt hatten. Sosehr sie auch in Benehmen und Aussehen verändert waren, schienen sie weder sie, die Mutter, noch ihre Spielgefährten und Spielplätze, ja, auch nicht den Vater, der doch so lange schon abwesend war, zu vergessen.

Aber die Zeit verstrich, und je öfter sie wegen einer Schwangerschaft das Haus hütete, wurde die Frist zwischen einem Besuch und dem nächsten länger. Schließlich erschien sie nur noch selten. Einmal kamen sogar die Söhne mit der Kutsche zu Besuch. Aber Hilmi Abd al-Basit fertigte sie dermaßen frostig ab, daß sie kein zweites Mal in Versuchung gerieten. Die Beziehung zur Mutter wurde immer schwächer, und schließlich brach sie ab. Der Wechsel von weich und hart, den die Zeit mit sich bringt, nagt auch am Schutzwall des Herzens.

54 Abd al-Basit hatte zwar während der Flitterwochen einiges Geld ausgegeben, aber gleich danach war er dazu nicht mehr bereit. Statt dessen erklärte er Mahasin in schönster Offenheit: »Ich bin arm, du bist reich, und es gehört sich für Ehegatten, daß sie alles teilen.« Sie protestierte, warf ihm vor, sie nicht zu lieben, was aber nichts fruchtete. Da beide eigensinnig waren, hielten sie stur an ihrer Meinung fest. Mahasin dachte nicht im Traum daran, wieder Opfer zu bringen, nachdem sie für diese neue Ehe schon so viel getan und gelitten hatte.

Abd al-Basit scherte sich nicht um ihr Geschrei und langte, wann immer er Geld brauchte, in die Kasse. Die Schulden nahmen zu, türmten sich an, ohne daß darauf zu hoffen war, sie jemals abzutragen. Es gab Zank und Streit, man belegte sich gegenseitig mit Schimpfwörtern und schlug auch mal zu. Der Kampf tobte, aber das Leben ging weiter. Und der Alltag rollte mit einem Gemisch von Nettigkeiten, Jauchzern, Lüsten, Flüchen und Schlägen über beide hinweg. Nach dem ersten Kind kam gleich das zweite, und schließlich waren es sechs. Trotz aller Veränderungen hatte sich Mahasin eins bewahrt – ihren Eifer, anziehend und schön auszusehen.

55 Die Tage verstrichen, das Leben gedieh und verästelte sich. Am Horizont türmten sich Schicksalswolken.

56 Samaha Bikr an-Nagi hatte schwer am Leben zu tragen. Er hörte das Rad der Zeit knirschen und konnte dennoch nicht in die Speichen greifen. Fällt es schon schwer, eine Stunde zu warten, wie mag es dann einem ergehen, dessen Leben einzig aus Warten besteht?

Von Anfang an hatte Samaha beschlossen, nirgendwo ansässig zu werden. Er zog als fliegender Händler über die Dörfer, versteckte sich hinter einem langen Bart und einer Augenbinde, da er angeblich einäugig war. In seinem Tagebuch hielt er fest, wie er die Zeit verbrachte. Wann immer er eine Mußestunde hatte, beschwor er sich das Bild Mahasins und der Söhne herauf. Nach des Tages Müh und Last flüchtete er sich, bevor er einschlief, ins Träumen. Es war der Traum vom lang ersehnten Tag, von der Rettung vor dem Galgen, von der Vereinigung mit der Familie, von der Rückkehr ins Viertel, von Vergeltung, von der Vertreibung des Dunkels, von Wiedererweckung der Zeit Aschurs, vom Auferstehen erhabener Gerechtigkeit. Manchmal, wenn die Sehnsucht allzu stark sein Herz bedrängte, geriet er in die Versuchung, Mahasin und die Jungen heimlich, verkleidet als Frau, zu besuchen. Aber mit ganzer Kraft widersetzte er sich diesem Wunsch, schob ihn weit von sich, vergegenwärtigte sich die verhängnisvollen Folgen, die die jahrelange Geduld auf einen Schlag sinnlos machen würden.

Er lebte allein und hatte dennoch ständige Begleiter. Unrecht, Leid, Verbannung, Furcht nahmen Gestalt an, und er gewöhnte sich daran, nicht nur mit sich, sondern auch mit diesen Gefährten zu sprechen. Das konnte ein Schweigen sein, oder er brüllte hinaus in die öde Weite, redete mit einem Baum, wandte sich an den Nil. Er wurde fast wahnsinnig, als er einmal glaubte, Mahasin im Gedränge gesehen zu haben. Er träumte, Scheich Tawakkul auf dem Dattelmarkt zu begegnen. Aber am schönsten war es, wenn er im Traum den Heiligen al-Chidr erblickte, nur leider, und das erstaunte ihn, wußte er beim Erwachen nichts mehr davon. Aber das Herz war ihm schwer, und er fühlte sich trauriger als je zuvor. Die Hoffnung entwich ins Dunkel.

»Ach was«, tröstete er sich, »unser Herr al-Chidr bringt einem nur Gutes.« Oder er sagte sich: »Kein Schmerz ist sinnlos. Es kommt der Tag, da sich strahlendes Licht über dich ergießt.«

O ja, er hatte alles verloren, aber sein Mut war unerschöpflich und seine Kraft unzerstörbar. Vielleicht machte ihn seine Ausdauer mutig und stark, oder er hielt standhaft aus, weil er mutig und stark war. Nur – wie konnte Mahasin das Leid überstehen? Wie hielten Rummana, Kurra und Wahid das Leben ohne Vater aus? Bei seiner Rückkehr würden sie Männer sein, und wenn er sie im Geschäft überraschte, würden sie ihn zunächst nicht erkennen. Trotzdem war er sich gewiß, in ihrem Gedächtnis fest verankert zu sein.

Wann immer ein Jahr verstrichen war, stieß er den Stoßseufzer aus: »Wieder ist der Strick ein Stückchen gerissen.«

57 Das letzte Jahr war das schwerste. Jeder neue Tag machte die Qual schlimmer. Er sprach sich Geduld zu, hielt an ihr fest, bettelte darum, sie möge ihn bis zur letzten Minute nicht verlassen. Unerbittlich und unnachsichtig gegenüber sich selbst kämpfte er gegen den Schmerz an. Er richtete all seine Gedanken auf die Mühen des Alltags, aber sie wollten ihm nicht gehorchen, schweiften ab, ließen ihn nur noch das Verstreichen der Zeit beobachten, so daß er jede Minute zählte. Wie lang eine Minute war, wie sie sich aufblähte, zu einer Ewigkeit wurde, versteinerte, bewegungslos verharrte, nicht von der Stelle wich.

58 Nur ein einziger Tag war noch zu überstehen. Morgen früh würde alles zu Ende sein. Heute wollte er sich in die Arbeit stürzen, damit die Zeit schneller verging. Aber es ging nicht, er konnte seine Gedanken nicht sammeln, er konnte nur eins – die Sekunden, Minuten, Stunden zählen. Der feste Vorsatz, sich mit Arbeit abzulenken, verflüchtigte sich, löste sich in Luft auf. Da sprach er laut und deutlich, als könnte er aus dem Aufschrei Kraft schöpfen und dem All ein Versprechen abtrotzen: »Noch eine Nacht, und dann gehe ich heim.«

Aber seine Nerven ließen ihn im Stich, machten sich über ihn lustig, übernahmen die Befehlsgewalt über die Gliedmaßen. An Arbeit war nicht mehr zu denken, auch nicht an Essen, Trinken, Träumen. Er ließ sich nieder, beobachtete die Sonne, die am Himmel festgenagelt zu sein schien. Der letzte Tropfen Geduld wich aus den Adern.

Nein, schon heute nacht würde er zu Hause schlafen. Er schöpfte neue Hoffnung, stellte sich mit Leib und Seele auf diese beglückende Aussicht ein.

59 Mahasin horchte auf. Es hatte leise geklopft. Die Kinder schliefen bereits, und sie wollte gerade zu Bett gehen. Wer konnte jetzt noch kommen? Es war fast Mitternacht. Sie ging zur Tür, öffnete sie einen Spaltbreit. »Wer ist da?«

Ein Mann stieß die Tür auf und fiel über Mahasin her. Noch bevor sie schreien konnte, drückte er ihr die Hand auf den Mund. Im schwachen Licht der Flurlampe verschmolzen die Umrisse in eins. Noch immer hielt er ihr den Mund zu. »Ich bin es, Samaha. Ich bin zurückgekommen«, flüsterte er. Erst jetzt lockerte er den Druck. Ungläubig und erschrocken starrte sie sein Gesicht an, das mit Haaren zugewachsen war. »Sei ganz ruhig, ich bin wieder da. Jetzt sind alle Qualen überstanden.« Da sie vor Schreck noch immer nichts sagen konnte, sprach er beruhigend auf sie ein. »In ein paar Stunden ist die Frist zu Ende. Ich habe nicht länger warten können.«

In diesem Augenblick tauchte Hilmi Abd al-Basit mit einer Wäscherolle in der Hand auf. »Das Spiel ist aus, ergib dich!« rief er.

Samaha war wie vom Schlag getroffen. »Wer ist das?« stammelte er. »Ein Mann in deinem Zimmer! Was hat das zu bedeuten, Mahasin?«

Sie flüchtete zu Abd al-Basit hinüber, schluckte heftig und sagte schlotternd: »Er ist mein Mann.« Sie wies auf die Kinder im Zimmer, die Samaha erst jetzt wahrnahm. »Er ist ihr Vater.«

Samaha hob die Hand, schlug sich an die Stirn. Der Boden wankte unter seinen Füßen. »Ist das wahr? Dein Mann soll das sein!?«

Abd al-Basit fuchtelte mit der Rolle. »Ergib dich! Ich bin Polizeibeamter!«

»Ach ja?« Er lachte hysterisch los.

»Wenn du Widerstand leistest, spalte ich dir den Schädel!« schrie Abd al-Basit.

»Laß ihn gehen«, flüsterte Mahasin.

»Mach das Fenster auf, und ruf um Hilfe!« befahl er ihr.

Mit einem Satz war Samaha im Zimmer und griff sich eins der Kinder. Mit einer Hand hielt er es hoch, mit der anderen umklammerte er den Hals. Das Kind schrie. »Wagt es ja nicht!« rief er. »Ein Hilferuf, eine Bewegung, und das Kind ist erledigt.«

»Laß das Kind los, du Verbrecher!« schrie Mahasin.

»Wenn mir nichts passiert, geschieht ihm auch nichts.«

»Deine Söhne sind bei deinem Onkel!«

Er nickte. »Gut. Aber weh, einem von euch fällt ein, mich an den Galgen bringen zu wollen.«

»Laß ihn gehen«, bettelte Mahasin. Abd al-Basit gab nach. »Soll er verschwinden, zur Hölle mit ihm.«

»Wirf zuerst die Rolle weg!«

Er ließ sie auf den Boden fallen, und im gleichen Moment stürzte Mahasin zu Samaha und riß ihm das Kind weg. Blitzschnell hob Abd al-Basit die Rolle wieder auf, warf sie in Richtung Samahas. Abd al-Basit hatte schlecht gezielt, das Holz streifte ihn nur. Er schnappte sich die Rolle, stürzte sich auf Abd al-Basit und hieb auf ihn ein, bis er zusammensackte und bewußtlos auf dem Boden lag.

Samaha stürzte hinaus, verfolgt vom grellen Schreien Mahasins. Er rannte die Straße hinunter. Einige Männer, die zu später Stunde heimkehrten, liefen in die entgegengesetzte Richtung, aus der die Hilferufe kamen. Er nahm all seine Kraft zusammen, hetzte die Straße hinunter, die zum Nil führte ... Wieder befand er sich auf der Flucht.

Er sprang in ein Boot, begann heftig zu rudern.

Die Flußmitte war erreicht. Vom Ufer schallte die Stimme des Scheichs herüber. »Komm zurück, Samaha, ergib dich! Du hast Hilmi Abd al-Basit getötet, einen Beamten der Regierung!«

60 »Samaha! Endlich!« rief Chidr Sulaiman an-Nagi. Die beiden Männer umarmten sich heiß und innig, und wieder rief Chidr: »Endlich! Wie oft habe ich von diesem Moment geträumt, vom Tag der Rettung. Lob und Preis sei Gott, dem Herrn aller Welten! Laß mich schnell Ridwan wekken.«

Samaha griff nach seiner Hand. »Die Jungen ...«, stammelte er.

»Morgen früh kannst du sie sehen. Als erstes mußt du dich rasieren.«

»Die Jungen ...«, flehte er inständig.

61 Da standen sie nun, mit schlaftrunkenen Gesichtern. Die Münder ein wenig geöffnet, weiche Lippen, noch nicht verbittert. Jugendliche, die bald Männer wurden. Sämlinge, in deren Kern sich eine stürmische Zukunft verbarg. Liebevoll und mit Tränen in den Augen sah er sie an. Ein Strom heißer Liebe drohte ihn schier zu ersticken. Die Glieder bebten. Er schluchzte los.

Nach einem Weilchen fing er sich wieder. Er schob den Bart zur Seite. Chidr flüsterte ihm ins Ohr: »Du wirst sie erschrecken.« Trotzdem, er konnte nicht anders. Sehr sanft, sehr behutsam drückte er jedem einen Kuß auf die Wange, achtete auf jede noch so flüchtige und spontane Bewegung. Dann trat er zurück, ruhig und gefaßt, doch mit unendlicher Trauer im Herzen.

62 »Du mußt schlafen«, mahnte Chidr.

»Dafür ist keine Zeit.«

»Aber du siehst erschöpft aus, Samaha.«

»So wird es jetzt immer sein, mein ganzes Leben lang.«

Chidr glaubte ihn beruhigen zu können. Al-Filali war vor zwei Jahren gestorben, der neue Führer der Schutztruppe hieß al-Fasachani. Dagla und Hamuda ruhten im Grab, und Antar und Farid saßen im Gefängnis. Gleichgültig hörte Samaha zu. Schließlich legte er Chidr die Hand auf die Schulter und sagte: »Ich werde noch immer gesucht, Onkel.«

»Wieso? Die Zeit ist verstrichen«, wehrte Chidr unwillig ab.

Samaha stöhnte. »Leider nein, es ist erst eine Stunde her. Ich war gezwungen, einen Schurken aus der Welt zu schaffen.«

63 Auf der Flucht begriffen, verharrte er für einen kurzen Moment vor dem Kloster und atmete tief den Geruch des Viertels ein. Wo blieb der Rausch? Wie oft hatte er davon geträumt, auf diesem Platz zu stehen und voller Freude das neue Leben in Angriff zu nehmen: die Schurken strafen, die ruhmreiche Zeit auferstehen lassen. Und nun war diese Nacht nichts anderes als der Beginn einer erneuten langen Reise in die Welt qualvoller Fremde. Kehrte er je wieder zurück, dann als ohnmächtiger Greis.

Als er zum engen Gäßchen hinüberschritt, drangen durch die Erhabenheit der Nacht die Stimmen der Derwische.

Darde mara nist darman-al-ghijas
hedschre mara nist pajan-al-ghijas.

Kurra, die Augenweide

Die fünfte Geschichte

1 Die überraschende Rückkehr von Samaha Bikr an-Nagi und sein erneutes plötzliches Verschwinden erschütterten die Herzen der Familie.

Seine Söhne litten noch am wenigsten, hatten sie doch, als er kam und ging, geschlafen. Ohnehin verband sich für sie mit dem Vater, wie auch mit der Mutter in Bulak, nur eine schwache Erinnerung. Die traurige Geschichte von Samaha ging von Mund zu Mund, bis sie schließlich zu einer Legende wurde, die zur Erbauung und Warnung gern genutzt wurde.

2 Eine seltsame Nachricht sprach sich herum: Der Polizeibeamte Hilmi Abd al-Basit war keineswegs an der Verletzung gestorben, wie alle geglaubt hatten. Er lebte gesund und munter, arbeitete weiter bei der Polizei und schmarotzte bei Mahasin. Daß Samahas Flucht also sinnlos gewesen war, machte seine Geschichte noch trauriger. Chidr entschloß sich, ihn suchen zu lassen. Deshalb redete er mit dem Polizeidirektor von Gamalija, deshalb zahlte er dem Chef der Schutztruppe al-Fasachani mehr Schutzgeld und stellte ihm eine hübsche Belohnung für Hinweise in Aussicht, deshalb setzte er eine Prämie für denjenigen aus, der seinen Neffen Samaha aufstöberte.

Al-Fasachani wurde allmählich mißtrauisch. Einige seiner Männer hatten ihn daran erinnert, daß Samaha ehrgeizig genug war, um selbst Schutzherr werden zu wollen. Wie al-Fasachani machten sich auch die Notabeln und Reichen Sorgen.

Das Viertel wußte nicht, wie ihm geschah, als plötzlich Chidr, dieser gütige Mensch, vor dem Kebablokal, wo er bis nach Mitternacht gesessen hatte, schwerverletzt aufgefunden wurde. Sosehr man sich auch um ihn kümmerte, er hauchte nach zwei Tagen sein Leben aus. Auch wenn alle vermuteten, daß al-Fasachani hinter dem Anschlag steckte, wurde die Tat einem unbekannten Täter angelastet. Wie der Wind das Sandkorn verweht, hatte das Leben Chidr hinweggerafft.

3 Angesichts des Todes ihres Oberhaupts war die Familie der Nagis zutiefst erschüttert. Es schien, als könnte das Unheil nicht schlimmer werden, als fände die Vielzahl der Erniedrigungen, die das Schicksal der Familie auferlegt hatte, nun zwangsläufig ein Ende. Bis auf Wahid, den jüngsten Sohn Samahas, schickten sich alle in ihr Schicksal und bestätigten sich gegenseitig ihre Ohnmacht. Wahid hingegen tobte wie ein Wahnsinniger. Wütend schleuderte er ihnen entgegen: »Der Mörder unseres Onkels erfreut sich des Lebens, dabei wissen wir alle, daß er al-Fasachani heißt!« Verbittert stellte er ihnen die Frage, ob Aschur an-Nagi sich je hätte vorstellen können, daß seine Nachfahren eine solche Schmach hinnehmen würden.

Noch jemand war ähnlich erregt wie Wahid: Dija, die Witwe von Chidr. Doch sie lebte die Erschütterung auf ihre Weise aus. Als hätte das Verbrechen ihr gegolten, stürzte sie sich in die Arme unsichtbarer Mächte. Sie kehrte sich ab von der Welt der Menschen, sprach mit den Steinen und Vögeln, flüchtete sich vor dem Schmerz in den Schutz der Geister. Mit einem Schlag war sie eine Greisin geworden, die Träume auslegte, im Kaffeesatz las und dunkle, geheimnisvolle Orakel verkündete. Sie wandelte in einem weißen Gilbab umher, Kopf und Gesicht waren mit einem grünen Schleier verhüllt, trug ein kupfernes Weihrauchgefäß mit sich herum, wandelte vor Sonnenuntergang zwischen Kloster und Platz hin und her und sprach kein Wort. Eine Dienerin folgte ihr und dem Weihrauchduft, und die Menschen starrten ihr nach.

Die Männer der Schutztruppe machten sich über sie lustig, und ihr Führer rief: »So ergeht es denen, die nach der Macht gieren!«

Die drei Jungen litten unter ihrem Benehmen, und auch Ridwan, seine Frau Unsija und seine Schwester Safija schmerzte es, sie in diesem Zustand zu sehen. Aber sie konnten sie von ihrem seltsamen Gebaren nicht abbringen. Selbst der wütende Wahid bat sie: »Bleib zu Hause, geh aus Ehrfurcht vor dem Andenken an unseren Onkel Chidr nicht hinaus.«

Doch Dija stierte ihn einfältig an. Völlig zusammenhanglos erwiderte sie: »Ich habe dich im Traum gesehen. Du bist auf einer grünen Heuschrecke geritten.«

Wahid rang verzweifelt die Hände.

»Weißt du nicht, was das bedeutet?« fragte Dija.

Er gab keine Antwort.

»Du bist für die Luft geschaffen.«

4 Wahids Wut ließ ihn unvorsichtig werden. Wie fremd waren ihm seine Brüder Rummana und Kurra, wie langweilig die Arbeit im Getreideladen! Die alte Dija hatte gesagt, daß er fürs Fliegen geschaffen sei. Konnte das heißen, daß er den verhaßten Schutzherrn herausfordern sollte?

Obwohl ihm das eine Auge fehlte, sah er stattlich aus. Er war stark, doch neben al-Fasachani nahm er sich wie eine Katze gegenüber einem Hammel aus. Leichtsinnig war er nicht, aber dauernd in Bewegung, als hielte ihn eine ständige Unruhe gefangen. Sein Onkel Ridwan warnte ihn immer wieder: »Hüte dich vor Träumereien, stürz dich lieber in die Arbeit.« Auch seine Tante Safija ermahnte ihn: »Sieh in Dijas Träume nicht das hinein, was dir paßt.«

Wahid entfernte sich immer mehr von der Familie. Trotz des großen Altersunterschieds freundete er sich mit Scheich Mohammed Tawakkul an und verbrachte mit ihm die Nächte in der Haschischhöhle von as-Sanadiki. Er stand auch mit dem Wirt Sadik Abu Takija auf gutem Fuß, in dessen Schenke er hin und wieder einkehrte. Er ließ sich gern auf Streit und Händel ein, aber das Freitagsgebet versäumte er nie. Der Scheich der Moschee, Ismail al-Kaljubi, konnte nicht oft genug staunen: »Wie kann Gott es nur zulassen, daß Kneipe und Moschee in einem Herzen vereint sind?«

Verbittert fragte Wahid dann zurück: »Wie kann er es zulassen, daß ein Mörder sich seines Lebens erfreut und ein Unschuldiger in der Fremde umherirrt?«

5 Wieder einmal hatte Wahid die Nacht durchgezecht und sich reichlich geprügelt, da sah er, kaum daß er eingeschlafen war, einen seltsamen Traum. Er, der sonst nicht versessen darauf war, stand auf dem Platz vor dem Kloster. Ein Derwisch kam heraus und sagte: »Der große Scheich läßt dir verkünden, daß die Welt erst gestern erschaffen wurde.«

Ein unvorstellbarer Glücksrausch erfaßte ihn, und er glaubte dem Derwisch jedes Wort. Er stieg in eine Sänfte ein, und als man ihn durchs Viertel trug, säumten Männer und Frauen den Weg. Er sah seine Mutter, und sie wies auf ihn und sprach: »Erhebe dich!« Da stieg die Sänfte empor, und der Wind trug ihn in eine Einöde, die von roten Bergen umgeben war. Er hörte sich fragen: »Wo ist er?« Ein Riese beugte sich von einem der Berge zu ihm hinunter und brüllte: »Halte aus, wo dir Rettung winkt.«

Da wußte er, wen er vor sich hatte. »Bist du es, Aschur?«

Der Riese nahm seinen Arm, rieb ihn mit Öl ein und grummelte: »Darin liegt der große Zauber.«

6 Als Wahid erwachte, fühlte er heiligen Eifer. Alles besaß er – Kraft, Zuversicht, Siegesbewußtsein. Keine Minute länger zweifelte er daran, Wunder vollbringen zu können. Vom Dach könnte er springen und würde sich doch nichts brechen.

Getrieben vom Sturm, der in seinem Innern tobte, zog er sich schnell an und eilte zum Kaffeehaus hinüber, wo al-Fasachani mit seinen Leuten saß. Mit hartem Blick rief er: »Stell dich dem Kampf, ich will es mit dir aufnehmen, du Schurke!«

Der Führer hob träge die schweren Lider. Der Kerl mußte verrückt sein, aber daß ein Nagi so viel Mut aufbrachte, war erstaunlich. »Hast wohl zuviel Haschisch genommen, du Sohn einer alten ...«

Wahid spuckte ihm ins Gesicht. Al-Fasachani sprang auf. Die Männer hielten sich bereit, Zeugen eines ungleichen Kampfes zu werden. Wahid zögerte nicht länger. Er stürzte sich auf al-Fasachani, hob den Arm und schlug mit aller Kraft zu. Der verhaßte Feind wankte, fiel hintenüber und keuchte. Wahid riß ihm den Knotenstock weg, schlug auf die Knie ein, so daß al-Fasachani wie gelähmt liegenblieb. Ein paar Männer wollten sich über ihn hermachen, aber Wahid brachte sie mit einer Kraft und Schnelligkeit zur Strecke, daß alle erschrocken zurückwichen.

Noch bevor der Tag sich neigte, war Wahid Samaha an-Nagi der neue Schutzherr.

7 Ein Sturm jagte durchs Viertel, und vor lauter Verblüffung hielten die Menschen den Atem an.

In den Herzen der Habenichtse und Hungerleider regte sich Hoffnung. Die Notabeln und Reichen warteten ängstlich ab, was auf sie zukommen würde. Die Nagi-Familie überließ sich dem Traum von der Pracht des Throns. Wahid pries das Wunder, das sein Arm zuwege gebracht hatte. Er sei sich seines Sieges so sicher gewesen, daß die Gefahr, getötet zu werden, für ihn nicht bestand.

Bald spürte er, mit welcher Wärme und Inbrunst die Menschen auf ihn hofften. Nur einige wenige umlauerten ihn mit angstvoller Kälte. Wahid faßte den Entschluß, sich Zeit zu nehmen und gründlich zu planen. Er ließ alles beim alten, überbrachte nur den Ärmsten der Armen einige Geschenke.

»Hast du nicht vor, den Traum deines Vaters in die Tat umzusetzen?« fragte ihn sein Onkel Ridwan.

»Alles zu seiner Zeit«, erwiderte Wahid vorsichtig. »Sonst gleiten mir die Zügel aus der Hand.«

»Das mag geschickte Politik sein, mit Heldentum hat es nichts zu tun.«

»Wer Gottes Gnade kennt, weiß sich einzuschätzen«, erwiderte Wahid geheimnisvoll.

Ridwan gab die Hoffnung nicht gänzlich auf, obwohl Wahid lange auf Taten warten ließ. Mit jedem neuen Tag fand er an Macht, Wohlhabenheit, Schmeicheleien mehr Gefallen. Er war leicht zu verführen, und in seinem Herzen machte sich Egoismus breit. Der Traum vom gerechten Helden und von glorreicher Zeit schwand dahin. Er ließ sich ein eigenes Haus bauen und genoß die schönen und angenehmen Seiten des Lebens. Er verfiel dem Alkohol, wurde süchtig nach Haschisch und Opium, und obwohl er seinen Lüsten zunächst im geheimen frönte, drang die Kunde bald an die Öffentlichkeit.

Ridwan kam zu dem Schluß, daß es für die Familie besser wäre, wenn dieser Schurke nicht zu ihr gehörte. Die Habenichtse und Hungerleider sahen sich an den moralischen Verfall von Sulaiman an-Nagi erinnert und stellten fest, daß sich in dieser Familie nur das Schlechte vererbte. Auch Kurra sah dem Geschehen traurig zu, was Rummana mit der Bemerkung abtat: »Hauptsache, wir haben unsere einstige Größe wiedererlangt.« Rummana war ähnlich auf Vergnügungen versessen wie Wahid, und von der einstigen Glorie der Nagis hielt er nicht viel. Mittlerweile hatte sich Wahid den Titel »Der Seher« zugelegt, aber die Bettler nannten ihn heimlich »Der Einäugige«. Äußerst befremdlich war, daß er nicht heiratete, sondern sich mit einer Schar von Jünglingen umgab, die ihm wie Sklaven dienten.

So sah sie aus – die Herrschaft des einäugigen Wahid.

8 Ridwans Herz wurde schwach und krank. Obwohl nicht einmal vierzig Jahre alt, erschöpfte ihn die Arbeit. Bei der kleinsten Anstrengung brach ihm kalter Schweiß aus, und es wurde ihm schwarz vor Augen. Die Tragödie seines Bruders Samaha und das schändliche Benehmen seines Neffen Wahid lasteten schwer auf ihm; er fand aus der Trübsal nicht mehr heraus. Nicht nur, daß er sich um das Geschäft nicht mehr kümmerte, er nahm auch am üblichen Leben nicht mehr teil. Immer stärker suchte er die Einsamkeit und verharrte in stiller Andacht. Die Leitung des Geschäfts überließ er Rummana und Kurra.

9 Die beiden Brüder teilten sich die Arbeit, auch wenn jeder auf seine Weise geartet war. Kurra sah gut aus, hatte lebendige Augen, was beides, wie auch der schlanke Wuchs, ein Erbe der Mutter war. Sein höfliches Auftreten und seine Geradlinigkeit erinnerten an die sanfte Schönheit Schamseddins, ohne daß er jedoch über dessen Kraft verfügt hätte. Rummana hingegen war klein und rund wie eine Tonne, hatte eine dunkle Hautfarbe und grobe Gesichtszüge. Er war leichtsinnig und liebte derbe Späße. Kurra leitete das Geschäft nicht nur mit mehr Geschick, sondern verhielt sich auch gegenüber den Kunden rechtschaffener als Rummana. Die Angestellten liebten ihn wegen seiner Großzügigkeit und Güte. Rummana saß oft und gern mit Wahid in der Haschischhöhle herum, ließ sich gierig auf Abenteuer ein und überschüttete Kurra, wenn er getrunken hatte, mit hämischem Spott, in den sich ein gut Teil Neid mischte. Einer seiner Lieblingsvorwürfe lautete, daß Kurra Geld verschwenden würde, nur um sich die Achtung der Angestellten zu sichern. »Was soll denn daran klug sein?« höhnte er.

»Ich tue es nicht, denn Zuneigung ist keine Ware«, lautete Kurras zurückhaltende Antwort.

»Ach nein? Was ist sie dann?« spottete Rummana.

»Das mußt du schon selbst herausfinden.«

Da lachte Rummana laut los. »Was für ein Schelm!«

Kurra war zwar ein Jahr jünger als Rummana, aber er fühlte sich für ihn verantwortlich. Selbst gegenüber Wahid erging es ihm nicht anders. Daß Kurra so edel und gütig war, machte die beiden wütend. Als es Wahid wieder einmal reichte, erklärte er: »Ihr seid erst durch mich zu Herren geworden, ist das etwa keine gute Tat?«

»Durch dich haben wir auch unseren guten Ruf verloren«, erwiderte Kurra scharf.

»Ich glaube nicht an Ammenmärchen!«

»Bist du nicht der Seher?« spottete Kurra.

Wahid ließ ihn wütend stehen.

Kurra machte sich auch wegen Rummanas unzähligen Abenteuern Sorgen. Eines Tages bat er ihn: »Heirate doch! Tu es um unserer Achtung willen.«

Rummana brauste auf: »Du bist jünger als ich, wie kannst du es wagen, mir Vorschriften zu machen!?«

Ridwan spürte, daß die beiden Neffen sich nicht geneigt waren. Besorgt bat er Kurra: »Ich möchte, daß zwischen dir und Rummana Eintracht herrscht.« Und Safija fügte traurig hinzu: »Wir haben schon genug Leid erlebt. Du wirst die Welt nicht ändern.«

Nur die alte Dija lebte weiter wie immer. Sie schleppte ihr Weihrauchgefäß durchs Viertel, redete mit unsichtbaren Mächten, und in ihren Augen standen Tränen.

10 Eines Abends, als Kurra nach Hause eilte, tauchte aus dem Dunkel die Gestalt einer alten Frau auf. Sie wünschte einen guten Abend, und kaum hatte er den Gruß erwidert, erklärte sie: »Auf dem Platz vor dem Kloster erwartet dich jemand.«

Er wurde neugierig. »Wer soll das sein?«

»Meine Herrin Aziza, die Tochter von Ismail al-Bannan.«

11 Mühsam folgte er der Alten durchs finstere Gewölbe und war froh, als er auf den Platz kam. Das Strahlen der Sterne machte die Dunkelheit freundlicher. Es war ein schöner Sommerabend. Der leichte Wind hob sacht die dunklen Gesänge empor. Die Frau führte ihn zur alten Mauer. Es stand jemand dort, aber noch konnte er nichts Genaues erkennen. Aziza? Er hatte sie nie gesehen, nie von ihr gehört. Er trat näher und sagte leise: »Stehe zu Diensten.«

Eine weiche Stimme, die sehr verwirrt klang, stammelte: »Vielen Dank«, und gleich darauf wisperte sie: »Denk bitte nicht schlecht von mir.«

»Gott behüte!« Wieder setzte Schweigen ein. Er begriff, daß der Mut sie verlassen hatte und sie sich neu sammeln mußte. Er überlegte fieberhaft, was sie denn von ihm wollte. Schließlich hielt er es nicht mehr aus: »Ich höre ...«

Sie schien völlig durcheinander zu sein, stammelte: »Du hast einen guten Ruf, und wenn ich auch nicht viel zu sagen habe, muß ich es doch tun.«

»Ich bin ganz Ohr.«

»Dein Bruder Rummana ...« Die Stimme riß ab, als versagte sie den Dienst. Sein Herz begann heftig zu klopfen, und in seinem Kopf setzte eine schreckliche Leere ein. »Was ist mit meinem Bruder Rummana?«

Sie schien nicht mehr reden zu können. Die Wahrheit kroch ihn an wie Ungeziefer, das im Dunkeln nicht zu sehen ist. Plötzlich hörte er die Alte flüstern: »Er hatte ihr die Ehe versprochen.«

»Das also!«

»Wenn er sein Versprechen nicht hält, sind wir der Verdammnis ausgeliefert.« Die beiden Gestalten schlichen von dannen. Das leise, unterdrückte Schluchzen drohte ihm das Trommelfell zu zerreißen.

12

Gemeinsam mit Onkel Ridwan und dessen Frau Unsija aß er zu Abend. Dija verließ nicht mehr ihre Räume, und Rummana feierte wie üblich außer Haus.

»Hast du etwas? Du bist anders als sonst«, bemerkte Onkel Ridwan.

»O nein, es ist nichts.«

»Beim Kopf al-Hussains, irgend etwas stimmt doch nicht mit dir«, meinte nun auch Unsija.

Wie sollte er anfangen zu reden? Er wollte darüber sprechen, jedenfalls hatte er es sich auf dem Heimweg vom Kloster vorgenommen. Aber jetzt scheute er davor zurück, eine innere Stimme warnte ihn, hielt ihn davon ab. Das Mädchen hatte ihm ein Geheimnis anvertraut, mußte er es nicht für sich behalten? Nein, er würde zuerst mit Rummana sprechen, auch wenn der ihn dann noch mehr haßte.

13

Alles im Haus schlief, nur er nicht. Eine Stunde vor Sonnenaufgang kehrte Rummana heim. Die Augen waren gerötet, die Lider halb geschlossen – er war betrunken. Auf der Stelle war Kurra klar, wie schwierig das Gespräch sein würde. Aber was sollte er tun? Rummana würde erst am späten Vormittag aufwachen, da arbeitete er, Kurra, schon längst im Geschäft. Dort mit ihm zu reden war unmöglich.

»Ach? Du bist noch auf?«

Er folgte Rummana in dessen Zimmer. Der warf sich auf den Diwan, sah ihn mißtrauisch an und brummelte: »Kommt jetzt die Morgenpredigt?« Kurra hielt es für besser, sich nicht auf den spöttischen Ton einzulassen. Freundlich, aber bestimmt sagte er: »Ich muß mit dir etwas Wichtiges besprechen, Rummana. Bitte hör mir zu.«

»Meinst du?«

»Es ist so.«

»In Ordnung, aber nur, wenn es nichts mit Anstand zu tun hat.«

»Alles hat mit Anstand zu tun.«

Rummana blieb stur. »Dann will ich nichts hören.«

»Moment, die Sache liegt anders. Es geht nicht so sehr um mich und meine Ansichten über dich, sondern es betrifft vor allem dich.«

»Willst mich wohl neugierig machen?«

Kurra legte ihm vorsichtig die Hand auf die Schulter und flüsterte: »Es hat mit Aziza zu tun.«

Als hätte ihn ein Stein getroffen, warf Rummana mit einem Ruck den Kopf nach hinten. »Aziza?« murmelte er.

»Genau, die Tochter von Ismail al-Bannan.«

»Ich verstehe überhaupt nichts. Worauf willst du hinaus?«

Sanft, aber bestimmt erwiderte Kurra: »Du mußt sie heiraten, und zwar auf der Stelle!«

Rummana riß den Turban vom Kopf, zuckte heftig mit der Schulter, um sich von Kurras Hand zu befreien, und fuhr ihn scharf an: »Keine Scham, es gibt keine Scham mehr! Wie ist sie an dich rangekommen?«

»Das interessiert jetzt nicht. Wichtig ist nur, daß wir ein Unglück verhindern.«

»Unsinn, es gibt keines. Deine Phantasie geht mit dir durch.«

»Ich bin felsenfest davon überzeugt, daß sich eine Tragödie abspielen wird.«

Rummana schnaubte verächtlich. »Ich will nicht, ich will mit ihr nichts zu schaffen haben.«

»Aber warum? Sie hat dir doch gefallen, und ihr Vater ist ein angesehener Mann.«

Mit eisiger Stimme erklärte Rummana: »Ich nehme keine zur Frau, die einem einfach so zu Willen ist.«

»Wie auch immer, aber es gibt Grundsätze, und die verlangen, daß man hochherzig ist.«

»Hochherzig!? Schon das Wort hasse ich.«

»Wir müssen wenigstens den Schein wahren«, bettelte Kurra. »Danach kannst du machen, was du willst.«

Rummana schüttelte den Kopf, sah verlegen aus. »Es geht nicht.«

»Warum nicht?«

»Ich liebe ihre Schwester Raifa.«

»Aber du kannst doch nicht«, wehrte Kurra verzweifelt ab, »die eine opfern und die andere heiraten!« Rummana grummelte etwas Unverständliches vor sich hin. »Und was machst du, wenn Raifa die Wahrheit erfährt?«

»Oh, sie weiß schon alles.«

»Und trotzdem ist sie einverstanden?« Rummana nickte. »Dann ist sie abgrundtief schlecht, mein lieber Bruder!«

»Wieso? Sie findet es nur genauso unmöglich wie ich, daß sich ein Mädchen einfach hinlegt.«

»Aber sie ist ihre Schwester!«

Rummana starrte ihn ärgerlich an. »Was willst du? Den tiefsten Haß gibt es zwischen Geschwistern.«

Kurra zuckte erschreckt zurück, aber im gleichen Moment packte ihn Wut. »Du wirst sie auf der Stelle heiraten!« schrie er.

»Du hast mir gar nichts zu sagen!« brüllte Rummana und sprang auf, als wollte er sich auf Kurra stürzen. Doch dann schien er es sich anders überlegt zu haben. »Wenn sie dir wirklich so leid tut, kannst du sie ja heiraten.«

14 Keinen Tropfen behielt der Himmel für sich, aller Regen ergoß sich auf einmal. Sekundenlang glühte eine Sternschnuppe auf, nur um genauso schnell zu verlöschen. Regungslos verharrten die Bäume, und die Vögel, die gerade noch lustig herumgeflogen waren, verkrochen sich in ihre Nester. Etwas zwang alles Leben dazu, in Monotonie zu verfallen, und niemand ahnte, mit wieviel Leid er die Eintönigkeit noch bezahlen werden würde. Irgendwann würden die Wolken aufeinanderprallen und der Donner am Himmel grollen.

Kurra überlegte lange und gründlich. Schließlich entschied er, sich um seine Angelegenheiten zu kümmern. Er hatte getan, was in seinen Kräften stand. Was sollte er sonst noch machen? Doch er schaffte es nicht, in den Tag hineinzuleben. Azizas Hilferuf verschmolz mit den dunklen Gesängen, ragte auf wie die alte Klostermauer. Ihr Schluchzen dröhnte ihm in den Ohren. Er trug die Verantwortung; die gesamte Nagi-Familie hatte an der Last zu tragen, selbst das Wunder Aschur kam nicht ungeschoren davon. Er, Kurra, konnte nicht mit den Achseln zucken und weitergehen. Eine unwiderstehliche Macht setzte ihn unter Druck. Er war nicht freier als die Vögel, die Sternschnuppen, der Regen. Nun denn, nimm die Qual auf dich. Ab in die Hölle, wo das Einerseits und das Andererseits aufeinanderprallen und dich aufreiben werden. »Wenn sie dir wirklich so leid tut, kannst du sie ja heiraten.«

Der Schurke fordert dich heraus. Der Schurke will dich auf die Probe stellen. Der Schurke rächt sich an dir. Hattest du dir so dein Eheglück vorgestellt? Nein, tausendmal nein. Aber wie willst du entkommen? O ja, leichtfertige Frauen verachtet er, aber das reicht ihm nicht, er will sie auch noch bestrafen. Er spielt das Schicksal, an dem nicht zu rütteln ist. Und was hast du dem Schurken gesagt? »Wir müssen den Schein wahren, danach kannst du machen, was dir gefällt.«

Nun denn, wahre zuerst den Schein, und dann tu, was immer du willst.

15 Er baute sich vor Onkel Ridwan auf. »Ich habe beschlossen zu heiraten.« Ridwan lachte los: »Komisch, genau vor einer Stunde hat Rummana das gleiche erklärt.«

Kurras Herz klopfte. Hatte Gott ihm doch den rechten Weg gewiesen? »Wen will er denn heiraten?«

»Raifa, die Tochter von Ismail al-Bannan.«

Enttäuscht schwieg Kurra.

»Und wen willst du heiraten?«

Mühsam quälte er sich ein Lächeln ab. »Was für ein Zufall! Stell dir vor, Onkel, meine Wahl ist auf ihre Schwester Aziza gefallen.«

Ridwan brach in lautes Gelächter aus. »Möge Gott euch seinen Segen geben. Mich macht ihr damit glücklich. Ismail al-Bannan ist ein achtenswerter Nachbar und ein guter Kaufmann dazu.«

16 Er hatte sich entschieden, doch die Angst ließ ihn nicht los. Statt sich zu freuen, war er besorgt und fühlte Abneigung. Es war, als sammelte sich reines Regenwasser im Schlamm. Was seine Qual unerträglich machte, war, daß Rummana und Raifa sein Geheimnis kannten. Aus diesem Grund fürchtete er auch, daß Aziza sein mitleidiges Angebot ausschlug und sie alle ins Verderben stürzte. Aber der Bote kehrte mit ihrer Zusage zurück. Der Stich saß, die blanke Scheide drang mitten hinein, bis ins Innerste. Dann ging alles sehr schnell, fast überstürzt; Grund genug für die Leute, verwundert zu sein und Witze zu reißen.

17 Die beiden Paare feierten gemeinsam die Hochzeit. Das ganze Viertel freute sich über das große Ereignis. Bei der Vermählung bekam Kurra die beiden Schwestern zum erstenmal zu Gesicht. Sie sahen aus wie Zwillinge. Beide waren mittelgroß und nicht übermäßig schlank, beide hatten reine, frische Haut und tiefschwarze Augen, beide hatten harmonisch ausgewogene Gesichtszüge. Auf der Suche nach Unterschieden entdeckte Kurra ein Grübchen an Azizas Kinn, und ihre Lippen waren auch voller. Das machte nicht viel aus, aber dann bemerkte er etwas Wichtiges. Die Augen waren die gleichen, aber Azizas Blick war ruhig und beständig, flößte Zuversicht ein, während Raifas Blick huschte und blitzte, als versuchte sie dauernd, in den Augen der anderen etwas herauszulesen. Es gab ihr etwas Verschlagenes, und sofort fühlte sich Kurra in seiner Abneigung bestätigt. Raifa gab sich nicht die Mühe, ihren Triumph zu verbergen, aber vielleicht schien ihm das nur so. Aziza schaute hingegen die ganze Zeit auf ihre weißen Schuhe, die mit Satin und Pailletten verziert waren. Nein, sie war keine glückliche Braut, es ging ihr nicht anders als ihm. Das würde die Scheidung leichter machen.

Von Tamburinschlägen und Gesang begleitet, führte er sie in den Flügel des Hauses, der nun ihnen gehörte. Eine Frage hielt ihn gefangen, ließ ihn nicht los: Was hast du dir nur angetan?

18 Sie waren allein. Er schaute sie an. Aziza stand da, ein Bündel von Verlegenheit, Verwirrung, Ratlosigkeit. Sie wagte nicht, zu ihm aufzusehen, sie traute sich nicht, sich zu bewegen. Hilflos und ehrlos. Die leichte Beute seiner guten Tat. Sie tat ihm leid, und der melancholische Zauber, der von ihrer Schönheit ausging, verstärkte noch dieses Gefühl. Doch wie sollte er vergessen, daß sie ihr Herz verschlossen hielt und ein völlig fremdes Wesen war? Nein, das war kein Hochzeitsanzug, das war seine Sträflingskleidung. Für eine kurze Zeit würde diese Frau sein Leben streifen, dann wäre wieder alles aus und vorbei. Jetzt lag Raifa in Rummanas Armen, geil vor Lust und Triumph. Er mußte etwas sagen, aber was? Da kam die Rettung. Mit weicher Stimme sagte Aziza: »Ich muß dir danken.«

Wie leid sie ihm tat! Er räusperte sich. »Ich fühle mich betroffen und bedrückt.«

»Es ist dir anzumerken, wie schwer du an dem Unrecht zu tragen hast.«

»Nun ja, aber du leidest noch stärker«, erwiderte er höflich.

»Ich habe ja auch einen Fehler gemacht.«

Was für ein seltsames Gespräch für eine Hochzeitsnacht! Keiner rührte sich von der Stelle, keiner machte auch nur die kleinste Bewegung. Selbst den Hochzeitsschleier trug sie noch. Das einzig Gute war, daß er sie ungehindert anschauen konnte, weil sie noch immer den Blick gesenkt hielt. Er war beeindruckt. Sie war unglaublich schön und anziehend. Wäre die Situation nicht so unangenehm, hätte er sie mit Haut und Haaren verschlungen. Betont ruhig sagte er: »Solange du unter meinem Dach lebst, mußt du nichts tun, was dir widerstrebt.«

»Oh, ich habe volles Vertrauen zu dir«, erwiderte sie hastig, »aber ich …« Sie zögerte. »Aber ich möchte dir versichern, daß mich die Vergangenheit nur noch schmerzlich berührt.«

Was meinte sie? Woran dachte sie? Hatte sie überhaupt begriffen, welche Ungeheuerlichkeit er auf sich genommen hatte? Würde er je mit ihr offen reden können? Müßte er sich nicht erst von der überwältigenden Anziehungskraft lösen, die ihre Weiblichkeit und Schönheit auf ihn ausübten? Er tat, als hätte er ihre Worte überhört. Um das Thema zu wechseln, meinte er: »Ich muß mich sehr über deine Schwester wundern. Sie ist genauso schlecht wie mein Bruder.«

Sie verzog verächtlich den Mund. »Die beiden haben sich gesucht und gefunden.«

»Was für eine Beziehung habt ihr?«

»Die denkbar schlechteste.«

»Woran liegt das?«

»Sie will alles für sich allein haben. Sie will die Beste sein, will am meisten geliebt werden. Aber da ich ihr in manchem überlegen bin, hat sie geglaubt, daß unser Vater mich mehr liebt. Von da an hat sie mich nur noch gehaßt. Sie ist gräßlich.«

»Mein Bruder auch.« Er zögerte, bevor er weitersprach. »Aber du hast ihn …« Er schwieg.

»Es ist aus. Ich bin aus meiner Blindheit erwacht.«

Gott im Himmel! Offensichtlich lebt sie in einem Traum. Aber wenigstens ist sie ehrlich. Stimmt das? O ja, ehrlich ist sie, bloß, was nützt das? Die Dinge lagen schwieriger, als er dachte. Wenn er nur nicht solche Angst vor ihren fraulichen Reizen hätte! Sie waren stärker als seine Widerstandskraft. Ah, zum erstenmal schaute sie auf. Das Wachs im silbernen Kerzenleuchter schmolz immer mehr dahin. »Ich würde gern wissen, was dir durch den Kopf geht«, sagte sie leise und fast unterwürfig. Wie warm die Nacht war!

»Ich bin nicht gut genug für dich.«

Er fuhr auf. »Wieso? Du bist aufrichtig, angesehen und kommst aus einem guten Elternhaus.«

»Danke, ich weiß deine Worte zu schätzen. Aber das reicht nicht zum Leben.«

Er redete und redete, dabei quälte er sich und versuchte nur, der Verführung nicht zu unterliegen. »Was denkst du gerade?«

Das Sprechen schien ihr Mut gemacht zu haben, denn voller Eifer erwiderte sie: »Daß ich frei bin. Ich bin völlig frei. Aber natürlich hängt es von dir ab, ob …«

»Ich kann nicht vergessen, daß du ihn heiraten wolltest!« erklärte er unumwunden.

»Weil ich Angst hatte, nicht, weil ich es mir wünschte. Du mußt mir glauben.«

Ihm war benommen zumute. »Ich glaube dir.«

»Es ist ganz allein dein Recht«, flüsterte sie ergeben, »zu

tun, was dir beliebt.« Oh, welcher Abgrund tat sich ihm auf, welche Verführung! Was für ein Wahnsinn tobte in seinem Herzen, welche Aufregung! Dabei wünschte er sich nichts mehr, als diese Unruhe loszuwerden. Wenn Schlaflosigkeit einen quält, greift man zum Mohn, und alsbald entsteht auf der Stirn eine Kerbe, wo die weichen Finger des Schlafs hineingleiten und einen sanft streicheln.

19 Ein heißer Sommertag folgte dem andern. Kurra hatte sich ergeben – er liebte Aziza leidenschaftlich. Er glaubte fest daran, daß, wenn er nur wollte, die Liebe die Vergangenheit besiegen würde. Aziza und Raifa spielten ihre Rolle als zärtlich verbundene Schwestern vorzüglich, so daß Unsija nichts auffiel, was sie hätte beunruhigen können. Die Brüder führten gemeinsam das Geschäft und beschränkten sich darauf, nur über die Arbeit zu reden. Liebe und Haß lebten vereint unter einem Dach.

Es dauerte nicht lange, und Azizas Bauch rundete sich und kündete ein freudiges Ereignis an. Beide Familien waren hoch beglückt, einzig Kurra sah nicht sonderlich fröhlich aus. Ein späterer Zeitpunkt wäre ihm lieber gewesen. Immer wieder bedrängte ihn die Frage, seit wann Aziza schwanger war? Ein schädliches Insekt kroch in den Blütenkelch und drohte der Blume die Pracht zu nehmen. Der Atem des Bösen erstickte das Licht, hüllte den Tempel in Finsternis. Der Stachel des Zweifels drang mit seinem Gift ins Fleisch. Aziza blieben seine Gedanken verschlossen, sie lebte heiter und vergnügt vor sich hin. Ein Rückzug kam für ihn, den rechtschaffenen und liebenden Mann, nicht mehr in Frage. Was sollte er, der Gläubige, tun, dessen unerschütterliches Vertrauen Gott galt? So überließ er sich sowohl der Freude als auch dem Leid, und beide Gefühle wurden seine engsten Gefährten.

20 Warum wurde Raifa nicht schwanger? Das war die Frage, die sich die Nagis und Bannans gleichermaßen besorgt stellten. Wie ein Mühlstein lastete sie auf Raifa, und ihre Augen sprühten vor Wut und Zorn. Nur ein Makel konnte der Grund sein, denn die Natur ließ sich nicht aufhalten. Argwohn hing in der Luft, und der Verdacht richtete sich gegen Raifa. Ihre Mutter fand keine Ruhe. Sie suchte Rat bei der Hebamme, erhoffte sich Hilfe von diesem und jenem. Je mehr Zeit verfloß, desto hartnäckiger hielten Angst und Sorge alle gefangen, türmten sich Wolken von Trübsal auf.

Wieder einmal lag Rummana betrunken in seinem Zimmer. »Was für ein Tumult, und nur wegen dir«, stöhnte er lallend.

»Sie kennen kein Mitleid. Es ist die Hölle!« empörte sich Raifa.

»Ihr seid euch ähnlich wie ein Ei dem andern, warum klappt es dann nicht bei dir?«

Sie blitzte ihn wütend an. »Ach, hat Gott dir verkündet, daß es mein Fehler und nicht deiner ist?« Empört richtete er sich auf. »Ich bin ein vollwertiger Mann.«

»Das behauptet jeder.« Rasend vor Wut schrie er: »Soll ich's mal mit 'ner anderen versuchen?«

Sie reckte den Hals, sah ihn von oben herab an und murmelte verächtlich: »Besoffener Kerl!«

»Vielleicht wächst mein Balg schon in irgendeinem Bauch!«

»Du bist ja verrückt!«

»Halt's Maul!«

»Dreckskerl!«

Drohend sprang er auf, sie wich aus, als hielte sie sich zum Angriff bereit. Er blieb stehen. »Teufelsbrut! Unfruchtbare Zicke!« schleuderte er ihr entgegen.

Es war der erste Streit gewesen, und daß sie mit solcher Härte übereinander herfielen, verblüffte ihn. Aber sie hingen auch ähnlich heftig aneinander, und ihr Verlangen nach dem andern war stärker als alle plötzlich aufziehenden Stürme.

21 Scheich Tawakkul saß in der Schenke seines Freunds Abu Takija. Als draußen die alte Dija mit ihrem Weihrauchgefäß vorbeikam, lachte Abu Takija und flüsterte hämisch: »Warum heult die arme Irre noch herum, wenn die Nagis doch wieder die Macht haben?«

22 Der Frühling hatte begonnen, die Straßenhändler riefen Erbsen und grüne Melonen aus, da brachte Aziza einen Sohn zur Welt, den sie Aziz nannten. Nachdem sich die erste Aufregung gelegt hatte und Aziza sich ausruhen konnte, trat Kurra an den Sohn heran, um ihn sich gründlich anzuschauen. In seinem Herzen stritten die widersprüchlichsten Gefühle. Aziza blickte müde, aber auch zärtlich und stolz auf das Kind und flüsterte: »Wie ähnlich er dir ist!«

Warum betonte sie das? Ihm fiel an dem Kind nichts auf. Aber ihre Stimme klang unschuldig. Sie hatte die Vergangenheit längst vergessen, lebte ganz in ihrer Liebe zu ihm. Ach, die beiden Gefährten, Freude und Leid, zerrten und zogen wieder an ihm. Doch er wollte ja zum Leben sagen, und nichts sollte ihn davon abbringen, glücklich zu sein.

23 Um nicht unhöflich zu wirken, statteten Rummana und Raifa einen Besuch ab und übergaben ein Geschenk für das Kind: ein Koran in goldenem Einband. »Möge das Kind im Lichte deines Ansehens aufwachsen«, wünschte

Rummana, und Raifa, die sich den Jungen lange anschaute, rief: »Was für ein schönes Kind!«

Azizas Herz verkrampfte sich. Es berührte sie unangenehm, daß die Schwester dem Jungen so ins Gesicht starrte. Kurra gab sich nach außen hin den Anschein, ganz der fröhliche Vater zu sein, aber im Innern bat er seinen Herrgott, ihm Vernunft einzugeben, ihn mit der Wahrheit zu erleuchten, seine Liebe nicht in die Irre zu führen, ihn gegen alle Verwirrungen und Versuchungen zu feien, ihm die Unschuld und Lauterkeit Azizas zu schenken, ihn nicht mutwillig in die Hölle zu führen.

24 Eines Abends trug er das Kind zum Platz vor dem Kloster. Die Flut der Gesänge brach über ihn herein. Er betete zu Gott, bat ihn, den Kleinen zu einem starken Ast am Baum von Heldentum und Güte wachsen und gedeihen zu lassen, zum Sprachrohr geheiligter Träume zu machen und keinen zügellosen, bösen Lüsten auszusetzen. Seine Gedanken schweiften hinüber zum engen Gäßchen, wo der große Aschur einst, als er so alt wie sein Sohn war, ausgesetzt worden war. Wie die Wolke dem Mond sein Licht raubt, stahl ihm die düstere Erinnerung die Seelenruhe. Er mußte daran denken, was für Lügen die Feinde der Nagis über Aschur und seine Herkunft verbreiteten. Eine tiefe Niedergeschlagenheit bemächtigte sich seiner, und um sich von ihrem ätzenden Geschmack zu befreien, suchte er Beistand in den Gesängen. »O Herr, schenk mir Kraft!« murmelte er, bevor er sich hingebungsvoll den Klängen überließ.

Naghdhara bowad aja ke ajjari girand
ta hame souma'e daran peje kari girand

25 Er hatte gerade das dunkle Gewölbe hinter sich gelassen, da hörte er jemanden barsch fragen: »Wer da?« Er mußte lächeln, hatte er doch die Stimme seines mächtigen Bruders Wahid erkannt.

»Ich bin's! Kurra Samaha an-Nagi.«

Wahid lachte laut los, und gleich darauf standen sie sich gegenüber, zwei Schatten im Dunkeln. »Hast wohl wie unsere gütigen Vorfahren vor dem Kloster geträumt?« fragte Wahid.

»Ich brachte das Kind hin, hier, sieh es dir an.«

»Herzlichen Glückwunsch. Ich wollte morgen ins Geschäft kommen, um dir zu gratulieren.«

»Warum besuchst du uns nicht zu Hause?«

»Du weißt, daß ich das nicht mag.«

Kurra lächelte freundlich. »Bei Gott, es ist doch auch dein Haus.«

»Nun ja«, sagte Wahid, und plötzlich klang seine Stimme sehr verändert, »ich wollte noch etwas anderes mit dir bereden.«

»Etwas Gutes?«

»Es geht um Rummana.«

Kurra seufzte und schwieg.

»Er wirft mit dem Geld um sich. Ich will keine Predigten halten, aber er tut das in einer so zügellosen Weise, wie es eigentlich nur dem Führer zusteht.«

»Ich weiß. Bloß Ratschläge fruchten bei ihm nicht, er wird höchstens wütend.«

»Er bringt sich um«, murmelte Wahid.

26 Was Rummana und Raifa verband, lag jenseits von Gut und Böse. So heftig sie stritten, so fest hielten sie zueinander. Es gab immer Zank, es gab aber auch immer Liebe. Grobheit und Zärtlichkeit gehörten zusammen wie

Schimpfwörter und lustvolles Stöhnen, üble Nachrede und Küsse. Rummana war überzeugt, daß Raifa unfruchtbar war, und Raifa hielt ihn für den Schuldigen. Ihm wäre nie eingefallen, noch eine zweite Frau zu heiraten, und für sie war und blieb er ihr Mann. Wann immer er betrunken war, seufzte er: »Ist eben Schicksal.«

27 Ridwan Bikr an-Nagi verstarb nach kurzer Krankheit. Er hatte so zurückgezogen gelebt, daß er im Viertel völlig in Vergessenheit geraten war. Erst sein Tod holte ihn wieder für ein paar Tage in Erinnerung zurück. Das Geschäft ging an Rummana und Kurra, der restliche Besitz wurde unter seiner Frau Unsija und seiner Schwester Safija aufgeteilt.

28 Um seinen Ärger zu vergessen, reichten Rummana nicht mehr Alkohol und Drogen, er stürzte sich auch noch ins Glücksspiel. Kurra ermahnte sich immer wieder zur Geduld, doch schließlich reichte es ihm. Das Faß war übergelaufen. Als sie eines Tages im Büro saßen, erklärte er ihm: »So geht es nicht. Du schmeißt das Geld zum Fenster hinaus.«

»Es ist mein Geld.«

»Du machst bereits Schulden!«

»Habe ich dir jemals etwas nicht zurückgezahlt?«

»Aber unsere Zusammenarbeit leidet darunter. Außerdem tust du kaum noch etwas für das Geschäft.«

»Du vertraust mir nicht«, schimpfte Rummana verärgert.

Für einen Moment schwieg Kurra, dann sagte er: »Es ist für jeden von uns das beste, wenn wir uns trennen. Soll jeder sein Geschäft haben, dann gehen wir wenigstens nicht beide auf einmal unter.«

29 Die Familie reagierte verstört auf den Zwist der Brüder. Nur Wahid kam zu Kurra und erklärte frank und frei: »Tu das, was dir nützt. Immerhin hast du einen Sohn.« Verächtlich verzog er die Mundwinkel. »Rummana ist genauso ein Schwein wie unser Stiefvater.«

Safija setzte sich mit Kurra und Rummana zusammen und machte folgenden Vorschlag: »Kurra übernimmt das Geschäft, und Rummana wird ausgezahlt. Mit dem Geld kann er machen, was er will.«

»Ich bin doch kein Kind, liebe Tante!« fuhr Rummana sie an.

Tränen schossen ihr in die Augen. »Der gute Ruf der Nagis ist euch anvertraut.«

»Was für ein Ruf ist das schon«, seufzte Kurra bekümmert. »Wir nehmen zwar die Führerschaft in Anspruch, aber wie gehen wir damit um? Unser Vater irrt unschuldig in der Fremde umher, mein Bruder sitzt entweder in der Kneipe oder in der Haschischhöhle, nur um anschließend zum Glücksspiel zu gehen.«

»Aber du, du bist unsere Hoffnung, Kurra«, flehte Safija ihn an.

»Und deshalb will ich mein eigenes Geschäft haben«, erklärte er entschlossen.

30 Der Gedanke, daß sich Rummana aus dem Geschäft zurückziehen sollte, versetzte Raifa in Angst und Schrekken. Als sie mit Rummana darüber sprach, entgegnete er barsch: »Auch du vertraust mir nicht.«

Geschickt schmeichelte sie ihm: »Du wärst der Beste, wenn du nur von deinen schlechten Gewohnheiten lassen könntest.«

»Das würde ich sicher tun, wenn ich die Verantwortung zu tragen hätte.«

»Und du meinst, daß du die Arbeit schaffen würdest?«

Er runzelte die Stirn, sah sie nachdenklich an.

»Ich glaube, daß du dich erst einarbeiten müßtest, Rummana. Sei nicht dickköpfig, und gib dich keinen Illusionen hin. Bisher hat immer dein Bruder entschieden, er hat die Verträge abgeschlossen, er geht auf Geschäftsreisen. Er macht alles, du hältst dich doch bloß am Schreibtisch fest.«

Rummana hatte mit wachsendem Zorn zugehört. Nun reichte es ihm. »Was soll ich machen, wenn er so und nicht anders entschieden hat!?«

Raifas Augen funkelten tückisch. »Du mußt ihn auf jeden Fall, mit welchem Mittel auch immer, daran hindern.«

»Mit Gewalt?«

»Mit welchem Mittel auch immer, sagte ich. Weißt du, was es bedeutet, wenn du ausgezahlt bist? In ein paar Tagen oder Wochen bist du pleite. Dann ist einer der drei Brüder ein angesehener Kaufmann, der zweite ist der mächtige Führer, und der dritte ist ein Bettler.«

»Was schlägst du vor?«

»Zeig dich nachgiebig. Gleichzeitig änderst du dein Leben. Arbeite tüchtig mit. Danach überlegen wir uns, was zu tun ist.«

Er schwieg, starrte mißmutig vor sich hin.

»Du hast verheerende Schulden gemacht. Wenn ihr euch wirklich trennt, was bleibt dir dann noch? Das mußt du dir immer vor Augen halten, und denk daran«, sie hielt inne, »daß nichts unmöglich ist.«

31

Kurra mußte kurzfristig geschäftlich verreisen. Rummana schlug ihm vor, die Trennung bis zu seiner Rückkehr zu verschieben. Ungewöhnlich sanft fügte er hinzu: »Vielleicht bin ich dann ganz anders geworden.«

32 Am späten Abend kam Aziza auf das Thema zu sprechen. Offen heraus erklärte sie: »Man kann Rummana nicht trauen.«

»Bestimmt nicht. Aber im Augenblick reicht die Zeit nicht, um die Trennung zu vollziehen.«

»Möglich, aber schiebe sie nicht allzulang hinaus. Er mag dich nicht. Er und seine Frau wünschen uns nur eins an den Hals – den Ruin.« Sie sah zu Aziz hinüber, der mit einer weißen Katze spielte. Ihre Augen wurden feucht. »Der Himmel hat mich mit einem neuen Geschenk für dich bedacht.« Gerührt und glücklich schaute er sie an. Verschämt wies sie auf Aziz und sagte: »Deine Familie träumt davon, daß er einmal der Führer wird.«

Kurra schmunzelte. »So sind sie, die Nagis.«

»Ich, für meinen Teil, denke, daß man auf hunderterlei Weise Gutes tun kann.«

»Aber ist nicht Aschur unser Vorbild?«

»Aschur, immer nur Aschur. Hängst du auch den Träumen der Familie nach?«

»Wie auch immer, ich werde dem Jungen die Erziehung geben, die der selige Chidr mir zuteil werden ließ. Dann kann er selbst entscheiden, was er tun möchte.«

»Ihr könntet sehr viel ruhiger leben, wenn ihr nicht ständig an euren Urahn denken würdet.«

»Aber wir sind nun einmal seine Nachfahren.« Er drehte sich zu Aziz um, schaute ihn unverwandt an. »Ob es noch lange dauert, bis er mit mir im Büro sitzt?«

33 Schon hielt der Kutscher die Zügel in der Hand, doch Kurra stand noch umringt von etlichen Männern, die ihn verabschieden wollten. Wahid war dabei, auch Rummana, und selbst der Imam der Moschee, Ismail al-Kaljubi, und der Scheich des Viertels, Mohammed Tawakkul, hatten es sich nicht nehmen lassen, ihm eine gute Reise zu wünschen. Scheich Tawakkul griff nach Rummanas Hand, und mit einem vielsagenden Blick fragte er Kurra: »Wer wird dich, wenn ihr euch geschäftlich getrennt habt, während deiner Geschäftsreisen vertreten?«

Kurra überhörte die Frage und unterhielt sich weiter mit dem Imam. In diesem Moment kam die alte Dija mit ihrem Weihrauchgefäß vorbei. In ihren Augen standen Tränen. Die Nagis hatten sich an ihre Erscheinung gewöhnt, mit der Zeit fühlte sich niemand mehr unangenehm berührt. »Sieh nur«, rief Wahid, »die Alte will dir ihren Segen geben.«

Kurra schüttelte einem nach dem andern die Hand und stieg in die Kutsche. »Gute Fahrt«, wünschte Rummana, »und komm gesund zurück.« Die Glocke läutete, und die Kutsche setzte sich in Bewegung.

34 Gewöhnlich dauerte solch eine Reise eine Woche. Die Zeit war verstrichen, doch Kurra kam nicht zurück. Fieberhaft überlegte die Familie, was geschehen sein könnte. Rummana erklärte kurz und bündig: »Er wird schon seine Gründe haben.«

»Er kann sich nicht auf die Stunde oder Minute festlegen«, murmelte Unsija.

»Er kam doch schon einmal zwei Tage später zurück«, unterstützte sie Raifa. Nur Aziza sagte nichts; Schweigen hielt sie umfangen.

35 Auch am nächsten Tag war von Kurra nichts zu sehen und nichts zu hören. Wieder bemühte sich ein jeder, eine beruhigende Erklärung zu finden. »Nichts ist schlimmer, als sich grundlos Sorgen zu machen«, sagte sich Aziza.

36 Jeden Morgen wurde die Kutsche in den Hafen von Bulak geschickt, jeden Abend kam sie leer zurück. Aziza fand keinen Schlaf, quälte sich, bis der Morgen graute.

37 Das ganze Viertel begann sich besorgt zu fragen, was es mit Kurras Ausbleiben auf sich hatte. Aziza bat Wahid zu sich. »Was nun, Meister?«

»Ich werde mich selbst auf die Suche machen.«

38 Drei Tage blieb Wahid weg, am Abend des vierten Tages kehrte er zurück. Kaum hatte Aziza ihn zu Gesicht bekommen, verkrampfte sich ihr das Herz. »Du läßt nichts Gutes vermuten!« rief sie. Niedergeschlagen erklärte Wahid: »Seine Geschäftspartner haben versichert, daß er bei ihnen nicht angekommen ist.«

Aziza erbleichte. »Was soll das heißen?« Aber Unsija meinte, obwohl auch sie beunruhigt war: »Mein Herz sagt mir, daß nichts geschehen ist.«

»Mein Herz sagt mir etwas anderes«, stammelte Aziza.

»Laßt den Kopf nicht hängen«, ermunterte Rummana die Frauen. Doch Aziza rief aufgebracht: »In eurer Familie gibt's mehr Verschwundene als Anwesende!«

»Möge Gott die bösen Ahnungen vereiteln«, flehte Unsija. »Amen«, flüsterte Raifa. In diesem Moment brach Aziza in Schluchzen aus, und laut klagte sie: »Was kann ich für ihn tun? Ich, eine schwache Frau!«

»Der erste Schritt ist getan, aber wir werden weiter suchen«, versuchte Wahid sie zu beruhigen.

»Er hat keinerlei Feinde«, überlegte Unsija laut.

»Das stimmt, aber Gefahren lauern überall«, sagte Rummana nachdenklich. Aziza stöhnte. »Ich werde alles tun, selbst das Unmöglichste«, versicherte Wahid.

39 Es verging eine Woche, es verging die nächste. Ein Tag folgte dem andern, als wäre nichts geschehen. Die Leute waren mit Sonne, Nacht, Tag, Essen beschäftigt. Alle glaubten, daß Kurra nie wieder ins Viertel zurückkehren würde.

40 Standhaft kämpfte Aziza gegen das Vergessen und die Gleichgültigkeit an. Für sie geschah an jedem Morgen das Unglück erneut. Trauer und Wut zerrissen ihr das Herz. Sie weigerte sich zu glauben, daß das Leben von einem Moment zum andern völlig verändert sein sollte. Vor lauter Anspannung hatte sie eine Fehlgeburt und lag eine Woche krank darnieder.

Sie ließ Wahid holen. »Ich werde keine Ruhe geben«, erklärte sie. »Ich werde nicht aufgeben, ihn zu finden, und wenn ich mein ganzes Leben damit zubringe.«

»Du ahnst nicht, liebe Schwägerin, wie verzweifelt ich bin. Es ist eine Schande, daß dem Bruder eines Führers so etwas zustößt.«

»Ich werde nicht ruhen, ich werde nicht aufgeben.«

»Jeder meiner Männer hat den Auftrag, zu suchen und nachzuforschen. Ich habe auch andere befreundete Schutztruppen um Hilfe gebeten.« Er zögerte. »Ich habe meine Mutter in Bulak aufgesucht. Sie ist erblindet. Wir sind zum Führer von Bulak gegangen, alle Welt sucht jetzt also nach Kurra.«

41 Ismail al-Bannan, der Vater von Aziza, schlug einen anderen Weg ein, ihr zu helfen. Er sprach mit dem Polizeikommissar, der ihm versicherte, alle nur denkbare Hilfe zu leisten. Er hoffte, ihr damit Mut zu machen und sie trösten zu können, aber Aziza schien kaum hingehört zu haben.

»Mir ist, als wüßte mein Herz bereits alles ...«

Er wurde unruhig. Besorgt sah er sie an. »Hüte dich, Unschuldige zu verdächtigen.«

»Unschuldige!?«

»Hör mir gut zu – hüte deine Zunge!«

»Außer den beiden haben wir keine Feinde.«

»Für Wegelagerer ist jeder, der vorbeikommt, ein Feind.«

»Nur die beiden sind unsere Feinde.«

»Du hast keinen Beweis dafür. Du verdächtigst sie nur, weil du sie noch nie leiden konntest.«

»Ich werde nicht aufgeben, es herauszubekommen, und sollte ich das ganze Leben dafür brauchen.«

42 Aziza wagte, was keiner sich traute. Sie stürzte in den Teil des Hauses hinüber, den die alte Dija bewohnte. Sie hockte auf ihrer Schlafmatte und starrte versunken auf das Muster des Teppichs. Aziza kniete sich neben sie. »Großmutter Dija, was meinst du?« flüsterte sie. Doch ihre Stimme schien in die Welt des Zaubers nicht eindringen zu können. Inbrünstig flehte sie nochmals: »Sag mir doch etwas, Großmutter!«

Dija hörte nicht, fühlte nicht, war nicht von dieser Welt. Auf einmal überfiel Aziza das Gefühl, gegen das Verborgene, das niemand erreichte, zu kämpfen und das Unmögliche herausfordern zu wollen.

43 Aziza lebte zurückgezogen mit Aziz in ihrem Flügel des Hauses. Selbst das Essen wurde ihr gebracht. Als eines Tages Rummana und Raifa sie besuchten, schienen sie aufrichtig bekümmert zu sein. »Daß du dich absonderst, macht uns noch trauriger«, erklärte Raifa.

»Ich tauge nicht mehr zum Zusammenleben mit anderen«, lautete Azizas Antwort. »Aber wir sind doch deine engsten Verwandten«, murmelte Rummana vorwurfsvoll.

»Trauer ist wie die Pest, damit muß man allein fertig werden.«

»Aber nein, gegen Trauer hilft das Zusammensein mit anderen Menschen. Außerdem sollst du wissen, daß ich die Suche noch immer nicht aufgegeben habe.«

»Genau«, erwiderte Aziza plötzlich entschlossen, »wir haben es mit einem Mörder zu tun, und den müssen wir finden.«

»Ich kann nicht glauben, daß Kurra ermordet sein soll!« rief Raifa.

Azizas Stolz verbot ihr zu weinen. Kein einziges Wort glaubte sie den beiden, und von ihrem Besuch hatte sie sich ohnehin nichts Gutes erhofft. Zu Wahid und ihrem Vater hielt sie die Beziehung aufrecht. Sie wollte nicht völlig der Verzweiflung unterliegen. So verging ein Tag nach dem andern, und Kurra blieb versunken in der Welt des Verborgenen.

44

Im Viertel wurde Kurras Verschwinden offiziell Räubern und Wegelagerern angelastet. Wann immer das Ereignis in irgendeinem Zusammenhang erwähnt wurde, fielen genau diese Wörter: »Räuber und Wegelagerer«. Aber in der Schenke und Haschischhöhle sprach man leise einen ganz anderen Verdacht aus, und der richtete sich immer stärker gegen Rummana. Er hätte den Bruder umgebracht, bevor der ihn aus dem Geschäft hinauswerfen und in den Ruin stürzen konnte. Hatte er jetzt nicht alles erreicht? Das Geschäft führte er allein, und er konnte nicht nur frei über sein Geld, sondern auch über das seines Neffen verfügen. Mit der Trinkerei und dem Glücksspiel hatte er aufgehört. Offenbar wollte er jeden Verdacht vermeiden, das Geld des kleinen Aziz zu verschleudern. Gegenüber Wahid zeigte er sich großzügig, um sich den Schutz des Führers zu sichern.

Trotzdem schrumpfte das Geschäftskapital zusammen, und die Abschlüsse wurden immer geringer. Rummana entschuldigte sich damit, daß er eben zuwenig vom Handel verstehe und nicht geschickt genug sei.

»Ich schaffe es nicht, deshalb wäre es mir lieb, wenn du, falls du willst, im Geschäft mitarbeiten würdest«, erklärte er seinem Bruder Wahid.

Aber der erwiderte kühl und gelassen: »Du weißt, daß ich in solchen Dingen keinerlei Erfahrung habe.«

45 Aziza kümmerte sich nicht darum, ob sich im Geschäft etwas änderte oder nicht. Sie träumte von dem Tag, an dem Aziz den Platz seines Vaters einnahm, sich vom Onkel trennte und im Geschäft alles wie früher lief. Deshalb übernahm sie auch die volle Verantwortung für die Erziehung ihres Sohns. Sie schickte ihn sehr früh zur Koranschule, verschaffte ihm einen Privatlehrer für Rechnen und Wirtschaftskunde, und nicht nur, daß sie ihm von seinen Vorfahren aus der Nagi-Familie ein wenig erzählte, nein, aus lauter Treue zu Kurra pries und rühmte sie die Heldenhaftigkeit der Nagis und sprach über deren legendäre Größe und Herrlichkeit. Unbewußt oder bewußt ging damit immer einher, daß sie ihn vor seinem Onkel und dessen Frau warnte und Abneigung gegen die beiden weckte. Sie überschüttete ihn mit Geschichten, in denen es um das feindselige Verhältnis zwischen Vater und Onkel und um das eigenartige Verschwinden des Vaters ging.

Kurra war in Vergessenheit geraten. Nur in Azizas Herzen lebte er wie eh und je, und auch Aziz machte sich in der Phantasie ein Bild vom Vater. Azizas liebster Tagtraum war, sich vorzustellen, wie sie kreuz und quer durchs Land zog, Kurra suchte und ihn plötzlich fand. Oder sie träumte davon, die Beweise für den Mord in die Hand zu bekommen, Kurra zu rächen und der Gerechtigkeit zu Ansehen und dem Herzen zu heiterem Frieden zu verhelfen.

46 Kaum war Aziz zehn Jahre alt geworden, forderte Aziza ihn auf, im Geschäft als Lehrling zu arbeiten. Rummana begrüßte das Ansinnen überschwenglich mit den Worten: »Ein herzliches Willkommen dem lieben Sohn meines teuren Bruders.«

Wenig später starb Azizas Vater, und sie erbte ein beträchtliches Vermögen. Augenblicklich beschloß sie, das Geld zurückzulegen, damit Aziz, wenn er den Onkel als Partner verabschiedete, finanziell abgesichert war. Anderthalb Jahre später gab es noch einen Todesfall – Unsija starb. Alle, die Aziza lieb und teuer gewesen waren, gab es nicht mehr. Von nun an lebte sie mit Rummana und Raifa allein im Haus, abgesehen von der alten Dija, insoweit man sie noch als existent betrachten konnte. Zu schwach, um noch durch die Straßen zu irren, lebte sie völlig zurückgezogen in ihrem Flügel des Hauses. Bei Sonnenuntergang stellte sie sich in den Holzerker und hielt das Weihrauchgefäß hinaus. In den glanzlosen Augen fehlten die Tränen, sie weinte nicht mehr.

47 Wann immer Rummana nichts zu tun hatte, schaute er auf und beobachtete Aziz.

Er hatte den Platz seines Vaters im Büro eingenommen und trat sicher auf, was von einer ausgewogenen Intelligenz sprach. Er befand sich in der Pubertät, strotzte vor Tatendrang. Ein gutaussehender junger Bursche war das – groß und schlank, hübsches Gesicht, und in seinen Augen lag Ungeduld, aber auch Nachdenklichkeit. Onkel und Neffe gingen sehr höflich miteinander um, wenn auch ohne wirkliche Vertrautheit. Hinter jedem noch so geschliffenen

Wort, hinter jedem noch so freundlichen Lächeln verbarg sich Abneigung. Jede noch so nette Reaktion hatte etwas von der trügerischen Wärme der Aprilsonne. Die giftigen Pfeile der Mutter staken im Köcher. Der junge Bursche konnte eines Tages gefährlich werden. Rummana stellte sich manchmal vor, daß Aziz sein Sohn wäre. Er tat es gern, und selbst der Umstand, daß Aziza und Kurra zu gleichen Teilen in dem Jungen wiederzufinden waren, hielt ihn von solchen Träumereien nicht ab. Aber was nützte es? Entscheidend war nicht das Blut, sondern was im Herzen vorging. Der Junge war der Sohn seines Bruders, also sein Feind. Er konnte sich einbilden, was er wollte, nie würde Aziz ihn lieben. Dafür gab es keine Grundlage. Und wenn Aziz wüßte, was ihm durch den Kopf ging, würde er ihn wahrscheinlich noch mehr hassen.

»Du machst den Eindruck, als wärst du in Gedanken abwesend. Ist etwas?«

Aziz schaute verwirrt auf, als hätte er nicht verstanden.

»Wo sind deine Freunde? Warum triffst du dich nicht mit ihnen?«

»Sie besuchen mich manchmal zu Hause«, stammelte Aziz.

»Aber das reicht doch nicht.« Rummana lachte. »Übrigens ist mir aufgefallen, daß du nie ›Onkel‹ zu mir sagst.«

Aziz geriet in Verwirrung.

»Ich bin aber dein Onkel, und dein Freund bin ich auch.«

»Natürlich«, murmelte Aziz und lächelte verkrampft.

Der Bursche fühlte sich bedrängt. Vielleicht mußte er klüger vorgehen, um das Verhältnis zu ändern. Wollte er den Jungen aus dem Schneckengehäuse herauslocken, in das er sich verkrochen hatte, wollte er ihn aus den Fängen der Mutter befreien, wäre es das beste, ihn abends zu seiner

Männerrunde mitzunehmen. Er beugte sich wieder über die Akten, doch im nächsten Moment zauberte ihm seine Phantasie die aberwitzigsten Bilder vor Augen. Was, wenn der Junge stürbe? Nach einem Unfall zum Beispiel? Oder einer Krankheit?

48 Rummana vertraute sich Raifa an. »Oft genug habe ich dich vor dieser Schlange Aziza gewarnt«, tönte sie vorwurfsvoll. »Ich habe deine Warnung nicht nötig«, wehrte er verärgert ab.

»Dann brauchst du wohl auch keinen Ratschlag, was zu tun ist.«

Ach, zum wievielten Mal stritten sie darüber. Der Teufel blitzte in ihren hübschen Augen. »Der Krug geht so lange zum Brunnen, bis er bricht«, brummte er wütend.

»Dann warten wir's doch ab«, spottete sie.

»Immerhin arbeitet er jetzt mit mir zusammen, das läßt einen doch hoffen.«

»Bildest du dir etwa tatsächlich ein, du könntest ihn von seiner Mutter wegbringen, die vor Haß nur so kocht?«

»Nun ja, bisher hat er von der Welt und ihren Freuden nicht viel mitbekommen.«

»Ihr Gift steckt viel zu tief in ihm!«

Rummana starrte düster vor sich hin, stöhnte. Gespanntes Schweigen setzte ein, nur gebrochen vom Knistern tödlicher Gedanken. Unten auf der Straße lärmten Kinder, und an das Gitter des Holzerkers trommelte leise der Regen.

»Es regnet schon wieder«, seufzte Raifa.

Rummana stocherte in der Glut des Ofens. »Und fürchterlich kalt ist es auch.«

»Das könnte die Lösung sein ...«

Er schreckte auf. »Was?«

»Solch ein Bursche könnte doch davon träumen, den Ruhm der Nagis wiederauferstehen zu lassen.«

»Aziz?«

»Warum nicht? Er ist genau im richtigen Alter für solche Spinnereien, wie damals dein Vater, bevor er verschwunden ist.«

Bestürzt starrte er sie an. Er fürchtete sie im gleichen Maß, wie er sie bewunderte. Er winkte ab. »Der Junge vertraut mir nicht.«

»Wenn er nicht merkt, woher der Wind weht, würde er losstürmen.« Sie atmete tief durch. »Und zum richtigen Zeitpunkt müßte man Wahid warnen.«

Was sollte das nützen? Andererseits war es gut, sich nicht völlig vom Ärger zerfressen zu lassen und sich mit dem Schmieden blutrünstiger Pläne abzulenken.

49 Gegen das Argument, daß Aziz die Kunden besser kennenlernen mußte, konnte Aziza nichts einwenden. Also nahm Rummana ihn abends in die Haschischhöhle mit. Die Wasserpfeife machte die Runde, aber Rummana hielt den Jungen davon ab. »Das ist in einer Männerrunde so üblich, aber du läßt besser die Finger davon. Das ist nichts für dich.«

Aziz kam mit einigen Männern ins Gespräch. Es freute ihn, daß sie gegenüber seinem Vater freundschaftliche Gefühle hegten und sein Andenken hochhielten. Immer wieder hörte er Sätze wie: »Einen so ehrlichen und korrekten Menschen wie ihn gibt es nicht noch einmal.«

»Bei ihm stand die Moral vor den Geschäftsinteressen.«

»Als Kaufmann war er das, was sein Ahnherr als Führer war.«

»Mit seinem Verschwinden hat die ruhmvolle Tradition der Nagis ein schmerzlicher Verlust getroffen.«

»Eines Tages wird jemand kommen und die glorreiche Zeit wiederherstellen.«

Ähnliches konnte Aziz bei jedem geselligen Zusammensein hören. Auf dem Heimweg ging Rummana darauf mit Bemerkungen ein wie »Diese Leute können nicht aufhören zu träumen« oder »Ohne deinen Onkel Wahid würden wir in diesem Viertel nichts darstellen«.

Einmal wagte Aziz zu sagen: »Wahid ist aber nicht wie der große Aschur.«

»Niemand ist wie Aschur. Die Zeit der Wunder ist vorbei. Uns reicht es, wenn einer von den Nagis Schutzherr geworden ist.«

Wie gern hätte er gewußt, was im Innern des Jungen vor sich ging. Wann immer er ihn beobachtete, kroch ihn die Begeisterung an, die in den Augen des Jungen aufflammte.

50 Eines Abends erklärte Aziza: »Endlich ist es soweit.« Aziz wußte, was sie meinte, wartete aber dennoch schweigend ab. »Du kannst dich jetzt allein um deine Angelegenheiten kümmern. Du bist kein Junge mehr. Mach dich unabhängig von deinem Onkel. Ich habe Geld, das kann dir helfen, genauso erfolgreich wie dein Vater zu werden.«

Aziz nickte zwar zustimmend, sah aber trotzdem nicht so begeistert aus, wie sie es erwartet hatte. »Schaff dir den Feind deines Vaters vom Hals. Er hat dich schon zur Genüge ausgeplündert.«

»Einverstanden.«

»Sonderlich erfreut wirkst du nicht.«

»Du täuschst dich, auf diesen Tag habe ich gewartet.«

»Du wirst also handeln?«

»Gewiß.«

»Irgend etwas scheint dich zu beschäftigen. Es ist mir

schon öfters aufgefallen, aber ich habe immer geglaubt, daß du überarbeitet wärst.«

»So ist es.«

Mißtrauisch sah sie ihn an. »Das stimmt nicht, Aziz. Deine Augen verraten mir, daß es um etwas anderes geht.«

Er lachte. »Nun mach nicht aus einer Fliege einen Elefanten.« Insgeheim freute es ihn, daß sie genausowenig aus ihm herausbekam wie sein Onkel Wahid. Er wußte nur zu gut, was sie fühlte und dachte.

»Du darfst mir nichts verheimlichen, Aziz«, sagte sie besorgt. »Wir sind von Feinden umgeben, also mußt du mich in alles einweihen.«

Aziz gab sich heiter und gelassen. »Ich werde alles genau so tun, wie wir es uns vorgenommen haben. Alles andere ist nur ein Traum.«

Aziza erschrak. »Was für ein Traum? Die meisten Träume enden tödlich!«

Ein Schauder überlief ihn. Ihr durchdringender Blick verriet, daß sie mit dem untrüglichen Instinkt der Mutter, in den sich Liebe und Angst gleichermaßen mischten, die Wahrheit ahnte. »Ach was, es ist nichts Besonderes«, antwortete er ausweichend.

»Aziz, mach mich nicht wahnsinnig! Ich habe unendlich gelitten, habe mehr ertragen als jede andere Frau. Du bist meine einzige Hoffnung, wegen dir habe ich Geduld aufgebracht und ausgehalten. Endlich kann ich aus dem Alptraum erwachen. Wir mußten es schaffen, Bösartigkeit und Verschlagenheit zu überleben, und auch künftig wird das Gift in hübschen Zuckerstückchen eingepackt sein. Vor dem offenen Feind braucht man keine Angst zu haben, aber bei einem Feind, der lieb lächelt, dir gut zuredet, heilende Medizin gibt und dich treuherzig ansieht, vor einem solchen Feind mußt du dich fürchten!«

Um nicht weiter von ihr bedrängt zu werden, wiegelte er ab: »Ich bin kein grüner Junge mehr, Mutter.«

»Aber du bist noch unschuldig, und für die Schurken sind die Unschuldigen ein gefundenes Fressen.«

»Er gehört nicht dazu«, rutschte ihm unwillkürlich heraus.

»Wer? Rummana?«

»Ja.«

»Erzähl mir alles, habe keine Scheu. Bin ich dir so fremd geworden, daß ich nicht mehr wissen soll, was dich umtreibt? Daß ich auf blinde Zufälle hoffen muß, um etwas zu erfahren?«

»Ich wollte dir nichts verheimlichen, aber ich habe Angst, daß du dir Sorgen machst.«

»Sprich offen mit mir, sonst bleibt mir auf der Stelle das Herz stehen.«

Aziz stand auf, ging hin und her. Plötzlich blieb er vor ihr stehen. »Habe ich nicht das Recht, an große, edle Taten zu denken?«

Entsetzt wich sie zurück. »Weißt du, was das heißt, Aziz?« rief sie. »Du solltest dir die Folgen überlegen. Dein Großvater Samaha hat ähnliches vorgehabt, und nun zieht er irgendwo wie ein Bettler herum ... Was sind denn große, edle Taten?«

Er begann zu erzählen, sprach von seinen abendlichen Begegnungen und der Bewunderung, die die Männer für die glorreiche Zeit der Nagis hegten. Aziza hörte zu und wurde immer blasser. Schließlich war sie bleich wie eine Tote. Kaum vernehmbar stieß sie hervor: »Ein Komplott. Das ist ein Komplott gegen deinen Onkel Wahid.«

»Unsinn, ich bin nicht blöd.«

»Rummana steckt dahinter.«

Aufgeregt fiel er ihr ins Wort. »Er hat nie etwas gesagt,

immer steht er auf seiten von Onkel Wahid! Im Gegenteil, er hat mich gewarnt!«

»Du darfst ihm nicht glauben. Die Leute plappern nur nach, was er ihnen eingibt. Hast du etwa laut und deutlich von deinen ehrgeizigen Plänen erzählt?«

»Ach was, so dumm bin ich nicht. Ich habe immer gesagt, daß ich Onkel Wahid nie verraten würde.«

»Gut so. Hast du Rummana etwas erzählt?«

»Aber nein. Ich habe ihm das Gefühl gegeben, auf ihn zu hören.«

Aziza seufzte laut auf, in ihren Augen standen Tränen. »Gott sei Dank ...«, flüsterte sie. Sie riß sich zusammen, ihre Stimme wurde schneidend. »Es reicht, daß die beiden mir den Strick drehen wollen. Für dich gibt's nur eins – die Arbeit. Mach dich unabhängig vom Feind deines Vaters, mehr noch, von seinem Mörder. Kümmere du dich um deine Angelegenheiten. O Gott, was für ein Unheil.«

51 Es herrschte bedrückende Stille, ein Sturm stand bevor. Der Blick von Aziz kündete nichts Gutes an. Seit er volljährig war, hatte sich Rummana auf den entscheidenden Schlag eingestellt. Es war ihm nicht gelungen, Aziz' Vertrauen zu gewinnen. Der Bursche war zwar auf seinen freundlichen Umgangston eingegangen, aber er hatte ihn nie zu fassen bekommen. Es war soweit, die Stunde der Rache war gekommen.

Eines Morgens baute Aziz sich vor ihm auf und eröffnete das Gespräch mit »Mein Onkel ...«

Zum erstenmal redete er ihn so an, das konnte nur Unheil verheißen. »Ja, lieber Neffe?«

»Ich möchte das Geschäft allein weiterführen.«

Das kam mit einer Ruhe, die er von Kurra kannte und immer gehaßt hatte. Der Schlag saß. Wenn er ihn auch seit langem erwartet hatte, geriet er nun doch außer Fassung. »Im Ernst?« stammelte er. »Nun ja, du bist frei, es zu tun. Aber warum? Warum unsere Kraft spalten?«

»Meine Mutter will sich beteiligen.«

»Wie die Dinge liegen, ist das gut möglich.«

»Du weißt, daß das auch der Wunsch meines Vaters gewesen ist.«

»Er hat mal davon geredet, aber beschlossen war nichts. Es hätte nichts dagegen gesprochen …«

»… wenn er nicht auf so eigenartige Weise verschwunden wäre«, erwiderte Aziz kühl.

Rummanas Herz verkrampfte sich, aber er tat, als hätte er die Spitze nicht wahrgenommen. »Wäre es ihm mit der geschäftlichen Trennung ernst gewesen, hätte er seine Reise verschieben können.« Er lachte verächtlich. »Du darfst nicht alles glauben, was erzählt wird.«

»Ich glaube das, was richtig ist«, entgegnete Aziz mit einer Schneidigkeit, die er ihm nie zugetraut hätte.

»Wie gesagt, du bist frei, zu tun, was du willst. Aber die Trennung wird uns beiden schaden.«

»Mir nicht.«

Auch der Schlag saß. Haß loderte in ihm auf. Wenn Aziz tatsächlich sein Sohn wäre, könnte er doch wohl kaum dermaßen verletzend sein? Wie sollte er die Teufelsbrut aus Aziz' schwarzem Herzen vertreiben, die nur auf Rache aus war? »Es steht dir nicht zu, so zu reden. Willst du nicht noch einmal in Ruhe überlegen?«

Die Antwort kam äußerst freundlich: »Es ist beschlossene Sache.«

»Auch wenn ich dich inständig bitte, davon abzusehen?«

»Tut mir leid, aber ich kann der Bitte nicht nachkommen.«

»Wegen deiner Mutter, nicht wahr?«

»Wie ich schon sagte, sie will sich beteiligen.«

»Sie ist von einem Mißtrauen, das schon an Haß grenzt. Und alles nur wegen eines Hirngespinsts.«

Aziz zögerte einen Moment. »Es handelt sich nicht um Spinnereien, sondern darum, daß die Einnahmen ungenügend sind. Eine Teilhaberschaft liegt nicht in meinem Interesse.«

»Und du willst alles allein machen?«

Unangenehm berührt murmelte Aziz: »Es nützt nichts, weiter zu diskutieren, mein Herr.«

Außer sich vor Wut schrie Rummana: »Du haßt mich! Das ist übelster, schwärzester Haß! Das ist der Fluch, der die Nagis verfolgt!«

52 Niedergeschmettert ging Rummana nach Hause und berichtete Raifa auf der Stelle, was passiert war. »Das Samenkorn des Hasses ist aufgegangen und stößt seinen giftigen Keim heraus.« Mit wutverzerrtem Gesicht zischte Raifa: »Da bleibt nur noch Wahid.«

»Aber dieser kleine durchtriebene Kerl ist nicht in die Falle getappt.«

»Darauf kannst du jetzt nicht mehr warten.«

»Die Sache ist nicht so einfach, wie du glaubst.« Etwas ruhiger fuhr er fort: »Dein Erbe kann uns helfen.«

»Mein Erbe?«

»Aziza wird ihm mit ihrem Erbe helfen ...«

»Weil sie es für den Tag der Rache aufgehoben hat.«

»Mit deinem Erbe könnte ich einen neuen Anfang wagen.«

Verblüfft starrte sie ihn an. »Und was ist mit deinem Geld?«

»Es reicht nicht, um ein Geschäft aufzumachen«, antwortete er zerknirscht.

»Ha, beim Glücksspiel hast du es verschleudert!« schrie sie.

»Was soll das? Ist das der Moment zum Streiten?«

»Ich habe nicht wie diese Schlange gespart, und da kommst du und willst das bißchen, was von meinem Erbe übrig ist, verschleudern? Sollen wir dann beide betteln gehen?«

»Ich werde mich ändern.« Raifa ließ ein spitzes Lachen hören, was Rummana in helle Wut versetzte. »Nun gut«, erklärte er eisig, »dann bleibt nur eins. Ich erzähle Aziz, daß er mein Sohn ist.«

Das war zuviel für Raifa. »Schluß damit! Bist du noch immer nicht davon überzeugt, daß du unfruchtbar bist?«

»Ich? Du bist es!« schleuderte er ihr entgegen.

»Ich habe mich untersuchen lassen, bei mir hat die Hebamme nichts gefunden!«

Er hob den Arm, wollte sie schlagen, aber wie eine lauernde Löwin hielt sie sich bereit, sich auf ihn zu stürzen. Er hielt inne. Offensichtlich enttäuschte sie sein Rückzug. Um ihn noch mehr zu reizen, schrie sie: »Unsere Feinde werden sich ins Fäustchen lachen! Offensichtlich ist das Hirngespinst von deiner angeblichen Vaterschaft daran schuld, daß du diesen Bengel nicht aus dem Weg geschafft hast!«

Ungläubig schüttelte er den Kopf. »Für dich scheint Mord ein Kinderspiel zu sein.«

Es klopfte. Die Dienerin kam und meldete den Besuch von Scheich Tawakkul an.

53 Rummana bat den Scheich in die Empfangshalle im ersten Stock. Der Mann sah dermaßen aufgeregt und verstört aus, daß Rummana schlimme Ahnungen beschlichen. Ohne sich lange in höflichen Floskeln zu verlieren, fragte der Scheich: »Hast du Ärger mit deinem Bruder Wahid gehabt?«

»Aber nein, wir stehen bestens miteinander«, erwiderte Rummana überrascht.

»Ich komme gerade aus der Schenke. Wahid tobt betrunken herum, brüllt und flucht und beschuldigt dich, deinen Neffen Aziz gegen ihn aufgehetzt zu haben.«

Entsetzt sprang Rummana auf. »Lüge! Verleumdung!«

Hastig sagte der Scheich: »Du mußt ihn auf der Stelle beruhigen. Mach schnell, sonst …«

»Was sonst?«

»Wenn du dich nicht beeilst, wird er dich kurz und klein schlagen.«

»Unsinn, schließlich ist er mein Bruder.«

Ohne sich über die Tragweite seiner Worte im klaren zu sein, erwiderte der Scheich: »Es kam schon öfter in unserm Viertel vor, daß ein Mann seinen Bruder tötet.«

Rummana schluckte. »So, meinst du …«

»Tut mir leid, dich anzutreiben, aber beim heiligen Hussain, du mußt dich beeilen!«

54 Rummana traute sich nicht, Wahid im betrunkenen Zustand zu begegnen. Er beschloß, bis zum Morgen zu warten. Aber um Mitternacht kam Ismail al-Kaljubi, der Scheich der Moschee, ins Haus gestürzt. Wahid ließe ihm ausrichten, daß Rummana nicht wagen solle, den Fuß vor die Tür zu setzen. Es würde sein Ende bedeuten.

Rummana begriff, daß Aziz es war, der zwischen ihn und Wahid einen Keil getrieben hatte. Er rannte hinüber in dessen Räume und fiel mit wüsten Beschimpfungen über ihn her. Schon drohte ein heftiges Handgemenge auszubrechen, da erschien Aziza und gab zu, daß sie das Komplott, in das Rummana ihren Sohn hineinziehen wollte, durchschaut und Wahid darüber informiert hatte. Rummana, vor Wut blind, wollte über sie herfallen, doch sie schrie ihm ins Gesicht: »Geh mir aus den Augen, du Mörder! Du hast Kurra umgebracht!«

Die Situation spitzte sich zu. Haß und Zorn machten das Leben unerträglich, und alles spielte sich im Beisein der Dienerschaft ab. Aziza und Aziz zogen ins Haus der Bannans. Nun hatte Rummana nur noch Raifa um sich, und natürlich die alte Dija.

Aziz führte das Getreidegeschäft allein. Er hatte es neu hergerichtet, und nicht lange, und es blühte wie einst zu Kurras Zeiten. Wahid vertraute ihm voll und ganz, denn da Aziza ihn ins Vertrauen gezogen hatte, war Aziz über jeden Verdacht erhaben. Er suchte ihn im neuen Geschäft auf, wünschte ihm Glück und sicherte ihm vor dem ganzen Viertel seinen Schutz zu. Aziz verzichtete auf seine Träume, auch wenn es ihn traurig stimmte und er sich selbst verachtete. Wohl oder übel mußte er sich damit begnügen, seine edle Gesinnung auf das Geschäft und die Arbeiter, Angestellten, Kunden und einige wenige Arme, die ihm hier und da halfen, zu beschränken.

55 Rummana hielt sich im Haus versteckt. Ohne daß ein Urteil über ihn gesprochen worden wäre, hatte er Arrest über sich verhängt. Angst beherrschte ihn, und tief im Innern verspürte er Scham. Das Geld war verschleudert, seins und das von Raifa. Die Unzufriedenheit fraß ihn auf, und um sich weniger elend zu fühlen, flüchtete er in Alkohol und Drogen. Seine Wut richtete sich gegen alles und jeden – gegen Diener, Möbel, Wände, gegen das Unsichtbare.

Das Verhältnis zu Raifa wurde immer gespannter, verschlechterte sich von Tag zu Tag. Seine Feigheit, Untätigkeit, Trunkenheit und Tobsucht widerten sie an. Immer öfter gab es Zank und Streit, und wo einst Harmonie herrschte, machte sich nun Abneigung breit. Wann immer sie übereinander herfielen, verlangte sie von ihm die Scheidung. Schließlich verlor er den Verstand und verstieß sie tatsächlich, eine voreilige Entscheidung, denn keiner von beiden konnte ohne den anderen leben. Aber Zorn macht wahnsinnig, Hochmut zänkisch, Sturheit krank. Als wollte jeder dem andern beweisen, daß nicht er unfruchtbar war, stürzten sie sich in andere Ehen. Raifa heiratete einen Verwandten, Rummana eine seiner Dienerinnen. Doch nicht lange, und beiden dämmerte es, daß sie keine Kinder haben würden. Rummana heiratete eine zweite, eine dritte, eine vierte Frau, leerte den bitteren Kelch bis auf den letzten Tropfen.

Jeder lebte in seiner Hölle, kümmerte verdrossen und ohne Liebe vor sich hin.

56 Eines Morgens tauchte am Rand des Viertels ein Fremder auf. Er trug einen schwarzen Turban und eine purpurrote Abaja. Er hatte einen weißen Bart und eine hohe, edle Stirn. Er schien blind zu sein, denn er suchte sich seinen Weg mit einem Stock. Gleichgültig gingen die Blicke über ihn hinweg, nur hier und da fragte sich einer, was der Mann hier zu suchen hätte.

Als er nur noch auf Armeslänge vom Anfang der Straße entfernt war, blieb er stehen und rief: »He ihr, Leute Gottes!« Der Wirt Sadik Abu Takija trat auf ihn zu. »Was willst du?«

Mit beklommener Stimme sagte der Fremde: »Zeig mir das Haus von Chidr Sulaiman an-Nagi.« Sadik Abu Takija musterte prüfend sein Gesicht, und auf einmal glaubte er zu träumen und von der Vergangenheit eingeholt zu werden. Verblüfft rief er: »Gütiger Gott! Das ist doch Samaha Bikr an-Nagi!«

Voller Dankbarkeit stieß der Blinde hervor: »Gott hat dich erleuchtet.« Hastig eilten ein paar Leute herbei, allen voran Wahid, Aziz, Mohammed Tawakkul und Ismail al-Kaljubi. Ein jeder wollte ihn umarmen, ein jeder überschüttete ihn mit Segenswünschen.

»Was für ein Glückstag, Vater!«

»Endlich ist der Tag der Gerechtigkeit gekommen, Großvater!«

»Was für ein Freudentag, Meister!«

Samaha strahlte vor Glück, und ein ums andere Mal wiederholte er: »Gott segne und behüte euch, Gott segne euch ...« Ein jeder wollte ihn zu sich nach Hause einladen, aber er erklärte mit fester Stimme: »Danke, aber mein Platz ist im Haus von Chidr.«

Die Nachricht verbreitete sich wie ein Lauffeuer. Aus den Läden stürzten die Händler, aus den Hütten und Ruinen die Habenichtse und Hungerleider, Hochrufe brandeten auf, und an den Fenstern und Holzerkern standen die Frauen und stießen Freudentriller aus. »Preis und Dank Gott, dem Allmächtigen«, sagte Sadik Abu Takija. »Keine Fremde dauert ewig, keine Ungerechtigkeit muß auf immer ertragen werden.«

57 Samaha saß auf dem Diwan, und Wahid, Rummana und Aziz hatten zu seinen Füßen auf Polstern Platz genommen. Seit langem trafen die drei Männer wieder einmal aufeinander, seit langem mußten sie sich friedlich zeigen, auch wenn im Innern noch soviel Zorn schwelte. Wie in einem Medizinschrank waren Balsam und Gift vereinigt. Hader und Zwist ruhten angesichts des gepeinigten Vaters, dem Schmutz und Schmähung nichts hatten anhaben können. »Wir haben dir ein Bad vorbereitet, und das Essen ist auch fertig«, sagte Wahid.

»Gemach, nur gemach«, entgegnete Samaha. »Erst muß mein Herz zur Ruhe kommen.« Er sah sich um. »Wo ist Onkel Chidr?«

»Gepriesen sei, wer Ewigkeit erlangt hat«, seufzte Wahid.

Für einen Moment schwieg Samaha bedrückt, dann fragte er: »Und wo ist seine Frau Dija?«

»Sie wohnt noch hier, weilt aber eigentlich schon in Gottes Reich.«

Von Mitleid ergriffen, zögerte Samaha, bevor er sich nach Kurra erkundigte. Als alle bedrückt schwiegen, stöhnte er auf. »Er also auch! Wie oft habe ich geträumt, daß mir ein Zahn herausgerissen wird.« Er breitete die Handflächen aus. »Gib mir deine Hand, Aziz.« Zärtlich drückte er sie. »Du erinnerst dich noch an ihn, nicht wahr?«

»Gott, der Allmächtige, hat ihn zu sich genommen, als ich ein Kind war.«

»O du gütiger Erbarmer! Und wer ist deine Mutter?«

»Die Tochter von Ismail al-Bannan.«

»Eine gute, ehrenvolle Wahl. Wo ist sie?«

»Sie muß gleich bei uns sein, sie kommt mit deiner Schwester Safija.«

»Was ist mit dir, Rummana?«

Rummana und Wahid tauschten einen kurzen Blick. »Ich habe mehrere Frauen, sie stehen dir alle zu Diensten.«

»Wo sind deine Kinder?«

»Mir wurden keine geschenkt.«

Samaha seufzte ächzend. »Gottes Wille geschehe. Und du, Wahid, wie geht es dir?« Es setzte Schweigen ein. Samaha schüttelte beunruhigt den Kopf. »Was ist, Wahid?«

»Ich bin nicht verheiratet«, sagte er, und seine Stimme klang düster.

»Seltsam, was ich alles hören muß. Da waren also meine Alpträume nicht ohne Grund. Wo ist mein Bruder Ridwan?«

»Gott hat ihn zu sich gerufen, herzliches Beileid.«

»Ach! Nichts als Namen, was einem bleibt.« Er schwieg, als wollte er in Ruhe das Gehörte verarbeiten. Die Spannung, die den Raum beherrschte, schien er nicht wahrzunehmen. Nach einer Weile fragte er: »Wer ist zur Zeit Führer der Schutztruppe?«

»Dein Sohn Wahid«, und zum erstenmal dröhnte Wahids Stimme stolz und kräftig.

»Ach, wirklich?« staunte Samaha, sichtlich beeindruckt.

»So ist es, Vater.« In aller Kürze erzählte er, wie es dazu gekommen war, von seinem Traum, von seiner Machtübernahme. Samahas Gesicht leuchtete auf, und er rief: »Das ist die erste gute Nachricht!« Zufrieden und dankbar verschränkte er die Arme. »So ist also Aschurs ruhmvolle Zeit zurückgekehrt.« Rummana und Aziz gerieten in Verlegenheit, aber Wahid tönte protzig: »Genau, Aschurs Ära hat wieder begonnen.«

»Was für ein Segen der Sieben Himmel!« rief der blinde Samaha und strahlte vor Freude. »Wie wird Aschur sich im Reich der Engel beglückwünschen! Wie beglückt wird Schamseddin im Paradies sein!«

Keiner dachte daran, den alten Mann aus seinem Traum zu reißen, niemand wollte ihm die heitere Stimmung verderben. Flucht und Fremde schienen vergessen, nur das gute Ende galt noch. »Nun dann, her mit dem Bad und dem Essen«, rief er übermütig. »Möge Gottes Segen auf dem Erdenrund ruhen.«

58 Die restlichen Stunden des Tages schlief Samaha, doch als sich die Nacht näherte, machte er sich auf den Weg zum Kloster. Ohr, Nase und Hände ließen ihn wissen, wo er sich befand. Kraft seiner Vorstellungsgabe sah er das Kloster, den Maulbeerbaum und die alte Mauer vor sich. Heiter und gelöst sog er die Gesänge in sich auf. Er breitete die Handflächen aus und sprach: »Gelobt sei Gott, der mir beschert hat, an der Seite Schamseddins begraben zu werden. Gepriesen sei Gott, dessen Gnade es gegeben hat, daß in unserem Viertel Gerechtigkeit herrscht. Gerühmt sei Gott, der meinem Sohn das schönste Erbe geschenkt hat – Menschlichkeit und Macht.« Und Samahas Dankgebet floß ein in die dunklen Gesänge, die gleichmäßig tönten:

Har anke dschanebe ahle choda negahdarad
chodasch dar hame hal as bala negahdarad

Die Bienenkönigin

Die sechste Geschichte

1 Samahas Gesundheitszustand verschlechterte sich zusehends, er wurde immer schwächer. Eines frühen Morgens, als er nach dem Gebet noch ein wenig schlafen wollte, tat er den letzten Atemzug. Es schien, als wäre er nur aus der Fremde zurückgekehrt, um an Schamseddins Seite begraben zu werden. Er starb als glücklicher Mensch, glaubte er doch, von einem Paradies ins andere zu ziehen.

»Wir haben verschwiegen, wie unser Leben in Wahrheit aussieht«, erklärte Aziz. »Gestehen wir uns alle ein, auch du, Wahid, daß wir uns, wenn wir vor gütigen Menschen stehen, für die Schändlichkeit unseres Lebens schämen.«

2 Der Getreidehandel blühte und gedieh, und Aziz wurde reich. Von seinem Heldentum war nicht mehr als ein Glaube ans Gute und eine gewisse Wohltätigkeit geblieben. Von hehren Träumen hielt er nicht mehr viel, Harmonie und Frieden waren ihm wichtiger. Vor seinem Gewissen entschuldigte er sich damit, daß er weder für Heldentaten geschaffen sei noch über die entsprechenden Mittel verfüge.

Aziza hatte für ihn um die Hand von Ulfa angehalten, der Tochter des Eisenhändlers Amir ad-Dahschuri. Er war mit der Auswahl zufrieden und hoffte, daß Ulfa sein Leben schöner machen würde, indem sie seinen Erfolg respektierte und auf seine Ruhe achtete. Ein Jahr nach dem Tod seines Großvaters Samaha wurde die Hochzeit gefeiert, und das junge Paar richtete sich im Haus der Bannans ein, das Aziz erworben und neu hergerichtet hatte. Ulfa war eine hübsche, großgewachsene, kräftige Frau und mit allen hauswirtschaftlichen Dingen bestens vertraut. Er fand Gefallen an ihr, und bald verband beide das Gefühl aufrichtiger Liebe.

Das Leben zeigte sich ihnen von seiner heitersten Seite und schenkte ihnen reichen Kindersegen.

3 Obwohl Wahid seit der Rückkehr von Samaha seine feindliche Haltung gegenüber Rummana aufgegeben hatte, es also keine lebensbedrohlichen Umstände mehr für Rummana gab, verharrte er in seinem Hausarrest. Er haßte die Außenwelt, scherte sich nicht um Ansehen und Geltung. Mit seinen vier Frauen hatte er kaum noch Umgang, er konnte Raifa nicht vergessen. Am liebsten vertrieb er sich die Zeit mit Trinken und Haschischrauchen.

Eines Abends schwankte er stockbetrunken in die Gemächer der alten Dija hinüber. Er konnte vor Lachen kaum an sich halten, stelzte kreischend um sie herum und blökte: »Ha, den ganzen Stumpfsinn, das ganze Unglück hast du uns eingebrockt!« Die alte Dija reagierte nicht, saß geistesabwesend da. »Ich brauche Geld!« schrie er. »Her damit! Wo hast du's versteckt, du blöde Vettel!« Er packte sie an der Hand, riß sie brutal hoch. Die alte Dija bekam einen Schreck und schlug ihm das Weihrauchgefäß ins Gesicht. Rasend vor Wut, umklammerte er ihren Hals und drückte zu, bis sie sich nicht mehr rührte. Leblos fiel ihr Körper zu Boden.

4 Entsetzen machte sich im Haus breit, die Nachricht schlug wie ein Blitz im Viertel ein. Der neue Scheich, Gibril al-Fas, informierte die Polizei, und Rummana wurde verhaftet. Das Urteil brachte ihm lebenslänglich Zuchthaus ein. Bevor er weggebracht wurde, bat er darum, Aziz sprechen zu dürfen. Ohne Umschweife erklärte er: »Ich war es, der deinen Vater umgebracht hat.«

»Ich weiß«, murmelte Aziz bedrückt.

»Er liegt vergraben, mit all seinen Sachen, neben der Grabstätte von Scheich Junis.«

5 In Gegenwart eines Polizeibeamten, des Scheichs des Viertels und Wahid und Aziza ließ Aziz den Leichnam ausgraben. Als das Skelett geborgen wurde, erwachte die alte Trauer wieder. Die Überreste wurden in ein Leichentuch gehüllt, es fand eine würdige Trauerfeier statt, und dann wurde die Bahre in die Grabstätte von Schamseddin hinuntergelassen.

»Endlich kommt mein Herz zur Ruhe«, flüsterte Aziza. »Davon habe ich geträumt. Nun kann ich gewiß sein, daß ich meine letzte Ruhestatt an seiner Seite finde.«

6 Je übler Wahids Ruf wurde, desto mehr setzte Aziz das Gewissen zu. Der Onkel war als Führer geradezu sprichwörtlich für Verdorbenheit und Gier geworden, und zwar nicht nur im eigenen Viertel, sondern auch in der Nachbarschaft. Er stellte eine Belastung für Aziz dar, von der er erst durch dessen Tod erlöst wurde.

Doch es zeigte sich, daß Wahids Ableben neue Probleme schuf. Wer sollte seine Nachfolge antreten? Schon lange hatte Aziz darüber nachgedacht, wer von der Familie am ehesten dafür taugte. Die meisten Nagis gehörten dem Pöbel an, lebten in Armut und Elend und hatten mit den hehren Idealen der Nagis nichts mehr gemein. Noch ein anderes, nicht weniger heikles Problem ließ ihn nicht zur Ruhe kommen. Sollte Wahid neben Schamseddin beigesetzt werden? Sein Herz weigerte sich, es zuzulassen, aber der Einwand seiner Frau, daß es sich immerhin um seinen Onkel handle, war nicht von der Hand zu weisen. Dennoch entschied Aziz, Wahid in einem der Gräber zu bestatten, die die Nagis für arme Verwandte bereithielten. Seltsamerweise stieß sein Vorgehen im Viertel nicht auf Beifall. Der neue Wirt der Schenke, Sankar asch-Schammam, faßte die Vorbehalte in dem Satz zusammen: »Den Lebenden hat man umschmeichelt, am Toten nimmt man Rache.«

7 Ein Mann namens Nuh al-Ghurab wurde der neue Führer. Es war ein robuster, grobschlächtiger, gieriger Kerl, der mit den Schutzbanden der anderen Viertel Waffenstillstand schloß und als brutaler Despot über das Viertel herrschte. Kaum war ein Jahr vergangen, gehörte er schon zu den reichsten Männern. Gleichgültig ertrugen die Menschen seine Gewalt, und den Nagis trauerte ohnehin niemand nach, hatten sich doch alle Träume während der Herrschaft Wahids in Schall und Rauch aufgelöst. Die feinen Familien erfreuten sich eines blühenden Wohlstands, doch die Habenichtse und Hungerleider mußten erleben, daß das Elend keine Grenze kannte.

8 Die Sonne zog ihre Runden. Mal lachte sie vom blauen Himmel herunter, mal verbarg sie sich hinter Wolken. Aziz hatte die kleine Moschee erneuern lassen, und da der alte Scheich gestorben war, wurde als neuer Imam Chalil ad-Dahschan erwählt. Nachdem das getan war, ging Aziz daran, auch den Brunnen, die Tränke und die alte Koranschule überholen zu lassen.

Raifas zweiter Mann war gestorben und hatte ihr ein nicht unbeträchtliches Erbe hinterlassen. Sie lebte allein mit den Dienern im Haus. Ihre Schwester behandelte sie wie eine Fremde, ja, mehr noch, wie eine Feindin. Seltsamerweise beschuldigte sie Aziza, die Ursache allen Übels zu sein und ihr schon in der Wiege die bösen Geister angehext zu haben.

Raifa scheute nicht davor zurück, gegen die guten Sitten zu verstoßen und Rummana im Zuchthaus zu besuchen. Offensichtlich liebte sie ihn trotz aller schlimmen Vorfälle noch immer.

Mehr schlecht als recht gingen die Jahre ins Land. An Gutem fand sich kaum etwas, dafür war das Schlechte nicht mehr zu zählen.

9 Eines Tages erfuhr Aziz Kurra an-Nagi, daß einer seiner Arbeiter beim Getreideverladen ums Leben gekommen war. Er hieß Aschur, und tatsächlich war er ein entfernter Verwandter, stammte er doch von Fathija, der ersten Frau Sulaiman an-Nagis, ab. Der Tod dieses Mannes bedrückte Aziz, und so kam er für das Begräbnis auf und setzte der Witwe eine monatliche Rente aus. Er hatte sich nach der Familie erkundigt und erfahren, daß die Töchter verheiratet waren und die Frau nur noch ein Mädchen von sechs Jahren, Zahira, versorgen mußte. Er schlug der Frau vor, die Kleine in sein Haus aufzunehmen. Sie könne, so seine Worte, Frau Aziza zur Hand gehen. Die Mutter freute sich und nahm den Vorschlag dankbar an.

Das prächtige Haus mußte der Kleinen wie das Paradies vorkommen. Nachdem man sie gebadet hatte, kam die Farbe ihrer Haut zum Vorschein. Sie bekam reichlich zu essen und wurde neu eingekleidet. Von nun an übernahm sie ein paar häusliche Pflichten. Aziza fand Gefallen an ihr und behandelte sie freundlicher als die anderen Diener. Ja, sie schickte sie sogar für eine Weile zur Koranschule. Aziz nahm nicht viel Notiz von der Kleinen, nur gelegentlich ermahnte er seine Mutter aus Spaß: »Vergiß nicht, daß sie aus der Nagi-Familie stammt.«

10 Eines Tages kam Zahiras Mutter zu Aziz ins Büro. Er hatte die Frau völlig vergessen, aber da sie als erstes den tödlichen Unfall ihres Mannes vor zehn Jahren erwähnte, erinnerte er sich wieder an sie. Nach einigen Höflichkeitsfloskeln kam die Frau auf ihr Anliegen zu sprechen. »Abd Rabbihi möchte Zahira heiraten«, erklärte sie.

Ach ja, die Kleine. Auch sie hatte er fast vergessen. »Meinst du, daß er für sie taugt?«

»Oh, er ist ein tüchtiger junger Mann«, erwiderte sie stolz. »Er verdient genug.«

Aziz interessierte die Sache nicht. »Nun dann, Gott befohlen.«

11 Beim Abendessen erzählte Aziz seiner Mutter und seiner Frau, daß er der Heirat Zahiras zugestimmt hätte. Ulfa brach in Lachen aus. »Was? Abd Rabbihi, der Bäcker? Der ist doch ein Esel.« Auch Aziza war empört. »Zahira ist ein so nettes Mädchen, sie verdient wahrlich etwas Besseres.«

Ungläubig schaute er die beiden Frauen an, und schmunzelnd fragte er: »Ja, meint ihr, es wird ein Kaufmann um sie anhalten?«

»Hübsch genug ist sie.«

Aziz winkte gleichgültig ab. »Ach was, der junge Mann ist gut genug. Ihre Mutter ist zufrieden, und es wäre nicht richtig, wenn wir ein Angebot nur um einer vagen Idee willen abweisen.« Um das Thema abzuschließen, fügte er entschieden hinzu: »Ich habe mich einverstanden erklärt, und außerdem hat die Mutter das Sagen.«

12 Frau Aziza bereitete die Ausstattung vor – Bett, Kleidung, Kupfergeschirr. Ein ums andere Mal seufzte sie: »Schade, wirklich sehr schade …«

Eines Morgens war es dann soweit. Aziz trank gerade seinen Kaffee, bevor er ins Geschäft ging, als seine Mutter kam und ihm ankündigte, daß das Mädchen sich von ihm verabschieden und ihm danken wollte. »Komm, Zahira, küß deinem Herrn die Hand.«

Unwillig zischte er sie an: »Laß das, Mutter, es muß nicht sein.« Aber da war sie bereits gekommen. Schüchtern und verschämt blieb sie an der Tür stehen. Er schaute kurz hin, um sie zu ermutigen, und für ein paar Sekunden blieb sein Blick auf ihr liegen. Schon im nächsten Moment sah er wieder weg. Darauf bedacht, in Gegenwart von Mutter und Ehefrau sein respektgebietendes Auftreten zu wahren, verbot er sich, nochmals die Augen zu heben. Er war verwirrt, mehr noch, in seinem Innern tobte ein heftiger Aufruhr. Wie konnte es sein, daß jahrelang in den Gemächern der Mutter ein solcher Schatz vergraben gewesen war? Warum hatte er dieses Geheimnis nicht entdeckt? Um diesen anmutigen Körper hätte sie manch eine Tänzerin beneidet. Ihre Haut war von einem seidigen Schimmer, der überirdisch zu sein schien. Und die Augen – was für ein betäubender, berauschender Reiz ging von ihnen aus. Dieses Wesen, das scheu verharrte, war der Inbegriff todbringender Schönheit.

Er sah kurz zu Ulfa hinüber, sie stillte das Kind. Er riß sich zusammen, sagte, um das rettende Ufer zu erreichen: »Glückwunsch, Zahira.«

»Nun mach schon, Zahira, küß deinem Herrn die Hand«, drängte seine Mutter. Er streckte die Hand vor. Sie trat an ihn heran. Ihr langes, tiefschwarzes Haar verströmte wunderbaren Nelkenduft. Er spürte die Lippen. Sie trat zurück, und er erhaschte noch einen Blick. In diesem Augenblick überfiel ihn das Gefühl, daß eines Tages ein Wunder geschehen würde.

13 Wie immer fuhr er auch an diesem Morgen mit der Kutsche erst in die Hussain-Moschee, um die Fatiha zu sprechen, dann bog er ab in die Sikkat-al-Gadida, kam durch die Goldschmiedegasse, die Kupferschmiedegasse und schließlich zum Geschäft. Er befand sich in Aufruhr, kam nicht zur Ruhe. Die Seele schwebte im siebenten Himmel, der Körper saß einsam und verlassen in der Kutsche. Begriff er endlich, warum die Sonne schien? Warum nachts die Sterne glänzten? Was die dunklen Gesänge zu bedeuten hatten? Wieviel Glück die Verrückten empfanden? Warum der Tod so traurig war? Zehn Jahre! Zehn lange Jahre hatte dieser Schatz unter seinem Dach geatmet. Hatten die Mutter und seine Frau nicht den Zauber gespürt? Wußte das Mädchen überhaupt, wie reich es war? Erging es ihr wie dem Wind, der ohne Absicht die Mauern ins Wanken bringt? Wie konnte ihre Mutter den Wahnsinn begehen, dieses Juwel einem Kerl wie diesem Abd Rabbihi zu überlassen? Was konnte er jetzt noch tun? Wer war er, um zu glauben, den Regen aufhalten zu können? In welch schreckliches Elend stürzt einen das Herz, das sich um keinen Aufruhr schert und unbekümmert weiterschlägt.

Am Abend, als der Hochzeitszug stattfinden sollte, kam Zahiras Mutter, um Aziz zu danken. Neugierig musterte er ihr Gesicht. Sie war alt, aber noch war zu erkennen, daß auch sie einst eine Schönheit gewesen sein mußte. Im tiefsten Innern haßte er sie. »Geht alles nach Wunsch?«

»Dank Gottes und Eurer Huld.«

»Kommt nicht alles ein wenig überstürzt?«

»Sie war ihm seit der Geburt versprochen.«

Als die Frau gegangen war, verfluchte er sie. Niedergeschlagen fragte er sich, warum der Mensch nicht das tat, was er sich wünschte.

14 Zahiras Hochzeit hielt sich in bescheidenen Grenzen. Abd Rabbihi hatte seine Braut zum letztenmal als Sechsjährige gesehen, wußte aber seit jeher, daß sie seine Frau werden würde. Es kam die Hochzeitsnacht, und als er sie in voller Schönheit sah, war er wie vom Blitz getroffen. Was tun? Geknebelt von Traditionen und Riten, mußte er männliche Macht und Entschlossenheit demonstrieren. Er war einundzwanzig Jahre alt, groß und muskulös. Das derbe Gesicht mit den hervorspringenden Backenknochen, platter Nase und dickem Schnurrbart war typisch für einen Mann aus dem Volk. Der glattrasierte Schädel glänzte wie Kieselgestein, nur über der Stirn prangte noch eine Haarsträhne.

Er betete, begnügte sich mit zweimaligem Niederwerfen, und dann machte er sich grob ans Werk, weil er sich von Derbheit am ehesten erhoffte, das süße Gefühl des Rauschs verbergen zu können.

Zahira war von seiner zupackenden Männlichkeit überrascht. Sein heißer Eifer betäubte sie. Sie fügte sich ihm wie einem Schicksalsschlag.

Sie wohnten in einer Einzimmerwohnung im Keller; der Flur diente als Küche und Waschraum. Zahira dachte wehmütig an das verlorengegangene Paradies zurück, aber eine innere Eingebung sagte ihr, daß sie hier nur vorübergehend – als Gast – und nicht für immer leben würde. Trotzdem erachtete sie die schäbige Wohnung als ihr Heim, denn hier stand ihr ein Mann zur Verfügung, hier wurde ein Traum wahr, hier konnte sich ihr Herz beruhigen.

15 Abd Rabbihis Liebe war so mächtig und überwältigend geworden, daß die zur Schau gestellte Männlichkeit ins Wanken geriet. Um so mehr pochte er darauf, das Sagen zu haben. Sie lebten noch nicht einmal einen Monat zusammen, da fragte er barsch: »Willst du hier den ganzen Tag wie eine feine Frau herumhocken?«

»Was soll ich sonst machen?« fragte Zahira erstaunt.

»Arbeiten gehen. Rührt sich die Hand nicht, so fault sie ab.«

16 Zahira zog also mit Süßigkeiten und Lutschern herum. Sie steckte in einem einfachen blauen Gilbab und rief laut ihre Ware aus. »Bonbons, ihr Kinder, kommt und kauft!«

Seit sie auf die Straße durfte, begann sie ihre Wirkung auf andere zu entdecken. Sie merkte, daß die Leute sich von ihr betören ließen. Sie begriff, welche Macht sie ausüben konnte. Die Männer verschlangen sie mit den Augen, alle Welt lobte, wie tüchtig sie sei. Ihr Anblick mußte eine magische Kraft haben, denn kaum tauchte sie auf, geriet alles in Bewegung. Hatte die Natur sie schon verwöhnt, taten es nun auch die Leute. Scharwenzelte ein Mann um sie herum, sah sie ihn von oben herab an. Das einzige, was er erreichte, war, daß wieder einmal ihr Selbstbewußtsein und Hochmut gestärkt worden waren.

17 Zahiras und Abd Rabbihis Bindung wurde immer enger. Er war ihr starker Mann, sie seine angebetete Frau. Traditionsgemäß spielte er sich als Autorität auf, und sie zeigte sich ebenso liebenswert und treu wie eigensinnig und reizbar. Als sie ihr erstes Kind auf die Welt brachte, Galal, erfüllte sie die Mutterschaft mit neuem Glück.

18 Zu Abd Rabbihis Aufgaben gehörte es, Frau Raifa das Brot ins Haus zu bringen. Eines Tages fragte sie ihn: »Warum läßt du deine Frau auf der Straße herumziehen?«

»Wir brauchen das Geld, verehrte Dame«, erwiderte er unterwürfig.

»Geld läßt sich auch anders verdienen. Ich lebe allein und hätte gern jemand, der mir Gesellschaft leistet. Bei mir würde Zahira mehr Geld bekommen und wäre außerdem vor den Gefahren der Straße sicher.«

»Und der kleine Galal?« fragte Abd Rabbihi verwirrt.

»Ich trenne doch eine Mutter nicht von ihrem Kind«, säuselte Raifa.

Die Versuchung war zu groß. Eifrig tönte er: »Mutter, Vater, Kind – wir stehen alle zu Diensten.«

19 »Zu Frau Raifa soll ich?« fragte Zahira besorgt.

»Warum nicht? Sie ist reich und lebt allein.«

»Aber sie ist die Todfeindin von Frau Aziza!«

»Damit haben wir nichts zu schaffen. Abgesehen davon, daß du dort mehr verdienst, hast du es auch leichter. Du mußt nicht mehr mit dem Korb auf dem einen Arm, mit dem Jungen auf dem andern Arm durchs Viertel ziehen.«

»Aber es wäre besser, wenn ich bei Frau Aziza arbeiten würde.«

Abd Rabbihi zuckte mit den Schultern. »Sie hat nicht nach dir gefragt, also braucht sie dich auch nicht.«

Zahira schwieg. Der alte Traum vom Paradies regte sich wieder.

20 Kaum hatte Aziza die Neuigkeit gehört, packte sie rasende Wut. »Was für ein durchtriebenes Ding!« rief sie empört.

»Sie hat sich nichts Böses dabei gedacht, sie muß einfach

Geld verdienen«, versuchte Ulfa die Schwiegermutter zu beruhigen.

»Da hätte sie uns erst fragen können!«

»Sie hat ein kleines Kind, und das hätte hier nur gestört.«

Aziz hörte dem Streit aufmerksam zu. Es kam ihm vor, als wollte seine Frau auf jeden Fall verhindern, daß Zahira wieder ins Haus käme. Unruhe überfiel ihn, und ihm war, als zeigte jemand mit dem Finger auf ihn und klagte ihn an. »Ulfa hat völlig recht«, erklärte er sehr entschieden.

21

Zahira kämmte Frau Raifa das Haar, als eine Dienerin den Besuch von »Meister Mohammed Anur« ankündigte. Sie wußte, daß das der Sohn von Raifas zweitem Ehemann war. Selbst nachdem Raifas Besuche im Zuchthaus die Runde gemacht hatten, blieb er ihr verbunden und kam ab und zu vorbei. Es verging keine Minute, da stürmte er ins Wohnzimmer, grüßte und überreichte Frau Raifa ein Päckchen. »Ein wenig Kaviar!« Raifa strahlte übers ganze Gesicht.

Mohammed Anur war von mittlerer Größe, ansehnlich und gut gekleidet. »Du bist immer so nett«, sagte Frau Raifa.

Er schmunzelte. »Ich will, daß du als erste und noch vor den anderen Kunden diese Sorte Kaviar probierst.«

»Und wann darf ich ihn bezahlen?« fragte sie ausgelassen.

»Wenn die Sonne im Westen aufgeht«, erwiderte er und griff ungeniert nach einer Bonbonniere mit Nuß- und Mandelpralinen. Raifa lachte los: »Du bist ein guter Mensch, Mohammed.«

Er knabberte an einer Praline, und zufällig fiel sein Blick auf Zahira, die sich noch immer mit Raifas Haar beschäftigte. Verblüfft hielt er inne, als könne er seinen Augen nicht trauen. Gleich darauf starrte er angestrengt auf die

Pralinen. »Behüt mich Gott vor soviel göttlicher Pracht«, betete er im stillen.

»Was macht das Geschäft?«

Er schreckte auf, kehrte aus der Welt der Versuchung zurück. »Ah, Gott sei Dank, es geht gut.«

Zahira hatte seinen Blick aufgefangen. Er schien bestürzt, geblendet zu sein. Es amüsierte sie.

22

Von Stund an nutzte Mohammed Anur jede Gelegenheit, um Raifa einen Besuch abzustatten. Zahira gewöhnte sich an seine flammenden Blicke. Darauf bedacht, keinen Verdacht zu erregen, wachte er sorgsam darüber, sich in Frau Raifas Haus mit allem gebührlichen Respekt zu bewegen.

Eigenartig, jeder Mann, der sie sah, schien den Verstand zu verlieren. Allmählich war sie selbst davon überzeugt, daß sie schöner als alle anderen Frauen des Viertels war. Außerdem stammte sie, wie Herr Aziz, von den Nagis ab. Doch wie seltsam ging es in der Welt zu: Die eine Frau besaß ein großes Haus, die andere lebte in einer Kellerwohnung. Die eine bekam einen reichen Händler zum Mann, die andere einen Bäckergehilfen. Das Schicksal hatte bereits entschieden, als sie, Zahira, noch blind im Mutterleib steckte. Selbst die Lust auf ihren Mann befriedigte sie nicht mehr. Das Leben konnte nicht nur aus Begehren und Mutterschaft bestehen, und es konnte nicht nur Armut und Arbeit bedeuten. Die Annehmlichkeit des Dienstes bei einer reichen Dame täuschte darüber nicht hinweg. Wer wie sie über eine solch erstaunliche Macht verfügte, durfte sie nicht mit unterwürfigem Dienen vergeuden.

In Zahira ging langsam, aber stetig eine Veränderung vor. Jeder Tag brachte eine Bewegung, jede Woche einen Schritt, jeder Monat einen Sprung. Schicht um Schicht kam sie sich selbst auf die Spur. Ihr Inneres gebar die unterschiedlichsten Wesen, die darauf lauerten zuzupacken. In Gedanken machte sie der Mutter, dem Gatten, der Wohnung, dem Schicksal den Prozeß. Sie begann alles zu hassen, was sie hätte zufriedenstellen sollen. Das betraf die Weisheit von Sprichwörtern ebenso wie das Mitleid feiner Damen und das Autoritätsgehabe ihres Mannes. Aus einer verborgenen Welt wurde ihr ein Kelch gereicht, und kaum daß sie nippte, entflammte sich ihre Phantasie, berauschte sich ihr Herz, ging die Sonne glühend rot für sie auf.

»Hast du gehört, Raifa?« rief Mohammed Anur eines Tages, als er zur Tür hereinkam. »In Birgawan ist eine Frau Chef einer Schutzbande geworden!«

Raifa lachte laut los. »Das möchte ich sehen! Eine Frau, die mit Männern kämpft!«

Zahira hielt an sich, um nicht bewundernd zu lächeln. Im Innern spürte sie ein heimliches Brennen. Sie fing einen bettelnden, sehnsuchtsvollen Blick von Mohammed Anur auf. Sah so der Mann ihrer Träume aus? Das Herz klopfte ruhig weiter, gab keine Antwort. Der Verstand beobachtete ihn kühl und gelassen. Plötzlich kam ihr der Gedanke, daß es das Herz war, das eine Frau schwach machte; Herz und Gefühl sollten deshalb aus der Beziehung zu einem Mann besser herausgehalten werden. Das Leben war kostbar, gewaltig, aufregend, die Liebe hingegen kroch wie ein blinder Bettler durch die Gassen und flehte um Almosen. Nur eins war schlimmer als das schrecklichste Leben – sich mit ihm zu begnügen.

23 Zahira stillte gerade Galal, als Mohammed Anur in den Salon eintrat. Hastig schob sie die Brust unters Kleid und zog verschämt den Schleier über den Kopf. Er sah sie verwirrt an und fragte: »Wo ist Frau Raifa?«

Sie war überzeugt, daß er log. Er mußte gesehen haben, wie Raifa mit der Droschke zum Platz weggefahren war. »Sie macht ein paar Besorgungen«, erwiderte sie höflich.

Er zögerte. »Ob ich warte? Ach nein, dann ist es wohl besser, wieder ins Geschäft zu gehen. Oder?«

Kurz und knapp und ohne sich auf Höflichkeitsfloskeln einzulassen, erklärte sie: »Auf Wiedersehen.« Es sah nicht so aus, als wollte er tatsächlich gehen. Etwas zwang ihn dazu stehenzubleiben. Plötzlich kam er näher. Sein Blick flatterte, sprach von einem unbändigen, verrückten Verlangen. Zahira runzelte die Stirn, wich aus. Als er noch einen Schritt voran tat, herrschte sie ihn mit schneidender Stimme an: »Nein!«

Wie im Trancezustand stammelte er: »Zahira ...«

»Ich verlasse sofort den Raum, wenn du nicht auf der Stelle verschwindest!«

»Gnade! Ich ... ich liebe dich!«

»Ich bin keine Dirne«, fauchte sie ihn an.

»Gott bewahre! Ich liebe dich.« Er trat zurück, wohl aus Furcht beim Gedanken an Frau Raifa. Beim Hinausgehen murmelte er: »Wie kann ich es schaffen, eine verheiratete Frau zu heiraten!«

24

Zahira fühlte sich hin und her gerissen. Mal glaubte sie vor Empörung zu bersten, mal fühlte sie sich von Tatkraft beflügelt. Das Leben mußte sich ändern. Sie hatte genug Kraft, um die Welt aus den Angeln zu heben. Noch brachte jede Sekunde Erniedrigung und Unglück, aber wie sollte die Schlacht begonnen werden?

Die Gelegenheit bot sich, als Raifa Kopfschmerzen hatte und Zahira spontan entschied: »Ich übernachte hier.«

»Und dein Mann?«

»Der wird schon nicht sterben, wenn er mal alleine ist.«

Nach zwei Stunden tauchte Abd Rabbihi auf. »Frau Raifa ist krank«, erklärte sie. Er wußte nicht, was er sagen sollte, aber nach einem Weilchen fragte er: »Hättest du nicht Bescheid sagen können?«

»Willst du oder kannst du nicht verstehen?« fuhr sie ihn an. »Frau Raifa ist krank.«

25 Als sie am nächsten Abend nach Hause kam, war Abd Rabbihi klar, daß die Krankheit von Frau Raifa nicht so schlimm gewesen sein konnte, um bei ihr übernachten zu müssen. Wütend herrschte er sie an: »Sie hat genug Diener, da braucht sie nicht dich!«

Der Streit kam genau richtig, nichts wünschte sie sich mehr. »Ha, ist das der Lohn für eine gute Tat?«

»Von Tag zu Tag führst du dich schlechter auf, deshalb habe ich beschlossen, daß du dort nicht mehr hingehst.«

»Was? So eine Schande!« schrie sie.

Er brüllte zurück: »Zum Teufel mit Frau Raifa und ihrem großartigen Haus!«

»Du undankbarer Kerl!«

Er holte aus, schlug sie mitten ins Gesicht und rannte hinaus. Sie bebte vor Wut, glaubte verrückt zu werden. Der ganze Haß, der sich in ihr gespeichert hatte, entlud sich auf der Stelle. Sie sah sich um, nahm endgültig Abschied. Der Schlag war zuviel gewesen, nur er zählte noch, wurde immer brutaler, härter, beherrschte ihr Sein, tötete alles Empfinden ab. Sie ballte die Fäuste, warf sich aufs Bett. Das Kind schrie, es kümmerte sie nicht. Sie trat hinaus, warf die Vergangenheit ab, überließ sie dem Nichts.

26 Nur eine Stunde nachdem Zahira weggegangen war, stand sie wieder vor der Tür. »Darf ich hierbleiben?« fragte sie.

Raifa war verdutzt. »Ist etwas passiert?«

Die Antwort kam leise. »Ich kann mit dem Mann nicht mehr leben.« Ungläubig starrte Raifa sie an. »Er verbietet es mir, hier weiter zu arbeiten.«

»Solch ein Undank!« entrüstete sich Raifa.

»Er hat mich geschlagen.«

»Ein Wilder ist das! Er weiß ja nicht, was für einen Schatz er hat.« Raifa zögerte nachdenklich. »Andererseits möchte ich nicht in häusliche Angelegenheiten hineingezogen werden.«

»Aber ich weiß genau, was ich mache«, beharrte Zahira.

Raifa lächelte. »Komm herein, mein Haus ist auch deins.«

27 Angesichts des strengen Blicks von Frau Raifa geriet Abd Rabbihi ins Stottern. Er murmelte eine Entschuldigung, hielt aber mit männlicher Eitelkeit an seinem Ziel fest. »Was ist schon eine Ohrfeige? Davon behält man keinen bleibenden Schaden.«

»Das siehst du falsch, du Dummkopf«, blaffte ihn Raifa verächtlich an.

Höflich, aber entschlossen forderte er: »Sie hat auf der Stelle mitzukommen.«

»Erst, wenn du dir darüber klar bist, was für eine großartige Frau sie ist.«

Mühsam setzte er sich in Bewegung; die Welt sah schwarz für ihn aus.

28 Abd Rabbihi saß in der Schenke und spülte seinen Kummer hinunter. Er kannte nur ein Thema – Zahira. »Sie ist weg! Mit dem Kind!«

»Du Schlappschwanz«, grölte ein Betrunkener.

»Aber wenn doch Frau Raifa sie ermutigt hat?« protestierte er. »Reiß dich zusammen, benimm dich wie ein Mann«, ermahnte ihn der Wirt.

»Was meinst du?«

»Du mußt sie verstoßen.«

Abd Rabbihis Gesicht verzerrte sich. Wutentbrannt brüllte er: »Mit jeder Faser meines Leibs könnte ich sie erwürgen!«

Al-Ghurab, der Führer der Schutztruppe, lachte los und gab ihm einen Klaps. »Ein Held wie Antar!«

Mit einem Schlag war alle Wut wie ausgelöscht. Verzagt flehte er: »Der große Meister weiß bestimmt Rat ...«

Al-Ghurab, dessen Augen vom vielen Schnaps und Haschisch rot waren, schrie: »Trampel mit den Füßen auf ihr rum, bis sie ein alter Lappen ist!« Scheich Gibril al-Fas mischte sich ein: »Du mußt sie verstoßen, nur das hilft dir weiter.«

»Das wäre ein Zeichen von fehlender Manneskraft«, hielt Nuh al-Ghurab dagegen.

Verzweifelt fragte sich Abd Rabbihi, wer eigentlich je behauptet hatte, daß die Ehe eine religiöse Pflicht sei. »Steckt nicht der Teufel hinter der Ehe?«

29 Abd Rabbihi tappte schwankend durch die Finsternis, bis er schließlich vor dem Haus von Frau Raifa stand. Alkohol und Wut vernebelten ihm die Sinne, und in seiner Brust kämpfte die Tradition männlicher Eitelkeit erbittert gegen die despotischen Einflüsterungen der Liebe. Er holte Luft und brüllte grob und krächzend: »He du, Zahira, komm herunter!« Er taumelte, schwankte, dann grölte er: »Ich hab das Feuer vom Ofen und lauter Teufel in mir!«

Ein Fenster ging auf, und heraus schaute der Imam der Moschee, Chalil ad-Dahschan. »Wer ist der Verrückte?« rief er erbost.

»Ich bin's, Abd Rabbihi, der Bäcker.«
»Verschwinde, verfluchter Besoffener!«
»Ich will meine Frau! Das Recht ist auf meiner Seite!«
»Hör auf, anständige Leute zu belästigen.«
»Dann steckt wohl doch der Teufel dahinter?«
»Verflucht sollst du sein!«

Abd Rabbihi warf sich mit voller Wucht gegen die Tür und hämmerte mit beiden Fäusten auf sie ein. Doch da tauchte Gibril al-Fas, der Scheich des Viertels, auf. Er packte ihn am Arm, zog ihn weg und beruhigte ihn mit den Worten: »Komm mit, ich werde mit Frau Raifa sprechen. Sei jetzt still, du verrückter Kerl.«

30 Scheich al-Fas konnte Frau Raifa ansehen, daß sie nicht nur erregt, sondern geradezu wütend war. Es ging nicht mehr nur um Zahira, jetzt hatte es Abd Rabbihi mit ihr zu tun. »Ein widerwärtiger Kerl ist das!« fauchte sie.

»Er steht dennoch untertänig zu Diensten«, versuchte der Scheich, sie zu beschwichtigen.

»Hast du nicht erlebt, wie unverschämt er sich aufführt? Soll ich ihm etwa Zahira ausliefern, nur damit er sich rächen kann?«

»Ich bin überzeugt, daß er sie liebt.«

»Ein Ochse wie er weiß nicht, was Liebe ist.«

»Und wenn er sie ins Frauenhaus bringt, damit sie gehorchen lernt?«

Raifa sah den Scheich entschlossen an. »Ich habe auch meine Möglichkeiten, und ich werde sie nutzen.«

31 Der Führer der Schutztruppe hatte Abd Rabbihi ins Kaffeehaus bestellt. Als er kam, sah er ihn ein Weilchen an, dann befahl er: »Du verstößt sie.«

Abd Rabbihi starrte ihn verdutzt an, doch schon im

nächsten Moment überfiel ihn Verzweiflung. Ihm war klar, daß Frau Raifa einen Weg gefunden hatte, um Rache zu nehmen.

Der Chef wurde es satt, länger auf eine Antwort zu warten. »Hast du die Sprache verloren?« schrie er ihn an.

»Aber Meister, hast du nicht gesagt, daß eine Scheidung in meinem Fall ein Zeichen von Schwäche wäre?«

Nuh al-Ghurab grinste. »Na und? Du bist doch schwach.«

»Aber ich habe das Recht auf meiner Seite, Meister.«

Mit schneidender Stimme fuhr der Führer ihn an: »Schluß damit, verstoß sie!«

32 Die Scheidung wurde vollzogen. Abd Rabbihi kam sich vor, als hätte man ihn zum Galgen geführt. Der Traum war vorbei, das Juwel verloren. Zahira hingegen berauschte sich am Sieg und taumelte vor Glück über die wiedererlangte Freiheit. Doch sie fühlte auch Bedauern, denn nie wieder würde sie solch zärtliche Wärme verspüren. Sie drückte Galal an sich, die Frucht einer heißen Liebe. Schon im nächsten Moment sagte ihr ihr Ehrgeiz, daß sie sich für alles Verlorene schadlos halten würde. Sie wußte, was sie werden mußte – eine harte, zielstrebige Frau, die durch Tiefen und Höhen gehen konnte.

»Wenn ich etwas will, schaffe ich es!« hatte Frau Raifa erklärt. O ja, diese Frau war stark und hatte es zu etwas gebracht, trotzdem hatte sie ihren Willen nur mit Hilfe des Führers durchgesetzt. Die Führung über die Schutztruppe – das war der ewige Traum! Er war der Ursprung allen Verderbens, das die Nagi-Familie getroffen hatte, aber er war auch der Höhepunkt, den der Glanz der Sterne krönte.

33 Ermutigend lächelte sie ihn an. Mohammed Anur, der Mann mit dem Kaviar, freute sich. »Glückwunsch zur neuen Freiheit«, rief er. Die Gelegenheit war günstig, hatte er doch beobachtet, daß Frau Raifa Besorgungen machte. Leise flüsterte er: »Ich warte, von Herzen …« Begierde schimmerte in den Augen, und flehentlich fügte er hinzu: »Natürlich in allen Ehren, mit Gottes und des Propheten Segen.«

Was war sie für ihn? Eine Dienerin? Er hatte ihr nie sonderlich gefallen, dafür benahm er sich viel zu unterwürfig. Aber als Kaufmann konnte er aus ihr eine Dame machen, was wollte sie mehr? Wieder bedachte sie ihn mit einem aufmunternden Lächeln.

34 Abd Rabbihi saß in der Kneipe und trank, bis der Boden unter seinen Füßen schwankte. Schluchzend fragte er den Wirt: »Ist es eine Schande, wenn ein Mann weint?«

Sankar asch-Schammam lachte. »Nur, wenn er so ein Ochse ist wie du.«

Abd Rabbihi nahm den Krug in beide Hände, schwenkte ihn mal nach rechts, mal nach links, als würde er tanzen. »Es ist aus mit dir, Abd Rabbihi«, säuselte er, »begraben in Finsternis bist du, selbst der Staub in den Straßen ist stärker als du, ja, Teig in den Ofen schieben, das kannst du, ach, Abd Rabbihi, Gott erbarme sich deiner …«

»Bist du nicht ganz richtig im Kopf?«

»Aber nein, ich bin nur geschieden, ich habe sie verstoßen, einfach so, dabei wehrt sich sogar eine Laus, wenn sie geknackt werden soll. Ach, wie freuen sich jetzt deine Feinde, Abd Rabbihi …«

»Es ist eine Ehre, der Anordnung des Führers zu folgen«, warnte ihn der Wirt.

Obwohl Abd Rabbihi betrunken war, erschrak er.

»Natürlich, natürlich«, stammelte er. Gleich darauf seufzte er und sagte: »Aber da ist noch was anderes, das mich kaputtmacht.«

»Und das wäre?«

»Die Liebe zu diesem verfluchten Weib.«

Sankar, der Wirt, lachte. »Da hast du die wahre Schande für einen Mann.«

Abd Rabbihi begann zu singen, aber es hörte sich eher nach Eselsgeschrei an. »O Wunder über Wunder ...«

»Sing nur, sing«, ermunterte ihn Sankar asch-Schammam. »Alle Sänger scheinen wie du Liebeskummer zu haben.«

35 Da viele gütige Menschen ein gutes Wort für Abd Rabbihi bei Frau Raifa eingelegt hatten, durfte er ihr wieder das Brot ins Haus bringen. Eines Tages fragte er unterwürfig: »Habe ich Euer Wohlgefallen gefunden, Frau Raifa?«

»Was geschehen ist, ist geschehen«, antwortete sie kühl.

Er zögerte, bevor er weinerlich bat: »Laßt mich eine Minute allein mit ihr sprechen.«

»Nein!«

»Dann wenigstens in Eurer Gegenwart ...«

Sie überlegte kurz, dann rief sie Zahira. Sie kam, bekleidet mit einem dunkelblauen Gilbab, und sah aus wie eine frische Rose. Die beiden schauten sich eine Weile an, ohne daß Zahira auch nur mit der Wimper zuckte oder den Blick senkte. Wie fremd sie wirkte, wie kalt, als ob sie ganz weit weg wäre. Der Gegensatz zu ihm hätte nicht krasser sein können, tobte doch in seinem Innern ein Aufruhr.

»Ich stehe reinen Herzens vor dir, laß uns vergessen, was gewesen ist«, bat er. Da sie nichts sagte, fuhr er fort: »Es tut mir leid, was ich getan habe.« Sie schwieg noch immer.

»Nun sprich schon mit ihm, Zahira«, forderte Frau Raifa sie auf.

Abd Rabbihi faßte Mut. »Ich wünsche mir nichts mehr, als dich zurückzuholen. Wir haben doch gut miteinander gelebt.«

Zum erstenmal machte Zahira den Mund auf. »Nein.«

»Aber es ging doch gut, das kannst du nicht vergessen haben. Haben wir nicht wunderschöne Tage zusammen verbracht?«

Sie wandte den Blick ab, sah zu Boden. »Du bist nichts für mich, und ich bin nichts für dich.«

36 Wieder einmal war Frau Raifa abwesend, und Mohammed Anur nutzte die Gelegenheit, um mit Zahira zu sprechen. Er seufzte sehnsüchtig und sagte: »Ich weiß, daß ich hier nicht sein dürfte, aber für dich riskiere ich alles. Komm mit, laß uns fliehen und auf der Stelle heiraten.«

Sie sah ihn hochmütig an. »Wer hat dir gesagt, daß ich einverstanden bin?«

»Ich liebe dich, Zahira.«

»Warum drängst du dann auf mich ein, mich wie eine Diebin davonzuschleichen?«

Er stöhnte. »Es geht nicht anders, Frau Raifa wird niemals ihre Zustimmung geben.«

»Du hast mit ihr gesprochen?« fragte Zahira überrascht.

Bedrückt senkte er den Kopf. »Sie ist halsstarrig und hochnäsig.«

Zahira, in ihrem Stolz getroffen, rief: »Ich bin eine von den Nagis!«

»Aber sie weigert sich! Sie hat mich sogar aufgefordert, ihr Haus nicht mehr zu betreten, obwohl ich hier geboren bin.«

Zahira packte die Wut. »In Ordnung, ich komme mit.«

37 Zahira heiratete Mohammed Anur, den Fischrogenhändler. Frau Raifa beschimpfte sie, wo immer sie konnte, als verräterische und ruchlose Person. Im Viertel war man überrascht; die Hochzeit wurde zum Lieblingsthema. Es war viel von Glück, Schicksal und den Wundern der Liebe die Rede. Zahira hatte Galal mit in die Ehe gebracht, und Mohammed Anur, der sich über das Kind freute, hielt sich für den glücklichsten Menschen der Welt.

Zum erstenmal konnte Zahira als Herrin über einen eigenen Haushalt verfügen. Die Wohnung bestand aus mehreren Zimmern, war kostbar möbliert, und es gab eine Küche und ein Bad. Die Wasserzisterne wurde jeden Tag neu aufgefüllt. Zahira besaß teure Kleider und Milajas, goldene Spangen, Halsketten, Ohrringe, Armbänder und silberne Fußkettchen. Auf den Tisch kamen die köstlichsten Speisen, die denen im Haus von Frau Aziza oder Frau Raifa kaum nachstanden. Zahira überwachte nicht nur den Haushalt, sie kochte auch gut.

Der erste Monat war gerade vergangen, als sie beschloß, sich nicht länger zu verstecken. Sie ging ihre Mutter oder eine Nachbarin besuchen, hielt auch ab und zu in der Hussain-Moschee stille Andacht. Wenn die Leute sie in ihrem neuen Aufzug sahen, staunten sie über die Größe und Allmacht von Gottes Werken.

38 Nie hätte Mohammed Anur geglaubt, ein solches Glück zu erleben. Er ließ keine Gelegenheit aus, von seiner Liebe, Bewunderung und Besessenheit zu reden und Zahira zu verwöhnen. Nur störte ihn, daß sie ausging und andere Menschen ihre überwältigende Schönheit zu sehen bekamen. So behutsam er auch seine Einwände vorbrachte, Zahira nahm ihm seine Kritik übel. Also ließ er es fortan sein und überschlug sich fast vor Nettigkeit. Er mußte

entdecken, daß er lieber jedes Elend ertrug, als sie mißmutig oder gar ärgerlich zu machen. Er stellte fest, daß er schwächer war als sie, weil er sich traditionellen Vorstellungen unterwarf. Also überließ er sich ihrem Willen, denn sein Herz war ohnehin nicht fähig zum Widerstand. Er kannte sich gut, wußte, daß er mit Haut und Haaren ein Gefangener der Liebe war.

Tief im Innern beherrschte ihn ein Gefühl, das ihm immer stärker bewußt wurde und sich wie ein schreckliches Untier vor ihm erhob. Er ahnte, daß er die Angebetete nicht besaß und wahrscheinlich auch nie besitzen würde. Sie widersetzte sich ihm, wollte ihm nicht gehören. Es war das Gefühl, unterlegen zu sein, das Bewußtsein, daß die Niederlage ihn mit gelben Zähnen anfletschte. Er fand tausend Entschuldigungsgründe, flüchtete sich in Träumereien, überspielte seine Bitterkeit mit süßen Worten und noch mehr Geschenken. Er war der Diener, nicht der Partner oder gar der Herr. Sein Ansehen gründete sich auf die freigebige Hand und nicht auf sein Herz oder seinen Körper. Die Liebe zu ihr ließ die Sonne glühend rot aufgehen und rosarot untergehen. Mag ruhig die eigene Person hinter Zartheit und Liebenswürdigkeit verschwinden, wenn als Lohn ein Lächeln aus rosigem Mund, ein Blick aus teakholzbraunen Augen winkt und der anmutige Nacken sich freudig reckt.

39 Eines Tages stattete Zahira ihrer einstigen Wohltäterin, Frau Aziza, einen Besuch ab. Sie küßte ihr die Hand und sagte: »Die Umstände haben mich damals in ein anderes Haus gebracht, aber mein Herz ist nie von hier gewichen.«

Aziza, bezaubert von soviel Liebreiz, küßte sie auf die Wange und bat sie, neben ihr Platz zu nehmen, kurzum,

Aziza behandelte sie wie ihresgleichen. Sie war nicht nur glücklich über diesen Besuch, sie fühlte auch Stolz auf ihren Gast. Die Damen tranken Zimtsirup, knabberten Mandeln und Nüsse. Aziza erkundigte sich, wie es ihr ginge und was Mann und Kind machten. Nachdem auch ihre Schwiegertochter Ulfa sich dazugesellt und Zahira freudig begrüßt hatte, meinte Frau Aziza: »Bei soviel Schönheit hast du dein neues Leben weiß Gott verdient.«

»Eure Gebete und Eure Gunst, ehrwürdige Herrin, haben mir all das ermöglicht«, wehrte Zahira scheu ab.

40 Kaum hatte Zahira ihrem Gatten vom Besuch bei Frau Aziza erzählt, kam die Frage: »Und Frau Raifa besuchst du nicht?«

»Diese hochnäsige Ziege! Zum Teufel mit ihr!« fuhr es Zahira wütend heraus.

»Sie wird vor Zorn toben.«

»Soll sie doch.«

Mohammed Anur sah sie besorgt an. »Die Frau kann unglaublich bösartig sein.«

Sie kniff die Augen zusammen, funkelte ihn durchtrieben an und fragte: »Na und? Bist du nicht ein Mann?« Sein Herz verkrampfte sich, er schwieg.

41 Eines Nachmittags, kurz vor Sonnenuntergang, bot sich dem Viertel ein unvergeßlicher Anblick. Zahira stolzierte in einer prächtigen Milaja umher, als unmittelbar in der Nähe die Kutsche von Frau Raifa hielt. Vorwurfsvoll, aber dennoch freundlich, rief Frau Raifa ihren Namen. Zahira blieb stehen, drehte sich überrascht um.

»Du untreues Mädchen!«

Zahira blieb nichts weiter übrig, als zu ihr hinzugehen und ihr die Hand zu reichen. Es gab zu viele Beobachter, die die Ohren spitzten, darunter der Scheich des Viertels, der Imam und Abd Rabbihi.

»Wann besuchst du mich?« fragte Frau Raifa.

Die Situation wurde immer unangenehmer. »So bald als möglich, leider gab es immer ...« Der Rest verlor sich in unverständlichem Gemurmel.

Mit eiskalter, feindseliger Stimme tönte Frau Raifa: »Es würde mich freuen, meine treue Dienerin zu begrüßen.«

Vor Wut wurde es Zahira schwarz vor Augen. »Ich bin eine Dame, wie Ihr es seid!« schrie sie und stürzte blindlings weiter.

42 Wieder einmal saß Abd Rabbihi betrunken in der Schenke. Es war Februar, und draußen tobte der Sturm. »Gestern hatte ich einen komischen Traum«, lallte Abd Rabbihi. Da keiner der anderen Männer aufmerkte, fuhr er fort: »Ich habe geträumt, daß der Chamsinwind völlig zur falschen Zeit kam und schrecklich gewütet hat.«

Der Wirt lachte. »Da hat wohl der Teufel dran gedreht.«

»Die Türen wurden aus den Angeln gerissen, die Luft war schwarz vor Sand, die Karren wirbelten durcheinander, Turbane und Tücher flogen herum ...«

»Und du? Was ist dir passiert?«

»Der Wind hat mich auf ein feuriges Roß geworfen ...«

Sankar amüsierte sich köstlich. »Dann deck dich heute nacht gut zu.«

43 Mohammed Anur spürte, daß ihn Angst bekroch. In seine kleine Welt drängten sich Schatten; Gefahren lauerten in Ecken und Winkeln. Sollte ihn das gleiche Schicksal erwarten, das Abd Rabbihi zugestoßen war? Verstohlen beobachtete er die Angebetete, nahm all seinen Mut zusammen. »Meine liebe Zahira«, begann er, »du bist im vierten Monat schwanger, wäre es da nicht besser, zu Hause zu bleiben?«

»Noch fühle ich mich kräftig genug«, erwiderte sie beiläufig. Um nicht allzu hartnäckig zu wirken, begann er, mit dem kleinen Galal herumzualbern. »Du hast neulich für ziemlichen Wirbel gesorgt, vielleicht wäre es klüger, wenn wir in der nächsten Zeit ein wenig für uns bleiben.«

»Du hast wohl Angst«, spottete sie eisig.

Er ärgerte sich, wollte es aber nicht zeigen. »Mir kommt es einzig auf unser Glück an.«

»Ich nehme mir nur die Freiheiten heraus, die mir zustehen.«

»Ehrlich gesagt, bin ich darüber nicht froh.«

Sie überlegte kurz. »Und ich bin, ehrlich gesagt, nicht bereit zu tun, was du willst.«

Besorgt mahnte er: »Aber ich bin dein Mann!«

»Ach, soll das heißen, daß du mich deshalb mit Füßen treten kannst?«

»Gott bewahre! Aber ich bin unleugbar im Recht.«

Angewidert verzog sie das Gesicht, was sie häßlich machte. »Nein, keineswegs!« schleuderte sie ihm entgegen.

Er zögerte, weil er nicht wußte, ob er schweigen oder weiterreden sollte. Aber sie maß ihn mit solch einem verächtlichen Blick, daß Wut in ihm aufstieg. »Ich bin im Recht!«

»O Gott, töte mir nicht den Nerv damit.«

Er verlor die Fassung, und ungewöhnlich scharf herrschte er sie an: »Du hast mir zu gehorchen.«

Ungläubig sah sie ihn an, das machte die Sache noch schlimmer.

»Du hast mir Gehorsam zu leisten und sonst nichts!«

Sie erstarrte, bot das Bild äußerster Härte und Ablehnung. Feindseligkeit lag in der Luft.

44 Aus lauter Verzweiflung wurde Mohammed Anur mutig. Im tiefsten Innern fürchtete er, sie zu verlieren. Er stand im Geschäft, und plötzlich entdeckte er sie auf der Straße. Da war es aus mit aller Vernunft. Er stürzte hinaus und stellte sich ihr in den Weg. »Zurück ins Haus!«

Bestürzt sah sie ihn an und zischte: »Mach keinen Skandal.«

Doch er blieb stur: »Du gehst sofort nach Hause!« Sie spürte die vielen giftigen Blicke, sah sich gezwungen umzudrehen. Langsam ging sie zurück. Sie kochte vor Wut.

45 Als er am Abend heimkehrte, erwartete ihn ein Sturm. Er hatte sich darauf eingestellt. Da ihm aber nichts widerwärtiger war, als auf seinem Zorn zu bestehen, die Atmosphäre weiter zu vergiften, der angebeteten Schönen mit Groll entgegenzutreten, entschloß er sich, Nachsicht zu üben, falls sie sich bereit erklärte, seinen gerechtfertigten Wünschen zu folgen. »Glaube nicht«, sagte er, »daß ich dich erniedrigen will. Das einzige, worauf es mir ankommt, ist, unser Glück zu bewahren.«

Doch Zahira war wie ausgewechselt. Das Gesicht war bleich und verzerrt, die Augen sprühten Funken – blanker Haß, körperlich greifbar, Hochmut, der zum Angriff bereit war. O Gott, dachte er, bewahre mich vor solcher Bösartigkeit, behüte mich vor diesem steinernen Herzen. Spricht nichts mehr für mich? Ist das, was ich aus ihr gemacht habe, null und nichtig geworden?

46 Zahira lebte wie auf glühenden Kohlen. Sie weigerte sich, sich geschlagen zu geben. Es war ihr unmöglich, die peinliche Situation, als er sie nach Hause schickte, je zu vergessen. Sie liebte ihn nicht, hatte ihn nie geliebt. Aber was konnte sie tun, wohin sollte sie gehen? Andere Frauen

kehrten in einem solchen Fall zu ihrer Familie zurück, doch sie hatte keine. Entweder lebte sie als Dame und war ihm untertan, oder sie irrte ziellos durch die Straßen. Und überall lauerte die Schadenfreude, vor allem in Abd Rabbihis Kellerwohnung.

Ihr fiel ihr früherer Herr ein, Meister Aziz Samaha an-Nagi. Er gehörte zu den angesehenen Männern im Viertel, war ein Freund ihres Gatten. Der würde schon sehen, daß sie kein hilfloses Vögelchen war, das kein Nest mehr besaß. Sie schlich davon. Es fiel ein leichter Sprühregen. Als sie das Geschäft erreicht hatte, waren Wangen und Milaja naß. Sie stürzte ins Büro. Aziz war allein. Seine würdevolle Gelassenheit machte ihn schön, auch wenn sein Schnurrbart vorzeitig ergraut war.

Er erkannte sie auf Anhieb und trotz des Schleiers. Er mußte nicht erst lange nachdenken, wem diese bezaubernden Augen gehörten. Es war, als erstürmte das Schicksal seine Festung. Ihre feine, weiche Stimme liebkoste seine Ohren.

»Ich weiß mir keine andere Zuflucht in meiner Not«, wisperte Zahira.

Widersprüchliche Gefühle überkamen ihn, doch nach außen hin blieb er ruhig. »Gott bewahre, was bedrängt dich denn?«

»Mein Mann.«

»Soviel ich weiß, ist er ein guter Mensch.«

»Aber in der letzten Zeit hat er sich mir gegenüber immer schlechter benommen.«

»Einfach so? Ohne Grund?«

»Er will mich demütigen.« Als sie ihm vom Vorfall auf der Straße erzählte, wurde Aziz ein wenig nachdenklich. »Nun ja«, sagte er, »das war vielleicht nicht besonders klug, aber daß er im Recht war, ist unbestritten.«

»Keine andere Frau wird in unserem Viertel als Gefangene gehalten«, brauste sie hitzig auf.

Aziz mußte lächeln. »Ich werde sehen, was ich machen kann. Schließlich bist du eine von den Nagis. Aber du mußt vernünftig sein.«

47 Meister Aziz' Bemühungen brachten keine nennenswerten Ergebnisse. Sie mußte sich zunächst einmal fügsam zeigen, wenn auch mit Groll im Herzen. Aber das Gespräch mit Meister Aziz hatte sie auf einen Gedanken gebracht. Es war eine wahnsinnige, himmlische Idee, eine, die sie in eine Welt voller Träume stürzte. Sie hatte Meister Aziz gefallen, vielleicht sogar mehr als das. Seine Augen hatten ihr die bezauberndsten Geständnisse gemacht. Seit wann war er in sie verschossen? Sicher, alle Männer verliebten sich in sie, sobald sie sie sahen, aber war Meister Aziz einer wie alle? Außerdem war er verheiratet und sie auch. Er war alt, angesehen, ohne Fehl und Tadel. Einer wie er würde niemals nach einer verheirateten Frau schielen, schon gar nicht, wenn sie die Frau von seinem Freund war. Sie haßte wiederum nichts mehr als eine heimliche Liebschaft. Wozu sollte das gut sein? Nein, sie war auf rechtmäßigen Besitz aus, auch wenn sie das Herz gnadenlos zum Schweigen verurteilen mußte, auch wenn sie ahnte, daß der Kelch wahrer Liebe tödlichen Wahnsinn barg. Aziz Samaha an-Nagi – ein Traum, der in den schönsten Farben schillerte, doch wie sollte sie es zustande bringen, daß er Wirklichkeit wurde? Könnte das Märchen wahr werden? Sie – als Nebenfrau von Frau Ulfa und Schwiegertochter von Frau Aziza? Herrscherin über ein prächtiges Haus, die in einer Kutsche mit Glocke vorfuhr?

Mohammed Anurs Gestalt verblaßte, trat in den Hintergrund, und schließlich war er nicht mehr als ein Kohlestäubchen, das auf einem Pfad ins Grenzenlose auf und nieder wirbelte.

48 Als Scharen von Bäuerinnen die jährliche Nilüberschwemmung freudig feierten und frische Datteln verkauften, erlebte Zahira eine äußerst schwierige Entbindung. Der zweite Sohn, Radi, kam auf die Welt. Mohammed Anur war glücklich, und die Freude machte ihm Sorge und Kummer ein wenig leichter. Er hoffte darauf, daß eine neue Zeit anbräche und er wieder eine harmonische Ehe führen könnte.

Umm Hischam, die Hebamme, kümmerte sich jeden Tag um Zahira, bis sie sie schließlich als geheilt betrachten konnte. Beim letzten Besuch flüsterte sie Zahira zu, daß sie einen Brief für sie hätte. Zahira sah sie erstaunt an. »Eine Botschaft vom Himmel!« wisperte die Alte.

Zahiras erster Gedanke war, daß Aziz ihr geschrieben hatte. »Zeig her …«

»Der Brief kommt von Nuh al-Ghurab, unserem Führer«, zischte ihr die Alte ins Ohr, und ihrem lüsternen Gesicht war der Spaß an einer solchen Sünde anzusehen.

Zahiras Herz pochte. O ja, auf eine Sternschnuppe hatte sie gehofft, aber nicht aus dieser Richtung. Sie riß sich zusammen. »Wie kannst du es wagen? Weißt du nicht, daß ich verheiratet bin und zwei Kinder habe?«

Die Alte kicherte. »Die Sonne geht auf, die Sonne geht unter. Der Bote ist nur der Überbringer.«

49 Mohammed Anur verkroch sich bald wieder in sein Schneckenhaus. Er schaffte es nicht, Härte vorzutäuschen, und so ließ er seinem schwachen Willen wieder freien Lauf. Ja, Zahira war ein Juwel, aber sie besaß kein Herz. Wann immer er sie greifen wollte, entglitt sie ihm wie

Luft. Doch was sollte er tun? Ohne sie konnte er sich das Leben nicht vorstellen, sie war seine Seele, beherrschte sein Wesen. Sicher, sie war gefährlich, und er konnte ihr nicht trauen. Er hatte nicht vergessen, was Abd Rabbihi zugestoßen war. Aber je stärker sein Vertrauen erschüttert wurde, desto mehr klammerte er sich an sie und wollte sie um jeden Preis behalten. Sollte er darin scheitern, wäre sein ganzes Leben, das diesseitige und das jenseitige, ein Fehlschlag. Doch schon jetzt stand fest, daß er unter dem Zerwürfnis der beiden Frauen, Raifa und Zahira, ein Leben lang leiden würde. O ja, er war der unglücklichste Mensch auf Gottes weiter Welt, und auch in Zukunft müßte er weitere Opfer bringen.

Am Abend saßen sie zusammen. Zahira lag dem Diwan und stillte Radi, Mohammed rauchte ein Pfeifchen. Galal spielte mit der Katze. Wenn er ehrlich war, konnte er Galal nicht mehr ausstehen. Früher hatte er ihn geliebt, weil er ihm leid tat. Aber seit Radi auf der Welt war, haßte er den Bengel und wünschte ihm den Tod an den Hals. Trotzdem bemühte er sich, ihn freundlich zu behandeln und den Vater zu spielen. Das verlogene Lächeln, das er sich abquälen mußte, war ein weiterer Meilenstein auf seinem Leidensweg.

Seit gestern glaubte er, das Mittel in der Hand zu haben, um Zahira ganz für sich zu gewinnen. An diesem Abend sollte sie es erfahren. »Ich habe eine Überraschung für dich.« Sie schaute nur kurz auf. »Ein Friedensangebot.« Ah, sie lächelte. »Es ist der Kaufvertrag für dieses Haus. Du wirst Hausbesitzerin.«

Vor Freude wurde sie rot im Gesicht. »Du bist ungemein großzügig.« Mohammed Anur überkam ein Glücksgefühl. War Zahira zufrieden, konnte auch er vielleicht zur Ruhe kommen.

Das Haus bestand aus drei Stockwerken. In der ersten Etage war das Geschäft des Bohnenhändlers. Es machte sie glücklich, ein solches Haus zu besitzen. Sie war ihm dankbar, auch, weil er mit diesem Geschenk ihre Stärke stillschweigend anerkannte und Reue bekundete. Trotzdem verachtete sie ihn, und gerade deshalb mußte sie ständig an Männer wie Aziz und Nuh al-Ghurab denken. Der eine war reich, der andere mächtig. Aziz war obendrein nicht ohne Einfluß, und Nuh häufte immer mehr Reichtum an. Aziz hatte nur eine Frau, Nuh gleich vier und eine Horde Kinder dazu. Ohne Macht lief nichts, ohne Geld auch nicht. Geld brachte Macht, Macht Geld. Wie würden sich die Dinge entwickeln? Zahira war überzeugt, erst am Anfang ihres Lebens zu stehen.

Sie grübelte, kam auf diese Idee, verwarf jene, und neben ihr saß ihr Mann und schnaufte behaglich.

50 Mohammed Anur hatte beschlossen, mit Nuh al-Ghurab zu sprechen und damit sein Glück zu untermauern. Er suchte ihn in seinem Haus auf, wurde im Gästezimmer empfangen. Wie ein Schüler nahm er brav Platz und übergab ihm ohne jedes Wort ein Bündel Scheine.

Der Führer fing an zu zählen. »Du hast die Abgabe bereits entrichtet, wozu das viele Geld?«

»Ich will mir deines Schutzes sicher sein.«

»Hast du Feinde?«

»Das Schicksal droht mir.«

Nuh al-Ghurab lächelte und reichte ihm gelangweilt das Bündel zurück. Das hatte Mohammed Anur nicht erwartet. Ungläubig und verängstigt starrte er ihn mit großen Augen an. »Es hat dich bereits erwischt«, murmelte der Führer.

Ach, du großes Unglück! Hatte Raifa ihre Hand im Spiel? Was konnte es sonst sein?

Auf den Gedanken, daß Nuh al-Ghurab auf eigene Rechnung handelte, kam er nicht.

»Ich wollte schon nach dir schicken, um mit dir zu sprechen.«

Mohammed Anurs Mund wurde trocken. »Worum geht es, Meister?«

»Ich wollte dir den Rat geben, deine Frau zu verstoßen.«

In seiner Brust raste das Herz wie verrückt. Er glaubte, ersticken zu müssen. »Ich soll sie verstoßen? Warum? Es gibt keinen Grund.«

Die Antwort kam schneidend. »Laß dich scheiden!«

51 Mohammed Anur verließ das Haus von Nuh al-Ghurab wie gelähmt. Sollte es ihm jetzt wie Abd Rabbihi ergehen? Hatte ein geachteter Kaufmann je zuvor eine solche Behandlung erfahren? Sollte er sein Leben, sein Glück, seine Ehre einfach wegwerfen?

Die Wut der Verzweiflung packte ihn, und plötzlich war alles Zögern und Zaudern verflogen und vergessen. Er wußte nicht mehr, was er tat. Er hatte den Mut, das zu tun, was im Viertel nie zuvor jemand gewagt hatte.

52 Der Scheich des Viertels, Gibril al-Fas, kam ins Kaffeehaus und steuerte schnurstracks auf Nuh al-Ghurab zu. »Der Polizeikommissar Fuad Abd at-Tawwab will dich sprechen.«

Nuh al-Ghurab runzelte die Stirn und fragte: »Warum?«

»Das weiß ich nicht, ich soll es dir nur ausrichten.«

»Und wenn ich es ablehne?«

Der Scheich hielt es für ratsam, den Chef zu besänftigen: »Vielleicht will er nur einen kleinen Dienst, Meister? Es gibt keinen Grund, ihn unnötig zu verärgern.« Nuh al-Ghurab zuckte mit den Achseln und schwieg.

53 Der Polizeikommissar hieß den Führer der Schutztruppe willkommen. Bemüht, freundlich zu lächeln, nahm er vor dem Schreibtisch Platz. Der Geruch des Uniformleders kitzelte ihn in der Nase. »Beim Kopf al-Hussains, ich bin glücklich, Euch zu sehen«, erklärte er grinsend.

Der Kommissar lächelte. Er war dick und untersetzt, hatte einen buschigen Schnurrbart und regelmäßige Gesichtszüge. »Auch ich freue mich, Meister. Der Schutzherr gehört ja fast zur Polizei.«

»Danke, Herr Kommissar.«

»Der Schutzherr bewacht und beschützt das Viertel, er verkörpert Mannhaftigkeit und Anstand, ist Hand und Auge polizeilicher Gewalt. Deshalb schätzt die Sicherheit auch Eure Dienste.«

Nuh al-Ghurab wurde zusehends unruhiger. »Danke, Herr Kommissar.«

»Deshalb«, und plötzlich klang die Stimme des Kommissars sehr entschieden, »erwarte ich, daß Mohammed Anur Euren Schutz erfährt.«

Das Blut schoß Nuh al-Ghurab ins Gesicht. »Hat er sich über mich beschwert?«

»Ich habe meine Kanäle, um alles zu erfahren. Und selbst wenn er es getan hätte, wäre es sein gutes Recht. Ich habe die Pflicht, für Sicherheit zu sorgen, halte es aber in diesem Fall für ausreichend, dich damit zu beauftragen.« Es setzte Schweigen ein. Nuh al-Ghurab begriff, daß der Kommissar ihn auf sanfte Art warnen wollte.

»Was meinst du dazu?« fragte der Kommissar.

Mit verdächtiger Ruhe erwiderte Nuh al-Ghurab eisig: »Wir von der Schutztruppe sind die ersten, die das Gesetz wahren.«

»Dann mache ich dich also für ihn verantwortlich«, sagte der Kommissar und stand auf.

54 Etwas Ähnliches hatte es im Viertel noch nie gegeben, denn normalerweise mischte sich die Polizei nur im äußersten Notfall ein. Alle Verbrechen der Schutzbande blieben unaufgeklärt, da sich immer genügend falsche Zeugen fanden, die entschlossen bei der einmal gemachten Aussage blieben. Würde sich dieser Kommissar anders als seine früheren Kollegen verhalten, wenn er im dunklen Gewölbe oder im engen Gäßchen den Leichnam Mohammed Anurs fand? Woher nahm Mohammed Anur die Frechheit, den Kommissar um Hilfe zu bitten? Wie konnte der Kommissar es wagen, hinter noch so süßen Worten Nuh al-Ghurab zu drohen? Zum erstenmal wagte es ein Polizist, sich mit einem gefährlichen und zu allem bereiten Bandenführer zu messen.

Eins wußten die Leute im Viertel allerdings nicht, oder anders gesagt, sie kannten Fuad Abd at-Tawwab nicht. Er war mutig und hartnäckig. Vor seiner Versetzung nach Kairo hatte er sich in Oberägypten einen Ruf als energischer Polizist erworben, der selbst Blutvergießen nicht scheute. Wäre es nach ihm gegangen und gäbe es nicht die traditionellen Absprachen mit den Schutzbanden, hätte er durchgegriffen und sie aus den Vierteln vertrieben.

Aus diesem Grund war er sofort bereit, Mohammed Anurs Hilfeersuchen für eine Demonstration seiner Macht zu nutzen. Es sollte den Leuten die Sprache verschlagen und sie bis ins Herz hinein erschüttern. So kam es also, daß eines schönen Tages das Viertel nicht wußte, wie ihm geschah: Der Kommissar rückte mit einer bewaffneten Patrouille ein. Zuerst waren nur martialische Kommandos zu hören, die durch Mark und Bein gingen. Dann tauchte plötzlich Scheich Gibril al-Fas auf, in Begleitung einer Schar Zivilbeamten. Gleich hinter ihm kam ein Polizeioffizier, und an der Spitze einer waffenstarrenden Truppe folgte der Kommissar in Uniform. Der Zug rückte geordnet bis auf den Platz vor, wo die Truppe unter Waffengeklirre und Gemurmel Aufstellung nahm. An den Seiten standen Menschenmassen, als gäbe es die Prachtsänfte eines Herrschers vor dem Aufbruch nach Mekka zu bestaunen. Der Kommissar sah über die Menge hinweg, doch hin und wieder glitt sein Blick zu den Fenstern hinauf, an denen sich die Frauen drängten. Scheich Gibril al-Fas schritt bis kurz vor den Brunnen und starrte zu dem Fenster hinauf, wo Zahira stand – der Grund für die Auseinandersetzung. Nur die Rivalen ließen sich nicht sehen. Nuh al-Ghurab saß im Kaffeehaus, und Mohammed Anur hockte beklommen in seinem Geschäft, mußte er doch erwarten, daß er bedrohter als je zuvor sein würde.

Abd Rabbihi, der dem Treiben bestürzt zusah, erklärte gut hörbar für alle Umstehenden: »Nicht mehr lange, und der Tag des Jüngsten Gerichts ist da.«

55 Zahira merkte, daß der Kommissar Fuad Abd at-Tawwab ihr häufig ganz »zufällig« in der Sikkat-al-Gadida begegnete, wenn sie von der Hussain-Moschee zurückkehrte. Es fiel ihr auch mehr als einmal auf, daß sein stechender, hungriger Blick sie verschlang. Ach, der auch, selbst der Kommissar, dachte sie. Auf dem Platz vor der Moschee herrschte ein buntes Treiben, das Zahira magisch anzog. Was gab es nicht alles zu bestaunen! Wie bei einem Trickkünstler, der aus seinem Sack alles auf einmal – Mäuse, Katzen, Schlangen – hervorzaubern konnte, quirlte das Leben an jeder Ecke. Die Weite des Platzes schlug Zahira in ihren Bann, so daß sie alles für möglich hielt. Gleich würde sie einen Adler besteigen, mit Schwingen, die von Kraft, Mut und Kühnheit sprachen. Aziz, Nuh al-Ghurab, Fuad Abd at-Tawwab. Zauber, Liebe, sternengekrönter

Ruhm. Sie lauschte dem Klopfen des Herzens, und jeder Schlag verhieß ihr ein Wunder, das alles Gewöhnliche überwand.

56 Der Kommissar bat Mohammed Anur heimlich zu sich. »Ich habe die Macht des Gesetzes in nie zuvor gekanntem Ausmaß demonstriert, fühlst du dich nun sicherer?«

Mohammed Anur schüttelte verlegen den Kopf. »Ich weiß nicht ...«

Der Kommissar nickte. »Recht hast du, mir geht es wie dir. Um ehrlich zu sein, habe ich Angst, daß dir etwas passieren könnte.«

»In unserem Viertel ist das Leben keinen Millim wert«, meinte Mohammed Anur besorgt.

»Richtig. Irgendein mieser Schuft findet sich immer, der bereit ist, dich umzubringen. Was nützt es dir also, wenn wir die Schutztruppe vernichten und mit den Wurzeln ausrotten?«

»Tja, was nützt das!«

»Willst du einen Rat hören, auch wenn er ein wenig seltsam klingt?«

»Was für Rat?«

»Trenn dich von deiner Frau.«

Bestürzt stammelte Mohammed Anur: »Das sagt Ihr mir?«

»Ja, und es verletzt meine Ehre noch mehr als deine. Aber ich habe Sorge um dein Leben.«

»Und ich habe Angst, verrückt zu werden, Herr Kommissar.«

»Es wäre ja nur für eine begrenzte Zeit, bis ich die Tyrannei dieser Truppe in den Griff bekomme«, fügte der Kommissar verschlagen hinzu.

»Ach ja?«

»Natürlich, und dann wird wieder alles, wie es war.«

Mohammed Anur überlegte kurz, dann sagte er: »Ich werde ernsthaft darüber nachdenken.«

57 Verzweifelt machte er sich auf den Heimweg. Furcht und Entsetzen ließen ihn plötzlich auf eine Idee kommen. »Pack alles ein, was leicht und kostbar ist«, erklärte er Zahira. »Wir fliehen, wenn das Viertel schläft.«

»Fliehen?« murmelte sie verstört.

»Selbst der Kommissar rät mir, mich von dir zu trennen.«

»Der Kommissar!«

»Er hat eingeräumt, für meinen Schutz nicht sorgen zu können. Bleibt also nur die Flucht.«

Ihr war auf Anhieb klar, was dahintersteckte, aber wie sollte sie sich jetzt verhalten? »Wohin gehen wir?« fragte sie erschrocken.

»Gottes Welt ist groß und weit, und ich habe Geld. Wir bauen uns eine neue Existenz auf.«

Teufel noch eins! Er wollte mit einem Schlag all ihre Träume zerstören, wollte sie als Verfolgte für immer an sich binden. Lebendig begraben. In Elend dahinsiechen wie Samaha. Wer weiß, vielleicht mußte sie dann von ihrer Hände Arbeit leben, schuften wie eine Bettlerin. Nein, niemals! Soll dieser Feigling alleine fliehen, da war er wenigstens ein für allemal verschwunden.

»Schnell, verlier keine Zeit.«

»Wir sollten noch einmal überlegen.«

»Ich habe hundertmal überlegt, uns bleibt nur die Flucht.«

»Nein.«

»Was, nein?«

»Unmöglich.«

»Keineswegs. Noch bevor der Morgen graut, wirst du es wissen.«

»Nein!« Auf seinen bestürzten Blick hin fuhr sie fort: »Ich will nicht als Vagabund leben und alles verlieren.«

»Wir werden genug zum Leben haben ...«

»Nein.«

»Aber siehst du nicht, daß hier mein Leben bedroht ist?«

»Du hast einen Fehler begangen, und das weißt du genau.«

»Was hätte ich sonst tun können?«

»Ist das etwa meine Schuld?«

Wie vom Wahnsinn befallen rief er: »Eine Frau hat dem Mann zu folgen!«

»Du bist ja nicht einmal imstande, deine Frau zu beschützen!« bäumte sie sich haßerfüllt auf und wußte genau, daß das der letzte Moment war, ihm zu entkommen.

Verzweifelt schlug er sich mit der Faust auf die Brust. »Du Schlange, du!«

Instinktiv wich sie zum Fenster aus.

»Du willst dein altes Spiel mit mir treiben!« Sein bleiches Gesicht verriet Mordlust. Er ballte die Fäuste, richtete sich kerzengerade auf. Sie schrie aus Leibeskraft los, brüllte aus dem Fenster, rief um Hilfe. Wie ein Tiger stürzte er sich auf sie.

58 Die Tür krachte, und herein stürzten Nuh al-Ghurab, Meister Aziz und Scheich Gibril al-Fas. Mohammed Anur sprang zurück, Zahira fiel ohnmächtig nieder. Ängstlich wimmerten Galal und Radi.

Die Männer kümmerten sich darum, Zahira wieder zu Bewußtsein zu bringen. Als sie erwachte, war Mohammed Anur verschwunden. Nuh al-Ghurab und der Scheich sahen sich bedeutungsvoll an. Der Scheich räusperte sich und sagte in offiziellem Ton: »Ein klarer Fall von Mordversuch und Flucht.«

»Es reicht, daß er fliehen mußte«, murmelte Aziz.

»Und das Verbrechen?« fragte Nuh al-Ghurab.

»Ja, das Verbrechen«, bestätigte der Scheich, »wir sind alle Zeugen.«

Aziz sah Zahira an. »Du kannst mitkommen und bei meiner Mutter übernachten.«

59 Mohammed Anur war verschwunden, ohne Zahira verstoßen zu haben. Gleich am nächsten Tag kehrte sie in die Wohnung zurück. Fühlte sie sich zunächst auch vom Gefühl der Freiheit berauscht, wurde sie sich schon bald klar darüber, daß sie noch immer an die Ehe mit Mohammed Anur gebunden war. Nichts wünschte sie sich mehr, als geschieden zu werden. Goldene Träume gaukelten ihr eine lichte Zukunft vor, und sie war entschlossen, keine Sekunde ihres Lebens länger zu verschenken. So kam es, daß sie Meister Aziz aufsuchte.

»Mit seiner Flucht rächt er sich aus der Ferne an mir«, erklärte sie. Aziz verstand, was sie meinte. Ihre Worte klangen ihm süß in den Ohren, und ein Rausch von Glück und Hoffnung machte ihn trunken. »Wie kommst du zurecht?«

»Das Haus wirft genug ab, um leben zu können.«

»Du bist nicht allein, das sollst du wissen.«

Als Zeichen des Danks senkte sie den Kopf. »Wie schön, aber ich möchte das Leben der beiden Jungen gesichert wissen.«

Sein Herz klopfte stürmisch. »An was denkst du?«

»Ich will die Scheidung beantragen, denn immerhin ist dieser Mann ein flüchtiger Verbrecher.«

»Das wäre zu überlegen«, murmelte er und stieß damit die Tür zum Ungewissen auf, hinter der das Abenteuer lauerte.

60 Aziz strengte gegen Mohammed Anur die Verurteilung in Abwesenheit an und beauftragte gleichzeitig einen Anwalt, die Scheidung Zahiras voranzutreiben. Er war hin und her gerissen zwischen seiner Sehnsucht und der Rücksicht auf seinen guten Ruf. Einerseits schrie sein Herz, andererseits wollte er seine Frau nicht verletzen. Außerdem war Mohammed Anur sein Freund gewesen. Doch schon hob sich der Vorhang über dem Geschehen, das Zahiras Wahnsinnsgelüste in Gang setzte.

61 Mitten in der Nacht klopfte jemand an die Tür. Zahira öffnete die Luke, konnte aber nur einen schwachen Umriß erkennen. Ein aufregender Duft schlug ihr entgegen, der Begierde und Abscheu gleich stark weckte. »Wer ist da?« fragte sie mißtrauisch.

»Abd Rabbihi.«

O ja, das war seine Stimme. Wut überkam sie, aber auch Lust. Um gegen die eigene Schwäche anzukämpfen, rief sie schneidend: »Was willst du?«

»Laß uns wieder zusammenleben«, bettelte er.

»Du bist nicht nur betrunken, du bist auch verrückt.«

»Aber ich bin der einzige Mann, den du hast!«

»Verschwinde, sonst schrei ich die Leute zusammen!« Zornig genug, um Widerstand leisten zu können, knallte sie die Luke zu.

62 Noch in der gleichen Nacht kam Scheich Gibril al-Fas angeschlichen. Furchtsam sah er sich um, und kaum hatte er Platz genommen, erklärte er: »Bewahre uns Gott vor dem Satan! Aber was soll ich machen? Ich bin nur der Bote.«

Auch wenn sie ahnte, was kommen würde, fragte sie: »Worum geht's?«

»Der Kommissar hält um deine Hand an.«

Ihre Vermutung stimmte. Wenn Nuh al-Ghurab erfuhr, für wen der Alte vermittelte, ging es ihm an den Kragen. Nun galt es, gut zu überlegen. Was brachte ihr die Ehe mit dem Kommissar ein? Einen Namen und ein gewisses Ansehen, nichts Besonderes also. Wahrscheinlich war von den drei Kandidaten Aziz der beste, aber dafür war Nuh al-Ghurabs Macht nicht von der Hand zu weisen. Er war es, der unbegrenzt herrschte.

»Wie lautet deine Antwort, Zahira?«

»Meinst du, daß Nuh al-Ghurab sich nicht zur Wehr setzt?«

»Das ist Sache des Kommissars.«

»Ich habe zwei Kinder, und mein Einkommen ist beschränkt«, hielt sie listig entgegen. »Der Kommissar ist verheiratet und Vater.«

»Er weiß, was er verkraften kann.«

Zahira zögerte. »Und ich weiß, was ich will.«

»Meinst du etwa, daß du lieber die Geliebte von al-Ghurab bist, statt die Nebenfrau des Kommissars zu werden?«

Ein eisiger Blick traf ihn. »Vergiß nicht, daß ich eine Dame mit bestem Ruf bin.«

63 Noch bevor der Scheich gegangen war, wartete bereits in einem anderen Raum die Hebamme und Heiratsvermittlerin Umm Hischam. Kaum war die Alte mit Zahira allein, seufzte sie erleichtert: »Nun steht uns nichts mehr im Weg.«

»Gegen Nuh al-Ghurab ist nichts einzuwenden, aber er hat bereits vier Frauen«, warf Zahira ein.

»Eine wird gehen müssen, dann ist Platz für dich.«

Zahira richtete sich auf, sah sie von oben herab an. »Ich bin keine Nebenfrau!«

Ungläubig starrte die Alte sie an. »Er soll alle vier verstoßen?«

»Das kann er halten, wie er will.«

64 Nuh al-Ghurab verstieß seine vier Frauen. Die Nachricht brachte das Viertel zum Beben. Vier Familien waren besonders erschüttert. Zahiras Name war in aller Munde, und wo immer er beschwörend geflüstert wurde, stand er als Symbol von Macht und Grausamkeit. Als der Kommissar von Nuh al-Ghurabs Scheidung hörte, biß er sich vor Ärger auf die Lippe, und Aziz flüchtete sich bedrückt in Schweigen.

Es gehörte zu den seltsamen Zufällen, daß genau an dem Tag, an dem Zahira und Nuh al-Ghurab heiraten wollten, Rummana im Zuchthaus starb und Raifa sich vor Kummer bei lebendigem Leib verbrannte.

Der Hochzeitszug war gewaltig, und da es freundschaftliche Abkommen mit den Führern der benachbarten Viertel gab, verlief er auch friedlich – bis er nach ad-Darrasa kam. Plötzlich fing der Führer von al-Atuf Streit an, ohne sich um Verträge und Schutzabkommen zu scheren. Wie konnte das sein? Warum tat er das? Jedenfalls brach eine blutige Schlacht aus, und im Handumdrehen traf auch die Polizei ein, als hätte sie nur auf den richtigen Zeitpunkt gewartet. Rücksichtslos griff das Kommando durch. Plötzlich wurde geschossen.

Von einer Kugel getroffen, sank der Bräutigam zu Boden.

65 Das Viertel stand in heller Aufregung. Feierlich und ehrerbietig wurde der Tote bestattet. Zahira fühlte Empörung, und dieses Empfinden war stärker als alle Trauer. Sie grämte sich, weil ihr die Hochzeitsnacht entgangen war. Es schmerzte sie, weil sie sich nur für wenige Stunden in der Macht des Führers sonnen konnte.

Für die Neider, und sie waren in der Mehrzahl, stand fest, daß sich mit Zahiras Hochzeit nur Unheil verband und sie es war, die die Menschen ins Unglück stürzte. Rummana war an diesem Tag gestorben, Raifa hatte Selbstmord begangen, vorausgegangen war der Prozeß gegen Mohammed Anur, die Scheidung der vier Frauen, und schließlich hatte es damit geendet, daß Nuh al-Ghurab niedergemetzelt wurde. Wieviel Unheil würde diese schöne Hexe mit ihrem grenzenlosen Ehrgeiz noch anrichten?

Eine Zeitlang machte das Gerede Zahira traurig, aber dann erwachte ihr Lebenswille neu. Der Gedanke, welch unermeßlicher Reichtum ihr nun zufiel, ließ sie vor Glück jubeln, auch wenn sie nach außen hin eine eiserne Miene aufsetzte. Die Lust am Leben gewann wieder Oberhand. Von nun an konnte sie den Glanz der Führerschaft, der auf sie als Witwe fiel, genießen, ohne einem Mann, den sie ohnehin nicht liebte, dafür den Preis zahlen zu müssen. Ihre Vernunft sagte ihr, daß er zum richtigen Zeitpunkt getötet worden war, nämlich bevor er ihren schönen Körper entweihen und beschmutzen konnte. Er hatte die Strafe bekommen, die jeder widerwärtige Tyrann verdiente. Wäre der große Aschur vor Scham nicht vergangen, wenn sich seine Enkelin einem durch und durch verdorbenen Verbrecher, der sich das Gewand des Führers anmaßte, ergeben hätte? Nein, sie hatte sich nicht mehr vorzuwerfen als der Wind, der einen vom Holzwurm zerfressenen Baum aus dem Boden reißt.

66 Heimlich flüsterten sich die Leute zu, daß der Kommissar Fuad Abd at-Tawwab hinter dem gezielten Anschlag steckte. Es wäre ihm nicht um Ruhe und Ordnung gegangen, sondern er hätte vor lauter Gier nach der verführerischen Zahira den Widersacher aus der Welt schaffen wollen. Das Mißbehagen über seine Person wuchs, als er die Wahl eines neuen Führers verhinderte. Zum erstenmal in der jahrhundertealten Geschichte des Viertels mußten die Menschen ohne Führer auskommen, eine Schande, die ihnen nie zuvor angetan worden war.

Manch einer fragte sich, wann der Kommissar es wagen würde, die Maske fallenzulassen und Zahira die Ehe anzutragen.

67 Der Scheich des Viertels bat Zahira, mit ihr sprechen zu dürfen. Sie wußte sofort, worum es ging, und war wenig begeistert. Sie besaß jetzt mehr Geld als der Kommissar und alle seine Männer. Aziz Samaha an-Nagi – das war die Perle, mit der sie ihre Träume krönen wollte. Sein einziger Mangel bestand darin, daß er seinen Rang ererbt, nicht aber durch eigene Kühnheit und Stärke errungen hatte. Der Ahnherr Aschur – das war ein Kerl gewesen! Er hatte die Frau, um die seine Söhne buhlten, zu sich ins Bett geholt. Aziz hingegen wagte es nicht, seine Liebe zu zeigen. Feige zog er sich in sich zurück, vermied jeglichen Fehltritt und verkroch sich in sein Alter. Selbst wenn sie es schaffte, ihn zu verführen und in Besitz zu nehmen, was nützte es, solange dieser ruchlose, verbrecherische Kommissar ihr nachstellte? Möglicherweise schreckte er nicht davor zurück, Aziz auf die gleiche Weise zu erledigen wie Nuh al-Ghurab.

Ah, vielleicht zeichnete sich doch ein Streifen lichter Hoffnung am wolkenverhangenen Himmel ab.

68 »Zuerst muß er wissen, daß ich nicht bereit bin, die Rolle einer Nebenfrau zu übernehmen«, erklärte Zahira.

»Es ist ja bekannt, daß seine Frau vom Alter her fast die Mutter sein könnte, aber sie ist reich. Bist du bereit, das Manko auszugleichen?«

»Welch eine Zumutung! Wie komme ich dazu!«

»Anders geht es nun mal nicht, heutzutage läuft es so.«

Sie ärgerte sich, zeigte es aber nicht. Sie konnte sich ausmalen, was auf sie zukäme, und ihre Ablehnung wurde noch entschiedener. Sie lächelte unterwürfig. »Warten wir erst einmal die Trauerzeit ab, dann wird's Gott schon richten.«

Das Gesicht des Scheichs strahlte vor Freude. »Lob und Preis sei Gott, dem Herrn der Welten.«

69 Zahira blieb nicht untätig, verschenkte keine Minute. Wie eine frische, köstlich duftende Brise wehte sie ins Büro von Meister Aziz. Sie sah elegant aus. Ein Schatten von Trauer überzog ihr schönes Gesicht, und in ihrem Blick lag demütiges Flehen. Es entging ihr nicht, daß sein Gesicht sich rötete und die Augen unruhig und erregt funkelten. Sehr sanft und mitleiderregend klagte sie: »Was soll ich nur machen? Ich habe niemand, der mir in meiner Not hilft.«

O ja, alles an ihm sprach von seiner Liebe, nur leider nicht seine Zunge. »Willkommen, Zahira.«

Gesittet und bescheiden fragte sie: »Was kann ich tun? Soll ich mich diesem Schlächter von Kommissar überlassen?«

»Hat er etwa um deine Hand angehalten?« fragte Aziz ungläubig.

»Ohne die geringste Scham.« Sie sah, wie er die Stirn runzelte. »Ach, welch schreckliches Ende für eine Frau, die nie das Glück gehabt hat, sich frei ihren Lebensgefährten zu wählen.« Sichtlich beeindruckt erwiderte er: »Du mußt dich in nichts schicken, was dir widerwärtig ist.«

»Wenn ich ehrlich bin, habe ich Angst vor ihm.«

»Aber nein!«

»Alle Welt weiß, daß er ein Verbrecher ist. Er hat Nuh al-Ghurab auf dem Gewissen.«

»Ein Schurke erledigt den anderen.«

»Genau. Hätte die Sicherheitsbehörde die Männer von al-Atuf befragt, würde sie die Wahrheit herausgefunden haben.« Sie sah ihn nachdenklich an. »Es müßte sich ein geachteter Mann finden, dessen Wort bei der Sicherheit etwas gilt.«

Ein kleines Sommerwölkchen huschte vorbei, und die Sonne strahlte.

70 Kommissar Fuad Abd at-Tawwab erhielt den Befehl, zurück nach Oberägypten zu gehen. Keine Wolke kündigte länger verheerenden Sturm an, der Sommer hatte mit Melonen und Weintrauben Einzug gehalten. Ein Mann namens Samaka al-Allag wurde der neue Schutzherr. Zahira wußte vor Stolz nicht mehr aus noch ein, glaubte sie doch, alle Fäden in der Hand zu halten. »Ich bin der Verstand, der Wille, die Schönheit, der Sieg«, sprach sie laut vor sich hin, und mit einem liebevollen Blick auf die Söhne Galal und Radi sagte sie: »Möge euer Ruhm alle bisherige Glorie übertreffen.«

71 Unverhofft suchte sie Meister Aziz auf, um ihm zu danken. Freimütig erklärte sie: »So und nicht anders muß ein Mann sein.«

Hingerissen murmelte er: »Es freut mich, dich glücklich zu sehen.«

Mit schmelzender Stimme wisperte sie: »Wie unser

großer Vorfahre der Cholera entkommen ist, bin ich von einer Seuche errettet worden.« Etwas traurig fügte sie hinzu: »Aber das Glück ...?« Da er neugierig aufschaute, fuhr sie mit einem Seufzer fort: »Wann kann man schon wirklich von Glück sprechen? Kennen wir es überhaupt?«

»Vielleicht unbewußt.«

»Und eine Frau wie ich? Wann darf sie je von sich behaupten, daß sie glücklich ist?«

Er schien verlegen zu sein. »Nun ja, es mangelt dir doch an nichts.«

Mit anmutigem Schwung erhob sie sich und bedachte ihn mit einem langen, unergründlichen Blick, der ihn beinahe willenlos machte. Im Hinausgehen seufzte sie: »Nur eins fehlt mir, und das ist leider das Wichtigste im Leben eines Menschen.«

72 Aziz ließ dem Schicksal seinen Lauf. Mit ungewöhnlicher Stärke gestand er sich seine Schwäche ein. Eine Kraft wuchs ihm zu, als wäre er massig wie die alte Mauer, wie das Tor zum Kloster, verwegen wie sein Urahn in jener Nacht, da er um Fullas willen in die Schenke stürzte. Welch ein Wahnsinn konnte einen noch im Alter überfallen! Er saß bei der Mutter, in ihren Gemächern. »Hör mal ...«

Aziza hatte schon lange gespürt, daß etwas in der Luft lag. »Erzähl schon, was du auf dem Herzen hast«, ermunterte sie ihn. Auf einmal war er sehr ruhig. »Gottes Wille ist, daß ich ein zweites Mal heirate.«

Verblüfft schaute sie ihn an. »Im Ernst?«

»Ja.«

»Und wen?«

Er zögerte. »Zahira.«

»Nein!« rief sie empört.

»Doch, es stimmt.«

»Diese Schlange!«

»Mutter«, flehte er, »urteile nicht überstürzt.«

»Eine Schlange ist sie.«

»Du hast sie doch lange Zeit geliebt!«

»Nicht nur ich, deine Frau auch. Trotzdem ist sie eine Schlange.«

»Sie hat nicht viel Glück im Leben gehabt.«

Beklommen murmelte Aziza: »Noch so eine wie Raifa.«

»Du darfst sie nicht nach dem äußeren Anschein beurteilen«, bettelte er.

»Wie hat sie es bloß geschafft, dir, dem vernünftigsten Menschen weit und breit, den Kopf zu verdrehen?«

»Meine liebe Mutter, ich weiß genau, was ich tue.«

Aziza stöhnte. »Und was wird aus Ulfa?«

»Sie bleibt, was sie ist – die Herrin des Hauses und die Mutter meiner Kinder.«

»Hast du keinen Respekt vor ihr?«

»Großen sogar!«

»Dann laß von deinem Vorhaben ab.«

»Ich kann nicht!« stöhnte er verzweifelt.

»Sie hat dich behext, mein Sohn.«

»Du solltest dich freuen, wenn ich glücklich bin.«

»Hast du vergessen, was mit Abd Rabbihi, Mohammed Anur und Nuh al-Ghurab passiert ist?«

»Sie haben sie alle unterdrückt«, stieß er verächtlich hervor.

»Sie hat die Männer unterdrückt! Du machst dich unglücklich.«

»Wir werden ja sehen.«

»Diese kleine Schlampe.«

»Mutter! Wir sind vom gleichen Stamm!« brauste er empört auf.

»Du solltest nur auf die stolz sein, die Gutes getan und sich nicht mit Blut befleckt haben. War nicht Rummana, der Mörder deines Vaters, vom gleichen Stamm? Genauso wie Wahid?«

»Das war Schicksal«, murmelte er.

73 Aziz Samaha an-Nagi schloß die Ehe mit Zahira. Seine Mutter wollte mit der Hochzeit nichts zu tun haben, erkannte die Verbindung nicht an. Sie lebte zurückgezogen und vergrämt mit Ulfa und den Kindern, während Aziz das Haus von Nuh al-Ghurab kaufte und es Zahira schenkte. Er ließ neue Möbel kommen, wechselte die Teppiche und Vorhänge aus, richtete sich ein Heim für seine ewige Liebe ein. Frau Ulfa sicherte er alle Rechte zu und bedachte sie und die Kinder mit vorbildlicher Fürsorge und Zuneigung. Was aber Liebe war, das erfuhr er erst jetzt, im vorgeschrittenen Alter.

74 Zahira glaubte zu träumen. Ein erhabener Sieg war errungen, alle Hoffnung hatte sich erfüllt. Sie besaß Haus, Reichtum, Ansehen und den nobelsten aller Männer. Es kümmerte sie nicht, daß Aziza wütend und Ulfa traurig waren. Wenn überhaupt jemand das Recht hatte, sich mit Stolz zu schmücken, dann sie, hatte doch Gott ihr sowohl Schönheit als auch Intelligenz beschert. Ja, trotz der Frauenkleider war sie eine Führernatur – das Glück kam nur zu den Starken. Zum erstenmal lebte sie an der Seite eines Mannes, den sie achtete, bewunderte und aufmerksam behandelte. Die Liebe war ihr nie sonderlich wichtig gewesen, und auch jetzt galt es, sie höheren, erhabeneren Werten unterzuordnen. Nein, sie wollte nicht so schwach sein wie die anderen Frauen.

Es bereitete ihr großes Vergnügen, ihr Ansehen öffentlich auszukosten. Am späten Nachmittag nahm sie mit Galal und Radi in der Kutsche Platz, und dann ging es gemächlich, begleitet vom Läuten der silbernen Glocke, durch das Viertel. Wie eine Herrscherin thronte sie hoch oben, und ihre bezaubernden Augen blitzten stolz hinter dem Schleier. Mit einem Gemisch von Haß, Bewunderung und Staunen starrten die Leute zu ihr hinauf. Sie genoß jeden Moment, saugte alles Schöne in sich auf, fühlte sich berauscht vom Gefühl, über den Dingen zu stehen. Die Welt war ein Diamant, der ihr verführerisches Bild widerspiegelte.

Besuchte sie die Hussain-Moschee, freute es sie, Massen von Bettlern um sich zu scharen und Geschenke und Almosen zu verteilen.

75 Das Leben zeigte sich ihr von der heitersten Seite. Sie schien immer hübscher und jünger zu werden und schenkte Aziz einen Jungen, den sie Schamseddin nannten. Ihre Mutter und Geschwister konnten ein sorgenfreies Leben führen, weil sie sie großzügig unterstützte. Der einzige bittere Tropfen war, daß Aziz frühzeitig alterte. Doch selbst das beunruhigte sie nicht sonderlich, vielmehr verwirrte sie eine Frage, die ihr nicht aus dem Kopf ging: Wie konnte sie schaffen, was bisher keiner Frau gelungen war – zur Legende zu werden?

76 Wieder einmal sah sie sich beim Verlassen der Hussain-Moschee von Bettlern belagert. Sie drängte Galal und Radi in die Kutsche und wollte selbst gerade Platz nehmen, als eine Stimme dicht neben ihr flüsterte: »Zahira!«

Erstaunt blickte sie auf. Mohammed Anur starrte sie finster wie der Todesengel an. Erschrocken versuchte sie aufzuspringen, doch im gleichen Augenblick hob er einen dicken Knüppel und ließ ihn mit aller Kraft auf den schönen, edel geformten Kopf niederfahren. Schreiend stürzte sie zu Boden. Wie wahnsinnig drosch er auf ihren Schädel ein, und selbst das Weinen der Kinder gebot ihm nicht Einhalt.

Von all der Schönheit, von all dem Glanz blieb nichts als ein Haufen zersplitterter Knochen und eine Lache von Blut.

Der Dünkel Galals

Die siebente Geschichte

1 Der blutige Mord an Zahira erschütterte Aziz schwer. Er wurde zum Schatten seiner selbst, gab beim Trauerzug und Begräbnis das Bild völliger Selbstaufgabe und Verzweiflung ab. Je mehr er seinen Schmerz vor den Leuten zu verbergen suchte, desto stärker wuchs sein Leid. Die Welt schien ihm eine alte, böse Vettel, deren grausame Arglist keine Grenzen kannte. Soviel sie auch lockte und rief, er hegte im Innern nur noch Ablehnung und Haß.

Der Besuch der Mutter ließ ihn gleichgültig, er empfing sie mit vorwurfsvollem Schweigen. Aziza weinte, drückte ihn an die Brust und flüsterte: »Laß uns nicht mehr streiten, zu hart sind die Schläge des Schicksals.« Sie küßte ihn auf die Stirn, seufzte: »Es ist, als wäre ich nur zum Leiden geboren.«

Die tröstenden Worte sanken in sein Herz, doch eine Spur hinterließen sie nicht.

2 Einen Monat später erlitt Aziz einen Schlaganfall, und nach wenigen Wochen hauchte er sein Leben aus. Aziza rieb sich in ihrer Trauer auf. Niemals hatte sie sich vorstellen können, daß sie ihren einzigen Sohn zu Grabe tragen mußte; nie hatte sie gedacht, ihn zu überleben, und wäre es nur für einen Tag. Der Schmerz war nicht geringer als zu jener Stunde, da sie Kurra verloren hatte. Ein furchterregendes Geschöpf mußte sie sein, denn ihre einzige Größe schien sich im Trauern zu offenbaren. So viele

Jahrzehnte hatte die schöne, edle Aziza hartnäckig am Leben festgehalten, und wo immer sie Geduld gesät hatte, erntete sie nichts als Schmerz.

Es war der Wunsch von Aziz gewesen, daß Radi und Schamseddin im Haus der Mutter leben sollten. Galal war zu seinem Vater Abd Rabbihi gezogen. Trotz aller liebevollen Fürsorge starb der kleine Schamseddin im Alter von acht Monaten.

3 Das Viertel konnte sich nicht beruhigen, immer wieder wurde über den schrecklichen Tod Zahiras gesprochen. Der ewige Kampf, den sich das Glück mit dem Schicksal lieferte, brachte die Menschen ins Grübeln, und man suchte in den wechselhaften Ereignissen Lehren fürs Leben. Warum lacht der Mensch? Warum tanzt er vor Freude, wenn er einen Sieg errungen hat? Warum vertraut er bedenkenlos seinem Glück, wenn er den Thron erstiegen hat? Warum vergißt er, welche Rolle ihm in dem Spiel zukommt? Warum denkt er nicht an das Schicksal, das ihm vorherbestimmt ist?

Nun ja, zunächst empfanden die Menschen Trauer, aber schon bald ertrank dieses Gefühl in einem Meer von Haß und Zorn. Flüche wurden ausgestoßen, und es hieß, dies sei die gerechte Strafe für Tyrannen. Das Leid des hochgeachteten Aziz war schnell vergessen, und man beschuldigte ihn, dem armen Bäcker Abd Rabbihi die Frau gestohlen zu haben. Die Habenichtse und Hungerleider erklärten gar, daß die Geschichte der Nagi-Familie ein einziges Trauerspiel wäre, ein Sinnbild für den Verrat an Aschur an-Nagi, dem großmütigsten und segensreichsten Menschen aller Zeiten.

Es war April, und obwohl es zu dieser Jahreszeit zumeist sehr warm war, bewölkte sich plötzlich der Himmel, und es begann zu regnen. Es wurde so kalt, daß der Regen in Hagel überging. Die Leute staunten und wunderten sich, Unruhe befiel sie, und ratlos murmelten sie: »Möge es Gutes bedeuten, Herr der Welten.«

4 Kein anderes Kind hatte soviel erlitten wie Galal, der Sohn Abd Rabbihis und Zahiras. Der Anblick des zertrümmerten Schädels seiner Mutter hatte sich ihm tief ins Gedächtnis eingeprägt. Es war ein Alptraum, der ihn weder am Tag noch in der Nacht zur Ruhe kommen ließ. Wie konnte es etwas so Grausames geben? Wie konnte Schönheit ein solch häßliches Ende finden? Warum war es passiert? Warum mußte seine Mutter für immer schweigen? Warum hatte sie gehen müssen? Was hatte er verbrochen, um ihrer Zärtlichkeit, Schönheit, Lebenslust beraubt zu werden? Warum konnte die Zeit nicht zurückgedreht werden? Warum verliert man das, was man liebt, und muß mit dem leben, was man haßt? Warum muß man sich Entscheidungen beugen? Warum hatte er das prächtige Haus verlassen und in die Kellerwohnung von Abd Rabbihi ziehen müssen? Wer war dieser Mann? Warum sollte er Vater zu ihm sagen? Er war der Sohn seiner Mutter, sonst nichts. Nur ihr galten seine Bewunderung und Liebe. Sie war seine Seele, sein Blut. Ihr Bild spiegelte sich in seinem Gesicht wider. Ihre Stimme klang ihm noch immer in den Ohren, und noch war die Hoffnung nicht verblaßt, daß sie eines Tages zurückkehren würde.

Die splitternden Knochen, die Lache von Blut – so etwas konnte man nicht vergessen.

5 Das Leben Abd Rabbihis hatte sich verändert. Dank des Erbteils von Galal konnte er den Keller verlassen und in eine ansehnliche Wohnung einziehen. Er kaufte seinem

Lohnherrn den Ofen ab und arbeitete als selbständiger Bäcker, nicht sonderlich gut allerdings, denn er trank zu gerne. Wie ein feiner Mann trug er einen weißen Gilbab, darüber eine bunte Abaja, und auf dem Kopf thronte ein bestickter Turban. Zum erstenmal steckten seine Füße in weichen Schuhen aus rotem Leder. Wenn er sich wohlig dehnte und reckte, sagte er sich: »Na, Abd Rabbihi, jetzt hast du auch was von Zahiras Aufstieg.« Das beste war, daß ihm niemand Vorhaltungen machen konnte, das Vermögen des kleinen Galal zu verschleudern. Trotz aller Trinkerei hing sein Herz an dem Jungen. Immer wieder starrte er ihn gebannt an, konnte er doch in seinem Gesicht Zahiras Schönheit wiederentdecken. Es erinnerte ihn an die Zeit, die für ihn die schönste und zugleich elendeste war. Abd Rabbihi scheute keine Mühe, den kleinen, scheuen Kerl an sich zu gewöhnen und sein Vertrauen und seine Liebe zu finden.

6 Eines Nachts, der Morgen graute schon, wachte Abd Rabbihi auf, weil Galal weinte. Besorgt streichelte er ihm über das weiche Haar und fragte: »Hast du schlecht geträumt?«

Der Junge schluchzte laut los. »Wann kommt meine Mutter zurück?«

Der schwere Kopf setzte Abd Rabbihi zu, und so begnügte er sich zu sagen: »Wenn du lange genug gelebt hast, gehst du zu ihr. Du mußt dich nicht beeilen.«

7 Abends in der Schenke kamen die Männer auf Zahira zu sprechen. Samaka al-Allag, der Führer, meinte: »Das war die erste Frau, wegen der ein Schutzherr ermordet wurde.«

»Sie hat ihre Strafe bekommen«, trumpfte Abd Rabbihi auf.

Der Scheich des Viertels, Gibril al-Fas, sagte: »Tu nicht, als würdest du sie nicht mehr lieben.«

Empört richtete sich Abd Rabbihi auf. »Ich habe nur Angst, daß ihr blutiger Tod nicht ihre Sünden aufwiegt und sie nicht ins Paradies kommt.«

Der Wirt lachte laut los. »Du wünschst ihr die Hölle, nur um sicher zu sein, ihr dort wiederzubegegnen!«

Abd Rabbihi sackte zusammen, stöhnte. »Schrecklich! Soviel Schönheit wird den Würmern zum Fraß vorgeworfen!« Aber schon im nächsten Moment protzte er wieder: »Glaubt mir, sie hat mich vor lauter Liebe angebetet! Aber leider war sie verrückt.« Krächzend begann er zu singen:

»Ach, Mann, mit dem hübschen Mützchen,
wer hat sie dir nur gemacht,
verhäkelt hat sich mein Herz darin,
daran hast du nicht gedacht.«

8 Galal kam in die Koranschule. Der kräftig gebaute, hübsche Junge war gewitzt und quicklebendig. Als er eines Tages den Vers auswendig lernen sollte, daß »alles Leben dem Tod geweiht sei«, fragte er den Scheich: »Warum gibt es den Tod?«

»Das liegt in der Weisheit des Schöpfers begründet«, lautete die Antwort.

»Aber warum?«

Der Scheich wurde wütend. Er legte den Jungen über den Bock und zog ihm mit der Palmgerte kräftig eins über. Galal heulte und schrie und konnte sich den ganzen Tag lang nicht beruhigen. Wäre seine Mutter noch am Leben, hätte man ihm das nicht angetan.

9 Wo auch immer Galal sich zeigte, ob in der Schule oder auf der Straße, mußte er sich gegen Beschimpfungen und Beleidigungen wehren. Jeder Junge war sofort bereit, ihm hinterherzurufen: »Zahiras Sohn! Zahiras Sohn!« Er hörte immer das gleiche. Warum? Was war daran schlimm, Zahiras Sohn zu sein? Hier und da schnappte er einiges über die Mutter auf. Die »Treulose«, »Verräterin«, »Heiratssüchtige«, »Hochmütige«, »Grausame«, »Dienerin«, »angebliche Dame«.

Er lief zum Vater und fragte: »Warum sprechen sie so schlecht über meine Mutter?«

Abd Rabbihi streichelte ihn. »Laß sie reden, sie war schöner als ein Engel. Hab Geduld, sie werden schon aufhören.«

Galal blickte finster drein. »Geduld? Wieso?« Beunruhigt sah Abd Rabbihi ihn an.

10 Nach und nach erfuhr er mehr über den Lebenswandel der Mutter. Er weigerte sich, das Gehörte zu glauben. War eine der Geschichten zutreffend, dann lehnte er es strikt ab, sie als Schande anzusehen. Was auch immer seine Mutter getan haben mochte, für ihn blieb sie ein Engel. Was war so schlimm daran, wenn ein Mensch den Blick auf das Höchste, auf den Mond des Minaretts, richtet? Ach was, es nützte doch nichts, mit dieser Teufelsbrut herumzustreiten.

Galal stürzte sich in eine Schlacht nach der anderen. Dabei hätte er viel lieber Freundschaft mit den Burschen geschlossen und sich als ihr Kamerad gefühlt. Aber sie lehnten seine Annäherungsversuche ab, verachteten ihn und hielten ihn für bösartig. Sobald er sich herausgefordert fühlte, verhärtete sich alles in ihm, und je aussichtsloser ein Kampf war, desto mehr verbiß er sich in ihn. Er schlug mit einer Rücksichtslosigkeit zu, die eigentlich nicht seine Art war. Ein Wort, und er prügelte los. Immer häufiger war er in Handgreiflichkeiten verwickelt, und immer öfter ging er als Sieger daraus hervor. Er veränderte sich, wurde zu einem Burschen, der Furcht einflößte und für seinen teuflischen Charakter bekannt war. Seine Stärke brachte die anderen zum Schweigen. Was Wunder, daß ihn seine Kraft berauschte und er sie für das Größte hielt.

11 In der Koranschule begegnete er wieder seinem Bruder Radi. Für ihn stand fest, daß er nicht nur der Sohn des Mörders, sondern auch dessen Opfer war. So ein zartes, artiges, schwächliches Bürschlein! Auch er wurde als Sohn von Zahira beschimpft, aber er heulte immer gleich los. Also mußte Galal wieder kämpfen, um die Gegner zum Schweigen zu bringen. Radi hängte sich an ihn, bewunderte ihn. »Ich bin sehr stolz, daß du mein Bruder bist«, erklärte er immer wieder.

Radi besaß weder Kraft noch Schönheit, aber dafür war er äußerst gut erzogen.

12 Radi hatte ihn zum Mittagessen eingeladen. Galal betrat also das Haus des verstorbenen Aziz an-Nagi und wurde der ehrwürdigen alten Frau Aziza und Frau Ulfa vorgestellt. Er küßte ihnen die Hand, und die beiden Damen bewunderten sein Aussehen und seine robuste Statur. Am Tisch hatte auch ein hübsches Mädchen Platz genommen – Kamar, die jüngste Tochter von Frau Ulfa. Sie war zwei Jahre jünger als er. Während des Essens sah er sie immer wieder bewundernd an.

Als er mit Radi allein war, fragte er auf der Stelle: »Siehst du nicht, daß Kamar genauso schön ist wie unsere Mutter?« Da Radi nur gleichgültig nickte, schwärmte Galal weiter: »Wie glücklich mußt du sein, daß du mit ihr unter einem Dach leben darfst!«

»Ich mag nur ihre Stimme«, erwiderte Radi gleichgültig.

13 Galal war zum jungen Mann herangereift und kannte sich im Leben recht gut aus. Er fühlte sich als Abkömmling des großen Aschur, dessen geheimnisvolles Verschwinden bis auf den Tag nicht geklärt war. Das war kein gewöhnlicher Schutzherr wie Samaka al-Allag gewesen – er war ein Heiliger und ein Freund des Heiligen al-Chidr. O ja, er, Galal, würde all die Schädel, in denen nur Bosheit und Eigensinn steckten, zertrümmern; Engel mit goldenen Flügeln würden ihm zur Seite stehen; das Tor des Klosters würde sich, kaum daß er angeklopft hatte, öffnen, doch eingehüllt ins Dunkel der Nacht würde ihn die Unruhe wieder hinaustreiben, hin zu Kamar, die am Fenster des Holzerkers stand und ihm zublinzelte.

Mit Stolz dachte er an die Mutter. Was sollte an ihr schändlich gewesen sein? Sie hatte einen Mann wie ihn gesucht, doch ihr kurzes, schweres Leben hatte ihr dieses Glück nicht vergönnt.

14 Abd Rabbihi beteiligte Galal an der Leitung der Bäckerei. Der Junge stellte sich geschickt an, war umsichtig und eifrig. Abd Rabbihi kam aus dem Staunen nicht heraus.

Bald übertrug er ihm die Verantwortung, während er das Geld mit vollen Händen in der Schenke ausgab. Trotz seiner Jugend verstand es Galal, sich bei den Arbeitern durchzusetzen und von den Kunden, ungeachtet des schlechten Rufs seiner Mutter, mit Respekt behandelt zu werden. Bewundernd beobachtete der Vater Galals starke Muskeln und breite Schultern, und wie die Lebenskraft in ihm pulsierte, wie das Gesicht in einzigartiger Schönheit strahlte.

Vom früheren Vermögen war Galal nur noch der Ofen geblieben, und von der geistigen Hinterlassenschaft nur schmerzliche Erinnerung. Das höfliche Lächeln der Menschen konnte ihn nicht täuschen, denn nur zu genau wußte er, daß hinter seinem Rücken die Wogen von Klatsch und Tratsch hochschlugen und seine Mutter in den Dreck gezogen wurde. Aber für einen wie ihn, der Kraft und Schönheit besaß, hielt die Zukunft viel Gutes bereit. Mehr noch, Kamars Bild, das ihm nicht aus dem Kopf ging, versprach die Erfüllung der süßesten Hoffnung.

15 Am Nachmittag saß Galal vor dem Ofen, und wann immer er konnte, ging er seiner Lieblingsbeschäftigung nach – Wetten abschließen für den Hahnenkampf. Manchmal, wenn Kamar mit ihrer Mutter in der Kutsche vorbeikam, schickte er ihr einen verliebten Blick hinterher und träumte von der schönen Zeit, als er noch ein Junge war und in dem prächtigen Haus mit Radi und Kamar spielen durfte. Nur kurze Zeit hatte das Glück gedauert, denn schon bald hatten Frau Aziza und Frau Ulfa ihn spüren lassen, daß er nicht gern gesehen war. Warum waren sie zu Radi gut und zu ihm nicht? Sie hatten doch beide Zahira als Mutter. Der Grund konnte nur sein, daß er zuviel Ähnlichkeit mit der Mutter hatte. Wahrscheinlich erinnerte er die beiden Frauen zu stark an die verhaßte Gegnerin.

Was blieb, war der tiefe Graben zwischen dem übel beleumdeten Bäckerjungen und der hochwohlgeborenen Tochter des noblen Herrn Aziz. Trotzdem liebte er sie, und Herz und Verstand waren dieser Liebe unterworfen. Der Glanz ihrer Augen sprach davon, daß auch sie ihm geneigt war. Wozu feige sein? Warum vor dem Glück zurückschrecken?

16 Bald erkannte er, daß sein Vater mit dem Vermögen leichtfertig umgegangen war. Er machte ihm die heftigsten Vorwürfe und untersagte ihm, sich in Geldfragen einzumischen. »Laß mich nur machen, und lebe du glücklich und zufrieden.«

Aber so einfach war das nicht. Abd Rabbihi konnte vom Alkohol nicht lassen, und nicht nur, daß er seiner Gesundheit schadete, er ruinierte auch seinen Ruf. Jede Nacht saß er in der Schenke herum und vertrieb sich die Zeit damit, sich über den Sohn auszuklagen. »Er geht mit mir um, als wäre ich das Kind und er der Vater. Verlangt, daß ich Rechenschaft ablege, als wäre er Herr über alles.« Oder er fragte unter lautem Gelächter: »Habt ihr jemals gehört, daß ein Sohn mit dem Vater herumschimpft, nur weil der sich bei einer oder zwei Flaschen ein bißchen erholt?« Aber trotz allem Ärger klang seine Stimme immer liebevoll, selbst wenn er wichtigtuerisch fragte, ob denn dieser Sohn das göttliche Gebot, die Eltern zu ehren, vergessen hätte.

Es gelang Galal nicht, aus dem Vater einen würdigen, geachteten Mann zu machen. Dabei war ihm gerade das besonders wichtig, denn nicht nur, daß er ihn liebte, er wollte auch alle Schwierigkeiten aus dem Weg räumen, die seine Verbindung mit Kamar hätten verhindern können. Abd Rabbihi machte es traurig, wenn Galal seinetwegen verstimmt war.

Eines Tages versuchte er sich damit zu entschuldigen, daß seine Mutter an allem schuld wäre. »Sieh dir doch an, was sie aus den Männern, die sie geliebt haben, gemacht hat.« Als Galal ihn empört ansah, fuhr er fort: »Mohammed Anur wurde erhängt, Nuh al-Ghurab umgebracht, der

Kommissar versetzt, Meister Aziz starb vor Kummer. Da bin ich noch der Glücklichste von allen.«

»Vermeid es bitte, von meiner Mutter schlecht zu reden.«

Verlegen stammelte Abd Rabbihi: »Sei nicht traurig, überleg lieber in Ruhe. Du willst Kamar heiraten und glaubst, ich stehe dir im Weg. Aber nicht ich bin schuld, sondern das Ansehen deiner seligen Mutter. Wie kannst du denken, daß Frau Ulfa ihre Tochter dem Sohn von Zahira gibt?«

»Bohr nicht in der Wunde herum!« rief Galal verzweifelt.

Abd Rabbihi sah ihn zärtlich an. »Ich kann dir nur den Rat geben, keine Frau zu heiraten, die du liebst, oder dich zu verlieben, wenn du geheiratet hast. Begnüg dich damit, freundlich und nett zu ihr zu sein. Die Liebe ist die größte Falle.«

17 Eines Nachts schreckten Nachbarn Galal mit der Mitteilung auf, daß sein Vater auf dem Platz vor dem Kloster Unfug trieb. Er stürzte los. Der Vater stand auf dem Platz und ahmte lallend und kichernd die hehren Gesänge nach. Galal packte ihn am Arm, um ihn nach Hause zu ziehen. »Das darfst du nicht tun!« schimpfte er. »Das Viertel verzeiht alles, nur nicht das!«

Als der Vater endlich eingeschlafen war, verspürte Galal das dringende Bedürfnis, auf den Platz zurückzukehren. Er war noch nie allein dort gewesen. Dichte Wolken hatten sich vor die Sterne geschoben, die Nacht war stockdunkel. Es herrschte beißende Kälte. Galal hüllte sich fester in die Abaja ein und löste ein Ende vom Turban, um das Gesicht zu verdecken. Die dunklen Gesänge schallten ihm entgegen, überfluteten ihn wie warme Wellen. Er erinnerte sich all der Nagis, die hier verweilt hatten, seit damals, als der Ahnherr auf geheimnisvolle Weise verschwunden war. Eine innere Stimme flüsterte ihm zu, daß ein Mann sich dadurch auszeichnet, allen Schwierigkeiten zu trotzen. Freude erfaßte ihn, und das Gefühl, siegen zu können, ließ ihn innerlich jubeln. O ja, die Nacht, der Gesang, die Kälte, die ganze Welt war sein Freund. Wie groß die Schwierigkeiten auch sein mochten, die vor ihm lagen, er war entschlossen, sich über sie hinwegzusetzen. Wie ein Adler mit riesigen Schwingen wollte er aufsteigen und die kleinlichen Mühen des Alltags hinter sich lassen.

18 Auch Radi war zum Mann geworden. Er hatte von seinem Erbe den Getreidehandel gekauft und Naima, die Enkelin von Nuh al-Ghurab, geheiratet.

Galal faßte Mut und suchte Frau Aziza auf. Mit fester Stimme erklärte er: »Verehrte Dame, ich halte um die Hand Eurer Enkelin Kamar an.«

Ein langer Blick aus matten Augen, dann sagte Aziza ohne alle Umschweife, wie es alte Leute zu tun pflegen: »Ich hatte einst vorgeschlagen, daß Radi sie heiratet. Aber Ulfa hat abgelehnt.«

»Jetzt steht Galal vor Euch«, erwiderte er selbstbewußt.

»Ist dir nicht klar, warum sie abgelehnt hat?«

Er legte die Stirn in Falten, schwieg.

»Und das, obwohl Radi Vorteile aufzuweisen hat, die du nicht hast.«

»Ich bin nicht arm, und außerdem gehöre ich zur Nagi-Familie«, stieß er ungestüm hervor.

Ungehalten antwortete sie: »Ich habe alles gesagt, was zu sagen ist.«

»Überbringt Kamar meinen Wunsch«, beharrte er.

»Gewiß.«

Er verließ das Haus, vor lauter Enttäuschung knirschte er mit den Zähnen, als hätte er Sand im Mund.

19 Im Haus von Meister Aziz sollte es eine Überraschung geben, die die Mauern erschüttern ließ. Natürlich hatte Frau Ulfa Galals Antrag abgelehnt, aber Kamar machte von da an einen völlig in sich gekehrten Eindruck, als wäre sie krank. Frau Aziza glaubte den Grund zu kennen. Besorgt fragte sie die Enkelin: »Du willst ihn doch nicht etwa heiraten?«

Kamar faßte sich ein Herz und brachte mutig ein »Ja!« heraus.

Frau Ulfa schrie aufgebracht: »Er ist Zahiras Sohn!«

Kamar zuckte mit den Schultern, als ginge sie das nichts an. Doch die Mutter blieb hart und setzte sich über den Wunsch ihrer Tochter mit Gewalt hinweg. Ein Bewerber von der Dahschuri-Familie wurde herzlich im Haus begrüßt, aber Kamar weigerte sich auf der Stelle, ihn zu heiraten. Als die Mutter zeterte und tobte, erklärte Kamar knapp und bündig: »Dann heirate ich überhaupt nicht.«

»Das ist der böse Geist Zahiras, der aus dir spricht!« schrie Frau Ulfa, worauf Kamar in Tränen ausbrach. Ohne das geringste Mitleid zu zeigen, beendete die Mutter das Gespräch mit den Worten: »Nun gut, dann bleibst du unverheiratet. Das ist mir immer noch lieber.«

20 Frau Azizas Gesundheitszustand verschlechterte sich zusehends; Alter und Kummer setzten ihr stark zu. Sie siechte dahin, wurde immer bleicher und mußte schließlich das Bett hüten. Ulfa wich nicht von ihrer Seite. Es drückte ihr das Herz ab, wenn sie daran dachte, wie einsam sie in dem großen Haus ohne die Schwiegermutter leben würde.

»Mach dir keine Sorgen«, beruhigte sie Frau Aziza, »ich

werde schon wieder gesund.« Ulfa glaubte ihr, sie hatte ihren Worten immer vertraut. Doch dann kam der Tag, an dem Frau Aziza leise murmelte: »Es geht zu Ende, Ulfa.« Ihr Blick ermattete, sie nahm kaum noch etwas wahr. Die Augen starrten ins Nichts. Als sie nach Kurra und Aziz rief, überlief Ulfa ein Schauder. Sie fühlte, daß der Tod bereits ins Zimmer getreten war und in einem Winkel hockte und lauerte. Sie weinte und schluchzte: »O Gott, erbarme dich unser.«

Azizas Lippen bewegten sich, leise flüsterte sie: »Wieviel Pein habe ich erlitten, nun ruht meine letzte Hoffnung auf Gott, dem Erhabenen.«

»O Herr, laß sie nicht leiden«, flehte Ulfa.

»Hör zu, zwei Dinge möchte ich dir auf den Weg mitgeben.« Ulfa rückte näher an Aziza heran, lauschte. »Quäle Kurras Enkel nicht!« Sie seufzte. »Und quäle nicht Aziz' Tochter!« Der Tod schlich heran, und mit einem zarten Lächeln schied Frau Aziza aus dem Leben.

21

Sechs Monate des Trauerjahrs waren vergangen, und Ulfa, wohl wissend um den Wunsch von Frau Aziza, wünschte nichts sehnlicher, als daß diess Jahr nie verstreichen würde. Sie hatte lange gehofft, daß Kamar sich anders entschied, aber in diesem Wunsch sah sie sich getäuscht.

Eines Tages bat Radi seinen Bruder Galal um ein Gespräch. »Herzlichen Glückwunsch, du hast es geschafft ...« Vom Rausch himmlischer Freude überwältigt, verschlug es Galal die Sprache.

Radi schlug vor, die Verlobung sofort bekanntzugeben, damit die Hochzeit gleich nach Ablauf des Trauerjahrs gefeiert werden konnte. Es war ein Augenblick, der Galal unauslöschlich im Gedächtnis bleiben sollte.

22 Zwei Monate später bestand Galal hartnäckig darauf, den Ehekontrakt zu unterzeichnen, auch wenn die Vermählung und das Hochzeitsfest erst nach Ablauf des Trauerjahrs stattfinden konnten. Es schien, als wollte er alle Angst abwerfen und sein Glück vor dem Zugriff der verborgenen Mächte sichern. Er war der fröhlichste Mensch der Welt, und nun entfalteten sich all seine guten Eigenschaften. Er ertrug den trunksüchtigen Vater ohne Vorwürfe, war freundlich und aufmerksam zu den Arbeitern und ihren Familien, und wo er ging und stand, ob bei der Arbeit oder beim Hahnenwettkampf, sang er vor sich hin. Er wurde noch schöner, noch kräftiger. Des Nachts verweilte er auf dem Platz vor dem Kloster, lauschte andächtig den Gesängen und gab sich demütig dem Gebet hin.

Wann immer er seine Braut besuchte, brachte er Geschenke mit. Er hatte wiederum von Kamar eine goldene Gebetskette mit Bernsteinstücken bekommen. O ja, Kamar war sein Leben, sie und nur sie war seine Hoffnung, sein Glück, seine Augenweide. Für ihn war sie das schönste Geschöpf auf Gottes weiter Flur, und wenn manch einer auch meinte, daß er sehr viel besser als sie aussah, so hielten doch alle ihr zartes, sanftes Wesen für unvergleichbar.

Frau Ulfa hatte ihre kühle Art ihm gegenüber aufgegeben und schenkte ihm nun Vertrauen. Im Gespräch mit anderen nannte sie ihn »einen guten Jungen«; sie sah die Zukunft der Tochter in hellem Licht. Ja, sie hatte Galal sogar vorgeschlagen, sich mit dem Geld von Kamar an Radis Geschäft zu beteiligen.

Vor lauter Glück erklärte Galal eines Tages: »Die Größe der Nagi-Familie hat sich auf verschiedene Weise gezeigt, doch erst jetzt offenbart sie sich in der Liebe.«

Ein zärtliches Lächeln huschte über Kamars Lippen. »Die Liebe vollbringt eben Wunder«, staunte er.

»Vergiß nicht, daß auch ich etwas dafür getan habe«, flüsterte sie verschämt. Da packte ihn die Leidenschaft, und er konnte nicht anders, als sie an sich zu ziehen und an die Brust zu drücken.

23 Galal kam nicht umhin, bei einem Besuch den Vater mitzunehmen. Abd Rabbihi war zwar nüchtern, aber der verhangene Blick, die schweren Lider und die krächzende Stimme ließen unschwer erkennen, daß er ein Säufer war. Er wußte, daß er einen würdigen Eindruck machen mußte, aber wie er das bewerkstelligen sollte, war ihm nicht klar. Erschrocken starrte er Frau Ulfa an, fühlte er doch, daß ihr Anblick ihn zu einem anderen Geschöpf machte. Wie war es nur möglich, daß ihm einst eine Frau gehörte, die noch schöner als diese hier war?

»Sie wissen, was und wie ich bin, Frau Ulfa, aber mein Sohn ist dafür ein Juwel«, stotterte er.

»Sie sind ein guter Mensch, Abd Rabbihi«, erwiderte sie liebenswürdig.

Ergriffen von dieser Wertschätzung, die er noch nie erfahren hatte, zeigte er auf Galal. »Der Junge verdient es, glücklich zu sein, und wär's nur, weil er so gütig zu seinem Vater ist.« Ohne ersichtlichen Grund brach er in schallendes Gelächter aus, nur um gleich darauf verwirrt zu verstummen und ein ernstes Gesicht aufzusetzen.

Als Vater und Sohn aus dem Haus traten, fragte Galal: »Warum hast du Kamar nicht das Geschenk überreicht?« Ach ja, das Geschenk. Galal hatte es ihm extra gegeben, damit er etwas für die junge Braut hatte. »Hast du's vergessen?«

»So ein kostbares Geschöpf braucht kein Schmuckstück, ich habe das Geschenk viel nötiger.«

»Gebe ich dir zuwenig?«

Begütigend klopfte er Galal auf die Schulter. »Schon gut, mein Junge, aber das Leben ist nun mal teuer.«

24 Mitten in einem Herbst, der die Menschen mit sanfter Milde verwöhnte, erlebten Galal und Kamar die letzten Tage des Trauerjahrs. Zarte Wölkchen schwebten wie Träume dahin. Kamar hatte sich ein wenig erkältet, was sie nicht daran hinderte, die notwendigen Vorbereitungen fürs Hochzeitsfest zu treffen. Doch ihr Befinden verschlechterte sich, sie bekam Fieber. Sie hatte Schwierigkeiten zu atmen, die Glieder taten ihr weh, und wie ein heimtückischer, verräterischer Feind kroch Mattigkeit sie an. Sie mußte das Bett hüten. Schwach und blaß lag sie da, der Blick war getrübt, die Stimme kaum vernehmbar. Klein und verloren sah sie unter der schweren Bettdecke aus. Hie und da stöhnte sie, trank etwas Kümmel- oder Zitronenwasser und legte sich Essigkompressen auf die Stirn. Bedrängt von schweren Gedanken, fand ihre Mutter kaum noch Schlaf. Galal, mit seiner Geduld am Ende, lief nervös umher.

Eine unheilvolle Ahnung lastete auf dem Haus, die sich nicht zu erkennen geben wollte. Ulfa sah in Gedanken die letzten Augenblicke im Leben von Aziz und Aziza vor sich. Vor Angst wurde sie fast wahnsinnig. Sie glaubte, ein unbekanntes Wesen hätte sich zu ihnen ins Haus gesellt. In einem der Winkel hockte es und war nicht bereit zu weichen.

In einer der nächsten Nächte träumte Galal, daß sein Vater wieder einmal laut grölend vor dem Kloster Unfug trieb. Vor Schreck wachte er auf, und plötzlich hörte er draußen tatsächlich ein Geräusch. Es war kein Gesang, auch kein Gegröle. Ein seltsamer Ton hallte durch die Nacht, kündigte an, daß eine arme Seele zur letzten Ruhestatt aufgebrochen war.

25 Galal hatte das Gefühl, von einem Fabeltier umklammert zu sein. Die Empfindungen waren verändert, er sah seltsame Dinge. Der Verstand schlug Haken – die Wahrheit zeigte sich ihm.

Er schaute auf die Tote, die ins Sterbekleid gehüllt war, und zog das Tuch vom Gesicht. Was er sah, war eine Erinnerung, keine Wirklichkeit. Ein Wesen, das es gab und nicht gab. Es war still, weit weg, so entfernt, daß er es nicht mehr erreichen konnte. Es war fremd, und gelassen stellte er fest, daß es ihn nichts anging. Es war erhaben, überirdisch, unbekannt, unmöglich, unverständlich, abwesend, verräterisch, höhnisch, grausam, quälend, verwirrend, beängstigend, einsam, endgültig.

Verstört, auch drohend, murmelte er: »Nein!«

Eine Hand zog das Tuch wieder über das Gesicht, und die Tür zur Ewigkeit hatte sich geschlossen. Die Welt war aus den Fugen geraten, machte sich über ihn lustig. Etwas Feindliches kroch auf ihn zu, wollte ihn überwältigen. Nein, er würde nicht stöhnen, keine Träne würde er vergießen, er würde nichts sagen. Doch die Zunge bewegte sich. »Nein ...«

Galal sah den zertrümmerten Schädel der Mutter vor sich – ein Bild, das genauso schnell schwand, wie es gekommen war. Er sah den Hahn, der mit seinem rosa Schnabel dem Gegner das Auge aushackte. Er sah den Himmel brennen. Er sah die Lache mit rotem Blut. Das Unbekannte versprach ihm, alles zu verstehen, wenn er noch einmal das Tuch zurückschieben würde. Er streckte die Hand vor, doch eine andere Hand hielt sie fest. Eine Stimme sagte: »Bekenne dich zu Gott.«

O Herr der Welten, gab es hier andere Wesen? Gab es noch Menschen? Wer hatte behauptet, daß die Welt leer wäre? Leer – bewegungslos, farblos, geräuschlos. Leer von

Wahrheit. Leer von Trauer, Verzweiflung, Reue. Ja, er war befreit. Keine Liebe, kein Schmerz. Alle Qual auf ewig geschwunden. Frieden. Die ungebändigten Kräfte würden ihren Meister finden. Glück auf für den, der sich die Sterne als Freund, die Wolken als Gefährten, den Wind als Kameraden, die Nacht als Vertrauten wünscht.

Und zum drittenmal murmelte er: »Nein …«

26 Galal übertrug die Bäckerei einem Angestellten. Er fand Ruhe bei weiten Spaziergängen. Er streunte durchs Viertel, durch die Stadt, bummelte vom Stadttor zur Zitadelle, setzte sich in ein Kaffeehaus, rauchte.

In der Nacht stand er vor dem Kloster, ließ die Gesänge über sich ergehen, klopfte versehentlich ans Tor, erwartete keine Antwort, wußte, warum es nicht anders sein konnte – die Derwische waren der Tod, und die Ewigkeit war erhaben und konnte keine Antwort geben. »He ihr, hat euer Nachbar nicht ein Recht darauf?«

Er lauschte dem Gesang, der Schmelz hielt ihn gefangen.

Sobhdam morghe tschaman ba gole nouchaste goft
naz kam kon ke dar in bagh basi tschun to schogoft

27 Als er wieder einmal unterwegs war, hielt ihn der Imam der Moschee, Chalil ad-Dahschan, an. Er lächelte freundlich und sagte: »Wir sollten miteinander reden.« Der gleichgültige Blick Galals ließ ihn fortfahren: »Gott erlegt seinen treuen Dienern Prüfungen auf.«

»Na und? Was soll daran neu sein? Das kräht doch jeder Hahn morgens in der Frühe«, höhnte Galal.

»Wir müssen alle sterben.«

»Keiner muß sterben«, erwiderte Galal im Brustton der Überzeugung.

28 Eines Nachts, als er an der Schenke vorbeikam, sah er eine schwankende Gestalt. Es war sein Vater. Er schlang seinen Arm um ihn.

»Wer da?«

»Ich bin's, Galal.«

Abd Rabbihi schwieg einen Moment, dann lallte er: »Ich schäme mich.«

»Warum?«

»Es wäre besser gewesen, ich wäre an ihrer Stelle gestorben.«

»Warum?«

»Das wäre gerecht gewesen.«

»Unsinn, es gibt nur eins, was wahr ist, Vater, und das ist der Tod.«

»Ich sollte jetzt nicht trinken«, stammelte der Vater verlegen, »aber was soll ich machen? Ich schaffe es nicht.«

»Genieß du nur dein Leben«, meinte Galal und schleppte ihn weiter.

29 Der Herbst ging, machte dem Winter mit seiner herrischen Strenge Platz. Der kalte Wind schlug an die Mauern, drang bis auf die Knochen durch. Galal blickte gebannt und gedankenverloren den schwarzen, stürmischen Wolken nach.

Unlängst hatte er Frau Ulfa gesehen. Sie kam vom Friedhof. Haß packte ihn, und in der Vorstellung spuckte er sie an. Nur widerwillig hatte sie ihn akzeptiert, nun hatte der Tod sie von ihm befreit. Für sie war der Tod ein Ritus, eine Naturgewalt. Alle sprachen den Tod heilig, beteten ihn an, ermutigten ihn, machten ihn zur ewigen Wahrheit. Bestimmt hatte Frau Ulfa getobt, als er, Galal, seinen Anteil von Kamars Erbe bekam. Deshalb hatte er auch alles, was er kriegen konnte, genommen. Er hatte es an die Armen verteilt. Würdest du der hochmütigen Ziege den Schädel einschlagen, sagte er sich, ginge es dir besser.

30 Der Scheich des Viertels kreuzte seinen Weg. Gibril al-Fas grüßte und rief: »Dich sieht man nur kommen und gehen. Suchst du etwas?«

Galal sah ihn verächtlich an. »Ich finde, wonach ich nicht suche, und ich suche, was ich nicht finde.«

31 Wieder einmal hockte er allein vor dem Kloster. Nicht, weil er sich Segen erhoffte, sondern weil er Kälte und Dunkelheit trotzen wollte. Hier hatte Aschur das Alleinsein genossen. Hier war das Nichts. Nein, er war kein Liebender mehr, er trauerte der verlorenen Liebe nicht nach. Ich liebe nicht, ich hasse nur noch. Haß und nochmals Haß. Ich hasse Kamar. Das ist die Wahrheit, auch wenn sie schmerzt und irremacht. Eine Illusion hat mich betrogen. Würde Kamar noch leben, gliche sie ihrer Mutter. Aus ihrem Mund wäre nichts als dummes, albernes, großtuerisches Geplapper und Gekicher gekommen. Eine Handvoll Dreck. Und jetzt, im Grab? Ein aufgeblähter Sack, der Gestank verbreitet. Giftiger Schleim, gut für die Würmer. Was so vergänglich ist, dem muß man nicht nachtrauern. Sie hat den Vertrag nicht gehalten, die Liebe nicht geachtet, das Leben nicht festgehalten. Sie hat den Tod willkommen geheißen. Wir leben und sterben kraft unseres Willens. Nichts Widerwärtigeres gibt es als Opfer. Sie suchen die Niederlage, beschwören sie herauf. Jubeln, daß der Tod das Ende allen Lebens ist. Halten ihn für die einzig richtige Wahrheit. Sehen nicht, daß ihre Schwäche, ihr Wahn ihn hervorbringen. Nein, wir sind so lange unsterblich, wie wir nicht schwach sind und uns nicht täuschen lassen. Aschur lebt. Da er sich scheute, den Menschen seine Unsterblichkeit vorzuführen, zog er es vor zu verschwinden. Ich bin unsterblich. Ich habe gefunden, was ich suchte. Die Derwische verschließen das Tor, weil auch sie das ewige Leben haben. Wurde jemals ein Derwisch zu Grabe getragen? Also sind sie unsterblich. Sie besingen die Ewigkeit, bloß hat sie noch keiner verstanden.

Tief atmete er die eisige Nachtluft ein, fühlte sich wie berauscht. Und als er aufs dunkle Gewölbe zuging, murmelte er vor sich hin: »Kamar, ach, Kamar!«

32 Die fiebrigen Vorstellungen ließen ihn nicht los, nahmen körperliche Gestalt an. Ein Geier kreiste hoch in der Luft, und sein Krächzen kündete von Verwüstung.

Eines Morgens fragte der Vater, warum er nicht das Schutzgeld bezahlt hätte. Die Antwort kam kurz und knapp. »Das tun nur Feiglinge.«

Abd Rabbihi starrte ihn erschrocken an. »Willst du dem Führer die Stirn bieten?«

Gelassen erwiderte Galal: »Ich bin der Führer, Vater.«

33 Er ging ins Kaffeehaus und steuerte absichtlich einen Platz in Sichtweite des Schutzherrn an. Schon wenig später kam der Bursche, der bediente. »Meister Samaka al-Allag erkundigt sich, wie es um Eure Gesundheit steht.«

»Gut«, antwortete er von oben herab, »und zwar so gut, daß ich es mit Dummköpfen aufnehme.«

Die Antwort trieb dem Führer die Zornesröte ins Gesicht. Chartuscha, der als einziger zufällig bei ihm saß und seine rechte Hand war, kam wie ein Pfeil angeschossen. Galal packte einen Stuhl, ließ ihn krachend auf Chartuschas Schädel niedersausen. Er kippte hintenüber, blieb bewußtlos liegen. Galal griff nach seinem Knotenstock, blieb abwartend stehen. Wie ein reißendes Tier stürzte Samaka al-

Allag auf ihn zu. Schaulustige sprangen auf, die Männer des Schutztrupps, die im Raum verteilt saßen, schrien durcheinander. Galal und Samaka schlugen los, doch in Sekundenschnelle war der Kampf entschieden. Galal verfügte über unglaubliche Kraft, so daß Samaka wie ein geschlachteter Ochse zu Boden ging.

34 Da stand der Riese, zornentflammt und bedrohlich. Die Männer des Schutztrupps befiel Furcht, denn keiner außer Chartuscha, und der war außer Gefecht gesetzt, wagte es, auf Samakas Position Anspruch zu erheben. Etliche Schaulustige, die die Schutzbande insgeheim haßten, scharten sich um Galal und warfen mit Steinen nach den Männern.

Führer war der, der gesiegt hatte. So kam es, daß Galal, der Sohn von Abd Rabbihi und Zahira, der neue Schutzherr wurde und die Führerschaft wieder in den Händen der Nagi-Familie lag.

35 Die Freude des Vaters war groß. »Auch wenn du stark bist, hätte ich nie gedacht, daß du mal unser Führer wirst«, staunte er.

Galal schmunzelte. »Ich auch nicht.«

»Stark war ich früher auch, aber um Führer zu werden, braucht man auch Ehrgeiz und Mut.«

»Da hast du recht, Vater. Ich wollte zwar immer ein angesehener Mann sein, aber ganz überraschend tauchte die Idee auf, es mal als Führer zu versuchen.«

Der Vater brüllte vor Lachen los, doch dann sagte er stolz: »Stark wie Aschur bist du, also mach dich und das Viertel glücklich.«

»Glücklich? Darüber sprechen wir später«, erwiderte er steif.

36 Der Glaube an Kraft und Unsterblichkeit trieb ihn voran. Er hatte einen Plan, und den ließ er Wirklichkeit werden. Um aus seiner Stärke Nutzen zu ziehen, forderte er die Schutztruppen in den anderen Vierteln heraus. Er überwältigte die von al-Atuf, ad-Darrasa, Kafr az-Zaghari, al-Hussainija und Bulak. Jeden Tag kündeten die Schalmeien von einem neuen Sieg. Galal wurde Führer der Führer, trug wie Aschur und Schamseddin die Krone von Macht und Würde.

Ach, wie die Habenichtse und Hungerleider sich freuten! Ihm, dem Großzügigen und Edlen, galt all ihr Hoffen. Nicht so die Notabeln, stellten sie sich doch auf bedrohliche Zwangsmaßnahmen ein.

37 Abd Rabbihi genoß die Ehre und den Ruhm in vollen Zügen. Betrat er die Schenke, schlug ihm eine Welle der Achtung entgegen. Im Nu war er von den Betrunkenen umringt, die gierig auf jedes seiner Worte lauschten. Da stand er nun und verkündete den Anbruch einer neuen Zeit. »Aschur an-Nagi ist auferstanden!« Er setzte den Krug an, leerte ihn bis auf den letzten Tropfen. »So freut euch denn, ihr, die immer gelitten habt, seid glücklich, ihr, die ihr die Gerechtigkeit liebt, von nun an hat jeder Arme sein Auskommen, von nun an wissen die Reichen, daß es Gott gibt!«

»Hat Meister Galal das alles versprochen?« fragte Sankar, der Wirt.

Abd Rabbihi warf sich in die Brust und tönte: »Nur deshalb hat er nach der Führerschaft gestrebt!«

38 Freund und Feind scharten sich um ihn. Niemand war stark genug, um ihn herauszufordern, nichts bereitete ihm Sorge. Er konnte sich in Ruhe an Macht, Ansehen, Geld

erfreuen. Mit der Zeit setzte ihm der Müßiggang zu und brachte Langeweile. Er beschäftigte sich mit sich selbst, dachte über sich nach. Sein Leben gab ein klares Bild ab, die Einschnitte waren deutlich zu sehen. Angefangen hatte alles mit dem zertrümmerten Schädel der Mutter, dann kamen die Erniedrigungen in der Jugend, der höhnische Tod Kamars, nun war die Zeit unbegrenzter Herrschaft angebrochen, und schließlich würde die Grabstätte Schamseddins auf ihn warten, zu der schon Bahre um Bahre getragen worden war. Worüber trauern, worüber sich freuen? Was bedeutete Macht? Was der Tod? Wozu gab es das Verborgene?

39 Eines Morgens erzählte ihm der Vater, daß sich die Leute fragten, wann nun endlich Gerechtigkeit einsetzen würde. Galal verzog unwillig das Gesicht und brummte: »Ist das wichtig?« Abd Rabbihi starrte ihn verblüfft an. »Wichtigeres gibt es nicht, mein Sohn.«

»Daß jeden Tag einer krepiert, stört sie doch auch nicht«, erklärte Galal verächtlich.

»Der Tod ist eine unumstößliche Wahrheit, aber gegen Armut und Schmach kannst du etwas tun.«

»Verfluchter Blödsinn!« schrie Galal.

Entsetzt wich Abd Rabbihi zurück und fragte verzweifelt: »Aber willst du nicht Aschurs Beispiel folgen?«

»Wo steckt er denn, dein Aschur?«

»Im siebenten Himmel, mein Sohn.«

»Na wennschon.«

»O Gott, bewahre uns vor dem Unglauben!«

»O Gott«, äffte Galal ihn nach, »bewahre uns vor dem Nichts.«

»Ich kann nicht glauben, daß mein eigener Sohn tyrannisch wie Samaka al-Allag werden sollte.«

»Mit Samaka hat's genauso geendet wie mit Aschur.«

»O nein! Jeder kam mit anderer Absicht, und jeder nahm seinen Weg.«

Galal stand auf. »Belaste mich nicht, Vater. Verlang nichts von mir. Ich kann dir nur sagen, daß ich nicht sonderlich glücklich bin.«

40 Abd Rabbihi gab es auf, mit Galal über das verlorene Paradies zu reden. Wenn er, verzweifelt, wie er war, mehr als genug getrunken hatte, stöhnte er: »Gottes Wille steht über allem, also müssen wir es zufrieden sein.«

Die Hungerleider und Habenichtse fragten sich immer öfter, ob es nicht besser wäre, die Vergangenheit zu vergessen. Die Notabeln hingegen fühlten sich wohl. Sie zahlten die Abgaben und zeigten sich auch bei Geschenken nicht kleinlich.

Galals Herz stumpfte ab; Schwermut und Todesangst lieferten sich hitzige Gefechte. Nach außen hin strahlte er und zeigte sich stark, mächtig und unersättlich. Am deutlichsten trat zutage, in welchem Maß er auf Geld und Besitz versessen war. Er hatte sich nicht nur als Teilhaber in Radis Getreidegeschäft eingebracht, sondern auch in den Handel mit Kaffee, Holz, Parfümerien und anderes mehr. Je weniger seine Gier Grenzen kannte, desto mehr freute es die Kaufleute, daß sie ihn für ihre Zwecke einspannen konnten. Er war nicht nur der stärkste Schutzherr, sondern auch der wichtigste Händler und reichste Mann. Er trieb die Schutzgelder ein, nahm aber auch gern Geschenke an. Nur die Männer seiner Bande bekamen einen Teil ab, und dafür liebten und verehrten sie ihn. Er ließ neue Häuser errichten, unter anderem ein seltsam anmutendes Gebäude rechts neben dem Brunnen, das wegen seiner Größe und Wuchtigkeit zu Recht »Zitadelle« genannt wurde. Die

Ausstattung war vom Feinsten – teure Möbel, kostbare Raritäten. Alles erweckte den Eindruck, daß der Bauherr dem Traum von Unsterblichkeit nachhing. Galal stolzierte in prächtigen Gewändern umher und fuhr in einer noblen Kutsche aus. Finger und Zähne blitzten vor Gold.

Weder kümmerten ihn die Hungerleider und Habenichtse noch die ruhmreiche Zeit der Nagis. Über Eigensucht, Schwächen und Verführungen des Lebens zerbrach er sich nicht mehr den Kopf. Auf die Sorgen anderer Menschen sah er verächtlich herab, fand ihre Klagen lächerlich. Seltsamerweise war ihm ein Hang zur Askese eigen; leibliche Bedürfnisse hielt er für minderwertig. Es schien, als triebe ihn eine blinde Kraft an, nach immer mehr Macht, Geld und Grundbesitz zu streben. Möglicherweise verbarg sich dahinter nichts anderes als Unruhe und Angst, oder er wollte sich gar eine Festung gegen den Tod erschaffen, vielleicht glaubte er aber auch nur, sich durch Bodenbesitz vor verräterischem Ruin schützen zu können. Im Strom des Lebens treibend, vergaß er nicht, wie treulos es handeln konnte. Ihn sollte kein noch so hübsches Lächeln oder süßliches Geschwätz täuschen, zu genau durchschaute er das Spiel, zu gut wußte er, wie alles endete. Er suchte keinen Rausch, nicht den von Alkohol, Drogen, Liebeslust und nicht den der Gesänge des Klosters. War er allein mit seiner Pracht, dann stöhnte er laut und klagte: »Ach, armes Herz, was mußt du leiden.«

11 Eines Tages fragte ihn sein Bruder Radi, der wahrscheinlich sein einziger Freund war: »Warum heiratest du nicht?« Da Galal nur lachte, hakte er nach: »Ist man Junggeselle, wird immer über einen geredet.«

»Wozu sollte eine Ehe gut sein?« fragte Galal belustigt.

»Man hat eine Frau, ist Vater und überlebt in den Kindern.« Galal brach in lautes Gelächter aus: »Lügen, alles nur Lügen!«

»Aber für wen häufst du soviel Vermögen an?«

Eine gute Frage. Wäre es tatsächlich nicht besser, als Mönch weiterzuleben? Der Tod würde ohnehin nicht davon ablassen, ihn zu verfolgen. Zahiras zertrümmerter Schädel, das bleiche Gesicht Kamars waren fest ins Gedächtnis verankert. Weder die Zitadelle noch der Knotenstock konnten den Tod aufhalten. Der Glanz strahlender Schönheit würde verlöschen, die Pfeiler der stolzen Macht brächen eines Tages zusammen, das Geld würden sich andere Menschen augenzwinkernd teilen. Nach allen prächtigen Siegen folgte die endgültige Niederlage.

42 Er saß im Kaffeehaus. Wie ein Denkmal von Schönheit und Macht thronte er auf dem angestammten Platz des Führers, und konnte auch niemand den Blick von ihm reißen, brachte er doch die Herzen zum Zittern. Ach, wüßten sie nur, wie finster die Welt für ihn war, welch Dickicht von Trübsal den Kopf bedrängte.

Nur manchmal schlich sich ein Strahl hinein, das Leuchten eines verführerischen Lächelns. Dann hellte sich das Dunkel auf. Und wer schaffte das? Eine Dirne. Sie hauste in einer kleinen Wohnung über der Hypothekenbank und fand unter den Notabeln reichlich Liebhaber. Kam sie am Kaffeehaus vorbei, versäumte sie nicht, den Führer respektierlich zu grüßen. Er antwortete nicht, wandte sich aber auch nicht brüsk ab. Es war nicht zu leugnen, daß ihr Anblick Balsam für seine gequälte Seele war. Sie war mittelgroß, üppig und stramm, hatte ein hübsches Gesicht. Zainat hieß sie, und da sie ihr Haar blond färbte, wurde sie von allen »die goldene Zainat« genannt. O ja, ihr Lächeln tat ihm gut, und doch wollte er darauf nicht eingehen. Es gab andere erprobte Mittel, um die Gelüste zu bändigen – kämpfen, bauen, Geld eintreiben, der Langeweile frönen.

43 Am Abend bat Zainat, ihn sprechen zu dürfen. Er empfing sie im Gästesalon und ließ ihr Zeit, die Möbel, Kostbarkeiten, Leuchter zu bestaunen. Sie legte Milaja und Schleier ab und nahm auf einem Diwan Platz. Sie war die Verführung in Person, gerüstet mit allen Reizen. »Wie soll ich nur«, begann sie geschickt, »mein Kommen erklären? Soll ich sagen, daß ich eine Wohnung in Eurem neuen Gebäude mieten möchte?«

»Niemand verlangt, daß du dich entschuldigst«, erwiderte er und war selbst überrascht, daß er so höflich reagierte.

Sie lachte. »Wenn er nicht kommt«, erklärte sie offen heraus, »geh ich zu ihm.«

Er spürte, daß er die erste Klippe hinabstürzte. Es kümmerte ihn nicht. »Recht so, also herzlich willkommen.«

»Ihr seid immer so freundlich zu mir, wenn Ihr am Nachmittag im Kaffeehaus sitzt, und das hat mir Mut gemacht.«

Er lächelte, aber dahinter verbarg sich die bange Frage, was aus Kamar im Grab geworden war.

»Gefalle ich Euch nicht?«

Wie frech sie war! »Du bist ein Kleinod.«

»Einer wie Ihr – spürt der nur, oder tut er auch etwas?«

Sie machte ihn verlegen. »Du weißt so manches nicht.«

»Weit und breit seid Ihr der mächtigste Mann, warum schlaft Ihr dann wie einer von den Armen?«

»Warum nicht? Die Armen schlafen tief und fest«, meinte er spöttisch.

»Und Ihr?«

»Vielleicht schlafe ich gar nicht.«

Sie lachte, es klang hübsch. »Von Leuten, die es wissen müssen, habe ich gehört, daß Ihr noch nie Bier getrunken, kein Haschisch geraucht und keine Frau berührt habt. Stimmt das?« Er wußte nicht, was er antworten sollte, fühlte aber, daß die Frau ihm guttat. »Eins kann ich Euch sagen«, fuhr sie fort, »etwas Besseres als Liebe und Vergnügen hat das Leben nicht zu bieten.«

»Ach, wirklich?« fragte er angeblich überrascht.

»O ja, alles, was es sonst noch gibt, müssen wir anderen hinterlassen.«

Unwillig winkte er ab. »Die Liebe und das Vergnügen doch auch!«

»Aber nein! Das saugt man mit Leib und Seele auf, das kann man nicht vererben.«

»Ach was, nichts als lächerliche Spielerei ist das.«

»Keinen einzigen Tag habe ich ohne Liebe und Vergnügen gelebt!« rief sie aufgebracht.

»Du bist eine erstaunliche Frau.«

»Eine Frau eben, das reicht.«

»Hast du keine Angst vor dem Tod?«

»Der Tod hat ein Recht auf uns, aber ich mag ihn nicht.«

Ein Recht? O ja. »Weißt du etwas über das Leben von Schamseddin an-Nagi?«

»Natürlich«, erwiderte sie stolz. »Er hat gegen das Altern angekämpft.«

»Und zwar unerbittlich.«

»Nun ja, aber wer sich eines ruhigen Lebensabends erfreuen kann, der ist glücklich«, sagte sie, und plötzlich klang ihre Stimme ganz weich.

»Wer erst gar nicht alt wird, der ist glücklich«, erwiderte er barsch.

Ein Schatten huschte über ihr Gesicht, weil er offenbar

verstimmt war. Mit Schmelz in der Stimme sagte sie leise: »Man muß die Stunde leben …«

Er lachte. »Das paßt als Predigt für den späten Abend.«

Zainat schloß die Augen und lauschte auf den Wind. Der Regen peitschte an die Fenster.

44 Nicht lange, und die goldene Zainat wurde die Geliebte von Galal Abd Rabbihi an-Nagi. Die Leute wunderten sich, aber dann sagten sie sich, daß es noch immer besser wäre als Wahids Vorliebe für junge Männer. Zainat ließ die anderen Liebhaber fallen und gehörte nur noch Galal. Sie lehrte ihn alles, brachte eine goldene Bierkanne und eine kostbare Wasserpfeife ins Haus. Er bedauerte nichts, sagte sich, daß das Leben durchaus etwas zu bieten hatte. Zainat liebte ihn von ganzem Herzen, und bisweilen foppte sie der seltsame Traum, daß er sie eines Tages zu seiner rechtmäßigen Frau machen würde. Verwundert stellte er fest, daß seine alte Liebe wieder zu Leben erwachte und ihn die süße Erinnerung an Kamar nicht mehr losließ. Sie hatte ihn wohl nie verlassen. Nichts verschwand auf immer, nicht einmal die Liebe zur Mutter. Da er um die Tragödie des Lebens wußte, war die Liebe für ihn immer mit dem zertrümmerten Schädel der Mutter und mit dem bleichen Gesicht Kamars verbunden. Unter der Oberfläche strahlenden Lichts und glänzenden Triumphes hallte dumpfe Trauer. Wie alt mochte Zainat sein? War sie gleichaltrig oder älter? Das blieb wohl für immer ein Geheimnis. O ja, er hing an ihr. Ob das Liebe war? Durch sie hatte er nicht nur die Wasserpfeife und die Bierkanne schätzengelernt, sondern verführerische, aufregende Reize, die Freude bereiteten. Nein, er bedauerte es nicht, sich dem Strom des Lebens zu überlassen.

45 Er fühlte, wie ihn die Blicke des Vaters besorgt verfolgten. Tatsächlich fragte er eines Tages: »Warum heiratest du nicht? Ist eine legale Verbindung nicht einem sündhaften Verhältnis vorzuziehen?« Da er keine Antwort bekam, bohrte er weiter: »Würdest du Zainat heiraten, wäre es nicht anders als bei Aschur.« Galal schüttelte ablehnend den Kopf. »Wie du meinst«, erklärte Abd Rabbihi, »aber dann sollst du auf jeden Fall wissen, daß ich mich entschlossen habe, noch einmal zu heiraten.«

»Du? Du bist über sechzig, Vater!«

»Warum nicht?« Abd Rabbihi lachte. »Meine Gesundheit ist trotz allem gut, und außer auf Gott hoffe ich auf die Pülverchen des Drogisten Abd al-Chalik.«

»Und wer ist die Glückliche?«

Der Vater warf sich stolz in die Brust. »Ein nettes Mädchen, so über zwanzig, die Tochter von Zuwaila al-Fasachani.«

Galal schmunzelte. »Wäre es nicht besser, du suchst dir eine in deinem Alter?«

»Aber nein! Jugend bekommt man nur durch Jugend.«

»Möge dich Gott mit Glück segnen, Vater.«

Unverzüglich begann Abd Rabbihi, Galal von den vielen Mittelchen zu erzählen, mit denen der Drogist einem die Jugend zurückgeben konnte.

46 Gesagt, getan, der Vater heiratete, und Farida, die junge Braut, zog in Galals prächtiges Haus, in die »Zitadelle«, ein. Galal ging es nicht aus dem Kopf, was der Vater über die Fähigkeiten des Drogisten erzählt hatte. Der Mann war nicht nur sein Teilhaber, sondern gehörte auch zu denen, die sich um seine Freundschaft bemühten. Galal bat ihn also, ihn zu besuchen.

Abd al-Chalik kam, und die beiden Männer machten

sich mit Opium, Süßigkeiten und Früchten einen gemütlichen Abend. Als sie schon tüchtig berauscht waren, sagte Galal: »Ich wollte mit dir über etwas reden, aber das muß unter uns bleiben …« Meister Abd al-Chalik fühlte sich glücklich, in den Rang erhoben zu werden, das Vertrauen des Führers genießen zu dürfen. »Ich habe gehört«, fuhr Galal fort, »daß du dem Alter Jugendlichkeit zurückgeben kannst?«

Der Drogist lächelte selbstzufrieden. »Nun ja, mit Gottes Hilfe …«

Galal beugte sich interessiert vor. »Dann müßte es dir doch nicht sonderlich schwerfallen, einem Mann die Jugend zu bewahren?«

»So ist es.«

Entspannt lehnte sich Galal zurück. »Jetzt weißt du, warum ich dich eingeladen habe, Meister Abd al-Chalik.«

Der Drogist, der vor der Tragweite dieses Vertrauens zurückscheute, sah ihn nachdenklich an. »Nun ja«, erwiderte er nach einer Weile, »die Mittel sind nicht alles, man muß auch vernünftig leben.«

»Was meinst du damit?«

Abd al-Chalik meinte vorsichtig: »Um offen heraus zu fragen, hast du irgendein Leiden?«

»Ich fühle mich rundum gut.«

»Großartig. Du mußt ein genaues Regime einhalten, mehr noch, du mußt es geradezu zelebrieren.«

»Sprich nicht in Rätseln.«

»Essen muß sein, aber nicht übermäßig.«

Galal war erleichtert. »Das tut jeder kluge Mann.«

»Trinken ist anregend, aber zuviel schadet.«

»Klingt vernünftig.«

»Liebe ist so lange gesund, wie sie einem nicht schwerfällt.«

»Geht in Ordnung.«

»Der Glauben spielt eine wichtige Rolle.«

»Wie schön.«

»Wenn das alles stimmt, bewirken meine Mittel Wunder.«

»Gibt's Beweise dafür?«

»O ja, viele vornehme Männer haben es mir bestätigt. Einige sind so jung geblieben, daß die Menschen in ihrer Umgebung sich schon richtig fürchten.« Galals Augen strahlten vor Freude. »Mit meiner und Gottes Hilfe müßte man an die Hundert werden, und es kann sein, daß man, wenn man älter wird, sein letztes Stündchen sogar herbeisehnt.«

Galal lächelte, sah aber trotzdem niedergeschlagen aus. »Und dann?«

»Nun ja, der Tod hat ein Recht auf uns.«

Galal verfluchte den Satan. Es blieb dabei – die Menschen hatten sich darauf eingeschworen, den Tod heiligzusprechen.

47 Eines Nachts, als beide in schönster Harmonie beieinanderlagen, fragte Zainat: »Warum machst du nicht die Hoffnungen wahr, die die Armen auf dich setzen?«

Verwundert blickte er sie an. »Was geht dich das an?«

Sie gab ihm einen Kuß und sagte treuherzig: »Sie sollen nicht neidisch sein, weil Neid tödlich sein kann.«

Gleichgültig zuckte er mit den Achseln. »Um ehrlich zu sein, verachte ich solche Leute.«

»Aber sie sind doch arm dran!«

»Eben, deshalb kann ich sie nicht leiden.« Angeekelt verzog er das Gesicht. »Sie denken an nichts anderes, als wie sie etwas zu essen bekommen.«

»Du machst mir angst.«

»Warum können sie sich nicht wie ans Sterben auch ans Hungern gewöhnen?«

Zainat mußte plötzlich an ihre Kindheit denken. Es war, als stopfte ihr ein Sturm den Mund mit Sand zu und drohte sie zu ersticken. »Hunger ist schlimmer als der Tod.«

Er lächelte und schloß die Lider. Der kalte, verächtliche Glanz seiner Augen war unsichtbar geworden.

48 Die Tage vergingen wie im Fluge; Galal wurde immer prächtiger, schöner, stärker. Die Zeit perlte an ihm ab wie Wasser an einem polierten Spiegel. Zainat hingegen veränderte sich trotz aller Sorgfalt, die sie für die Pflege ihres Aussehens aufbrachte. Galal begriff, daß auch er einst vor der schicksalhaften, heiligen Schlacht stehen würde. Schwermut ergriff ihn beim Gedanken, daß das Ende unausweichlich kommen sollte. Vielleicht vermochte er es, den Tod hinauszuzögern, aber entweichen konnte er ihm sicher nicht.

49 Galal freundete sich immer enger mit dem Drogisten Abd al-Chalik an. Der war der Meinung, daß es ohne die sündhaft teuren Preise für seine Mittel im Viertel nur Hundertjährige gäbe. Gelegentlich war Galal versucht gewesen, Zainat ins Geheimnis der Rezepturen einzuweihen. Schließlich entschied er sich, davon abzusehen. Fürchtete er, sie könnte ihn zu sehr beherrschen und in ihren Bann ziehen? Jedenfalls haßte er den Gedanken, daß auch sie gegen die Zeit gefeit wäre. Meistens liebte er sie, aber es gab auch Momente, in denen er sich an ihr rächen wollte und sie am liebsten angespuckt hätte. Sein Verhältnis zu ihr war weder einfach noch klar. Zainat war in ein kompliziertes Netz von Beziehungen eingedrungen, so daß sich mit ihr die Erinnerung an die Mutter und Kamar, der Abscheu vor dem Tod, das Gefühl, ihr ausgeliefert zu sein, verband. Was ihn aber am meisten störte, war ihre unbekümmerte Gelassenheit und ihr grenzenloses Selbstbewußtsein. Dabei schadeten ihr der Alkohol und das nächtliche Feiern, und sie brauchte immer mehr Schminke und Puder, um die Spuren zu verdecken. Mußte sie da nicht neidisch auf seine Frische sein?

50 Als er wieder einmal mit Abd al-Chalik zusammensaß, fragte er ihn: »Du kennst doch bestimmt die Geschichte von Aschur an-Nagi.«

»Aber sicher, Meister, wer kennt sie nicht?«

Nach einigem Zögern meinte Galal: »Ich bin überzeugt, daß er noch lebt.«

Abd al-Chalik schaute ihn verlegen an. Was sollte er sagen? Für die einen war Aschur ein Heiliger, für die anderen ein Wechselbalg und Dieb, aber alle stimmten darin überein, daß er tot war.

»Er ist nicht gestorben!« beharrte Galal.

»Nun ja, Aschur war ein ehrenwerter Mann, aber auch die Ehrenwerten spart der Tod nicht aus«, hielt Abd al-Chalik vorsichtig dagegen.

»Muß man vielleicht schlecht sein, um vom Tod vergessen zu werden?«

»Der Tod trifft jeden, und dem Gläubigen steht es nicht zu, nach dem ewigen Leben zu streben.«

»Bist du davon überzeugt?«

Abd al-Chalik fühlte, wie ihn mehr und mehr Angst befiel. »So heißt es, wissen kann es nur Gott«, murmelte er.

»Warum?«

»Ich gehe davon aus, daß der Mensch nur mit Hilfe von Dämonen unsterblich sein kann.«

Galals Augen funkelten neugierig. »Das mußt du genauer erklären.«

»Verbrüderst du dich mit den Dämonen, bist du unsterblich, aber auch für ewig verflucht. Man hat sich mit dem Satan verbündet.«

Begierig fragte Galal: »Ist das wahr oder nur Spinnerei?«

Abd al-Chalik zögerte. »Wahrscheinlich stimmt es.«

»Erklär es genauer.«

»Warum? Denkst du ernsthaft an ein solches Abenteuer?«

Galal lachte nervös. »Ach was, ich möchte nur alles darüber wissen.«

Langsam und nur fetzenweise brachte Abd al-Chalik heraus: »Es heißt ... nun ja, da ist so ein Mann, Scheich Schawar.«

»Ach, dieser Scheich, der die Zukunft voraussagen kann und den noch niemand gesehen hat?«

»Damit beschäftigt er sich nach außen hin, aber in Wirklichkeit kennt er schreckliche Geheimnisse.«

»Davon habe ich nie gehört.«

»Er meidet fromme Menschen.«

»Und du glaubst das alles?«

»Ich weiß nicht, Meister, aber jedenfalls ist es ein Fluch.«

»Die Unsterblichkeit?«

»Nein, die Verbrüderung mit dem Satan.«

»Du hast nur Angst, unsterblich zu sein.«

»Und damit habe ich recht. Stell dir vor, daß ich übrigbleibe und zusehe, wie alles, das ich kenne, verschwindet. Die Menschen gehen weg, Männer wie Frauen, und ich lebe plötzlich mitten unter Fremden, ziehe herum, hierhin und dorthin, bin überall der ewige Wanderer, bis ich verrückt werde und mir nur eins noch wünsche – den Tod.«

»Aber du wärst immer jung!«

»Na und? Ich hätte Söhne, vor denen ich fliehen müßte.

Mit jeder neuen Generation müßte ich anders leben, jedesmal müßte ich Frau und Kinder beweinen. Nirgendwo gehörte ich dazu, ich wäre der ewige Fremde. Ich würde mich niemandem verbunden fühlen, weder in Gedanken noch mit dem Gefühl.«

»Hör auf!« rief Galal, und beide mußten lachen. »Was für ein Traum!« flüsterte er leise.

51 Scheich Schawar bewohnte eine große Kellerwohnung, die sich gegenüber der Tränke befand. Ein Raum war für den Besuch von Frauen bestimmt, ein anderer für den von Männern. Der Scheich hielt sich verborgen, niemand hatte ihn bisher zu Gesicht bekommen. Er empfing die Klienten nachts und in einem dunklen Raum, so daß man zwar seine Stimme hören, aber ihn nicht sehen konnte. Zumeist suchten ihn Frauen auf, doch es gab auch Schicksalsschläge, die Männer herkommen ließen. Er stellte Fragen, gab die Antwort, und das Geldgeschenk überreichte man seiner abessinischen Dienerin Hawa.

Galal bestellte ihn zu sich, doch der Scheich lehnte mit der Begründung ab, daß er außerhalb seiner Räume die magischen Kräfte verlieren würde. So blieb Galal nichts anderes übrig, als sich zu maskieren und nachts zu ihm zu schleichen. Er ging absichtlich spät hin, um sicher zu sein, niemanden mehr anzutreffen.

Hawa führte ihn in den Raum, ließ ihn auf einem weichen Polster Platz nehmen und verschwand. Es war stockdunkel. Er schaute sich um, doch er konnte nichts ausfindig machen. Raum und Zeit schienen aufgehoben zu sein, alle Wahrnehmung verloren. Er wußte, daß er hier schweigen mußte. Nicht er durfte als erster sprechen, sondern er hatte auf Fragen zu antworten. Bleiern verstrich die Zeit, senkte sich drückend herab. Man hatte ihn wohl vergessen. Welch ein Hohn, welche Schande! Niemals war er, seit er der Führer war, so erniedrigt worden. Was half es ihm hier, der mächtige Galal zu sein? Wie lange wollte er ausharren und warten? Wehe, wenn er sich umsonst auf dieses Abenteuer eingelassen hatte!

52 Eine tiefe, ruhige, beeindruckende Stimme fragte plötzlich: »Wie heißt du?«

Erleichtert seufzte er auf. »Ich bin der Schutzherr, Galal.«

»Halt dich an die Frage. Wie heißt du?«

Er holte tief Luft. »Galal Abd Rabbihi an-Nagi.«

»Gefragt ist nur der eigentliche Name.«

Wut packte ihn. »Galal«, stieß er barsch hervor.

»Der Name der Mutter?«

Das Blut begann ihm in den Adern zu kochen. Trotz der Dunkelheit glaubte er, grelle, schmerzende Farben zu erkennen.

»Der Name der Mutter!« kam schneidend die Stimme.

Mühsam unterdrückte er das Gefühl von Zorn. »Zahira.«

»Was willst du?« Er zögerte ein wenig, doch die Stimme ließ ihm keine Zeit. »Was willst du?«

»Ich möchte wissen, was es mit dem Pakt mit dem Dämon auf sich hat.«

»Was willst du?«

»Habe ich doch gesagt.«

»Was willst du?«

Vor Wut konnte er nicht anders, und drohend sagte er: »Weißt du nicht, wer ich bin?«

»Galal, der Sohn von Zahira.«

»Ich könnte dich mit einem Schlag zermalmen.«

»Nein.«

Das war so ruhig und selbstsicher gekommen, daß Galal empört drohte: »Willst du, daß ich es versuche?«

Kühl und gelassen tönte die Stimme: »Was willst du?« Da Galal nicht antwortete, kam die Frage nochmals. Er gab auf. »Unsterblichkeit.«

»Warum?«

»Das ist meine Sache.«

»Ein gläubiger Mensch fordert nicht Gottes Wille heraus.«

»Ich bin gläubig, aber ich will trotzdem das ewige Leben.«

»Was du verlangst, ist gefährlich.«

»Und wennschon.«

»Du wirst dir den Tod wünschen und nicht sterben können.«

Sein Herz klopfte. »Und wennschon.«

Die Stimme schwieg. War er gegangen? Wieder fiel Galal in das schwarze Loch. Seine Nerven drohten zu zerreißen. Angestrengt starrte er in die Finsternis, doch es war nichts zu erkennen.

53 Plötzlich, nach qualvollem Warten, war die Stimme wieder da. »Bist du bereit zu tun, was von dir verlangt wird?«

Ohne Zögern erwiderte er: »Ja.«

»Du wirst meiner Dienerin Hawa dein größtes Gebäude vermachen, damit ich meine Sünde ein wenig sühne.«

Galal überlegte kurz, dann sagte er: »Einverstanden.«

»Du errichtest außerdem ein Minarett, das zehn Stockwerke hoch ist.«

»An der Moschee?«

»Nein.«

»An einer neuen Moschee?«

»Nein, ein Minarett, das allein steht.«

»Aber …«

»Keine Widerrede.«

»Einverstanden.«

»Du wirst dich ein ganzes Jahr in deinen Gemächern aufhalten und niemanden, außer deinen Diener, sehen. Du mußt alles vermeiden, das dich von dir ablenken kann.«

Sein Herz verkrampfte sich. »Einverstanden.«

»Am letzten Tag des Jahres wirst du dich mit dem Dämon vereinigen und dem Tod nie mehr begegnen.«

54 Galal Abd Rabbihi an-Nagi stiftete das größte Gebäude der abessinischen Dienerin Hawa. Er kam mit einem Bauleiter überein, auf einer der vielen freien Flächen das riesige Minarett zu errichten. Es war nicht nur Geldgier, die den Mann dazu trieb, den Auftrag anzunehmen, sondern auch Furcht. Die Führerschaft des Schutztrupps übertrug Galal seinem Stellvertreter, Muannis al-Al. Er teilte der Truppe mit, daß er sich für ein Jahr nicht sehen lassen würde, weil er ein Gelöbnis abgelegt hatte. Als das getan war, zog er sich in seine Räume zurück. Wie Samaha einst in der Fremde zählte auch er die Tage. Es gab keinen Alkohol mehr, kein Haschisch, keine goldene Zainat. Nichts wünschte er sich sehnlicher, als aus dem kühnsten Kampf, den je ein Mensch gewagt hatte, als Sieger hervorzugehen.

55 Auf Zainat hatte sein Entschluß wie ein tödlicher Schlag gewirkt. Sie empfand die Trennung, die sie völlig unerwartet traf, als tiefen Schmerz. Es war bitter, machte ihr angst, trieb sie zur Verzweiflung. Hatten sie nicht wie Honig und Butter aneinandergeklebt und die Süße ausgekostet? Da hatte sie fest geglaubt, ihn für immer zu besitzen, und nun schloß er sich ein, lebte wie ein Mönch, ließ die ihm liebsten Menschen verwirrt und betroffen zurück.

Zainat weinte und jammerte, doch die Diener verwehrten ihr den Zutritt. Sie suchte seinen Bruder Radi auf, aber der war nicht weniger verstört als sie. Sie ging zu Abd Rabbihi, der, seit er nicht mehr in die Schenke ging, ein vernünftiger und demütiger Mann geworden war. Aber auch er wußte nicht, was mit seinem Sohn geschah. »Wir leben in einem Haus«, klagte er, »aber selbst ich darf ihn nicht sehen.«

Zainat erlebte eine qualvolle Zeit. An Geld fehlte es ihr nicht, aber was sie vermißte, war die Krone ihres Lebens. Ihr Selbstvertrauen war erschüttert, und sie fürchtete, einer düsteren Zukunft entgegenzusehen.

56 Die Männer der Schutztruppe machten sich Sorgen. Ihre Ordnung war durcheinandergeraten. Keinem gefiel es, Muannis al-Al unterstellt zu sein, aber sie mußten sich ihm fügen. Was war das für ein Gelübde, das ihr Führer abgelegt hatte? Warum vertraute er die Führerschaft jemand anders an? Warum hatte er seinem Bruder die Aufsicht über das Geschäft und das Vermögen angetragen?

Es war eine gefährliche Situation eingetreten, und die Nachricht verbreitete sich auch in den benachbarten Vierteln. Schon nach kurzer Zeit erklärten die anderen Schutztruppen, daß sie zu einem neuerlichen Kampf bereit wären. Die erste Niederlage mußte Muannis al-Al vom Führer der Truppe aus al-Atuf einstecken, dann folgten die Führer in Kafr az-Zaghari, al-Hussainija und in anderen Vierteln. Muannis al-Al sah sich gezwungen, die Sicherheit der ihm anvertrauten Menschen zu bezahlen. Die Männer wollten Galal über die schwere Lage unterrichten, doch es führte kein Weg zu ihm. Es war, als läge ihr Führer hinter fest verschlossenen Türen lebendig begraben.

57 Staunend verfolgten die Menschen den Bau des seltsamen Minaretts. An Höhe nahm es schier unendlich zu, aber zu ebener Erde gab es weder eine kleine noch eine große Moschee. Welchen Sinn hatte das, wozu sollte der Turm dienen? Selbst der Bauleiter wußte nichts zu sagen. Verwundert fragten sich die Menschen, ob Galal Abd Rabbihi an-Nagi verrückt geworden sei. Die Hungerleider und Habenichtse hingegen erklärten, daß ihn, der das ruhmvolle Ansehen des großen Aschur verraten hatte, der Fluch getroffen haben mußte.

58 Die Zeit floß dahin, und Galal lebte noch immer in seiner Einsiedelei. Jeder neue Tag riß ein Stück mehr die Wurzeln aus, die ihn mit der Außenwelt verbanden – die Führerschaft, das Geld, die schöne Geliebte. Er überließ sich der Welt des Schweigens, der Geduld und der Gedanken. Die Hoffnung auf einen Sieg, der noch keinem Menschen gelungen war, hielt ihn aufrecht. Sein einziger Gefährte war die Zeit. Es gab nichts, das ihn hätte unterhalten können, nichts, das ihn betäuben konnte. Er sah sich der Zeit ausgeliefert, die träge, zäh und bedrückend dahinsickerte. Die Zeit – eine feste, dicke, undurchdringliche Masse, die ähnlich wenig Bewegungsraum ließ wie der Alptraum dem Schlafenden. Die Zeit – eine hohe, düstere, niederdrückende Mauer, unerträglich ohne Menschen und tätiges Sein. Arbeit, Freunde, Liebe, Vergnügen – sucht man das nicht, um der Zeit zu entfliehen? Welche Gnade, darüber zu klagen, daß die Zeit nicht ausreicht und zu schnell vergeht; grausam ist Zeit dann, wenn sie stehenbleibt. Oh, wäre es nur soweit, und er hätte die Unsterblichkeit erreicht! Rastlos arbeiten, vor nichts zurückscheuen, sich blindlings in Schlachten stürzen, über Weisheit wie Dummheit spotten, an die Spitze der menschlichen Ge-

meinschaft treten ... Doch noch breitete er flehentlich die Handflächen aus, bittend um Gnade, im Kampf gegen die Sekunden. Wann würde der Dämon ihm erscheinen? Wie sähe der Pakt aus? Würde er den Teufel leibhaftig vor sich sehen, ihn hören? Oder nähme er ihn in sich auf wie die Luft, die man atmet? Mochte die Begegnung noch so aufreibend und niederschmetternd sein, er würde keine Schwäche zeigen, die Schlacht nicht verlieren, selbst um den Preis, daß er leiden mußte und Tränen vergoß. Er glaubte an sich und seine Aufgabe, ein Zurückweichen gab es nicht. Unsterblich zu sein machte ihm keine angst. Den Tod nicht kennenzulernen beglückte ihn. Während sich die Welt dem Wechsel der Jahreszeiten nicht entziehen konnte, erfreute er sich eines ewigen Frühlings. Ein neues Sein würde beginnen, dem er, der Entdecker des Lebens ohne Tod, zum Durchbruch verholfen hatte. Er, der als erster die ewige Ruhe verweigert, die verborgene Kraft des Todes überwunden hatte. Nur Schwächlinge fürchteten das Leben.

Doch zunächst galt es, die Zeit zu bezwingen. Ein qualvoller Kampf, der alle Vorstellung übertraf.

59 Der letzte Tag war gekommen. Galal stellte sich nackt ans offene Fenster, empfing die Strahlen einer Sonne, die die Feuchte des Winters gereinigt hatte. Ein kalter Windhauch schlug ihm entgegen. So lange hatte er geduldig ausgeharrt, doch nun war die Zeit gekommen, die Ernte einzubringen. Vorbei die verzehrenden Nächte, vorbei das Leid und die Einsamkeit. Galal Abd Rabbihi war kein vergänglicher Mensch mehr. Ein neuer Geist erfüllte alles Empfinden, Visionen machten ihn trunken, das Vertrauen in die eigene Kraft richtete ihn auf. Er hatte es geschafft, sich selbst der beste Gesprächspartner zu sein, auf das zu lauschen, was ihm sein Gewissen sagte. Er hatte die Zeit überwältigt, diesen Klotz, dem er sich allein und ohne Gefährten ausgeliefert sah. Er fürchtete die Zeit nicht mehr, von nun an mußte sie andere mit ihrem unheilvollen Verlauf erschrecken. Falten, Runzeln, graues Haar, Schwäche konnten ihm nichts mehr anhaben. Der neue Geist wird ihn nicht verraten, keine Bahre ihn tragen, kein Grab ihn beherbergen. Nein, dieser mächtige Körper hat Bestand, der kennt kein trauriges Lebewohl, der wird nicht zu Erde.

Nackt und bloß wandelte er im Zimmer umher, und zuversichtlich sprach er vor sich hin: »Gesegnet sei das ewige Leben.«

60 Die Tür war kaum geöffnet, da stürzte Zainat herein. Vor Sehnsucht fast wahnsinnig geworden, flog sie auf ihn zu. Eng umschlungen hielten sie sich aneinander fest. Sie schluchzte, weinte, stöhnte vorwurfsvoll: »Was hast du getan?«

Er küßte ihre Wangen und Lippen.

»Wie konntest du dir das antun?«

Sehnsucht überfiel ihn. Was für ein herrliches, kostbares und doch verräterisches Gefühl! Sie war das junge, hübsche Weib, sie war auch häßlich und alt. Welch süße Lüge! Sollte er nie wieder Zuneigung empfinden, Treue halten können?

»Vergessen wir, was gewesen ist«, sagte er.

»Ich will aber wissen, was …«

»Stell dir vor, ich wäre krank gewesen, und nun ist es vorbei.«

»Was bist du für ein Verräter!«

»Wie bist du hübsch!«

»Weißt du, was in der langen Zeit alles passiert ist?«

»Darüber können wir später reden.«

Sie beugte den Kopf zurück, schaute ihn an. »Du bist wunderschön!«

Sein Herz verkrampfte sich. Er sah sie mitleidig an und murmelte: »Tut mir leid, daß du soviel erdulden mußtest.«

»Ach was, ein paar Stunden, und ich bin wieder munter und wohlauf. Aber was ist dein Geheimnis?«

Er zögerte. »Ich war krank, und nun bin ich geheilt.«

»Aber dann hätte ich dich pflegen müssen!«

»Die Einsamkeit war die beste Behandlung.«

Sie schmiegte sich an ihn und wisperte: »Laß mich sehen, ob die Liebe noch das ist, was sie war. Wie traurig ich war, wie ich um dich gelitten habe, das kann ich später erzählen.«

61 Als der Vater und der Bruder in den Empfangssalon eintraten, ging er auf beide zu und umarmte sie herzlich. Wenig später trafen auch Muannis al-Al und die Männer der Schutztruppe ein. Kaum hatten sie ihm ehrerbietig die Hand geküßt, klagte Muannis: »Wir haben alles verloren, es war nichts zu machen.«

Umringt von seinen Männern, trat er auf die Straße hinaus und ging in Richtung des Kaffeehauses. Die Menschen liefen zusammen und säumten seinen Weg. Alle kamen, ob sie ihn nun liebten oder haßten, bewunderten oder beneideten. Galal beugte sich zu Muannis hinunter und fragte: »Glauben welche, daß ich verrückt geworden bin?«

»Gott bewahre, Meister!« rief Muannis erschrocken.

Voller Verachtung schaute er sich um. »Sag ihnen Dank, und nun sollen sie an ihre Arbeit gehen.« Leise sprach er vor sich hin: »Wieviel Haß es gibt, und wie wenig Liebe.«

62 Gemeinsam mit Abd Rabbihi und Radi wollte er das neue Minarett besichtigen. Die Fläche, auf der es stand, war von Steinen und Schmutz gereinigt worden. Über einem quadratischen Sockel, in den eine abgerundete Tür aus poliertem Holz eingelassen war, erhob sich der mächtige Bau. Von unten war die Spitze kaum auszumachen, und kein anderes Gebäude überragte den Turm. Gewaltig, wie er war, ließ er den Betrachter schaudernd an Macht denken, und der rote Farbanstrich weckte das Gefühl, daß etwas Fremdartiges und Beängstigendes auf einen zukam.

»Wenn wir das als Minarett gelten lassen, wo ist dann die Moschee?« fragte Abd Rabbihi.

Galal hüllte sich in Schweigen.

»Es hat uns viel Geld gekostet«, meinte Radi.

»Was soll es bedeuten, mein Sohn?«

Doch Galal lachte nur und sagte: »Es reicht, wenn Gott es weiß.«

»Seit dieses Ding fertig ist, reden die Leute über nichts anderes.«

»Kümmere dich nicht um die Leute«, entgegnete Galal verächtlich. »Der Bau ist Teil meines Gelübdes, Vater. Der Mensch begeht manche Dummheit um einer einzigartigen Weisheit willen.«

Abd Rabbihi wollte erneut nachfragen, aber Galal ließ es dazu nicht kommen. »Sieh dir das Minarett genau an, Vater. Alles im Viertel ist dem Untergang geweiht, nur dieses Bauwerk nicht. Hier kannst du deine Fragen stellen, und wenn es zu dir sprechen will, wird es dir antworten.«

63 Er saß mit Abd al-Chalik, dem Drogisten, zusammen. Mit furchterregendem Ernst fragte Galal: »Was hast du gedacht, als ich mich für ein Jahr zurückzog?«

Auch wenn sein Herz stark klopfte, antwortete der

Mann aufrichtig: »Mir ging durch den Kopf, was du mir damals gesagt hast, mehr nicht.«

»Und was ist deine Meinung über das Minarett?«

Er zögerte. »Daß es vielleicht zum Gelübde gehört, Meister.«

Drohend fragte Galal: »Du bist doch ein kluger Mann, oder?«

Hastig erwiderte Abd al-Chalik: »Wenn auch nur das kleinste Gerücht aufkommt, kannst du mich als Schuldigen bestrafen.«

64 Mitten in der Nacht schlich er zum Minarett. Stufe für Stufe klomm er empor, bis er schließlich die Brüstung erreicht hatte. Trotzig stemmte er sich gegen den eisigen Wind, mit dem der Winter über die Menschen herrschte. Er reckte den Kopf, um das strahlende Fest der Sterne zu bewundern. Ein funkelndes Zelt erhob sich über ihm, Tausende Augen zwinkerten ihm zu, und unter ihm ertrank alles in Finsternis. Vielleicht war er gar nicht hinaufgestiegen, sondern sein Körper war gewachsen und reichte bis hinauf. Ja, er mußte noch größer werden, immer noch größer. Erst dann war Reinheit zu erlangen. Ganz oben würde er das Wispern der Sterne, das Flüstern des Weltenraums hören, die Bitte um Macht und Ewigkeit, fern aller Geduld, mit der Leid, Schwäche und Fäulnisgeruch ertragen wird. Jetzt werden die Gesänge der Derwische zu Hymnen der Unsterblichkeit, die Wahrheit kommt ans Licht, zeigt Dutzende ihrer bisher verborgenen Gesichter, offenbart, wie viele Schicksale vom Unbekannten vorherbestimmt sind. Hier steht er, schaut herab auf die Generationen, die kommen und gehen, greift ein, wenn es not tut, gehört für immer der Gemeinschaft himmlischer Kräfte an.

65 Galal übernahm wieder den Schutztrupp. Die Feinde mußten gezähmt werden, das Viertel sollte seine frühere Stellung zurückerobern. In kürzester Zeit errang er gewaltige Siege über die Banden von Atuf, Hussainija, Bulak, Kafr az-Zaghari, Darrasa. Gnadenlos warf er sich auf die Gegner, und so, wie sie Hals über Kopf Reißaus nahmen, hatten sie Schimpf und Schande verdient. Galal verkörperte eine unbesiegbare Macht, angesichts derer Kraft und Mut nutzlos waren.

66 Seine Lebensweise veränderte sich. Er aß nicht, er fraß; er trank nicht, er soff; er rauchte nicht, er vernebelte sich das Gehirn. Machte ihm ein Mädchen schöne Augen, ging er, wenn auch heimlich, auf das Angebot ein. Er befreite sich von Zainats Einfluß. Ein Garten voll der frischesten Blumen bot sich ihm dar, und Zainat war nur eine von vielen schönen Rosen. Es konnte nicht ausbleiben, daß sie von seinen Abenteuern erfuhr. Sie raste vor Eifersucht, fürchtete aber auch, ihn zu verlieren. Sie sah in den Spiegel: Eine schwarze Zukunft würde sie ins Vergessen hinabziehen. Für Zainat war Galal unschuldig wie ein Kind, und aus dieser Quelle schöpfte er den Mut, gegen gültige Normen zu verstoßen. Das nährte wiederum ihre Hoffnung, geheiratet zu werden, wenn sie ihn nur eindringlich genug ihrer Liebe versicherte. Lieber das Leben verlieren, als auf ihn verzichten. In ihm verkörperte sich alles für sie – Stärke, Schönheit, Jugend, Erhabenheit. Aber es war nicht zu übersehen, daß er, seit er die Einsiedelei verlassen hatte, ein anderer Mensch geworden war. Auf einmal stand ein Mann vor ihr, der mit seiner Macht und Schönheit prahlte, dessen Wankelmütigkeit, Irrsinn, Durchtriebenheit und verächtliche Haltung einem angst und bange machen konnten. Angesichts seines erschreckenden Dünkels, von

dem sie nicht wußte, woher er rührte, kam sie sich schwach und winzig vor, wie ein Nichts. Außer Nachgiebigkeit, Unterwürfigkeit und völliger Selbstaufgabe hatte sie ihm nichts entgegenzusetzen, und gerade das schien ihn zu ermutigen, sie mit gönnerhafter, anmaßender Freundlichkeit, gnädigem Mitleid und unendlicher Arroganz zu behandeln. Wie häufig bekam sie zu hören: »Sei zufrieden mit dem Leben, das du führst. Wie viele Frauen beneiden dich darum.«

Während sie dahinwelkte, blühte er auf. Ihre Wege schienen in entgegengesetzter Richtung zu verlaufen. Liebe und Verzweiflung drohten Zainat das Herz zu sprengen.

67 Abd Rabbihi wurde nochmals Vater eines Sohns, dem er den Namen Chalid gab. Es war ein solches Glück für ihn, daß er ein für allemal der Schenke abschwor und sich freudigen Herzens dem Gebet und dem Dienst an Gott widmete. Der Imam der Moschee, Chalil ad-Dahschan, wurde sein engster Freund und Vertrauter.

Sorge bereitete ihm Galal, aber viel stärkere Angst befiel ihn, wenn er das grauenerregende Minarett sah. Ihm kam es vor, als würde die Beziehung zwischen Vater und Sohn immer brüchiger werden, als wäre Galal ihm dermaßen fremd geworden, daß sie beide nichts mehr verband. So absonderlich das Minarett im Vergleich mit den anderen Bauten im Viertel war, so merkwürdig nahm sich Galal unter seinen Mitmenschen aus. Beide, Galal und das Minarett, waren mächtig, schön, unfruchtbar, unverständlich. Wann immer er dem Sohn erklärte, daß sein Herz erst zur Ruhe käme, wenn dieser heiratete und Kinder in die Welt setzte, lautete Galals Antwort: »Damit hat's noch Zeit, Vater.«

Unlängst hatte Abd Rabbihi seinem Wunsch noch flehentlich hinzugefügt: »Du solltest endlich die rühmliche Epoche der großen Nagis wiederaufleben lassen.« Doch Galal lächelte nur und schwieg.

»Kehr ab von der Sünde, und wandle auf Gottes Pfaden«, bat er, worauf Galal, im Gedanken an das frühere Leben des Vaters, vor Lachen laut losbrüllte.

68 Ein Tag nach dem andern verstrich, doch Galal ängstigte es nicht. Die Jahreszeiten wechselten sich ab, er sah unbesorgt zu. Der eiserne Wille stand über dem Kampf der Naturkräfte; das Unbekannte verbarg nichts, das ihn schrecken konnte.

Mitten in tiefster Verzweiflung erhielt Zainat die Einladung zu einem zärtlichen Stelldichein. Wie lange hatte sie darauf gewartet, wie sehr sich danach gesehnt, wie oft ihr gepeinigtes Herz darauf vorbereitet! Endlich war er bereit, ihr eine Nacht zu schenken, endlich konnte sie sich auf den Weg zu ihm machen.

Sie trat ein, zog die Vorhänge auf und öffnete die Fenster, um die Maienluft einzulassen. Sie gab sich fröhlich und heiter, verdrängte, so gut sie irgend konnte, ihre Verzweiflung, denn mit der Zeit hatte sie gelernt, daß sie ihm gegenüber auf der Hut sein mußte. Sie sorgte für Getränke, stellte Gläser hin und flüsterte ihm ins Ohr: »Trink, mein Liebster.«

Er nahm einen kräftigen Schluck. »Wie nett du bist ...«, murmelte er. O ja, dachte sie, er hat sein Herz genauso wie seine Unschuld verloren. Er prahlt herum und ist stolz auf sich, ohne zu merken, daß er die Kälte eines eisigen Winters verströmt. Und was tat sie? Sie war dabei, mit vollem Bewußtsein sich selbst aufzugeben.

Er starrte sie aus glasigen Augen an. »Wenn ich mich nicht täusche, bist du heute anders als sonst.«

Zärtlich flüsterte sie: »Aus Achtung vor der Liebe.«

Er lachte. »Nichts verdient Achtung.« Er nahm eine der goldenen Locken, zupfte daran herum. »Du nimmst eine gewichtige Stellung ein, aber du willst immer noch mehr.«

Hastig brach aus ihr heraus: »Ich bin einfach nur traurig.«

»Erinnere dich an deinen wertvollen Rat, daß das Leben kurz ist.«

»Das war noch, als wir uns liebten.«

»Ich halte mich daran, also hab Dank für den Rat.«

Er weiß nicht, was er redet, dachte sie. Wenn's darum ging, das Verborgene zu deuten, war sie ihm um Längen voraus. Auch das Böse konnte einen Menschen in Sphären aufsteigen lassen, wo er sich wie ein Engel vorkam.

Liebevoll sah sie ihn an und hätte am liebsten geweint. Sie überließ sich der lauen Luft und dachte, daß der Mai ein treuloser, verräterischer Monat war. Es brauchte bloß der Chamsinwind zu kommen, der wie ein eifersüchtiger Teufel den Frühling vertrieb.

Er legte den Arm um sie, und mit leidenschaftlicher Inbrunst zog sie ihn an die Brust.

69 Er machte sich frei von ihr, legte Stück um Stück die Kleidung ab, verwandelte sich in ein Denkmal gleißenden Lichts. Er erhob sich, ging im Zimmer auf und ab, und als er merkte, wie sehr er schwankte, lachte er laut los.

»Du hast zuviel getrunken.«

»Aber durstig bin ich trotzdem.«

Leise, als spräche sie mit sich selbst, sagte Zainat: »Mit der Liebe ist es aus.«

Er taumelte, und plötzlich fiel er auf den Diwan. Er lachte schallend.

»Du bist betrunken.«

Ein mißfälliger Blick strafte sie. »Ach was«, wehrte er ab,

»etwas drückt mich herab, eine Schwere, etwas wie bleierner Schlaf.« Er versuchte aufzustehen, schaffte es aber nicht. »Na ja«, murmelte er, »der Schlaf kommt eben ungebeten.«

Sie biß sich auf die Lippen. So wird eines Tages alles enden. Am elendsten ist der dran, der inmitten der Niederlage den Sieg besingt. Ihre Stimme klang heiser, als sie ihn aufforderte, wieder auf die Beine zu kommen.

»Wozu?« lallte er entspannt.

»Schaffst du es nicht, Liebster?«

»Aber ja, nur brennt ein höllisches Feuer in mir, und müde bin ich ...«

Zainat sprang auf, wich in die Mitte des Zimmers zurück, von wo aus sie ihn beobachten konnte. Ihr Blick sprach nicht mehr von wehmütiger Zärtlichkeit, etwas Wildes, Grausiges lag darin. Sie lauerte, lag auf dem Sprung, schien ihre Kraft aus Verbitterung und Trauer zu schöpfen.

Träge sah er sie an, dann irrte sein Blick ins Nichts ab. »Der Schlaf schafft mich«, seufzte er matt.

Feierlich, als legte sie einen heiligen Schwur ab, sagte Zainat: »Es ist nicht der Schlaf, Liebster.«

»Dann muß es der Stier sein, der die Welt auf den Hörnern trägt.«

»Es ist auch kein Stier, Geliebter.«

»Was soll das? Machst du Spaß?«

»Nein, eher Selbstmord.«

»He?«

»Es ist der Tod, Geliebter.«

»Der Tod?!«

»Das Gift reicht aus, um einen Elefanten zu töten.«

»Du meinst dich?«

»Nein, dich, mein Liebster!«

Er lachte los, hielt aber plötzlich inne. Er war zu

schwach. Zainat begann zu weinen. »Ich muß dich töten, um der Qual ein Ende zu setzen«, schluchzte sie.

Wieder versuchte er zu lachen. »Galal stirbt nicht«, murmelte er.

»Der Tod blickt aus deinen schönen Augen ...«

»Der Tod ist tot, du Närrin.« Mit aller ihm zur Verfügung stehenden Kraft stand er auf, richtete sich zu voller Größe auf. Entsetzt wich Zainat zurück und floh wie von Sinnen aus dem Zimmer.

70 Mühsam schleppte er sich dahin, als drückte ihn das Gewicht des Minaretts zu Boden. Der Tod stieß und rammte ihn, als wollte ein blindes Tier einen Fels auf die Hörner nehmen.

Er schrie vor Schmerz, fühlte aber keine Furcht. Nackt, wie er war, taumelte er ins Freie. Er tappte durch die Finsternis und stöhnte: »Und wenn es noch so weh tut, Galal stirbt nicht.« Stockdunkel war die Nacht, und er kam nur langsam voran. Mit fast unhörbarer Stimme stammelte er: »Das Feuer, es brennt ... Wasser!« Er stolperte, schwankte, taumelte, hielt sein Klagen für Schreien, das die Welt aus dem Schlaf rüttelt. Wo waren die Menschen? Wo seine Männer? Wo gab es Wasser? Wo steckte Zainat, diese Verbrecherin? Was für ein schrecklicher, abstoßender Alptraum! War nicht der Tod verurteilt, ohnmächtig zuzusehen, wie verborgene Kräfte ihn wieder ins pralle Leben zurückbringen wollten? Was für ein Schmerz! Was für entsetzlicher Durst!

Er geriet ins Stolpern, stieß an etwas Hartes. Das mußte die Viehtränke sein. Ein Freudenrausch überfiel ihn, denn nun winkte Rettung. Er beugte sich über den Rand, ließ sich bis an die Schultern hinunter. Strohhalme zerstachen ihm die Lippen, doch er trank und trank, gierig und unersättlich, wie ein Wahnsinniger. Und dann ein Schrei – dröhnend, hallend, von Schmerz zerfetzt. Die obere Hälfte verschwand in der trüben Jauche, die untere versank im kotigen Dreck. Finsternis verschlang ihn, hüllte ihn ein wie in ein Leichentuch. Eine Nacht im Frühling, eine Nacht des Entsetzens.

Gespenster

Die achte Geschichte

1 Es brauchte lange Zeit, bis das Viertel den Anblick des toten Galal vergessen konnte. Der nackte, weiße Leichnam hing über den Rand der Tränke, schwebte zwischen Kot und Spreu. Die mächtige, riesige Gestalt ließ an Ewigkeit denken, die wächserne Starre an Vergänglichkeit. Im flakkernden Licht der Fackeln schienen Hohn und Entsetzen zum Tanz anzutreten.

Vorbei war es mit der stolzen Macht, dahingerafft in der Blüte ihrer Jahre. Ihr hundertäugiger und tausendfäustiger Schatten war verblichen. Vater und Bruder trugen den Leichnam nach Hause, und nach einem feierlichen Totengeleit wurde er in der Grabstätte von Schamseddin an-Nagi beigesetzt. Wer seiner gedachte, reihte ihn trotz aller teuflischen Eigenschaften in die Reihe der bedeutenden Führer ein. Der Mensch, mit all seinem Guten und Schlechten, geht dahin, aber die Legenden bleiben.

2 Muannis al-Al übernahm die Führerschaft. So erleichtert sich alle nach dem Tod Galals fühlten, geriet das Viertel dennoch aus dem Gleichgewicht. Neue Ängste erschütterten die Menschen, und bald verlor das Viertel sein Ansehen und mußte sich daran gewöhnen, als eins von vielen anderen zu gelten. Die Vorherrschaft schwand dahin. Muannis al-Al sah sich gezwungen, entweder Abkommen zu schließen oder sich in aussichtslose Kämpfe zu stürzen.

Bisweilen mußte er sogar den Frieden mit Schutzgeldern oder Geschenken bezahlen. Keiner hielt Muannis al-Al für einen würdigen Nachfolger für den Nachfahren der Nagis, den großen Galal, das Wunder an Kraft, das Symbol für Sieg.

3 Zwei Männer teilten sich das riesige Erbe – Abd Rabbihi als Vater und Radi als Bruder. Seinen Tod erklärten sie sich wie alle anderen mit dem Übermaß an Alkohol und Drogen. Daß sein Leichnam aber inmitten von Dreck und Spreu aufgefunden worden war, das hielten alle für ein Gottesurteil, mit dem sein Dünkel, blinder Ehrgeiz und übermenschlicher Anspruch gestraft werden sollte. Blieb noch das Minarett, für das sich kein Erbe fand. Nutzlos und gewaltig ragte es in den Himmel auf, ein weithin sichtbares Zeichen für Hochmut und Wahn.

4 Nach einer gewissen Zeit ließ der Drogist Abd al-Chalik das eine oder andere Wort fallen. Im Flüsterton erzählte er von dem seltsamen Abenteuer Galals, seinem Pakt mit dem Dämon und der Rolle des geheimnisvollen Schawar. Der Schleier war gelüftet, alle Welt sprach von nichts anderem mehr. Zainat war überzeugt, daß das Gerücht stimmte. Sie hatte erlebt, daß Galal sich für unsterblich hielt. Aus Furcht vor dem Volkszorn waren Schawar und seine Dienerin plötzlich verschwunden.

Etliche Männer schlugen vor, das Minarett abzureißen, aber die meisten hegten die Furcht, daß der Dämon dort tatsächlich lebte und in noch nie dagewesener Weise das Viertel heimsuchen würde, wenn man ihm seine Bleibe zerstörte. Das Minarett blieb also stehen. Die Leute machten einen großen Bogen darum, und wer doch daran vorbeiging, verfluchte es laut. Schon bald war es mit Leben erfüllt – Schlangen, Fledermäuse und ein Haufen nichtsnutziger Teufel hatten es sich darin bequem gemacht.

5 Die Hungerleider und Habenichtse waren einhellig der Meinung, daß Galal die gerechte Strafe für seinen Verrat an der Größe der Nagis erlitten hatte. Wer Gott um den Segen der Kraft bittet, darf nicht unterlassen, sie in den Dienst der Menschen zu stellen. Wann immer ein Nachfahre der Nagis Verrat an ihrer Größe begangen hatte, lastete der Fluch auf ihm, und er wurde verrückt. Selbst Abd Rabbihi wurde geschmäht, auch Meister Radi, und nicht einmal das viele Geld schützte sie davor.

6 Eine Zeitlang lebte Zainat in Angst, aber offensichtlich kam niemand auf die Idee, sie zu verdächtigen. Wer auch immer insgeheim über ihren Beitrag an Galals Tod rätselte, äußerte eher Lob. Zainat selbst brachte ihre Rache nicht viel Freude, sie lebte einsam und zurückgezogen, ohne Zärtlichkeit und Glück. Doch schon kurze Zeit nach Galals Tod entdeckte sie, daß ihre Liebe Früchte getragen hatte – sie war schwanger. Mit der Kraft ihrer unverbrüchlichen Leidenschaft für Galal sorgte sie sich um dieses neue Wesen. Sie empfand Stolz, auch wenn das Kind einer unehelichen Verbindung entsprang. Sie gebar einen Jungen und nannte ihn Galal Abdallah, obwohl dieser Schritt eine Herausforderung der Tradition bedeutete und ganzen Mut erforderte.

7 Zainat liebte ihr Kind nicht nur als Mutter, sondern sie sah in ihm auch ihre ewige Liebe zu seinem Vater verkörpert. Der kleine Galal wuchs bei ihr in bescheidenen Verhältnissen auf, denn eine Rückkehr zu ihrem früheren Leben kam für sie nicht in Frage. Sie vergaß nie, daß ihr

Sohn der wahre Erbe eines märchenhaften Vermögens war. Sie lief zu Abd Rabbihi, sie suchte Meister Radi auf, aber beide Männer lehnten entschieden ab, dem Jungen einen Anteil auszuzahlen. Die Heftigkeit, mit der sie es taten, zeigte deutlich, daß sie Zainat verdächtigten, am Tod Galals erheblich schuld zu sein. Radi verstieg sich sogar zu der Bemerkung: »Woher will eine Frau wie du überhaupt wissen, wer der Vater des Kindes ist?«

8 Galal entwickelte sich zu einem echten Straßenjungen. Als uneheliches Kind, »Frucht der Sünde«, wies man auf ihn genauso mit dem Finger, wie man es schon mit seinem Vater als Sohn von Zahira getan hatte. Je älter er wurde, desto weniger konnte einer, der Augen hatte, anzweifeln, daß er Galals Sohn war. Besaß er auch nicht dessen überwältigende Kraft und Schönheit, war er doch, wenn auch in bescheidenem Maß, das Abbild des dahingerafften Wahnsinnigen.

9 Galal besuchte für zwei Jahre die Koranschule, dann begann er bei Meister Gada, der ein paar Karren besaß, zu arbeiten. Da Zainats Erspartes aufgebraucht war, konnte sie ihm keine weitere Ausbildung bieten. Dennoch fühlte sie Stolz, nicht nur auf ihren Sohn, sondern auch auf sich – auf das geduldige Ertragen allen Kummers, auf das Festhalten an einem ehrbaren Leben. Obwohl sie schon älter als vierzig Jahre war, sah sie noch immer schön aus. Meister Gada verspürte große Lust dazu, sie in seinem Harem aufzunehmen. Zainat war der Gedanke, diesen Mann zu heiraten, widerwärtig, aber gleichzeitig fürchtete sie, Meister Gada könnte, wenn sie ablehnte, ihren Sohn schlecht behandeln.

Glücklicherweise gab Meister Gada seine Absicht auf,

nachdem der neue Scheich Mugahid Ibrahim – Chalil al-Fas war gestorben – ihn mit der Frage überrascht hatte, wie er denn Vertrauen zu einer Frau haben könnte, die ihren Mann getötet hatte.

Im Verlauf der Zeit erfuhr Galal, daß er der Sohn vom Herrn des teuflischen Minaretts, der Enkel von Zahira und Abd Rabbihi und der Neffe des noblen Herrn Radi war. Er hörte nicht nur die traurige Geschichte seiner Geburt, sondern auch die Legenden, die sich um die Nagis rankten. Er mußte lernen, mit der schimpflichen Bezeichnung »Kind der Sünde« wie mit einem Schicksalsschlag zu leben, dem man nicht entrinnen konnte.

Eines Tages gab Meister Gada ihm den Rat: »Hüte dich vor der Gewalt! Habe Geduld, vertraue auf Gott. Wenn nicht, mußt du deinen Lebensunterhalt woanders verdienen.«

Der neue Imam der Moschee, Sajjid Othman, machte ihn darauf aufmerksam, daß Muannis al-Al ihn wegen seiner Abstammung von den Nagis im Visier hatte. »Setz ja nicht auf deine Stärke, sonst gehst du zugrunde!«

Galal zog es vor, in Frieden zu leben, und da er fleißig und zuverlässig war, schätzte ihn Meister Gada sehr.

10

Die Tage vergingen, neue Hoffnung wurde geboren. Da Meister Gada Galal wohlgesonnen war, faßte Zainat Mut und hielt bei ihm um die Hand seiner Tochter Afifa an. Der lehnte die Anfrage schlichtweg ab, dazu noch in besonders rüdem Ton. »Ich verheirate meine Tochter nicht mit einem Bastard.«

Zainat weinte vor Empörung, aber Galal ertrug den Schlag mit Geduld.

11 Meister Gada, der über die siebzig Jahre schon hinaus war, starb nach einem Essen, das wohl zu reichlich ausgefallen war – ein großer Teller Bohnen mit Weizen- und Gerstenkörnern, danach noch ein Teller Nudeln, gebacken in Butter und Honig, mit einem Schlag Sahne drauf. Zainat wartete das Trauerjahr ab, und dann hielt sie bei seiner Frau erneut um Afifas Hand an. Die Mutter hatte längst gespürt, daß Afifa Zuneigung für Galal empfand. Sie stimmte zu.

So kam es, daß Afifa und Galal die Ehe schlossen.

12 Durch die Heirat schaffte Galal den Sprung vom Kutscher zum Besitzer, auch wenn Afifa nicht wirklich die Eigentümerin des Betriebs war. Er verstand sich gut aufs Geschäft, infolgedessen verbesserten sich auch die Einkommensverhältnisse des jungen Paars. Sein Glück wurde mit der Geburt eines Kindes gekrönt. Das Leben floß munter und froh dahin, und nachdem Afifa mehrere Mädchen zur Welt gebracht hatte, bescherte sie Galal einen Jungen, den sie Schamseddin nannten. Schamseddin Galal an-Nagi – so lautete der volle Name, den Galal öffentlich verkündete, um seinen bisher verborgenen Stolz, unterdrückt wie der Funke im Feuerstein, kundzutun. Die meisten Leute im Viertel freuten sich über den Namen, nur der alte Radi, Abkömmling der Nagi-Familie, ärgerte sich. Kaum jemand hatte aber vergessen, daß der stolze Galal Abdallah der uneheliche Sohn ebenjenes Verrückten war, der das teuflische Minarett hatte errichten lassen. Der neue Wirt der Schenke, Anba al-Fawwal, drückte aus, was viele dachten: »Was für Mengen von Aschurs und Schamseddins wir im Viertel haben!«

Recht hatte der Mann, denn von der glorreichen Zeit der Nagis waren nichts als Namen übriggeblieben. Die rühmlichen Taten hingegen lebten nur noch in der Phantasie und bildeten den Stoff für wehmütig erzählte, wundersame Legenden.

13 Die Tage gingen ins Land, und Galal Abdallah lebte mit seiner Familie sorglos und heiter dahin. Er war als anständiger, friedfertiger und gottesfürchtiger Mann bekannt, verdiente gut, kam inbrünstig seinen religiösen Pflichten nach und war einer der besten Freunde des Imams der Moschee. Er hatte seine Frau gern und begnügte sich mit ihr. Viel Wert legte er auf Schamseddins Erziehung, und trotz aller schmerzlichen Schande blieb er seiner Mutter treu ergeben. Alles wies darauf hin, daß diese Familie ein gutes, friedliches Leben vor sich hatte, eins, das im Strom der Geschichte keine Wellen schlagen würde.

14 Meister Galal Abdallah war gerade erst fünfzig geworden, da geschahen merkwürdige Dinge. Alles begann mit dem Tod seiner Mutter. Achtzig Jahre war Zainat geworden, und doch traf ihr Tod den reifen Mann wie ein Schlag, der ihn aus dem Gleichgewicht warf. Alle Welt sah, wie er beim Begräbnis heulte und schluchzte. Dann überfiel ihn für drei Monate eine so tiefe Schwermut, daß er zu ersticken und zu sterben glaubte. Niemand verstand, warum er dermaßen traurig war, und viele machten sich über ihn lustig. Er selbst war, bei aller Liebe zur Mutter, überrascht, daß ihr Tod ihn so tief traf. Doch es sollte noch schlimmer kommen. Kaum hatte er seine Schwermütigkeit überwunden, wurde er ein völlig anderer Mensch. Ein neues Geschöpf trat aus dem Dunkel eines von Dämonen heimgesuchten Gewölbes. Daß er die Mutter geliebt hatte, befremdete ihn plötzlich. Sein Gefühl hatte ihn irregeleitet, der Magie unterworfen. Nun, da sich der

Nebel gelichtet hatte, stand die Erinnerung an diese Frau wie ein kalter, grausamer Klotz vor ihm. Wann immer er an sie dachte, verfluchte er sie. Von Trauer, Treu und Glauben war nichts geblieben. Eine innere Stimme flüsterte ihm zu, daß sie allein die Ursache für den feindseligen Haß war, unter dem er zeitlebens zu leiden hatte. Er war und blieb ihr Opfer. Habe ich wirklich um dieses Weib getrauert? fragte er sich. Das muß ein Anfall von Wahnsinn gewesen sein.

Eines Tages, als er mit dem Scheich des Viertels, Mugahid Ibrahim, zusammensaß, rutschte ihm heraus: »Ein übles Weib war meine Mutter, voller hassenswerter Eigenschaften, bösartig und mit schlechtem Ruf.« Verblüfft starrte der Scheich ihn an. »Was? Ich höre wohl nicht richtig.«

»Ich glaube jetzt auch, daß sie meinen Vater umgebracht hat. Sie war hinterhältig und süchtig nach Rauschgift. Ich ekele mich, wenn ich nur an sie denke!«

»Über Tote soll man nur Gutes sagen.«

»Wie denn, wenn an ihr kein bißchen Gutes war?« schrie er mit einem Haß, den ihm niemand zugetraut hatte. In blindem Zorn stieß er hervor: »Daß sie so lange und so gut lebte, hat sie wahrhaftig nicht verdient!«

15 Er hörte auf zu beten, ließ sich in der Moschee nicht mehr blicken, bekam heftige Wutanfälle. Zum erstenmal betrat er die Schenke. Die Männer der Schutzbande wurden zu Augenzeugen dieses Auftritts, und gleich beim Hereinkommen rief Muannis al-Al höhnisch: »Na bitte! Endlich hat der Esel in den Stall gefunden!« Die Männer grölten los. Galal grinste verlegen, bevor er den Krug ansetzte.

»Was hat dich dazu gebracht, dich wie ein Mann zu benehmen?« fragte Muannis.

»Die Ehre, Meister!« schrie er ausgelassen.

Als der Führer gegangen war, stimmte Galal ein Lied an.

»Gleich vorn in unserm Viertel, seht,
Hassan am Kaffeehaus steht …«

Er trank sich einen hübschen Rausch an und war sehr zufrieden. »Gestern habe ich geträumt«, begann er laut zu erzählen, »daß ich aufs Minarett geklettert bin. Irgend jemand kam mit mir hoch, bis zur Brüstung, und schlug vor, Hüpfen zu spielen. Ich hab's gemacht, aber dann habe ich das Gleichgewicht verloren und bin runtergefallen. Aber getan habe ich mir nichts, keine einzige Schramme hatte ich.«

Der Wirt Anba al-Fawwal meinte: »Das mußt du mal probieren, wenn du wach bist.«

Galal stimmte ein neues Lied an.

»Hör ich inmitten der Nacht,
Jungfrauen singen vor Glut,
kein einziges Mittel tut da gut.«

16 Als er heimkehrte, war Afifa noch wach. Sie hatte auf ihn gewartet. So lange war er noch nie ausgeblieben. Der Geruch von Alkohol schlug ihr entgegen, und empört schlug sie die Hände zusammen und rief: »Du bist betrunken!«

Er tanzte auf und ab. »Ein toller Bursche bin ich, du Hubsche.«

17 Verwundert begannen die Leute über ihn zu reden, und die einhellige Meinung lautete: »Er ist genauso verrückt wie sein Vater.«

Eines Tages stellte sich ihm der Imam in den Weg.

»Warum kommst du nicht mehr in die Moschee?« Da Galal nicht antwortete, fragte er weiter: »Stimmt es, was man sich über dich erzählt?«

Aber Galal ließ ihn einfach stehen und ging weiter.

18 Wenn er betrunken war und nicht mehr so recht wußte, was er tat, überfielen ihn seltsame Gelüste. Es war, als gewänne ein zweites Wesen die Oberhand über ihn. Plötzlich fühlte er sich von sehr jungen – sogar kleinen – Mädchen angezogen. Er belästigte sie, stellte ihnen nach. Begegnete er einem Mädchen, das allein war, lief ihm vor Gier ein Schauer über die Haut. Weil er sich seiner nicht mehr sicher war und die Folgen fürchtete, vermied er es, tagsüber zu trinken. Aber nachts strich er wie ein hungriger Wolf herum.

Eines Nachts führte ihn sein Streifzug zu Dalal, einer Dirne. Endlich konnte er seinen Trieb nach Herzenslust befriedigen.

19 Galal bot immer mehr das Bild von körperlichem und geistigem Verfall. Ein Skandal löste den anderen ab. Den Rest Kraft, der ihm geblieben war, brauchte er dafür, sich über alle gültigen Normen hinwegzusetzen. Dalal war noch sehr jung, ja, ihr Gesicht hatte etwas Kindliches, und das zog ihn offensichtlich an. Wie seltsam er sich auch immer benahm, Dalal ging damit großzügig um. Seine Launen schienen ihr eher zu gefallen, als sie abzustoßen. Jedenfalls machte sie ihm deshalb nie Vorwürfe.

»Ich mag es, wenn man verrückt ist. Laß die Leute ruhig reden«, erklärte sie ihm, und Galal jubelte: »Endlich habe ich eine Frau entdeckt, die genauso toll ist wie meine Großmutter Zahira.«

Eines Tages, als er sich entspannt und wohlig auf dem

Bett räkelte, sagte er: »Neulich bin ich morgens aufgewacht und hatte einen Rausch, ohne getrunken zu haben. In meiner Brust schlug ein neues Herz, und plötzlich haßte ich alles – Gegenwart und Vergangenheit, Geschäft, Geld verdienen, Eheprobleme der Töchter, meinen braven Sohn Schamseddin, der wie ein Esel mit dem Karren herumzieht, seine Mutter, die sich hinter Segenswünschen verschanzt und mich ohne alles Recht ausnimmt, genau wie meine Mutter, auch wenn die es anders gemacht hat. Alles an mir war in Aufruhr, Herz, Verstand, Leber, mein Glied, und ich habe nur noch dem Teufel zugejubelt.«

Dalal lachte. »Was bist du doch für ein Süßer, der süßeste Mann auf der ganzen Welt!«

Stolz warf er sich in die Brust. »Es heißt, daß Männer mit fünfzig noch mal neu geboren werden.«

»Mit sechzig auch … und mit siebzig«, jauchzte Dalal.

»Ohne die Eifersucht von diesem hinterhältigen Weib hätte mein Vater den Kelch des Todes zerschmettert und wäre unsterblich gewesen.«

»Und wärst du nicht solch ein Wunder, würde ich dich nicht lieben.«

20 Die Unglücksschläge hagelten auf Afifa nur so herab. Ihre Welt brach zusammen, ihr Traum verflüchtigte sich, ihr Glück löste sich im Nichts auf. Sie war überzeugt, daß irgend jemand mit ihrem Mann etwas angestellt hatte, und so lief sie zu den Grabstätten der Heiligen und suchte einen Wahrsager nach dem anderen auf. Sie befolgte alle Anweisungen, alle Ratschläge, aber Galal wich immer mehr vom rechten Weg ab, ohne im geringsten Rücksicht zu nehmen. Er arbeitete so gut wie gar nicht, trank ununterbrochen, suchte Streit, klebte an Dalal und lief schamlos den Mädchen hinterher.

Hätte sie sich nicht vor den Folgen gefürchtet, wäre sie zu Muannis al-Al gelaufen und hätte ihm ihr Leid geklagt. Ihr einziger Trost war Schamseddin; bei ihm klagte sie sich aus, ihm konnte sie zeigen, wie traurig sie war. »Sprich du mit ihm, vielleicht ist er zu dir freundlicher.«

Sohn und Mutter fühlten sich aufs engste verbunden, ihr Verhältnis hätte nicht besser sein können. Schamseddin teilte ihre Verzweiflung, und wie sie war er zutiefst betrübt, daß der Vater seine und ihre Ehre aufs Spiel setzte. Er nahm all seinen Mut zusammen und nutzte die erste Gelegenheit, um mit dem Vater offen heraus zu sprechen. Er hatte noch nicht einmal ausgeredet, da packte ihn der Vater, schüttelte ihn heftig durch und schrie: »Glaubst du etwa, mir Benehmen beibringen zu müssen?«

Schamseddin verstummte, blieb mit seinem Schmerz allein. An Kraft, Intelligenz und all den guten Eigenschaften, die den Vater früher auszeichneten, fehlte es ihm nicht. Aber was konnte und sollte er tun? Seine Gefühle gerieten in Aufruhr; es quälte ihn, daß er nicht mehr den gebührenden Respekt für den Vater aufbringen konnte und sein sanftes, gutmütiges Wesen verlor. Die Mutter hörte nicht auf, sich bei ihm auszuweinen. Sie überschüttete ihn mit endlosen Tiraden von Haß und Verbitterung. Ständig wiederholte sie: »Paß auf, er wird alles verschleudern, und dann ziehst du später als Bettler herum.«

Schamseddin kam es vor, als läge auf seiner Familie ein ewiger Fluch. Wahnsinn, Hurerei, Mord waren ihr Schicksal. Es drückte ihm das Herz ab, für Liebe und Redlichkeit blieb kaum noch Platz. Er mußte dem Unsichtbaren trotzen, und zwar mit Kraft und Gewalt. Verwundert fragte er sich, warum seine Mutter zugestimmt hatte, einen solchen Mann zu heiraten.

21 Die Lage wurde schlimmer und schlimmer. Glaubt man an einem Sommermorgen die Hitze nicht auszuhalten, wird die Mittagszeit zum lodernden Feuer. Schamseddins Herz wurde härter, seine Seele war von Groll und Aufruhr erfüllt. Er saß gerade im Kaffeehaus, als man ihm berichtete, daß sein Vater halbnackt in der Schenke tanzte. Wie ein Wahnsinniger stürzte er los, verzweifelt und zu allem entschlossen. Tatsächlich, nur mit der Hose bekleidet, führte sein Vater einen wilden Tanz auf, und die Betrunkenen klatschten und sangen: »Schwimm dahin, schwimm auf dem Wasser ...« Der Vater, der Schamseddin nicht bemerkte, bewegte sich wie in Trance. Aber ein Mann nach dem anderen hörte auf zu klatschen und singen, und einer rief mit hämischer Freude: »Gleich gibt's was zu sehen!« Da ihm keiner mehr den Takt angab, sah Galal empört auf. Erst da erblickte er Schamseddin. Dessen wütendes Gesicht und die drohende Gebärde ärgerten ihn, und er rief: »Was hast du Bengel hier zu suchen?«

Mit schneidender Höflichkeit forderte Schamseddin ihn auf: »Könntest du dich bitte anziehen?«

»Was willst du hier, du unverschämter Lümmel?«

»Zieh dich bitte an«, beharrte Schamseddin. Der Vater taumelte auf ihn zu, holte aus und versetzte ihm einen solchen Schlag, daß es in der eingetretenen Stille wie ein Peitschenschlag knallte. »Bravo!« stachelten ihn etliche Männer mit diebischer Freude an.

Wieder und wieder schlug er auf ihn ein, doch schließlich ging ihm, betrunken, wie er war, die Kraft aus. Ohnmächtig sackte er auf den Boden. Zuerst lachten noch welche, doch plötzlich wurde es still. Jemand rief: »Du hast deinen Vater umgebracht, Schamseddin!« Und ein anderer schrie: »Er hat nicht mal mehr geschafft, das Glaubensbekenntnis zu sprechen!«

Schamseddin beugte sich hinunter, zog den Vater an. Er nahm ihn auf die Arme und trug ihn hinaus. Grölendes Gelächter hallte hinter ihm her.

22 Galal wachte zu Hause in seinem Bett auf. Mit stierem Blick sah er sich um. Ah, da standen Afifa und Schamseddin, und das war das verhaßte Zimmer. Plötzlich erinnerte er sich an alles. Eigentlich müßte er jetzt in Dalals Bett liegen, aber dieser Bengel hatte ihn zum Gespött der Männer gemacht und es am gebührenden Respekt fehlen lassen. Schnaubend richtete er sich auf, und mit einem Satz sprang er aus dem Bett, stürzte sich auf Schamseddin und schlug auf ihn ein. Tränenüberströmt warf sich Afifa zwischen die beiden. Galal ließ von Schamseddin ab, drehte sich zu ihr um, umklammerte ihren Hals und drückte bestialisch zu, als hätte er den Verstand verloren. Vergeblich mühte sich Afifa, seinem Griff zu entkommen. Todesangst und Entsetzen verzerrten ihr Gesicht.

»Hör auf! Du bringst sie um!« schrie Schamseddin.

Doch der Vater, berauscht vom mörderischen Wahn, ließ nicht ab von ihr. Panische Angst überfiel Schamseddin. Er griff nach einem Stuhl und haute ihn mit voller Wucht auf den Schädel des Vaters.

23 Wo eben noch Schreie von Angst und Entsetzen tobten, herrschte auf einmal bedrückende Stille. Blutüberströmt lag Galal im Bett. Nachbarn kamen hereingestürzt, und plötzlich stand auch der Scheich des Viertels, Mugahid Ibrahim, im Raum. Wenig später traf der Barbier ein, der die Verletzungen behandeln und das Blut zum Stocken bringen wollte. Schamseddin hatte sich in einer Ecke verkrochen, überließ sich willfährig dem Unausweichlichen.

Die Zeit stand still. Nur der Moment zählte. Belastet mit

düstersten Vorahnungen, dehnte er sich zäh in die Länge, überstieg er blind und planlos alles Maß, setzte er jeglichen vernünftigen Gedanken außer Kraft. Nicht nur Afifa, auch Schamseddin beschlich das Gefühl, daß die Vergangenheit die Gegenwart vor sich hertrieb, sie überrollte und unter sich begrub.

»Welch frevelhaftes Spiel treibt das Schicksal mit Vater und Sohn«, murmelte Mugahid Ibrahim.

»Der Satan war's!« heulte Afifa klagend auf. Ein Schweigen, schwer wie die Last eines Berges, hielt Galal gefangen. Noch hob und senkte sich seine Brust. »Meister Galal!« rief Mugahid Ibrahim. »Erbarme dich unser, allmächtiger Gott!« schluchzte Afifa.

Der Scheich sah den Barbier an. »Was meinst du?«

Emsig weiterarbeitend erwiderte er: »In Gottes Hand liegt alles Leben.«

»Aber was sagt dir deine Erfahrung?«

Der Barbier hielt inne, rückte an den Scheich heran und flüsterte: »Von einem solchen Schlag erholt sich keiner.«

24 Galal Abdallah öffnete die verschleierten Augen. Er erkannte niemanden. Schwieg. Die Stille war unerträglich, zerrte an den Nerven. Langsam und zögerlich schien er zu begreifen, was vor sich ging. »Ich sterbe«, murmelte er.

»Verschone dich alles Übel«, stöhnte Afifa.

»Ich fürchte mich nicht vor der Finsternis.«

»Gleich wird's dir bessergehen ...«

»Gottes Wille geschehe.«

Der Scheich trat näher an ihn heran. »Meister Galal, ich bin es, Mugahid Ibrahim! Erklär vor Zeugen ...«

Galal flüsterte: »Wo ist Schamseddin?« Der Scheich winkte ihn heran, und Schamseddin stellte sich ans Bett. »Hier ist dein Sohn.«

»Ich scheide aus der Welt ...«

Der Scheich ließ nicht locker. »Was ist geschehen?«

»Gottes Wille.«

»Wer hat dich so zugerichtet?« Keine Antwort. »Sprich, Meister Galal, du mußt reden!«

»Ich gehe davon ...«

»Wer hat dich geschlagen?!«

Galal stöhnte. »Mein Vater.«

»Tote schlagen nicht, wer war es?«

Wieder ein Stöhnen, dann lallte er: »Ich weiß es nicht.«

»Wie das?«

»Es war dunkel.«

»Hat man dich auf der Straße angegriffen?«

»Oder im Hausflur.«

»Du mußt den Täter erkannt haben?«

»Nein. Es war zu dunkel.«

»Hast du Feinde?«

»Weiß ich nicht.«

»Verdächtigst du jemanden?«

»Nein.«

»Du hast den Täter nicht erkannt und verdächtigst auch niemanden?«

»Nein. Ich rief meinen Sohn, und er hat mich ins Haus getragen. Dann habe ich das Bewußtsein verloren.«

Der Scheich schwieg. Alle blickten auf Galal, der aus dem Leben schied.

25 Ungläubig hatte Schamseddin dem Verhör gelauscht. Sein Mut hatte ihn verlassen, und er bekam kein Wort heraus. Demut, Feigheit und Reue hielten ihn angesichts der mitleidigen Zuneigung des sterbenden Vaters gefangen. Um dem stechenden Blick des Scheichs zu entgehen, verbarg er das Gesicht in den Händen und weinte.

Am Tag der Beerdigung und an den darauffolgenden Trauerfeiern gab er sich, ohne mit der Wimper zu zucken, völlig normal. Und doch kam er sich unter den Menschen wie ein Geist vor, der von den Schreckensgespenstern der Hölle verfolgt wurde. Großvater und Urgroßmutter waren dem Wahnsinn verfallen, mehrere Abkömmlinge der Familie hatten die scheußlichsten Verbrechen begangen, aber er war der erste von allen verfluchten Nagis, der einen Vatermord auf sich geladen hatte.

Als er mit der Mutter allein war, versuchte sie ihn zu beruhigen. »Du hast ihn nicht ermordet, du warst gezwungen, deine Mutter zu verteidigen.« Um ihre Worte zu bekräftigen, fügte sie hinzu: »Gott kennt die Wahrheit.« Da Schamseddin schwieg, redete sie weiter eifrig auf ihn ein. »Seine Aussage, mit der er dich geschützt hat, wiegt alle seine Sünden auf. Er wird dem Herrgott unschuldig und rein wie ein Neugeborenes gegenübertreten können.«

Schamseddin schluchzte los, und unter Tränen stieß er hervor: »Ich habe meinen Vater getötet!«

26 Meister Abd Rabbihi lud Schamseddin in die »Zitadelle« von Galal, dem Herrn des Minaretts, ein. Er wußte, daß dieser Mann sein Urgroßvater und hundert Jahre alt war.

Er ging nicht mehr aus dem Haus, verließ nicht einmal sein Zimmer, trotzdem fand Schamseddin, daß der Alte einen erstaunlich gesunden und munteren Eindruck machte. Er wirkte sehr gesetzt, und offensichtlich sah und hörte er alles und hatte sich den Durchblick bewahrt. Es war bewunderungswürdig, welchen Lebensmut der alte Mann noch besaß, nachdem ihn doch sowohl der Sohn als auch der Enkel bereits verlassen hatten. Trotz allem empfand Schamseddin weder Liebe noch Achtung für ihn; er konnte nicht vergessen, wie schlecht der Alte seinen Vater behandelt hatte.

Der Urgroßvater ließ ihn dicht vor sich treten, starrte ihm ins Gesicht. Schließlich brummte er: »Herzliches Beileid.«

Schamseddin dankte kühl.

»Du ähnelst deinem Großvater Galal, dem Sohn Zahiras.«

Kalt und abweisend erklärte Schamseddin: »Du hast meinem Vater seinen Anteil am Erbe versagt.«

»Nun ja, die Dinge lagen kompliziert.«

»Ach ja? Du wolltest bloß alles allein erben.«

»Bis auf den Ruhm Aschurs ist alles Erbe verflucht.«

»Was dich nicht hindert, es bis zum letzten Atemzug zu genießen.«

Verwirrt stammelte der Alte: »Ich ließ dich kommen, um dich zu entschädigen. Du kannst deinen Anteil haben, wenn du willst.«

Als wollte er seine Tat sühnen, erklärte Schamseddin: »Danke, ich brauche deine Großzügigkeit nicht.«

»Du bist reichlich dickköpfig, mein Junge.«

»Wer von meinem Vater nichts wissen wollte, mit dem will ich auch nichts zu tun haben.«

Der Alte schloß die Augen. Schamseddin ging hinaus.

27 Schamseddin mußte sich dem Leben stellen. Der Ernst, der auf seinem Gesicht lag, machte ihn Jahrzehnte älter, und seine Frömmigkeit und Rechtschaffenheit verstärkten noch diesen Eindruck. Er leitete den Fuhrbetrieb des Vaters, stürzte sich geradezu in die Arbeit. Im Viertel galt er als der Mörder seines Vaters. Das Minarett war der steingewordene Beweis für den Fluch, und Schamseddin der Beweis in menschlicher Gestalt. Konnte man von einem jungen Mann, dessen Vater ein Bastard war und dessen Großvater dieser Turm gehörte, anderes erwarten?

Schamseddin war entschlossen, dem Fluch zu trotzen. Mit Härte, eisernem Willen und reuevollem Herz wollte er sich ihm entgegenstellen. Inbrünstig widmete er sich seinem Glauben, verteilte Almosen an die Armen, behandelte die Kunden freundlich und zuvorkommend, auch wenn er weiterhin als verrufen und verflucht galt. In seinem Blick lag Schwermut. Er haßte Späße, mied alle Vergnügungen wie Gesang und Musik, hütete sich vor der Schenke und der Haschischhöhle. Das Verhalten der Menschen ihm gegenüber verletzte ihn, und dafür haßte er sie. Zäh und verbissen hielt er am Leben fest.

28 Afifa glaubte, Schamseddin das Leben nur dadurch angenehmer machen zu können, daß sie eine Frau für ihn fand. Ihr gefiel Sadika, die Tochter des Bohnenhändlers, und so ging sie hin, hielt um deren Hand für ihren Sohn an und pries seinen Fleiß und seine Abstammung. Aber die Familie lehnte ab – ein Vatermörder kam nicht in Frage. Schamseddin hatte sich zwar nicht sonderlich fürs Heiraten interessiert, aber die Ablehnung riß die Wunde noch tiefer auf. Nun war er fest entschlossen, koste es, was es wolle, eine Frau zu finden.

Es gab da eine Tänzerin, die Nur as-Sabah al-Agami hieß. Sie war zwar unbekannter Herkunft, hatte auch einen üblen Ruf, aber sie gefiel Schamseddin. In dunkler Nacht schlich er zu ihr hin, nicht, wie sie dachte, um sich ein paar hübsche Stunden zu machen, sondern um sich mit ihr zu verloben. Kaum hatte er das ausgesprochen, sah sie ihn überrascht an. Ob er ihr Zuhälter werden wolle, fragte sie.

»Keineswegs, ich will dich zu meiner Gattin machen«, erwiderte er.

Sie strahlte ihn an, rief freudig: »Was für ein anständiger junger Mann! Ich werde mich deiner würdig erweisen.«

29 Afifa war entsetzt. »Sie ist eine Dirne!« rief sie empört. »Wie meine Großmutter Zainat«, entgegnete er bedrückt, und höhnisch fügte er hinzu: »Wie viele Huren gab es schon in unserer ruhmreichen Familie!«

»Verzweifle nicht, mein Sohn, wir finden jemand ...«

Sichtlich verärgert fiel er ihr ins Wort. »Sie ist die einzige, die mich ohne Murren akzeptiert.«

30 Schamseddin Galal an-Nagi und Nur as-Sabah al-Agami schlossen die Ehe. Der Bräutigam warf alle Trübsal ab und richtete für seine Angestellten und die Verwandten der Mutter ein Fest aus. Wer ihn übersah, den nahm er auch nicht zur Kenntnis.

Im Viertel zerriß man sich hämisch die Mäuler; Erinnerungen an Zainat und Zahira waren wieder im Umlauf, wie überhaupt über die ganze Nagi-Familie getratscht wurde, die »vom Himmel gefallen war, um sich im Morast zu wälzen«.

Schamlos und dreist konnte Anba al-Fawwal die Frage wagen: »War nicht auch Aschur ein Bastard? Hat nicht die Ahnherrin der Familie in dieser Kneipe ihre Reize zur Schau gestellt?«

31 Der Ehe war Glück beschieden. Nur as-Sabah erwies sich als eine gute Hausfrau. Mit Wohlgefallen ruhte Schamseddins Blick auf ihr, und er spürte, wie ein Teil seiner Sorgen schwand. Nichts hätte den häuslichen Frieden getrübt, wenn es nicht von Zeit zu Zeit Streit zwischen der Mutter und Nur as-Sabah gegeben hätte. Die eine, Afifa, war streng und unduldsam, die andere, Nur as-

Sabah, jähzornig und scharfzüngig. Aber deshalb nahm das Eheleben keinen Schaden. Nachdem Nur as-Sabah drei Mädchen zur Welt gebracht hatte, gebar sie endlich einen Sohn – Samaha Schamseddin an-Nagi.

32 Im Verlauf der Zeit trat Schamseddins Schuldgefühl in den Hintergrund, aber die Schwermut war ihm zur zweiten Natur geworden. Samaha wuchs heran, und Mutter und Großmutter waren geradezu verliebt in ihn, hüteten ihn wie einen teuren Schatz. In der Koranschule wartete er nicht mit besonderen Leistungen auf, dafür schnitt er bei Prügeleien gut ab. Eines Tages schlug er einem Schulkameraden mit der Schreibtafel fast ein Auge aus, was Schamseddin Ärger einbrachte. Er konnte die Wogen nur glätten, indem er eine nicht unbeträchtliche Entschädigung zahlte. Dafür nahm er sich den Sohn vor, gab ihm eine tüchtige Tracht Prügel, was Mutter und Großmutter nur unter Tränen ansehen konnten. Er ließ ihn nicht mehr zur Schule gehen, sondern schickte zur Arbeit in den Stall. »Lern hier erstmal, bei den Eseln, dich ordentlich zu benehmen.«

Unter der Obhut des schwermütigen Vaters wuchs Samaha zum jungen Mann heran.

33 Obwohl er Samaha vom frühen Morgen bis zum späten Abend nicht aus den Augen ließ, machte er sich Sorgen um ihn. Er fühlte, daß der Junge aufsässig war, und ahnte Probleme.

Eines Tages kam Scheich Mugahid Ibrahim zu ihm und sagte: »Es lenken nicht alle, die die Zügel halten.« Er spielte auf Samaha an, das war Schamseddin klar. Aber er konnte nicht glauben, daß der Junge unter seiner strengen Aufsicht etwas anstellte. Was also meinte er?

»Hältst du es für möglich, daß dein Sohn sich ab und zu bei Karima al-Anabi aufhält?«

Verblüfft starrte Schamseddin ihn an. Wie war das möglich? »Ich habe ihn ständig bei mir, bis ich ihn abends ins Bett schicke.«

Der Scheich lachte. »Ja, und wenn du schläfst, schleicht er aus dem Haus.«

Schamseddin war fassungslos. Karima al-Anabi war Witwe und fast sechzig Jahre alt, Samaha hingegen noch nicht einmal volljährig.

»Paß auf, daß sich dein Sohn nicht ans Herumtreiben gewöhnt.«

34 In dunkler Nacht lauerte Schamseddin vor dem Haus der Witwe. Nachdem er sich vergewissert hatte, daß der Junge tatsächlich nicht im Bett lag, war er aufgebrochen. Ungefähr eine Stunde vor Morgengrauen öffnete sich die Tür, und heraus kam eine Gestalt. Samaha lief dem Vater geradewegs in die Arme. Erschrocken wich er aus, und da er im ersten Moment nicht erkannte, wer vor ihm stand, wollte er zuschlagen.

»Du Schwein!«

Da wußte er – es war der Vater.

Schamseddin packte ihn am Schlafittchen und schnüffelte plötzlich. »Auch noch betrunken!« Er holte aus und schlug so kräftig zu, daß Samaha auf der Stelle nüchtern wurde. Zu Hause ging es weiter, Schamseddin brüllte und traktierte ihn mit Schlägen. Nicht lange, und Nur as-Sabah und Afifa stürzten ins Zimmer. Beiden Frauen war auf Anhieb klar, worum es ging.

»Hör auf, Vater, du brichst mir die Knochen!« flehte Samaha.

»Wer mich hintergeht, verdient den Tod!«

»Gnade! Ich bereue alles!«

»Diese Hure!« mischte sich Afifa ein. »Sie ist älter als ich.«

»Schuld ist er! Sonst keiner!« schrie Schamseddin.

35 Was so übel begann, überlegte Schamseddin, konnte nur mit dem Schlimmsten enden. Was sollte aus einem werden, der als erstes ein Verhältnis mit einer Frau begann, die seine Großmutter sein könnte? Er hatte die Witwe öfters beim Einkaufen gesehen und fand es schrecklich, wie sie sich auf jung herausputzte und grell schminkte. Obendrein war sie fürchterlich fett. Schlimmeres kann einem jungen Mann nicht passieren als sich daran zu gewöhnen, von einer Frau ausgehalten zu werden.

In jenen Tagen starb Muannis al-Al, und Suma al-Kalabschi wurde der neue Anführer der Schutzbande. Lebte das Viertel bis dahin bereits erniedrigt und unterdrückt, sollte es nun noch schlimmer kommen. Für das einfache Volk war die erneute Heimsuchung ein Schlag des Schicksals, dem keiner entkam. Wie immer der einzelne Führer auch geartet sein mochte, er war und blieb eine ständige Bedrohung.

36 Der hundertjährige Abd Rabbihi starb und wurde feierlich beigesetzt. Weder Schamseddin noch Samaha nahmen an der Beerdigung teil. Wie sich herausstellte, hatte er Samaha fünfhundert Pfund hinterlassen. Als er sein Erbe ausgehändigt haben wollte, lehnte Schamseddin ab. Er würde das Geld erst in die Hände bekommen, wenn er volljährig wäre. Überhaupt hatte er den Sohn völlig unter Kontrolle genommen und machte ihm das Leben bitter. Als beide einmal gemeinsam im Stall arbeiteten, fing er von Samaha einen hinterhältigen, bösartigen Blick auf. Sein

Herz verkrampfte sich, und er gestand sich ein, daß der Junge ihn nicht liebte. Er seufzte bekümmert. Der Dummkopf verstand nicht, daß er doch nur sein Bestes wollte.

37 Von da an überstürzten sich die Ereignisse, wie sich Geröll in einem sandigen Flußbett aufhäuft. Eines Morgens, als Schamseddin gerade seinen Kaffee trank, waren die beiden Frauen stiller als sonst. Unruhe befiel ihn. Er sah auf und fragte knapp: »Samaha?« Die Antwort war bedrücktes Schweigen. Ihm wurde beklommen zumute. »Hat er wieder etwas angestellt?«

Nur as-Sabah brach in Tränen aus, und Afifa murmelte stockend: »Er ist nicht zu Hause.«

»Fängt er schon wieder an, sich herumzutreiben?«

»Er hat uns verlassen.«

»Geflohen?« Er ahnte Böses, ging zur Schatulle. Das Geld war weg. »Und gestohlen hat er auch!«

»Sei vernünftig, mein Sohn, es ist sein Erbe.«

»Ein Verräter ist er, und ein Dieb obendrein!« trumpfte Schamseddin auf. Mißtrauisch sah er von einer Frau zur andern. »Was geht hinter meinem Rücken eigentlich vor?«

38 Bestimmt hat er sich bei Karima al-Anabi versteckt, dachte er. Er bat Scheich Mugahid Ibrahim, sich zu erkundigen. Nicht lange, und er bekam die Auskunft: »Im ganzen Viertel gibt's von Samaha keine Spur.«

Das mußte Gottes Strafe für sein Verbrechen sein. Er sollte dafür und für alle anderen Taten der Nagis büßen. Möglicherweise beging Samaha eines Tages auch einen Vatermord, warum nicht? Nein, von dieser Welt erwartete er nichts Gutes mehr. Sein Blick fiel auf das Minarett. »Der steingewordene Fluch – warum erhebt er sich immer noch?«

39 Obwohl Schamseddin alle Kutscher gebeten hatte, ein wachsames Auge zu haben, fand sich von Samaha keine Spur. Von nun an gehörte der Junge zu den vielen Verschwundenen der Familie.

Die Jahre vergingen. Afifa starb nach langer, schwerer Krankheit, und Nur as-Sabah versuchte, das Beste aus ihrem Leben zu machen. Schamseddin trug weiterhin schwer an seiner Last, und wann immer der Schmerz zu groß wurde, murmelte er: »Es liegt alles in deiner Hand, o du, mein Gott.«

40 Doch Samaha blieb nicht, wie es bei Aschur und Kurra gewesen war, auf ewig verschwunden. Eines Tages kehrte er zurück, und war er auch mittlerweile volljährig geworden, so hatte er dafür die kostbaren Eigenschaften kindlicher Unschuld verloren. Sein Körper strotzte vor Kraft, ließ Böses ahnen. Das schöne Gesicht hatte sich in eine Fratze verwandelt, die ein Gewirr von frischen und alten Narben entstellte. Hatte er mit Banditen zusammengelebt? Selbst der Vater erkannte ihn im ersten Augenblick nicht, und es dauerte ein Weilchen, bis ihn Freude ergriff, auch wenn sie nicht frei von Schmerz war. Er schwankte zwischen Erleichterung und Zorn, fühlte sich zerrissen zwischen Liebe und Groll. Da standen sie, sahen sich lange an, umgeben von Kutschern und Eseln. Verwirrt nahm Schamseddin den Sohn zur Seite und fragte erschrocken: »Was hast du aus dir gemacht?« Die Antwort war Schweigen, sooft er die Frage auch wiederholte. Doch war der Anblick nicht Erklärung genug? »Hast du das Geld ausgegeben?«

Samaha nickte.

Nun ja, einige sind zum Verdienen da, andere offensichtlich nur fürs Verschleudern. Ein schwerer Seufzer entrang sich seiner Brust. »Vielleicht hat dir das Leben zumindest eine Lektion erteilt«, murmelte er.

Samaha blieb stumm, und dieses Schweigen zerrte an Schamseddins Nerven. »Geh heim, begrüße deine Mutter.«

41 Die zarte Hoffnung, Samaha habe sich verändert, schwand im Nu dahin. Jäh mußte er aus dem beglückenden Traum erwachen, ein liebevoller Vater sein zu können. Er sah, daß aus dem früheren Leichtsinn abgrundtiefe Schlechtheit geworden war, die sich in Halsstarrigkeit, Schamlosigkeit und Sturheit niederschlug. Trotzdem wollte er nicht aufgeben, nicht verzweifeln, und immer wieder ermunterte er Samaha freundlich und bestimmt: »An die Arbeit, mein Sohn. Du brauchst Erfahrung, wenn du später den Betrieb übernehmen willst.«

Auch Nur as-Sabah versuchte, mit all ihrer mütterlichen Liebe Zugang zu ihm zu finden. Aber Samaha blieb ablehnend. Er weigerte sich, als Kutscher zu arbeiten, und sosehr sich auch Schamseddin bemühte, ihm Freude an der gemeinsamen Arbeit im Stall zu vermitteln, zeigte Samaha nur Langeweile. Das einzige, was ihn interessierte, war, Geld in die Hand zu bekommen. Schamseddin konnte ihn nicht mehr zwingen, zu Hause zu bleiben, er war ja kein Kind mehr. So mußte er zusehen, wie der Sohn sich in der Schenke, Haschischhöhle und den Freudenhäusern nächtelang vergnügte.

Eines Tages reichte es ihm, und er erklärte Schamseddin im Beisein von Nur as-Sabah: »Du tätest gut daran zu heiraten.«

Samaha grinste. »Es gibt kein Mädchen, das eines Nachfahren des großen Aschur würdig wäre.«

Schamseddin blickte ihn besorgt an. »Begreifst du überhaupt, was das Erbe der Nagis bedeutet?«

Mit einer unerträglichen Unverschämtheit dröhnte er: »Na klar! Man muß sich hervortun, tolle Sachen machen, so etwas wie das Teufelsminarett bauen!«

»Dich hat der Wahnsinn gepackt!« schrie Schamseddin und konnte vor Zorn kaum an sich halten. Er rannte hinaus, machte sich an die Arbeit und murmelte vor sich hin: »Er haßt mich, weiß Gott, er haßt mich.« Ein Gedanke drängte sich ihm immer wieder auf, und so heftig er ihn auch zu verdrängen suchte, er mußte sich betroffen eingestehen: »Eines Tages bringt er mich um.«

42 Schamseddin mußte feststellen, daß eine nicht unbeträchtliche Summe in der Kasse fehlte. Auf der Stelle war ihm klar, wer das Geld hatte. Eine solche Dummheit konnte eines Tages den Ruin bringen. Ohne lange zu zögern, machte er sich auf den Weg zur Schenke. Samaha saß mit Suma al-Kalabschi und dessen Männern zusammen, als gehörte er zur Schutzbande. Schamseddin machte ihm ein Zeichen hinauszukommen, doch Samaha reagierte nicht. Er war betrunken und grinste ihn frech an. Schamseddin war bemüht, die aufkommende Wut zu unterdrükken. »Du weißt, warum ich gekommen bin.«

Kühl und gelassen erwiderte Samaha: »Es ist genauso mein Geld wie deins, und ich kann's ausgeben, wie es mir paßt.«

»Richtig«, tönte Suma al-Kalabschi.

»Du treibst uns noch in den Ruin!«

»Was du heute kannst besorgen, das verschiebe nicht auf morgen«, krähte Samaha belustigt.

»Der Bursche kennt sich aus!« brüllte Suma al-Kalabschi begeistert.

Anba al-Fawwal trat an Schamseddin heran und zischte ihm ins Ohr: »Reiß dich zusammen, vertrau auf Gott!«

Doch die Warnung kam zu spät. Außer sich vor Wut, schrie Schamseddin: »Hier, im Beisein von euch allen als Zeugen, erkläre ich: Dieser niederträchtige Kerl, mein Sohn, wird nie mehr mein Haus betreten! Bis zum Tag des Jüngsten Gerichts sage ich mich von ihm los!«

43 Die Nachricht ereilte Nur as-Sabah wie ein Schicksalsschlag. »Das lasse ich nicht zu!« rief sie. »Ich gebe meinen Sohn nicht auf!«

Der Zorn vernebelte Schamseddin die Sinne, und plötzlich haßte er auch sie. »Solange ich lebe, kommt er mir nicht ins Haus!« brüllte er sie an.

»Er ist mein Sohn! Ich lasse ihn nicht gehen!«

Er wußte nicht mehr, was er tat. »Dein Dreck hat ihn besudelt!« schleuderte er ihr entgegen. Das war zuviel. Rasend vor Wut schrie sie: »Soviel Hurerei und Wahnsinn wie bei euch hat's bei uns nie gegeben!«

Er holte aus. Der Schlag saß. Nur as-Sabah fiel nieder. Sie richtete sich auf, spuckte ihm voll ins Gesicht.

»Hinaus!« brüllte er. »Du bist dreimal verstoßen!«

44 Nur as-Sabah und Samaha richteten sich gemeinsam in einer Wohnung ein. Er schloß sich der Schutzbande an, aber da er in allem maßlos war, stieß er selbst bei den Männern nicht auf viel Zustimmung. Seinen Haß auf den Vater konnte keiner so recht verstehen, und dazu kam noch, daß er über die Nagi-Familie dermaßen unflätig herzog, als wäre er ihr größter Feind.

Obwohl Schamseddin nun allein lebte, fühlte er sich weder ruhiger noch sicherer. Er war auf ein ähnliches oder noch schrecklicheres Ende wie sein Vater gefaßt und hielt sich bereit, es mit allen Mitteln abzuwenden. Um sich seiner Angestellten sicher zu sein, entlohnte er sie großzügig. Er schloß Fenster und Türen ab, machte dem Anführer der Truppe, Suma al-Kalabschi, Geschenke und bemühte sich, wo er nur konnte, dessen Gunst zu erlangen.

45 Eines Morgens kam Scheich Mugahid Ibrahim zu ihm. »Ich möchte dir raten«, sagte er, »mehr Klugheit an den Tag zu legen.«

»Was meinst du?«

»Benimm dich weniger feindselig, steck ihm etwas Geld zu …« Da Schamseddin schweigend vor sich hin brütete, fuhr der Scheich fort: »Gestern habe ich in der Schenke gehört, wie er seinen Zechbrüdern großartige Gelage versprach, sobald …«

»… ich sterbe oder ermordet bin.«

»Von Mord war keine Rede, aber trotzdem gibt es nichts Widerwärtigeres, als wenn sich Sohn und Vater gegenseitig den Tod an den Hals wünschen.«

»Aber das tue ich nicht!«

»Wir sind alle nur Menschen, Meister«, erwiderte der Scheich offen heraus.

46 Schamseddin hatte das Empfinden, daß der rabenschwarze Vogel Angst über seinem Haupt kreiste. Eines Tages suchte er Suma al-Kalabschi zu Hause auf. Er war auf eine glänzende, wenn auch riskante Idee gekommen. Nachdem er ihn voller Respekt gegrüßt hatte, erklärte er ohne weitere Umschweife: »Ich halte um die Ehre an, deine Tochter heiraten zu dürfen.«

Der Führer sah ihn eine Weile nachdenklich an, dann erwiderte er: »Der Altersunterschied wäre kein Hindernis. Ein Vierzigjähriger kann durchaus eine Sechzehnjährige heiraten …«

Ergeben senkte Schamseddin den Kopf.

»Du bist aus gutem Haus und hast Geld …«
Demutsvoll wartete Schamseddin ab.
»Wie hoch wäre deine Hochzeitsgabe?«
Schamseddin wurde unruhig. »Sie würde deinen Vorstellungen entsprechen, Meister.«
»Fünfhundert Pfund.«
Jetzt hieß es, klug zu sein. »Nun ja, das ist eine gewaltige Summe, aber der Gegenwert dafür ist weitaus mehr wert und kostbarer.«
Der Führer hielt ihm die Hand entgegen. »Laß uns die Fatiha sprechen!«

47 Sanbala Suma al-Kalabschi wurde mit Schamseddin Galal an-Nagi verheiratet. Das ganze Viertel feierte mit. Schamseddin hatte es geschafft – er konnte behütet und beschützt den Hochzeitszug eröffnen. Sanbala war nicht gerade eine Schönheit, aber dafür war sie jung und frisch und – die Tochter des Führers.

48 Die Hochzeit stürzte Nur as-Sabah und Samaha in große Bestürzung. »Der Traum vom Erbe ist futsch«, schimpfte Samaha.
»Wieso? Das Recht auf deinen Anteil behältst du.«
»Glaubst du, daß al-Kalabschi sich ans Recht hält?«
»Und wennschon, das Leben ist wichtiger als Geld«, mahnte Nur as-Sabah.
»Seine Männer haben mich ohnehin ständig beobachtet, weil sie mich für den potentiellen Nachfolger der gefürchteten Nagi-Führer halten. Diese Heirat wird sie, was mich betrifft, noch mißtrauischer machen.«
Nur as-Sabah seufzte. »Paß auf dich auf, mein Junge. Möge Gottes Fluch deinen Vater treffen und dich sein Schutz.«

49 Samaha war immer stärker davon überzeugt, daß sein Leben bedroht war. Schaffte man ihn aus dem Weg, konnte die neue Frau des Vaters das Erbe allein antreten und der Schutzherr sich seiner Führerschaft endgültig sicher sein.

Eigenartigerweise kostete auch Schamseddin nur für kurze Zeit das süße Gefühl von Sicherheit und Geborgenheit aus. Konnte diese Ehe Samaha tatsächlich an der Rache hindern? O nein, er wußte nur zu gut, wie hemmungslos sein Sohn war. Andererseits hatte sich Suma al-Kalabschi zum mächtigsten Herrn im Viertel gemacht. Da hatte er, Schamseddin, sich in Todesangst zu ihm geflüchtet, nur um noch tiefer in die Todesmühle zu geraten. Dieser Bandenführer würde erst Ruhe geben, wenn er ihn bis auf den letzten Millim ausgequetscht hatte. Obendrein empfand er für Sanbala nicht einmal Zuneigung, sondern sehnte sich nach Nur as-Sabah zurück.

Doch was konnte er tun? Er mußte die Bürde dieser neuen Gemeinschaft tragen, auch wenn sie ihm das Leben noch schwerer machte. Mit scharfen Krallen grub sich die Wahrheit ins Fleisch ein: Das Rad der Zeit war nicht zurückzudrehen.

50 Zu nächtlicher Stunde fand sich unerwarteter Besuch ein – Suma al-Kalabschi. Als er seine Tochter hinauswinkte, machte sich Schamseddin auf ein schwieriges Gespräch gefaßt. Was wollte der Mann so spät in der Nacht? Er haßte dieses fette Gesicht, das rund wie ein Ball und von Narben entstellt war. Unerträglich, wie es sich dieser Kerl hier gemütlich machte, als wäre er hier zu Hause. Suma al-Kalabschi begann, laut über seltsame Zufälle, Mißgeschicke, verborgene Kräfte zu sinnieren, die bisweilen das Schicksal entscheidend veränderten. Schamseddin hörte zu, wurde

immer verwirrter. Schließlich erklärte der Führer: »Sieh nur mal, was für Probleme uns beiden eine einzige Person schafft.«

Schamseddin verstand auf Anhieb, wen er meinte. Er sah seinen Sohn vor sich, und plötzlich graute ihm vor der heimlichen Komplizenschaft mit diesem Mann mehr als vor seinem Sohn. Das beste wäre, sich dumm zu stellen. »Auf wen spielst du an, Meister?«

Suma al-Kalabschi warf ihm einen abschätzigen Blick zu und sagte empört: »Nein, nein, so nicht. Du, der Vater von Samaha, kannst mich nicht zum Narren halten.«

Mit gespieltem Erschrecken fragte Schamseddin: »Du meinst doch nicht etwa Samaha?«

»Tu nicht so, du hast doch längst verstanden.«

»Aber er ist mein Sohn!«

»Du warst ja auch mal der Sohn deines Vaters.«

Schamseddin wurde beklommen zumute. »Du, als der Führer, brauchst doch niemanden zu fürchten?«

»Red nicht so blöd daher. Hast du nicht begriffen, worauf ich hinauswill?«

»Erklär dich deutlicher«, murmelte Schamseddin verstört.

»Übertrag das Vermögen auf deine Frau, und vor lauter Verzweiflung, enterbt worden zu sein, wird Samaha aus dem Viertel verschwinden.«

Durch sein Herz ging ein Stich. Jeder Strohhalm war ihm recht, um sich zu retten. »Ein solcher Schritt könnte ihn nur noch darin bestärken, sich an mir zu rächen.«

»Solange ich lebe, hast du nichts zu befürchten.« Die Falle war gestellt, grinsend wartete der Jäger ab. Armut oder Tod – oder beides. Ja sagen war genauso unmöglich wie ablehnen. »Gib mir Bedenkzeit.«

Suma al-Kalabschi reagierte verärgert. »Na, so etwas, du traust dich vielleicht was.«

»Ein klein wenig Zeit nur«, flehte Schamseddin.

Der Führer stand auf. »Bis morgen früh, die Nacht ist noch lang.«

51 Kein Auge machte Schamseddin in dieser Nacht zu. Er wußte, daß Sanbala in ihrem schönsten Nachtgewand auf ihn wartete, bis der Schlaf sie überwältigte. Er löschte das Licht, hüllte sich, weil es kalt wurde, fester in die Abaja ein. Aus dem Dunkel lösten sich Gestalten. Die Gespenster der Vergangenheit holten ihn ein. Sollte jetzt, nachdem er so lange durchgehalten hatte, alles zusammenbrechen? Hatte er nicht geduldig an der Last, die ihm das Schicksal auferlegt hatte, getragen? Hatte er nicht mit Kummer und Schmerz für seine Sünde gebüßt? War er nicht redlich, rechtschaffen, ausdauernd geworden? Warum sollten ihm jetzt die Früchte seiner Anstrengungen geraubt werden, ohne daß er sich verteidigen konnte? O ja, der Verfall hatte begonnen, seit er sich der Angst ausgeliefert hatte. Angst ist der Ursprung allen Unheils. Er hatte den Sohn gefürchtet, und was war die Folge? Er hatte ihn aus dem Haus gewiesen und seine Mutter verstoßen. Blindlings war er in die Falle des Satans getappt, hatte keinen Augenblick ruhig und vernünftig nachgedacht. Wie soll denn einer, den die Angst beherrscht, einen klaren Gedanken fassen? Solange er der Angst mutig trotzte, hatte er sich dem Leben erhobenen Hauptes gestellt. Das widerwärtige Verbrechen, das Gerede der Leute, die Verachtung des Viertels hatten ihn nicht zu Fall bringen können. Er hatte sich seinen Stolz bewahrt und das Leben gemeistert. Was andere zur Verzweiflung getrieben hätte, wendete er zum Besten. Aus einer an sich unsittlichen Verbindung war eine ehrenwerte Familie geworden, seine Arbeit war von Erfolg gekrönt, er hatte Ansehen und Vermögen errungen. Damals, als er sich der Angst noch nicht ausgeliefert hatte. Und nun? Heute sollte er Hab und Gut aufgeben, morgen würde ihn Samaha vielleicht töten, übermorgen würde man ihn wegen seines Verbrechens verhaften. Suma al-Kalabschi bliebe der Sieger und würde sich unbehelligt seines Vermögens erfreuen. Eine Gestalt flüsterte aus dem Dunkel: Nein, töte deinen Sohn nicht. Bring deinen Sohn auch nicht dazu, daß er dich tötet, füge dich nicht der Gewalt, liefere dich nicht der Angst aus. Zwinge die Verzweiflung nieder, suche im Tod tröstliche Ehre, wenn du das Leben nicht meistern kannst.

Draußen heulte klagend der Wintersturm. Versunken in träumerischem Rausch, war er sich gewiß, Aschur lauschte gemeinsam mit ihm dem Ächzen und Jammern.

52 Am Morgen fiel ein leichter Regen, der den aufsässigen, wankelmütigen Februarwind in sich aufsog und reinigte. Die Kälte drang bis auf die Knochen. Auf seinen derben Knotenstock gestützt, schritt Schamseddin auf dem rutschigen Boden zum Kaffeehaus. Suma al-Kalabschi saß wie immer auf seinem Ehrenplatz, und kaum hatte er Schamseddin gesichtet, rief er: »Herzlich willkommen, Meister! Setz dich zu mir.« Ohne Zeit zu verlieren, flüsterte er: »Na, können wir die Verkaufsurkunde aufsetzen lassen?«

»Nein!« erwiderte Schamseddin mit erschreckender Ruhe.

»Nein?!«

»Es gibt keinen Verkauf und keinen Kauf.«

Suma al-Kalabschi erbleichte. »Du mußt verrückt geworden sein«, murmelte er.

»Im Gegenteil – vernünftig.«

Das Gesicht des Führers verzerrte sich zu einer bösartigen Fratze. »Verläßt du dich darauf, daß wir verwandt sind?«

Schamseddin ließ sich nicht einschüchtern. »Ich verlaß mich auf Gott und auf mich selbst.«

»Willst du meinen Zorn auf dich laden?«

»O nein, ich sage nur frank und frei meine Meinung.«

Wütend holte Suma al-Kalabschi aus und schlug zu. Wie von Sinnen gab Schamseddin den Schlag mit noch größerer Kraft zurück. Beide sprangen auf, griffen nach den Knotenstöcken. Zäh und verbissen begannen sie, aufeinander einzuschlagen. Schamseddin war kräftig und außerdem zehn Jahre jünger als sein Gegner, besaß aber keinerlei Erfahrung im Kämpfen. Aus allen Ecken stürzten die Männer der Schutzbande herbei, auch Samaha, und schauten verblüfft zu. Niemand kam auf den Gedanken einzugreifen, wäre das doch ein Bruch althergebrachter Tradition gewesen. Suma al-Kalabschi konnte zurückspringen und wollte gerade zum entscheidenden Schlag ausholen, als Schamseddin ungeheuer flink auf ihn zustürzte und ihm den Stock über den Schädel zog. Der Führer ging in die Knie und fiel zu Boden. Alles war mit atemberaubender Schnelligkeit abgelaufen. Al-Kalabschis Männer schrien wütend los und wollten gerade über Schamseddin und Samaha herfallen, als etwas Ungeheures geschah – einige Männer stellten sich vor Schamseddin und Samaha. Empörte Rufe wurden laut: »Verrat! Das ist hundsgemeiner Verrat!«

Wie reißende Tiere fielen die gegnerischen Gruppen übereinander her. Knüppel prallten mit dumpfem Knall aufeinander, Leiber verknäulten sich, Nähte platzten, Flüche brandeten auf, Blut floß in Strömen, Augen sprühten blanken Haß. Der Kampf hatte sich auf die Straße verlagert. Die Läden wurden geschlossen, die Karren und Kutschen hasteten eilig vorbei, auf beiden Seiten liefen

Schaulustige zusammen, und an den Fenstern und Holzerkern drängten sich die Frauen. Von überall her tönte grelles Schreien, Heulen und Klagen.

53 Schamseddin mußte schwer verletzt nach Hause getragen werden. Samaha schaffte es mit äußerster Mühe, sich in die Wohnung zu schleppen, und fiel mehr tot als lebendig auf sein Bett. Suma al-Kalabschi hatte das Feld räumen müssen, seine Männer waren besiegt, und seine Legende begann sich in Luft aufzulösen.

54 Noch am gleichen Tag kam die Wahrheit ans Licht. Samaha hatte von langer Hand geplant, die Führerschaft zu übernehmen, und bereits einige Männer insgeheim auf seine Seite gebracht. Mit der Übernahme der Macht wollte er auch seinen Vater in die Knie zwingen. Als dann unverhofft der Kampf zwischen den beiden Männern ausgebrochen war, nutzte er die günstige Gelegenheit und machte seinen Anspruch, indem er sich auf die Seite des Vaters stellte, öffentlich. Der Plan war gelungen, nur hatte Samaha nicht damit gerechnet, so schwer verwundet zu werden, daß er zwischen Leben und Tod schwebte.

55 Schier endlos fiel der feine Regen, der grau verhangene Himmel machte benommen und schläfrig. Im schlammigen Boden versanken die Hufe von Pferden und Eseln. Schamseddin war noch immer bettlägerig, und weil Sanbala ihn verlassen hatte, kümmerte sich ein Nachbar um ihn. Er öffnete kein Auge, sprach kein Wort, wälzte sich nur ab und zu unruhig. Von der Welt schien er nichts wissen zu wollen. Als die Nacht herniedersank, tat er den lezten Atemzug.

Diebesgesang

Die neunte Geschichte

1 Samaha Schamseddin Galal an-Nagi war es beschieden, vom Tod errettet zu werden. Allmählich erholte er sich und war wieder Herr seiner Kräfte. Der letzte Kampf hatte ihm neue Narben eingebracht, so daß sein Gesicht noch entstellter und furchteinflößender aussah. Unangefochten übernahm er die Führung der Schutzbande. Seine Mutter, Nur as-Sabah, frohlockte. Vor allem freute sie sich, der Nebenfrau Sanbala, die schwanger ins Elternhaus zurückgekehrt war, eine entscheidende Niederlage zugefügt zu haben. Sie brachte dort einen Sohn zur Welt und nannte ihn nach ihrem Großvater mütterlicherseits Fath al-Bab. Ein Teil des Vermögens, das Schamseddin hinterlassen hatte, fiel an sie und ihren neugeborenen Sohn, den Rest bekam Samaha. Er war es auch, der als Bruder die Vormundschaft für den neuen Erdenbürger beanspruchte, und aus Angst wagte niemand zu widersprechen. Auf diese Weise bemächtigte sich Samaha des größeren Teils des Erbes und wollte es nicht mehr aus der Hand geben. Er scheute sich nicht, Sanbala offen heraus zu erklären: »Du hast meinen Vater verlassen, hast ihn allein und einsam sterben lassen. Da es ungerecht ist, daß du überhaupt etwas erbst, mußt du dir aus dem Kopf schlagen, auch nur einen Millim vom Geld deines Sohns zu sehen. Betrachte es zum Teil als Schutzgeld, zum Teil als Strafe für dich.«

2 Samaha schusterte sich die Legende um seine Person selbst zurecht. Er ließ verbreiten, daß er sich in den Kampf gegen al-Kalabschi nur gestürzt hatte, um seinen Vater, trotz aller Feindseligkeiten und Streitereien, zu verteidigen. Diejenigen Männer, die sich ihm zur Seite gestellt hätten, waren spontan einem edlen Instinkt gefolgt. Natürlich glaubte das niemand, wußten doch alle längst, daß er von jeher auf die Führerschaft aus war und den Kampf zwischen seinem Vater und al-Kalabschi klug genutzt hatte, um seine Intrige zu vollenden. Einige, die ihn besonders haßten, warfen ihm sogar vor, seinen Vater nicht genügend verteidigt zu haben. Ja, dessen Tod sei ihm in Wahrheit doch willkommen gewesen! Von all dem Gerede erfuhr Samaha nichts. Er sonnte sich im Glanz seiner Legende.

Schwer wie ein Gebirgsmassiv lastete seine Herrschaft auf dem Viertel, auch wenn er die Macht der auswärtigen Führer gebrochen und seinen Leuten wieder zu Respekt verholfen hatte. Mit dem Geld seines Bruders Fath al-Bab baute er ein prächtiges Haus, in das seine Mutter einzog. Er ließ sich dort nur selten blicken und zog lieber zwischen Schenke, Haschischhöhle und Freudenhäusern herum.

3 Suma al-Kalabschi starb, und Sanbala erbte trotz ihrer zehn Schwestern ein nicht unbeträchtliches Vermögen. Schon wenig später heiratete sie einen Angestellten der Hypothekenbank. Der neue Mann war nicht sonderlich davon begeistert, daß sie ihren Sohn Fath al-Bab mit in die Ehe brachte, und als ihm dann selbst Kinder geboren wurden, zwei Jungen und etliche Mädchen, empfand er die Anwesenheit Fath al-Babs sogar als lästig. Der Junge bekam das zu spüren. Er wuchs in einer bedrückten Atmosphäre auf, flüchtete sich in die Arme seiner Mutter und ging dem Hausherrn aus dem Weg. Schon früh empfand er sein

Leben als leidvolle Einsamkeit. Die glänzenden Leistungen in der Koranschule, seine liebenswürdige und freundliche Art, sein gutes Benehmen konnten daran nichts ändern. Er war gerade erst neun Jahre alt geworden, da nahm ihn Sanbala an die Hand und brachte ihn zum Führer Samaha. »Das ist dein Bruder Fath al-Bab«, erklärte sie, »es ist an der Zeit, daß er unter deinen Fittichen lebt.«

Samaha musterte ihn prüfend. Fath al-Bab war ein hübscher und zarter Junge. Er sah traurig aus, aber das konnte Samahas Herz nicht rühren. »Der sieht ja richtig verhungert aus«, nörgelte er.

»O nein, er ist nur leider ein schmächtiges Kind.«

»Keiner würde glauben, daß er väterlicherseits und mütterlicherseits aus einer Führerfamilie kommt.«

»Was soll man da machen …«

Samaha, der davor zurückscheute, sich mit dem Kind zu belasten, wies die Mutter zurecht: »Es ist deine Aufgabe, sich um ihn zu kümmern.«

Sanbala standen die Tränen in den Augen. »Bei mir zu Hause findet er kein Glück.«

Samaha blieb nichts anderes übrig, als den Jungen bei sich zu behalten. Doch als er ihn zu Nur as-Sabah brachte, stieß er auf Ablehnung. »Mir fehlt die Kraft, mich um ein Kind zu kümmern«, erklärte sie, doch in Wahrheit haßte sie den Gedanke, den Sohn ihrer Nebenfrau aufzuziehen. Ratlos überlegte Samaha hin und her, was er mit dem Jungen machen sollte, während Fath al-Bab, der das Demütigende der Situation schmerzlich empfand, geduldig ausharrte. Schließlich fand sich eine alte Freundin von Nur as-Sabah bereit, den Jungen aufzunehmen. Die kinderlose Witwe, sie hieß Sahar, war eine entfernte Verwandte der Nagis, die sich als Hebamme betätigte. Sie wohnte in einer kleinen Zweiraumwohnung in einem der Häuser von

Galal, dem Minarett-Erbauer. Die gutmütige Alte war stolz auf ihre Herkunft, und bei ihr lernte Fath al-Bab zum erstenmal kennen, was es bedeutete, in einer warmherzigen, von Trübsal unbelasteten Atmosphäre zu leben. Das half ihm auch darüber hinweg, von der Mutter getrennt zu sein.

4 Eines Tages entdeckte Samaha ein junges, schönes Mädchen, das ihm gefiel. Es sah nicht so aus, als könnte er sie sich, wie seine anderen Frauen, leichterdings gefügig machen. Das Mädchen war in einer Kutsche an ihm vorbeigefahren, und er hatte sie bis nach Hause verfolgt. Das hübsche Gesicht war ihm vertraut vorgekommen, als gäbe es eine verborgene Seelenverwandtschaft. Er brauchte nicht lange, um den Grund dafür zu finden. Das Mädchen, es hieß Firdaus, war die Enkelin von Radi Mohammed Anur, dem Enkel von Zahira und Bruder von Galal. Samaha wollte dieses Mädchen unbedingt besitzen, aber es zeigte sich, daß ihr Widerstand ähnlich stark war, wie seine Gier. Als alles nichts half, dachte er zum erstenmal in seinem Vagabundenleben ernsthaft ans Heiraten. Eine nicht unerhebliche Rolle spielte dabei, daß Firdaus der Getreideladen gehörte und sie wie er aus der Nagi-Familie kam. Seine Mutter war etwas verwundert, als er sie bat, in seinem Auftrag um die Hand des Mädchens anzuhalten. »Was mich mit dieser Firdaus verbindet«, erklärte Samaha lachend, »ist, daß wir beide von der schönen, männermordenden Zahira abstammen.«

Nun war Samaha zwar häßlich und schurkisch genug, um auf Widerwillen zu stoßen, aber wer hätte schon die Hand des Führers zurückgewiesen?

5 Firdaus wurde also mit Samaha verheiratet. Schönheit und Häßlichkeit vereinigten sich. Daß Samaha einstmals ein gutaussehender junger Mann gewesen war, konnte Firdaus nur ahnen. Geblieben war ihm sein schrankenloser Stolz auf die Abstammung von den Nagis und auf seine Manneskraft. Trotz allem war die Ehe von Erfolg gekrönt, zeitigte sogar Glück. Samaha schaffte es dank dieser Verbindung, in das Getreidegeschäft einzusteigen und der eigentliche Besitzer zu werden. Mit eisernem Willen regelte er die finanziellen Angelegenheiten und die handfesten Auseinandersetzungen um Macht und Ordnung. Was die Ehe ihm gab, betrachtete er als Geschenk, und dazu gehörte nicht nur das Glück süßer Stunden, sondern auch das Leben im Überfluß, die neuen kostspieligen Raffinessen, die Behaglichkeit teurer Kleidung und Möbel – kurzum, ein Leben in Luxus. Nicht, daß er deshalb mäßiger wurde, aber er ging seinen Vergnügungen jetzt zu Hause nach. Zum prächtigen Inventar des Hauses gehörten Wasserpfeife und Bierkanne. Eine neue Lust bestimmte sein Leben – die Liebe zum Geld. Wie sein Großvater Galal wollte er reich und mächtig sein, wie dieser wollte er Unglaubliches vollbringen und Menschen und Dingen seine Macht aufzwingen.

6 Firdaus hatte nicht nur eine glückliche Hand, sie war auch gescheit. Sie war zärtlich und schenkte ihm eine Menge Kinder. Wann immer sie versuchte, ihn zu erziehen und ihren Einfluß auf ihn zu festigen, tat sie es mit einer Sanftheit, die ihn weder mißtrauisch machte noch seinen Stolz verletzte. Sie hielt nicht viel von seiner Stellung als Führer der Schutzbande, leugnete aber auch nicht, daß sie ein Privileg darstellte. Wie alle Nagis erinnerte sie sich gerne an die alten Legenden, aber da sie aus der gehobenen

Schicht kam, verhielt sie sich instinktiv ablehnend gegenüber dem Gerechtigkeitssinn der alten Führer. Sie meinte, sie hätten die Armut auf Kosten der wahren Herren mit einem Glorienschein versehen. Wenn sie dennoch das Gedenken an die alten Traditionen pflegte, so deshalb, weil diese Legenden der sittlichen Erbauung und Erziehung dienten. Mit der Gegenwart hatte das nichts zu tun, denn zeitgemäße Führerschaft mußte, wie sie meinte, Macht mit Reichtum vereinen. Samaha hatte freie Hand, zu tun und zu lassen, was er wollte, solange er nicht dem goldenen, aber straff gespannten Netz zu entkommen versuchte.

Die Tage verflossen, Firdaus war glücklich. Die Reichen wurden reicher, die Armen ärmer.

7 Fath al-Bab lernte fleißig und beherrschte vom Koran einen großen Teil auswendig. Die liebevolle Fürsorge in seinem neuen Zuhause tat ihm gut, und so verlor er nach und nach seine Scheu und wagte es, sein feines Empfinden und seine überschäumende Phantasie nach außen zu kehren. Der helle Teint stand in Kontrast zu den schwarzen Augen, auf dem Kinn hatte er ein Grübchen, und er bewegte sich in schlanker Anmut. Er war ein bezaubernder Junge.

Die Mutter hatte er vergessen, so wie sie ihn, und er hing von ganzem Herzen an der Hebamme Sahar, liebte und verehrte sie. Wann immer sie ihm die alten Legenden erzählte, lauschte Fath al-Bab begierig, denn die alte Sahar verstand es, die Vergangenheit aufleben zu lassen. »Aschur war von edelster Abstammung«, erzählte sie leise, »aber da sein Vater wegen eines tyrannischen Schutzherrn Angst um ihn hatte, gebot ihm eine innere Stimme, das Kind im engen Gäßchen niederzulegen und es dem Schutz des Klosters anzuvertrauen.«

Oh, wie Fath al-Bab alle jene verfluchte, die Aschur ein Findelkind nannten.

»Ein gütiger Mann nahm sich seiner an, und Aschur wuchs zu einem stattlichen, kräftigen Burschen heran. Es geschah, daß ein Engel ihm im Traum befahl, sich vor einer schrecklichen Seuche zu retten und aus dem Viertel zu fliehen. Aschur forderte die Menschen auf, das Viertel zu verlassen, aber sie machten sich lustig über ihn, und so ging er traurig und bedrückt mit Frau und Kind alleine weg. Doch eines Tages kehrte er zurück, und fortan bewahrte er das Viertel vor Erniedrigung, wie Gott ihn vor dem Tod gerettet hatte.« Sahar erzählte, wie es mit Aschur an-Nagi weiterging – über sein Leben im Haus des Kaffeehändlers, seinen Aufstieg zum Führer, seine Botschaft, und mit Tränen in den Augen lauschte der Junge. »Eines Tages war Aschur plötzlich verschwunden. Da er nicht mehr auftauchte, glaubten die Menschen, daß er gestorben sei. Aber die Wahrheit sieht anders aus – er lebt.«

Von Hoffnung erfüllt, fragte Fath al-Bab: »Heute auch, Großmutter?«

»Und auch morgen und übermorgen.«

»Warum zeigt er sich nicht?«

»Das weiß nur Gott.«

»Er kann also plötzlich erscheinen?«

»Warum nicht?«

»Ob er weiß, was für schlimme Sachen mein Bruder Samaha anstellt?«

»Aber gewiß doch.«

»Warum schweigt er dann?«

»Wer weiß …«

»Es gibt soviel Ungerechtigkeit, das findet er doch sicher nicht gut?«

»Bestimmt nicht, mein Junge.«

»Aber dann muß er es doch sagen?«

»Wer weiß ... Vielleicht macht es ihn zornig, daß die Menschen einen Tyrannen einfach hinnehmen.«

Fath al-Bab schwieg eine Weile. »Und das ist alles wahr, Großmutter?«

»Na, hör mal, hat dich deine Großmutter jemals angelogen?«

8 Wo immer Fath al-Bab ging, glaubte er den berühmten Ahnherrn zu sehen. Aschur war in seinem Herzen tief verankert und beflügelte seine Phantasie. Ihm galt all seine Sehnsucht, sein ganzes Hoffen. Stand er nicht dort an der Moschee, beim Brunnen, an der Tränke? War er nicht soeben durchs enge Gäßchen gegangen, hin zum Platz vor dem Kloster? So wie er hatte der große Aschur auf die alte Mauer, das verschlossene Tor, die hoch aufragenden Maulbeerbäume geschaut. Von seinem Atem war die Luft erfüllt, seine Wünsche und Träume schwangen sich auf gen Himmel.

Noch lag sein Geheimnis in den Falten des Unsichtbaren verborgen, noch konnten die Strahlen der Sonne es nicht enthüllen. Doch eines Tages würde er erscheinen, das stand fest. Die Großmutter hatte es gesagt, und sie sprach die Wahrheit. Er würde kommen, seinen Knotenstock schwenken, und der häßliche Samaha würde sich flugs aus dem Staub machen. Verschwinden würde seine schwarze Tyrannei und blutrote Gier, fort wäre er mit all seinem Batzen Geld. Jubelnd würden die Armen den Tag der Befreiung begrüßen, an dem sich ein Meer von Licht über sie ergoß. Die Mauern des Minaretts würden ins Wanken geraten, zusammenbrechen, und Trümmer sprächen von Verrat, Bosheit und Schamlosigkeit. Ob der große Aschur nichts mit den Menschen zu tun haben wollte, weil sie sich mit dem Tyrannen abgefunden hatten? Oh, wie liebte er seinen Urahn, wie sehr wünschte er sich, daß er wenigstens an ihm, Fath al-Bab, seine Freude hatte! Aber woher sollte er die Kraft nehmen, um sich aufzulehnen? War er nicht schmal und zart wie ein Gespenst? Wie sollte er es nur schaffen, groß und stark zu werden?

9 Als Fath al-Bab herangewachsen war, begann die alte Sahar zu überlegen, was aus ihm werden sollte. Sie suchte Scheich Mugahid Ibrahim auf, und seine Antwort lautete: »Laß ihn ein Handwerk lernen.«

»Aber er ist der beste Schüler!« wehrte sie stolz ab.

»Nun ja, vielleicht kann dir Frau Firdaus helfen? Du bist doch ihre Hebamme.« Sie nickte. »Sprich du mit ihr über den Jungen«, fuhr der Scheich fort, »und ich werde sehen, was ich bei Meister Samaha für ihn tun kann.«

10 Die alte Sahar sprach mit Firdaus. »Fath al-Bab ist ein guter Junge und von eurem Blut. Er wäre gut geeignet, im Geschäft seines Bruders mitzuarbeiten.«

Firdaus fand den Vorschlag nicht abwegig und versprach, sich bei ihrem Mann dafür einzusetzen.

11 Sorgfältig musterte Samaha seinen Bruder Fath al-Bab. Verächtlich verzog er den Mund und sagte: »Zart wie ein Mädchen.«

»So hat der Herrgott ihn nun mal erschaffen«, entgegnete Sahar, »und jeder hat seine guten Seiten.«

»Er auch? Was kann er?«

»Den Koran rezitieren und schreiben und rechnen.«

Samaha drehte sich zu dem Jungen um und fragte bissig: »Bist du ehrlich, oder machst du lange Finger, wie die meisten in der ruhmreichen Familie?«

»Aber nein! Ich fürchte Gott und verehre meinen Urahn«, erwiderte Fath al-Bab eifrig.

»Deinen Urahn Galal, den Erbauer des Minaretts?«

»O nein, meinen Urahn Aschur an-Nagi!«

Als die alte Sahar sah, daß Samaha verärgert die Stirn runzelte, warf sie hastig ein: »Ein unschuldiges Kind ...« Doch Samaha scherte sich nicht um sie, sondern fuhr Fath al-Bab grob an: »Dein geliebter Aschur hat uns als erster das Stehlen beigebracht.«

Erschrocken fuhr Fath al-Bab zusammen, und da Sahar fürchtete, er würde etwas Dummes sagen, erklärte sie: »Bei Gott, ich bürge für seine Ehrlichkeit und seinen Fleiß.« So kam es, daß Fath al-Bab als Gehilfe im Speicher angestellt wurde.

12 Fath al-Bab arbeitete mit Leib und Seele. Der Speicher war groß, und überall, auf dem Boden und den Regalen, standen Säcke mit Getreide. Tagaus, tagein mußten sie hereingetragen oder hinausgeschafft werden, so daß die Waage nie stillstand und ständig neue Listen angelegt werden mußten. Die Arbeit brachte es mit sich, daß Fath al-Bab seinen Bruder Samaha mindestens einmal am Tag, morgens bei der Kontrolle von Einkauf und Verkauf, begegnete. Samaha war zufrieden mit seiner Leistung. Der Junge war nicht nur fleißig und rege, sondern auch gut geeignet, dem Verwalter des Speichers auf die Finger zu sehen. Trotzdem tat er, als müßte er Fath al-Bab erziehen, und herrschte ihn zumeist barsch an. Nur allzuoft bekam der Junge zu hören: »Der Tüchtige steht in meiner Gunst, der Faule bekommt meinen Unmut zu spüren.«

13 Auf den Rat der alten Sahar hin stattete Fath al-Bab der Mutter seines Meisters, Frau Nur as-Sabah, einen Besuch ab. Sie war alt geworden, aber der kühle Empfang ließ ihn spüren, daß sie sich noch immer gekränkt fühlte. »Wie geht's deiner Mutter, Frau Sanbala?« fragte sie als erstes. Verschämt antwortete er: »Ich habe sie seit damals, als ich ihr Haus verlassen mußte, nicht mehr gesehen.«

»Sie hat eben kein Herz«, erwiderte sie ärgerlich. Der Besuch war beendet, und als er hinausging, schwor er sich, diese Frau nie wieder zu sehen.

14 Ein zweiter Besuch stand ihm bevor – der bei Frau Firdaus, der Gattin des Meisters. Kaum daß er sie sah, war er von ihrer Schönheit und Eleganz geblendet. Freundlich kam sie auf ihn zu und sagte: »Ich habe viel Gutes über dich gehört, das ist erfreulich.«

Ihm fiel auf, daß sie ihre Kinder nicht rief, um ihn mit ihnen bekannt zu machen. Wahrscheinlich wollte sie ihnen nicht einen Onkel vorstellen, der nur ein einfacher Arbeiter war. Es kränkte ihn, aber er hielt es für besser, nicht lange darüber nachzudenken und es zu vergessen.

Als er wieder auf die Straße trat, fühlte er sich noch immer von ihrer Schönheit beeindruckt. Trotzdem beschloß er, auch Frau Firdaus nie wieder zu besuchen.

15 Durch die Arbeit gewann Fath al-Bab Selbstvertrauen und körperliche Kraft. Da er unbedingt wie die anderen Männer aussehen wollte, ließ er sich einen Schnurrbart wachsen und trug einen Turban. Als eifriger Besucher der Moschee schloß er schnell Freundschaft mit dem Imam, Scheich Sajjid Othman. Abends setzte er sich für ein Stündchen ins Kaffeehaus, trank etwas Zimtwasser und rauchte eine Pfeife. Ging er nach Hause, machte er einen kleinen Umweg zum Platz vor dem Kloster. Die geheimnisvollen Gesänge der Derwische hatten es ihm angetan.

16 Ein Schmerz, den er sich nicht erklären konnte, zerrte an den Nerven. Das Herz quoll über vor Sehnsucht, schien in hellen Flammen zu stehen. Der Anblick von Frauen bezauberte ihn, ihre zwitschernden Stimmen ließen ihn erbeben. Seine Kameraden drängten auf ihn mit verführerischen Vorschlägen ein, die Schenke oder die Haschischhöhle oder eins der Freudenhäuser kennenzulernen. Aber da war die Vergangenheit, und sie schien ihm unüberhörbar die Warnung zuzuraunen, keine dieser Einladungen anzunehmen. Die entsetzliche Vergangenheit, die die Familie mit Teufelsminarett, Verderbnis, schmutzigen Gelüsten besudelt hatte, ließ sich nicht verdrängen.

Als könnte die Großmutter seine Gedanken lesen, sagte sie eines Tages zu ihm: »Du solltest heiraten.« Ach, wie freute er sich, glaubte er doch, daß seine Qualen nun enden würden.

Es sollte anders kommen. Der Himmel überzog sich, und dunkle Wolken kündeten von einem Sturm, wie ihn noch keiner erlebt hatte.

17 Ein Gerücht drang ins Viertel, schreckte die Menschen mit einer seltsamen Nachricht auf. Es hieß, daß die Nilüberschwemmung dieses Jahr entweder nur mäßig sein würde oder gar nicht käme. Was hatte das zu bedeuten? Es wurde noch anderes erzählt, nämlich daß ein Unheil das andere jagen würde und kein Stein auf dem anderen bliebe. Wie das? Es würde nicht mehr genug zu essen geben, vielleicht setzte sogar eine Hungersnot ein. Man wäre klug beraten, schon heute Vorräte anzulegen, um morgen noch etwas für den Bauch zu haben. Wer dazu in der Lage war, tat es, aber die Hungerleider und Habenichtse sahen sich nur belustigt an und grinsten. Sie wollten nicht glauben, daß die paar Bissen, die sie im Schweiße ihres Angesichts

verdienten oder als Almosen zugeworfen bekamen, ihnen nun auch noch verwehrt sein sollten.

Die Luft verfärbte sich mit grellem Gelb, ein Säuseln und Summen gellte in den Ohren. Unaufhaltsam kroch Gespenstisches auf die Menschen zu, bedrängte sie Tag und Nacht.

18 Das Unglück nahm seinen Lauf. Stündlich stiegen die Preise. Am Himmel jagten sich schwarze Wolken. Die Gaststätten waren nur noch halbtags geöffnet, weil es zuwenig zu essen gab. Wohin man auch hörte, gab es Seufzen und Klagen. Vor den Geschäften für Bohnen und Mehl kam es zu Demonstrationen. Die Menschen sprachen über nichts anderes als über Nahrung. Selbst in der Schenke, der Haschischhöhle, dem Kaffeehaus gab es nur ein Wort – essen. Funken stoben, das Feuer war nicht mehr aufzuhalten. Sogar die feinen Herrschaften jammerten und stöhnten, doch ihre feisten Gesichter straften sie Lügen.

»Das ist schlimmer als die Seuche!« entsetzte sich Anba, der Wirt.

Immer höher stiegen die Preise, vor allem die fürs Getreide. Samaha stöhnte: »Bald reicht der Vorrat nicht mal mehr für die Spatzen.« Doch Fath al-Bab konnte er nicht täuschen. Zu Hause, bei der Großmutter, empörte er sich: »Er lügt! Der Speicher ist voll.« Er wußte noch mehr. »Er treibt den Preis künstlich in die Höhe.«

»Hüte deine Zunge, mein Junge«, bat ihn die Großmutter ängstlich. Doch Fath al-Bab konnte sich nicht beruhigen. »Er ist eine Bestie, sein Herz kennt kein Erbarmen.«

19 Die Lage wurde immer aussichtsloser. Die Preise stiegen ins unermeßliche; Bohnen, Linsen, Tee, Milch waren nur noch schwer zu bekommen; Reis und Zucker gab es nicht mehr; Brotfladen wurden Leckerbissen. Die Menschen waren mit den Nerven am Ende. Es häuften sich die Diebstähle, es verschwanden Hühner und Kaninchen, und wer nachts unterwegs war, mußte mit dem Schlimmsten rechnen. Die Männer der Schutztruppe mahnten und drohten, beschwörten Moral und Solidarität, brüllten aus lauter Kehle und mit vollem Bauch.

Die Zeit zeigte ihre Zähne, und die waren scharf und reißend. Das Gespenst des Hungers ging um, erhob sich ähnlich drohend wie das Teufelsminarett. Immer öfter fielen die Menschen über Pferde, Esel, Hunde und Katzen her, und man konnte darauf warten, wann sie sich gegenseitig auffressen würden.

20 In diese kalte, gelbe Zeit fiel ein Tag, der aus einer anderen Welt herzurühren schien. Ihsan, die Tochter vom Führer Samaha, feierte die Hochzeit mit dem Sohn des Holzhändlers. Eine solche Feier hatte das Viertel noch nicht erlebt. Ein Märchen wurde wahr, in dem das Wort Hunger nicht vorkam. Firdaus hatte bekanntgegeben, daß alle Armen mit Essen versorgt werden würden – die Menge strömte zuhauf. Kaum daß die Diener die Schüsseln und Platten herantrugen, stürzten sich die Hungerleider, Habenichtse und Bettler wie die wilden Tiere darüber her. Was nur irgend eßbar war, riß man sich gegenseitig aus den Händen, man wirbelte herum, schnappte hier zu, langte dort hin, schubste, drängelte, boxte, schlug schließlich auch kräftig zu, warf sich brüllend ins Handgemenge. Es floß Blut – Brühe, Suppe, Sauce färbten sich rot. Wie in Trance berauschten sich die Menschen an Chaos und Gewalt. Einige rannten zur Schenke los, brachen ein, plünderten. Gierig verschlangen sie die Knabbereien, soffen drauflos. Als nichts mehr zu holen war, zogen sie grölend durchs

Viertel und warfen mit Steinen nach den Gespenstern, die sie in ihren Elendshöhlen zu sehen glaubten. Bis zum Morgengrauen kam das Viertel nicht zur Ruhe.

21 Kaum war der nächste Tag angebrochen, setzte der Terror der Schutztruppe ein. Samahas Männer verteilten sich aufs Viertel, und er selbst schritt zwischen Gewölbe und Platz auf und ab. Panik ergriff die Menschen. Keiner der armen Schlucker kam ohne Prügel und Beschimpfung davon, kein Passant war länger auf der Straße zu sehen, die Läden schlossen, Kaffeehaus und Haschischhöhle blieben leer, und selbst die Moschee mußte an diesem Tag auf ihre Gläubigen verzichten.

22 Niedergeschlagen und traurig hockte Fath al-Bab zu Hause. »Nein«, sagte er, »der große Aschur kehrt nicht zurück.« Als die alte Sahar ihn betroffen ansah, rief er: »Er ist noch immer zornig auf uns!«

»Die Zeiten sind schlecht, schlimmer als damals, als die Cholera wütete«, murmelte Sahar.

»Aber im Kloster – da singen sie immer noch zu ihrem Vergnügen!«

»Vielleicht sind es Gebete?«

»Wäre es den Derwischen nicht angemessen«, erboste sich Fath al-Bab, »den Menschen von ihren Vorräten etwas abzugeben?«

»Du darfst sie nicht schelten«, ereiferte sich die alte Sahar.

»Sie besitzen Maulbeerbäume und Land, also haben sie Früchte und Gemüse ...« Da die Großmutter mahnend den Finger hob, hielt er inne. Er seufzte schwer. »Bleibt noch mein Bruder Samaha«, murmelte er, »und der ist der Satan in Person.«

23 Ein schwacher Lichtschein erhellte die Finsternis, ein sanftes Wispern brach die Stille. Die elenden Winkel der Hungerleider und Habenichtse bargen ein Geheimnis, und die armen Schlucker hüteten sich, es preiszugeben. Ihr Leben hing davon ab. Keiner wußte, wie es geschah, aber plötzlich wurde jemandem ein Säckchen mit Eßbarem in die Hand gedrückt, eine Stimme flüsterte: »Nimm, ein Geschenk von Aschur an-Nagi«, und ein Schatten huschte davon. Zum erstenmal hatte es sich im dunklen Gewölbe zugetragen, dann war es im engen Gäßchen geschehen, danach wiederholte es sich in dieser oder jener Ruine. Die armen Schlucker tuschelten und flüsterten, denn da der Spender sich nicht zu erkennen gab, fühlten sie, daß ihnen ein Geheimnis anvertraut worden war. Inmitten der Nacht geschah das Wunder, das Fenster zur Barmherzigkeit öffnete sich, Aschur an-Nagi – oder sein Geist – wandelte hienieden. Das schwere, steinige Leben zerbarst, und hervor trat das Unbekannte. Die Adern füllten sich mit frischem Blut, die Herzen klopften freudig.

Ein Geschenk der Gnade, ein Flüstern – Aschur an-Nagi war auferstanden.

24 Der Freudentaumel löste die Zungen, Wünsche und Sehnsüchte brachten sie zum Singen. So oft wurde der Name Aschur an-Nagis gewispert, daß er lebendige Gestalt anzunehmen schien. Die Gaben selbst wurden mit keinem Wort erwähnt, aber überall war davon die Rede, daß im Dunkel der Nacht Aschur Auferstehung feierte. Die Männer Samahas machten sich über das Geschwätz lustig. Sie, die des Nachts doch wach blieben, waren noch niemandem begegnet. Samaha ließ den Imam der Moschee, Scheich Sajjid Othman, kommen. »Die Leute müssen vor Hunger den Verstand verloren haben«, erklärte er.

Der Scheich senkte den Kopf.

»Hast du gehört, was sie über die Wiederkehr Aschurs erzählen?« Der Scheich nickte. »Was hältst du davon?«

»Es ist unwahr.«

»... und sündhaft dazu.«

»O ja, gewiß.«

Samahas Stimme wurde schneidend. »Dann tu endlich deine Pflicht!«

Also begann der Scheich, den Leuten Predigten über Aberglauben und Ketzerei zu halten und sie zum rechten Tun zu ermahnen. »Wenn Aschur«, so seine Worte, »wahrhaftig auferstanden wäre, hätte er euch Speise und Trank gegeben.« Die Hungerleider und Habenichtse konnten angesichts dieser Ahnungslosigkeit nur schmunzeln; ihr Glaube an Aschur wuchs noch mehr.

25 Von nun an war es die Finsternis, die auf wundersame Weise die Herzen verband und die Luft mit geheimnisvollem Raunen erfüllte. Glaubte einer sich sicher, kam es schon vor, daß er inbrünstig fragte: »Bist du es, Aschur?« Doch schon im nächsten Augenblick verlor sich das Flüstern im Dunkel, entschwirrte wie eine flüchtige Seele. Hier riß es einen aus dem Schlaf, dort versprach es gefüllte Speicher, dann verfluchte es wieder die Habsucht, weil nur sie und nicht der Mangel der wahre Feind des Menschen wäre, oder es stellte die Frage, ob man nicht das Wagnis dem Hungertod vorziehen sollte, und dann und wann wies es die Menschen darauf hin, daß selbst die Männer der Schutzbande für ein Stündchen schlafen mußten und ihrer Kräfte beraubt waren. Was aber war gegen eine Menschenmasse auszurichten, wenn die sich erhob? Das Geflüster nahm an Schärfe zu: Warum zögert ihr noch, da doch Aschur an-Nagi mit euch ist?

Es war die Finsternis, die auf wundersame Weise die Herzen verband und die Luft mit dem Geheimnis erfüllte. Das Unsichtbare gewann ungeahnte Kräfte.

26 Aber auch eine andere Kraft war am Werk, um das Geheimnis der Speisung aus dem Nichts zu lüften. Samaha mußte zu seiner Schande entdecken, daß die Ursache in seinem eigenen Speicher zu finden war. Damir al-Husni, der Lagerverwalter, schrie vor Schreck auf und beteuerte auf der Stelle, daß er – »Gott sei mein Zeuge« – unschuldig wäre.

»Mehr als die Hälfte wurde gestohlen!« brüllte Samaha.

»Mich trifft keine Schuld, Meister!«

»Du bist so lange schuldig, bis das Gegenteil bewiesen ist.«

»Tu einem Mann nicht unrecht, der dir ein Leben lang gedient hat!«

»Du hast die Schlüssel.«

»Aber jeden Abend übergebe ich sie dir, Meister.«

»Sie liegen morgens da, wo ich sie abends hingelegt habe.«

»Vielleicht nimmt sie jemand weg, bevor du sie mir wiedergibst?«

»Ohne daß ich etwas merke?«

»Und wenn es jemand wäre, der Zulaß zu deinem Schlafzimmer hat?«

Samahas Blick wurde hart. Die Augen blitzten, als könnten die Funken die Teufelsbrut aus der Höhle treiben. Der Zorn verzerrte sein Gesicht zu einer Fratze. »Hast du gelogen, ist dir der Tod sicher«, murmelte er. »Wehe dem, der das Verbrechen begangen hat!«

27 Eingehüllt in die Dunkelheit, schlich Fath al-Bab vom Brunnen zum Eingang des Speichers hinüber. Vorsichtig steckte er den Schlüssel ins Schloß, stieß die Tür auf. Er brauchte kein Licht, sein Gedächtnis sagte ihm, in welche Richtung er gehen mußte.

Plötzlich ging eine Lampe an. Fath al-Bab erstarrte vor Schreck, blieb regungslos stehen. Aus dem Schatten, den das Licht warf, lösten sich etliche Gestalten mit grimmigen, furchteinflößenden Gesichtern. Samaha war dabei, auch Damir al-Husni, und nach und nach konnte Fath al-Bab erkennen, daß die kräftigsten Männer der Bande auf ihn zukamen. Wie gelähmt hielt er den unerbittlichen Blicken stand, obwohl die Stille die Seele bedrängte, in den Ohren wie Schlangen zischte. Der heiße Atem ließ die Luft glühen, setzte bestialische Urinstinkte frei. Der Blick seines Bruders drang ihm bis ins Innerste, schien ihm das Mark aus den Knochen zu lösen. Er spürte, wie sich Gift im Körper verteilte; der unausweichliche Untergang kam auf ihn zu, das Verlöschen im Nichts. Alle Hoffnung fiel von ihm ab, und er versank in tiefste Verzweiflung. Er sah dem Urteilsspruch entgegen, als ginge es nicht um ihn, sondern um einen anderen.

Die kalte, haßerfüllte Stimme traf ihn dennoch unerwartet. »Was hast du hier in der Nacht zu suchen?«

Was blieb ihm noch, als Mut zu zeigen, ein Geständnis abzulegen und sich und seine Sache Gott anheimzustellen. Mit einer Ruhe, die ihn selbst überraschte, antwortete er: »Du weißt es.«

»Warum bist du hergekommen?«

Mit noch mehr Mut erwiderte er: »Um andere Menschen vor dem Tod zu retten.«

»Ist das der Dank für mich, deinen Wohltäter?«

»Ich mußte es tun.«

»Dann bist du wohl der große Aschur an-Nagi?« Er flüchtete ins Schweigen. Mit kaltem Zorn schleuderte ihm Samaha entgegen: »Na dann, großer Aschur. Du wirst so lange an der Decke hängen, bis das Leben Tropfen um Tropfen aus dir gewichen ist.«

28 Die Dinge gerieten in Bewegung, die Ereignisse überstürzten sich. Was gerade noch Geflüster und Gewisper gewesen war, gewann plötzlich verheerende Kraft. Das Viertel wurde von einem Sturm ergriffen, wie es ihn noch nie erlebt hatte. Die Hungerleider und Habenichtse teilten sich auf und schlichen grüppchenweise zu den Häusern der Mitglieder der Schutzbande. Noch graute der Morgen nicht, und alles lag im tiefsten Schlaf. Der Schlag kam überraschend, mitten im trauten Heim, und angesichts der Masse von Menschen blieb den Männern der Schutzbande nichts anderes übrig, als sich zu ergeben und die Niederlage einzustecken. Der Glorienschein brach in Stücke, und die Scherben sprachen von unauslöschlicher Schande. Im lauten Geschrei ging der Ruf zum Morgengebet unter. Die Menge flutete durch die Straßen, stürmte hin zu den Lagern, um die Vorräte zu plündern, und niederzureißen, was zu zerstören war.

Das erste Ziel war Samahas Speicher, aber auch im Geschäft blieb nichts unversehrt. Bis auf das letzte Körnchen wurde alles leer geräumt. Und dann entdeckte man Fath al-Bab, aufgehängt an einem Balken, mit hängenden Armen, bewußtlos oder gar tot. Man löste die Seile und legte ihn, der zwischen Leben und Tod schwebte, auf den Boden.

Die Hungerleider und Habenichtse hatten sich des Viertels bemächtigt, und als der erste Sonnenstrahl den neuen Tag ankündigte, drängten sich die Bewohner verstört an den Fenstern und Holzerkern und brachen in lautes Weh und Ach aus. Erst da wurde Samahas Haus gestürmt. Wie ein wildes Tier trat er ihnen entgegen, den Knüppel mit beiden Händen fest umspannt.

29 Alle Augen richteten sich auf ihn. Die Männer verharrten auf der Stelle, starrten ihn haßerfüllt und entschlossen an. Schweigend warteten sie ab. Da stand die schreckliche Bestie, doch berauscht vom Sieg, empfand niemand mehr Furcht. Gleichzeitig zögerten sie, über ihn herzufallen. Noch wußte der Führer Samaha nicht, was seinen Männern zugestoßen war, noch hoffte er, daß seine Bande hereinstürmen würde. Doch bald würde er begreifen, daß er allein einem Haufen von Bettlern gegenüberstand und nur auf die eigene Stärke, den Knüppel und seine magische Kraft hoffen konnte.

»Was hat das zu bedeuten?« rief er herausfordernd. Keiner gab Antwort. Von draußen schollen Hilferufe in den Hof, und Klagen über Raub und Diebstahl erhoben sich. Hochmütig fragte er: »Was habt ihr angestellt, ihr Hurensöhne?« Keiner machte den Mund auf. Die Männer wichen nicht zurück, rückten aber auch nicht vor. »Was ihr angestellt habt, will ich wissen, ihr Hurensöhne!« brüllte er die Männer an.

Er bekam seine Antwort, schwer wie ein Stein fiel sie ins Schweigen. »Dein Großvater war's, der eine Hure als Mutter hatte!« Der Hof dröhnte vor lautem Gelächter. Samaha sprang vor, drohte mit dem Knüppel und schrie: »Zeigt, ob unter euch Lumpenpack ein Mann ist!«

Schweigen setzte ein, schwer wie ein Felsmassiv, aber niemand rührte sich von der Stelle. Gerade wollte Samaha zum Angriff ansetzen, da erschien Fath al-Bab. Sein Gesicht war bleich, und er konnte sich kaum auf den Füßen halten.

»Steinigt ihn!« rief er und lehnte sich erschöpft an die Wand.

Im Handumdrehen kam die Menge in Bewegung und fiel mit Steinen über Samaha her, der sich nicht mehr rühren konnte. Blut floß aus den Wunden, tränkte Gesicht und Kleidung rot. Er brüllte vor Schmerz und versuchte schwankend, nach hinten auszuweichen. Der Knotenstock entglitt der Hand. Auf der Schwelle der Haustür brach er zusammen. Die Männer stürmten ins Haus. Die Bewohner waren über die Dachterrasse auf die angrenzenden Dächer geflohen. Das Plündern und Zerstören begann, und am Ende war nur noch eine Ruine übrig.

30 In Windeseile sprach sich herum, welchen Anteil Fath al-Bab an der Schlacht hatte. Eine neue Legende war geboren. Er wurde zum Schutzherrn des Viertels ausgerufen. Aber der junge Mann fühlte sich verwirrt, konnte ihn der Sieg doch nicht über seine Schwäche hinwegtäuschen. Nie hatte er jemals einen Knotenstock in der Hand gehalten, mit seinem zarten Wuchs hätte er keinem Angriff standhalten können. So schlug er also vor, einen anderen zu wählen und ihm die Verpflichtung aufzuerlegen, die Grundsätze des großen Aschur an-Nagi einzuhalten. Aber erregt, wie die Männer nach dem Erfolg waren, riefen sie: »Du und nur du sollst unser Führer sein!«

So fand sich also Fath al-Bab Schamseddin Galal an-Nagi gegen seinen Willen als neuer Schutzherr wieder.

31 Dank der Kraft zweier Männer, Dankal und Hamida, konnte die Schutztruppe sowohl im eigenen Viertel als auch in den benachbarten Vierteln den gebührenden Respekt erhalten. Dankal und Hamida hatten wie die meisten anderen Männer schon zuvor unter Samaha gedient, aber mit seiner liebenswürdigen Art vermochte es Fath al-Bab, sich als Autorität durchzusetzen. Es war ein gutes Gefühl für ihn, daß er sich der Unterstützung der Armen, die die Rebellion begonnen und den Sieg errungen hatten, gewiß sein konnte.

In jenen Tagen starb Nur as-Sabah al-Agami, und Firdaus, die Witwe Samahas, suchte mit den Kindern Zuflucht in ihrem Elternhaus. All ihres Vermögens beraubt, stieg sie Stufe um Stufe im gesellschaftlichen Ansehen herab.

32 Die Menschen sehnten sich nach Gerechtigkeit. Waren die Herzen der Hungerleider und Habenichtse von neuer Hoffnung erfüllt, so sahen die reichen Herrschaften ängstlich der Zukunft entgegen. Fath al-Bab wollte keinen Tag länger zögern. »Es ist unsere Pflicht«, erklärte er, »die ruhmreiche Zeit Aschur an-Nagis wiederaufleben zu lassen.«

Fromme Gaben wurden verteilt, Versprechungen abgegeben, Hoffnungen geweckt. Die Wunden begannen zu heilen. Fath al-Bab mußte indes entdecken, daß Dankal und Hamida noch immer – stellvertretend für ihn – Schutzgelder eintrieben und sie verteilten. Und die Männer der Schutztruppe genossen weiterhin beträchtliche Privilegien. Sie bemächtigten sich eines großen Teils der Gelder und führten das Leben von Müßiggängern und Schmarotzern. Angst befiel ihn. Er fürchtete, daß die Dinge wieder ihren alten Lauf nehmen könnten. Eines Tages versammelte er seine Männer um sich. »Wo ist die Gerechtigkeit?« fragte er. »Was ist aus Aschurs Vermächtnis geworden?«

»Die Situation ist heutzutage anders«, gab Dankal zu überlegen. »Wir müssen langsam, Schritt für Schritt, vorgehen.«

»Gerechtigkeit läßt sich nicht aufschieben«, erwiderte

Fath al-Bab ungehalten. »Es geht nicht an«, brauste Dankal unerwartet anmaßend auf, »daß deine Männer sich mit dem einfachen Leben der anderen Leute zufriedengeben.«

»Wenn wir nicht bei uns selbst beginnen«, rief Fath al-Bab empört, »wird sich nie etwas zum Guten wenden!«

»Fangen wir einmal an, an unserem Status etwas zu verändern, brechen die Grundpfeiler der Schutztruppe zusammen.«

»Hat nicht Aschur an-Nagi im Schweiße seines Angesichts sein Brot verdient?«

»Das ist lange her und vorbei«, warf Hamida ein.

»Vorbei?«

»Nur Geduld«, beschwichtigte ihn Dankal.

Wäre er ein richtiger Führer gewesen, hätte er die Diskussion mit einem Machtwort entschieden. Aber konnte er ohne die Stärke des Ahnherrn Aschur etwas ausrichten? Was ist mit den Armen? fragte er sich bekümmert. Hatten die Bettler vergessen, über welche Kraft sie verfügen?

33 Fath al-Babs Wut und Verzweiflung erreichten einen Punkt, an dem er nicht weiterwußte. Also erklärte er gegenüber Dankal und Hamida, daß er seine Position als Führer aufgeben werde. Die beiden Männer sahen ihn besorgt an, baten ihn, diese schwere Entscheidung hinauszuschieben, und beteuerten, daß seine Forderungen verwirklicht werden würden.

Wenig später suchten die zwei Männer den Scheich des Viertels, Mugahid Ibrahim, auf. »Unser Führer ist ungehalten über uns«, erklärte Dankal. »Wir haben unterschiedliche Meinungen. Wie siehst du das?«

»Er will die Zeit Aschur an-Nagis zurückholen, ist es nicht so?« fragte der Alte verärgert.

»Genau.«

»Der Pöbel soll herrschen, die Notabeln werden erniedrigt, und wir werden zum Gespött der anderen Viertel.«

Niedergeschlagen murmelte Dankal: »Er hat gedroht zurückzutreten.«

»Nein, jetzt noch nicht!« rief Mugahid Ibrahim erschrocken. »Lassen wir ihm seine Vision und Hoffnungen, und warten wir ab, bis wir völlig sicher sein können, daß der Pöbel wieder das ist, was er war – Lumpengesindel. Diese Strolche müssen erst vergessen, daß sie einst für Wirbel und Aufruhr gesorgt haben. Erfüllt ihm einen Teil seiner Forderungen.«

»Das ist es ja«, schimpfte Hamida, »er will entweder alles oder nichts.«

Der Scheich starrte mit finsterem Gesicht vor sich hin und überlegte. Schließlich entschied er: »Es geht nicht anders, er muß noch eine Weile der Führer bleiben, selbst wenn er dazu mit Gewalt gezwungen werden muß.«

34 Dankal und Hamida suchten Fath al-Bab in seiner bescheidenen Wohnung auf. »Wir geben uns alle Mühe«, erklärte Dankal, »aber es gibt gewaltige Schwierigkeiten. Die Männer sind wütend, drohen damit, daß es Blutvergießen geben wird.«

»Aber ihr seid doch stärker als alle anderen«, stammelte Fath al-Bab überrascht.

»Dafür sind sie in der Überzahl und treulos obendrein.«

»Ich werde zurücktreten«, entschied Fath al-Bab.

»Wenn du das tust, können wir dir nicht mehr garantieren, daß du deines Lebens sicher bist«, warnte Hamida, und Dankal fügte hinzu: »Geh nicht aus dem Haus! Schon der erste Schritt wäre dein Untergang.«

35 Fath al-Bab brauchte nicht lange, um seine Situation nüchtern und klar einzuschätzen. »Ich bin ein Gefangener, stehe unter Hausarrest«, erklärte er der alten Sahar. Sie seufzte. »Da kann man nichts machen. Begnüge dich mit dem, was du hast.«

Verzweifelt rief er: »Verflucht soll ich sein, wenn ich meinen teuren Urahn auch nur einen Moment verrate.«

»Aber wie willst du gegen die Übermacht ankommen?«

Er grübelte und grübelte, und plötzlich murmelte er: »Die Bettler!« Besorgt flüsterte die alte Sahar: »Sie werden dich töten, bevor du auch nur mit dem ersten Armen gesprochen hast.«

36 Fath al-Bab blieb ein Gefangener der eigenen vier Wände. Den Leuten im Viertel war nicht so recht klar, warum er sich nicht mehr zeigte. Manche glaubten, er wollte Ruhe haben und der Welt entsagen, andere hielten ihn für krank. Er wußte, daß das Haus Tag und Nacht beobachtet wurde; selbst die alte Sahar hinderten die Männer der Schutzbande daran, auf die Straße zu treten. Doch sein Leben hing von den Ärmsten der Armen ab. Noch hielt ihre Begeisterung über die erfolgreiche Rebellion an, aber war sie erst mal geschwunden, würden sie wieder vom Gefühl befallen werden, bedeutungslos und verächtlich zu sein. Die Schutzbande war auf der Hut, sie ließ das gemeine Volk nicht aus den Augen und übte verstärkt Terror und Druck aus.

Eines Tages geriet Hamida mit Dankal in ein Handgemenge, aus dem er als Sieger hervorging. Von da an beanspruchte er die führende Position in der Bande für sich. Nachdem er sich vergewissert hatte, daß ihm von seiten der Armen keine Gefahr drohte, erklärte er sich zum Führer.

Fath al-Bab glaubte, daß sein Hausarrest damit beendet wäre, sah er doch keinen Grund, der die Gefangenschaft länger gerechtfertigt hätte. Also erklärte er dem neuen Führer Hamida: »Was vorbei ist, ist vorbei. Laß mich meinem normalen Leben nachgehen und wie alle Geschöpfe Gottes durch Arbeit mein täglich Brot verdienen.«

Hamida schüttelte den Kopf. »Du bist nicht sicher, also bleib, wo du bist. Du wirst auch ohne Arbeit dein Auskommen haben.«

37 So neigte sich Fath al-Babs rühmliche Mission dem Ende zu; für einen kurzen Moment hatte die Sonne an einem bewölkten Tag gestrahlt. Eines Morgens wurde am Fuße des Teufelsminaretts sein Leichnam gefunden. Etliche Herzen fühlten Mitleid, andere erfüllte wiederum Freude. Die Leute erzählten sich, daß Fath al-Bab vor Trauer über die verlorengegangene Führerschaft den Verstand verloren hätte. Er wäre nachts auf die oberste Brüstung des Minaretts gestiegen, um sich wie ein Gottloser das Leben zu nehmen.

Auf diese Weise endete Fath al-Babs Leben und mit ihm sein edles Streben.

Knüppel und Maulbeeren

Die zehnte Geschichte

1 Der Tod Fath al-Babs riß das Viertel aus seinem rosigen Traum; mit einem Schlag sah es sich mit der steinigen Wirklichkeit konfrontiert. Von Trübsal erfüllt, zogen sich die Menschen in sich selbst zurück, und der bluttrünstige Hamida machte ihr Leben so düster, daß keine Hoffnung auf Sonne und Wärme blieb.

Von den Nachkommen der Nagis waren nur noch die Kinder von Firdaus, der Witwe des häßlichen Samaha, geblieben. Außer Rabi, dem Erstgeborenen, gab es mehrere Töchter. Die Mädchen gehörten seit ihrer Heirat zur grauen Masse des Viertels, und Rabi war bei seiner Mutter in ärmlichen Verhältnissen aufgewachsen. Firdaus besaß kein nennenswertes Vermögen, so daß er als Schreiber beim Kaffeehändler arbeiten mußte. Er lebte äußerst bescheiden, denn das Ansehen, das einem Angehörigen der Nagi-Familie zukam, brachte ihm nichts ein. Die Hungerleider und Habenichtse schwärmten noch immer von Aschur, Schamseddin und Fath al-Bab, aber für alle anderen Nagis hegten sie Verachtung und Haß. Nach ihrer Meinung hatten sie die hehre Botschaft des ruhmreichen Urahns verraten und waren nichts anderes als ein übler Haufen von Verbrechern und Schmarotzern.

Als Rabi ein Mädchen aus gutem Hause heiraten wollte, wurde sein Antrag abgelehnt. Da verstand er, daß seine Armut und niedere Stellung schwerer wogen als seine edle Abstammung. Er begriff, daß Armut Makel offenbart,

Reichtum sie zudeckt. Einem Habenichts wie ihm wurde angelastet, daß er zum häßlichen Samaha, zum verrückten Galal, zur machtgierigen Zahira, zur unzüchtigen Zainat und zur leichtfertigen Nur as-Sabah gehörte. Eine Kette, an der sich der Rost von Unzucht, Mord und Wahnsinn festgesetzt hatte.

Rabi verfiel einer bleiernen Schwermut, und er beschloß, das Leben einsam und stolz als Junggeselle zu verbringen. Als er fünfzig war, starb seine Mutter Firdaus. Er sah sich gezwungen, in eine kleine Zweizimmerwohnung umzuziehen. Es fiel ihm schwer, sich um den Haushalt zu kümmern, und da ihn die Unordnung störte, suchte er nach einer Putzfrau. Ihm wurde Halima al-Baraka empfohlen, eine dreißigjährige Witwe. Sie war ernst, ehrlich und hatte ein annehmbares Äußeres. Trotz ihrer Armut besaß sie einen starken, eigenwilligen Charakter. Sie räumte die Wohnung auf, bereitete ihm das Essen und kehrte dann heim. Allmählich verspürte er immer mehr Zuneigung für sie, so daß er schließlich den Wunsch hegte, sie als Geliebte zu besitzen. Kaum hatte er ihr von seiner Sehnsucht erzählt, erklärte sie: »Ich gehe und werde nicht wiederkommen.«

Wieder war er allein, nur war er jetzt verzweifelter als je zuvor. Er konnte es nicht ertragen, einsam und ohne Zärtlichkeit zu leben. Er sehnte sich nach Kindern und fühlte Angst vor Krankheit und Tod. So bot er Halima die Ehe an, was sie ohne langes Zögern annahm. Mit dreiundfünfzig Jahren schloß also Rabi Samaha an-Nagi die Ehe mit Halima al-Baraka. Er lebte glücklich mit ihr, denn sie war nicht nur eine gute Hausfrau, sondern auch gottesfürchtig und bescheiden. Daß sie nun zu den Nagis, dieser ruhmreichen Familie, gehörte, erfüllte sie mit Stolz. Sie gebar ihm drei Söhne – Faiz, Dija und Aschur. Als Rabi starb, war der Älteste, Faiz, zehn Jahre, Dija acht Jahre und Aschur sechs Jahre alt. Er hinterließ seiner Familie keinen einzigen Millim.

2 Halima mußte es allein schaffen, mit dem Leben zurechtzukommen. Ihre Familie war arm, also galt es, sich entschlossen auf die eigene Kraft zu stützen und nicht zu klagen. Sie zog mit den Kindern in eine Kellerwohnung mit Zimmer und Flur und verkaufte alle überflüssigen Möbel. Sie verstand sich auf das Einlegen von Essiggemüse und die Zubereitung von Konfitüre, bot ihre Dienste als Badezofe und für Besorgungen an. Sie hielt nichts davon, der Vergangenheit nachzutrauern. Mit strahlendem Gesicht trat sie den Kunden gegenüber, als wäre sie wunschlos glücklich. Trotzdem hegte auch sie ihre Träume.

Sie hatte die Söhne zur Koranschule geschickt, und als die beiden Ältesten alt genug zum Arbeiten waren, wurde Faiz Kutscher und Dija Träger beim Kupferschmied. Der mühsame Alltag verlor ein wenig an Härte, dennoch war Halima auch weiterhin gezwungen, Geld zu verdienen.

Nicht lange, und Faiz machte sich Gedanken über das Leben, das die kleine Familie führte. Er fand es hart und grausam. Mußte er büßen für Verbrechen von Vorfahren, die er nicht kannte? Faiz war groß und schlank, hatte eine gewaltige Nase, eng zusammenstehende Augen und starke Kinnladen. Wurde über ihn gespöttelt, schluckte er allen Ärger hinunter und zeigte seine Gefühle nicht. Unbeirrt verrichtete er seine Arbeit. Seine Mutter erzählte ihm zwar viel über die leuchtende Vergangenheit der Nagi-Familie, aber wenn er unterwegs war, hörte er auch von den dunklen Seiten. Zu Hause wurde über die Moschee, den Brunnen, die Tränke, die Koranschule gesprochen, und draußen mußte er mit dem hoch aufragenden Minarett, dem Zeichen für Wahnsinn, zurechtkommen. Er sah die prächtigen Häuser, in denen einst seine Vorfahren gelebt hatten und die nun von fremden Händlern und Notabeln bewohnt waren. Immer wieder geriet er ins Staunen und verlor sich in Träumereien. Er hing der Herrlichkeit früherer Zeiten nach, wenn er mit Esel und Karren durch die engen Gassen des Viertels zog. So und nicht anders war nun einmal die Welt, aber welcher Platz mochte ihm zugedacht sein?

3 Laut genug, daß es die Mutter und die Brüder hören konnten, machte er seinem Ärger Luft.

»Vergiß nicht, daß dein Urahn Aschur ein Heiliger war!« mahnte Halima.

»Na und?« fuhr er sie scharf an. »Die Zeit der Wunder ist vorbei, und die Häuser gehören jetzt anderen.«

»Aus der Sünde entstanden, durch Sünde verloren«, hielt sie ihm entgegen.

»Sünde, immer wieder Sünde«, murrte er empört.

»Sei zufrieden mit dem, was du hast. Was willst du mehr?«

»Was bin ich schon? Ein Eselsknecht. Und du mußt bei elenden Schurken dienen.«

Stolz blitzte sie ihn an. »Wir arbeiten und sind achtbare Menschen.«

Faiz lachte laut los. Vor der Heimkehr war er in der Schenke eingekehrt und hatte zwei Krüge geleert.

4 Halimas Jüngster, Aschur, arbeitete nun auch schon. Er half bei einem Mann aus, der Amin ar-Rai hieß. Er hatte ihm die Ziegen anvertraut, und so zog Aschur mit der Herde in die Einöde, damit die Tiere ausgelassen herumziehen und Sonne, Luft und Gras genießen konnten. Daß Aschur nun auch etwas verdiente, freute Halima.

Endlich lächelte ihr das Leben zu. Die Tage vergingen, brachten ihr neben den üblichen Sorgen auch kleine Freuden. Als Faiz zwanzig wurde, fragte sie ihn, wann er heiraten wolle. Doch der junge Mann lächelte unbestimmt und erwiderte: »Nur Geduld, Mutter, vertrau auf Gott.«

5 Eines Abends kehrte Faiz nicht zur gewohnten Zeit von der Arbeit zurück. Es kam die Nacht, und als das Morgengrauen bedrohlich nahte, vermißte ihn die Familie noch immer. Aschur ging zur Schenke, um nach ihm zu suchen, und Dija in die Haschischhöhle. Nirgendwo war er zu entdecken. Halima ging zum einäugigen Musa, dem der Karren gehörte, und kaum hatte sie ihm von Faiz' Ausbleiben erzählt, machte auch er ein besorgtes Gesicht. »Ich weiß nichts«, sagte der Mann.

»Ob wir zur Polizei gehen sollten?«

»Die wird uns nichts sagen können.« Ungehalten brummelte er: »Warten wir's ab, Gott wird es richten.«

Es verging Tag um Tag. Niemand kam zur Ruhe, denn Faiz blieb verschwunden. Schließlich schrie der einäugige Musa seinen Ärger laut heraus. »Beim Herrn der Kaaba, er ist ein Dieb! Er hat Karren und Esel gestohlen!«

Bekümmert klagte Halima: »Hat er dir nicht in all den Jahren treu und ehrlich gedient?«

»Eine Schlange ist er!« rief der einäugige Musa wütend.

6 Nicht nur Halima weinte, sondern auch Dija und Aschur. Tage, Wochen und Monate vergingen, und niemand zweifelte mehr daran, daß er ein Dieb war.

Der neue Führer der Schutzbande Hassuna as-Saba spottete in der Schenke: »Früher haben sich diese Nagis wenigstens prächtige Häuser genommen, jetzt stehlen sie schon Karren!«

Der einäugige Musa suchte bei den Scheichs des Viertels, Galil al-Alim und Junis as-Sajis, Beistand. Die beiden entschieden, daß Halima und ihre Söhne Dija und Aschur den Schaden – Karren und Esel – ersetzen sollten. Geduldig nahmen die drei auch diese Last auf sich und statteten die Schuld in Raten ab.

7 Es sollte etwas geschehen, das zwar im Viertel nicht für besondere Aufregung sorgte, aber die kleine Familie zutiefst erschütterte. Halima verrichtete für den Haushalt des Führers alle möglichen Dienste, ohne dafür bezahlt zu werden oder ein Wort des Dankes zu hören. Das war weder ungewöhnlich noch erstaunlich. Hassuna war einer der widerwärtigsten Anführer, die das Viertel jemals beherrscht hatten. Er brachte es fertig, selbst die Ärmsten der Armen noch auszubeuten. Mit Worten begnügte er sich nicht, sondern er regierte mit der Faust und den Füßen. Angst und Schrecken lagen in der Luft, wo immer er auftauchte. Er war nicht nur bösartig und stark, sondern auch vorsichtig wie ein Fuchs. Seine Untergebenen hatte er angewiesen, in derselben Gasse zu wohnen, und außer ihnen durfte dort sonst niemand leben. Auf diese Weise wollte er verhindern, daß es zu einer Rebellion wie zu Zeiten Fath al-Babs kommen konnte. Er selbst hatte sich am Ende der Gasse ein Haus errichtet.

Nun geschah aber, daß Halima infolge einer plötzlich auftretenden Unpäßlichkeit ihre beliebte Konfitüre nicht rechtzeitig in Hassunas Haus abliefern konnte. Als sie schließlich doch noch eintraf, verfluchte er sie und gab ihr ein paar Ohrfeigen.

Weinend kehrte Halima heim, schwieg aber gegenüber den Söhnen. Dija kehrte gelegentlich in der Schenke ein, und an diesem Abend trat der Wirt Zain Albaja an ihn heran und fragte: »Offensichtlich weißt du nicht, was deiner Mutter angetan wurde?«

Auf diese Weise erfuhr Dija von der Schmach, die die Mutter erlitten hatte. Er eilte heim und erzählte alles Aschur. Im Unterschied zu Dija, der seinen Zorn zu Hause austobte, wurde Aschur von einer Trauer erfaßt, die ihn von Kopf bis Fuß lähmte. Er war ein kräftiger junger Mann von dunkler Hautfarbe, mit scharf geschnittenen Gesichtszügen, hervorspringenden Backenknochen und Kinnladen wie aus Stahl. Seine gute Erziehung und höfliche Art ließen kaum jemand vermuten, wie stark er war. Kaum hatte er Dijas Bericht gehört, hielt er es in der kleinen Wohnung nicht länger aus. Er trat hinaus in die Dunkelheit, und eine unbekannte Macht trieb ihn zum Klosterplatz, hin zur Stätte ewigen Verweilens seines Urahns Aschur. Er hockte sich auf den Boden, vergrub den Kopf zwischen den Knien. Kein Lüftchen regte sich, einzig die Gesänge der Derwische stiegen zum Himmel auf. Er lauschte lange, schließlich seufzte er: »O du, gesegneter Ahnherr, wie sehr muß ich leiden.«

Doch nur die Gesänge, deren Sinn ihm dunkel blieb, gaben Antwort.

Bi mehre rochat ruse mara nur nemandast
was omr mara dschos schabe dejdschur namandast

8

Die Schmach, die der Mutter angetan worden war, setzte sich tief in Aschur fest. Weder konnte er sie vergessen, noch war es ihm möglich, sich durch Schimpfen und Toben davon zu befreien. Die Zeit verging, und er wuchs und wuchs, wurde riesig wie ein Maulbeerbaum. Sein kräftiger Körperbau und die scharf geschnittenen Gesichtszüge ließen an jene Beschreibungen erinnern, die

die Legende vom Urahn Aschur gab. Aus dem Hütejungen war ein Mann geworden, der die Blicke auf sich lenkte. Halima befürchtete, daß seine Stärke den Argwohn des bösartigen Hassuna as-Saba erwecken könnte, und so warnte sie Aschur mit den Worten: »Zeig nicht, wie stark du bist. Tu, als wärst du feige und schwach, dann wird er gnädiger mit dir sein. Hätte ich dich nur nicht Aschur genannt!«

Da er gescheit war, brauchte er solche Ratschläge nicht. Den Tag verbrachte er mit der Herde in der Einöde, am Abend ließ er sich weder in der Schenke und Haschischhöhle noch im Kaffeehaus blicken. Seine ganze Kraft setzte er dafür ein, sich in Geduld und Ausdauer zu üben. O ja, die alte Schmach hatte sein Innerstes aufgewühlt, und in seinem Zorn hatte er geglaubt, daß die Grundpfeiler des Viertels zusammenbrechen müßten und die Toten aus den Gräbern auferstehen würden. Aber er hielt sich zurück und zügelte den Aufruhr, der in seiner Seele tobte, wußte er doch zu genau, daß er es mit einem Tyrannen zu tun hatte, der nicht nur stark und grausam, sondern auch vorsichtig und gerissen war und die Knüppel zum Kampf bereithielt. Wann immer der Kummer ihn überwältigte, ging er zum Kloster und überließ sich Finsternis und dunklen Gesängen.

Bisweilen fragte er sich verwirrt, ob die Derwische mit ihrem Singen für die Menschen beteten oder sie verfluchten. Würde es je einen Menschen geben, der dieses Rätsel lösen könnte? Er stöhnte verzweifelt beim Gedanken, daß die Derwische die Tore verschlossen hielten, weil die Menschen nicht würdig waren, die Schwelle zum Kloster zu übertreten.

Auch Dija hatte die Schande nicht vergessen und erregte sich zu Hause heftig. »Würden wir nicht zum Pöbel gehören«, rief er eines Abends zornig, »hätte unsere Mutter das nicht erleben müssen.«

»Pöbel oder Herrschaft, das ist es nicht. Nur der wird gedemütigt, der es mit sich machen läßt«, erwiderte Aschur.

»Was sollen wir tun?«

Aschur schwieg eine Weile, und schließlich murmelte er: »Ich weiß es nicht, Bruder.«

9 Halima wußte, welcher Sturm in den Herzen ihrer Söhne tobte; sie bekam es mit der Angst zu tun. Wie oft erklärte sie ihnen, daß das, was ihr passiert war, im Viertel als keine besondere Schande galt. Sie war entschlossen, allem Unheil vorzubeugen, und hielt es für das beste, beide Söhne zu verheiraten. Faiz, den Ältesten, hatte sie bereits verloren, denn nach so langer Zeit war alle Hoffnung auf seine Rückkehr geschwunden. Die Ehe würde den Söhnen neuen Schwung geben und das bleierne Dasein beleben. Sie würden vernünftiger werden, auch vorsichtiger, und hätten keine Lust mehr auf waghalsige Abenteuer.

»Was haltet ihr davon, euch ein anständiges Mädchen zu suchen?«

Dija und Aschur stimmten zu. Obwohl sie arm waren und einer Frau nicht viel bieten konnten, freuten sie sich. »Wir ziehen in eine größere Wohnung. Wenn wir alle zusammenleben, ist das Leben billiger«, schlug Halima vor.

Ihre Wahl war auf die Töchter von Mohammed al-Agal, dem Stallknecht vom einäugigen Musa, gefallen. Die eine hieß Fathija, die andere Schukrija. Keiner der Söhne hatte die Mädchen je zu Gesicht bekommen, aber ihre jugendliche Leidenschaft brannte, und ihre ungezähmte Vorstellungskraft ließ sie jedes weibliche Wesen umarmen. So wurde also für beide Paare die Fatiha gesprochen.

10 Im Viertel tauchte ein junger Mann auf, den keiner kannte. Sein rundes Gesicht sprach davon, daß er in guten Verhältnissen lebte. Er stolzierte in einer braunen Abaja umher, trug Schuhe aus feinem, rotem Leder, und auf dem Kopf trug er einen prächtigen Seidenturban. In der Hand hielt er eine Gebetskette aus Bernstein. Als erster bekam ihn der Wirt Zain Albaja zu Gesicht, doch erst als der Fremde lächelte, erkannte er ihn. »Wer kommt denn da?« rief er. »Ist das nicht Faiz, der Sohn von Rabi an-Nagi?«

Alle Augen richteten sich auf Faiz, doch er schritt unbekümmert weiter zum Kaffeehaus, wo er nicht lange zögerte und an den Führer Hassuna as-Saba herantrat. Er beugte sich über dessen Hand, küßte sie und blieb unterwürfig stehen. Hassuna as-Saba musterte ihn eingehend. »Na, sieh mal an, der Flüchtling ist zurückgekehrt!« staunte er.

»So wollte es das Schicksal«, entgegnete Faiz.

»Wie es aussieht, hast du es zu etwas gebracht«, meinte Hassuna as-Saba lauernd.

»Gott, der Herr, war mir günstig gesinnt«, erwiderte Faiz in aller Bescheidenheit.

Der einäugige Musa kam herein, begleitet vom Scheich des Viertels, Junis as-Sajis. Schon an der Tür rief er drohend: »Unser Führer wird für Gerechtigkeit sorgen!«

»Krächze hier nicht wie ein Esel herum!« fuhr ihn Hassuna as-Saba an.

»Er hat meinen Karren und den Esel verkauft und mit dem Geld sein Glück gemacht!«

»Ist das wahr?«

»Beim Kopf von al-Hussain schwöre ich, daß mir der Karren gestohlen worden ist, als ich geschlafen habe. Deshalb bin ich geflohen.«

»Lügner!« schrie der einäugige Musa. »Wieso geht es dir dann jetzt so gut?«

»Ich habe gearbeitet, hatte Glück, und Gott war mir gnädig.«

Scheich Junis as-Sajis räusperte sich. »Eine heikle Angelegenheit.«

»Was ich besitze, gehört mir«, verteidigte sich Faiz. »Hätte ich gestohlen, wäre ich nicht zurückgekehrt. Ich bin gekommen, um meine Schulden zu bezahlen.« Er holte einen Beutel hervor und gab ihn Hassuna as-Saba. »Das sind die Abgaben für die beiden letzten Jahre.« Der Führer nahm das Geld, und zum erstenmal lächelte er.

»Ich bin zuerst deinetwegen gekommen, Meister«, säuselte Faiz, »natürlich auch, um meine Familie wiederzusehen.«

»Ein Dieb? Und wennschon. Aber ein Schlauberger bist du. Jedenfalls glaube ich dir.«

»Und was wird mit mir, Meister?« rief der einäugige Musa.

»Den Karren und den Esel hat dir Halima bezahlt, was willst du mehr?«

»An und für sich gehört mir sein Geld«, beharrte der einäugige Musa.

Hassuna as-Saba blickte Faiz an. »Nun gut, ihm steht genausoviel zu wie mir.«

Ohne lange zu zögern, holte Faiz einen Packen Geld heraus. Das gerechte Urteil freute alle, und die Männer riefen: »Gott segne ihn! Gott segne ihn!«

Doch der Führer behielt das Geld in der Hand, so daß den einäugigen Musa erneut Verzweiflung packte. An Faiz gewandt, erklärte Hassuna as-Saba: »Zeit für dich, deine Familie zu sehen.«

11 Die Mutter stand schon vor der Tür und wartete. Kaum hatte sie die Nachricht gehört, war sie auf die Straße getreten. War ein Traum, ein Märchen, ein Wunder geschehen? Auf jeden Fall fühlte Halima unermeßliches, überwältigendes Glück. Tränenüberströmt drückte sie den Sohn an die Brust und stammelte: »Du, mein Gott, ich danke dir …«

Dija und Aschur kehrten heim, und nun war die Familie endlich wieder beisammen. Staunen und Glück wechselten sich ab, verschmolzen miteinander. In dem engen Raum nahm sich Faiz wie ein Juwel in einem Haufen Spreu aus. Leuchtender Glanz ergoß sich über Brüder und Mutter, und neue Hoffnung keimte auf. Die Zukunft leuchtete in bezaubernden Farben, von denen keiner je geträumt hätte. Alles Fühlen war wie ausgewechselt, ja, neue Geschöpfe waren geboren.

Schließlich sagte Faiz: »Wo Erfolg ist, sind Neider. Die Leute werden lauter Lügen erfinden und sich das Maul zerreißen. Aber Gott ist mein Zeuge, daß ich unschuldig bin.«

»Genau das sagt mir mein Herz«, erklärte die Mutter aufgeregt.

»Kurz gesagt, war folgendes passiert. Als ich schlief, hat man mir den Karren gestohlen. Ich war furchtbar erschrocken und beschloß zu fliehen. Möglicherweise war es ein Fehler, aber ich konnte nicht anders.« Von Freude erfüllt, wollte ihm ein jeder nur allzugern glauben, und keiner konnte den Blick von ihm losreißen.

»Einige Tage irrte ich umher, fand keine Arbeit, bis mich schließlich ein Ausländer aufnahm. Eine lange Geschichte, die viel Zeit braucht. Jedenfalls habe ich bei ihm als Diener und Kutscher gearbeitet und ihn vor Strolchen beschützt. Ich habe eine Menge nützlicher Dinge gelernt. Eines schönen Tages hat mir plötzlich das Glück zugelächelt, wahrhaftig – das reinste Glück. Ich gewann in der Lotterie und beschloß sofort, mich selbständig zu machen. Mein Erfolg war größer, als ich vermutet hatte.«

»Was genau tust du, Bruder?« fragte Aschur neugierig.

»Das ist schwierig zu erklären. Habt ihr etwas von Maklergeschäften und Spekulationen gehört? Gut. Ich habe keine Geschäftsräume und keinen Laden, sondern tätige meine Abschlüsse auf der Straße oder in Kaffeehäusern. Es geht um verzwickte Dinge, und vielleicht reden wir später darüber genauer. Aber eins ist klar – ich kann euch als Partner leider nicht beteiligen. Ich habe für die Zukunft verschiedene Pläne, die genau überlegt und abgesichert sind.«

Mit vor Glück glühenden Gesichtern lauschten die Brüder und die Mutter, ein schöner Traum erfüllte sich. Andächtig schwiegen alle.

»Es ist der Wille des Allmächtigen, daß die Nagi-Familie den ihr gebührenden, erhabenen Platz einnimmt.«

»Heißt das die Führerschaft, Bruder?« flüsterte Aschur ergriffen.

Faiz lachte los. »Aber nein! Ich meine – Glanz, Reichtum, Ansehen.« Dija strahlte: »Was könnte schöner sein!«

»Genau. Wir müssen heraus aus diesem elenden Leben. Von heute an gehören wir nicht mehr zum Pöbel. Es gibt keinen Hütejungen mehr und keinen Lastenträger. Das ist der Wille Gottes, des Allmächtigen.«

»Du bist die Frucht meiner Liebe und Gebete«, jauchzte die Mutter, doch Faiz fuhr mit großem Ernst fort: »Wir müssen gleich jetzt überlegen, was als erstes zu tun ist. Ich habe nicht viel Zeit, weil ich ständig auf Geschäftsreisen gehen muß.«

12

Was jetzt an Veränderungen geschah, war ähnlich einschneidend wie der Wechsel der Jahreszeiten. Von einem Tag auf den anderen war Halima al-Baraka zur Hausfrau geworden und mußte bei niemandem mehr dienen und nichts verkaufen. Dija hörte auf, beim Kupferschmied zu arbeiten, und Aschur zog nicht mehr mit der Herde herum. Die Familie mietete eine Vierzimmerwohnung, plante aber den Bau eines Hauses auf einem Grundstück, das vor der Hypothekenbank lag. Faiz kaufte eine Kohlenhandlung und überließ die Leitung den beiden Brüdern. Dija und Aschur saßen nun also in einem Büro, trugen wallende Abajas und dufteten nach Moschus und Amber.

Der Traum vermischte sich mit der Wirklichkeit, und die Wirklichkeit wurde zum Traum. Die Augen waren geblendet, die Blicke ungläubig vor Staunen. Als die Brüder die verschlissenen Lumpen ablegten und die neuen, prächtigen Gewänder anlegten, sahen sie sich verwirrt und erschrocken zu. Aber schon im nächsten Moment überfiel sie trunken machendes Glück. Sie traten auf die Straße hinaus, als zögen sie in eine Schlacht. Im Nu hatten sich alle Blicke auf sie gerichtet. Etliche Hungerleider und Habenichtse hefteten sich an ihre Fersen, und ein Sturm unterschiedlichster Meinungen brach aus – Spötteleien und Segenswünsche, Witze und Hochrufe, Sticheleien und Glückwünsche. Kaum daß die Mittagszeit gekommen war, standen die beiden schon im Genuß höchsten Ansehens und aller Privilegien, nahmen die Menschen den unerhörten Vorfall als Schicksalsfügung hin. Ach, wie viele Seelen waren von Neid erfüllt, wie viele Herzen verkrampften sich vor Erregung, wie viele Gemüter berauschten sich an ungewisser Hoffnung.

Der Scheich des Viertels, Junis as-Sajis, starrte auf Aschur und tuschelte dem Imam der Moschee, Galil al-Alim, zu: »Die Leute finden, daß er seinem Urahn Aschur ähnlich sieht.«

»Zwischen reinem Gold und vergoldetem Kupfer ist noch immer ein Unterschied«, entgegnete Galil.

13 Ein häßlicher Klotz lag im Weg – das Versprechen, Schukrija und Fathija zu heiraten. Schon am ersten Tag des neuen Wohlstands lastete es schwer auf den Seelen der beiden Brüder. Als Dija die Mutter vorwurfsvoll fragte, warum sie es bloß so eilig gehabt hatte, wußte sie nichts zu antworten. Auch sie war über die Verlobungen nicht mehr glücklich, haßte aber, etwas zu tun, wofür sie sich schämen mußte. Zu stark war ihr Herz vom Glauben an Gott erfüllt. »Es ist eben Schicksal«, murmelte sie.

»Was ist Schicksal?« fragte Dija scharf.

»Das Sprichwort sagt: Wer sich ein armes Mädchen holt, hat durch Gott keine Not.«

»Aber wir haben schon jetzt keine Not!«

»Aber habt ihr nicht geglaubt, die Mädchen wären euer Glück?«

»Ein törichter Einfall«, stammelte Dija verlegen.

Aschur hörte schweigend zu und blickte nachdenklich vor sich hin. Auch er war über die Verlobung nicht glücklich, aber es ging ihm wie der Mutter. Er wollte nichts tun, was seine Gottesfurcht ihm verbot. »Sag du etwas, Aschur«, bat die Mutter.

»Was können wir tun? Wir haben die Fatiha gesprochen«, gestand er hilflos ein.

»Nein und nochmals nein!« rief Dija. »Es war ein bedauerlicher Schritt, und deshalb nein!«

»Tu, was du willst«, erklärte Halima entschlossen, »aber denk nicht, daß ich dir helfe.«

14 Dija traf sich mit dem Scheich des Viertels und bat ihn, Mohammed al-Agal aufzusuchen und seine Entschuldigung zu überbringen. Junis as-Sajis betrachtete ihn nachdenklich. Er sah zwar blaß aus, aber das nahm seinem Gesicht nichts von seiner jugendlichen Schönheit. Trotz-

dem saß er einem Schurken gegenüber, wie er im Buche stand. Schmeichlerisch tönte der Scheich: »Dein Verhalten ist recht und billig, nur neidische und feindlich gesinnte Menschen werden dir Vorwürfe machen.«

Bemüht, seine Verlegenheit zu überspielen, sagte Dija: »Es bleibt mir nichts anderes übrig.«

»Und Aschur? Was wird er tun?«

»Dieser gutmütige Trottel!«

Junis as-Sajis lachte. »Nach außen hin wird man ihn loben, aber insgeheim wird man sich über ihn lustig machen.«

15 Die Auflösung von Dijas Verlobung löste einen Sturm der Empörung aus, in den sich auch bitterer Spott mischte. Die Gutherzigen fühlten sich in ihrer Anständigkeit getroffen, die Bösartigen reagierten mit Neid und Haß. Dijas verächtliches Verhalten wog weitaus schwerer als Aschurs Anständigkeit, so daß davon niemand Notiz nahm und sich eine Flut von Flüchen über diese ehrlose Familie ergoß.

Aschur war gerade auf dem Weg zur Kohlenhandlung, als jemand barsch und herrisch seinen Namen rief. Er drehte sich um und sah den Führer Hassuna as-Saba im Kaffeehaus sitzen, umringt von seinen Männern. Er ging zu ihm und begrüßte ihn höflich wie immer. Statt ihn aufzufordern, sich zu setzen, schnauzte ihn Hassuna as-Saba an: »Hundsfotte seid ihr, die ganze Nagi-Familie!«

Aschur wußte sofort, worauf der Führer anspielte, aber es wunderte ihn, warum er ihn und nicht seinen Bruder beschimpfte. Wahrscheinlich wollte er sich den Stärksten der Familie vornehmen. Augenblicklich erinnerte er sich an die vielen guten Ratschläge der Mutter und blieb zurückhaltend. Betont höflich erwiderte er: »Möge Gott alle Missetaten vergeben.«

»Ihr vergeßt eure Herkunft schnell – den Sumpf von Wahnsinn und Hurerei. Besitzt nicht Mohammed al-Agal mehr Ehre als ihr?«

Mühsam kämpfte Aschur um Haltung. »Er ist ein ehrenwerter Mann, und bald gehöre ich zu seiner Familie.«

»Das stimmt nicht.«

»Aber ja.«

»Der gute Mann hat es abgelehnt, daß eine Tochter auf Kosten der anderen ihr Glück macht.«

»Aber die Verlobung ist nicht gelöst worden!«

»Von seiner Seite schon. Genau das soll ich dir mitteilen.« Da Aschur betroffen vor sich hin starrte und schwieg, fuhr Hassuna as-Saba fort: »Ihr müßt ihm für den entstandenen Schaden natürlich einen Ausgleich zahlen.«

»Wir werden tun, was unser Führer für richtig hält.«

16 Die düsteren Wolken von Haß, Verbitterung und Scham lösten sich auf, und der Himmel spendete wieder reichlich Glück und Heiterkeit. Die angesehene Stellung Dijas und Aschurs war zu etwas Alltäglichem geworden. Das neue Haus war errichtet, und Frau Halima al-Baraka machte ihre Besorgungen mit der Kutsche. Der Begründer allen Wohlstands, Faiz Rabi an-Nagi, kam von Zeit zu Zeit zu Besuch und besah sich stolz den Besitz.

17 Betört vom Ansehen, das ihnen ihr Rang verschaffte, setzten Söhne und Mutter ihr ganzes Vertrauen darauf, daß es für immer so bliebe. Tief im Innern freute sich Aschur über die Auflösung der Verlobung, vor allem war er aber froh, daß ihm niemand einen Vorwurf machen konnte. Er fühlte ein solches Glück über dieses behagliche Leben, daß er seinen Bruder Faiz für eins der vielen Wunder und gewaltigen Genies der Familie hielt. Geradezu verliebt betrachtete er das Familienwappen an der Kutsche, das einen Mond zeigte. Er war ebensosehr auf alles Schöne versessen, wie er das Kloster und den Ruhm der Familie liebte, der der Vergangenheit den Duft von Reinheit und Güte verlieh. Großzügig beschenkte er den Führer der Schutztruppe und den Scheich des Viertels. Er erneuerte Moschee, Brunnen, Tränke und Koranschule und spendete Almosen für die Armen. Die Mutter ermahnte ihn, nicht den Argwohn Hassuna as-Sabas heraufzubeschwören. »Überlaß mir die Almosen, ich kann sie heimlich verteilen.« Aschur war damit einverstanden, wußte er doch nur zu genau, daß die Rebellion der Bettler im Gedächtnis der Schutztruppe nicht ausgelöscht war.

Wahrscheinlich war Dija sogar der Glücklichste von allen. Selbstgefällig und stolz residierte er im Büro und genoß in vollen Zügen den Luxus, den das prächtige Haus der Nagis zu bieten hatte. Er kutschierte im Dogcart oder Landauer herum, war verliebt in elegante Kleidung und raffinierte Gerichte und beschaffte sich an Getränken, Haschisch, Opium und Manzul nur die beste Qualität. Seinen Bruder Faiz betete er geradezu an, wie er überhaupt alle Männer der Familie, gleichgültig, ob sie gut oder schlecht gewesen waren, verehrte. Stolz verkündete er sein Motto: »Hauptsache, man überwindet das Gewöhnliche.«

Halima ging noch am sparsamsten mit dem neuen Reichtum um, aber auch sie fühlte angesichts der privilegierten Stellung Stolz. An Feiertagen ließ sie den armen Leuten Almosen zukommen, und die Mutter von Fathija und Schukrija überschüttete sie mit so viel Gutem, daß die ihr alle Kränkungen verzieh und zu ihrer engsten Freundin wurde.

18 Noch immer fühlte Aschur den heimlichen Drang, den Gesängen des Klosters zu lauschen. Doch es trieb ihn auch in die Einöde hinaus, wo er einst die Herde gehütet hatte. Am strahlenden Himmel seines Glücks tauchten manchmal kleine Wölkchen auf, und türmten sie sich gar zu Bergen, verbargen sie ihm die Sonne. In Momenten, in denen er sich besonders heiter und fröhlich wähnte, überfiel ihn plötzlich eine unerklärliche Unruhe. Im Nu schwand alle Freude dahin, und besorgt fragte er sich, was das dumpfe Gefühl zu bedeuten hatte.

Halima, die seine Gefühlsschwankungen beobachtete, erklärte schließlich: »Hat ein Mann keine Frau, geht er zugrunde.«

Nachdenklich meinte er: »Möglich, aber das allein ist es nicht.«

»Was willst du sonst?« fragte Dija erstaunt. Er drehte die Hand hin und her, Zeichen dafür, wie unschlüssig er war. Nur eins wußte er genau – die Beleidigung, die der Führer der Bande ihm angetan hatte, bohrte schmerzhaft wie ein Dolch in seinem Inneren. Wie sollte er je seinem Urahn Aschur vors Antlitz treten? Fehlte nicht etwas an seinem Glück? Wie konnte es sein, daß ein Mensch, dem Gott alles nur Denkbare geschenkt hat, von einer solchen Unruhe erfüllt war?

Ohne zu zögern, erwiderte die Mutter: »Das ist der Teufel, mein Sohn.«

Der Teufel? Gewiß. Aber was für einer?

19 Dija und Aschur hatten sich in zwei Mädchen aus bestem Hause verguckt. Dija hielt um die Hand von Salma an, die die Tochter des Holzhändlers war, und Aschur freite um Aziza, deren Vater die größte Parfümerie im Viertel besaß.

Auch Faiz nahm an der Verlobung teil, erschien in Pomp und Glanz wie der König der Könige.

So vergingen die Tage in eitel Freude und Sonnenschein.

20 Eines Abends traf unverhofft Faiz ein. Die Familie saß im Salon zusammen. Im großen Kupferbecken loderte die Glut, die Mutter betete still vor sich hin, Aschur rauchte die Pfeife, Dija berauschte sich an Haschisch. Draußen wehte ein kalter Wind, Regen kündigte sich an.

Es war ungewöhnlich, daß Faiz zu dieser Stunde einen Besuch machte, denn sonst kam er vormittags, wenn ihn die Leute stolz in seinem Zweispänner vorfahren sehen konnten. Im Nu sprangen alle auf, um ihn zu begrüßen, aber überrascht stellten sie fest, daß das »Genie« mürrisch und abgespannt aussah. Er setzte sich auf den Diwan und legte trotz der Kälte die Abaja ab.

»Was ist mit dir?« fragte Halima besorgt.

»Nichts«, entgegnete er teilnahmslos.

»Aber du hast doch etwas, mein Sohn!«

»Mir ist ein wenig unwohl.« Er schwieg. Alle Blicke waren auf ihn gerichtet. Sein Gesicht sah versteinert und hart aus wie damals, als sein Leben noch nicht von Erfolg gekrönt war. Halima erhob sich und sagte: »Ich werde dir einen Kümmeltee kochen.«

»Und dann schläfst du erst einmal«, fügte Dija leise hinzu. Faiz schloß die Augen und murmelte: »Manchmal hat man einfach Sehnsucht nach zu Hause.«

»Der Winter ist dieses Jahr besonders kalt ...«, meinte Aschur.

»O ja, es ist schlimm.«

»Du arbeitest zuviel, mehr, als ein Mensch ertragen kann.«

»… mehr, als ein Mensch ertragen kann«, wiederholte Faiz dumpf.

»Jeder muß einmal ausruhen.«

»Genau, und ich habe beschlossen, mir viel Ruhe zu gönnen.« Es herrschte Schweigen. Plötzlich stand Faiz auf und erklärte: »Ich gehe ins Bett.«

Halima kam mit dem Tee, und als sie ihn nicht mehr im Salon sitzen sah, ging sie in sein Zimmer. Es brannte eine Kerze. Faiz lag angezogen auf dem Bett. »Warum hast du dich nicht ausgezogen?« fragte Halima. Im gleichen Moment fiel ihr das Glas aus der Hand, und ein greller Schrei zerriß die Luft.

21 Wie gelähmt standen alle da, schauten entsetzt auf Faiz hinunter. Sein Blick war erstarrt, der Körper reglos, als wäre seit tausend Jahren alles Leben aus ihm gewichen. Der linke Arm hing von der Bettkante hinunter, auf dem Perserteppich war ein großer Blutfleck. Ein Dolch mit goldenem Griff lag auf dem grauen Kaftan. Dija geriet als erster in Bewegung; er suchte unter dem Sofa, Bett, Schrank. Die Fenster waren geschlossen. »Das ist unmöglich! Was hat das zu bedeuten?« schrie er.

»Herr, gib uns Kraft«, schluchzte Halima. Plötzlich rief Aschur: »Der Barbier!« Wie wahnsinnig stürzte er aus dem Zimmer, und Dija brüllte: »Er lebt!«

Halima heulte auf: »Es ist das Ende! Warum hast du es getan, mein Sohn?«

Der Barbier kam angelaufen, gefolgt von Junis as-Sajis und Galil al-Alam, und wenig später standen auch etliche Männer und Frauen von den Familien des Holzhändlers und des Parfümeriebesitzers im Raum.

Der Barbier trat zurück. »Gelobt sei der Ewige«, murmelte er.

Ein Sturm verzweifelten Wahnsinns fiel über das prächtige Haus her.

22 Es war noch nicht Mitternacht, da erschien die Polizei. Man begann die Mitglieder der Familie und die Dienerschaft zu verhören und untersuchte das Zimmer auf Spuren. »Welche Erklärung haben Sie?« fragte der Kommissar.

»Gestern war er noch der glücklichste Mensch«, erwiderte Halima.

»Hatte er Feinde?«

»Nein.«

»Was hat er gearbeitet?«

»Er war Geschäftsmann, hatte mit Immobilien und Spekulationen zu tun.«

»Wo war sein Büro?«

»Er hatte keine festen Räume, aber ihm gehört ein Haus in ad-Darrasa, in der Nähe des Bergs.«

»Was wissen Sie über seine Partner und Angestellten?«

»Nichts!«

»Wieso?«

»Das ist die Wahrheit, nicht mehr und nicht weniger.«

23 Es wurde offiziell bekanntgegeben, daß Faiz Rabi an-Nagi aus noch unbekannten Gründen Selbstmord begangen hatte. Obwohl er selbst Hand an sich gelegt hatte, richtete die Familie ein würdiges Begräbnis aus. Er wurde in der Grabstätte Schamseddins beigesetzt.

Die drei Tage, die die Totenfeier dauerte, verbrachte die Familie in einem Gefühl der Benommenheit. Fassungslos standen sie der Tragödie gegenüber.

24 Warum hatte sich Faiz das Leben genommen? Die Frage quälte unablässig die von Trauer zerrissenen Herzen und marterte die noch immer gelähmten Nerven. Sicher, die Polizei setzte ihre Untersuchungen gewissenhaft fort, das konnte der Scheich des Viertels nur bestätigen. Aber wie war es möglich gewesen, daß sie selbst, die engsten Angehörigen, bis zum letzten Augenblick nichts bemerkt hatten? Wie hatten sie so blind sein können, daß ihnen nichts, nicht das kleinste Anzeichen aufgefallen war? Faiz war immer für längere Zeit weggeblieben, und was seine Arbeit betraf, so hatte er nie über Details gesprochen. Kam er zu Besuch, herrschte eitel Freude im Haus, und jedermann nährte die ungetrübte Hoffnung, daß es jetzt und in Zukunft immer so weitergehen würde.

Beim letzten Besuch war er wie ausgewechselt gewesen. Was war geschehen? Was hatte ihn so verändert? Wie konnte es sein, daß er – als einzigen Ausweg – nur noch den Tod sah?

»Auf uns liegt ein Fluch«, klagte Halima, und Dija stöhnte: »Wo liegt das Geheimnis? Ich werde noch irre.«

Nachdenklich sagte Aschur: »Wir werden nichts Erfreuliches erfahren, niemand bringt sich ohne gewichtigen Grund um.«

25 Dija und Aschur stimmten darin überein, daß sie als erstes das Haus des Verstorbenen gründlich durchsuchen sollten, um mehr über sein Unternehmen, seine geschäftlichen Verbindungen und Vermögensverhältnisse zu erfahren. Die Polizei war damit einverstanden. Das Haus war sehr groß, und der Hof reichte bis an den Berg heran. Staunend nahmen die Brüder wahr, daß es unzählig viele Räume, reichlichen Vorrat an Getränken und Drogen und jede Menge kostbarer Möbel und Kleidung gab. Aber dann

entdeckten sie den Tresor, und da war nichts. Keine Verträge, keine Briefe, kein Kassenbuch, kein einziger Millim. Verdutzt schauten sie sich an. »Was hat das zu bedeuten?« fragte Aschur.

»Wo ist sein Vermögen?« überlegte Dija laut.

Aschur wandte sich an den Untersuchungsbeamten. »Gibt es etwas Neues in der Angelegenheit?«

»Noch nicht«, erwiderte er, »aber wir werden alles tun, um hinter die Wahrheit zu kommen.«

26 Dija und Aschur kehrten verwirrt von dem enttäuschenden Unternehmen zurück. Die Sache war noch rätselhafter geworden. Ein schwarzer Schleier lag über Faiz' geheimnisvollem Tod und ließ in den Herzen neue Ängste aufkommen. Gewiß, ihr Leben war gesichert, denn gemeinsam mit der Mutter erbten sie die Kohlenhandlung und zwei prächtige Häuser. Aber wo war sein Geld geblieben? Was für ein Leben hatte er geführt?

Nach langem Überlegen meinte Dija: »Vielleicht hat er alles Vermögen verloren und sich deshalb umgebracht.«

»Warum sollte er sich das Leben nehmen, solange ihm die Kohlenhandlung und beide Häuser gehören?« widersprach Aschur. Dija nickte und murmelte ratlos: »Warum? Warum begeht einer Selbstmord?«

27 Der Tod von Faiz erregte in der Schenke großes Interesse. »Warum bringt sich ein solcher Mann um?« fragte der Wirt Zain Albaja.

»Bankrott war er nicht«, meinte Scheich Junis as-Sajis, »denn mit dem, was er hinterlassen hat, wäre er immer noch einer der reichsten Männer im Viertel.«

»Als Vertreter der Staatsmacht bist du sicher über alles informiert?« frotzelte ihn der Wirt.

Um sich nicht zu blamieren, erwiderte der Scheich vorsichtig: »Nun ja, man nimmt sich jetzt alle Personen vor, die mit dem Toten in Verbindung standen.«

Nun mischte sich auch der Führer Hassuna as-Saba ins Gespräch ein. Mit breitem Grinsen erklärte er: »Es gibt viel Schlimmeres, als bankrott zu sein.« Die Männer starrten ihn erwartungsvoll an. Er lachte laut los und brüllte schnaufend: »Er war verrückt! Der Wahnsinn liegt doch denen im Blut, vererbt von alters her. Wie sollte es anders sein, wenn schon ihr geheiligter Urahn ein Bastard und Dieb war?«

28 Im Haus der Nagi-Familie herrschte eine schwermütige und bedrückte Stimmung; das Leben floß träge dahin. Der Hochzeitstermin war natürlich verschoben worden. Dija und Aschur kamen zwar wie bisher den täglichen Pflichten nach, aber sie taten es lustlos und ohne Freude. Die Mutter hatte sich in ihren Teil des Hauses zurückgezogen, lebte ganz in ihrer Trauer und suchte Trost im Gebet.

29 Noch immer schwang der Winter mit eisiger Kälte die Peitsche, als eines Abends Scheich Junis as-Sajis im Haus erschien, gefolgt vom Kommissar und von einer Gruppe von Beamten. Kaum hatte sich die Familie im Salon versammelt, stellte der Kommissar die Frage: »Wem gehören die Kohlenhandlung und die Häuser?«

»Der Besitzer war der Verstorbene, und wir sind die Erben.«

»Ich möchte die Urkunden sehen.«

Dija ging hinaus und kam mit einer silbernen Schatulle zurück. Der Kommissar nahm etliche Papiere heraus und sah sie durch. Schließlich hob er den Kopf, und sein Blick glitt von Halima zu den Brüdern. »Der ganze Besitz gehört jemand anderem«, erklärte er. Niemand verzog eine Miene, keiner verstand, was er meinte.

Scheich Junis as-Sajis setzte behutsam zu einer Erklärung an. »Für alles, was sich in eurem Besitz an Geldwerten oder Immobilien befindet, gibt es einen Eigentümer. Faiz hat nichts besessen, demzufolge steht euch nichts zu.«

»Was willst du damit sagen?« schrie Dija.

»Gott mit euch, aber der Befehl besagt, daß ihr die Kohlenhandlung und dieses Haus unverzüglich dem Besitzer überlassen müßt.«

»Da muß ein Irrtum vorliegen!«

»Faiz hat alles verkauft. Der neue Eigentümer hat den Vertragsabschluß vorgelegt, es ist alles Rechtens.«

Aschur sah verstört den Kommissar an. »Ist es wahr, was er sagt?« Ruhig, aber entschieden erwiderte der Kommissar: »Wir kommen nicht aus Spaß zu solch später Stunde.«

»Aber das ist unbegreiflich!«

»Trotzdem stimmt es.«

»Und wo ist das Geld vom Verkauf?« fragte Dija bestürzt.

»Das wissen nur Gott und der Tote.« Einen Moment lang schwieg der Kommissar, dann fuhr er fort: »Vielleicht war es nur ein fiktiver Verkauf, möglicherweise wurde der Handel in einem Anfall von Wahnsinn beim Glücksspiel abgeschlossen. Die Untersuchungen laufen auch in diese Richtung.«

»Unbegreiflich!« stöhnte Dija, und Aschur rief: »Da liegt ein Verbrechen vor, das man schlicht und einfach Diebstahl nennen kann!«

»Bloß warum hat er sich dann umgebracht, statt eine Anzeige zu machen?«

»Trotzdem, es handelt sich um ein Verbrechen, Herr Kommissar.«

»Vielleicht stimmt das, vielleicht gibt es sogar eine ganze Kette von Verbrechen. Aber das muß erst noch untersucht werden.«

30 Niedergeschmettert saßen die drei da, als hätten sie gerade ihr Todesurteil vernommen. Der Kommissar ließ ihnen aber nicht viel Zeit zum Nachdenken. »Wie ich schon sagte«, fuhr er fort, »es könnte sich um eine Reihe widerwärtiger Verbrechen handeln. Begleiten Sie uns bitte ...«

Vor Schreck verhaspelte sich Halimas Stimme fast, als sie fragte: »Wohin?«

»Zur Polizeistation.«

»Nur, um die Untersuchung voranzubringen«, besänftigte sie Scheich Junis as-Sajis.

»Werden wir verdächtigt?« fragte Aschur.

»Geduld, haben Sie im Vertrauen auf Gott Geduld.«

31 Die Untersuchung dauerte lange und war anstrengend. Damit die Familie zur Verfügung stand, wurde sie für eine Woche auf der Wache eingesperrt. Schließlich wurde mit Hilfe von Beweisen und Zeugen festgestellt, daß die Familie nichts mit den heimlichen Aktivitäten von Faiz zu tun hatte. Man ließ sie frei, und sie kehrten ins Viertel zurück. Nicht nur, daß die drei eine solche Schmach hatten erleiden müssen – sie besaßen auch kein Heim mehr.

32 Wie übelriechender Gestank hatten sich die Nachrichten im Viertel herumgesprochen. Ob groß oder klein, Freund oder Feind, alle wußten, daß Faiz tatsächlich seine Laufbahn mit dem Verkauf des Karren begonnen hatte. Danach steckte er sein Geld in Prostitution, Glücksspiel und Rauschgifthandel. Bisweilen gewann er größere Summen, aber wenn er verlor, lockte er den Gläubiger mit

Hilfe von Frauen oder Drogen in eine Falle, brachte ihn um, nahm der Leiche das Geld ab und vergrub sie im Hof seines Hauses. Beim letzten Spiel hatte er sein ganzes Geld verloren, so daß er sich gezwungen sah, einen Verkaufsvertrag über seinen Grundbesitz auszustellen. Aber er verlor wieder. Dieses Mal gelang es ihm nicht, seinen Gegner umzubringen, denn der hatte sich rechtzeitig aus dem Staub gemacht. Als alles verloren war und die Geschichte kurz vor der Enthüllung stand, nahm er sich das Leben. Die Polizei hatte ein anonymes Schreiben bekommen, möglicherweise von einem Komplizen, aus dem Einzelheiten über die Verbrechen und die Opfer hervorgingen. So kam das entsetzliche Geheimnis von Faiz, seinem Aufstieg und seinem Ende, ans Tageslicht.

33 Halima kehrte mit Dija und Aschur ins Viertel zurück, von Schmach bedeckt und ohne Bleibe. Die Schadenfrohen erzählten sich ihre Tragödie als Schwank, die Abergläubischen als Gruselgeschichte. Wo immer sie konnten, gossen as-Saba, Albaja und al-Agal Öl ins Feuer. Die Wellen von Haß und Häme schlugen so hoch, daß die Leute Halima und die Söhne anspuckten und ohrfeigten. Die drei flüchteten ins dunkle Gewölbe, und von dort schlichen sie zum Friedhof.

Einzig der Imam Galil al-Alim war bereit, ein gutes Wort für sie einzulegen. »Verachtet nicht sie, sondern die, die schuldig sind.«

»Halt's Maul!« schrie Hassuna as-Saba. »Sonst hängen wir dich an deinem Turban auf.«

Die Familien des Holzhändlers und Parfümeriebesitzers waren die ersten, die mit Halima und ihren Söhnen nichts mehr zu tun haben wollten.

34 Die drei richteten sich in Schamseddins Grabstätte ein, in einem kleinen Raum, in dem die Toten aufgebahrt wurden. Außer ein wenig Kleingeld besaßen sie nichts. Der neue Kummer ließ sie fast die Trauer um den Toten und den verlorengegangenen Besitz vergessen. Mit versteinertem Blick saßen sie beieinander und hofften, daß ihnen, hielten sie nur eng zusammen, Rettung winkte. Solange sie ihre Herzen pochen hörten, glaubten sie, der Kälte des endgültigen Zusammenbruchs widerstehen zu können. Ein eisiger Wind tobte zwischen den Grabsteinen.

Wütend stieß Dija zwischen den Zähnen hervor: »Diese Hunde!«

»Vergiß sie«, bat die Mutter, »wir sollten lieber überlegen, was aus uns wird.«

Dija lachte verbittert. »Das einzige, was uns bleibt, ist, Gräber zu schaufeln.«

»Warum nicht? Mit den Toten läßt sich's doch leben«, meinte die Mutter.

»Ob die wirklich wollen, daß wir das Viertel verlassen?« fragte Aschur ungläubig.

»Geh doch zurück, und wasch dir wieder die Spucke vom Gesicht«, spottete Dija.

»Was auch immer geschieht, wir werden überleben.«

»Und sei's als Bettler.«

Draußen heulte der Wind, tobte zwischen den Grabsteinen umher.

35 Am nächsten Morgen schafften es die drei, bei aller Verzweiflung ruhig und nüchtern zu überlegen. »Wir haben keine Zeit zu verlieren«, erklärte Halima, was Dija zu der Bemerkung veranlaßte, daß sie nicht nur keine Zeit, sondern auch kein Geld, keinen Freund und überhaupt nichts hätten.

Doch Halima ließ sich davon nicht beirren. »Wohin könnten wir gehen?«

»Gottes Welt ist groß und weit«, spottete Dija.

»Laßt uns hier, in der Nähe des Viertels, abwarten, bis wir zurückkehren können.«

Verächtlich murmelte Dija: »Zurückkehren?!«

»Aber ja! Eines Tages gehen wir bestimmt zurück, denn woanders als in unserem Viertel können wir nicht leben.«

Halima griff ein. »Erst mal bleiben wir noch eine Weile hier.«

Dija blickte Mutter und Bruder an und sagte: »Heute nacht habe ich kein Auge zugetan. Ich habe so angestrengt überlegt, daß die Toten bestimmt gehört haben, wie mein Gehirn knirschte. Jedenfalls bin ich zu einem Entschluß gekommen.«

»Und der wäre?«

»Daß ich nicht bleibe.«

Halima tat, als hätte sie nicht hingehört. »Was mich betrifft, werde ich wieder Geld verdienen gehen, und zwar in weiter entfernten Vierteln.«

»Ich kann ja Obst verkaufen!« rief Aschur eifrig.

Dija, der es nicht aushalten konnte, daß die beiden ihn nicht zur Kenntnis nahmen, wiederholte laut und deutlich noch einmal: »Ich gehe fort von hier, selbst wenn ich mich von euch trennen müßte.«

»Wohin? Und was willst du machen?« fragte die Mutter aufgebracht.

»Das weiß ich nicht«, stieß er erregt hervor. »Ich werde eben mein Glück versuchen.«

»Wie dein Bruder?« fragte sie bekümmert.

»Nein, bestimmt nicht. Es gibt andere Möglichkeiten.«

»Ach ja?«

»Ich bin kein Prophet.«

»Bleib bei uns«, bat Aschur sanft. »Wir brauchen einander.«

»Nein. Die Sache ist erledigt.«

36 Gesagt, getan. Dija verabschiedete sich von Mutter und Bruder und ging auf und davon. Halima standen Tränen in den Augen, aber im Herzen fand sich kein Platz für noch mehr Traurigkeit. Von nun an führten Halima und Aschur ein mühevolles, hartes Leben. Sie zog wie eine Bettlerin mit Konfitüre und Essiggemüse herum, und Aschur, der Riese, trug einen Korb auf der Schulter und verkaufte Obst und Gemüse. Es schien, als hätten sich beide verabredet, geduldig und ohne Klagen alles zu ertragen und nicht mehr an die Vergangenheit zu denken. Aber so einfach war es nicht, ungewollt drängten sich die Erinnerungen immer wieder auf – das große Haus, das sorglose Leben, der fesche Dogcart, das elegante Büro. Ach, und die prächtige Abaja, die Gebetskette aus Bernstein, der Duft von Moschus und Amber, die freundlichen Worte überall. Das glückliche Lächeln der Verlobten hinterm Schleier. Scheich Junis' Schmeicheleien, seine morgendliche Begrüßung »Gottes Glück auf den Weg, du, dessen Stirn den Glanz des Lichts verbreitet.« Ach, Faiz, was hast du dir und uns angetan? Selbst der verrückte Galal hat nicht gemordet und Leichen vergraben. Was für ein Fluch ist es, der die Nachkommen des Schutzpatrons und Wundertäters Aschur verfolgt?

In seiner freien Zeit hielt sich Aschur am liebsten in der Einöde auf, dort, wo er einst die Herde gehütet hatte, wo sich der ruhmreiche Aschur hingeflüchtet und Gnade erlangt hatte, jener Ahnherr, den er grenzenlos liebte und dessen Güte und Stärke er verehrte. War er ihm nicht ähnlich? Besaß er nicht auch Kraft? Liebte er nicht das

Gute? Aber was nützte es ihm? Sein Urahn hatte Wunder zustande gebracht, während er mit Gurken und Datteln herumzog.

Fiel die Nacht herab, schlich er zum Platz vor dem Kloster. Eingehüllt in die Dunkelheit, glitt sein Blick im Glanz der Sterne vom Maulbeerbaum zur alten Mauer. Wie der ruhmreiche an-Nagi hockte er auf dem Boden und lauschte dem Rhythmus der dunklen Gesänge. Kümmerte es diese Männer nicht, was mit Gottes Geschöpfen geschah? Wann endlich würden sie das Tor öffnen und die Mauern niederreißen? Vieles hätte er sie gern gefragt: Warum ist Faiz zum Verbrecher geworden? Wie lange soll das Viertel dieses Elend ertragen? Warum geht es nur Schurken gut? Warum unterliegen immer die Guten? Warum döst das Bettelvolk und schläft?

Das alles wollte er fragen, doch die Gesänge rissen nicht ab.

Didi ke jar dschos dschour o setam nadascht
beschekast ahd o as ghame ma hitsch gham nadascht

37 Halima wunderte sich. Warum sah Aschur immer nachdenklich und verstört aus? Wovon mochte er wohl träumen? Zweifelte er daran, daß kein kühler Hauch das schwere Leben je lindern würde?

»Was beschäftigt dich, mein Sohn?« fragte Halima zärtlich. Er antwortete nicht. »Wäre es nicht gut für uns, wenn wir für dich eine Frau finden, die dir Gesellschaft leistet?«

Aschur lächelte. »Wir finden doch für uns schon kaum zu essen.«

»Aber es gibt etwas, das dich trübsinnig macht …«

»O nein, Mutter, wirklich nicht.«

Sie mußte ihm glauben, aber dennoch fühlte sie, daß ihn

etwas beschäftigte. Er führte im Innern ein Leben, das ihr verschlossen blieb. Eifersucht plagte sie, aber auch Angst.

38 Eines Abends bedrückte Aschur tiefe Schwermut. Es war Frühling, und der Himmel war mit unzählig vielen Sternen geschmückt. Die Luft war mild, und so saßen Halima und Aschur draußen, um zu Abend zu essen – Gurken und Molke.

»Ich frage mich manchmal, was Dija jetzt wohl treibt«, sagte Aschur.

Halima seufzte. »Er hat uns völlig vergessen.«

Er versank in Schweigen. Schmatzen und Hundegebell störten die Stille. Nach einer Weile hob Aschur wieder zu sprechen an. »Ich fürchte, daß er das gleiche wie Faiz tut.«

»Aber nein«, wehrte Halima ab, »Faiz hat uns eine Lektion erteilt, die keiner so schnell vergißt.«

»Ach, Mutter, wir vergessen nur allzu schnell.«

»Ist es das, was dich beschäftigt?«

Er nickte. Der Halbmond verbreitete fahles Licht. »Warum ist Faiz so tief gefallen? Warum ist unser Vorfahre Galal verrückt geworden? Warum sind wir die Beute von Hassuna as-Saba?«

»Ach, Junge, haben wir nicht genug andere Sorgen?«

»Alles, was war und was ist, hängt miteinander zusammen.«

»Gott bewahre!« meinte Halima erschrocken. »Vielleicht steckt der Teufel dahinter.«

»Ja, aber warum kann er uns so leicht verführen?«

»Nicht, wenn wir wahrhaft gläubige Menschen sind.«

Aschur hatte zu Ende gegessen und zündete die Wasserpfeife an, die mit melasseversetztem Tabak gefüllt war. Vom Rand des Friedhofs scholl noch immer Hundegekläff heran; es wurde immer lauter und ging schließlich in Heulen über. »Ich werde dir sagen, was ich glaube«, sagte Aschur plötzlich. »Der Teufel siegt deshalb, weil er bei unseren Schwachpunkten ansetzt.« Da die Mutter nichts sagte – wahrscheinlich sprach sie leise ein Stoßgebet –, fuhr er fort: »Ich werde dir noch etwas sagen. Es gibt zwei Begierden, die unsere Schwäche ausmachen – die Gier nach Geld und die Gier nach Macht über andere.«

»Vielleicht gehört das zusammen«, murmelte Halima.

»Schon möglich … Geld und Macht, das ist es.«

»Selbst dein ruhmreicher Ahnherr war dagegen nicht gefeit.«

»Mein Ahnherr … so, so«, murmelte er. »Was war denn sein Fehler?«

Halima war verwirrt. »Sein Fehler?«

»Ja. Gegen welche Schwächen war er nicht gefeit?«

»Ihn trifft keine Schuld.«

»Nein, sicher nicht«, stammelte er hastig. Trotzdem fragte er sich im Innern, was die Botschaft des Ahnherrn hatte scheitern lassen. War es gleich nach seinem Ableben geschehen oder erst, nachdem Schamseddin gestorben war? Wo es Irrtümer gab, war auch Vernunft, und wenn es einmal Vernunft gegeben hatte, konnte es sie wieder geben. Waren die Fehler begangen worden, weil die Vernunft ausgesetzt hatte, mußte es möglich sein, die Vernunft ohne Rückfall in Irrtümer siegen zu lassen.

»Was grübelst du?« fragte Halima. »Hast du nicht ohnehin schon genug Sorgen?«

39 O nein, Aschur begnügte sich nicht mit dem, was der Alltag an Sorgen brachte. Wie hätte es auch anders sein können bei einem Menschen, der geradezu besessen davon war, jeden Tag für ein oder zwei Stündchen die Einsamkeit in der Einöde oder vor dem Kloster zu suchen? Wie konnte sich einer mit dem alltäglichen Dasein abfinden, in dessen Brust sich immer aufs neue die Glut entflammte? Wie konnte sich einer zufriedengeben, den Träume in grellen Farben nicht schlafen ließen? Wie konnte einer Ruhe finden, der mehr und mehr davon überzeugt war, daß Aschur an-Nagi der einzig würdige Ahnherr war?

Im Sand der Einöde zeichnete er mit dem Finger eine gerade Linie. Ein Plan war geboren. Wo immer er ging und saß, lebte er in Gedanken damit – unterm Sternenlicht vor dem Kloster, beim Herumziehen mit dem Korb, vor dem Einschlafen. Schließlich nahm der Plan fast körperhafte Form an, und es war, als ragte er – stark und gewaltig wie die alte Klostermauer – in greifbarer Nähe vor ihm auf.

40 Von nun an verbrachte er viel Zeit damit, in ad-Darrasa herumzustreunen. Auf dem Markt bettelten viele arme Strolche aus seinem Viertel. Hatte er deshalb bisher den Platz gemieden, kam er jetzt aus diesem Grund her.

Eines Tages, als etliche Bettler in Grüppchen beieinanderstanden, schlenderte er an ihnen vorbei und pries in singendem Tonfall seine Gurken an. Im Nu hatten einige Männer ihn erkannt, und jemand rief: »Seht nur, Meister Aschur!«

»Der Bruder des Mörders als Gurkenverkäufer!« machte sich ein anderer lustig.

Aschur ging auf sie zu, lächelte freundlich. Er streckte die Hand aus und fragte: »Weist ihr sie genauso wie die anderen zurück?« O nein, sie griffen nach seiner Hand, schüttelten sie herzlich, und einer sagte: »Verflucht sollen sie sein.«

»Zu uns bist du immer gut gewesen«, meinte ein anderer.

»Wie geht's deiner Mutter, dieser gütigen Frau?«

Aschur atmete auf. »Euer Anblick sagt mir, daß meine rastlose Seele nach Hause gefunden hat.« Er gesellte sich zu ihnen, und für eine Stunde war er von Freude und Glück erfüllt. Von diesem Tag an versäumte er es nie mehr, auf den Markt von ad-Darrasa zu gehen.

41 Seit er den Bettlern begegnet war, schien ihn ein Feuer erfaßt zu haben. Seine Lebenskraft war auf einen Schlag zurückgekehrt, und das Herz drohte ihm zu zerspringen. Vor lauter Aufregung fand er keinen Schlaf mehr. Ja, er wollte das Schicksal herausfordern. Faiz hatte es gewagt, Dija tat es seit einiger Zeit, und nun würde er an der Reihe sein, wenn auch auf ganz andere Art. Er trachtete nach entlegenen Horizonten, wollte das Unbekannte erfahren, berühren, sich in seine Weiten stürzen. Offenbar war er dazu bestimmt, sich auf gefährliche Unternehmen einzulassen und dem Unmöglichen hinterherzujagen. Ein wundervolles Geheimnis bewahrte er, und dafür lohnte es, Sicherheit und Frieden aufs Spiel zu setzen. Und der Tod? Er liebte ihn, und zwar mit allem, was sich dahinter verbarg. Im Traum war ihm eine Gestalt erschienen, und er war überzeugt, daß es Aschur an-Nagi gewesen war. Trotz des Lächelns hatte seine Stimme vorwurfsvoll geklungen, als er fragte: »Durch wessen Hand wird es geschehen – durch meine oder deine?« Zweimal hatte er gefragt, bevor Aschur begriff, was die Gestalt meinte, und er trotzig antwortete: »Es wird die meinige sein.« Lächelnd entschwand die Gestalt und hinterließ eine öde Leere.

Kaum war Aschur erwacht, begann er nachzudenken, was die Frage des Ahnherrn und seine eigene Antwort bedeuten konnten. Die Verwirrung war groß, trotzdem schlug sein Herz freudig vor frischem Mut und Zuversicht.

42 Eines Tages stellte er den Bettlern die Frage, wie dem Viertel glücklichere Zeiten beschert werden könnten. Fast einhellig lautete die Antwort: »Aschur an-Nagi müßte zurückkehren.«

Er mußte lächeln. »Können Tote das?«

Einer der Männer lachte und brüllte: »Na klar!«

Mit fester Stimme erwiderte Aschur: »Leben können nur die Lebenden.«

»Und was ist mit uns? Wir leben, aber was man Leben nennt, das haben wir nicht.«

»Was fehlt euch dafür?«

»Das tägliche Brot ...«

»Nicht eher Kraft?«

»Brot kriegt man leichter.«

»Nein!«

»Du bist stark, ein Riese bist du, willst du etwa Führer werden?«

Jemand rief gleich hinterher: »Und zu einem Schrecken wie Wahid, Galal und Samaha?« Und ein dritter schrie: »Willst du sterben wie Fath al-Bab?«

Aschur sah die Männer fest an. »Selbst wenn ich ein gerechter Führer wäre, was nützte es?«

»Wir hätten deinen Schutz und könnten uns freuen.«

»Ach was«, rief einer, »länger als eine Stunde wärst auch du nicht gerecht.«

»Nun, nehmen wir mal an, ihr wärt mit mir glücklich dran – was passiert, wenn ich sterbe?«

»Das alte Lied, das alte Leid.«

Jemand grölte: »Wir vertrauen keinem, nicht mal dir!«

Aschur lächelte. »Ein weises Wort.« Alle brüllten vor Lachen los, doch mitten in den Lärm hinein fragte Aschur: »Vertraut ihr euch wenigstens selbst?«

»Das hilft uns auch nicht weiter.«

Er sah die Männer eindringlich an. »Könnt ihr ein Geheimnis für euch behalten?«

»Nun gut, weil du es bist.«

Plötzlich sah Aschur sehr ernst aus. »Ich hatte einen seltsamen Traum. Ich habe gesehen, wie ihr mit Knüppeln daherkommt.« Ohrenbetäubendes Gelächter setzte ein, das schier nicht enden wollte. Einer der Männer zeigte schließlich mit dem Finger auf Aschur und erklärte keuchend: »Kein Zweifel, der ist verrückt, aber grad deshalb liebe ich ihn.«

43 Jemand klopfte an die Kammertür. Aschur saß mit der Mutter nach dem Abendessen noch zusammen, und beide hatten sich wegen der beißenden Kälte in Decken gehüllt. Aschur ging zur Tür, öffnete sie. Obwohl die Lampe nur schwaches Licht spendete, wußte er, wer vor ihm stand. Freudig rief er: »Mein Bruder Dija ist gekommen!«

Halima sprang auf, schloß Dija in die Arme. Es vergingen etliche Minuten, bis sich die erste Aufregung gelegt hatte und man sich auf die Matratzen setzte. Dija trug eine dunkle Abaja, grüne Schuhe und einen mit Streifen verzierten Turban; er sah gesund und munter aus. Von Argwohn befallen, krampfte sich Aschurs Herz zusammen, aber Halima, die von bösen Ahnungen offensichtlich nichts wissen wollte, lächelte Dija zärtlich an.

»Wieviel Zeit vergangen ist«, sagte Dija schließlich, lachte aber gleich darauf und meinte: »Andererseits ist sie auch schnell vergangen.«

Halima standen die Tränen in den Augen. »Du hast uns einfach vergessen.«

Mit einer Mischung von Klage und Stolz erwiderte Dija: »Es war eine unglaublich harte Zeit gewesen.« Damit war der Auftakt gegeben, sich nach dem zu erkundigen, wie es

Dija gegenwärtig ging. Doch beide, Halima und Aschur, schreckten davor zurück, denn eine ähnliche Szene, an die sie sich noch lebhaft erinnerten, hatten sie schon einmal erlebt, so daß beide von heimlicher Angst befallen wurden. Als hätte er ihre Gedanken gelesen, sagte Dija: »Endlich hat Gott uns an die Hand genommen und sicher geführt.«

Um nicht länger zu schweigen, stammelte Halima: »Dank sei Gott, dem Allmächtigen.« Erwartungsvoll sah sie ihn an.

Gelassen und ruhig erklärte Dija: »Ich bin Direktor des größten Hotels in Bulak.« Verschmitzt lächelte er Aschur an. »Wie findest du das?«

»Großartig«, erwiderte Aschur, aber seine Stimme klang völlig leblos.

»Ich weiß, was du denkst.«

»Ist das nicht allzu natürlich?«

»Nein, keineswegs. Mein Werdegang unterscheidet sich gewaltig von dem unseres verstorbenen Bruders.«

»Das hoffe ich sehr.«

»Zuerst habe ich in dem Hotel als Diener gearbeitet und dann, weil ich lesen und schreiben kann, als Sekretär. So kam es, daß ich die Tochter des Hotelbesitzers kennenlernte und wir uns sympathisch fanden ...« Er hielt inne, um das Gesagte wirken zu lassen. »Ich hatte Angst, um sie anzuhalten und damit eventuell alles zu verlieren. Aber ihr Vater segnete das Zeitliche, und da heirateten wir. Ich bin der rechtmäßige Besitzer geworden und leite das Hotel.«

»Moge Gott dir Erfolg bescheren«, murmelte Halima, aber Dija blickte unverwandt Aschur an, und schließlich fragte er: »Zweifelst du an dem, was ich sage?«

Hastig meinte Aschur: »Aber nein.«

»Du kannst Faiz' Untergang nicht vergessen, nicht wahr?«

»So ist es.«

»Aber meine Geschichte ist völlig anders!«

»Gott sei Dank.«

»Glaubst du mir?«

»Ja.«

Stolz schaute Dija auf Mutter und Bruder. »Als mir das Leben zulachte, habe ich als erstes an euch beide gedacht.«

»Gott möge dich beschützen«, seufzte Halima.

»Und zwar deshalb«, fuhr Dija fort, »weil ich einen alten Traum nicht vergessen kann.«

Neugierig sah Aschur ihn an. »Was für ein Traum?«

»Daß wir in unser Viertel zurückkehren ... daß wir wieder angesehene Leute sind ... daß wir wieder von denen gegrüßt werden, die uns mal ins Gesicht gespuckt haben.«

»Vergiß es.«

»Meinst du das im Ernst? Wovor hast du Angst? Die Magie des Geldes bewirkt Wunder.«

»Selbst wenn wir reich wären, würde man uns nicht achten.«

»Warum nicht?«

Sollte er ihm erzählen, wovon er träumte? O nein, er konnte und wollte ihm nicht vertrauen. Die Hungerleider und Habenichtse – die verstanden ihn, aber dieser vom Erfolg verwöhnte Emporkömmling bestimmt nicht. »Wir haben schon vor langer Zeit alle Achtung verspielt«, seufzte er.

Verächtlich zuckte Dija mit den Schultern und sagte ungehalten: »Jedenfalls ist es höchste Zeit, daß ihr euch vom Leben mit den Toten verabschiedet.«

»Das werden wir nicht tun«, erwiderte Aschur entschlossen.

»Was? Lehnst du meine Hilfe ab?«

»Ja.«

»Du bist ja verrückt.«

»Das Geld gehört deiner Frau, wir haben damit nichts zu schaffen.«

»Du beleidigst mich.«

»Verzeih mir, Dija, aber es ist besser, wenn es bleibt, wie es ist.«

»Du mißtraust mir noch immer!«

»Keineswegs. Ich denke, daß ich das klar und eindeutig gesagt habe.«

»Ich will nicht, daß meine Mutter so weiterlebt«, knurrte er verärgert. »Du bist ein guter Junge«, warf Halima hastig ein, »aber ich kann deinen Bruder nicht allein lassen.«

»Auch du mißtraust mir.«

»Gott bewahre! Ich will einzig und allein bei Aschur bleiben. Mit der Zeit wird sich schon alles regeln.«

»Wie lange noch wollt ihr zwischen Toten wohnen?«

»Wir waren schon ärmer dran, es geht uns von Tag zu Tag besser.«

»Aber ich kann euch mit allen Ehren wieder im Viertel ansässig machen.«

»Laß uns Zeit …«, bat Halima.

Dija senkte den Kopf. »Was für eine Enttäuschung.«

44 Dija war kaum gegangen, da meinte Halima: »Vielleicht waren wir zu heftig.«

»Es ging nicht anders.«

»Traust du ihm nicht?«

»Nein.«

»Ich glaube ihm.«

»Und ich bin überzeugt, daß er Unrecht getan hat.«

»Wer sollte nach dem, was mit Faiz geschehen ist, sich nicht davor fürchten?«

»Wir. Die Geschichte unserer Familie ist eine einzige Kette von Verirrungen, Tragödien und Lehren, aus denen keiner etwas gelernt hat.«

»Ich glaube ihm trotzdem.«

»Das kannst du halten, wie du willst.«

Halima schaute nachdenklich vor sich hin, dann sagte sie: »Du hast ihm nicht einmal dein Geheimnis anvertraut.«

»Er legt nicht viel Wert auf das, was ich glaube«, entgegnete Aschur traurig.

»Aber vielleicht hätte er sich euch angeschlossen?«

»Ihm sind andere Dinge wichtig.« Dija war zu spät gekommen. Nach langer Müh und Not hielt sich Aschur nun bereit, den entscheidenden Schlag ohne den Bruder zu führen.

45 Eines Tages – der Winter wollte sich gerade verabschieden, und das Viertel dämmerte wie immer sorgenbeladen vor sich hin –, da geschah etwas Merkwürdiges. Ein Mann, gewaltig wie ein Riese, stieg heraus aus dem dunklen Gewölbe. Bekleidet mit einem blauen Gilbab und einem braunen Käppchen, schritt er, den derben Knotenstock fest umklammernd, ruhig und gelassen aus. Er machte den Eindruck, als hätte er für ein Stündchen dem Viertel den Rücken gekehrt, nicht aber für Jahre. Der erste, der ihn zu Gesicht bekam, war Mohammed al-Agal. Verblüfft starrte der Mann ihn an und stammelte: »Ist das wahr? Aschur!«

»Gottes Frieden sei mit dir, Mohammed«, erwiderte Aschur besonnen und ging weiter. Aus allen Winkeln und Ecken, aus den Läden und von den Fenstern her hefteten sich die Blicke bestürzt auf ihn. Er kümmerte sich nicht darum, bahnte sich den Weg zum Kaffeehaus. Hassuna as-Saba hockte drinnen auf seinem Polster, in Gesellschaft vom Scheich des Viertels und vom Imam der Moschee. Aschur trat ein, ohne sich um die verstörten Blicke der Gäste zu scheren. Laut und deutlich sagte er: »Frieden sei mit euch« und ging auf eine Bank in der Ecke zu.

Niemand gab Antwort. Es war offensichtlich, daß der Führer darauf wartete, mit einem besonderen Gruß um seine Gunst gebeten zu werden. Aber nein, Aschur setzte sich hin. Im gleichen Moment war allen klar, daß etwas geschehen würde. Tatsächlich – Hassuna as-Saba war am Ende seiner Geduld. »Was suchst du hier?« schnauzte er ihn an.

»Jeder kehrt einmal in sein Viertel zurück«, erwiderte Aschur in aller Ruhe.

»Aber du bist verstoßen worden! Der Fluch hat dich getroffen!«

Als wäre er sich und seiner Sache völlig sicher, antwortete Aschur: »Das geschah zu Unrecht, und jedes Unrecht hat mal sein Ende.«

Scheich Galil, der Imam, griff ein. »Komm her und bitte unseren Führer um Vergebung.«

»Daß du dermaßen verblendet und unverschämt bist, wußte ich nicht«, entgegnete Aschur mit eisiger Kälte.

Der Scheich des Viertels, Junis as-Sajis, schrie: »Was? Verblendet und unverschämt?«

»Genau, du sagst es«, spottete Aschur.

Hassuna as-Saba stemmte die Füße auf den Boden. In seiner Stimme lag eine deutliche Warnung, als er fragte: »Worauf sonst als auf mein Vergeben willst du bauen, um dich hier wieder niederzulassen?«

»Auf Gott, den Allmächtigen und Erhabenen«, tönte Aschur sicher und fest.

»Verschwinde, solange du noch kannst! Sonst wird man dich auf einer Bahre hinausschaffen!«

Aschur packte den Stock und sprang auf. Der Gehilfe

des Kaffeehauses stürzte auf die Straße hinaus und rief nach den Männern der Schutztruppe. Erschrocken flüchteten die Gäste ins Freie. Hassuna as-Saba und Aschur fielen mit den Knüppeln übereinander her, ließen sie mit unglaublicher Härte aneinanderkrachen. Es brach ein Kampf aus, der an Härte und Unbarmherzigkeit nicht zu überbieten war.

Aus allen Winkeln des Viertels liefen die Männer der Schutztruppe herbei, während die Geschäftsleute die Läden schlossen, die Gassen sich leerten und die Menschen sich an den Fenstern und Holzerkern drängten.

Plötzlich geschah etwas, das niemand erwartet hatte. Ein Erdbeben hätte das Viertel nicht stärker erschüttern können. Aus Ruinen und Elendshütten strömten in Scharen die Bettler herbei. Sie schrien, griffen nach allem, was sich zufällig fand – Steine, Holzstangen, Stuhlbeine, Knüppel. Wie ein reißender Strom fielen sie über die Männer der Schutztruppe her, die, gerade noch in Angriffshaltung, im Nu in die Defensive gerieten. Aschur holte aus und versetzte Hassuna as-Sabas Arm einen solch kräftigen Hieb, daß der den Knotenstock nicht mehr halten konnte. Im gleichen Moment stürzte er sich auf ihn, umschlang ihn mit beiden Armen, drückte und preßte, daß die Knochen krachten. Dann hob er ihn an, stemmte ihn in die Höhe und warf ihn hinaus auf die Gasse. Bewußtlos und schmachbedeckt blieb der Führer Hassuna as-Saba im Staub liegen.

Die Menge hatte die Schutztruppe umzingelt und fiel mit Steinen und Stöcken über die Männer her. Wem die Flucht gelang, der konnte sich glücklich schätzen. Es brauchte keine Stunde, da war außer den Habenichtsen und Aschur weit und breit niemand zu sehen.

46 Nie zuvor hatte das Viertel einen Kampf erlebt, an dem sich solche Massen von Menschen beteiligt hatten. Die Menge scharte sich in Rotten zusammen, bemächtigte sich der Knüppel der Gegner, fiel wie ein blindwütiger Orkan über Häuser, Läden und Geschäfte her. Nichts blieb, wie es war, alles war möglich geworden. Die Führerschaft fiel zurück an die Nagi-Familie, ging auf den starken, gefährlichen Riesen Aschur über. Zum erstenmal rekrutierte sich die Schutztruppe aus jenen Menschen, die in der Überzahl waren. Doch das erwartete Chaos blieb aus, die Männer scharten sich diszipliniert um ihren Führer. Wie ein Fels in der Brandung ragte er aus der Menge empor, schaute auf die Gefährten hinunter mit Blicken, die von Aufbau und nicht von Niederreißen und Zerstören sprachen.

47 Eines Abends saß Aschur mit den beiden Scheichs zusammen. Sie sahen ängstlich aus. Junis as-Sajis erklärte: »Es bleibt nur zu hoffen, daß die Polizei nicht eingreifen muß.«

Verärgert entgegnete Aschur: »Unter euren Augen sind unendlich viele Verbrechen geschehen, ohne daß ihr nach der Polizei gerufen habt.«

»Entschuldige, ich möchte dich nur vor dem Pack warnen, das dir zwar heute zum Sieg verholfen hat, dem du aber schon morgen vielleicht ausgeliefert bist.«

»Niemand wird hier länger jemandem ausgeliefert sein.«

Besorgt meinte der Imam der Moschee: »Bisher war diese Menge immer gespalten und schwach, und deshalb konnte sie im Zaum gehalten werden.«

Selbstbewußt trumpfte Aschur auf: »Ich kenne diese Menschen besser als ihr, denn ich habe lange genug mit ihnen gelebt. Gerechtigkeit ist das beste Mittel gegen jedweden Aufruhr.« Der Scheich des Viertels zögerte ein wenig, bevor er fragte: »Und was geschieht mit den Wohlhabenden und Notabeln?«

Laut und deutlich erklärte Aschur: »Gerechtigkeit geht mir über alles. Sie bedeutet mir mehr als die Liebe zu den Armen und der Haß auf die Reichen.«

48 Aschur Rabi an-Nagi verlor keine Zeit. Rastlos ging er daran, den Traum zu verwirklichen, der ihm die Unterstützung der Hungerleider und Habenichtse gesichert hatte. Wie oft hatte er über diesen Traum in der Einöde gesprochen, umringt von Strolchen, Taschendieben, Bettlern – all jenen, die nun die größte Truppe bildeten, die das Viertel je gesehen hatte.

Als erstes machte er sich daran, Regeln für die Reichen und für die Armen aufzustellen. Die Reichen belegte er mit so hohen Abgaben, daß etliche vor Ärger das Viertel verließen und in andere Gegenden zogen. Die Armen verpflichtete er zu zwei Dingen: Erstens mußten sie ihre Söhne für den Kampf ausbilden, damit die Truppenstärke erhalten blieb und sich kein Schurke oder Abenteurer an die Macht putschen konnte. Zweitens mußte jeder einer Beschäftigung oder Arbeit nachgehen und entsprechende Abgaben leisten. Er selbst ging mit gutem Beispiel voran und arbeitete als Obst- und Gemüseverkäufer. Ihm genügte eine kleine Wohnung, in der er mit der Mutter lebte. Die Grundpfeiler der einstigen Botschaft waren gesetzt – Stärke und Edelmut.

Selbst der Imam, Galil al-Alim, kam nicht umhin, sich über Aschur lobend zu äußern und laut sein Gefühl für Gerechtigkeit zu preisen. Scheich Junis as-Sajis stand ihm darin nicht nach. Trotzdem hegte Aschur Zweifel an ihrer Redlichkeit, war er doch davon überzeugt, daß die beiden sowohl den Geschenken und Gaben nachtrauerten, die ihnen die Notabeln zugesteckt hatten, als auch ihrem Anteil von den Schutzgeldern.

Nicht lange, und der Imam Galil al-Alim verschwand aus dem Viertel. An seine Stelle trat Scheich Achmed Barakat. Der Scheich des Viertels, Junis as-Sajis, mußte als Regierungsvertreter im Viertel ausharren. Da hockte er nun in seinem Laden und murmelte ein ums andere Mal vor sich hin: »Dreckzeug, nur Dreck ist noch hiergeblieben.«

Als er eines Abends in der Schenke saß und Zain Albaja sein Herz ausschüttete, stöhnte der Wirt: »Wie lange soll es so weitergehen?«

»Wir werden diesen Kerl ein Leben lang ertragen müssen«, seufzte der Scheich. »So muß es damals, als sein Ahnherr das Sagen hatte, den anständigen Leuten ergangen sein. Da bleibt nur eins – Geduld im Vertrauen auf Gott.«

49 Aschur ließ nicht nur die Moschee, den Brunnen, die Tränke, die Koranschule erneuern, sondern es entstand auch eine zweite Schule für die Kinder der Armen. Dann wagte er, was noch nie jemand in Angriff genommen hatte – den Abriß des teuflischen Minaretts. Wer immer die Macht zuvor innehatte, war aus Angst vor den Dämonen davor zurückgescheut.

Doch Aschur war nicht der Mann, sich vor Teufeln zu fürchten. Mit seiner riesigen Gestalt ragte er selbst wie ein Minarett auf. Er dachte nicht daran, die Führer anderer Viertel herauszufordern, doch wer es wagte, sich zu vergreifen, den wies er in die Schranken und erteilte damit den anderen eine klare Lektion. Auf diese Weise sicherte er seine Macht, ohne sich je auf Kämpfe einlassen zu müssen.

50 Eines Tages erschien Dija und strahlte vor Glück. Er wollte die Kohlenhandlung wieder eröffnen und im Schutz seines mächtigen Bruders zum Reichsten der Reichen werden. Aber Aschur machte keine Anstalten, ihn darin zu ermutigen, und so kehrte Dija enttäuscht in sein Hotel zurück.

Halima war der festen Meinung, daß Aschur auch endlich einmal an sich denken mußte. Es wäre Zeit zu heiraten, erklärte sie, doch schloß sie gleich den Seufzer an: »Nur wen? Es gibt keine wohlhabende, anständige Familie mehr.«

Aschur, der noch immer im Zorn an die einst erwählten, verräterischen Schwiegereltern dachte, erwiderte barsch: »Mir scheint, daß dir unser jetziges Leben nicht reicht und du nach Besserem strebst.«

Treuherzig antwortete sie: »Gerechtigkeit heißt nicht, sich selbst zu schaden.«

»Nein!« schleuderte er ihr empört entgegen.

So laut dieses Nein auch geklungen hatte, es war nicht von strikter Ablehnung getragen. Hinter dem Lauten verbarg sich eine Schwäche, die ihn bisweilen überfiel. Ach, wie sehr sehnte er sich manchmal nach einem behaglichen und schönen Leben, wie gern hätte er ein Heim und eine weiche, zarte Frau gehabt. Deshalb hatte dieses Nein übertrieben laut geklungen.

»Niemals«, erklärte er, »werde ich mit eigener Hand das größte, erhabenste Werk zerstören, das jemals errichtet worden ist.« Es war, als wollte er sich selbst Entschlossenheit demonstrieren; nicht aus Angst vor den Armen, sondern vor sich. Er wollte und mußte den Ahnherrn übertreffen. Der hatte sich nur auf die eigene Stärke stützen können, er aber hatte aus dem gemeinen Volk eine Kraft gemacht, die unbezwinglich war. Und dann – der Urahn war gegen Versuchungen nicht gefeit gewesen, er aber würde allen Gelüsten trotzen, unerschütterlich bleiben wie die alte Mauer. Noch einmal entrang sich ihm ein lautes »Nein!«

51 Er errang seinen größten Sieg – den über sich selbst. Er suchte sich eine Braut, sah sie sich an und prüfte sie, bevor er sie heiratete. Es war Bahija, die Tochter der Friseuse Adlat. Als endlich die Grundmauern des Minaretts des wahnsinnigen Galals freilagen und zerstört werden konnten, sang und sprang das Viertel vor Freude. Aschur aber ging kurz nach Mitternacht zum Platz vor dem Kloster, um mit den Sternen und den erhabenen Gesängen allein zu sein. Er hockte sich auf den Boden und überließ sich der sanften, friedlichen Stimmung. Es war einer jener seltenen Augenblicke im Leben, da sich klar und rein das Licht ergießt und es kein Übel gibt – nicht das des Körpers, des Geistes, der Zeit, des Raums. Es war, als enthüllten die dunklen Gesänge tausendfach ihr Geheimnis, als könnte er plötzlich begreifen, warum die Derwische auf persisch sangen und ihre Tore verschlossen hielten.

Ein Knarren drang durch die Finsternis. Verwundert starrte Aschur auf das gewaltige Tor. Er sah, wie sich die Flügel sacht, doch stetig öffneten. Als hätte der Atem der Nacht Gestalt angenommen, hob sich der Umriß eines Derwischs vom Dunkel ab. Er beugte sich über ihn, flüsterte: »Haltet Schalmeien und Trommeln bereit, denn morgen verläßt der Scheich die Einsiedelei und trägt sein Licht ins Viertel. Einen Stock aus Bambus wird er den Jungen schenken und die süße Frucht des Maulbeerbaums. So haltet Schalmeien und Trommeln bereit …«

Er tauchte ein in die Welt der Sterne, der Gesänge, der Nacht und der alten Mauer. Er hielt sich am Saum der Vision fest, und die Wellen erhabener Finsternis überspülten seine Hände. Trunken von Offenbarung und Schicksalsmacht, erhob er sich schaudernd. Sei unbesorgt, flüsterte das Herz, einst wird sich das Tor all denen öffnen, die mit der Unschuld von Kindern und der Sehnsucht von Engeln das Leben wagen.

Und tosend erhob sich der Gesang:

Dusch wachte sahar as ghosse nedschatam dadand
wandaran solmate schab abe hajatam dadand

Worterklärungen

Abaja: langer, mantelartiger Überwurf, den Männer und Frauen auf der Straße tragen.

al-Chidr: Heiliger; eine alte orientalische Sagengestalt mit dem Ruf ewiger Jugend. Wird auch dem Elias und dem heiligen Georg gleichgesetzt.

Chamsin: heißer Wüstenwind.

Fatiha: die erste Sure im Koran, die bei Vertragsabschlüssen, feierlichen Handlungen etc. rezitiert wird.

Gilbab: weites, hemdartiges Obergewand.

Milaja: schwarzer Umhang der ägyptischen Frauen.

Tamija: Bohnenpastetchen mit Zwiebeln, Knoblauch und Petersilie.

Nagib Machfus im Unionsverlag

Zwischen den Palästen
Der Nobelpreis für Nagib Machfus galt vor allem auch seiner Kairoer Trilogie. Sie ist das Hauptwerk des Autors, ein Meilenstein der modernen arabischen Literatur. Über drei Generationen wird das Leben einer Kairoer Kaufmannsfamilie verfolgt und zu einem opulenten Gemälde ägyptischen Lebens verdichtet.
686 Seiten, gebunden

Palast der Sehnsucht
Kamal bekommt die Härten und Hürden des Erwachsenwerdens deutlich zu spüren, während sein Bruder Jasin und der Vater um die Liebe derselben jungen Lautenspielerin buhlen. Aber Zanuba, diese betörende, fordernde Frau, läßt nicht mit sich spielen. Sie will geheiratet und geachtet werden. 640 Seiten, gebunden

Zuckergäßchen
Gealtert und durch Krankheit gezähmt, verfolgt Abd al-Gawwad, der einst so stolze Herrscher der Familie, auf dem Balkon seines Palastes das Straßentreiben. Für ihn ist die gute alte Zeit dahin, seine Kinder sind längst großgeworden. Der Zweite Weltkrieg erreicht Ägypten: Der Riß, der durchs Land geht, bricht auch in Abd al-Gawwads Familie auf. 440 Seiten, gebunden

---

Bestellen Sie unseren kostenlosen Verlagsprospekt:
Unionsverlag, Rieterstrasse 18, CH-8059 Zürich

Nagib Machfus im Unionsverlag

Die segensreiche Nacht
Liebevoll, sarkastisch, ironisch rückt Nagib Machfus Schwächen und Marotten, Sehnsüchten und Ängsten vor allem des kleinen Volkes zu Leibe und zeigt, daß unter Gottes weitem Mantel auch Platz ist für viele dunkle Leidenschaften. 180 Seiten, UT 36

Miramar
Alexandria – die Stadt des Sonnenlichts, von Himmelswasser rein gewaschen, das Herz voll von Erinnerungen, voll der Süße des Honigs und der Bitternis von Tränen … In der Pension Miramar logieren die Generationen des Landes: Grandseigneurs und Playboys, abgesprungene Revolutionäre und aufsteigende Funktionäre. Alle umwerben sie die Magd Zuchra, die schöne, energische Fellachin. 240 Seiten, gebunden oder als UT 43

Die Midaq-Gasse
Einst glänzte die Midaq-Gasse wie ein Stern in der Geschichte des mächtigen Kairo. Inzwischen sind die Arabesken am berühmten Kirscha-Kaffeehaus bröcklig und morsch geworden, aber noch immer ist die Gasse erfüllt vom Lärm ihres eigenen Lebens.
360 Seiten, gebunden oder als UT 8

Bestellen Sie unseren kostenlosen Verlagsprospekt:
Unionsverlag, Rieterstrasse 18, CH-8059 Zürich

Nagib Machfus im Unionsverlag

Die Moschee in der Gasse
Kurzgeschichten schreibe er im Geiste des Romans, hat Nagib Machfus von sich gesagt. So öffnet diese Sammlung ein ganzes Universum von Schicksalen und Stimmungen. 248 Seiten, gebunden

Die Spur
Auf dem Totenbett lüftet die Mutter, eine in ganz Alexandria gefürchtete Bordellwirtin, ihr letztes Geheimnis – sie gibt Sabir den Namen seines Vaters und eine Fotografie preis. Die Suche nach dem unbekannten Vater führt ihn durch Alexandria und Kairo.
192 Seiten, gebunden

Der Dieb und die Hunde
Ein dichtes Psychogramm eines Verbrechens und eine Abrechnung mit einer selbstzufriedenen Gesellschaft, die Unrecht begünstigt und sich dennoch ausnimmt, über ihre Opfer zu richten. 160 Seiten, UT 27

Die Kinder unseres Viertels
Am Ende der Straße, dort, wo die Wüste beginnt, wohnt hinter hohen Mauern Gabalawi, der Stammvater des Viertels. Mit unsichtbarer Hand lenkt er die Geschicke des Viertels. 576 Seiten, UT 50

Bestellen Sie unseren kostenlosen Verlagsprospekt:
Unionsverlag, Rieterstrasse 18, CH-8059 Zürich

Literatur aller Länder im Unionsverlag

Zauberfrauen
Niemand, erst recht nicht ein Mann, kann sich dem Zauber dieser Hexen, Nixen und Feen entziehen.
300 Seiten, UT 64

Tschingis Aitmatow
Ein Tag länger als ein Leben
Die erweiterte Neuausgabe: »Angesichts des Wirbels von Ereignissen hatte ich begriffen, daß ich den Roman anders schreiben mußte – ohne zu vereinfachen, ohne mich zu zügeln.« 504 Seiten, gebunden oder als UT 57

Salim Alafenisch
Das Kamel mit dem Nasenring
Augenzwinkernd berichtet der Autor vom gelehrten Esel, von Weltgeschichte und Nomadenleben in der Negev-Wüste. 184 Seiten, gebunden oder als UT 63

Bernardo Atxaga
Obabakoak
Mit einem Blick, der von Deutschland über Bagdad bis zum Amazonas, von Borges über Calvino bis Queneau reicht, zaubert Atxaga einen skurrilen Kosmos hervor, verfremdet und parodiert, spielt genüßlich mit den Wörtern, Sätzen und Sinnen. 420 Seiten, UT 61

Bestellen Sie unseren kostenlosen Verlagsprospekt:
Unionsverlag, Rieterstrasse 18, CH-8059 Zürich

Literatur aller Länder im Unionsverlag

Alan Duff
Warriors
Alan Duff schreibt mit Zorn und Anteilnahme über das Leben einer Maori-Familie. Er verschweigt nichts, bricht Tabus und begegnet doch all seinen Figuren mit dem Verständnis, das ihnen im Leben verwehrt ist.
340 Seiten, gebunden

Patricia Grace
Potiki
Patricia Graces Roman zieht den Leser in den Bann der Kreisläufe von Natur, Magie und Riten der traditionellen Maori-Kultur, die sich in die Kraft zum Widerstand verwandelt. 240 Seiten, UT 52

Pham Thi Hoai
Sonntagsmenü
Mit Ironie, Schalk und zarter Erotik zeichnet Pham Thi Hoai Facetten des Alltagslebens in Hanoi.
240 Seiten, UT 62

Yaşar Kemal
Töte die Schlange
Wie kann es dazu kommen, daß ein Junge seine geliebte Mutter tötet? 116 Seiten, gebunden oder als UT 60

Bestellen Sie unseren kostenlosen Verlagsprospekt:
Unionsverlag, Rieterstrasse 18, CH-8059 Zürich

Literatur aller Länder im Unionsverlag

Tommaso Landolfi
Der Mondstein
Ein Student aus gutem Hause begegnet einer rätselhaften jungen Frau, die ihn mit ihrer magischen Sinnlichkeit verzaubert. 144 Seiten, UT 59

Roy Lewis
Edward – Roman aus dem Pleistozän
Mit Edwards Sippe entsteht das Menschengeschlecht. Sie entdeckt das Handwerk, die Kochkunst, die Malerei, die Religion, die Liebe und den Swing und kämpft einen heroischen, komischen und noch durchaus unentschiedenen Kampf gegen die Tücken der Evolution.
192 Seiten, gebunden

N. Scott Momaday
Im Sternbild des Bären
Auf der Suche nach seiner Identität garät der Maler Set immer stärker in den Bann des Bärenmythos.
320 Seiten, UT 58

Bestellen Sie unseren kostenlosen Verlagsprospekt:
Unionsverlag, Rieterstrasse 18, CH-8059 Zürich

Literatur aller Länder im Unionsverlag

Scharnusch Parsipur
Tuba
Tubas Lebensweg ist eine Wanderung durch ein Jahrhundert iranischer Geschichte. In diesem Roman mischen sich Visionen und Phantasien. Als Tubas Haus zerfällt, geht eine Epoche zu Ende.
460 Seiten, gebunden

Juri Rytchëu
Die Suche nach der letzten Zahl
Vor der tschuktschischen Küste bleibt Roald Amundsens Schiff im Eis steken. Der gemeinsame Winter verändert die Forscher ebenso wie die Einheimischen.
400 Seiten, gebunden

Victor Villaseñor
Macho!
Nachdem Roberto Mexiko verlassen hat, um im Land der sagenhaften Reichtümer illegal zu arbeiten, erlebt er Dinge, die er sich nicht hätte träumen lassen.
300 Seiten, gebunden

Bestellen Sie unseren kostenlosen Verlagsprospekt:
Unionsverlag, Rieterstrasse 18, CH-8059 Zürich